W0397295

# Das Reich der Elben

Alfred Bekker

# DAS REICH DER ELBEN

Erster Band der Elben-Trilogie

Weltbild

Besuchen Sie uns im Internet:
*www.weltbild.de*

Genehmigte Lizenzausgabe für Verlagsgruppe Weltbild GmbH,
Steinerne Furt, 86167 Augsburg
Copyright der Originalausgabe © 2007 by LYX. Verlegt durch
EGMONT Verlagsgesellschaften mbH, Köln.
Karte: Daniel Ernle
Umschlaggestaltung: Jarzina Kommunikations-Design,
Holzkirchen
Umschlagmotiv: Thomas Schlueck GmbH, Garbsen
Gesamtherstellung: CPI - Clausen & Bosse, Leck
Printed in the EU
ISBN 978-3-8289-9409-6

2011 2010 2009
Die letzte Jahreszahl gibt die aktuelle Lizenzausgabe an.

# INHALT

Das Zwischenland
Nebelmeer
Naranduin (Insel des Augenlosen Sehers)
Nordhaven
Siranee
Berghaven
Eisfestung
Eisland
Meergond
Meerhaven
Meerland
Nordbergen
Nord-Elbiana
Elbanor
Hochgard
Miragond
Westgard
Hoch-Elbiana
Elbiana
Nithrandor
Turandir
Norgud
Noram
Mannus-Insel
Wilderland
Nor
Elbenhaven
Mittel-Elbiana
Baranee
Baranor
Dorin Diris
Tirasor
Tir
Siras
Mittelhaven
Tiragond
Hochgond
Elralon
West-Elbiana
Nieder-Elbiana
Minasar
Waldreich
Estanor
Estgard
Reich der Kleinlinge
Reich des Knochenherrschers
Estorien
Esthaven
Nurandor
Nur
Nuranien
Zwischenländisches Meer
Hadlanor
Skara
Zyl
Reich der Whanur
Elbara
Zyklopien
Albarée
Candor
Die Stadt der Riesen
Zitadelle der Schatten
Mintua

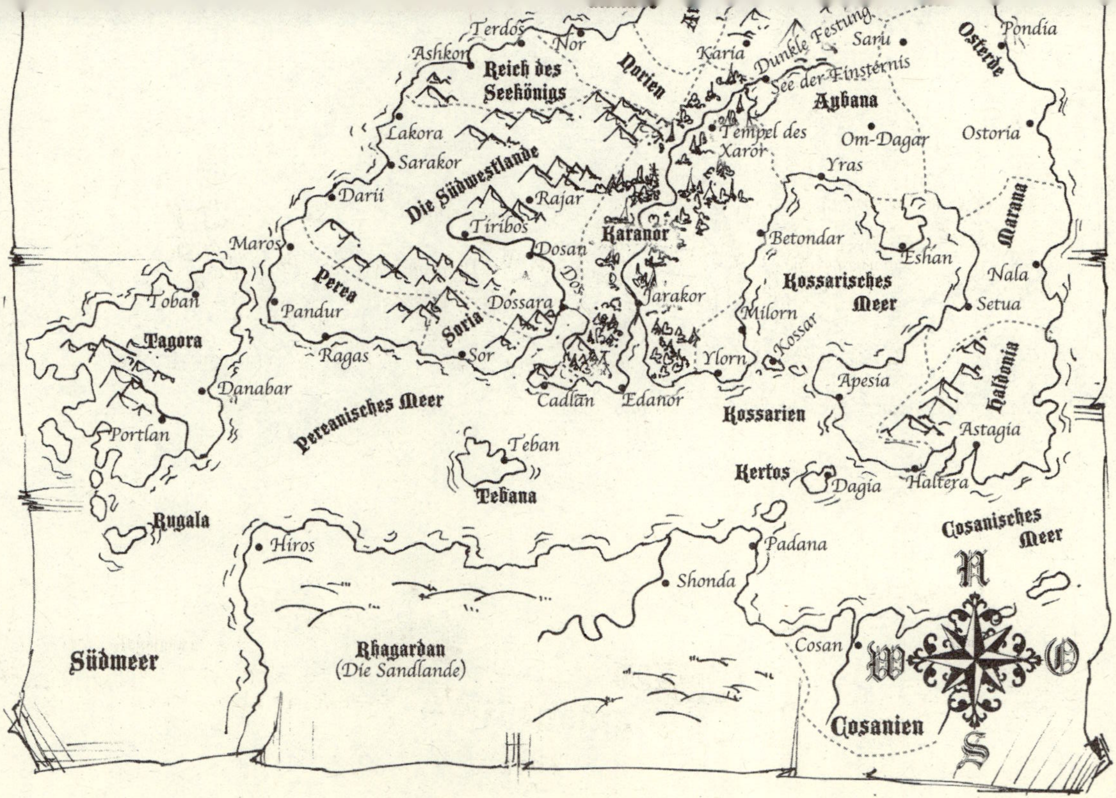
Terdos
Nor
Ashkor
Reich des Seekönigs
Norien
Karia
Dunkle Festung
Saru
Osterde
Pondia
See der Finsternis
Aybana
Lakora
Tempel des Xaror
Om-Dagar
Ostoria
Sarakor
Yras
Die Südwestlande
Darii
Rajar
Marana
Tiribos
Karanor
Betondar
Maros
Dosan
Eshan
Dos
Nala
Perea
Kossarisches Meer
Toban
Pandur
Dossara
Jarakor
Setua
Milorn
Soria
Kossar
Tagora
Ragas
Sor
Ylorn
Apesia
Haldonia
Danabar
Cadlan
Edanor
Pereanisches Meer
Kossarien
Portlan
Astagia
Teban
Kertos
Dagia
Haltera
Tebana
Rugala
Cosanisches Meer
Hiros
Padana
N
Shonda
Cosan
W
O
Südmeer
Rhagardan
(Die Sandlande)
Cosanien
S

# ERSTES BUCH

# DIE INSEL
# DES AUGENLOSEN SEHERS

*Stolz und langlebig wie die Götter war das Volk der Elben, als seine Schiffe die Küste des Zwischenlandes erreichten, das in jener Zeit noch frei war von der Pest des groben Menschengeschlechts.*

Der Chronist von Elbenhaven

*Damals gab es eine Insel, jenem Teil des Zwischenlandes vorgelagert, der später Elbiana heißen würde. Man kannte diese Insel unter verschiedenen Namen: »Insel der Nebelgeister« war einer von ihnen, aber man nannte sie auch Naranduin, was in der Älteren Sprache von Hoch-Elbiana »Land der untoten Seelen« bedeutet, in der Jüngeren Sprache jedoch so viel heißt wie »Eiland der verborgenen Schrecken«. Uralte Kreaturen, von der Zeit selbst vergessen, lebten dort in düsteren Höhlen.*
*Die finstere Magie eines lange vergangenen Zeitalters beherrschte das zerklüftete Eiland und hielt namenlose Schrecken für jene bereit, die unvorsichtig genug waren, an den nebelverhangenen Anfurten ihre Schiffe ankern zu lassen.*
*Als vor einem Äon die Elbenflotte unter König Keandir diese Insel erreichte, wurde jener unwirtliche Ort zur Stätte der Entscheidung und zum Ursprung eines Fluchs …*

Das Ältere Buch Keandir

# I

# DIE NEBELKÜSTE

»Land in Sicht!«

Der Ruf vom Ausguck schallte durch das wabernde Grau der Nebelschwaden. Wie amorphe, vielarmige Ungeheuer wirkten sie. Manchmal war der Nebel so dick, dass die einzelnen Schiffe der Elbenflotte selbst aus nächster Nähe nur als dunkle Schemen zu erkennen waren.

König Keandir straffte seine Gestalt. Seine Rechte umfasste den bernsteinbesetzten Griff des Schwerts mit der schmalen Klinge, das er an der Seite trug. Seine Haut war von vornehmer Blässe, und sein schmales, hageres Gesicht wirkte wie gemeißelt und zeigte einen Ausdruck zugleich von Strenge als auch von Ernsthaftigkeit. Spuren tiefer Sorge um sein Volk hatten sich in diesem Gesicht verewigt, seit Keandir das Königsamt von seinem Vater übernommen hatte, und in das schulterlange schwarze Haar mischten sich die ersten grauen Strähnen. Spitze Ohren stachen durch dieses glatte Haar – Ohren, die ebenso empfindlich und sensibel waren wie auch die anderen Sinne des Elben.

Er lauschte den Geräuschen des fremden Landes.

Woher kam dieses plötzliche Unbehagen? Rührte es daher, dass er es als etwas Unvertrautes empfand, wie sich Land anhörte, wie es roch und wie es war, wenn man auf festem Boden stand statt auf den schwankenden Planken eines Elbenschiffs? Oder nahmen seine feinen Sinne etwas wahr, das seine Seele ignorieren wollte, um nicht der zurückgewonnenen Hoffnung beraubt zu werden? Etwas Bedrohliches, etwas Böses, das sich ihm nur als dunkle Ahnung offenbarte.

Er versuchte seine Angst zu unterdrücken, für die es keinen sichtbaren Anlass gab. Er wollte darauf vertrauen, dass es das Schicksal letztlich doch gut mit den Elben meinte. Das Auftauchen der Felsenküste war jedenfalls ein Anlass zur Hoffnung.

Natürlich war sich Keandir bewusst, dass die fremde Küste, die auf einmal wie aus dem Nichts vor ihnen aufgetaucht war, nicht die Gestade der Erfüllten Hoffnung sein konnte. Aber das spielte im Moment keine Rolle. Abgesehen von dem Unbehagen, das sich einfach nicht unterdrücken ließ, fühlte Keandir tiefe Erleichterung darüber, überhaupt wieder auf Land gestoßen zu sein. Die Befürchtung, sein Volk in einen landlosen Nebelozean und damit ins Verderben geführt zu haben, hatte ihm bereits schlaflose Nächte bereitet. Doch nun gab es wieder Grund zu hoffen.

Selbst wenn diese Küste nur Teil eines einsamen Eilands war, so bestand zumindest die Möglichkeit, Vorräte aufzufrischen und dringend nötige Reparaturen an den Schiffen vorzunehmen. Vielleicht gab es ja auch eine seekundige Bevölkerung, zu der man Kontakt aufnehmen konnte.

Eine Ewigkeit lang war die Flotte der Elben durch diese nebelige See gedümpelt. An den Tagen hatte man kaum den Stand der Sonne erahnen und in den Nächten weder Mond noch Sterne sehen können. Ein schwerer, modriger Geruch war aus dem Wasser gestiegen, als würden faulende Untote unter der dunklen, von den Fischschwärmen offenbar gemiedenen Brühe ihren übel riechenden Pesthauch absondern, und kein Wind wehte, um den Nebel aufzureißen und die Segel zu blähen, die schlaff von den Rahen hingen. So war die Mannschaft gezwungen gewesen, zu den Rudern zu greifen.

Keandir trat näher an die Reling. Angestrengt suchte sein Blick im Nebelgrau nach Zeichen, die den Ruf des Ausgucks bestätigten. Und tatsächlich, etwas Dunkles zeichnete sich weit vor ihnen ab, der Schatten eines Gebirges vielleicht.

Der Ausguck wiederholte seinen Ruf – und dann drang das Krächzen einer Möwe aus dem Nichts. Wenig später tauchte der Vogel auf und kreiste als grauer Schatten hoch über den Masten des Schiffes.

»Den Namenlosen Göttern sei Dank!«, stieß ein zwar breitschultriger, aber ansonsten sehr hagerer Elbenkrieger aus. »Es muss tatsächlich Land in der Nähe sein!« Er trat zu Keandir an die Reling. »Ein Zeichen des Glücks und der Hoffnung, mein König!« Er trug ein dunkles Lederwams und hatte sein schmales Schwert auf dem Rücken gegürtet. Sein rechtes Auge hatte er im Kampf verloren; eine Filzklappe bedeckte die leere Augenhöhle.

Keandir nickte und drehte sich kurz zu dem Einäugigen um. »Ihr habt recht, Prinz Sandrilas. Es ist lange her, dass wir zum letzten Mal festen Boden unter den Füßen hatten.«

»Aber diese Küste«, murmelte Sandrilas, »sie gehört nicht zu den Gestaden der Erfüllten Hoffnung.«

Keandir lächelte mild. »Ihr seid von jeher ein Pessimist gewesen, Prinz Sandrilas.«

»Nein, ein Realist. Wahrscheinlich wissen noch nicht einmal die Himmelskundigen, wo wir uns befinden, so lange waren die Sterne vom Nebel verborgen. Ja, wir haben jegliche Orientierung verloren, und ich weiß ehrlich gesagt nicht, wie wir unser ursprüngliches Ziel noch erreichen wollen.«

»Kein Vertrauen in die Macht des Schicksals, Sandrilas?«

»Ich vertraue lieber auf die eigene Kraft und mein Wissen.«

»Das Nebelmeer hat uns gelehrt, dass beides manchmal nicht ausreicht.« Keandir deutete mit dem ausgestreckten Arm in die Ferne. »Hoffen wir, dass wir dort auf die Küste eines Kontinents stoßen, der wir folgen können – und nicht nur ein einsames Eiland, das die Namenlosen Götter im Zorn ins Meer warfen.«

Immer deutlicher wurden die Konturen des aus dem Nebel auftauchenden Landes. Schroffe Gebirgsmassive erhoben sich in unmittelbarer Nähe der Küstenlinie. Die Schreie unbekannter Vogelarten bildeten zusammen mit anderen, nicht zu identifizierenden Tierstimmen einen unheimlichen Chor.

Keandir wandte sich an einen anderen Elbenkrieger. »Merandil! Gib das Hornsignal! Wir werden an dieser Küste an Land gehen!«

»Jawohl, mein König!«, gab der hochgewachsene Merandil zurück, dessen unter dem Helm hervorquellendes Haar so weiß war wie seine Haut. Er griff zu dem Horn, das er am Gürtel trug, um das königliche Signal an die anderen Schiffe zu geben. Mehrere Tausend der schlanken, lang gezogenen Segler befanden sich dort draußen in der nebelverhangenen See, auf der scheinbar endlosen Suche nach den Gestaden der Erfüllten Hoffnung. Gegen einen Landaufenthalt, der die Eintönigkeit dieser Reise unterbrach, hatte wohl niemand etwas einzuwenden.

Merandil blies das Horn, und sein Signal wurde von den Hornbläsern der anderen Schiffe weitergegeben. Innerhalb von Augenblicken vertrieb der Klang der Instrumente die drückende Stille, die bis dahin geherrscht hatte.

Keandir hörte Schritte hinter sich. Niemanden auf den Elbenschiffen hielt es noch unter Deck oder im Inneren der kunstvoll verzierten Aufbauten. Die Entdeckung dieser Küste riss sie alle aus der lähmenden Lethargie, die sich unter ihnen wie eine ansteckende Krankheit ausgebreitet hatte. Stimmengewirr erfüllte das Deck des Flaggschiffs, dem man den Namen »Tharnawn« gegeben hatte. In der Älteren Sprache war dies ein kaum benutztes Wort für »Hoffnung«, und während ihrer bisherigen Reise hatte Keandir diesen Namen oft genug verflucht, denn die Hoffnung war das Erste gewesen, was die Elben verloren hatten, seit ihnen in der Sargasso-See jegliche Orientierung abhanden gekommen war; seitdem wirkte das Aussprechen dieses Namens wie blanke Ironie.

Doch in diesem Augenblick war das alles fast vergessen. Keandir atmete tief durch. Nicht einmal der üble Geruch des dunklen Wassers konnte ihn noch wirklich stören.

»Kean!«, wisperte ihm von hinten eine Stimme zu, die sich trotz des allgemeinen Tumults an Deck deutlich von allen anderen unterschied. Es gab nur eine Person, die König Keandir bei diesem besonderen Namen nennen durfte – Ruwen, seine geliebte Frau.

Sie trat neben ihn und sah ihn an. Ihre helle Haut war makellos, das Gesicht so fein geschnitten und ebenmäßig, wie kein Bildhauer es hätte schaffen können. Das offene Haar fiel ihr bis weit über die schmalen Schultern. Keandir fühlte ihren Blick auf sich gerichtet. Für das immer deutlicher aus dem Nebel auftauchende Land schien sie kaum ein Auge zu haben. »Ich muss dir etwas sagen, Kean.«

Ihre Blicke trafen sich, und Keandir bemerkte eine besondere Innigkeit in ihren Augen. Keandir legte die Arme um sie, und sie lehnte sich gegen ihn.

»So sprich«, forderte er sie zärtlich auf. Normalerweise pflegte ein elbischer König seine Gemahlin in der Höflichkeitsform anzusprechen; der gegenseitige Respekt gebot dies. Aber da auch Ruwen eine intimere Anredeform gewählt hatte, antwortete er ihr in der gleichen Weise. Das Glitzern ihrer Tränen, der verklärte Gesichtsausdruck und der besondere Klang, den ihre Stimme angenommen hatte, verrieten Keandir, dass ihre Seele nach einer sehr innigen Verbindung zu ihm suchte, nach großer Nähe, obwohl noch kein Wort über die Sache an sich verloren worden war. Wie oft hatte Ruwen bei ihm Trost gegen die Schwermut gesucht, von der sie – wie viele andere ihres Volkes auch – gequält wurde.

Keandir erging es ähnlich, aber er fand, dass es mit den Pflichten eines Königs unvereinbar war, sich dieser Schwermut hinzugeben, und er versuchte daher, sie, so gut es ging, zu unterdrücken. Außerdem gab es viele Elben, denen es weitaus schlechter ging. Denn die Schwermut, die sie alle mehr oder weniger stark empfanden, war nichts im Vergleich zu dem Lebensüberdruss, jener nahezu unheilbaren Krankheit, die auf den Schiffen der Flotte immer mehr um sich griff und der mit der Zeit bereits so viele Elben zum Opfer gefallen waren …

»Gerade war ich bei der heilkundigen Nathranwen«, sagte Ruwen, und ihre Stimme nahm dabei einen zart vibrierenden Klang an, der den König besonders anrührte.

Er antwortete: »Auch sie vermag die Schwermut nicht zu heilen, von der wir alle befallen sind, seit wir Gefangene dieses windlosen Nebelmeers wurden.«

»Dies ist nichts weiter als eine düstere Stimmung und keine wirkliche Krankheit wie der verderbliche Lebensüberdruss«, ermahnte ihn Ruwen. Dann huschte ein sanftes Lächeln über ihre Lippen, und sie sagte: »Die Neuigkeit, die Nathranwen für mich – und auch für dich – hatte, wird deine Schwermut allerdings bestimmt vertreiben.«

Keandir sah sie an. »Von welcher Neuigkeit sprichst du?«

»Kean, ich bin schwanger. Wir erwarten ein Kind.«

Schwangerschaften und Geburten waren unter den langlebigen Elben selten und wurden daher als Zeichen besonderen Glücks gedeutet. So begriff Keandir, dass es Tränen der Freude und nicht der Schwermut waren, die er in den Augen seiner geliebten Ruwen sah.

Er drückte sie ergriffen an sich. Für einen Moment war er unfähig, etwas zu sagen.

»Es ist ein Symbol unserer Liebe«, flüsterte sie.

»Es ist auch ein Symbol der Hoffnung auf eine glückliche Zukunft für alle Elben«, sagte er. »Ich kann es noch immer kaum fassen …«

Eng umschlungen standen sie an der Reling der »Tharnawn«, und nie war König Keandir der Name seines Flaggschiffs passender erschienen als in diesem Moment. »Das Schicksal scheint den Elben tatsächlich wieder wohlgesonnen«, sagte er. »Es kann kein Zufall sein, dass wir nach der langen Fahrt durchs Nebelmeer genau in dem Moment auf Land stoßen, in dem die heilkundige Nathranwen deine Schwangerschaft feststellt.«

»Ein Zeichen des Glücks«, flüsterte Ruwen.

»Hoffentlich nicht nur für uns, sondern für das ganze Volk der Elben.«

»Das persönliche Schicksal des Elbenkönigs ist mit dem seines Volkes untrennbar verwoben«, sagte Ruwen. »Mir ist bewusst, dass dieses Land dort vor uns nicht die Gestade der Erfüllten Hoffnung sein können und wir unser eigentliches Ziel noch lange nicht erreicht haben. Aber vielleicht liegt dort auch gar nicht unsere Bestimmung. Vielleicht liegt sie hier. Kean, könnte das möglich sein?«

»Ich weiß es nicht«, murmelte er.

Andererseits musste er zugeben, dass die Schwangerschaft der Elbenkönigin ein deutlicher Hinweis des Schicksals war. Zumindest war er sich sicher, dass die Weisen unter den Elben dieses Ereignis so interpretieren würden. Zudem wusste der König, wie sehr sich ein großer Teil seines Volkes danach sehnte, die Reise endlich beenden zu können.

»Dürfen wir wirklich an einem guten Land vorbeisegeln, um eine ungewisse Reise fortzusetzen?«, fragte Ruwen. »Viele von uns bezweifeln inzwischen, dass es die Gestade der Erfüllten Hoffnung überhaupt gibt.«

König Keandir mochte darauf in diesem Moment nicht antworten. Er strich seiner geliebten Ruwen zärtlich über das Haar und sagte: »Warten wir erst einmal ab, was uns an Land erwartet. Vielleicht handelt es sich ja nur um einen aus dem Meer ragenden einsamen Felsen.«

Ruwen lächelte. Ihre Augen strahlten. »Ich werde verhindern müssen, dass du die empfindliche Seele unseres ungeborenen Kindes weiter mit Pessimismus belastest, geliebter Kean!«

»So?«

Ihre Züge nahmen einen Ausdruck von gespieltem Zorn an.

»Ja!«, sagte sie entschieden, und ehe er noch etwas erwidern konnte, verschloss sie ihm mit einem Kuss den Mund. Sowohl Merandil als auch der einäugige Prinz Sandrilas blickten dezent zur Seite.

Die Möwe umflatterte noch immer die Masten des Flaggschiffs. Etwas fiel vom Himmel und traf den messingfarbenen Helm Merandils. Die Ausscheidung des Vogels schmierte über die edlen Verzierungen.

»Das neue Land scheint Euch in besonderer Weise willkommen zu heißen, werter Merandil!«, stieß der einäugige Prinz Sandrilas in einem Anflug von Heiterkeit hervor.

Die ersten Schiffe erreichten die fremde Küste. Es gab überall flache Anfurten vor schmalen Sandstränden, an die sich zerklüftete Felshänge anschlossen.

Mehrere der Schiffe sammelten sich in einer Bucht, während die vielen anderen im Meer vor Anker gingen. Beiboote wurden zu Wasser gelassen. König Keandir stand am Heck einer dieser Barkassen und blickte immer wieder zurück zur »Tharnawn«, wo Ruwen an der Reling stand und ihm nachsah. Er wäre gern bei ihr geblieben, aber von einem König der Elben erwartete man, dass er voranging, wenn die Schiffe vor unbekannten Küsten ankerten. Keandir wusste sehr wohl, dass seine Autorität in dem Moment zu bröckeln beginnen würde, wenn er andere vorausschickte. Und wenn es später im Kronrat darum ging, ob es besser war, die Reise fortzusetzen oder sich in diesem unbekannten Land niederzulassen, musste sein Wort Gewicht bei den Ratsmitgliedern haben, wenn er ihre Entscheidung beeinflussen wollte.

Keandir gehörte mit einer Gruppe von zwanzig getreuen Elbenkriegern – darunter auch Prinz Sandrilas und der Hornbläser Merandil – zu den Ersten, die an Land gingen. Sie sprangen aus den Booten und zogen sie an den sandigen Strand.

Eine schroffe Felswand erhob sich nur etwa hundert Schritte vom

Wasser entfernt. Und was sich den Elben dort offenbarte, verschlug ihnen schier den Atem.

Ein offenbar vor Urzeiten in den Fels gehauenes Relief ragte vor ihnen auf. Es zeigte in ungewöhnlicher künstlerischer Perfektion geflügelte affenartige Wesen, die mit Speeren und Dreizacken bewaffnet waren. Sie trugen nichts am Leib als ihr Fell, und ihre Gesichter wurden von mächtigen Hauern dominiert.

Der fratzenhafte Blick all dieser in den Stein gehauenen Figuren schien direkt auf die Ankömmlinge gerichtet zu sein. An diesem Eindruck änderten auch die unübersehbaren Spuren nichts, die Wind und Wetter über Zeitalter hinweg in dem Relief hinterlassen hatten. Ein Schauder erfasste Keandir beim Anblick dieser Hinterlassenschaften unbekannter Steinmetze.

»Wir sind offenbar nicht die Ersten, die dieses Land betreten«, stellte Merandil fest, der seinen Helm inzwischen mit Meerwasser vom Willkommensgruß der Möwe gereinigt hatte.

Der Vogel war ihnen gefolgt und kreiste erneut über ihren Köpfen, was Prinz Sandrilas zu einer spitzen Bemerkung veranlasste. »Ihr scheint eine treue Gefolgschaft gewonnen zu haben, mein lieber Merandil. Oder ist es am Ende nur der prahlerische Glanz Eures Helms, der Euch zu einer besonders attraktiven Zielscheibe macht?«

Die Möwe stieß plötzlich einen Schrei aus und veränderte die Flugbahn, während gleichzeitig ein Schatten aus einer dunklen Spalte schoss, die in mindestens hundert Mannshöhen im Felsen klaffte. Der Schlag lederiger dunkler Schwingen wurde von einem Fauchen begleitet.

Wie ein zum Leben erwachtes Ebenbild der steinernen Affen wirkte das wie aus dem Nichts aufgetauchte geflügelte Wesen. Es war größer als ein ausgewachsener Mann und derart schnell, dass die Möwe keine Möglichkeit hatte, ihm zu entkommen. Die mit messerscharfen Krallen bewehrten Pranken packten den Vogel. Ein letzter krächzender Schrei hallte an den Felsen wider, ehe der geflügelte Affe mit seiner Beute ins Dunkel jener Felsspalte zurückkehrte.

»Eure stillen Verwünschungen, mit denen Ihr den Vogel bedachtet, müssen erhört worden sein, werter Merandil«, sagte Sandrilas spöttisch. »Die Götter scheinen Euch gewogen.«

»Offenbar ist dieses Land die Heimat ungewöhnlicher Kreaturen«, stellte Merandil düster fest. Ihm schien der Sinn für Humor völlig abhanden gekommen zu sein. Er wandte sich an Keandir. »Wir sollten vorsichtig sein, mein König.«

Keandir wirkte wie abwesend. Seine feinen Sinne waren hochkonzentriert. Er glaubte aus weiter Ferne Stimmen zu hören. Ein Raunen und Murmeln, doch er konnte keine einzelnen Worte unterscheiden. Dass das Geraune von den primitiven Affenwesen stammte, die offenbar zwischen den Klippen hausten, mochte er nicht glauben. Aber irgendetwas war dort. Jenes Unbehagen, das er bereits an Bord seines Flaggschiffs empfunden hatte, meldete sich wieder, und das stärker denn zuvor. Selbst der Gedanke an Ruwens Schwangerschaft konnte diese dunkle Empfindung diesmal nicht dämpfen.

»Mein König?«, drang Merandils Stimme ins Bewusstsein des Elbenherrschers, und ein Ruck ging durch Keandirs Körper. Er hatte den Kontakt zu den Stimmen verloren. So sehr er sich auch anstrengte und erneut seine Sinne konzentrierte, das Geraune war verstummt.

»Sobald alle Schiffe vor Anker gegangen sind, soll der Kronrat einberufen werden«, bestimmte er. »Leitet dies in die Wege, Prinz Sandrilas. Bis es so weit ist, werden noch Stunden vergehen. Ich möchte mich mit einer kleinen Gruppe von Kriegern umsehen. Ihr bleibt hier am Strand.«

»Ich würde Euch gern begleiten«, erwiderte der einäugige Prinz.

»Gewiss. Aber ich brauche Euch hier. Errichtet ein Lager und sorgt dafür, dass zwei kleinere Schiffe ausgeschickt werden, um die Küste zu erforschen. Wir müssen wissen, ob dieses Land Teil eines größeren Festlands ist oder nur eine Insel.«

Prinz Sandrilas neigte das Haupt. »Es soll so geschehen, wie Ihr sagt, mein König. Aber ich rate Euch, auf diese geflügelten Kreaturen achtzugeben. Vielleicht machen sie nicht nur Jagd auf Möwen.«

Die Hand des Königs legte sich um den mit Bernstein besetzten Schwertgriff. »Ich weiß mich wohl zu wehren.«

Sandrilas deutete auf das Steinrelief. »Welches Volk auch immer dieses Kunstwerk des Schreckens geschaffen haben mag, wir wissen nun, dass es diese geflügelten Kreaturen wirklich gibt. Leider wissen wir nicht, was aus den Künstlern wurde, aber diese in Stein gehauenen Bilder erzählen genug, mein König. Genug, um uns zu warnen.«

Vier Krieger wählte König Keandir aus, um ihn zu begleiten. Branagorn, ein junger Elbenkrieger, der mit dem König und dessen Gefolge an Land gegangen war, war einer von ihnen. Ein anderer trug den Namen Malagond. Er galt als bester Bogenschütze der ganzen Flotte. Außerdem nahm Keandir noch zwei altgediente und in unzähligen Schlachten erprobte Elbenkrieger mit, die Brüder Moronuir und Karandil.

»Ihr nehmt die Zeichen der Gefahr nicht ernst genug«, beklagte sich Sandrilas mit mürrischem Blick.

Keandir aber antwortete mit einer wegwerfenden Handbewegung. »Die Kunst des leichten Lebens besteht darin, dass man nicht nur die Zeichen kommenden Unheils wahrnimmt, sondern auch jene des zukünftigen Glücks, werter Prinz.« Und dabei warf er zum wiederholten Mal einen Blick zurück zur »Tharnawn«, an deren Reling Ruwen stand und auf ihn wartete. Kein Gedanke an eine mögliche Gefahr, keine Schwermut oder gar die Krankheit des Lebensüberdrusses, die das Volk der Elben immer häufiger heimsuchte, konnte ihm dieses besondere Hochgefühl nehmen.

»Bald bin ich zurück, Ruwen!«, murmelte er in der Gewissheit, dass die feinen Sinne seiner Geliebten die leise gesprochenen Worte wahrnehmen würden, wenn auch nur als Ahnung, als Raunen einer vertrauten Seele.

Ein entrücktes Lächeln löste die Härte seiner Gesichtszüge für einen Moment vollkommen auf.

Ruwen stand an der Reling der »Tharnawn« und blickte hinaus zum Strand, der im dichten Nebel verborgen war. Sie fühlte, dass Keandir in Gedanken bei ihr war. Ihre Sinne vernahmen den Hauch seiner Stimme.

»Kean!«, murmelte sie.

Die »Tharnawn«, das königliche Flaggschiff, war mit einigen anderen in der Bucht vor Anker gegangen. Doch von dem Festland vor ihr konnte Ruwen nur die schroffen Felsen sehen, die sich aus dem Nebel erhoben. Den Blick auf den Strand verwehrten dichte graue

Schwaden, und so konnte sie auch ihren geliebten Keandir nicht entdecken.

Doch er sprach in diesem Moment zu ihr, und obwohl sie die Worte mit ihren Ohren nicht vernahm, wusste sie, dass es eine Botschaft voller Liebe und Zuneigung war, die er ihr übermittelte.

Ein Lächeln huschte über ihr zartes Gesicht. Sie strich sich das ebenholzschwarze Haar zurück. Doch plötzlich stutzte sie. Lauschte. Starrte angestrengt in die Ferne und suchte mit den Blicken die Felsen der Küste ab.

»Kean, geh nicht!«, sagte sie so laut, dass sich einer der Elbenkrieger zu ihr umdrehte.

Die Stimme Keandirs, die sie vernahm, wurde überdeckt von einem Chor gehässigen Raunens.

»Was bedrückt Euch, Ruwen?«, fragte eine weibliche Stimme in ihrer Nähe. Es war Nathranwen, die Heilerin. »Ihr seht vollkommen verstört aus. Dabei hättet Ihr allen Grund, Euch zu freuen.«

»Das tue ich auch.«

»Und was ist mit dem König?«

»Er freut sich ebenso wie ich.«

»Dann solltet Ihr Euer Glück genießen. Denn es ist nicht nur Euer Glück, sondern das Glück des ganzen Volks der Elben; die Geburt eines Königskindes wird alle mit neuer Hoffnung und Kraft erfüllen.«

Ruwen deutete zur Küste. »Ich glaubte, etwas gehört zu haben. Etwas Bedrohliches, Böses, das auf meinen geliebten Keandir lauert.«

»Hört Ihr es immer noch?«

Ruwen schüttelte den Kopf. »Nein.«

»Dunkle Ahnungen und feine Sinne sind Segen und Fluch unseres Volkes zugleich, Ruwen. In diesem Fall solltet Ihr vielleicht einfach darauf vertrauen, dass es das Schicksal im Moment wirklich sehr gut mit Euch meint. Oft genug sind es die bösen Ahnungen selbst, die ihre eigene Erfüllung erst verursachen.«

»Meint Ihr?«

»Ja.«

»Dann will ich hoffen, dass Ihr recht behaltet.«

# 2

# GEFLÜGELTE BESTIEN

König Keandirs Gruppe brach auf. Einen Moment lang war ihm, als würde ihn die Stimme seiner geliebten Ruwen vor irgendetwas warnen wollen. Er lauschte, aber alles, was er hörte, war das Geraune jener Geschöpfe, die an dieser Küste lebten.

Der Elbenkönig und seine vier Begleiter gingen ein Stück den schmalen Strand entlang. Er bestand aus grobem Sand und wurde in Richtung der Klippen immer steiniger. Dann entdeckten sie einen Pfad, der hinauf in das Gebirge führte. Immer höher und höher ging es. Die Vegetation war spärlich und karg. Farblose Dornenbüsche hatten sich mit ihren Wurzeln in die Felswände geklammert, und hier und dort wuchsen ein paar widerstandsfähige Gräser. Der Geruch der Moose, die einige der Felsbrocken überzogen, erinnerte an eine Totengruft. Ansonsten überwog kahles Gestein.

Der Pfad stieg rasch an und führte anschließend durch eine spaltartige Schlucht, die aussah, als habe ein übermütiger Riese versucht, mit einer gigantischen Streitaxt den Berg zu spalten. Am Ende dieser Schlucht begann ein weiterer sehr steiler Aufstieg. Über einen schmalen Grad setzte die Gruppe ihren Weg fort, bis sie schließlich ein Hochplateau erreichte.

Keandir trat an den Rand des Plateaus und blickte hinaus auf das Meer. Aber von den über tausend Elbenschiffen, die auf die Anfurten zusteuerten, war nichts zu sehen. Ein undurchdringlicher grauer Schleier aus dichtem Nebel hing über dem Wasser, soweit das Auge reichte.

»Das ist kein gewöhnlicher Nebel, in den wir geraten sind«, meinte Keandir.

»Ihr vermutet dahinter Zauberei?«, fragte Malagond der Bogenschütze ebenso verwundert wie erschrocken.

»Ja, irgendeine böse Form von Magie muss es wohl sein«, brummte Branagorn.

Malagond, der seinen Bogen auf dem Rücken trug, sagte: »Dann muss dieses Land das Zentrum dieser bösen Magie sein.«

»Das wollen wir nicht hoffen«, murmelte Keandir.

Der raschelnde Schlag scharfer Lederschwingen ließ sie herumfahren. Malagond griff instinktiv zu seinem Bogen, und mit einer blitzschnellen Bewegung zog er einen Pfeil aus dem Köcher und legte ihn an die Sehne.

Ein geflügelter Affe stürzte sich von einem Felsvorsprung und schnellte im Gleitflug herab. In jeder seiner beiden Pranken hielt er einen Speer, und einen davon schleuderte er auf den König.

Keandir wich geschickt zur Seite, und der Speer verfehlte ihn um Haaresbreite. Die Metallspitze traf klirrend den felsigen Untergrund.

Den zweiten Speer vermochte der Angreifer nicht mehr zu schleudern, denn Malagonds Pfeil bohrte sich in seinen Körper. Mit einem kreischenden Schrei stürzte der geflügelte Unhold in die Tiefe.

Doch er blieb nicht der einzige Angreifer. Innerhalb von Augenblicken kamen ein gutes Dutzend dieser Kreaturen aus ihren Höhlen, Löchern und Felsspalten hervor. Sie alle waren zwar nackt bis auf ihr Fell, aber mit Speeren und Dreizacken bewaffnet, wie es auch auf dem Felsrelief dargestellt war. Sie warfen sich von den höher gelegenen Felsplateaus und Vorsprüngen herab und jagten heran wie Raubvögel.

Malagonds Bogen sandte Pfeil um Pfeil in Richtung der geflügelten Bestien. Drei von ihnen fanden innerhalb weniger Herzschläge ihr Ende. Ihre schaurigen Todesschreie verloren sich in der Weite des Nebelmeers.

Einen vierten Angreifer vermochte Malagond nicht rechtzeitig zu treffen. Dessen Dreizack durchbohrte im nächsten Moment des Elben Brust, dann fuhr Malagond ein Speer durch den Hals. Einer der Geflügelten packte den Bogenschützen mit den krallenbewehrten Pranken, schleifte ihn davon, riss ihn über die Klippen und ließ ihn los. Das dumpfe Geräusch, mit dem Malagonds Körper aufschlug, hörte man erst mehrere Lidschläge später, so tief fiel er. Selbst die fortgeschrittene Heilkunst der Elben würde ihm nicht mehr helfen können.

Keandir und Branagorn kämpften derweil mit dem Schwert in der Hand um ihr Leben. Ihnen zur Seite standen noch die Brüder Moronuir und Karandil, die bereits König Keandirs Vater als Leibwächter gedient hatten. Beide führten ihre schmalen, aus Elbenstahl geschmiedeten Klingen sehr geschickt und mit tödlicher Präzision.

Aber die Übermacht war zu groß. Schritt um Schritt musste die Gruppe zurückweichen, bis sie mit dem Rücken vor einer schroffen Felswand standen, während immer mehr Geflügelte auf dem Hochplateau landeten, um sie anzugreifen. Ein Speer fuhr Moronuir in die Seite. Er sank auf die Knie, und Keandir selbst stellte sich nun vor seinen Leibwächter. Er hieb mit seiner mit magischen Mitteln gehärteten Klinge um sich. »Trolltöter« nannte man die Waffe mit dem bernsteinbesetzten Griff. Doch auch unter den geflügelten Kreaturen dieser verfluchten Küste sorgte sie für Tod und Verderben. Köpfe rollten, deren Gesichter in fratzenhaftem Hass erstarrten.

Die geflügelten Angreifer wichen schließlich vor dem wütenden Mut des Königs zurück. Ein Speer, von einer der Kreaturen geworfen, jagte dicht an Keandirs Kopf vorbei und Moronuir in die Brust. Tödlich getroffen sank er zu Boden.

Da stürmte Karandil wutentbrannt auf die Übermacht zu. Tollkühn hieb er um sich. Die Schreie der Geflügelten gellten so schrill über den Kampfplatz, dass es für die feinen elbischen Sinne kaum zu ertragen war. Drei Speere trafen den Elbenkrieger beinahe zur gleichen Zeit. Wankend stand er da, mit bereits starrem Blick.

Branagorn verhinderte noch, dass ein weiterer Angreifer dem bereits vom Tod gezeichneten Karandil die Kehle mit den messerscharfen Krallen aufriss. Aber von den vier Elbenkriegern, die ihrem König in das Gebirge gefolgt waren, lebte nur noch einer.

Branagorn und Keandir standen Seite an Seite. Der schroffe Fels befand sich unmittelbar hinter ihnen und verhinderte zumindest, dass sie auch noch von hinten angegriffen wurden.

Der Kampflärm musste auch unten am Strand zu hören sein. Das

Klirren der Waffen, das schrille Kreischen der geflügelten Affen, die gellenden Schreie der Sterbenden. Selbst für einen Gehörsinn, der weitaus weniger fein war als jener der Elben, war der Kampf auch aus dieser Entfernung nicht zu überhören. Prinz Sandrilas eilte ihnen bestimmt bereits mit einer Schar Elbenkrieger zu Hilfe. Doch ob diese Hilfe rechtzeitig eintreffen würde, war fraglich.

Die Geflügelten kauerten knurrend und geifernd in sicherer Entfernung. Ihre Verluste waren hoch, aber dieser Blutzoll bestärkte nur noch ihre wilde Entschlossenheit. Sie wollten die elfenbeinbleichen fremden Krieger, die an den Strand dieser schroffen Küste gespült worden waren, um jeden Preis töten. Einige von ihnen sammelten Speere und Dreizacke vom Boden auf oder zogen sie aus den leblosen Körpern der gefallenen Elbenkrieger.

Keandirs Gedanken waren in diesem Moment bei seiner geliebten Ruwen und dem ungeboren Leben, das sie unter dem Herzen trug. So hoffnungsvoll hatte alles noch vor Kurzem ausgesehen, und jetzt stand der Elbenkönig seinem Ende gegenüber. »Ruwen, es tut mir leid, dass ich nicht zurückkehren werde!«, murmelte er. Vielleicht würde sie seine Worte als fernes Raunen einer verwandten Seele vernehmen. Vielleicht würde sie spüren, dass seine letzten Gedanken ihr und dem ungeborenen Kind gegolten hatten.

Fauchende Laute kündigten an, dass es nur noch eine Frage von Augenblicken war, bis die geflügelten Bestien wieder angreifen würden. Einige scharrten mit den Krallen ihrer Füße über den Felsen und quälten mit dem schrillen Kreischen, das dabei entstand, die empfindlichen Elbensinne.

Branagorn stöhnte unwillkürlich auf. »Ich frage mich, was diesen Hass gegen uns in ihre verdorbenen Herzen gepflanzt hat«, knurrte der junge Elbenkrieger verständnislos.

»Jedenfalls wollen sie offenbar nicht aufgeben, bis auch wir reglos im Staub liegen.« Keandir fasste sein Schwert Trolltöter mit beiden Händen.

Dunklen Schatten gleich näherte sich ein weiteres Dutzend geflügelter Affen. Jeder von ihnen hielt mehrere Speere oder Dreizacke in den Klauen. Im sanften Gleitflug steuerten sie auf das Felsplateau zu und landeten. Ihre Stimmen bildeten einen schrillen Chor. Offenbar verständigten sie sich in einer äußerst einfachen, barbarischen Sprache. Schließlich formierten sie sich. Die Spitzen der Speere und Dreizacke wiesen auf die beiden Elben.

Ein Hornsignal ertönte in der Ferne. Das mussten Sandrilas und seine Krieger sein, aber sie würden den Aufstieg nicht schnell genug schaffen, um ihrem König zur Seite stehen zu können.

Die Geflügelten stimmten auf einmal einen tiefen, grollenden Singsang an und bildeten einen immer enger werdenden Halbkreis um ihre beiden Opfer.

»Verteidigen wir uns so gut es geht, Branagorn«, sagte Keandir, in dessen Zügen grimmige Entschlossenheit stand.

Branagorn lachte heiser. »Was bleibt uns anderes, da wir doch mit dem Rücken zur Wand stehen?«

Keandir machte einen Schritt vor. Er ließ dabei die Klinge so schnell durch die Luft schnellen, dass sie von einem bläulichen Leuchten umflort wurde. Die Angreifer stutzten und wichen zunächst wieder einen halben Schritt zurück.

»Seht Ihr, Branagorn?«, rief Keandir. »Wenigstens einen Verbündeten haben wir noch auf unserer Seite. Die Furcht nämlich, die der bisherige Verlauf des Kampfes bei den hässlichen Kreaturen ausgelöst hat.«

»Diese Furcht wird aber kein kampfentscheidender Trumpf sein, mein König«, murmelte Branagorn düster.

Im nächsten Moment stieß einer der Geflügelten einen barbarischen Schrei aus, der für die gesamte Horde das Signal zum Angriff war. Mit unglaublicher Wut fielen sie über die beiden Elbenkrieger her. Dutzende von Speerspitzen stachen auf Keandir und Branagorn ein, doch die scharfen Elbenschwerter hieben die hölzernen Schäfte einfach durch – und oft genug auch den Arm, dessen Hand sie führte. Schreie gellten, und der Tod fuhr schon nach wenigen Augenblicken erneut reiche Ernte ein. Grünliches schleimiges Blut spritzte, während Keandir seinen Trolltöter führte.

Doch die Übermacht war zu groß. Die beiden Elben verteidigten sich mit der Wut der Verzweiflung; von ihren durch die Luft schneidenden Klingen konnte man kaum mehr als den bläulichen Lichtflor sehen, so schnell wurden sie geführt, und sie sangen dabei ein sirrendes Todeslied.

Der Raum, der den beiden Verteidigern blieb, wurde jedoch immer enger. Ihre Rücken und Schultern drängten gegen den glitschig kalten, teilweise von übel riechendem Moos bewachsenen Fels – und dieser gab plötzlich nach!

Keandir taumelte und glaubte zu fallen. Nach ein paar Schritten aber hatte er wieder das Gleichgewicht gefunden. Mit Trolltöter in beiden Händen stand er da, während sich seine schräg stehenden Augen verengten. Sein Gesicht verlor für einen kurzen Moment die harten, wie in Stein gemeißelten Züge und zeigte den Ausdruck grenzenlosen Staunens.

Branagorn erging es nicht anders. Im ersten Moment stand der junge Elbenkrieger fassungslos da, das schmale, leicht gebogene Schwert bereits zum nächsten Schlag erhoben.

Sie hatten beide die Felswand durchdrungen, als wäre sie nichts!

Das Licht des trüben, nebelverhangenen Tages schimmerte von außen durch das auf magische Weise transparent gewordene Felsgestein. Für Keandir und Branagorn hatte es seine Festigkeit anscheinend aufgegeben – für die geflügelten Affen hingegen stellte es nach wie vor ein unüberwindliches Hindernis da. Durch das transparente Gestein war zu sehen, wie sie tobten und mit ihren Waffen sinnloserweise auf die Steinwand eindroschen. Sie konnten es einfach nicht fassen, dass ihre sicher geglaubte Beute, ihre schon dem Tod geweihten Gegner für sie plötzlich nicht mehr erreichbar waren.

Die Durchsichtigkeit des Gesteins ließ innerhalb weniger Herzschläge nach. Schon bald wurde der Blick hinaus milchig und verschwommen, bis von den tobenden Bestien mit ihren wild flatternden Lederflügeln und den barbarischen Hauern nichts mehr zu sehen war.

»Wo sind wir hier?«, stieß Keandir verwirrt hervor.

»Ich hoffe nur, dass es nicht die Magie des Bösen ist, die hier herrscht«, sagte Branagorn skeptisch.

Keandir zuckte mit den Schultern. »Es soll mir gleichgültig sein, welche Art der Hexerei hier wirksam ist. Sie hat uns das Leben gerettet, Branagorn. Daran sollten wir immer denken.«

»Gewiss, mein König.«

Es war auch dunkel geworden, als sich das Gestein wieder verfestigt hatte. Vollkommene Finsternis umgab die beiden Elben. Selbst ihre übersensiblen Augen hatten nicht mehr genug Helligkeit, um etwas erkennen zu können. Keandir berührte mit der Hand die kalte Felswand, die wieder vollkommen massiv und undurchdringlich war. Es war kaum zu glauben, dass dieser Stein noch vor wenigen Augenblicken dem Druck eines grazilen Elbenkörpers nachgegeben hatte.

Plötzlich hörten Keandir und Branagorn Schritte aus der dunklen Tiefe hinter ihnen. Schritte in absoluter Dunkelheit.

Die beiden Elben hielten den Atem an.

Die Schritte näherten sich, ehe sie schließlich stoppten.

»Wer ist da?«, fragte Keandir. Aber das Wesen in der Dunkelheit antwortete nicht. Nur sein Atem war zu hören, und der Geruch unvorstellbaren Alters breitete sich aus. Ein Geruch, der nichts zu tun hatte mit Verwesung oder Verfall. Das Atmen wurde heftiger und ging in ein Röcheln über, das vibrierte und zischte.

»Sprich, Geschöpf der Finsternis!«, rief Keandir, der in seine Stimme alle Entschlossenheit und Autorität legte, zu denen er noch fähig war. »Ich bin König Keandir, Herrscher der Elben! Nun sage mir, wer du bist!«

Wieder erhielt er keine Antwort. Stattdessen loderte plötzlich eine Flamme auf. Dann eine weitere. Innerhalb weniger Augenblicke entzündeten sich ein halbes Dutzend Fackeln, die in metallenen Halterungen an den Wänden angebracht waren. Schatten tanzten über den Fels und über die blassen Gesichter der Elben.

Eine massige und auf zwei dicke Wanderstäbe gestützte Gestalt stand gekrümmt vor den beiden Elben. Der unförmige, verwachsene Körper war von einem groben Gewand aus grauem Tuch bedeckt. Das Erschreckendste war der kantige, unregelmäßig geformte Kopf mit dem ebenso deformierten Gesicht. Der Mund stand offen und war vollkommen zahnlos. Darüber prangte eine breite, knollige Nase. Doch dort, wo eigentlich die Augen hätten sein müssen, war – nichts.

Gar nichts!

Nicht einmal Höhlen.

Die Haut spannte sich über den Schädel. Die Stirn begann schon in Höhe der Wangenknochen.

Der Augenlose trat einen Schritt näher. Mit seinen knorrigen, sechsfingrigen Händen umfasste er die beiden Wanderstäbe. Der zur rechten war aus einem hellen Holz, das plötzlich für einen kurzen Moment von innen heraus zu strahlen schien. Schnitzereien bedeckten den gesamten Stab. Gesichter, die an Totenmasken erinnerten. Oben auf dem Stab thronte die Figur eines geflügelten Wesens, das große Ähnlichkeit mit einem Affen hatte. Die Figur war aus purem Gold.

Der zweite Stab glich dem ersten von der Größe und Form her, nur dass er aus dunklem Ebenholz war. Zahllose winzige Figuren waren hineingeschnitzt. Geisterhafte Totems mit verzerrten Gesichtern. Auf der Spitze dieses Stabes steckte ein Totenschädel, der jedoch nicht größer als eine elbische Faust war.

»Ich selbst brauche das Licht nicht – aber für Euch ist es angenehmer so, König Keandir.« Dem Elbenkönig fiel auf, dass der Augenlose zwar sprach, sich sein Mund aber nicht bewegte. Keandir war sich nicht sicher, ob er die Worte seines Gegenübers tatsächlich mit den Ohren hörte oder eine Geisterstimme direkt mit seiner Seele sprach. Der Augenlose hob den Stab mit dem Totenkopf leicht an, woraufhin sich drei weitere Fackeln entzündeten. Eine davon steckte kaum anderthalb Schritte vom König entfernt in einem Eisenring an der Felswand. Keandir stellte fest, dass keinerlei Wärme von den Flammen ausging. Sie hatten es offenkundig mit Zauberei zu tun. Es war alles nur eine magische Illusion.

»Nur durch Hexerei kann man sich bei den geflügelten Bestien, die dort draußen lauern, einigermaßen Respekt verschaffen«, sagte der Augenlose, und erneut schallte seine Stimme nur in den Köpfen der beiden Elben. »Ich lebe schon so lange hier – da weiß ich inzwischen, wie man sie sich vom Leib hält. Es ist auch nicht schwer zu lernen.«

Keandir warf Branagorn einen schnellen Blick zu und sah an dessen Gesichtsausdruck, dass er die Stimme ebenfalls vernahm. Dann schaute er wieder den Augenlosen an. So abstoßend dessen äußere Erscheinung auch sein mochte, er klang durchaus vertrauenerweckend. »Wer seid Ihr?«, fragte der Elbenkönig.

»Es ist lange her, dass man mich mit einem Namen ansprach. Ich weiß nicht, ob ich mich wieder daran gewöhnen kann. Es ist überhaupt lange her, dass sich jemand in diese Höhle verirrte, um mit mir ein Gespräch zu führen. Länger als ein Äon. Die Erde und der Himmel haben seitdem ihre Gestalt verändert, und keine der Arten, die damals die Erde bevölkerten, gibt es noch. Ich bin der Einzige, der aus diesem fernen Zeitalter übrig blieb. Es hat daher auch keine Bedeutung, welchen Namen ich damals trug. Nennt mich einfach den Augenlosen Seher.«

»Ein Seher seid Ihr?«

»Ja, kurzlebiger Bruder des Todes.«

»Unser Volk gilt gemeinhin als sehr langlebig.«

»Für mich seid ihr wie Eintagsfliegen, kaum die Mühe eurer Geburt wert.«

Keandir ging nicht auf die Bemerkung ein. Vielleicht wollte ihn der Augenlose mit diesen Worten beleidigen, doch der König der Elben gab sich keine Blöße, indem er darauf reagierte.

Stattdessen steckte er sein Schwert ein und fragte: »Wenn Ihr ein Seher seid, so vermögt Ihr die Wege des Schicksals vorherzusehen?« Es war nicht anzunehmen, dass der Augenlose sie angreifen würde. Und wenn, dann sicherlich mit Magie, und gegen die nutzte selbst eine scharfe Elbenklinge nichts.

Branagorn folgte dem Beispiel seines Königs, wenn auch nur zögernd.

»Die Wege des Schicksals?«, wiederholte der Augenlose. »Nun, ich vermag ihre Gabelungen zu erkennen. Aber ich sehe auch anderes …«

»Bei jemandem, der keine Augen hat, klingt das …« Keandir verstummte.

»… vermessen?«, fragte der Augenlose und lachte heiser; dabei benutzte er anders als beim Sprechen den Mund. Aus der zahnlosen dunklen Höhle drang uralter Atem von fast betäubender Intensität.

Ein Schauder erfasste Keandir, und Branagorn war anzusehen, dass es ihm keineswegs anders erging. Mit ihren feinen Elbensinnen empfanden sie beide den Gestank als nahezu unerträglich. Aber immerhin hatte der Seher ohne Augen ihnen das Leben gerettet – und Keandir fand, dass dieser Umstand ein gewisses Maß an Vertrauen rechtfertigte.

Keandir erinnerte sich an das düstere Geraune, das er schon am

Strand vernommen hatte. Er war plötzlich sicher, dass es die *Stimme* des Augenlosen gewesen war.

Dieser bewegte den Kopf, fast so, als würde er den König mustern. »Ich blicke in Eure Seele, König Keandir. Und dabei sehe ich gleichermaßen den Triumph und die Abgründe. Manchmal liegt beides sehr nahe beisammen …«

»Seht Ihr auch die Gabelungen meines Schicksals?«, fragte Keandir.

»Ja.«

»Dann möchte ich mehr darüber wissen!«

»Ihr steht an einer solchen Gabelung. Eure Zukunft, die Vergangenheit und das, was gegenwärtig ist – all dies liegt offen vor mir.« Der Augenlose kicherte. »Eine Geburt wird das Schicksal Eures Volkes verändern – und ganz besonders das Eure.«

»Redet weiter!«, forderte der König, dem natürlich sofort Ruwens Schwangerschaft in den Sinn kam.

»Es wird eine Zwillingsgeburt sein.«

»Zwillinge?«, fragte Keandir ergriffen. Er starrte den Augenlosen ungläubig an. »Ist das wahr?«

»Ja, ich sehe es ganz deutlich.«

War es möglich, dass Ruwen gleich in zweifacher Weise gesegnet war? Schon die Geburt eines einzelnen Kindes war unter den Elben eine Besonderheit, die als außerordentlich glückliche Fügung und Geschenk der Götter betrachtet wurde. Noch viel seltener und verheißungsvoller war aber die Geburt von Zwillingen.

Wenn es tatsächlich so sein sollte, musste dies Keandirs Meinung nach ein Zeichen der Götter sein. Ein Zeichen, dachte er, das uns helfen wird, die richtigen Entscheidungen für die Zukunft des Elbenvolks zu treffen …

»Ich muss mehr über die Zukunft wissen!«, sagte Keandir geradezu beschwörend – denn in diesem Moment sah er die Möglichkeit, all die schwere Verantwortung, die auf seinen Schultern lastete, zu mindern. Wie viel leichter fiel doch eine Entscheidung, wenn man sich sicher sein konnte, dass man auf dem richtigen Weg war. Keandir wusste nicht mehr, wann die Elben diese Gewissheit verloren hatten. Es musste lange her sein. Er selbst war erst während der Reise geboren worden, und da war jene Epoche längst vorbei gewesen, in der die Elben genau gewusst hatten, wo ihr Ziel lag und was ihre Bestimmung war; und in seiner Kindheit war diese Gewissheit nur noch eine verblassende Erinnerung gewesen.

»Es steht Euch frei, Fragen zu stellen, Weggenosse eines flüchtigen Moments«, antwortete der Augenlose. In seinem Gesicht regte sich dabei nicht ein Muskel. Doch die Stirnpartie mit den fehlenden Augenhöhlen war dem König der Elben zugewandt, sodass Keandir trotz allem das Gefühl hatte, dass sein Gegenüber ihn ansah – wenn auch vielleicht eher auf geistiger Ebene, wozu das Vorhandensein von Augäpfeln nicht nötig war.

Keandir schauderte bei dem Gedanken, welch monströser, uralter und vielleicht auch bösartiger Geist hinter dieser gesichtslosen Stirn verborgen sein mochte. Ein Geist, der seit Äonen mit Spott und Zynismus die Welt beobachtete. Einsam und lebendig begraben in einer Höhle ohne Ausgang, die sich nur mit magischen Mitteln verlassen oder betreten ließ.

Die aufgesprungenen, schorfigen Lippen des zahnlosen Mundes pressten sich aufeinander und verzogen sich zu einem hämischen Lächeln. Blanke Überheblichkeit klang in seinen Worten, als der Seher fortfuhr: »Mir steht es allerdings frei, Euch zu antworten oder dies nicht zu tun – ganz wie es mir meine Verantwortung gegenüber dem Schicksal oder einfach nur meine Laune einflüstert.« Der Augenlose Seher näherte sich. Er hielt Keandir beide Stäbe entgegen – den dunklen mit dem bleichen Totenschädel an der Spitze und jenen, auf dem das goldene Abbild eines geflügelten Affen so lebensecht thronte, dass man glauben konnte, er würde jeden Moment aus der Starre erwachen und sich mit seinen ausgebreiteten Schwingen in die Lüfte erheben. »Nehmt sie!«

»Was?«

»Alle beide! Den Stab der Finsternis und den Stab des Lichts.«

Der Seher hatte den Befehl mit einer solchen Eindringlichkeit vorgebracht, dass seine Worte in König Keandirs Kopf widerhallten und betäubend auf sein Inneres wirkten. Er war in den nächsten Augenblicken nicht mehr in der Lage, auch nur einen einzigen klaren Gedanken zu fassen.

»Mein König!«

Keandir erreichte der Ruf wie aus weiter Ferne. Nur beiläufig bemerkte er, dass es der junge Branagorn war, der seinen Namen gerufen hatte.

Aber wie alles andere, was um ihn herum war, trat auch Branagorn auf seltsame Weise in den Hintergrund. Keandirs empfindliche Elbensinne schienen auf einmal von einer plötzlichen Taubheit befallen. Er hatte das Gefühl, dass ihn eine unsichtbare Barriere von allem, was ihn umgab, abschirmte. Von allem, außer den Einflüsterungen des Augenlosen Sehers.

Keandir hob die Hände und ergriff die beiden Stäbe des Sehers. In dem Moment, als sich seine Finger um das Holz der Stäbe schlossen, durchlief ihn ein beinahe schmerzhaftes Prickeln. Eine überwältigende Kraft durchfuhr seinen gesamten Körper, während der Augenlose eine seiner sechsfingerigen Hände auf Keandirs Kopf legte. Die andere Hand presste er gegen Keandirs Brust, direkt über dem Herzen.

Der aasige, uralte Atem des Sehers umgab Keandir wie eine Aura, und ein Schwarm kleinster schwarzer Teilchen drang aus dem zahnlosen Mund. Sie glichen winzigen Insekten und schwirrten unruhig durcheinander. Dann bildeten sie einen Strom, der direkt in die Nasenlöcher des Königs strebte.

»Was tut Ihr mit meinem König?«, rief Branagorn.

Der junge Elb wähnte seinen Herrn in Gefahr. Von Anfang an hatte er eine Aura des Bösen gespürt, und er fragte sich, weshalb er seinen hochsensiblen Elbensinnen nicht getraut und seinen König früher gewarnt hatte.

Branagorn griff zu dem Schwert an seiner Seite und riss die Klinge heraus. Was auch immer dieser Augenlose Seher für schwarzmagische Teufeleien an seinem König verüben wollte – Branagorn würde dabei nicht tatenlos zusehen.

Er holte zu einem Schwertstreich aus, aber eine unsichtbare Kraft erfasste Branagorn, riss ihn zurück und schleuderte ihn gegen die Felswand. Er war unfähig sich zu bewegen, die Kraft hielt ihn wie in einem Schraubstock.

»Ihr überschätzt Euch, Krieger!«, dröhnte die Geisterstimme des

Augenlosen. »Wagt das nie wieder, sonst wird Eure jämmerliche sterbliche Existenz nicht nur weitaus früher enden, als es die Götter ohnehin vorgesehen haben – ich werde auch Eure erbärmliche Seele für ein Äon oder mehr leiden lassen, bevor ich sie schließlich vernichte!«

Ein Zittern durchlief Branagorns Körper. Er konnte nichts dagegen tun. Die Magie des Augenlosen Sehers war zu mächtig. Eine Beschwörungsformel zur Abwehr lag dem jungen Elbenkrieger auf der Zunge. Ein einfacher, primitiver Zauber, wie ihn jeder Elb schon als Kind erlernte und der in solch einer Situation jedem Angehörigen dieses Volkes fast schon instinktiv über die Lippen gekommen wäre. Aber Branagorns Zunge war wie gelähmt. Er war nicht in der Lage, auch nur einen einzigen Ton vorzubringen.

In der Gewissheit, alles unter Kontrolle zu haben, wandte sich der Augenlose wieder Keandir zu und öffnete erneut den Mund. Der dunkle Schwarm der wimmelnden Teilchen, von denen jedes einzelne noch viel kleiner sein musste als ein Sandkorn, kehrte aus der Nase des Königs zurück in den Schlund des Augenlosen. Dieser stieß einen glucksenden Laut aus, nachdem er die wimmelnden Winzlinge verschluckt hatte.

Keandir schloss die Augen. Es war ein plötzlich auftretendes Bedürfnis, so mächtig wie die Sehnsucht nach Schlaf, wenn man der vollkommenen Erschöpfung nahe war. Der Elbenkönig wirkte wie erstarrt. Er glich in seiner Regungslosigkeit der Skulptur eines Bildhauers.

Der Augenlose ließ ihn los und nahm ihm die beiden Stäbe wieder ab, die daraufhin für einen kurzen Moment seltsam leuchteten, so als wären sie mit einer phosphorisierenden Substanz bestrichen. Doch dieses Leuchten hielt nur wenige Herzschläge lang an.

»Öffne die Augen!«, wies der Seher den König an.

Dieser gehorchte. Branagorn erschrak, als er sah, dass die Augen seines Königs im ersten Moment vollkommen schwarz waren. Doch nach dem ersten Lidschlag war diese Schwärze verschwunden und das Weiße in den Augen des Königs zurückgekehrt. Ein Ruck ging durch dessen Körper, und er löste sich aus der Erstarrung.

Eine Furche erschien auf seiner Stirn. Er blickte Branagorn verwirrt an.

Der Augenlose nahm auch den magischen Bann von dem jungen Elbenkrieger. Von einem Herzschlag zum anderen war die geisterhafte Kraft von ihm genommen, die ihn bis dahin gehalten hatte. Branagorn murmelte den Abwehrzauber, dessen Formel er bereits die ganze Zeit über dem Augenlosen hatte entgegenschleudern wollen.

Dieser lachte nur. »Versucht nicht, Euch in magischen Dingen mit mir zu messen, junger Krieger!«

»Was habt Ihr getan, Augenloser?«

»Nichts, was Euch beunruhigen müsste, mein übereifriger Vasall eines Königs, der vor den entscheidenden Fragen seines Äons zu kapitulieren droht!« Wieder verzog sich der Mund zu einem Ausdruck blanken Hohns.

»Ist mit Euch alles in Ordnung, mein König?«, fragte Branagorn.

Keandir nickte lediglich. Er machte noch immer einen leicht verwirrten Eindruck und sah sich suchend um.

Der Augenlose wandte sich wieder Keandir zu. »Macht Euch keine Sorgen, o König der dem Vergessen Anheimfallenden. Zumindest nicht über Euch selbst, denn ich bin nicht Euer Feind, sofern Ihr nicht zu meinem werdet.«

»Was habt Ihr mit mir gemacht?«, fragte Keandir. Mit den Fingern berührte er die Schläfen, so als hätte er Schmerzen. Sein Gesicht hatte den Zug von Gelassenheit und Verklärung verloren, der ansonsten so typisch war für den König der Elben.

»Ich habe Eure Seele geprüft, das ist alles.«

»Meine Seele geprüft?«, wiederholte Keandir ungläubig.

»Ihr wolltet doch mehr über die Gabelungen des Schicksals wissen. Mehr über das Muster, das Schicksal und Zeit bilden und das für den Kundigen so klar zu erkennen ist, dass es für ihn ein ewiges Rätsel ist, warum Geschöpfe von geringeren Geistesgaben darin ein unentwirrbares, chaotisches Knäuel sehen!« Der Augenlose machte eine Pause.

Keandir schloss kurz die Augen und stützte sich gegen eine Felswand. Ihm war schwindelig. Ein Strudel von Bildern und Gedanken schwirrte durch seinen Kopf. Und Stimmen. Szenenfolgen aus seinem Leben reihten sich aneinander. Die ersten Erinnerungen seines Elbenlebens. Wahrscheinlich hatte die Magie des Augenlosen sie an die Oberfläche seiner Seele gespült. Er lag auf den Planken eines Schiffs und erwachte aus einem längeren Schlaf. Über sich sah er den wolkenlosen blauen Himmel, so groß und strahlend wie ein Sinnbild der Unendlichkeit. In diesem ersten Augenblick seiner Erinnerung war ihm alles so leicht und klar erschienen. Es schien keine Grenzen zu geben und alles möglich zu sein. Er hörte die Stimmen der Erwachsenen, die von den Gestaden der Erfüllten Hoffnung sprachen, und von der langen Reise, die schon hinter ihnen lag. Doch all das, was sie sagten, war noch von verhaltenem Optimismus geprägt.

Was war in der Zwischenzeit mit seinem Volk geschehen? So viele ungezählte Jahre waren mit der Suche nach Bathranor, den Gestaden der Erfüllten Hoffnung, vergangen. Selbst für das Zeitempfinden eines Elben dauerte sie bereits länger, als es für manche erträglich war. In den alten Zeiten, so hatte man Keandir erzählt, war der Lebensüberdruss unter den Elben bei Weitem nicht so verbreitet gewesen wie in diesen Tagen.

»Ihr seid hier auf einer dem Festland vorgelagerten Insel«, erklärte der Seher, »aber hier werdet Ihr nicht bleiben können. Ein so feinfühliges Geschlecht wie das Eure würde sich gegen die morbide Macht der uralten Schatten, die diese Insel beherrschen, auf die Dauer nicht behaupten können. Glaubt es mir.«

Überraschung prägte Keandirs scharf geschnittenes Gesicht. »Woher wisst Ihr …?«

»Eure Seele ist für mich ein offenes Buch, König Keandir. Gerade sah ich Dinge, die selbst Ihr nicht über Euch wissen wollt …« Ein erneutes Kichern drang aus der stinkenden Mundhöhle des Augenlosen. »Aber keine Sorge, ich werde Euch nicht gegen Euren Willen über die Finsternis aufklären, die Euer strahlender Elbenkörper verbirgt. Nur so viel lasst Euch gesagt sein: Wirklich gefährlich sind niemals die Schattenkreaturen der Äußeren Welt, sondern die Dunkelheit in Euch selbst, deren Existenz Euresgleichen so hartnäckig leugnet.«

»Man nennt uns Elben auch die Geschöpfe des Lichts«, antwortete Keandir.

»Licht, das Euch selbst blendet, sodass Ihr die Finsternis in Euch nicht seht«, erwiderte der Augenlose und hob seine beiden magischen Stäbe – den hellen und den dunklen. »Licht und Finsternis sind ohne einander nicht denkbar. Sie sind zwei Aspekte ein und desselben. Und je mehr Ihr die Finsternis zu verbannen versucht, desto hartnäckiger schleicht sie sich in Eure Seelen ein.«

Keandir schüttelte den Kopf. »Worauf soll diese Unterhaltung hinauslaufen? Auf einen philosophischen Disput? Während der langen Seereise, die mein Volk hinter sich hat, hatte ich viel Zeit, um über derartige Fragen nachzudenken, Augenloser. Im Moment bin ich jedoch an näherliegenden Dingen interessiert.«

»Ich weiß. Obwohl es mir durchaus nicht alltäglich scheint, dass ein Angehöriger Eures Geschlechts einen Sinn für das Praktische entwickelt.«

»Ihr habt gesagt, Ihr hättet meine Seele geprüft. Hat sie sich als würdig erwiesen, um Antworten zu erhalten?«

»Es geht nicht darum, ob sie würdig genug ist, König Keandir.«

»Ach nein?«

»Die Frage ist, ob sie stark genug ist, die Antworten des Orakels zu überstehen.«

»Von welchem Orakel sprecht Ihr?«

Wieder kicherte der Augenlose. »Eure Stimme vibriert, als ob Euch bereits bei dem Gedanken daran die Furcht in ihren Würgegriff nimmt. Dennoch wollt Ihr wissen, in welcher Weise das Geschick Eures Volks durch die Geburt der Zwillinge beeinflusst wird und ob die Mächte des Schicksals für oder gegen Euch sind, wenn Ihr auf dem nahen Festland siedelt. – Nun, so folgt mir zum Orakel.«

»Ich hatte gedacht, Ihr selbst hättet eine klare Kenntnis der Zukunft.«

Wieder verzog der Augenlose spöttisch den Mund. »Ich würde es eine Ahnung der Möglichkeiten nennen.«

»Warum auf einmal so bescheiden?«

»Ihr müsst selbst wissen, ob Ihr den Weg zur Erkenntnis gehen wollt oder davor zurückschreckt!« Der Augenlose hob den dunklen Stab mit dem Totenschädel und richtete ihn auf eine Felswand. Dort, wo sich gerade noch massives Gestein befunden hatte, war auf einmal ein düsterer Gang. Ein schabender Laut drang daraus hervor – und das Plätschern von Wasser. »Habt Ihr Mut genug, Euch ans Ufer des Schicksalssees zu begeben?«, fragte der Augenlose.

»Lasst Euch nicht auf die magischen Kunststücke dieser Höhlenkreatur ein!«, beschwor Branagorn seinen König. »Ich fühle, dass es Euer Verderben sein wird.«

»Nie hat jemand ernsthaft meinen Mut angezweifelt«, entgegnete Keandir. »Davon abgesehen befinden wir beide uns bereits in der Hand dieses selbst ernannten Sehers, denn nur er hat die Macht, uns wieder aus diesem Verlies zu entlassen!«

»Ich würde ihm nicht über den Weg trauen, mein König!«

»Er hätte uns sehr leicht den geflügelten Affen überlassen können, wollte er unser Verderben«, erinnerte Keandir.

»Wer mag schon wissen, was seine Pläne sind …«

Keandir ging nicht weiter auf die Einwände Branagorns ein und trat vor. »Ich bin bereit«, erklärte er.

Der Augenlose hob den hellen Stab mit dem geflügelten Affen an der Spitze, der sich höhnisch über das Schauspiel, das ihm geboten wurde, zu amüsieren schien. Und auf einmal erwachte er für einen Moment aus der Erstarrung. Er blies einen Feuerball aus seinem Rachen, der an der Wand entlangtanzte und dort nacheinander Dutzende von Fackeln entzündete.

Der Augenlose ging voran. Keandir folgte ihm. Doch noch einmal blieb er stehen und wandte sich zu Branagorn um. »Was ist mit Euch?«

»Natürlich lasse ich Euch nicht allein, mein König.«

»Das freut mich zu hören.«

»Aber ich muss Euch noch einmal beschwören, dieser augenlosen Missgeburt nicht zu trauen.«

»Er hat uns das Leben gerettet.«

»Aber mit welcher Absicht?«

Keandir schwieg.

# 3

# DER SEE DES SCHICKSALS

Der Augenlose bewegte sich mit überraschender Schnelligkeit, und die beiden Elben hatten Mühe, mit ihm Schritt zu halten. Fauliger Modergeruch drang ihnen entgegen, und immer wieder war dieser schabende Laut zu hören. Er erinnerte Keandir an das Scharren von Rattenfüßen auf felsigem Grund oder an die Krallen gieriger Vögel, die einen morschen Baumstamm nach Gewürm absuchten.

Der Gang führte schließlich in eine Höhle, die einer unterirdischen Zitadelle glich. Tropfsteine wuchsen von der Decke. Doch es waren keine gewöhnlichen Stalaktiten – diese Steine leuchteten und erfüllten die Höhle mit grünlichem Schimmer.

Jene Bereiche der Höhlendecke, an der keine leuchtenden Tropfsteine hingen, waren von komplizierten Strukturen aus blutroten Linien durchzogen. Keandir fragte sich, ob diese Strukturen in Wahrheit magische Zeichen waren, mit einer geisterhaft leuchtenden Farbe aufgetragen, oder ob dieser »Deckenschmuck« tatsächlich der Natur zu verdanken war.

Der weitaus größte Teil der Höhle wurde von einem See eingenommen, dessen Wasser pechschwarz war. Er zeigte kein Spiegelbild.

»Wir sind am Ziel«, sagte der Augenlose. »Der See des Schicksals ...«

»Was soll ich tun?«, fragte Keandir.

»Schaut nur in das dunkle Wasser«, antwortete ihm der Augenlose. »Euer Gefährte mag das Gleiche tun – er wird nichts von dem sehen, was Ihr seht, denn jedem ist sein eigenes Schicksal bestimmt.«

»Ich brauche keine Fragen zu stellen?«

»Nein, so eine Art von Orakel ist dies hier nicht. Der See wird Euch alles zeigen, was Ihr wissen wollt – so lange, bis Eure Furcht die Neugier übersteigt!«

Keandir lauschte nach dem schabenden Geräusch, das er auf dem Weg zum See vernommen hatte. Aber auch sein sensibles Elbengehör konnte nichts mehr davon vernehmen.

»Was lässt Euch zögern?«, fragte der Augenlose. »Habt Ihr Euren Mut doch überschätzt?« Wieder dieses hässliche Kichern. »Glaubt mir, im Lauf der Äonen sind Geschöpfe unterschiedlichster Herkunft und Gestalt auf dieser Insel gestrandet und haben auf die eine oder andere Weise den Weg in diese Höhle gefunden. Ihr wärt nicht der Erste, den im Angesicht des dunklen Wassers der Mut verlässt.«

»Bei mir ist dies nicht der Fall!«, versicherte Keandir.

»Vielleicht ist für ein Geschöpf des Lichts die Erkenntnis, dass seine Seele doch ein gewisses Maß an Finsternis enthält, besonders schwer zu ertragen.«

»Euren Spott könnt Ihr Euch sparen.«

»Ganz wie Ihr meint …«

Keandir hatte bisher den direkten Blick auf das dunkle Wasser gemieden. Was war mit ihm geschehen, seit die Hand des Augenlosen sein Haupt berührt hatte? Keandir hatte das Gefühl, dass seit jenem Moment nichts mehr so war wie zuvor. Hatte diese Nachtkreatur die Finsternis, die angeblich in seiner Seele zu finden war, vielleicht erst in ihn hineingepflanzt?

Keandir bemerkte eine Bewegung im dunklen Wasser. Winzige Wellen bildeten konzentrische Ringe.

Dann erschienen Bilder auf der Oberfläche. Die undurchdringliche Schwärze wich. Keandir sah die Kundschafterschiffe zurückkehren, die Prinz Sandrilas losschicken sollte, um herauszufinden, ob dieses Land eine Insel oder ein Kontinent war. Tatsächlich, so berichteten die Elben, gab es nur wenige Seemeilen entfernt einen Kontinent mit blühenden Landschaften.

Weitere Szenen schlossen sich an.

Keandir sah, wie Elbenschiffe in einer der zahlreichen geschützten Buchten jenes Kontinents landeten – Buchten, die sich hervorragend zur Errichtung von Hafenanlagen eigneten. Das glückliche Gesicht seiner geliebten Ruwen mischte sich in den Bilderreigen. Und die kahlen Köpfe zweier Säuglinge mit spitzen Ohren. Elbenkinder.

Die Zwillinge, von denen der Augenlose behauptet hatte, sie würden das Schicksal des Elbenvolks bestimmen!

Die folgenden Bilder zeigten ihm, wie sich das Land veränderte. Burgen und Städte wuchsen aus dem Boden, Gebäude von so hoher elbischer Baukunst, dass manche von ihnen kaum von der Natur zu unterscheiden waren. Andere waren zitadellenartig, und ihre Zinnen und Türme schimmerten in der Sonne wie Elfenbein.

Eine strahlende Zukunft schien den Elben bevorzustehen, wenn sie sich dazu entschlossen, die fremde Küste zu besiedeln.

Oder waren es nur die Widerspiegelungen seiner eigenen Wünsche, die sich in den Bildern zeigten? Unbehagen machte sich auf einmal in Keandir breit. Die Ursache dafür hätte er nicht benennen können. Vielleicht war es die Ahnung, dass er noch nicht alles gesehen hatte. Sein Puls beschleunigte sich, und eine innere Stimme versuchte ihn dazu zu bewegen, den Blick vom dunklen Wasser abzuwenden.

Das musste die Furcht ein, von der der Augenlose gesprochen hatte.

Plötzlich begannen andere Bilder den Eindruck einer blühenden Zukunft zu überlagern. Niedergebrannte Gebäude. Ruinenstädte. Von unzähligen Toten übersäte Schlachtfelder.

Zuletzt war da eine Gestalt, die ein kuttenartiges Gewand trug. Das Gesicht unter der Kapuze lag zunächst im Schatten, der aber dann von einem hellen Sonnenstrahl verscheucht wurde. Eine tierhafte Fratze wurde sichtbar, bleich, mit pergamentartiger Haut und raubtierhaften Zähnen. Die Fratze kam Keandir bekannt vor. Aber er konnte nicht sagen, woher.

Der lippenlose Mund öffnete sich, versuchte etwas zu sagen, aber Keandir vernahm nur ein unverständliches Gemurmel.

Dann deckte sich die ursprüngliche Schwärze des Seewassers wie ein Leichentuch über die Visionen.

Das Wasser geriet in Bewegung.

Eine Welle wölbte sich empor und schwappte an das schmale Ufer des unterirdischen Sees. Keandir wich einen Schritt zurück. Aber er war nicht schnell genug. Das dunkle Wasser umspülte seine Füße bis zu den Knöcheln.

Etwas tauchte aus der Schwärze empor. Ein gewaltiger Krebs mit dämonisch glühenden Augen, der seine Scheren gegeneinanderrieb.

Das war der schabende Laut, den der König auf dem Weg zu dieser Höhle vernommen hatte!

Nur dass dieses Geräusch in diesen Momenten eine für Keandirs Sinne fast unerträgliche Schärfe hatte. Er hatte das Gefühl, als müssten ihm die Trommelfelle zerreißen. Das krebsartige Ungeheuer watete auf seinen sechs Beinen durch das Wasser. Die rot leuchtenden Augen fixierten Keandir.

Der Elbenkönig taumelte zurück und riss instinktiv sein Schwert heraus. Er blickte zur Seite, sah aber weder Branagorn noch den Augenlosen Seher. Beide waren verschwunden – ebenso wie der Eingang in die Höhle, in der er sich befand.

Mit einer Schnelligkeit, die Keandir dem Monstrum kaum zugetraut hatte, schnellte es auf einmal nach vorn und schnappte mit den Scheren nach dem Elbenkönig.

Keandir duckte sich gerade noch rechtzeitig, sodass die Scheren über ihn hinweg griffen. Sie schlossen sich mit einem Schnapplaut. Keandir hieb mit dem Schwert auf eine dieser gefährlichen Waffen seines Gegners ein. Aber selbst der harte Elbenstahl, aus dem Trolltöter geschmiedet war, prallte von dem hornartigen Material ab, aus dem die Scheren bestanden.

Einem weiteren Angriff entging der König nur knapp.

Er wich weiter zurück und stand schließlich mit dem Rücken zur Felswand.

Mit dem Mut der Verzweiflung drosch er mit dem Schwert auf die Kreatur ein. Hart krachte der Elbenstahl, aus dem Trolltöter von einem Hochmeister der elbischen Schmiedekunst gefertigt worden war, auf die Scheren. Doch immer mehr brachte ihn die Kreatur in Bedrängnis. Ihr ausweichen konnte er nicht mehr. Hinter ihm war nur noch feuchtkalter Fels. Wieder schnappten die Scheren nach ihm und verfehlten ihn nur knapp. Ein zuerst hechelnder, dann schmatzender Laut drang aus der Fressöffnung des Monstrums.

In was für eine Höllenmenagerie war er da geraten? Hatte er die

Mächte des Schicksals durch seine Neugier dermaßen herausgefordert, dass er so ein Ende verdiente? Zerhackt von den Hornscheren eines Monstrums, welches vermutlich seit Urzeiten in diesem dunklen Wasserloch hauste, das vom Augenlosen Seher als See des Schicksals angepriesen worden war?

Der Gedanke an den Tod schreckte Keandir nicht. Anders als in jenem Moment, als er den geflügelten Affen in hoffnungsloser Lage gegenübergestanden hatte, war das vorherrschende Gefühl nicht das Bedauern darüber, seine geliebte Ruwen nie wiederzusehen – ein anderes Gefühl beherrschte ihn in diesen Momenten: Erleichterung. Die Tatsache, dass er so empfand, erschreckte ihn. Die Verheißung, die Ruwens Schwangerschaft bedeutete, erschien ihm auf einmal wie die lichte Seite eines tragischen Geschicks, dessen dunkle, fratzenhafte Doppelnatur ihm erst beim Blick in den See bewusst geworden war. Alles hatte seine zwei Seiten, und war er bisher der Überzeugung gewesen, den Weg in eine verheißungsvolle Zukunft zu folgen, so war er sich inzwischen seiner Sache schon längst nicht mehr sicher.

Die Erinnerung an das bleiche Antlitz unter der Kapuze drängte sich selbst in diesem Augenblick der Gefahr mit aller Macht in seine Gedanken, und die grausige Höllenfratze schien ihn zu verspotten.

Keandir wich erneut dem Vorstoß der Scheren aus. Nur die elbenhafte Geschmeidigkeit und Schnelligkeit seiner Bewegungen retteten ihm das Leben. Zum wiederholten Mal duckte sich Keandir, tauchte unter der Schere des monströsen Angreifers hinweg und stieß die Schwertspitze mit aller Kraft in die Lücke zwischen den Hornplatten, aus denen die dämonisch leuchtenden Augen auf ihn starrten.

Ein zischender Laut erklang.

Rote, blitzähnliche Funken tanzten über die Schwertklinge Trolltöters, erfassten Keandirs Arm und ließen von dort einen grausamen Schmerz durch seinen gesamten Körper fahren.

Keandir schrie auf und zog die Klinge zurück.

Er taumelte, strauchelte – und fiel in das dunkle Wasser des Schicksalssees. Eben hatte er noch mit dem Rücken an der Felswand gestanden, doch seine Gegenattacken hatten ihn zurück zum Seeufer gebracht. Ein scheußlicher Geruch ging von dem öligen Wasser aus. Der rechte Arm war wie betäubt. Keandir umklammerte den Schwertgriff.

Er wollte die Waffe hochreißen, um sich vor dem nächsten Angriff des Ungeheuers zu schützen. Aber der Arm gehorchte ihm nicht. Er schien nicht mehr Teil seines Körpers zu sein und fühlte sich wie abgestorben an.

Wie im Todeskampf krallten sich seine Finger noch um den bernsteinbesetzten Griff Trolltöters. Kurzerhand griff Keandir mit der Linken nach der Waffe und entwand sie seiner verkrampften Rechten. Er rappelte sich auf. Ein unbeschreiblicher Ekel überkam ihn, da die dunkle Brühe des Schicksalssees durch seine Kleider gedrungen war. Der Pesthauch des Todes und der Verderbnis haftete diesem Wasser an. Ein Odem, der mit Dingen verbunden war, die das Volk der Elben schon vor langer Zeit aus ihrem Leben verbannt hatten und vor denen sie sich vielleicht genau deshalb besonders fürchteten.

Der Krebs wich zurück. Keandir schien ihn schwer getroffen zu haben. Aus einer lippenlosen Öffnung mitten in dem Spalt zwischen den Panzerplatten troff eine Flüssigkeit, die schwarz wie das Wasser des Schicksalssees war, aber so zähflüssig wie Honig.

Keandir nahm an, dass es sich um das dunkle Blut des Monstrums handelte. Schwere Tropfen sanken in das Wasser des Sees und warfen Kreise. Strukturen entstanden, aus denen sich Gesichter bildeten, die höhnisch auflachten.

Keandir watete zurück ans Ufer. Die Taubheit seines rechten Arms ließ etwas nach, und er spürte ein schmerzhaftes Kribbeln von der Schulter bis in die Fingerspitzen. Willentlich bewegen ließ sich der Arm noch immer nicht. Schlaff hing er von der Schulter herab.

Keandir erreichte den schmalen steinigen Uferstreifen, der den See des Schicksals säumte. Der Krebs zog sich in tieferes Gewässer zurück, sodass zwei Drittel seines Körpers von der dunklen Brühe bedeckt waren.

Keandir schritt am Ufer entlang, Trolltöter in der Linken. Die meisten Elben waren mit der linken Hand ebenso geschickt wie mit der rechten. Auch Keandir hatte schon mit der Linken das Schwert geführt, doch das waren nur Übungskämpfe gewesen.

Zum wiederholten Mal ließ er den Blick durch die Höhle schweifen. »Augenloser!«, rief er. »Wohin habt Ihr Euch verkrochen? Wart Ihr es nicht, der von der Furcht vor dem Schicksal faselte? Wer verkriecht sich denn nun vor lauter Furcht? Wer hat denn jetzt nicht den Mut, sich mir zu zeigen?«

Keine Antwort.

Keandirs Worte hallten zwischen den Felswänden wieder. Das Echo vermischte die Worte des Elbenkönigs zu einem unverständlichen Singsang.

»Branagorn?«, rief er nach dem ebenfalls verschwundenen jungen Elbenkrieger.

Mit der Schwertspitze berührte er vorsichtig die feuchte Felswand – wohl in der stillen Hoffnung, dass sich das Gestein ein weiteres Mal als durchlässig und nachgiebig erweisen würde.

Aber das war nicht der Fall.

Von dem Monstrum im See gingen glucksende Laute aus. Es schien sich von dem Stich, den Keandir ihm beigebracht hatte, einigermaßen erholt zu haben. Zumindest schloss der Elbenkönig dies aus dem Verhalten seines Gegners, denn das Ungeheuer belauerte ihn wieder und folgte ihm, blieb aber zunächst im See und in sicherer Entfernung.

Der See schien bei Weitem nicht die Tiefe zu haben, die Keandir angenommen hatte. Wahrscheinlich lag es an der undurchdringlichen Schwärze des Wassers, dass er gedacht hatte, ein tiefes Gewässer vor sich zu haben.

Der riesige Krebs hob seinen Körper mit den sechs deutlich gegliederten Beinen ein Stück aus dem Wasser. Er schabte die Scheren drohend gegeneinander.

Keandir ließ diese Kreatur der Finsternis nicht mehr aus den Augen.

»Was habe ich dir getan, dass du so darauf aus bist, mich zu vernichten?«, fragte der König der Elben laut, obwohl er sich nicht vorstellen konnte, dass dieses Geschöpf überhaupt einer Sprache mächtig war.

Die Kreatur tauchte wieder ein Stück unter, sodass gerade noch die rot glühenden Augen und der obere Panzer über der Wasseroberfläche lagen. Aus der unter Wasser liegenden Fressöffnung stieg giftiger Atem empor; Gasblasen zerplatzten an der Oberfläche und entließen grüngelbe Dämpfe.

Der stechende Geruch war für Keandir fast unerträglich.

Das Ungeheuer kroch vorsichtig auf den Elbenkönig zu. Keandir ging am Rand des Schicksalssees entlang. Er kletterte über ein paar Felsbrocken. Der Streifen am Rand des Sees wurde zunächst schmaler, dann erreichte Keandir ein breiteres Stück mit zahlreichen Tropfsteinen, die von der Decke hingen oder aus dem Boden wuchsen: Stalagmiten und Stalaktiten, die sich teilweise trafen und Säulen bildeten, sogenannte Stalagnate. Ein flimmerndes, unruhiges Leuchten ging von ihnen aus. Die Unebenheiten auf dem feuchten Stein warfen Schatten, die wie feine Zeichnungen wirkten. Zeichnungen, in denen man alles Mögliche erkennen konnte. Sie bildeten Linien, Gesichter, Gestalten.

Keandir wandte den Blick ab, denn er befürchtete, dass sich sein Geist darin verlieren konnte.

»Warum so furchtsam?«, dröhnte auf einmal eine geisterhafte Stimme. Obwohl sie vielfach durch die Höhle widerzuhallen schien, erkannte Keandir, dass er sie nicht mit seinen empfindsamen spitzen Ohren hörte, sondern dass der Sprecher in seine Gedanken eingedrungen war.

Im ersten Moment dachte er, es wäre der Augenlose Seher, der die Worte an ihn gerichtet hatte. Dann aber war sich Keandir nicht mehr sicher.

Die Kreatur verfolgte ihn, schnellte aus dem Wasser und griff ihn erneut an. Die Scheren schnappten nach ihm, und Keandir schlug mit dem Schwert in seiner Linken zu.

Der Riesenkrebs war nun sehr viel vorsichtiger. Im Licht der leuchtenden Tropfsteine war auch deutlich zu sehen, wie schwer er durch Keandirs Stich verletzt worden war. Seitlich der Fressöffnung klaffte eine Wunde, aus der noch immer pechschwarzer, zähflüssiger Schleim quoll. Gleichzeitig hauchte das Monstrum dem Elbenkönig einen Schwall grüngelben giftigen Atems entgegen. Halb betäubt wich Keandir zurück.

Der Krebs folgte ihm, und mit der linken Schere erwischte er Keandir am Bein, schnitt durch das widerstandsfähige Leder seines Stiefels. Ein höllischer Schmerz durchfuhr den König.

Der Krebs hielt das Bein in seinem Scherengriff, dann ein heftiger Ruck, und Keandir verlor das Gleichgewicht. Das Monstrum zog ihn zu sich heran, während sich die Fresshöhle abermals öffnete, um giftigen Atem entweichen zu lassen.

Die sechs Beine des Monstrums stießen gleichzeitig nach vorn, sodass es auf seinem Unterpanzer über die glatten Steine am Ufer rutschte, auf das Wasser zu.

Keandir wurde mitgeschleift. Halb betäubt durch den Giftatem des Ungeheuers und beeinträchtigt durch seinen nutzlosen rechten Arm hatte er seinem Gegner in diesem Moment nichts entgegenzusetzen.

Das dunkle Wasser spritzte auf, als der Krebs den Elben in sein Element zog. Keandir krallte die Linke um sein Schwert. Nur die Waffe nicht verlieren ... Das war alles, woran er während der letzten drei Herzschläge hatte denken können.

Das Monstrum hielt kurz inne, nur um das Bein des Elben dann umso fester zu packen und ihn weiter mit sich zu schleifen – hinein in das dunkle Wasser, in dem die Schattenkreatur hauste.

Der Elbenkönig nahm all seine Kraft zusammen. Seine Linke umklammerte den bernsteinbesetzten Schwertgriff. Trolltöter wirbelte durch die Luft, und die scharfe Klinge traf genau dort, wo sich das Gelenk jener Schere befand, die Keandirs Unterschenkel in ihren erbarmungslosen Griff genommen hatte.

Sofort setzte Keandir einen zweiten Hieb hinterher, an dieselbe Stelle.

Das Gelenk brach. Der vordere Teil der Schere wurde abgetrennt. Keandir spürte, wie sich der schmerzhafte Druck auf sein Bein verringerte. Das Ungeheuer wich zurück, und nun ging Keandir seinerseits zum Angriff über.

Er stand auf und ignorierte den Schmerz in seinem Bein. Bis zu den Waden stand er im dunklen Wasser, dessen fauliger Geruch sich mit dem stehenden Atem des Riesenkrebses mischte; der Gestank war für die empfindlichen Sinne des Elben nur schwer zu ertragen. Keandir würgte und kämpfte gegen einen Brechreiz an. Ein entschlossener Zug legte sich auf das Gesicht des Königs, er war vollkommen auf den Gegner konzentriert, der den Verlust der Schere offenbar noch nicht verwunden hatte. Der Krebs ruderte mit dem zurückgebliebenen Stumpf, aus dem schwarzes, zähflüssiges Blut quoll. Die Fresshöhle öffnete und schloss sich, ohne einen Ton hervorzubringen.

Keandir watete auf den Krebs zu. Bald stand er bis über die Knie im Wasser. Der Untergrund war sumpfig und gab nach. Wenn er länger als ein paar Herzschläge verharrte, bekam er Schwierigkeiten, die Füße wieder freizubekommen.

Mit ein paar schnellen Schritten näherte sich der Elbenkönig dem Monstrum und führte in rascher Folge eine Reihe kraftvoller Hiebe. Der Krebs wehrte sie so gut wie möglich ab. Langsam kehrte das Gefühl in den rechten Arm Keandirs zurück. Er versuchte, sich durch das immer intensiver werdende Kribbeln nicht ablenken zu lassen.

Das Monstrum wich in tieferes Wasser zurück. Keandir folgte ihm und stand bald bis zur Hüfte in der dunklen Flüssigkeit.

»Jetzt hast du Respekt vor mir, was?«, rief er. »Ich weiß nicht, welche dämonischen Kräfte in dir wirken – aber ich weiß eines: So leicht werde ich nicht zu deiner Beute werden!«

Keandir wandte kurz den Kopf, denn er glaubte, in den Augenwinkeln eine Gestalt gesehen zu haben. Es war zwar nur ein Schatten an der Wand, aber er konnte nicht natürlichen Ursprungs sein. Die leuchtenden Steine erhellten die betreffende Stelle auf der Felswand, und doch war dort eine Zone, die so dunkel war wie das Wasser des Schicksalssees.

Der Schemen des Augenlosen …

Keandir glaubte seine Gestalt klar und deutlich zu erkennen. Der gedrungene Körper, die beiden Stäbe – einer mit einem geschrumpften Totenkopf an der Spitze, der andere mit einem geflügelten Affen aus Gold …

»Was ist das alles hier für Euch, Augenloser?«, rief Keandir. »Ein Schauspiel, das Euch die Langeweile vertreiben soll? So seht denn, was für einen Respekt ich vor dem Schicksal habe!«

Wütend startete er einen weiteren Angriff, doch das Monster konnte diesen Schwerthieb mit der noch vorhandenen Schere abwehren.

Keandir blieb stehen, bewegte leicht den rechten Arm, ballte die Hand zur Faust und öffnete sie wieder.

Dann fasste er Trolltöter mit beiden Händen.

Mit dem scharfen Blick eines Elben fixierte er sein Ziel – und schlug zu. Er traf das zweite Scherengelenk, hackte es durch. Blitzschnell zog er das Schwert zurück. Die Hornschere war völlig abgetrennt worden und schwamm für ein paar Augenblicke auf dem dunklen Wasser, ehe sie darin versank.

Bevor sich der Krebs in noch tieferes Wasser zurückzuziehen vermochte, hieb Keandir beidhändig in die Lücke zwischen den Hornplatten. Aber diesmal zielte er auf die Augen. Mit einem Streich wollte er den Krebs blenden – wobei ihm nicht klar war, ob die wirklich für die Orientierung des Ungeheuers am wichtigsten waren.

Die Klinge fuhr in das weiche Fleisch. Schwarzes Blut rann an dem kalten Elbenstahl entlang. Feuerrote Blitze tanzten bis zum Schwertgriff und griffen auf die Arme und dann auf den gesamten Körper des Elben über. Ein Zittern durchlief ihn. Er konnte seine Bewegungen nicht mehr kontrollieren. Das schon bekannte Taubheitsgefühl begann sich – ausgehend von den Händen – in beiden Armen auszubreiten.

Gleichzeitig stieß der Riesenkrebs eine ätzende Giftwolke aus, die sich als feiner grüngelber Staub an die Klinge Trolltöters heftete.

Keandir nahm seine letzte Kraft zusammen, um die Klinge wieder aus dem Körper des Ungeheuers zu ziehen. Er hoffte, noch einen weiteren Hieb ausführen zu können, ehe ihm beide Arme den Dienst versagten.

So schlug er erneut zu. Aber die Taubheit in seinen Armen war bereits zu weit fortgeschritten. Die schmerzhafte Lähmung sorgte für eine Verspannung der Muskeln bis in den Rückenbereich. Er vermochte keinen wohlgezielten Schwertstreich mehr zu führen. Die Klinge sauste hernieder, hackte in den zur Abwehr erhobenen Scherenstumpf des Krebses, krachte anschließend auf den Hornpanzer – und brach. Der grüngelbe ätzende Staub, der mit dem Atem des Monstrums ausgetreten war, machte offenbar sogar Elbenstahl porös.

Keandir taumelte zurück. Seine Hände krampften sich um den Schwertgriff, aber er war nicht mehr in der Lage, den Rest der Klinge anzuheben. Die abgebrochene Spitze war im Wasser versunken. Der Rest der Waffe tauchte ebenfalls in das ölige Nass. Irgendetwas bewegte sich in der dunklen Flüssigkeit, doch König Keandir bekam das nur noch am Rande mit, denn die Lähmung war inzwischen weiter fortgeschritten. Ein entsetzlich schwach klingender, röchelnder Laut kam über seine Lippen. In seinem Rachen brannte es höllisch. Der ätzende Atem des Krebses musste dafür verantwortlich sein. Keandir sah noch, wie das Monstrum mit den Scherenstümpfen um sich ruderte. Dort, wo sich die rot glühenden Augen befunden hatten, war nur noch eine einzige klaffende Wunde, aus der schwarzes Blut quoll. Blitzartige feuerrote Funken tanzten zischend hervor. Das Monstrum bewegte unkontrolliert die Beine. Wasser spritzte auf, und ein gurgelnder Laut entstand, als es endlich untertauchte.

Keandir versuchte, seine Beine zu bewegen, aber längst waren auch sie von der Lähmung befallen. Bis zu den Knöcheln war er innerhalb weniger Augenblicke, während er an derselben Stelle gestanden hatte, eingesunken. Er versuchte, seine Füße zu befreien und sie hochzuziehen. Unter Aufbietung aller Willenskraft gelang es ihm schließlich. Dabei verlor er jedoch das Gleichgewicht, stolperte taumelnd zurück ins knietiefe Wasser. Irgendetwas Dunkles, Glitschiges wich vor ihm zurück. Für den Bruchteil eines Augenaufschlags bemerkte er aalartige, schlangenhafte Kreaturen, die im See schwammen, dann kippte er um, fiel ins Wasser, und die brackige schwarze Brühe schlug über ihm zusammen.

Er war unfähig, auch nur die geringste Bewegung auszuführen. Die aalartigen augenlosen Kreaturen durchpflügten von allen Seiten das Wasser, und hin und wieder tauchten ihre glitschigen Leiber für Augenblicke aus dem Dunkel des Schicksalssees auf.

Keandir betrachtete diese grausige Szene aus der Vogelperspektive, als würde er von der Höhlendecke aus das Geschehen beobachten. Er sah seinen eigenen regungslosen Körper im schwarzen Wasser treiben wie einen Leichnam.

Sollte das wirklich das Ende sein? Sollte der König der Elben an diesem Ort seinem Schicksal erliegen, das ihn in Form eines krebsartigen Monstrums und eines Schwarms von blindem, aasfressendem Wassergewürm ereilte?

Er glaubte die höhnische Geisterstimme des Augenlosen zu vernehmen, dessen Umriss wieder als übermächtiger Schatten an der Felswand erschien.

»Der Tod ist unter Euch Söhnen des Lichts anscheinend selten geworden. So selten, dass Euch das Bewusstsein für die Mächte des Schicksals völlig abhanden gekommen ist. So werdet Ihr das nächste Äon nicht überstehen, denn Voraussetzung für das Überleben ist das

Bewusstsein für die Allgegenwart des Todes.« Ein hämisches Kichern folgte.

Das Bild vor Keandirs geistigem Auge löste sich auf, verschwamm wie ein Aquarell. Farben und Formen mischten sich und bildeten einen Strudel von durcheinanderwirbelnden Eindrücken. Keandir spürte nicht mehr, wie die riesigen blinden Aale damit begannen, das Blut aus seinem verwundeten Bein zu saugen und seine Kleidung zu fressen.

# 4

## PRINZ SANDRILAS

Prinz Sandrilas war zusammen mit einem Trupp von fünfzig Elbenkriegern aufgebrochen, um seinem König zu Hilfe zu eilen, als sie aus der Ferne den Kampfeslärm hörten. Doch Sandrilas ahnte, dass er mit seinen Männern nicht mehr rechtzeitig eintreffen würde, um noch in das Geschehen eingreifen zu können. Und mit dieser düsteren Ahnung sollte er recht behalten. Die Todesschreie der Elben drangen an Sandrilas' empfindliche Ohren und versetzten seiner Seele jedes Mal einen Stich, dann war plötzlich nichts mehr zu hören außer dem Kreischen der geflügelten Affen.

Schließlich … Stille.

Eine Stille, die schlimmer war als alles zuvor.

Inzwischen hatten Sandrilas und sein Trupp das Felsplateau erreicht, auf dem der Kampf gewütet hatte.

Die Spuren waren unübersehbar. Große dunkle Flecken zeugten davon, dass viel Blut vergossen worden war.

Aber nirgends waren Tote zu finden.

Lediglich die abgeschlagene Pranke eines Geflügelten lag in einer Lache getrockneten Affenbluts. Ansonsten waren noch ein paar verstreut liegende Gegenstände zu finden, welche die Sieger nicht mitgenommen hatten, wahrscheinlich weil sie ihnen nicht wertvoll genug erschienen waren: der blutgetränkte Umhang eines Elben und ein Helm sowie ein magisches Amulett aus Ebenholz in Form eines Halbkreises, in das mehrere verschlungene Symbole geschnitzt waren. Außerdem fand sich ein zerbrochener Elbenbogen.

Zu Sandrilas' Trupp gehörte auch der Hornbläser Merandil. Er hob das Amulett auf und reichte es Sandrilas. »Ich kenne nur zwei Männer, die solche Amulette tragen«, sagte er.

Sandrilas nickte. Ein grimmiger Zug trat in das Gesicht des Einäugigen. »Moronuir und Karandil!«, murmelte er. Die beiden Leibwächter des Elbenkönigs hatten Amulette dieser Art einst von Keandirs Vater erhalten. »Die magischen Zeichen sollten die Brüder vor Gefahr schützen. Aber offenbar war der Zauber nicht stark genug!«

»Seht es positiv, Prinz Sandrilas«, sagte Merandil. »Wir haben bis jetzt keine Toten gefunden – vielleicht sind unser König und seine Begleiter nur in Gefangenschaft geraten!«

Prinz Sandrilas' Miene hellte sich keineswegs auf, obwohl ein paar der anderen Krieger diesen Gedanken für wahrscheinlich hielten; sie nickten beifällig.

»Wir sollten nicht länger warten, sondern die Suche fortsetzen!«, sagte ein anderer Elbenkrieger, der den Namen Thamandor trug. Sein Gesicht wirkte glatt und nahezu konturlos. Aber zwischen seinen Augen war zumeist eine kleine Falte zu sehen, die seinen Zügen den Ausdruck von Entschlossenheit und Ernsthaftigkeit gab. Das Haar war schneeweiß. Thamandor galt als einer der besten Waffenmeister, die es je in der Geschichte der Elben gegeben hatte. Stets war er mit dem Gedanken beschäftigt, wie die Waffen der Elben verbessert werden könnten, und so war seine eigene Bewaffnung für elbische Verhältnisse ausgesprochen ungewöhnlich: Er trug auf dem Rücken ein Schwert von so monströser Größe, dass es unmöglich am Gürtel zu tragen gewesen wäre; unter normalen Umständen wäre ein Elb von Thamandors eher zierlichem Körperbau gar nicht in der Lage gewesen, eine derartige Klinge zu führen. Aber der Waffenmeister hatte mit einer besonderen Legierung experimentiert, die das Schwert so leicht machte, dass Thamandor es sogar notfalls einhändig führen konnte. Hinzu kam, dass die Klinge natürlich bestens ausbalanciert war.

Noch ungewöhnlicher waren die beiden kleinen, einhändig abzufeuernden Armbrüste, die mit speziellen Haken an seinem Gürtel befestigt waren. Sie verschossen mit einer magischen Substanz versehene Bolzen, die beim Aufprall freigesetzt wurde und sich entzündete.

Schon oft hatte Thamandor gefordert, zukünftig alle Elbenkrieger mit seinen Erfindungen auszustatten, doch dies war an der konservativen Einstellung seines Volkes gescheitert.

Erst der Zwang der Notwendigkeit würde ihren Hochmut eines Tages brechen, dachte Thamandor – was ihn nicht davon abhielt, seine Waffen bis dahin ständig weiterzuentwickeln.

»Worauf warten wir also noch!«, rief er.

Einige der Krieger stimmten ihm zu, darunter der Bogenschütze Ygolas, der Fährtensucher Lirandil sowie ein Elbenkrieger namens Siranodir, der dafür bekannt war, dass er mit zwei Schwertern gleichzeitig kämpfte, weshalb man ihn »Siranodir mit den zwei Schwertern« nannte; unter den Elben war es nämlich nicht unüblich, sich Namenszusätze zu geben, die ihre herausragendsten Fähigkeiten oder besondere Tätigkeiten, die sie für die Allgemeinheit erfüllten, zum Ausdruck brachten.

Prinz Sandrilas zögerte jedoch. Er sog die Luft durch die Nase ein, so als könnte ihm der Geruch dieses Ortes etwas darüber sagen, was mit König Keandir und seinen Begleitern geschehen war.

»Irgendetwas ist hier nicht so, wie es scheint«, sagte er.

»Ist das nur eine Ahnung?«, fragte Thamandor misstrauisch. »Oder steckt etwas Fassbares dahinter?«

»Oft schon zeigte sich, dass zwischen Keandir und mir eine sehr starke geistige Verbindung besteht«, antwortete der Prinz ausweichend.

Die Falte zwischen Thamandors Augen verstärkte sich und bildete eine Linie bis zum Haaransatz. Eine Ader pulsierte an seinem Hals. »Und diese Verbindung spürt Ihr nun?«

»Ja.« Der Prinz nickte. »Ich bin mir sicher, dass König Keandir hier ganz in der Nähe ist. Ein paar Schiffslängen entfernt – mehr nicht!«

Sandrilas trat an die Felswand. Auch sie war blutbesudelt; der Lebenssaft von Elben und geflügelten Bestien hatte dunkle Flecken auf dem kalten Stein hinterlassen. Sandrilas streckte die Hand aus und berührte das Gestein.

Thamandor wollte etwas sagen, aber Merandil, den man »Merandil den Hornbläser« nannte, brachte ihn mit einer Handbewegung zum Schweigen. Er trat neben den Elbenprinzen und legte ihm die Hand auf die Schulter. »Auch die feinsten Sinne werden manchmal durch die Macht der eigenen Wünsche getäuscht, Prinz Sandrilas.«

»Das kann ich mir in diesem Fall nur schwer vorstellen, Merandil.«

Der Hornbläser entgegnete zunächst nichts darauf, sondern streckte seinerseits die Hand aus und berührte den Felsen. Erst dann sprach er wieder: »Hier ist nichts als kalter Stein, mein Prinz. Ihr solltet Euch nicht täuschen lassen. Versuchen wir stattdessen die Spur der Gefangenen aufzunehmen.«

»Ihr seid ein Optimist, wenn Ihr denkt, dass sie tatsächlich nur gefangen genommen wurden, Merandil.« Der einäugige Elbenprinz atmete tief durch und nickte schließlich. »Ich hoffe, dass wir sie finden. Den geflügelten Kreaturen traue ich es ohne Weiteres zu, dass sie einen Elben auch durch die Luft tragen und auf diese Weise entführen können.«

»Dann hätten wir einen langen Weg vor uns«, mischte sich Thamandor ein.

Prinz Sandrilas verzog das Gesicht. »Ihr, Waffenmeister, könnt es doch nur nicht erwarten, die Errungenschaften Eurer Erfindungsgabe auszuprobieren!«

Thamandor antwortete nicht darauf, deutete aber eine leichte Verbeugung an. Er fühlte sich durchschaut ...

Die Nacht brach herein. Dichte Nebelbänke lagen vor der Küste, und die Sicht war so schlecht, dass man selbst Schiffe, die ganz in der Nähe ankerten, nur noch als geisterhafte Schemen ausmachen konnte.

»Tharnawn« – der Name des Schiffes erschien der schwangeren Ruwen in diesem Augenblick wie blanker Hohn. Schweißgebadet war sie aus dem Schlaf erwacht; ein Albtraum hatte sie heimgesucht und nicht wieder zur Ruhe kommen lassen. Nun stand sie an der Reling des Flaggschiffs, dessen Name ein altes elbisches Wort für »Hoffnung« war, und starrte gedankenverloren hinüber zu den schroffen Felsen.

Ein Wächter patrouillierte in voller Bewaffnung über das Deck, und einige andere Elbenkrieger saßen bei einem Brettspiel auf den Planken, aber ihre Gespräche waren sehr gedämpft, und es lachte auch niemand.

Das Herz schlug Ruwen noch immer bis in die Kehle. Zu gegenwärtig waren die Eindrücke aus ihrem Albtraum. Die schrecklichen Bilder hatten mit so eindringlicher Klarheit vor ihrem inneren Auge gestanden, dass sie nicht daran glauben konnte, dass es sich nur um einen gewöhnlichen Traum gehandelt hatte.

»Ihr seid nicht unter Deck, um zu ruhen?«, mischte sich eine Stimme in das Plätschern der leichten Wellen, die gegen die Wandungen des Schiffs schlugen. Die Stimme gehörte zwar einer Frau, war dafür allerdings bemerkenswert tief.

»Nathranwen!«, entfuhr es Ruwen, als sie sich umdrehte und in das Gesicht der Heilerin blickte.

»Ihr könnt keinen Schlaf finden?«

»Wundert Euch das? Keandir ist bis jetzt nicht zurückgekehrt, und niemand weiß, was ihm und seinen Begleitern zugestoßen ist.«

»Macht Euch keine Sorgen. Prinz Sandrilas ist auf der Suche nach ihm.«

»Auch er ist überfällig und hätte längst zurückkehren sollen. Ihr wisst von den geflügelten Nachtkreaturen, die dieses verfluchte, von der Zeit und den Göttern vergessene Land beherrschen. Ihr zänkisches Gekreische dringt meilenweit an das feine Ohr einer Elbin – und diese Laute lassen mich nichts Gutes erahnen.«

Ein mildes, verständnisvolles Lächeln zeigte sich auf Nathranwens Gesicht. Aber dieses Lächeln wirkte angespannt. Sie wollte Ruwen damit beruhigen, wie die Königin erkannte.

»Ich hätte Kean davon abhalten sollen, sich im Landesinneren umzusehen«, sagte sie. »Warum hat er nicht auf seine Kundschafter vertraut, sondern musste sich unbedingt selbst ins Land dieser Schattenkreaturen begeben?«

»Ich bin überzeugt, dass er wohlbehalten zu Euch zurückkehren wird, Ruwen.«

»Was macht Euch so sicher? Habt Ihr die Würfel oder das Knochenorakel befragt?«

»Weder noch.«

»Woher wisst Ihr es dann?«

»Es ist einfach Intuition, Ruwen. Wir beide können Keandir vertrauen. Davon abgesehen bin ich überzeugt davon, dass er sich im Augenblick der Gefahr durchaus zur Wehr setzen kann, auch wenn diese

Eigenschaft in der langen Zeit unserer Irrfahrt sicherlich nicht immer so trainiert werden konnte, wie es wünschenswert gewesen wäre.«

»Wie gern würde ich Eure Zuversicht teilen, Nathranwen«, sagte Ruwen und seufzte. »Allein, ich warte auf ein Zeichen, dass sich doch noch alles zum Guten wendet.«

»Was erwartet Ihr denn noch für Zeichen, Ruwen?«, fragte die Heilerin verständnislos und schüttelte energisch den Kopf; eine Geste, die so ganz im Gegensatz stand zu ihrer ansonsten sehr weichen, fließenden Art sich zu bewegen. Offenbar erregte Ruwens Äußerung ihren Widerspruch auf besondere Weise. Nathranwen trat auf Ruwen zu und fasste ihre Königin bei den schmalen Schultern. »Seht mich an, Ruwen.«

Die Gemahlin des Elbenkönigs hob den Kopf, und die Blicke der beiden Frauen begegneten sich. Weisheit und Zuversicht suchte Ruwen in den Zügen der Heilerin. Im Grunde wollte sie nichts anderes als ihr glauben, wollte dies aus tiefster Seele. Aber sie konnte nicht.

Ihre Gedanken bewegten sich in immer wiederkehrenden Schleifen, verloren die Verbindung zur unmittelbaren Gegenwart, und die Stimme der Heilerin klang wie aus weiter Ferne an ihr Ohr.

»Ruwen, Ihr habt das größte Glückszeichen erhalten, das die Mächte des Schicksals einer Elbin geben können: Ihr tragt werdendes Elbenleben unter Eurem Herzen! Dieses Zeichen des Glücks gilt Euch wie auch Eurem Gemahl, dem König der Elben, und somit unserem ganzen Volk. Also zweifelt nicht länger daran, dass alles gut werden wird!«

»Ihr zweifelt selbst, Nathranwen – wie soll ich da Zuversicht haben?«

Nathranwen stutzte, und für einen Moment verloren ihre Züge den Ausdruck der hoffnungsvollen Gleichmut, den sie Ruwen gegenüber so oft zeigte.

»Ich weiß nicht, was genau es ist«, fuhr die Königin fort, »aber da ist etwas, das mir Eure Unsicherheit verrät. Ein Flackern in den Augen, das nicht zu Eurem Lächeln passen will – ein Zucken in Eurem Gesicht, das zu Euren Worten in stummem Widerspruch steht.«

»Ihr wisst, dass ich Euch niemals belügen würde, Ruwen«, beteuerte Nathranwen. »Bei meinem Leben und allen Göttern!«

»Das weiß ich sehr wohl …« Ruwen wandte den Blick ab und schaute hinaus zum nebelverhangenen Ufer, wo die hoch aufragenden Felsen wie schattenhafte Ungeheuer wirkten, die ständig ihre Gestalt änderten. Ein Ort böser Magie schien ihr diese Küste. So sehr sie sich auch anfangs gefreut hatte, dass endlich Land in Sicht war, so sehr wünschte sie sich inzwischen, dass diesen einsamen Strand nie ein Elbenfuß betreten hätte.

Ein Kloß steckte ihr im Hals. Sie war kaum noch in der Lage zu sprechen. Ihre eigene Stimme schien ihr fremd, klang in ihren Ohren wie ein heiseres Krächzen, eine Parodie elbischer Erhabenheit. »Nein, Nathranwen, belügen würdet Ihr mich nie. Aber ist es deshalb die Wahrheit, die Ihr sprecht? Belügt Ihr Euch vielleicht selbst?«

»Ihr wisst, meine Königin, dass ich Euch auch unbequeme Wahrheiten nie vorenthalten habe«, verteidigte sich Nathranwen.

»Auf jeden Fall nicht wissentlich«, entgegnete Ruwen mit einem matten Lächeln auf farblos gewordenen Lippen. »Doch Euch ist vielleicht selbst noch nicht bewusst, was Eure Sinne bereits klar zu erkennen vermögen.« Sie nickte, den Blick noch immer in den Nebel gerichtet. »Das geht mir auch oft so. Am Anfang steht nur ein leises Unbehagen, das sich nicht erklären oder mit irgendeinem Ereignis in Zusammenhang bringen lässt. Manchmal dauert es eine Weile bis zur Erkenntnis. Manchmal …« Ruwen machte eine Pause und legte die Hände auf den Bauch – jenen Bauch, der sich in den nächsten Monaten wölben und schließlich neues Leben hervorbringen sollte. Sie seufzte, so als müsste sie nach Atem ringen, ehe sie in der Lage war weiterzusprechen. »Manchmal«, fuhr sie schließlich fort, und ihre Stimme klang belegt und war so leise, dass sie selbst für das feine Gehör der Heilerin nur schwer zu verstehen war, »manchmal möchte man die Wahrheit auch gar nicht wissen …«

»Ja, manchmal ist es so«, stimmte Nathranwen zu, »aber vergesst nicht, dass es nur allzu oft zu meinen Aufgaben als Heilerin gehört, auch unangenehme Wahrheiten zu verkünden. Denn nicht immer reicht meine Heilkunst aus, um den Zustand des Glücks wieder herzustellen, und dann bin ich gezwungen, dies auch zuzugeben, um keine falschen Hoffnungen zu wecken.«

Ruwen wusste nur zu gut, wovon Nathranwen sprach. Während

der langen Irrfahrt hatte sich unter den Elben mehr und mehr jene Krankheit ausgebreitet, die man Lebensüberdruss nannte. Eine Krankheit, die nichts mit körperlichen Gebrechen zu tun hatte, sondern die eine Krankheit der Seele war. So mancher Elb war ihr schon zum Opfer gefallen, und die Heilkundigen unter den Elben hatten allzu oft nur tatenlos zusehen können. Kaum einem der von dieser Seuche Betroffenen hatte man helfen können, und so hofften viele, dass die Nachricht von der Entdeckung des neues Landes vermochte, was den Elbenheilern bisher vergönnt gewesen war: die selbstverzehrende Krankheit des Lebensüberdrusses, die immer heftiger um sich griff, endlich zu besiegen.

Nathranwen berührte Ruwen leicht am Arm, doch diese zuckte förmlich zusammen. Ihre ohnehin hochempfindlichen Sinne schienen auf einmal übersensibel. Erst nach ein paar tiefen Atemzügen beruhigte sich ihr Herzschlag wieder, während die Schreie der geflügelten Affen leise von der Küste herüberdrangen.

»Was liegt Euch noch auf dem Herzen, Ruwen?«, fragte Nathranwen sanft. »Ich spüre, dass da etwas ist. Denn so, wie ich meine leisen Zweifel um die Zukunft nicht vor Euch verbergen kann, so wenig könnt Ihr vor mir Eure tiefe Verwirrung geheimhalten. Und da Ihr so viel von Zeichen des Schicksals gesprochen habt, glaubt Ihr anscheinend, Euch wurde ein schlimmes Zeichen offenbart.«

Ruwen war zunächst erstaunt, dann nickte sie. »Ja, Ihr habt mich durchschaut, Nathranwen, und erkannt, was mich bewegt.«

»Und was für ein Zeichen war es?«

»Es war ein Traum, in dem ich zwei Elbenkrieger sah, die sich im Kampf gegenüberstanden. Sie sahen vollkommen gleich aus, ihre Kleidung, die Gesichtszüge. Selbst der Klang ihrer Stimmen war gleich. Das Einzige, was sie unterschied, waren die Waffen, die sie benutzten.« Ruwen schaute Nathranwen an, und ihr Gesichtsausdruck war fragend und bestürzt zugleich.

»Fahrt fort, Ruwen!«, forderte die Heilerin.

»Sie kämpften nicht mit Schwertern oder anderen unter Elben gebräuchlichen Waffen. Stattdessen benutzten sie magische Stäbe, aus denen Flammen und Blitze zuckten. Der Stab des einen war aus dunklem Ebenholz; er wies zahlreiche Schnitzereien auf, die fratzenhafte Dämonengesichter zeigten, und an der Spitze war ein auf die Größe einer Faust geschrumpfter Totenschädel angebracht. Der Stab des zweiten Kriegers war hell und von einer Lichtaura umgeben, so als wäre er aus einem leuchtenden Material gefertigt. Auch er wies diese absonderlichen Schnitzereien auf, aber an seiner Spitze befand sich das goldene Abbild eines Affen mit gespreizten Flügeln.«

»Ähnlich diesen Schattenkreaturen, die in den Felsspalten dieser Küste hausen?«, fragte die Heilerin.

»Ja, Nathranwen. Nur dass dieser Goldaffe viel kleiner war. Ab und zu erwachte er aus seiner Erstarrung und bewegte sich. Dann schleuderte er Lichtbälle, die in seinen Handflächen entstanden waren.«

»Ein sehr seltsames Zeichen, das Ihr da empfangen habt«, meinte Nathranwen.

»Aber auch Ihr zweifelt nicht daran, dass es tatsächlich ein Zeichen ist?«

»Das ist es mit Sicherheit«, bestätigte die Heilerin. »Beachtet weiterhin Eure Träume und berichtet mir davon, Ruwen.«

»Über die Bedeutung wollt Ihr mir nichts verraten, Nathranwen?«, fragte die Königin.

Die Heilerin antwortete nur ausweichend. »Ich fürchte, ich weiß noch nicht genug, um die Bedeutung wirklich zu erfassen. Die beiden Männer, die sich so sehr glichen, müssen Brüder gewesen sein, Zwillinge vielleicht. Habt Ihr ihre Gesichter gesehen?«

»Ja«, flüsterte Ruwen, »und ihre Züge ähnelten denen unseres Königs so sehr, dass …« Sie sprach zunächst nicht weiter, sondern schluckte schwer. Dann sah sie Nathranwen an und sagte: »Versteht Ihr nun, weshalb ich so in Sorge bin? Was hat es mit diesem Kampf der Brüder auf sich, die meinem Gatten so sehr gleichen, dem König der Elben?« Wieder berührte sie ihren Bauch. »Ich nehme an, der Traum ist symbolisch zu verstehen, schließlich ist eine Zwillingsgeburt unter uns Elben derart selten, dass ich nicht annehmen kann, dass … nun ja …« Sie sprach nicht weiter. Vielleicht fehlten ihr die richtigen Worte. Vielleicht war es die Angst vor dem Unfassbaren, dass ihr die Stimme versagen ließ.

Nathranwen lächelte sie Mut machend an. »Zurzeit ist mit meinen Mitteln nicht festzustellen, ob Ihr derart auserwählt seid.«

»Ich weiß. Aber deutet mir den Traum, Nathranwen! Wird es zum Bruch zwischen den Elben kommen? Bedeutet es das? Werden wir in der Zukunft gegen unseresgleichen kämpfen?«

Die Heilerin hob die Schultern. »Es steht eine schwierige Entscheidung bevor: Sollen wir unsere Fahrt zu den Gestaden der Erfüllten Hoffnung abbrechen und dieses fremde Land dort zu unserer neuen Heimat machen«, sie wies zur nebelverhangenen Küste des neu entdeckten Eilands, »oder weiter nach etwas suchen, von dem viele inzwischen bezweifeln, dass es überhaupt existiert?«

Ruwen nickte. Wahrscheinlich hatte Nathranwen recht – wahrscheinlich war ihr Traum nichts weiter als die Versinnbildlichung dieses Konflikts, der im Moment die Gemüter aller Elben bewegte. Unterbrochen hatten sie ihre Reise schon oft, hatten an mehr oder minder einladenden Küsten überwintert oder dort einfach nur Wasser und Nahrung aufgenommen und ihre Schiffe repariert. Aber niemals war ihnen der Gedanke gekommen, diese Küsten zu ihrer Heimat zu machen und die Suche nach den Gestaden der Erfüllten Hoffnung zu beenden.

Mittlerweile aber waren manche Weisen und Gelehrte unter den Elben zu der Ansicht gelangt, dass die Gestade der Erfüllten Hoffnung auf gewöhnliche Weise nicht mehr zu erreichen wären; sie befänden sich – bedingt durch eine kosmische Konjunktion – inzwischen in einer durch Raum und Zeit abgetrennten Sphäre, in die man nur durch die Anwendung Weißer Magie gelangen könnte.

Doch die Anwendung dieser Magie hatte nicht das bewirkt, was sich die Elben erhofft hatten. Stattdessen waren sie ins Nebelmeer geraten, und die Befürchtung, dort vielleicht für alle Zeiten umherirren zu müssen, hatte die Zahl derer, die unter der Krankheit des Lebensüberdrusses litten, sprunghaft in die Höhe steigen lassen.

Ein Meer, in dem es offenbar keine Inseln gab, keine Möglichkeit, sich zu orientieren – der Albtraum eines jeden Seefahrers schien für die Elben wahr geworden zu sein. Erst diese Küste, die sie entdeckt hatten, war nach langer Zeit wieder Anlass zur Hoffnung gewesen.

»Ich brauche dieses Land nicht zu betreten, um zu wissen, dass es mit der Herrlichkeit der Gestaden der Erfüllten Hoffnung nichts gemein hat«, sagte Ruwen, und ihre Stimme klang dabei fest und entschieden.

»Warten wir ab, bis unsere Kundschafter zurück sind«, entgegnete Nathranwen sanft. »Sie werden uns sagen, ob wir es tatsächlich nur mit einem schroffen, von wilden Schattengeschöpfen bevölkerten Eiland zu tun haben oder ob dies nur ein kleiner und vielleicht gar nicht repräsentativer Teil eines Kontinents ist, der uns viele noch ungeahnte Möglichkeiten bietet.«

Ruwen lächelte matt. »Ihr sehnt Euch auch nach einem Ende unserer Reise, richtig?«

»Ihr nicht?«

»Ja – aber die Frage ist, wo sie endet.«

»Man sollte sich niemals mit zu wenig zufrieden geben, das stimmt«, sagte Nathranwen. »Aber die meisten unseres Volkes fürchten sich davor, dass wir uns, wenn wir die Küste verlassen, wieder in der Sargasso-See verirren, gefangen im ewigen Nebel und ohne Hoffnung, jemals wieder hinauszufinden.«

Ruwen nickte und murmelte: »Der Kampf, von dem ich träumte, tobt wahrscheinlich zurzeit in der Seele eines jeden Elben.«

Bis zum Einbruch der Dunkelheit suchten Prinz Sandrilas und seine Krieger in der kargen, felsigen Landschaft nach Spuren der Geflügelten. Doch die affenartigen Bestien hatten sich offenbar zurückgezogen.

Immer wieder hielt die Gruppe an, und dann lauschten die Elben den schrillen Lauten, mit denen sich die Kreaturen auf primitive Weise zu verständigen schienen. Doch diese Laute waren immer schwerer auszumachen. Selbst ein Elb mit einem derart feinen Gehör wie Prinz Sandrilas konnte schließlich nicht mehr genau die Richtung ausmachen, aus der ihre Schreie kamen.

»Kein Wunder, dass sie so schnell einen so großen Vorsprung gewinnen konnten«, äußerte Merandil der Hornbläser. »Sie können fliegen, während wir uns durch unwegsames Gelände schlagen müssen.«

Sandrilas blieb zum wiederholten Mal stehen. Die Gruppe befand sich auf einem schmalen Grat. Der Elbenprinz ließ den Blick seines gesunden Auges über die Umgebung schweifen, die seit Einbruch der Dämmerung nur noch aus Schatten zu bestehen schien.

»Es ist seltsam«, gestand er. »Als wir zum ersten Mal den Strand dieser eigenartigen Küste betraten, hatte ich Mühe, mein Gehör von all den Lauten abzuschirmen, die zwischen den Felsspalten widerhallten. Und jetzt ist da nichts mehr, so als wäre alles Getier plötzlich geflohen. Selbst die Möwen sind nicht mehr zu hören.«

Thamandor, den man »Thamandor den Waffenmeister« nannte, streckte die Hand aus und deutete in die Ferne, zu einem Berg, der sich als riesenhafter Schatten im Nebel erhob. »Sieht noch jemand außer mir das Licht?«

»Was für ein Licht?«, fragte Siranodir mit den zwei Schwertern.

»Ihr müsst euch konzentrieren …«

Einige Augenblicke lang war es ruhig.

»Das ist ein Feuer!«, sagte Merandil schließlich.

»Wenn es ein Feuer ist, so kann es nichts mit den Geflügelten zu tun haben«, meinte Thamandor.

Merandil hob die Brauen. »Wie kommt Ihr zu diesem voreiligen Schluss, Waffenmeister?«

Thamandor zuckte mit den Schultern. »Traut Ihr diesen Bestien etwa zu, ein Feuer entfachen zu können? Die würden sich dabei die Affenpelze versengen.«

»Nun, vielleicht unterschätzen wir die Geflügelten auch«, meinte Sandrilas. »Denkt daran, dass sie Waffen aus Eisen tragen. Sie sind nicht so primitiv, wie es den Eindruck hat.«

»Ich schätze eher, dass sie die Überreste einer längst untergegangenen Kultur sind«, äußerte Thamandor. »Sie sind degeneriert und entwickelten sich zurück, und jetzt sind sie kaum mehr als Tiere.«

»Aber ihre Waffen«, wiederholte Prinz Sandrilas. »Sie erschienen mir nicht sehr alt.«

»Vielleicht haben wir es mit den Geschöpfen eines Magiers zu tun«, überlegte Merandil der Hornbläser laut. »Ein Zauberer könnte sie geschaffen haben, und sie stehen in seinen Diensten.«

»Und wer war es, der dieses Relief in der Felsenküste schuf?«, fragte Thamandor der Waffenmeister.

»Wir werden schon erfahren, was für Kreaturen das sind«, war Sandrilas überzeugt. »Jetzt folgt mir! Wir müssen den König finden …«

Die Gruppe setzte ihren Weg fort, doch die Orientierung wurde selbst für die Elben sehr schwierig, denn es wurde immer dunkler. Prinz Sandrilas und seine Männer kamen nur langsam voran. Sie stiegen rutschige Hänge empor und vergewisserten sich an höher gelegenen Stellen, dass sie immer noch auf dem richtigen Weg waren.

Ab und zu waren auch wieder die charakteristischen Laute der Affenartigen zu hören, allerdings nur noch gedämpft.

»Sie scheinen zu ahnen, dass unser Gehör sehr viel feiner ist als das ihrer normalen Jagdbeute«, meinte Merandil leise.

Thamandor verzog das Gesicht. »Wer sagt Euch, dass die Ohren dieser Bestien nicht ebenso fein sind wie unsere?«

Diese Möglichkeit zog auch Prinz Sandrilas in Betracht. Und ein Trupp von fünfzig Elben konnte sich nicht derart lautlos bewegen, dass die Feinde sie nicht bemerkten. Daher machte er einen Vorschlag: »Ich werde mich mit ein paar Kundschaftern dem Feuer möglichst unbemerkt nähern. Die anderen halten sich an einer geschützten Stelle verborgen und greifen erst ein, wenn sie das Horn Merandils hören!«

»Aber weshalb dieses Risiko eingehen?«, fragte Ygolas der Bogenschütze. »Wir könnten sie mit großer Übermacht schlagen! Ihren Schreien nach zu urteilen, sind es nicht sehr viele.«

»Es geht mir nicht darum, sie niederzumetzeln, sondern herauszufinden, was mit unserem König und seinen Begleitern ist«, erklärte Prinz Sandrilas.

»Das werden Euch diese primitiven Kreaturen mit Sicherheit gern verraten«, sagte Siranodir mit den zwei Schwertern spöttisch. »Sie sind kaum einer Sprache fähig – wenn dieses Gekreische überhaupt eine Sprache ist!«

»Vom König und seinen Begleitern haben wir bisher nichts gehört«, mischte sich Thamandor der Waffenmeister ein. Seine Hände ruhten auf den Griffen seiner Einhandarmbrüste, die er am Gürtel trug. »Ich halte es für unwahrscheinlich, dass sie sich als Gefangene in jenem Lager befinden.«

»Nein, aber die Geflügelten dort gehören mit großer Wahrscheinlichkeit zu der Gruppe, die den König überfiel«, entgegnete der Prinz. »Und wenn nicht, so wissen sie vermutlich dennoch, wo wir ihn und sein Gefolge finden können. Darum will ich sie auch nicht niedermachen. Zunächst nicht! Vielleicht finden wir etwas heraus, indem wir sie beobachten. Falls uns das nicht weiterbringt, wird Merandil das Horn blasen, und wir alle werden angreifen und möglichst viele von ihnen gefangen nehmen. Vielleicht gewinnen wir dadurch neue Erkenntnisse.«

»Ihr setzt voraus, dass sie vernunftbegabt sind und tatsächlich eine Sprache haben«, erkannte Ygolas.

Aber Sandrilas schüttelte den Kopf. »Sie brauchen nicht zu sprechen, um uns zum König zu führen.«

Dann wählte er den Hornbläser Merandil, Thamandor den Waffenmeister und den Fährtensucher Lirandil als seine Begleiter aus. Den Rest des Trupps teilte er in zwei Gruppen auf – eine unter dem Kommando von Ygolas, die andere unter der Führung Siranodirs mit den zwei Schwertern. In einer Zangenbewegung sollten sich die beiden Gruppen dem Feuer nähern, dabei aber so lange Abstand halten, bis sie Merandils Signal hörten.

Thamandor der Waffenmeister legte jeweils einen Bolzen in seine Einhandarmbrüste ein, dann war der Spähtrupp zum Aufbruch bereit. Prinz Sandrilas hatte seinen Trupp mit Bedacht zusammengestellt. Merandil sollte natürlich das Horn blasen, und Thamandor verfügte über die stärkste Bewaffnung. Lirandil hingegen galt als ausgezeichneter Fährtensucher, was ihm den entsprechenden Namenszusatz eingebracht hatte. In der Zeit, als die Elben noch ihre Alte Heimat bewohnten, war er fast schon zur Legende geworden, so sicher hatte er die Spuren der unterschiedlichsten Geschöpfe zu erkennen vermocht. In jener Zeit hatte es viele Fährtensucher unter den Angehörigen des Lichtvolks gegeben, aber die meisten von ihnen waren während der unendlich langen Reise dem Lebensüberdruss heimgefallen. Der Anteil unter ihnen, der diesem Leiden zum Opfer fiel, war sogar zehnmal größer als bei gewöhnlichen Elben. Die Heilkundigen hatten dafür nur eine Erklärung: Offenbar fiel es den Fährtensuchern besonders schwer, sich an das Leben auf See zu gewöhnen, das nur kurze Unterbrechungen kannte. Sie brauchten die Berge, die Wälder und vor allem festen Boden unter den Füßen, dessen Zeichen sie zu deuten wussten wie sonst niemand. »Auf See fühlen wir uns wie ein Lautenspieler, der sein Gehör verloren hat, oder wie ein Künstler, dessen Augenlicht schwindet«, hatte einer von ihnen gesagt, an jenem Tag, als er sich seinem Lebensüberdruss hingab und sich über die Reling seines Schiffes stürzte.

Lirandil war einer der wenigen, die noch unter ihnen weilten. Sein Haar war silbergrau, aber abgesehen davon sah man ihm nicht an, dass er selbst für elbische Verhältnisse bereits uralt war. Man bemerkte nur einen eigenartigen Widerspruch zwischen der jugendlichen Elastizität und Kraft seines Körpers und dem weisen, wissenden Blick seiner Augen, deren Iris im Gegensatz zu den meisten anderen Elben bernsteinfarben waren.

Prinz Sandrilas hatte oft bemerkt, dass jüngere Elben – darunter auch König Keandir – diesem Blick des Fährtensuchers ausgewichen waren. Zu groß war wohl die Furcht vor den unaussprechlichen Schrecken der Vergangenheit, zu groß die Angst, dass sie zur Nemesis für die Zukunft an den Gestaden der Erfüllten Hoffnung werden konnten, die doch eigentlich das Ziel ihrer Wanderfahrt waren.

Vielleicht war es aber auch dieser grausame Lebensüberdruss, der im matten Glanz von Lirandils Bernsteinaugen klar zu erkennen war. Kein Elb konnte dieses Zeichen übersehen, und es erinnerte jeden von ihnen daran, dass der Keim dieser Krankheit in ihnen allen schlummerte. Vielleicht brauchte es nur den entsprechenden Anlass, um diesen Keim der finsteren Todessehnsucht zu seiner dunklen Blüte zu führen.

Das Einzige, was Lirandil während all der Zeit davor bewahrt hatte, dem schrecklichen Drang nachzugeben und seine überlange Existenz zu beenden, war der Wille, das Wissen der Fährtensucher eines Tages an eine jüngere Elbengeneration weiterzugeben. Obwohl es während der Zeit in der nebelhaften Sargasso-See so ausgesehen hatte, als ob es nie wieder Bedarf an elbischen Fährtenlesern geben würde, hatte Lirandil an diesem Gedanken festgehalten.

Irgendwann – vielleicht erst nach Abermilliarden von Tagen im wallenden Nebelmeer – würden die Elben ihre neue Heimat erreichen, die Gestade der Erfüllten Hoffnung.

An diesem Glauben hatte Lirandil festgehalten. Und so hatte er auch an seinem Leben festgehalten.

Irgendwann …

Für diesen Tag hatte er gelebt. Für diesen Tag und die Zeit danach, in der er einer neuen Generation seegeborener Elben das Fährtensuchen beibringen wollte. Erst danach durfte er sich den eigenen düsteren Neigungen hingeben und ins Reich der Jenseitigen Verklärung eingehen.

Ob das Land, auf das die Elben ihren leichtfüßigen Schritt gesetzt hatten, tatsächlich zu ihrer neuen Heimat werden konnte, daran hatte Lirandil inzwischen erhebliche Zweifel. War dieses Land es wert, das große Ziel aufzugeben, die Gestade der Erfüllten Hoffnung?

Die lange Zeit in der Sargasso-See hatte ihn zum Skeptiker werden lassen, und so war sein Glaube an die Gestade der Erfüllten Hoffnung mehr ein verbissenes Festhalten. Als sie damals aufgebrochen waren, vor Urzeiten, da war er überzeugt davon gewesen, dass sie die Gestade der Erfüllten Hoffnung angesichts der weit fortgeschrittenen elbischen Seemannskunst leicht erreichen würden. Doch während der langen Zeit in der Sargasso-See waren auch in ihm Zweifel erwacht, dass dieses ferne Land überhaupt existierte. Leichte Zweifel zunächst, die jedoch immer größer und drängender wurden. Vielleicht war Bathranor nichts weiter als eine abstrakte Chiffre elbischer Gedankenakrobatik. Etwas, das sich ihre Philosophen als hypothetisches Konstrukt ersonnen hatten und das dann irgendwann für ein reales Objekt ihrer Sehnsüchte gehalten worden war.

Wie oft hatte er den Tag verflucht, da die Elben die Alte Heimat verlassen hatten, um sich ganz dem Erreichen dieses völlig ungewissen Ziels zu verschreiben. Und wie oft hatte er sich gewünscht, den festen Grund, von dem er als Fährtensucher lesen konnte wie in einem offenen Buch, wieder unter den Füßen zu haben.

An die schwankenden Planken eines Elbenschiffs hatte er sich trotz der langen Zeit auf See einfach nie gewöhnen können. Und trotz aller Anstrengungen, sie zu lernen, waren die Zeichen des Meeres für den Fährtensucher immer ein Rätsel geblieben. Er hatte einfach keinen Bezug dazu gefunden und beobachtete mit neidvoller Verwunderung, wie insbesondere die seegeborenen Elben aus der Färbung des Wassers und den Zeichen des Himmels so leicht zu lesen vermochten wie ein Fährtensucher vom alten Schlag es bei den Zeichen des Landes vermochte.

In seinen von Schwermut geprägten Phasen hatte Lirandil dies als

Bestätigung dafür gewertet, dass seine Zeit vorbei war und er sich offenbar nicht mehr an die Gegebenheit der Gegenwart anzupassen vermochte. Eine Aufforderung, dem Drang des Lebensüberdrusses nachzugeben. Hatte er nicht alles gesehen, alles erlebt und alles erfahren? Warum diesen Weg in eine Zukunft fortsetzen, die ihm fremd geworden war?

Große Hoffnungen hatte das Erreichen dieser wie eine Schattenlinie aus dem Nichts des Nebels auftauchenden Küste in Lirandil geweckt. Vielleicht war es das Beste, dieses real existierende Land zur neuen Heimat zu erklären, anstatt einer Chimäre nachzujagen, die vielleicht unerreichbar war.

Eine freudige Zuversicht, die Lirandil selbst am meisten erstaunte, hatte ihn für einige Zeit gepackt. Doch dies war nur ein Strohfeuer der Hoffnung gewesen, mehr nicht, wie sich bald herausstellen sollte. Denn diese Zuversicht war längst neuer Skepsis gewichen. Lirandil glaubte nicht, dass dieses von Nebelbänken umwaberte Land voller Schattengeschöpfe und finsterer Magie wirklich zur neuen Heimat der Elben werden konnte. Dem war selbst eine ungewisse Zukunft auf schwankenden Schiffsplanken vorzuziehen, wie er fand.

»Geht Ihr voraus, Lirandil!«, sagte Prinz Sandrilas.

Dieser nickte nur. Große Worte waren nicht die Sache des Fährtensuchers. Er galt als schweigsam und pflegte sich, wenn überhaupt, nur sehr knapp zu äußern.

Sandrilas folgte ihm. Thamandor der Waffenmeister und Merandil der Hornbläser bildeten die Nachhut. Beinahe lautlos und nach der leichtfüßigen Art der Elben bewegten sie sich vorwärts.

Sandrilas hatte bereits vor einiger Zeit einen befremdlichen Geruch bemerkt. Einen Geruch, der ein altes Grauen berührte, das irgendwo tief in seiner Seele verborgen lag. Ein Schrecken, an dessen Existenz der einäugige Elbenprinz nur ungern erinnert wurde.

Lirandil der Fährtensucher drehte sich kurz um, während Sandrilas stehen blieb, und da roch auch er es: den Geruch von verbranntem Fleisch, gemischt mit einer Nuance, die auf eine grauenerregende Art und Weise sehr vertraut war.

Erschreckend vertraut …

Der Fährtensucher wechselte einen Blick mit dem Einäugigen, und jeder wusste vom anderen, dass dessen empfindsame Sinne dasselbe wahrgenommen hatten. Es brauchte nicht ein einziges Wort darüber verloren zu werden.

Was für ein Schrecken mochte sie im Lager der Geflügelten erwarten? Sandrilas legte eine Hand um den Schwertgriff. Geduckt und wie lautlose Schatten schlichen sie sich an das Lager heran.

Es war kein gewöhnliches Feuer, das dort brannte, das erkannte Sandrilas gleich auf den ersten Blick. Es war blendend weiß, und selbst ein furchtloser Elb musste sich zwingen, in diese gleißende Helligkeit zu schauen. Den geflügelten Affen erging es offenbar ähnlich. Diejenigen unter ihnen, die sich in der Nähe des Feuers befanden, hatten den Blick von den Flammen abgewandt.

Etwa zwei Dutzend Affenartige gruppierten sich um die Feuerstelle, doch es war kein Brennholz zu sehen. Stattdessen loderten die grellweißen Flammen aus einem grünlich schimmernden Stein hervor, und manchmal nahmen auch die Flammen diesen Grünton an, die dann auch etwas höher flackerten.

Der Geruch von verbranntem Fleisch wurde nahezu penetrant und war für die feinen Elbensinne kaum noch erträglich. Im flackernden Feuerschein war zu erkennen, wie einige der Geflügelten an Knochen nagten, bevor sie diese dann auf einen Haufen warfen. Auch waren schmatzende Geräusche zu vernehmen. Von dem schrillen Gekreische, das ansonsten für einen Elben meilenweit zu hören war, drang kaum etwas über den engeren Umkreis des Lagers hinaus. Die Lautäußerungen der Affenartigen wirkten auf Sandrilas sehr gedämpft, so als wollten sie tatsächlich unter allen Umständen vermeiden, von jemandem bemerkt zu werden. Die Frage war nur, ob der Grund dafür tatsächlich die Furcht vor Verfolgern war oder vielleicht, weil die Geflügelten nicht hungrige Artgenossen anlocken wollten, mit denen sie ihr Fleisch hätten teilen müssen.

Sandrilas bemerkte einen Affenartigen, der offenbar seine abendliche Mahlzeit bereits beendet hatte. Er spielte mit etwas herum, von dem der Prinz zunächst nicht zu erkennen vermochte, worum es sich handelte. Dann hob es der Affenartige hoch, in den Schein des Feuers.

Ein Elbenbogen!, durchfuhr es Prinz Sandrilas. Der Gegenstand war nur als Schattenriss zu erkennen, aber die geschwungene Form war augenfällig. Niemand sonst fertige derartige Bögen an.

Der Affenartige wusste offenbar nichts mit der Waffe anzufangen. Er hielt den Bogen in das grellweiße Feuer, das Sandrilas' Meinung nach magischer Natur sein musste. Ein grün schimmernder Blitz zuckte aus den blendend weißen Flammen, tanzte an der geschwungenen Linie des Bogens entlang und erfasste den Affenartigen, der wie erstarrt dastand, zitterte und sich ansonsten nicht rühren konnte.

Rauch stieg aus seinen Ohren auf – und im nächsten Moment fiel er zu Boden, wo er regungslos liegen blieb. Die grünen Blitze zuckten weiter über seinen Körper. Ein bestialischer Gestank verbreitete sich, die Lichterscheinung wirkte wie ein spinnenartiges Etwas, dessen Beine aus Blitzen bestanden. Dann teilte sich dieses Etwas, und die einzelnen Blitze krochen über den Boden in alle Richtungen davon.

Die Affenartigen stoben mit wildem Gebrüll auseinander, und auf einmal war es auch mit der Ruhe vorbei: Panik regierte die geflügelten Kreaturen. Der raschelnde Schlag ihrer Lederschwingen mischte sich mit den durchdringenden Schreien und dem Klirren ihrer Waffen. Manche von ihnen flatterten empor und torkelten dabei regelrecht durch die Luft, denn sie wussten offenbar nicht, wohin sie fliehen sollten. Andere vollführten einen Sprung aus dem Stand, der sie gleich mehrere Körperlängen weit nach hinten brachte.

Doch schon wenige Augenblicke später waren die Lichtblitze verschwunden. Der Bogen selbst schien sie aufgesogen zu haben, und nur der tote Affenähnliche zeugte noch von dem seltsamen Geschehen. Scheu näherten sich die anderen ihrem regungslos daliegenden Artgenossen. Sie stießen ihn in die Seite, erst mit dem Schaft eines Dreizacks, und als er nicht reagierte, mit den Spitzen der Waffe.

Als sich der Tote immer noch nicht rührte, stieß einer der Affenartigen einen Schrei aus, der sich nur als Ausdruck höchster Wut interpretieren ließ. Er stürzte sich auf den Bogen und zerbrach ihn mit bloßen Pranken. Die noch mit der Bogensehne verbundenen Bruchstücke warf er ins grellweiße Feuer, das daraufhin tiefgrün wurde. Funken sprühten, und die Flammen wuchsen um das Doppelte ihrer ursprünglichen Größe, ehe sie wieder in sich zusammenfielen.

Der Äffling, der den Bogen zerstört hatte, stieß ein triumphierendes Geschrei aus und warf mit weiteren Gegenständen um sich – vor allem mit Knochen.

Seine in Panik davongestobenen Artgenossen beruhigten sich schließlich. Einige von ihnen, die sich in die Lüfte erhoben hatten, flogen zunächst noch ein paar Runden über das Lager, ehe sie sich trauten zu landen, und ein Geflügelter zog dabei dicht über die Sträucher und Felsen hinweg, hinter denen sich Sandrilas und seine Begleiter verborgen hielten. Offenbar waren seine Sinne – und insbesondere sein Sehvermögen in der Nacht – nicht weniger fein als die eines Elben. Jedenfalls stieß er einen ohrenbetäubenden Schrei aus und schleuderte seinen Dreizack, als er die Elbengruppe entdeckte. Die Waffe verfehlte Lirandil den Fährtensucher um einen Fingerbreit und bohrte sich dicht neben ihn in den Boden.

Thamandor wirbelte herum, hob eine seiner Einhandarmbrüste und drückte ab, während der Geflügelte bereits davonflog. Ein klackendes Geräusch ertönte, als der mit magischem Gift versehene Bolzen die Waffe verließ.

Er durchbohrte den Äffling im Flug, und zischend breitete sich ein Brand von jener Stelle aus, wo der Bolzen in den Körper geschlagen war. Ein schauerlicher, krächzender Laut schallte durch die Nacht, ehe der Körper noch in der Luft zu grauer Asche wurde und zerfiel.

Da wurden auch die anderen Nachtkreaturen auf die Kundschafter aufmerksam. Die schrillen Rufe der Äfflinge durchdrangen die Nacht. Sie griffen zu ihren Waffen, erhoben sich teilweise in die Lüfte oder stürmten zu Fuß auf die Elbengruppe zu.

»Blas das Horn, Merandil!«, rief Prinz Sandrilas, während er seine Klinge zog. Aber das brauchte er dem Hornbläser gar nicht mehr zu sagen, denn der hatte das Instrument längst an die Lippen gesetzt. Im nächsten Moment schallte der klare Ton seines Horns durch die Dunkelheit.

Die geflügelten Äfflinge griffen währenddessen an. Thamandor traf mit der zweiten Armbrust einen Gegner, der auf ihn zuflog. Die Kreatur verbrannte zu Asche, ehe sie ihren Dreizack schleudern konnte. Als grauer Staubregen rieselten ihre Überreste auf die Köpfe der Elben nieder.

Lirandil der Fährtensucher riss Thamandor zur Seite, und ein

Speer sauste dicht an dem Waffenmeister vorbei und bohrte sich in den Boden. Daraufhin ließ Lirandil Pfeil um Pfeil von der Sehne seines Bogens schwirren und hatte innerhalb von wenigen Augenblicken zwei der Bestien getötet.

»Wir brauchen Gefangene!«, rief Prinz Sandrilas, der von einem heranstürmenden Äffling angegriffen wurde. Mit dem Schwert wehrte er den Stoß des Dreizacks ab und holte zum Gegenangriff aus. Doch kurz bevor sein Elbenschwert den Hals der Kreatur durchbohren konnte, hielt er inne.

Düsterklinge hieß dieses Schwert, dessen Stahl sich nach einem missglückten Schutzzauber dunkel verfärbt hatte. Eigentlich war diese Waffe dem ästhetischen Feinempfinden eines Elben zuwider, und es hatte genügend Stimmen gegeben, die Prinz Sandrilas geraten hatten, das Schwert wieder einzuschmelzen. Aber Sandrilas hatte an der Waffe festgehalten, und inzwischen glaubte er sogar, dass ihm Düsterklinges unelbenhafte Erscheinung Glück brachte und ihn vor der weit verbreiteten Krankheit des Lebensüberdrusses bewahrte.

Der Äffling stieß einen zischenden Laut aus und fletschte die Zähne. Er schien zu begreifen, dass es unmöglich war, seinem elbischen Gegenüber den Dreizack in den Leib zu stoßen, eher dieser ihn selbst tötete.

»Beweg dich nicht und lass deine Waffe fallen, Geflügelter!«, rief Sandrilas. »Dann geschieht dir nichts!«

Aus einiger Entfernung hörte er die Schritte und die Stimmen der beiden anderen Elbengruppen, die sich näherten. Als sich ein weiterer Affenartiger auf ihn stürzen wollte, war der Elbenprinz für einen Moment abgelenkt, und der Äffling, den er mit der Schwertspitze bedrohte, tauchte seitlich weg und stieß mit dem Dreizack in Prinz Sandrilas Richtung. Dieser wich aus und hieb seinem Gegenüber den Kopf ab, dann wirbelte er herum. Mit klatschenden Lederflügeln stürzte sich der andere Affenartige auf ihn, in jeder Pranke einen Speer mit unterarmlanger, messerscharfer Spitze.

Doch noch in der Bewegung, die eine Mischung aus Flug und Sprung war, zog sich plötzlich eine rote Linie durch seinen gesamten Körper, vom Scheitelpunkt ausgehend bis zum Schritt. Seine Augen erstarrten, der wütende Ausdruck seines affenartigen Gesichts gefror, dann klafften die beiden Hälften noch in der Luft auseinander und fielen zu Boden, während das Blut der Kreatur spritzte.

»Thamandor!«, stieß Sandrilas hervor.

Der eher zierlich wirkende Waffenmeister hatte den Affenartigen mit seinem monströsen Schwert vertikal in zwei Hälften zerschnitten, ehe dieser seinen Angriff vollenden konnte. Die Einhandarmbrüste des Waffenmeisters waren nicht rasch genug nachzuladen, und so hatte er sein riesiges Schwert gezogen. Die besondere Beschaffenheit des Stahls sorgte dafür, dass das Blut nicht an der Klinge haftete. Innerhalb von Augenblicken war die zunächst vollkommen blutbesudelte Waffe wieder gänzlich sauber.

Inzwischen hatten die zwei anderen Elbengruppen längst in den Kampf eingegriffen. Siranodir ließ seine beiden Schwerter durch die Luft wirbeln und stürmte an der Spitze seiner Krieger auf die geflügelten Bestien zu, während sich Ygolas der Bogenschütze und sein Trupp von der anderen Seite näherten. Die Affenartigen erkannten schnell, dass sie diesmal unterlegen waren. Einer nach dem anderen erhob sich in die Lüfte und flog davon. Die Bogenschützen versuchten noch, so viele von ihnen wie möglich zu töten. Die schrillen Schreie der Bestien hallten in den Schluchten wider, die sich an diesen Ort anschlossen.

Innerhalb weniger Augenblicke war der Kampf vorbei und die Geflügelten entweder tot oder geflohen.

»Ich danke Euch für Eure Rettungstat!«, wandte sich Prinz Sandrilas, noch ganz unter dem Eindruck des Geschehenen, an Thamandor den Waffenmeister, der sein Schwert zurück in die große Scheide auf seinem Rücken steckte.

»Nichts zu danken«, sagte er, »ich tat nur meine Pflicht.« Dann untersuchte er seine Armbrüste und schien zu prüfen, ob sie irgendeinen mechanischen Schaden davongetragen hatten.

Siranodir mit den zwei Schwertern sah sich derweil das eigentliche Lager der Affenartigen an. Das grellweiße magische Feuer brannte noch immer. In seinem zuckenden weißen Schein ließ Sandrilas den fassungslosen Blick über die abgenagten Knochen, Gerätschaften und Kleidungsstücke schweifen, die am Lagerplatz verstreut lagen.

Lirandil gesellte sich zu ihm. Er, der erfahrene Fährten- und Spurensucher, erkannte auf den ersten Blick, was an diesem Ort geschehen war: Die Nachtkreaturen hatten die Leichen jener Elben, die während des Kampfes auf dem Felsplateau ihr Leben verloren, hergebracht und sie dann … gefressen!

Und nicht nur die.

»Nicht einmal vor den eigenen Toten hatten sie Respekt«, murmelte Lirandil mit belegter Stimme.

Siranodir stieß einen Schrei aus, in dem sich sein ganzes Entsetzen manifestierte.

Lirandil blickte auf. In seinem ganzen langen Leben hatte er noch keinen Elben derart schreien hören.

# 5

# BRANAGORN

Kampfeslärm.

Schreie.

Schabende Geräusche, die an das dunkle Getier aus feuchten, uralten Grüften gemahnten …

Das alles hatte der junge Elbenkrieger Branagorn für eine unerträglich lange Zeitspanne mit anhören müssen. Und das in einer Intensität, die für die zarten Sinne eines Elben die reinste Folter darstellten.

Nur der Gesichtssinn schien Branagorn zum Narren zu halten.

König Keandir war von einem Augenblick zum anderen verschwunden, bevor sein junger Begleiter Ohrenzeuge eines unsichtbaren Kampfes geworden war. Mit dem Schwert in der Hand stand er da – vor sich den vollkommen ruhig daliegenden unterirdischen See, der vom Augenlosen Seher als Schicksalssee bezeichnet worden war.

Branagorn hatte das Gefühl, dass ganz in seiner Nähe, aber unsichtbar vor ihm verborgen etwas Schreckliches geschah, während er zur Teilnahmslosigkeit verdammt war, unfähig einzugreifen.

»Jetzt sagt mir endlich, wo sich mein Herr und König befindet!«, wandte sich Branagorn wütend und nicht zum ersten Mal an den Augenlosen Seher, der sich ein Stück abseits hielt und spöttisch den zahnlosen Mund verzog. Die Sorge Branagorns schien ihn auf eine gehässige Weise zu amüsieren.

»Da ist so viel naive Anteilnahme in Euren Worten! Noch scheint Ihr so sehr mit der Welt verbunden, dass Ihr nicht in der Lage seid, die komfortable Position des distanzierten Betrachters einzunehmen.

Das ist wirklich köstlich. Ich habe so etwas sehr lange nicht mehr erlebt, mindestens ein Äon lang nicht mehr …« Die Stimme des Sehers bekam einen beinahe melancholischen Klang, verlor dabei aber nicht die Nuance von beißendem Zynismus, die seine Worte zu scharfen Messerschnitten für Branagorns Seele machten.

Branagorn richtete die Spitze seines Elbenschwerts auf den Seher. Lichtfang hieß dieses Schwert, denn wenn Sonnenstrahlen auf das glatte Metall trafen, schien es zu leuchten, als wäre die Klinge selbst von Licht erfüllt.

Doch schon beim Kampf gegen die Affenartigen auf dem Felsplateau hatte es diese Eigenheit nicht gezeigt; der dichte Nebel hatte dies verhindert, indem er dafür gesorgt hatte, dass das Sonnenlicht nur gedämpft und abgeschwächt auf das nach uralter Elbentradition verarbeitete Metall traf. Und in das unterirdische Gewölbe, in das es Branagorn zusammen mit seinem König verschlagen hatte, drang ohnehin kein Sonnenstrahl. Das magische Licht von Fackeln, die nicht wirklich brannten und auch keine Wärme abstrahlten, und die geheimnisvoll leuchtenden Steine waren offenbar nicht dazu geeignet, diese wundersame Eigenschaft Lichtfangs zu wecken. Diese Lichtquellen, davon war Branagorn überzeugt, waren aus dunkler Magie geboren, und diese dunkle Magie wollte sich nicht mit der hellen weißmagischen Kraft seiner Waffe vereinigen. Nur schwarzer Zauber schien an diesem ungastlichen Ort seine Wirksamkeit entfalten zu können, das war Branagorn ziemlich schnell klar geworden. Umso erstaunter und geradezu entsetzt war er darüber gewesen, dass sich sein König auf den Augenlosen eingelassen hatte. Und dies nur für das vage Versprechen, irgendetwas über das zukünftige Schicksal der Elben und seiner Selbst zu erfahren.

»Was willst du tun?«, höhnte der Augenlose, als ihm Branagorn die Schwertklinge an die Kehle setzte. Der Seher ließ es zunächst widerstandslos geschehen, doch die sechsfingerigen Hände waren so fest um die beiden verzauberten Wanderstäbe gekrallt, dass die Knöchel weiß hervortraten. »Brauchst du wirklich noch einmal einen Beweis meiner Macht? Muss ich einem Narren wie dir tatsächlich erst ernsthaften Schaden zufügen, ehe du einsiehst, dass du mit deinem lächerlichen Schwert hier nichts erreichen kannst?«

Branagorn fühlte, wie blanker Hass in ihm aufwallte. Aber der Augenlose hatte zweifellos recht, so sehr es dem jungen Elbenkrieger auch widerstrebte.

Branagorn senkte die Klinge, steckte sie allerdings nicht zurück in die Scheide. So sinnlos es auch sein mochte, mit einer derartigen Waffe den Augenlosen zu irgendetwas zwingen zu wollen, so wollte er doch auch nicht wehrlos dastehen – auch im Hinblick auf die unsichtbaren Mächte, die an diesem Ort lauerten …

»Jeder kämpft allein mit seinem Schicksal«, sagte der Seher. »Ich dachte, das hättest du inzwischen begriffen.«

»Wenn König Keandir etwas zugestoßen sein sollte, werde *ich* dein Schicksal sein, Schattenkreatur!«

»Die Sprache deines Volkes, in der du deine Gedanken formulierst, ist ungewöhnlich differenziert in ihrem Ausdrucksvermögen …« Mehr kümmerte sich der Seher um Branagorns Erwiderungen nicht; stattdessen wirkte er sehr konzentriert und war offenbar damit beschäftigt, in den Gedanken des jungen Elbenkriegers zu forschen. »Ah … so viel Rechtschaffenheit, Branagorn! Das ist kaum zu ertragen!« Der Seher kicherte. »Wie gesagt, die Sprache deines Volkes ist sehr differenziert, und zuweilen gibt es in ihr Hunderte von Ausdrücken, die denselben Gegenstand beschreiben. Doch jedes dieser Synonyme betont eine andere Facette … Beeindruckend! Aber die Seele, die ich vor mir sehe, ist die Seele eines Kindes, und deshalb spreche ich dich von nun an auch so an, wie ihr im Umgang mit Kindern zu sprechen pflegt.«

»Damit kannst du mich nicht beeindrucken, Nachtkreatur!«, knurrte Branagorn. Doch etwas beunruhigte ihn: Die Laute, die ihn zuvor noch hatten schaudern lassen, waren auf einmal so gut wie verstummt. Nur hin und wieder war noch ein Glucksen oder Schmatzen zu hören, so als ob etwas in der stinkenden Brühe des sogenannten Schicksalssees versank.

»Kinder – dieser Begriff scheint euch Elben nicht mehr sehr geläufig zu sein. Unter euch sind sie erschreckend selten. Jetzt wundert mich eure Sicht der Dinge nicht mehr. Ja, eine seltsame Welt habt ihr Elben euch geschaffen – ein Welt unerfüllbarer Ideale, voller Luftschlösser und … ja, da ist ein weiterer Begriff: Bathranor, die Gestade der Erfüllten Hoffnung. Du scheinst daran ebenso zu glauben wie an das Reich der Jenseitigen Verklärung. Ein Grad an Naivität, der mich beeindruckt.« Er kicherte erneut. »Im Lauf der Äonen hatte ich immer wieder Besucher hier in meinem einsamen, finsteren Exil. Besucher, die den unterschiedlichsten und absonderlichsten Rassen angehörten – aber an etwas vergleichbar Naives und Kindisches kann ich mich nicht erinnern.«

»Schweig!«, rief Branagorn.

Und er lauschte.

Die Geräusche aus dem Unsichtbaren waren inzwischen völlig verstummt. Doch die Stille, die auf einmal herrschte, war viel schrecklicher als alles, was er zuvor vernommen hatte. Branagorns feine Elbensinne waren aufgrund seiner Jugend noch längst nicht so weit entwickelt, wie es bei den Älteren des Lichtvolks der Fall war. Dennoch war er sicher, dass Keandir ganz in seiner Nähe war.

Branagorn versuchte zu erspüren, ob der König noch lebte. Aber es gelang ihm nicht. Eine geistige Mauer schien Keandir zu umgeben, die nichts zu ihm durchdringen ließ. Oder war es der Augenlose, der ihn abschirmte?

Branagorn betrachtete dessen entstellt wirkendes Gesicht voller Abscheu. Was war das für ein Spiel, das diese Schattenkreatur mit ihm trieb?

Da lenkte Branagorn eine Bewegung im Wasser ab. Es schien plötzlich von wurmartigem Getier zu wimmeln. Riesige Aale schlängelten sich darin. Sie balgten sich um eine Beute, offenbar den Körper eines Elben, der regungslos im Wasser lag.

Branagorn zögerte keinen Augenblick und watete bis zu den Knien in den See. Auch wenn der Ekel vor diesen Kreaturen beinahe übermächtig war, so konnte ihn doch nichts davon abhalten, seinem König beizustehen.

Branagorn ließ sein Schwert durch das Wasser tanzen. Mehrere der Riesenaale schnitt die Klinge glatt durch. Die anderen verschwanden, stoben in Panik davon. Das gierige Gewürm tauchte davon, und Branagorn fasste den König bei der Schulter. Er steckte das Schwert weg und drehte ihn herum. Der Gestank des Wassers war unerträglich.

Keandirs Gesicht und Kleidung waren vollkommen beschmiert mit diesem öligen Nass – damit und mit einem ebenfalls dunklen, sehr viel zähflüssigeren Saft.

Branagorn zog Keandir an Land.

»Mein König, so atmet doch!«, rief er verzweifelt. Das Gesicht Keandirs wirkte bleich wie der Tod.

Branagorn verfügte nicht über die Kenntnisse der elbischen Heilkundigen, aber den einen oder anderen Lebenszauber beherrschte er doch. Er hatte ihn sich beigebracht, für den Fall, dass er ihn einmal brauchte. Etwa wenn er im Kampf verletzt wurde oder einen Unfall erlitt und abgeschnitten von den anderen Elben war.

Branagorn murmelte eine der Formeln, die er gelernt hatte, und hoffte, dass sie auch wirkten. Er hatte sie von einem elbischen Schamanen, der ihm erklärt hatte, dass immer mehr Elben darauf verzichteten, diese Art von Heilmagie anzuwenden.

»Auch das ist Zeugnis von jenem Lebensüberdruss, dem unser Volk anheimfällt«, hatte der Schamane ihm seinerzeit gesagt.

Diese Worte fielen ihm absurderweise ausgerechnet in dieser Situation wieder ein.

»Ihr dürft nicht von uns gehen, König Keandir!«, rief er. »Ihr Götter, was immer Ihr auch verlangen mögt, ich werde Euren Wunsch erfüllen, wenn Ihr dafür König Keandir das Leben schenkt!«

Das hämische Kichern des Sehers erklang hinter ihm. »Ist es nicht so, dass dein Volk sogar die Namen seiner Götter vergessen hat? Wie kannst du da erwarten, dass sie etwas für dich tun, wenn ihr ihnen schon jahrhundertelang nichts mehr geopfert habt und ihnen nicht einmal den Respekt der Erinnerung entgegenbringt? Vergiss diese Götter, sie haben keine Macht und können dir nicht helfen.«

»Dann hilf du mir, Seher!«

Aber der Augenlose schüttelte den Kopf. »Das kann nur Keandir selbst. Er ist es, der mit seinem Schicksal gerungen hat wie kaum ein anderer zuvor. Es wird sich herausstellen, ob die Verwundungen, die er davongetragen hat, zu schwer sind oder ob er …«

Der Augenlose verstummte und fasste beide Zauberstäbe mit der linken Hand, um die rechte in Richtung des Schicksalssees auszustrecken. Ein Schwert schoss aus dem Dunkel des Wassers. Branagorn erkannte sofort, dass es sich um den legendären Trolltöter seines Königs handelte. Die Klinge war in zwei Teile geborsten, die sich jedoch wieder zusammenfügten, noch während sie durch die Luft wirbelten. Als das Schwert mit dem Griff in der Hand des Augenlosen landete, waren die Einzelteile wieder zu einem Ganzen verschmolzen.

In diesem Moment öffnete Keandir die Augen. Die Lippen waren farblos geworden. Ein Zittern durchlief seinen geschundenen Körper.

»Wie mir scheinen will, hat Euch der Furchtbringer einen kleinen Schrecken eingejagt«, sagte der Augenlose und verzog zynisch den Mund. »Zumindest scheint Ihr eine Ahnung von der Endlichkeit des Seins und der Kälte des Todes bekommen zu haben. Seid froh darum. Ich habe so etwas schon seit mehr als einem Zeitalter nicht mehr empfunden – und andere in ihrer Todesangst zu beobachten ist kein Ersatz für diese Zeichen der Lebendigkeit.«

Ruckartig fuhr Keandirs Oberkörper hoch. Er schaute sich um und schien sich erst orientieren zu müssen. Dann blickte er zum dunklen Schicksalssee.

»War das alles nur ein Traum?«, fragte er.

Der Augenlose warf ihm das Schwert zu. Keandir fing es mit einer Hand geschickt auf. An jener Stelle, an der sie im Kampf mit dem Riesenkrebs geborsten war, zog sich eine deutlich sichtbare Nahtstelle quer über die Klinge. Sie folgte genau dem Verlauf des Bruchs.

»Schmiedet es nicht neu, König Keandir, auch wenn die Waffe Eurem ästhetischen Empfinden nicht mehr entsprechen sollte. Ihr habt damit den Furchtbringer des Schicksalssees besiegt – und darauf könnt Ihr wirklich stolz sein.«

»Den Furchtbringer?«, echote Keandir. »Ihr sprecht von dem Riesenkrebs?«

»Dieses Wesen pflegt seine Gestalt zu wechseln, je nachdem, wem es gegenübertritt. Und ich sprach nur davon, dass es besiegt wurde, nicht davon, dass es vernichtet ist. Es wird sich irgendwann erholt haben …«

Die Erinnerung an den Kampf kehrte in König Keandir mit Macht zurück. Schauder erfassten ihn. Er blickte auf Trolltöter. Mit zwei Fingerspitzen der Linken strich er über die Nahtstelle, wo die Bruchstücke scheinbar verschmolzen waren. Ein kraftvolles Kribbeln durchfuhr seinen Arm und seinen gesamten Körper. Ein Teil der Kraft der grauenerregenden Kreatur, die der Augenlose »Furchtbringer« nannte, schien auf diese Waffe übergegangen zu sein.

»Gebt dieser Waffe einen anderen Namen, König Keandir. Nennt sie Schicksalsbezwinger, und sie wird Euch Glück bringen. Denn genau das habt Ihr mit dieser Waffe vollbracht: das Schicksal bezwungen!«

»Was hat es mit diesem Wesen auf sich, diesem Furchtbringer?«

»Es ist die Ausgeburt Eurer Ängste.«

»Und was soll ich von alledem halten, was ich über die Zukunft gesehen habe?«

»Es kann wahr werden oder auch nicht. Das liegt ganz bei Euch.«

»Bei mir?«

»Ihr habt den Furchtbringer besiegt, und somit werden die Wege des Schicksals neu geknüpft. Nichts wird so, wie es geworden wäre, und Ihr seid frei, Euer Schicksal und das Eures Volkes selbst zu bestimmen. Welchen Weg Ihr auch wählen mögt, es liegt an Euch, wohin er Euch und Euer Volk führen mag.«

»Das habe ich nicht gewollt«, beschwerte sich Keandir. »Alles, was ich wollte, war ein Blick in die Zukunft.«

Der Augenlose lachte heiser. Er öffnete dabei seine Mundhöhle mehr als zuvor, und ein Schwall jenes nach Fäulnis stinkenden Atems traf den Elbenkönig. »Ihr wolltet Sicherheit, König Keandir! Die Sicherheit, das Richtige zu tun. Aber die habt Ihr nun gegen etwas anderes getauscht, das vielleicht genauso wertvoll ist.«

»Was?«

»Die Freiheit! Glaubt mir, ich weiß, wovon ich spreche!«

Keandirs Gesicht gefror zu einer Maske. »Was spielt Ihr dabei für eine Rolle, Augenloser? Ihr scheint mehr Freude über die Niederlage des Furchtbringers zu empfinden als ich.«

Der Augenlose kicherte. »Sollte ich mich so schlecht beherrschen nach all den Äonen der gemeinsamen Gefangenschaft mit diesem Widerling im See!«

Da fiel es Keandir wie Schuppen von den Augen. Diese uralte Kreatur hatte ihn ausgenutzt. Aus irgendeinem Grund hatte der Seher ein Interesse daran, dass der Furchtbringer im See besiegt wurde. »Ihr hattet es darauf angelegt, dass ich gegen den Furchtbringer kämpfe!«, stellte er fest.

»Die Aussicht, mehr über die Zukunft Eures Volkes zu erfahren, hat Euch gefügig und lenkbar gemacht«, gab der Augenlose zu. »Und offenbar hat sie sich auch sehr positiv auf Euren Kampfesmut ausgewirkt, denn die meisten anderen schreckten vor dem Furchtbringer zurück oder unterlagen ihm.«

»Von welchen anderen sprecht Ihr?«

»Von den Unglücklichen, die im Laufe meiner Zeitalter währenden Gefangenschaft auf dieser Insel strandeten. Die unterschiedlichsten Geschöpfe waren darunter. Angehörige von Völkern, die heute niemand mehr kennt. Barbaren und hochzivilisierte Wesen von immenser Bildung, tollkühne Krieger und zaudernde Taktiker, Narren, Weise, Feiglinge und Todessüchtige – und alles was dazwischen denkbar ist. Wie ich Euch dort einordnen soll, ist mir noch nicht so recht klar. Jedenfalls seid Ihr der Erste, der den Kampf mit dem Furchtbringer bestanden hat.«

»Mein König«, mischte sich Branagorn ein, »gleichgültig, was dieser zahnlose Widerling für einen Vorteil aus Eurem Kampf gezogen haben mag – ein Kampf, der im Übrigen für mich unsichtbar war«, fügte er wie zur Verteidigung hinzu, dass er nicht hatte eingreifen können, »und welchen Nutzen er auch für Euch selbst haben mag, ich bin dafür, dass wir diese Küste so schnell wie möglich verlassen und weitersegeln!«

»Das ist nicht so einfach, wie Ihr glaubt, junger Freund«, entgegnete der Augenlose, bevor König Keandir etwas dazu sagen konnte.

»Warum lässt du uns nicht einfach frei?«, sagte Branagorn erbost. »Mein Herr hat mehr als genug für dich getan! Du bist es ihm schuldig!«

»Es geht nicht um Schuld oder dergleichen törichte Dinge, die nur Erfindungen jüngerer Rassen sind«, entgegnete der Seher.

»Worum geht es dann?«, fragte Keandir. Sein Tonfall war kristallhart. Inzwischen war die Farbe in seine Lippen zurückgekehrt. Er schien sich zunehmend von dem Kampf mit dem Furchtbringer zu erholen, auch wenn allein die Erinnerung daran ihn noch immer schaudern ließ.

»Niemand hat diese Insel während des vergangenen Äons verlassen«, erklärte der Augenlose. »Das ist nämlich so ohne Weiteres gar nicht möglich, wie auch Ihr noch feststellen werdet.«

»Er hält uns zum Narren!«, war Branagorn überzeugt.

»Glaubt Ihr, ich wäre noch hier, wenn es anders wäre?«, rief der Augenlose, und diesmal bewegte er sogar den Mund, aus dem Speichel troff, und wo er auf den Boden traf, zischte es, und kleine Schwaden beißenden, stechenden Rauchs stiegen auf. »Ein so gastlicher Ort, dass man hier freiwillig ein paar Zeitalter länger verbringen mag, ist dies nun wirklich nicht. Aber durch den Sieg König Keandirs über den Furchtbringer sind die magischen Bande, die mich an diese Kreatur ketteten, für eine Weile geschwächt – derart geschwächt, dass ich sie leicht überwinden und Euch dadurch helfen kann!«

»Helfen – wobei?«

»Den dunklen Zauber zu lösen, der über diesem Ort liegt. Wir sind dabei aufeinander angewiesen, denn allein schafft es keiner von uns.« Der Augenlose stieß ein paar glucksende Laute aus, Ausdruck seiner von Zynismus und Schadenfreude geprägten ganz speziellen Art der Heiterkeit. »Im Gegensatz zu Euch macht es mir allerdings nichts aus, ein weiteres Äon auf ein paar fähige Helfer zu warten, falls Ihr nicht mit mir zusammenarbeiten wollt. Zeit hat für mich eine andere Bedeutung als für Euch. Ihr seid zwar langlebig, aber an einem Ort wie diesem würde Euch der Lebensüberdruss überkommen und innerhalb kürzester Zeit dahinraffen.«

Der Elbenkönig horchte auf. Der Augenlose wusste also vom Lebensüberdruss, dieser nahezu unheilbaren Krankheit, die nicht zu vergleichen war mit jener Schwermut, unter der die Elben mittlerweile alle litten.

»Ich werde nichts für Euch tun, Augenloser!«, rief Keandir, hob das Schwert und richtete dessen Klinge gegen den Seher.

Dessen Mund verzog sich spöttisch. »Heute war schon ein Angehöriger deines Volkes so töricht, mich mit einer Waffe zu bedrohen, doch sah er rechtzeitig ein, wie närrisch dies war – denn ich bin mächtig genug, Euch wie Asseln zu zertreten!«

»Doch hat auch Eure Macht Grenzen, wie Ihr selbst zugegeben habt!«, entgegnete Keandir.

»Seid vernünftig, König der kurzlebigen Narren – denn nichts anderes seid Ihr nach meinen Maßstäben.«

Keandir wusste, dass es sinnlos war, gegen den Augenlosen zu kämpfen. Zumindest auf die Art, wie er dem Furchtbringer entgegengetreten war. Der Elbenkönig wählte einen anderen Weg. Er warf dem Seher das Schwert vor die Füße.

»Was soll das, Möchtegern-König eines Reichs, das nur auf den schwankenden Planken Eurer Schiffe und in Eurer Vorstellung existiert?«

»Wie ich schon sagte, ich werde nichts mehr für dich tun«, erklärte Keandir, »keinen Schwertstreich mehr. Du hast mich einmal benutzt, aber das wird dir nicht ein zweites Mal gelingen!«

»Es wäre nicht zu Eurem Nachteil«, beteuerte der Augenlose. »Wie gesagt, nur zusammen haben wir eine Möglichkeit, den Zauber zu durchdringen, der sowohl Euch als auch mich hier festhält!«

»Ich will die volle Wahrheit wissen«, verlangte Keandir. »Alles, was von Belang ist. Wer seid Ihr? Warum wurde ein Zauber über Euch gelegt? Wer tat dies? Und was ist dies hier für ein Ort?«

»Gut«, stimmte der Augenlose überraschend schnell zu. Er verzog wieder den Mund, diesmal jedoch, als würde ihn Schmerz durchfahren, und ein stöhnender Laut kämpfte sich aus seiner Brust.

»Euer Schauspiel beeindruckt mich nicht«, sagte Keandir kalt. »Mir ist klar, dass wir Eure Gefangenen sind, solange wir uns im Inneren dieses Bergs befinden. Aber das bedeutet nicht, dass Ihr mit mir machen könnt, was Ihr wollt!«

»Ich bin gern bereit, das mit Euch zu besprechen, edler Keandir.«

»Dann bitte!«

»Aber nicht hier und jetzt!«

»Wieder nur Ausflüchte und taktisches Lavieren?«

»Nein.« Der Seher streckte die Hand mit dem hellen Zauberstab aus und deutete damit auf den dunklen See. Auf dessen Oberfläche bildeten Wellen konzentrische Kreise. »Wir sollten das alles nur nicht hier besprechen. Unsere Anwesenheit ist für den Furchtbringer eine Provokation und fördert nur seine Erholung, vielleicht sogar den Wechsel in eine Erscheinungsform, die noch unangenehmer ist, als es die letzte für Euch war, König Keandir.«

Keandir verengte die Augen. Die Erinnerungen an den Kampf drängten sich ihm erneut auf, mit einer Intensität, die ihn Augenblicke lang an nichts anderes denken ließ. Er fühlte noch einmal die namenlose Furcht, die er während des Kampfes empfunden hatte.

Keandir schloss für einen Moment die Augen und versuchte sich an die Visionen zu erinnern, die ihm das Orakel vor dem Kampf gesandt hatte, aber die Bilder verblassten bereits wie ein Traum. Was war mit der strahlenden Zukunft des Elbenvolks, die er gesehen hatte? War dies nur eine Illusion gewesen? War das alles hinfällig, wie der Augenlose gesagt hatte?

»Was ist mit Euch, mein König?«, fragte Branagorn besorgt.

»Es ist nichts«, murmelte Keandir.

Der Augenlose kreuzte die beiden Zauberstäbe und hielt sie in Richtung einer Felswand. Ein Gang eröffnete sich vor ihnen, und Dutzende von Fackeln entzündeten sich an den Wänden.

»Worauf wartet Ihr noch?«, fragte er.

Keandir blickte zurück zum dunklen Wasser, das immer mehr in Bewegung geriet. Dem besiegten Furchtbringer schien es nicht zu gefallen, wie sich die Situation entwickelte.

Friss deinen Zorn in dich hinein und erstick daran!, dachte Keandir. Er bückte sich, nahm das Schwert vom Boden auf und steckte es in die Scheide an seinem Gürtel, ehe er dem Augenlosen folgte. Branagorn schloss sich ihm an.

Der Gang erstreckte sich endlos lang vor ihnen. Hinter der Gruppe schloss er sich, als hätte er nie existiert, sodass es kein Zurück mehr gab.

»Ich hoffe, Ihr habt richtig für uns entschieden«, flüsterte Branagorn seinem König zu.

»Wo führst du uns hin, Augenloser?«, fragte Keandir.

»Zunächst in meine Höhle. Dort muss ich ein paar Utensilien zusammensuchen, die wir dringend benötigen werden. Danach …« Er sprach nicht weiter.

Im nächsten Moment erreichten sie die Höhle. Der Gang schloss sich hinter ihnen; dort war nur noch eine Felswand.

Der Augenlose atmete tief durch und stieß dann ein schweres Seufzen aus. »Nach so langer Zeit endlich die Aussicht auf Freiheit zu haben – das kann ich noch immer kaum fassen …«, gestand er.

»Ich will zunächst Antworten auf meine Fragen!«, verlangte Keandir. »Wer seid Ihr, und weshalb wurdet Ihr so lange an diesem Ort des Schreckens gefangen gehalten?«

Der Augenlose lachte. »Dafür sorgte einst mein Bruder Xaror. Ihr wollt die Geschichte erfahren? Gut. Ich werde Euch von meinem Bruder und von mir erzählen, aber in der Zwischenzeit werde ich ein paar Vorbereitungen treffen.«

»Vorbereitungen?«, hakte Keandir nach.

»Sonst verpassen wir den Moment, in dem wir uns befreien können.« Der Augenlose machte eine ruckartige Bewegung mit dem Kopf und wandte Keandir das Gesicht zu, so als könnte er spüren, wo sich sein Gegenüber befand. Der Mund formte so etwas wie ein zufriedenes Lächeln. »Die Ouroungour hätten Euch auf dem Felsplateau beinahe getötet«, erklärte er. »Das sind die affenartigen Bestien, die Euch und Eure Begleiter bedrängten. Sie entstammen einer hochentwickelten Kultur; ihre Monumente zeugen bis heute davon. Aber das ist viele Zeitalter her. Ihr habt gesehen, was aus ihnen wurde. Eurem Volk stünde Ähnliches bevor, hielte es sich länger auf der Insel auf.«

# 6

# DIE GESCHICHTE DES AUGENLOSEN

»Was hat den Niedergang der Affenartigen bewirkt?«, fragte Keandir, während der Augenlose den hellen Zauberstab emporhob.

Der goldene Affe an der Spitze erwachte aus seiner Erstarrung. Ein Lichtball entstand in seiner rechten Hand. Er warf ihn zu Boden, und an der Stelle, wo er auftraf, züngelten grellweiße Flammen empor.

Danach stellte der Augenlose seine beiden Zauberstäbe gegen die Wand und holte aus dem Schatten einer finsteren Ecke einen Topf hervor, dessen Metall giftgrün angelaufen war. Der Topf war mit einem Deckel verschlossen. Als dieser nur ein Stück zur Seite rutschte, verbreitete sich in der Höhle ein schier unerträglicher Gestank, den der Augenlose allerdings genüsslich durch die Nase sog. Um seinen Mund lag ein Ausdruck gehässiger Freude.

»Diese Insel ist mit einem Fluch belegt, dessen einziges Ziel es war, mich zu binden«, erklärte er. Er schnippte mit den Fingern, und von der Höhlendecke senkte sich eine Kette mit einem Haken über das Feuer. In diesen Haken hängte er den Metallbügel des Topfs. Dann hob er den Deckel ab und spuckte seinen ätzenden Speichel hinein. Es zischte, weißer Dampf wallte auf. »Der Furchtbringer wird bereits wieder stärker, aber ich werde dafür sorgen, dass wir Zeit genug haben.«

Und sodann begann er, Worte in einer Sprache zu sprechen, die Keandir und Branagorn nicht kannten, die aber archaisch, barbarisch klang. Harte Krächzlaute und dunkle Diphthonge wechselten einander ab. Während der zahnlose Mund diese Worte einer wahrscheinlich uralten Sprache formulierte, hörten Keandir und Branagorn in ihren Gedanken die Übersetzung: »Mächte des Berges und Mächte der Erde, haltet den Furchtbringer im Schicksalssee schwach, und ich werde euch dafür entlohnen mit einem Teil meiner Lebenskraft …«

Erneut spuckte der Augenlose in den Topf, und auf einmal schoss eine Flamme daraus empor bis zur Höhlendecke. Der Augenlose, der über dem Topf gebeugt war, zuckte gerade noch rechtzeitig zurück, sonst hätte das Feuer sein Gesicht getroffen. Die Schnelligkeit seiner Reaktion überraschte Keandir.

Ein Chor dumpfer, tiefer Stimmen ertönte, schwoll an und wurde schließlich zu einem ohrenbetäubenden Klangteppich, der selbst die Felsen erzittern ließ. In der grellen Flamme erschien ein Bild; es zeigte den Furchtbringer.

Der Riesenkrebs tauchte aus dem dunklen Wasser des Schicksalssees auf. Es war deutlich zu sehen, dass die Scheren durch Keandirs Schwerthiebe verstümmelt waren. Ein schriller Laut drang aus der Fressöffnung der Kreatur. Sie veränderte sich, wechselte die Gestalt: Tentakel bildeten sich, mehrere Köpfe – drei, vier, fünf Köpfe –, in deren Mäuler riesenhafte Zähne blitzten, und Wölbungen, bei denen noch nicht erkennbar war, zu was sie sich entwickeln würden. Bizarre Verwachsungen entstanden. Die Kreatur wurde zu einer Parodie des Lebens, einer Mischung aus Dutzenden von Geschöpfen, so schien es. Organe wucherten innerhalb von Augenblicken aus dem Körper heraus, krallenbewehrte Pranken, biegsame Tentakel und Säure verspritzende Rüssel entstanden. Aber sie alle bildeten sich immer nur für kurze Momente, ehe schließlich ein unförmiger Klumpen zurück in das dunkle Wasser tauchte. Ein Schwall von Gasblasen stieg an die Oberfläche.

Die dunkle Flut des Schicksalssees schloss sich über der Kreatur. Ein fernes Stöhnen war zu hören, und die Flamme, die aus dem Topf geschossen war, fiel in sich zusammen. An der Höhlendecke blieb ein dunkler verrußter Fleck.

Der Augenlose verharrte eine Weile lang völlig reglos. Er wirkte geschwächt. »Ihr habt den Furchtbringer schwer verwundet, König Keandir«, sagte er schließlich, und es klang beinahe anerkennend. »Einem Geschöpf Eurer Art hätte ich das nicht zugetraut.«

»Es war die pure Verzweiflung, die mich dazu trieb«, entgegnete Keandir.

Der Augenlose hob ruckartig den Kopf und wandte dem Elbenkönig das Gesicht zu. Er verharrte so, und der Schein des Feuers zuckte über sein Antlitz. Auf der pergamentartigen Haut mäanderten unzählige Falten und Linien, über die unruhig Schatten tanzten. Und diese Linien entwickelten auf einmal eine Art hypnotischen Sog, dem sich Keandir nicht entziehen konnte. Er spürte den fremden Einfluss, der sich seines Bewusstseins bemächtigte, und es war ihm unmöglich, sich dagegen zu wehren.

»Warum auch?«, hörte er die Geisterstimme des Augenlosen in seinem Kopf. Hatte der seine Gedanken etwa gelesen?

Keandir meinte auf einmal, dass sich aus den Schattenlinien Bilder formten – Bilder, die Keandir in ihrer Skizzenhaftigkeit an Höhlenzeichnungen erinnerten, wie es sie an manchen verwunschenen Orten der Alten Heimat gab. Keandir, der ein seegeborener Elb war, kannte sie, weil auch die Schamanen sie benutzten und als Zaubersymbole auf die Planken so manchen Elbenschiffs aufgetragen hatten. Die Originale in den Höhlen stammten – so sagten die Schamanen – aus den sogenannten Dunklen Zeitaltern, aus den Äonen also, in denen Tiere die Welt beherrscht hatten und die Kraft der Gedanken gerade erst erwacht war. Sie stellten Szenen aus einer archaischen Vergangenheit dar, die so lange zurücklag, dass es selbst das Vorstellungsvermögen der Elben sprengte.

Immer gespenstischer tanzten die Schattenlinien auf der Haut des Augenlosen, in denen Keandir Zeichnungen und Umrisse zu erkennen glaubte – die Umrisse von Wesen, deren Form so fremdartig war, dass kalte Schauder König Keandir durchrieselten.

Der Augenlose Seher kicherte wieder auf die ihm eigene Art. Mochte er auch blind sein, Keandir zweifelte nicht daran, dass er mit den geheimnisvollen magischen Sinnen, die ihm offenkundig eigen waren, das Erschrecken des Elbenkönigs bemerkte. Ein Erschrecken, das tief verwurzelt war in der Furcht seines Volkes, dass sich ein ähnliches Zeitalter der Rohheit und der reuelosen Gewalt wiederholen könnte.

»Ah, ich verstehe, was dich ängstigt«, sagte der Augenlose und lachte höhnisch, kalt und zynisch. War es möglich, dass ihn sein selbst für elbische Verhältnisse unvorstellbar langes Leben zu einem Wesen von so abgrundtiefer Boshaftigkeit gemacht hatte? Keandir überkamen Zweifel, ob er wirklich die Hilfe dieser Kreatur annehmen sollte.

Vielleicht war der Tod durch Lebensüberdruss, wie er unter den Elben immer mehr grassierte, ein Schutz davor, so zu werden wie diese uralte Kreatur. Was Keandir bisher als einen Fluch angesehen hatte, war möglicherweise ein Segen für die Elben, der sie vor einer solchen Boshaftigkeit und derartigem Zynismus bewahrte.

»Nun, das ist eine Frage des Blickwinkels, oh König der ahnungslosen Narren«, erklärte der uralte Seher.

»Ihr … Ihr lest meine Gedanken!«, rief Keandir, der sich dessen nun absolut sicher war.

»Nun, es ist vielmehr so, dass Ihr sie mir aufdrängt.«

»Es gibt nichts, wovor Ihr Achtung habt, nicht wahr?«

»In jedem vernunftbegabten Wesen ist mehr oder weniger stark die Macht des Tieres erhalten geblieben«, entgegnete der Seher. »Euer Volk glaubt vielleicht, es bezähmt zu haben. Aber das ist ein Irrtum, König Keandir.«

»So? Ist es das?«

»Auch bei Euch Elben braucht es nicht viel, um die dünne Tünche der Vernunft von Euren Seelen zu kratzen und das hervorzubringen, was darunter ist. Die pure Finsternis. Die Gewalt ohne Reue. Das Streben nach Macht um ihrer selbst willen. Die Lust an der Grausamkeit. Das, was Ihr an mir verabscheut, verabscheut Ihr in Wahrheit an Euch und Euresgleichen. Das solltet Ihr bedenken, bevor Ihr Entscheidungen trefft, unter denen Euer Volk vielleicht äonenlang zu leiden hat.«

»Ich will die Wahrheit wissen«, beharrte Keandir. »Sonst helfe ich Euch nicht!«

»Gleichgültig, was es Euch und die Euren kostet?«

»Ja.«

»Ihr seid ein Narr, Keandir. Aber ein nobler Narr. Es muss die besondere Natur Eures Volkes sein, die Euch so sprechen lässt. Aber ich sage Euch eines: Ihr Elben werdet nicht überleben, wenn Ihr das Tier in Euch länger verleugnet, anstatt es abzurichten wie einen Jagdfalken, sodass Ihr seine ungeheure Kraft für Eure Interessen nutzen könnt.«

»Ihr sprecht von schwarzer Magie und dem puren Bösen«, stellte Branagorn fest, der neben seinem König stand, aber offenbar die seltsamen Zeichen im Gesicht des Augenlosen nicht erkennen konnte.

»Schwarz oder weiß, gut und böse – das sind Begriffe, die in den Äonen an Bedeutung verlieren. Glaubt es mir. Ich habe lange genug gelebt, um das beurteilen zu können, während Ihr gerade erst erwacht seid.«

Die hypnotische Wirkung der sich verändernden Schattenlinien im Gesicht des Augenlosen verstärkte sich noch und nahm Keandir vollkommen gefangen. Innere Bilder drängten sich ihm auf. Er sah eine Vielzahl von tierhaften Schattengeschöpfen über eine Ebene ziehen. Fruchtbares, blühendes Land erstreckte sich, so weit das Auge reichte.

Gleichzeitig vernahm er die Worte des Sehers. »Mein Bruder Xaror und ich entstammten einer uralten Rasse. Wir waren die Letzten unserer Art. Daher übertrafen unsere Fähigkeiten und unser Wissen alles, was jenen Geschöpfen bekannt war, die damals das Zwischenland bewohnten. Es war ein Leichtes, sie zu manipulieren und die Herrschaft über sie zu erlangen, so einfältig wie ihre Natur nun einmal war. Ihre Geister waren schwach, ihr Wille leicht zu lenken, und ihre Magie kam über das Stadium des Experimentierens kaum hinaus. Viele Zeitalter lang dauerte unsere gemeinsame Regentschaft. Bis es meinem Bruder einfiel, allein herrschen zu wollen. Die Gesellschaft von Barbaren kann nun mal prägend sein, und die tierhaften Triebe jener Wesen, die wir unterworfen hatten, färbten wohl irgendwann auf Xaror ab.«

»Ihr selbst wart davon nicht betroffen?«, warf Keandir ein. »Das überrascht mich.«

»Das habe ich nicht behauptet«, entgegnete der Augenlose. »Aber bei meinem Bruder setzte diese Entwicklung wohl früher ein, und dies verschaffte ihm einen entscheidenden Vorteil, wie sich herausstellen sollte.«

»Ich beginne zu verstehen …«

»Das würde mich sehr wundern«, sagte der Seher kichernd und

fuhr dann fort: »Xaror entfesselte mit Hilfe von Magie den Furchtbringer, der damals noch eine andere Gestalt bevorzugte, und ich ging aus dem Kampf gegen ihn so geschwächt hervor, dass ich leicht zu überrumpeln und mit magischen Mitteln zu bannen war. Man brachte mich auf diese Insel, auf der bis dahin die Ouroungour in friedlicher Abgeschiedenheit lebten. Eine Rasse, deren Kunstsinn unvergleichlich war und deren Bildhauer und Steinmetze Werke schufen, die bis dahin kaum erreicht waren. Vielleicht sind sie es bis heute nicht.«

»Ihr sprecht von dem Relief in der Felswand«, glaubte Keandir.

Der Augenlose lachte auf. »Nur ein kläglicher Rest ihrer hochentwickelten Kultur. Nur ein Bruchteil konnte dem Zahn der Zeit widerstehen, zumeist die größten und am wenigsten fein gearbeiteten Stücke. Alles andere ist zu Staub geworden, wie die Knochen der Ahnen. Das Einzige, was blieb, ist die Erinnerung, die ich bewahrt habe. Denn Xaror sorgte dafür, dass dieses Volk von feinsinnigen Künstlern degenerierte, und richtete es dann zu dressierten Wachhunden ab. Der Bann, den er über die Insel legte, ließ den Geist der Ouroungour innerhalb kurzer Zeit abstumpfen. Sie wurden zu den barbarischen Halbtieren, derer ihr Euch erwehren musstet. Inzwischen folgen sie ungehemmt dem Drang zu töten, und sie fressen sowohl ihre eigenen Toten als auch die Fremden, die sie erschlagen. Sie würden auch mich töten, sobald ich das Erdinnere verließe. Doch hierher können sie mir nicht folgen.«

»Warum nicht?«

»Eine Laune Xarors. Vielleicht überkamen ihn auch Skrupel oder Ängste, den Letzten aus dem Volk der Sechs Finger zu töten. Er wäre dann vollkommen allein gewesen. Wie auch immer, er stattete die Ouroungour mit magischem Feuer aus, in dem sie ihre Waffen regelmäßig härten. Waffen, mit denen sie mich sofort töten könnten.« Deshalb, erkannte Keandir, sahen die Waffen der Affenartigen aus wie neu, obwohl die Zivilisation der Affenartigen längst untergegangen war. »Außerdem kettete er mich mit einem Zauberbann an den Furchtbringer.«

Der Augenlose machte eine Pause, bevor er fortfuhr: »Xaror sandte in regelmäßigen Abständen Verbannte auf diese Insel. Geschöpfe, die er als seine Feinde ansah, die er aber aus irgendeiner Laune heraus noch eine gewisse Zeit am Leben ließ, so wie mich. Doch das tat er lediglich, um ihren Niedergang zu beobachten und sich daran zu ergötzen, wie bei einem Schauspiel, das seiner Unterhaltung diente. Mein Bruder suchte auch immer wieder selbst diese Insel auf – entweder um mit mir, dem Letzten seiner Art, zu plaudern oder sich an dem Untergang der Verbannten zu erfreuen. Diese Verbannten verfügten nämlich nicht über die Fähigkeit, Stein durchlässig zu machen und im Inneren der Erde zu leben wie ich, und die zu Halbtieren degenerierten Ouroungour haben sie alle getötet.

Währenddessen wuchs Xarors Reich des Schreckens, und auf eine gewisse, düstere Weise gedieh es auch. Um mich zu quälen, suchte er mich immer wieder auf und berichtete mir, was sich im Zwischenland unter seiner Herrschaft getan hatte. So als wollte er mir erklären, dass ich zu Gleichwertigem nicht fähig wäre. Aber dann blieben seine Besuche aus. Zeitalter vergingen. Von einer Schiffsbesatzung, die töricht genug gewesen war, in das sagenhafte Nebelmeer zu segeln, und an der schroffen Küste dieses Eilandes strandete, erfuhr ich, dass Xarors Herrschaft ihr Ende gefunden hatte. Und das schon vor langer Zeit, denn für die Gestrandeten war mein Bruder bereits Legende. Die Gestrandeten wurden natürlich nach und nach von den Ouroungour getötet. Das war eine Gnade für sie, denn andernfalls wären auch sie früher oder später zu tierhaften Kreaturen geworden wie die Geflügelten. Die ersten Anzeichen waren bereits zu erkennen. Ich wartete äonenlang, ehe es schließlich wieder eine Schiffsbesatzung hierher verschlug.«

»Die Sargasso-See scheint eine unheilvolle Anziehungskraft zu haben«, sagte Keandir. »Das gilt offenbar nicht nur für Elben.«

»Dennoch fanden immer seltener Schiffbrüchige den Weg vom Zwischenland hierher. Und niemand konnte mir etwas über Xarors Schicksal berichten. Ich hingegen hatte keine Möglichkeit, mich aus eigener Kraft der Bewachung durch den Furchtbringer und dem magischen Bann, der uns zusammenkettete, zu entziehen, dafür hatte mein Bruder gesorgt. Also entwickelte ich die Fähigkeiten meines Geistes weiter. So schaffte ich es, die Reichweite meiner Sinne erheblich zu steigern und die Entfernung zum Festland zu überbrücken. Dies gelang mir in einem Maße, wie ich es nie für möglich gehalten hätte. Ich begann die Stimmen der Bewohner des Zwischenlandes zu hören, ihrer Gedanken zu lesen, ihre im Laufe der Zeit veränderten Sprachen zu verstehen, obwohl ich nicht einen Fuß in ihr Land setzen konnte. Die Geschöpfe, die den Kontinent bevölkerten, berichteten von einer großen Katastrophe, die sich vor langer Zeit zugetragen hatte. Ich nehme an, dass Xaror ihr zum Opfer gefallen ist.«

»So ist das Land, das von Euch ›Zwischenland‹ genannt wird, jetzt bereits im Besitz anderer Völker?«, fragte Keandir. Für den König der Elben drohte in diesem Moment der letzte Rest Hoffnung zusammenzubrechen. Anscheinend brauchte man sich die Frage, ob die Elbenflotte das nahe Festland ansteuern sollte, um dort zu siedeln, gar nicht mehr zu stellen …

Doch der Augenlose widersprach. »Oh nein, Kurzlebiger. Ihr unterschätzt die Zeitspannen, über die wir sprechen. Heute existiert keines jener Völker mehr. Und auch der Kontinent selbst hat sein Antlitz im Laufe der Zeit verändert. Meine Sinne wurden so stark, dass ich nun beinahe alles erfassen kann, was dort geschieht, so als würde ich es selbst miterleben. Ich nahm wahr, wie die Nachfahren jener Geschöpfe, über die mein Bruder und ich zuerst gemeinsam und später er allein geherrscht hatte, irgendwann einem natürlichen Niedergang anheimfielen. Sie starben aus, und die Natur eroberte sich das Land zurück. Pflanzen überwucherten die leeren Städte, und heute gibt es kaum noch Spuren, die an diese Zeit erinnern. Die Namen dieser Völker sind vergessen. Nicht einmal ich habe sie behalten. Ihre Städte wurden zu Staub, und die Farben ihrer Kunstwerke verblassten im Feuer der Sonne.«

»Und Xaror?«

»Ich weiß nicht, was aus ihm wurde.«

»Reichen Eure besonderen Sinne nicht aus, um das herauszufinden?«, fragte Branagorn dazwischen. Es war ihm anzuhören, welch großes Misstrauen er dem Seher entgegenbrachte.

»Eigenartigerweise versagen sie, wenn es um das Schicksal meines Bruders geht.«

»Warum habt Ihr nicht das Orakel des Schicksalssees befragt, wenn es Euch so sehr interessierte?«, fragte Keandir.

»Das habe ich. Aber der See blieb dunkel. So finster wie die Seele meines Bruders. Vielleicht hat Xaror durch irgendeinen Zauber verhindert, dass meine Sinne ihn zu erfassen vermögen. Ich bin aber inzwischen davon überzeugt, dass er nicht mehr lebt und ich daher der Letzte aus dem Volk der Sechs Finger bin.«

»Da seid Ihr Euch sicher?«, fragte Branagorn zweifelnd.

»Es hat immer ein geistiges Band zwischen uns bestanden«, antwortete der Seher. »Doch diese Verbindung spüre ich nicht mehr, und dafür gibt es nur eine Erklärung: Ich bin allein!«

Der Augenlose trat auf Keandir zu, und seine sechsfingrigen Hände berührten den Elbenkönig an den Schultern. »Die Bilder, die Euch das Orakel zeigte, sind wahr. Genauso wie das, was ich Euch über das Zwischenland erzählte. Es ist ein fruchtbares, gutes Land, auf das von niemandem Anspruch erhoben wird. Es mag sein, dass in entlegenen Gegenden noch einige der älteren Geschöpfe anzutreffen sind. Wenn, dann aber nur in geringer Zahl. Ich kann mit meinen geistigen Fähigkeiten nicht jede verwunschene Schlucht und jeden vom Wald überwucherten Winkel dieses Landes absuchen.«

»Was ist mit den Zwillingen, die Ruwen und mir verheißen wurden? Ihr sagtet, dass mit meinem Sieg über den Furchtbringer das Schicksal der Elben wieder vollkommen offen wäre.«

»Die Zwillinge gibt es bereits. Sie zu sehen und ihre Geburt zu prophezeien war eine Frage der Wahrnehmung, nicht der Vorhersage. Und es steht außer Zweifel, dass sie dereinst das Schicksal Eures Volkes beeinflussen werden, denn beide sind sie Eure Kinder und damit Eure Erben.«

Keandir fühlte sich erleichtert. Die Vision der Zukunft, die ihm zuteil geworden war, war zu schön gewesen, als dass er bereit gewesen wäre, sich ganz von ihr zu verabschieden. Aber da war auch eine innere Stimme, die ihn warnte.

Der Augenlose fuhr fort: »König Keandir! Helft mir bei dem, was noch zu tun ist, um den Bann zu brechen, und ich werde Euch helfen, ein Elbenreich zu errichten, das mächtiger ist als alles, was die klägliche Geschichte Eures Volkes je hervorgebracht hat.«

»Wir werden sehen«, erwiderte Keandir zurückhaltend.

Der Augenlose ließ den Elbenkönig los, kehrte zurück zu seinen Zauberstäben und nahm sie an sich. »Ihr traut mir nicht, das ist das

Problem. Aber seid gewiss, ich bin nicht an bloßer Macht interessiert wie mein Bruder. Nicht mehr zumindest.«

»Genauso überzeugend könnte ein Wolf behaupten, nicht an Fleisch interessiert zu sein«, warf Branagorn ein.

»Die Zeiten sind längst vorbei«, behauptete der Seher. »Es würde mir genügen, die Entwicklung Eures Volkes aus der Distanz zu beobachten und hin und wieder unterstützend einzugreifen, wenn eine besonders mächtige Form der Magie vonnöten ist.«

»Glaubt ihm nicht, mein König«, wandte sich Branagorn an Keandir. »Er will Euch als Werkzeug für seine dunklen Machenschaften benutzen. Er verfolgt Pläne, von denen wir nicht einmal etwas erahnen können.«

»Oh, dem einfältigen Narren an Eurer Seite macht es nichts aus, wenn das Elbenvolk auf ewig hier gefangen bleibt und zu einer Horde degenerierter Tiere wird!«, höhnte der Augenlose, an Keandir gerichtet. »Aber ich bin überzeugt davon, Ihr wisst, dass Ihr keine Alternative habt. Ihr habt keine andere Wahl, als mir zu helfen, König Keandir.«

Der Elbenkönig atmete tief durch.

»Was wäre zu tun?«, fragte er.

»Es sind die Zwillinge, die das Schicksal des Elbenvolks bestimmen.«

»Aber Ihr sagtet doch gerade …«

»Nicht nur die Zwillinge, die Eure Gemahlin unter dem Herzen trägt«, fuhr der Augenlose ihm ins Wort. »Der Furchtbringer hat auch einen Zwilling. Es ist der Feuerbringer. Ihm gehorchen die Ouroungour. Wenn wir ihn nicht besiegen, kann der Bann nicht gebrochen werden.«

# 7

# DAS FEUER AUS DEM STEIN

Prinz Sandrilas verwand als Erster das Entsetzen darüber, dass die Affenartigen offenbar sowohl ihre eigenen Toten als auch ihre elbischen Feinde verspeist hatten. Er drehte sich um und starrte in das grellweiße Feuer, das in der Mitte des Lagers aus dem Stein hervorzüngelte, und sagte: »Ich frage mich, was das ist.«

»Irgendeine Teufelei!«, war Lirandil überzeugt. Eine Mischung aus Furcht und Abscheu klang in den Worten des Fährtensuchers mit.

»Dass dies kein natürliches Feuer ist, dürfte klar sein«, murmelte Sandrilas und spürte zugleich, wie der Schein dieser Flammen eine ganz besondere Wirkung auf ihn ausübte. Er fühlte sich davon auf eine Weise angezogen, die er sich nicht erklären konnte. Als er sich mit langsamen Schritten dem Flammenstein näherte, verstärkte sich dieser Eindruck noch.

»Geht besser nicht näher heran«, riet Thamandor der Waffenmeister. »Wer weiß, ob dieses Feuer nicht gefährlich ist!« Seine Hände umfassten die Griffe seiner Einhandarmbrüste.

»Warum sollte ich mich vor etwas fürchten, wovor nicht einmal die primitiven Äfflinge Respekt haben«, entgegnete Prinz Sandrilas, der dicht vor dem Feuer stehen geblieben war. Er starrte weiterhin in die Flammen, streckte sogar die Handfläche danach aus. »Ein Feuer, das aus einem Stein emporschießt … Ein Feuer, das keine Hitze entfaltet, wenn man sich ihm nähert …«

»Vielleicht sollten wir denjenigen fürchten, der den Äfflingen dieses Feuer gegeben hat«, meinte Thamandor der Waffenmeister.

»Oder glaubt Ihr, diese Geschöpfe verfügten über eine Magie, die so etwas hervorbringen kann?«

»Wohl kaum«, gab Sandrilas zu. Der grünlich schimmernde Stein, aus dem die Flammen emporwuchsen, interessierte ihn. Er hatte etwa die Größe einer Faust. Sandrilas murmelte eine elbische Bannformel, die den Einfluss dieser fremden Magie mildern sollte, und tatsächlich schrumpften die Flammen auch etwas zusammen. Sandrilas wusste nicht, was er davon halten sollte. Offenbar handelte es sich bei dem brennenden Stein um eine Art Magie, die sich sehr stark von jener der Elben unterschied.

Er wiederholte den Zauberspruch, und daraufhin wurden die Flammen noch kleiner, und das Schimmern des Steins ließ nach. Mit jenen empfindlichen Sinnen, die bei manchen Elben auch die Magie spürbar machten, versuchte Sandrilas zu erfassen, was er da vor sich hatte. Vorsichtig trat er noch einen Schritt näher. Er zog sein Schwert, ohne wirklich sagen zu können, warum. Er folgte einfach einem inneren Impuls, ausgelöst durch den Schein des Feuers.

Ohne dass er es eigentlich wollte, streckte er das Schwert aus und hielt Düsterklinge in die Flammen. Das kalte Feuer loderte auf, bekam einen eigenartigen grünlichen Schimmer. Er tanzte um die Klinge, und Sandrilas spürte, wie eine unheimliche Kraft über den Schwertarm in seinen Körper strömte. Sie war von derart überwältigender Intensität, dass er aufschrie.

Thamandor und Lirandil reagierten sofort. Der Fährtensucher rief eine magische Formel in der Sprache der Alten Heimat, während Thamandor zu den Einhandarmbrüsten griff und die Waffen kurz hintereinander abschoss. Der erste Bolzen traf den Stein, aus dem das magische Feuer loderte, und ließ ihn einige Schritte weit zurückrollen, wodurch er für kurze Zeit wie ein Feuerball aussah. Der zweite Bolzen verfehlte sein Ziel knapp, doch das magische Gift des ersten Bolzen schien die kalte Kraft des Steins einzudämmen.

Merandil der Hornbläser riss Prinz Sandrilas zurück. Dieser fuhr herum, das Gesicht auf eine barbarische, unelbische Weise verzerrt. Grellweiße Lichtschlieren huschten um sein Schwert Düsterklinge.

»Mein Prinz!«, rief Lirandil. »Ihr seid dem Einfluss dieses magischen Feuers verfallen!«

»Was erlaubt Ihr Euch!«, knurrte Sandrilas und hob die Waffe.

Thamandor der Waffenmeister ließ die Einhandarmbrüste los, griff nach dem riesigen Schwert auf seinem Rücken, riss es in einer geschmeidigen Bewegung hervor und richtete die Spitze gegen Sandrilas. »Kommt zu Euch, Prinz Sandrilas! Zwingt uns nicht zu einem Kampf gegeneinander!«

»Ihr steht unter einem magischen Bann, mein Prinz!«, rief Lirandil.

Der einäugige Sandrilas atmete tief durch. Er schien allmählich zu begreifen, was er tat. Der vollkommen unbegründete Hass, der gerade noch aus den Blicken seines einen Auges gesprochen hatte, wich dem Ausdruck des Entsetzens, eines Entsetzens über sich selbst, und er murmelte: »Was habe ich getan?«

»Noch nichts«, antwortete ihm Thamandor erleichtert.

Sandrilas schaute auf den Stahl in seiner Hand. Eine dunkle Verfärbung erstreckte sich über die gesamte Länge der Klinge, seit er die Waffe damals mit dem Schutzzauber zu verbessern versucht hatte. Doch diese dunkle Verfärbung war auf einmal an der Spitze der Klinge gewichen. Dort blinkte das Metall eine Handbreit wie frisch poliert.

Vorsichtig berührte Sandrilas mit der Kuppe des linken Zeigefingers dieses Stück Metall. Es zischte, als seine Haut den Stahl berührte, ein grellweißer Lichtflor blitzte kurz auf, und Sandrilas' Hand zuckte zurück.

»Offenbar ist ein Teil der fremden Magie des Steins in die Waffe eingedrungen und dort verblieben«, murmelte er.

»Hauptsache, diese Magie hat keinen Einfluss mehr auf Euch, mein Prinz«, sagte Thamandor besorgt.

»Keine Sorge, ich bin wieder ganz Herr meiner selbst«, antwortete ihm Sandrilas und fügte leise hinzu: »Ich hoffe es zumindest.«

Die Flammen, die aus dem Stein loderten, waren merklich kleiner geworden. Die Berührung mit Sandrilas' Düsterklinge hatten sie erst noch einmal auflodern lassen, danach aber waren sie in sich zusammengefallen.

Sandrilas' feine Elbensinne spürten, wie die Magie dieses seltsamen Steins nachließ. Und er empfand Bedauern darüber, was ihn wiederum verwirrte.

»Die Flamme erlischt«, stellte Thamandor fest. »Und ich denke, das ist gut so.«

Sandrilas deutete auf die Spitze seines Schwerts und sagte: »Jetzt wissen wir jedenfalls, warum die Waffen der Geflügelten so gepflegt erscheinen, dass sie fast wie neu aussehen. Das magische Feuer stählt die Spitzen ihrer Speere und ihre Dreizacke, gibt ihnen neuen Glanz und erfüllt sie mit finsterer magischer Kraft.«

»Da habt Ihr wohl recht«, stimmte ihm Thamandor der Waffenmeister zu, der seine Einhandarmbrüste wieder vom Boden aufnahm und sie überprüfte.

»Und wir wissen, welche Magie sie zu den blutrünstigen Bestien macht, die sie sonst vielleicht nicht wären«, warf Lirandil der Fährtensucher ein.

»Wie meint Ihr das?«, fragte Sandrilas.

Das Gesicht des Fährtensuchers wirkte sehr ernst. »Mein Prinz, Ihr kennt mich für meine offenen Worte ...«

»Gewiss, und ich weiß sie auch zu schätzen, werter Lirandil.«

»Ich habe vorhin etwas in Eurem Blick gesehen, das ich zuvor noch nie bei einem Elben sah.«

»So?«

»Es war das Lodern purer Gewalt. Ein blindwütiger Hass, eines zivilisierten Wesens unwürdig ...«

Sandrilas musterte ihn streng aus seinem einen Auge. »Ihr wollt mich beleidigen?«

»Nein, nur warnen, mein Prinz. Ich weiß nicht, ob diese finstere Magie noch in Euch ist – aber sollte sie je Macht über Euch erlangen, so werde ich mich Euch entgegenstellen. Das solltet Ihr wissen.« Das Gesicht des Fährtensuchers drückte Entschlossenheit aus, doch etwas versöhnlicher fügte er hinzu: »Es wäre zu Eurem Besten, mein Prinz.« Dann wies er auf Sandrilas' Schwert. »Gebraucht diese Waffe nicht länger. Das magische Feuer hat sie verändert.«

Prinz Sandrilas schüttelte heftig den Kopf. »Dieses Schwert bringt mir seit langer Zeit Glück. Ich werde es behalten, und so wie ich bisher nicht versucht habe, etwas gegen die dunkle Verfärbung der Klinge zu unternehmen, so werde ich auch diesmal die Veränderung des Schwerts hinnehmen. Es ist wahr, diese Klinge ist voller Magie, und es ist wahrhaftig nicht nur weiße. Dennoch konnte ich mich bisher stets auf diese Waffe verlassen.« Er steckte das Schwert zurück in die Scheide. »Und deshalb bleibt Düsterklinge mein – als ein Teil von mir!«

Lirandil widersprach nicht, sondern neigte leicht das Haupt. Die Worte des Prinzen hatten unmissverständlich klargemacht, dass er keine weitere Diskussion über dieses Thema wünschte.

Thamandor lud die Einhandarmbrüste nach und stellte fest: »Das Feuer ist erloschen!« Er wies mit einem Kopfnicken auf den Stein, der immer noch grünlich schimmerte und zu pulsieren schien, aber aus dem keine Flammen mehr leckten.

»Gewiss kennen die Äfflinge die Magie, mit der man das Feuer wieder erwecken kann«, war Sandrilas überzeugt. »Doch frage ich mich, wer ihnen diese Magie gab.«

»Wir könnten den Stein mitnehmen, um ihn zu untersuchen«, schlug Thamandor vor. »Vielleicht gelingt es uns sogar, seine finsteren Kräfte für unsere eigenen Zwecke einzusetzen.«

»Das werden wir auf keinen Fall!«, sagte Lirandil der Fährtensucher. »Wir werden den Stein hierlassen. Ihr habt miterlebt, welchen Einfluss sein Zauber auf Prinz Sandrilas hatte. Einen Moment lang war er nicht mehr Herr seiner selbst.«

»Doch offenbar ist die Magie des Steins nur stark genug, um schwache Geister wie die der Affenartigen vollständig und über längere Zeit zu kontrollieren«, mischte sich Siranodir mit den zwei Schwertern ein. »Sonst wäre die Sache wahrscheinlich nicht so glimpflich ausgegangen.«

»Vergessen wir Lirandil entschlossenes Eingreifen nicht«, erinnerte Merandil der Hornbläser. »Und auch nicht Thamandors gutes Auge beim Abschuss seiner Wunderwaffen!«

Thamandor trat währenddessen an den Stein heran. Der glühte nicht einmal mehr; das rhythmische Pulsieren hatte aufgehört. »Es ist keine Magie mehr in ihm«, war der Elb mit den zwei Armbrüsten überzeugt. »Zumindest keine, die im Moment wirkt …«

Die Elben berieten, was weiterhin zu tun war. Die Knochen, Kleidungsstücke und Ausrüstungsgegenstände jener Unglücklichen, die im Schein des kalten Feuers verspeist worden waren, ließen den Schluss zu, dass der König selbst nicht unter den Opfern war, allerdings die beiden Leibwächter des Königs. Das Schicksal aller anderen, die zu seinem Trupp gehört hatten, war nach wie vor ungewiss.

»Wir werden sie nicht im Stich lassen«, sagte Prinz Sandrilas. »Gleichgültig, mit welcher Magie und welchen Bestien wir es auch zu tun bekommen werden – ich werde nicht eher ruhen, bis ihr Schicksal geklärt ist.«

»Ich stimme Euch zu«, sagte Merandil. »Aber wir sollten den Morgen abwarten.«

»Ich bin dagegen«, widersprach Lirandil. »Wenn wir so lange hier verweilen, werden wir unseren König nicht mehr lebend wiedersehen. Wir müssen unseren Weg trotz der Dunkelheit fortsetzen.«

»Schließlich haben wir ja einen der wenigen Fährtenleser in unseren Reihen, die es im Volk der Elben noch gibt.« Thamandor schlug Lirandil kameradschaftlich auf die Schultern. Der empfand diese Geste zwar als vulgär, sagte jedoch nichts. Es war eine Angewohnheit der Seegeborenen, die inzwischen auch unter den Älteren zu grassieren begann. Die elbischen Umgangsformen hatten während der langen Seereise doch sehr gelitten, wie der Fährtenleser fand.

Auch Prinz Sandrilas war dafür, nicht bis zum Morgen zu warten, und er hatte das Sagen. Thamandor wartete, bis sich die fünfzig Elben in Bewegung setzten, die wachsam ihre Sinne öffneten, um jeden Laut, jede Veränderung in ihrer Umgebung früh genug erfassen zu können. Dann sank Thamandor der Waffenmeister neben dem Stein, aus dem das kalte Feuer gezüngelt war, aufs Knie und berührte ihn mit der Hand. Nichts geschah. Warum sollte er seinem Instinkt nicht trauen? Jeder Fortschritt war mit einem gewissen Risiko verbunden. Er wusste das aus leidvoller Erfahrung. Als er versucht hatte, seine Einhandarmbrüste noch zu verbessern, hatte er mitten in der Sargasso-See beinahe für die Havarie eines ganzen Schiffs gesorgt. Unabsichtlich hatte er einen der mit magischem Gift versehenen Bolzen abgeschossen, und der hatte glatt die Schiffswandung durchschlagen.

Das eindringende Wasser hätte man aus dem Schiff schöpfen können, und die elbischen Handwerker waren natürlich ausgerüstet und in der Lage, eine Schiffswandung sehr schnell zu flicken, sollte ein Schiff leckschlagen. Dummerweise aber hatte das magische Gift einen

Ätzbrand ausgelöst, der dafür sorgte, dass sich das Leck immer weiter vergrößerte. Nur der massive Einsatz von Elbenmagie verhinderte schließlich das Schlimmste, und man hatte Thamandor für lange Zeit das Durchführen von Experimenten aller Art untersagt. Irgendwann jedoch war die Erinnerung an den Unfall verblasst …

Thamandor nahm den Stein, hob ihn gegen das Mondlicht. Er war in diesem Zustand vollkommen ungefährlich. Das jedenfalls redete sich der Waffenmeister ein, obwohl ein gewisses Unbehagen blieb.

»Thamandor? Wo bleibt Ihr?«, drang eine Stimme aus der Dunkelheit an sein feines Gehör. Es war die von Merandil den Hornbläser.

Schnell steckte Thamandor den Stein in den Beutel, den er an seinem Gürtel trug. In ihm bewahrte er allerlei Utensilien auf, von denen keiner der anderen Elben so recht wusste, wofür sie dienten und warum er sie mit sich führte. Es waren ebenso Dinge, denen er magische Bedeutung zuschrieb, wie auch Werkzeuge für die Einhandarmbrüste.

Er atmete tief durch und klemmte die Daumen hinter die beiden Gürtel, die sich über seiner Brust kreuzten und in deren Schlaufen Dutzende von Bolzen für seine Armbrüste steckten. Nie etwas liegenlassen, was sich vielleicht noch verwenden lässt, das war sein Motto.

Dann folgte er den anderen …

# 8

# DIE BERGFESTUNG DER GEFLÜGELTEN AFFEN

Ein Chor sonderbarer Stimmen erfüllte die Nacht. Stimmen, die zum Teil von den Affenartigen stammten, zum anderen jedoch auch von Wesen, denen noch kein Elb je begegnet war.

Lirandil der Fährtensucher führte die Gruppe der fünfzig Elben unter Prinz Sandrilas' Kommando. Trotz der Dunkelheit war Lirandil in der Lage, kleinste Veränderungen in der Umgebung mit seinen besonders geschärften Sinnen wahrzunehmen und sie richtig zu deuten.

Die meiste Zeit über herrschte Schweigen. Niemand sprach es offen aus, aber die meisten hatten kaum noch Hoffnung, König Keandir und wenigstens ein paar seiner Begleiter lebend zu finden.

»Vorsicht!«, flüsterte Lirandil plötzlich. Seine Stimme war nicht mehr als ein Wispern, allerdings vollkommen laut genug für das Gehör der Elben.

Ein dunkler Schatten schwebte über ihnen und hob sich als absolut schwarze Fläche gegen den dunklen Nachthimmel ab. Ein Geräusch erklang, dem langsamen Schlag eines Gleitflüglers ähnlich. Die Spannweite der finsteren Schwingen entsprach der Länge eines kleineren Elbenschiffs.

Sandrilas' Begleiter und der Prinz selbst duckten sich und verhielten sich vollkommen ruhig, während dieses düstere Geschöpf über sie hinwegzog und schließlich in der Nacht verschwand.

»Die Äfflinge scheinen nicht die einzigen sonderbaren Kreaturen zu sein, die im Inneren dieses Landes leben«, murmelte Ygolas der

Bogenschütze. »Ich bin gespannt, welchen Wundern und Schrecken wir noch begegnen. Jedenfalls erscheint es mir fraglich, ob wir mit solchen Geschöpfen unser neues Reich teilen sollen.«

»Die Frage, ob wir bleiben oder weiter nach den Gestaden der Erfüllten Hoffnung suchen, entscheiden wir später«, erklärte Prinz Sandrilas. »Im Moment sollte uns nur das Schicksal des Königs und seines Gefolges kümmern!«

»Verzeiht, Prinz Sandrilas«, erwiderte Ygolas der Bogenschütze. »Ich habe nur laut gedacht.« Aber Ygolas war sich sicher, dass er nicht der Einzige war, den solche Gedanken bewegten.

Lirandil der Fährtensucher führte sie in eine dunkle Schlucht. Zu beiden Seiten ragten hohe Felswände als schwarze Zacken in den Nachthimmel.

Lirandil blieb stehen. »Einige der unseren waren hier«, murmelte er. »Ich spüre die blasse Ahnung ihrer Auren, aber ich bin mir nicht sicher, ob sie nicht bereits tot waren und man ihre Körper nur hergeschleift hat.«

»Wenn man sie hergeschleift hätte, wären Spuren zu sehen«, meinte Sandrilas.

»Vielleicht brachten die Geflügelten sie durch die Luft her«, gab Lirandil zu bedenken.

»Was ist mit dem König?«, fragte Sandrilas. »Nehmt Ihr irgendetwas wahr, das auf seine Anwesenheit hindeuten könnte?«

Lirandil schüttelte den Kopf. »Nein, mein Prinz.«

»Wir sollten in Betracht ziehen, dass auch er tot ist«, sagte Ygolas der Bogenschütze.

Sandrilas' Linke umfasste den Griff seiner Düsterklinge. »In diesem Fall können sich die Affenartigen auf furchtbare Rache gefasst machen!«

Die Härte und Unerbittlichkeit in des Prinzen Stimme überraschte Lirandil. War diese Härte eine Folge der unheilvollen Magie, mit der Sandrilas in Berührung gekommen war, als er sein Schwert in das magische Feuer gehalten hatte? Lirandil nahm sich vor, wachsam jeden Schritt des Prinzen zu beobachten.

Sandrilas schien das Unbehagen, das der Fährtensucher empfand, zu spüren. »Warum plötzlich so schweigsam, Lirandil? Hat es Euch die Sprache verschlagen? Ihr kennt mich. Ich bin aus härterem Holz geschnitzt als die große Mehrheit unseres Volkes. Aber das macht mich nicht zu einem schlechteren Elben als jene, die sich ein Jahrhundert lang an den logischen Verästelungen eines einzigen Gedankens oder dem Klang eines Gedichtes zu ergötzen vermögen.«

»Ich misstraue nicht Euch, Prinz Sandrilas«, verteidigte sich Lirandil der Fährtensucher, »sondern der Magie, mit der Ihr unvorsichtigerweise in Kontakt gekommen seid.«

»Ich denke, da braucht Ihr Euch keine Sorgen zu machen.«

»Ich will sehr hoffen, dass Ihr recht habt.«

»Wer weiß, ob wir diese Magie nicht einst brauchen«, äußerte Prinz Sandrilas, »auch wenn sie nicht so rein und weiß ist, wie es die elbischen Gelehrten gern hätten.«

»Ich bin mir noch nicht sicher, was ich davon halten soll, mein Prinz – das sage ich Euch ganz offen.«

»Dann hört besser weiterhin das Gras wachsen – denn das ist Euer größtes Talent – und lasst mich das tun, was ich zu tun habe.«

Die Gruppe ging weiter – und stieß auf einen Haufen von Knochen, der von Insekten umschwirrt wurde. Es war so dunkel, dass selbst die scharfen Elbenaugen kaum noch etwas zu erkennen vermochten. Trotzdem war Sandrilas dagegen, irgendein Feuer zu entzünden, da überall in den umliegenden Bergen mit den Affenartigen zu rechnen war und außerdem das riesige fliegende Wesen immer wieder seine Kreise über das Bergland zog, wie ein gewaltiger Greifvogel auf der Suche nach Beute. Dessen Aufmerksamkeit wollte niemand unter den Elben erregen.

Siranodir zog seine beiden Schwerter und stocherte in dem übel riechenden Knochenhaufen herum. Ein Schwall von Insekten wurde dadurch aufgescheucht, und wütendes Summen erfüllte die kühle nächtliche Luft. Siranodirs Schwerter legten die unteren Schichten des Gebeinhaufens frei, und der Gestank von Fäulnis und Verwesung stieg auf und marterte die empfindlichen Geruchssinne des elbischen Schwertkämpfers. Aber Siranodir war hart im Nehmen.

Manche der Gebeine waren porös, und das auf eine Weise, die kaum allein von der Verwesung herrühren konnte. Vielleicht enthielt der Speichel der Affenartigen irgendeine ätzende Substanz. Es waren

Knochen darunter, die von Elben oder von Äfflingen stammen mochten – aber auch solche, die zu keine Kreatur passen wollten, denen die Elben je begegnet waren. Manche dieser Gebeine waren schon fast zu Staub verfallen und bröselten bei der ersten Berührung mit Siranodirs Zwillingsklingen auseinander. Andere waren noch so frisch, dass verfaulende Fleischreste daran hafteten.

Lirandil der Fährtensucher murmelte einen Zauberspruch der Waldelben aus alter Zeit, um die Insekten auf Distanz zu halten.

»Unmöglich zu sagen, ob tatsächlich Gebeine unserer Leute darunter sind«, sagte Siranodir mit den zwei Schwertern.

»Wenn es so wäre, müssten darin auch Reste ihrer Kleidung und Ausrüstung zu finden sein«, entgegnete Thamandor der Waffenmeister, »so wie es bei dem Platz mit dem flammenden Stein der Fall war.«

Auch andere Krieger stocherten mit ihren Waffen in den Gebeinen herum und suchten nach Anzeichen dafür, dass die sterblichen Überreste ihrer Gefährten darunter waren. Die Gespräche unter ihnen, ohnehin sehr einsilbig, verstummten vollends, als der dunkle Riesenvogel erneut über der Schlucht kreiste. Er schien auf etwas zu lauern und das Geschehen in der Schlucht zu beobachten. Zumindest war das der Eindruck, der sich Lirandil aufzwängte. Er konnte sich zwar kaum vorstellen, dass das riesige Tier aus dieser Höhe und bei der Dunkelheit etwas von dem mitbekam, was sich am Boden tat. Aber vielleicht standen ihm andere Sinne zur Verfügung, sodass es nicht auf Licht angewiesen war.

Eine gespenstische Stille breitete sich aus. Selbst das Summen der Insekten verstummte. Jede Kreatur im weiten Umkreis schien die Gefahr zu spüren.

Plötzlich stürzte sich das geflügelte Wesen in die Tiefe. Der albtraumhafte Schrei, den es dabei ausstieß, ähnelte dem einer Krähe, nur war er um vieles lauter.

Blitzschnell raste der Schatten herab.

Thamandor hatte bereits seine Einhandarmbrüste gehoben und Ygolas seinen Bogen gespannt.

Aber das Ziel des Ungeheuers war nicht die Elbengruppe, sondern ein Bereich, der im tiefen Schatten eines Hanges lag, sodass auch elbische Augen nicht zu erkennen vermochten, was dort geschah.

Schrille Schreie durchdrangen die Nacht.

Es waren zweifelsfrei die verzweifelten Todessschreie der geflügelten Affen. Die namenlose Angst, die in diesen Schreien zum Ausdruck kam, sorgte dafür, dass selbst einem so hartgesottenen Krieger wie Siranodir mit den zwei Schwertern kalte Schauder über den Rücken rieselten. Als die Schreie verstummten, war lautes Schmatzen und Schlürfen zu hören, das Reißen von Fleisch, das Brechen von Knochen – und etwas, dass wie ein zufriedenes, nahezu erleichtertes Atmen klang.

»Wollen wir hoffen, dass wir nicht auf dem Speiseplan dieses schaurigen Nachtjägers stehen«, knurrte Siranodir düster.

»Soll er ruhig kommen und versuchen, sich an mir zu vergreifen«, brummte Thamandor der Waffenmeister. »Das Gift meiner Armbrustbolzen wird schon dafür sorgen, dass er mich reumütig wieder ausspeit!«

»Ihr scheint ein geborener Optimist zu sein, werter Thamandor«, sagte Siranodir.

Auf Thamandors glatter Stirn erschien jene charakteristische Falte, die anzeigte, dass er mit etwas nicht einverstanden war. »Ihr sprecht das Wort ›Optimist‹ so aus, als wolltet Ihr eigentlich ›Narr‹ sagen.«

Siranodir mit den zwei Schwertern lachte leise. »Ist beides denn nicht ein und dasselbe, werter Thamandor?«

Der Trupp von Prinz Sandrilas setzte seinen Weg fort. Es wurde eisig kalt, und Nebel bildete sich in dicken Schwaden in der Schlucht. Die Gewänder der Elben wurden klamm und feucht, und selbst sie mit ihren scharfen Augen konnten kaum weiter sehen als ein paar Schritte.

Aber dann tauchte ein rötlicher Schimmer in der Ferne auf, der den Beginn des neuen Tages ankündigte.

Zumindest redeten sich die Elben das ein.

Das diffuse Licht wurde stärker und vertrieb nach und nach den Nebel.

Thamandor der Waffenmeister blieb stehen und blickte zurück. »Eigenartig. Hinter uns bleibt der Nebel bestehen, doch wenn wir nach vorn blicken, wird er – so scheint's – von der aufgehenden Sonne vertrieben.«

»Ja, dieses Land ist voller Wunder«, murmelte Sandrilas.

»Es könnte Magie dahinterstecken«, überlegte Thamandor laut.

»Aber auch eine Gesetzmäßigkeit der Natur, die wir noch nicht erfasst haben«, gab Lirandil zu bedenken.

»Im Moment interessieren mich weder die Gesetzmäßigkeiten der Natur noch der Magie sonderlich«, entgegnete der einäugige Elbenprinz.

Mit zunehmender Helligkeiten vermochten die Elben auch zu sehen, was sich an den steilen Hängen zu beiden Seiten der Schlucht befand. Kunstvolle Steinreliefs waren vor Urzeiten in den harten Fels geschlagen worden. Sie ähnelten den Darstellungen, die auch die Küstenfelsen zierten, nur waren sie noch um einiges aufwändiger.

Die gesamte Schlucht schien Teil einer uralten, in den Fels geschlagenen Ruinenstadt zu sein. Manche der Steinreliefs zeigten Kämpfe der Äfflinge gegen bizarre Geschöpfe. Riesige spinnenartige Geschöpfe waren darunter, aber auch Kreaturen, die an mannsgroße Tintenfische erinnerten, von deren Fang sich die Elben zeitweise während ihrer Fahrt durch das Nebelmeer ernährt hatten.

Am Ende der Schlucht enthüllte der schwindende Nebel ein Bergmassiv, das wie ein einziges behauenes Kunstwerk wirkte. Der gesamte obere Bereich hatte die Form eines riesigen Affenkopfes, dessen geöffnetes Maul ein Tor und dessen Hauer imposante Steinsäulen waren. Vor dem Tor befand sich ein Plateau. Die aufgehende Sonne bildete eine rötliche Korona um den Berg, der ihn aussehen ließ, als würde er in einem magischen Licht erstrahlen.

Ein Schwarm von etwa zwei Dutzend geflügelten Affen erhob sich von dem Plateau und stieg in die Lüfte. Sie flogen der aufgehenden Sonne entgegen, nach Osten.

»Dort oben, in dieser affenkopfförmigen Zitadelle, werden wir vielleicht Antworten auf unsere Fragen finden«, sagte Sandrilas. »Möglicherweise ist der König dorthin entführt worden!«

»Ich kann Euch nur zustimmen«, meinte Lirandil der Fährtensucher. »Die meisten der Höhlen, die ringsum in den Stein gehauen sind, dürften unbewohnt sein. Zumindest höre ich keinen Laut irgendeines Äfflings.«

»Das wird eine ziemlich anstrengende Kletterei werden«, murmelte

Thamandor der Waffenmeister und klemmte die Daumen hinter die über seiner Brust gekreuzten Gürtel.

»Ein Volk, das zu fliegen vermag, wird wohl kaum einen komfortablen Fußweg angelegt haben«, entgegnete Siranodir mit den zwei Schwertern. »Oder habt Ihr das von den Affen erwartet?«

»Ehrlich gesagt, ich erwarte von diesen geflügelten Bestien gar nichts außer einem harten, verlustreichen Kampf«, gestand Thamandor. Er ließ den Blick über die Reliefs schweifen, die in grotesken bis grausamen Bildern offenbar die Geschichte dieses eigenartigen Volkes darstellten. »Ich gebe es ungern zu, aber ich bin beeindruckt. Die Äfflinge waren offenbar nicht immer Barbaren, die sich vor einem schwarzen Riesenvogel verstecken mussten, um nicht dessen Beute zu werden.«

»Ja, und einst errichteten sie Bauten, deren Schönheit selbst nach äonenlangem Verfall noch zu erkennen ist«, stimmte ihm Ygolas der Bogenschütze zu.

Merandil der Hornbläser nickte. »Wer sonst sollte die hässlichen Köpfe dieser Kreaturen überall abgebildet haben als ihre eigenen Bildhauer.«

Ein amüsiertes Lächeln flog über Siranodirs Gesicht. »Für die Vorfahren dieser Halbtiere waren sie gewiss Sinnbilder vollkommener Schönheit.«

»Ihre Kultur muss in einem langen Prozess des Niedergangs zerfallen sein«, sagte Prinz Sandrilas, »aber diese Bauten und Reliefs zeugen noch von der Blütezeit dieser seltsamen Rasse.«

Auf einmal wirkte der Fährtensucher sehr ernst und in sich gekehrt. »Ich frage mich, was von uns Elben bleibt, wenn unsere Schiffe an irgendeiner Küste stranden und dort allmählich verrotten, bis das Meer sie sich als Treibgut holt. Unsere Lieder und unsere Magie, unsere Philosophie und unsere Bücher – all das wird schneller vergehen, als wir denken, und nichts davon wird eine Spur hinterlassen und auf unsere einstige hohe Kultur hindeuten, wie es die steinernen Hinterlassenschaften dieser affenartigen Halbtiere tun.«

»Verliert euch nicht in Melancholie, werter Lirandil«, sagte Prinz Sandrilas. »Dazu ist die Aufgabe zu wichtig, auf die wir uns nun konzentrieren müssen.«

Damit setzte er sich wieder in Bewegung, schritt auf das Bergmassiv mit dem Affenkopf zu, und seine Leute folgten ihm.

Auf dem Weg dorthin entdeckte Ygolas einen Speer und einen Helm, beides ohne Zweifel Zeugnisse elbischer Schmiedekunst. Ygolas besah sich den Speer und sagte: »Hier – das Zeichen des Schmiedes Garadas, mit dem er alle Speerspitzen aus seiner Fertigung kennzeichnet!«

»Ich kenne Garadas«, sagte Sandrilas düster. »Er fährt auf der Tharnawn.«

Auf Speer und Helm klebte eingetrocknetes Blut. Da sich allerdings keine Spuren eines Kampfes fanden und erst recht nicht die Reste eines Äfflingsmahls, blieb nur eine Erklärung dafür, dass Helm und Speer an diesem Ort lagen:

»Ich nehme an, dass beides im Flug verloren wurde«, sagte Thamandor. »Und was das Blut betrifft …«

»… müssen wir damit rechnen, dass der Unglückliche, dem diese Gegenstände gehörten, nicht mehr am Leben ist«, vollendete Siranodir mit den zwei Schwertern, weil Thamandor nicht mehr weitersprach.

Sandrilas nickte, dann befahl er: »Weiter!«

Am Fuß des Massivs angekommen, suchten die Elben zunächst nach einer Möglichkeit des Aufstiegs. Lirandil fand schließlich einen schmalen, in den Stein gehauenen Treppenaufgang, der aus der Ferne nicht zu sehen gewesen war.

*»Ein Volk, das zu fliegen vermag«*, hatte Siranodir noch vor Kurzem gesagt, *»wird wohl kaum einen komfortablen Fußweg angelegt haben.«* Nun, als »komfortabel« konnte man die steilen, schmalen Stufen nicht bezeichnen, deshalb verzichtete Thamandor der Waffenmeister darauf, den Elbenkrieger mit den zwei Klingen an seine Worte von vorhin zu erinnern.

Über der Schlucht kreisten einige Äfflinge. Sie glitten beinahe lautlos dahin, mit weit ausgebreiteten Flügeln, und ihre Waffen blinkten im Schein der Sonne.

»Die beobachten uns«, war Thamandor überzeugt.

»Wir sind diesmal womöglich einfach zu viele, sodass sie es

nicht wagen können, gleich anzugreifen«, glaubte Ygolas der Bogenschütze.

»Oder wir haben uns inzwischen einen Ruf als gute Kämpfer bei ihnen erworben«, überlegte Siranodir. »Sicherlich haben sie mit ihren von Magie erfüllten Waffen bisher immer leichte Beute machen können und sind kaum auf Gegenwehr gestoßen.«

Lirandil der Fährtensucher führte den Trupp wieder an. Die Elbenkrieger mussten hintereinander die schmalen Stufen hinaufsteigen. In die Felswand waren Reliefs geschlagen, die vor langer Zeit auch bemalt gewesen waren. Die Farben waren kaum noch erkennbar. Sonne, Wind und Regen hatten sie bis auf wenige Reste im Laufe der Zeit abgetragen oder verblassen lassen. Hier und dort fehlten auch ganze Szenen. Hatte der Zahn der Zeit diese wagenradgroßen Bruchstücke herausgesprengt, oder waren es die degenerierten Äfflinge gewesen, die in den Arbeiten ihrer Vorfahren dämonische Gegner gesehen hatten?

Mit Sorge beobachtete Prinz Sandrilas, wie sich immer mehr Äfflinge am Himmel sammelten und einen Schwarm bildeten, der bald aus hundert und mehr dieser Geschöpfe bestand. Sie alle waren gut bewaffnet. Jeder von ihnen trug mehrere Speere oder Dreizacke bei sich, deren Spitzen sie gewiss in jener Art von magischem Feuer gehärtet hatten, in die auch Sandrilas seine Düsterklinge gehalten hatte.

Glücklicherweise schien die Magie dieses besonderen Feuers keine große Macht gegen die Elben zu entfalten. Jedenfalls war Sandrilas während der bisherigen Kämpfe nicht aufgefallen, dass die Waffen dieser Halbtiere über irgendwelche außergewöhnlichen Fähigkeiten verfügten. Das magische Feuer schien sie nur irgendwie zu erneuern, denn dass die Affenartigen ihre Waffen pflegten, konnte sich der Elbenprinz nicht vorstellen.

Dennoch konnte das nicht der einzige Sinn dieses Zauberfeuers sein, ging es dem einäugigen Prinzen durch den Kopf, und er dachte daran, wie seine Düsterklinge auf das Feuer reagiert hatte. Nun, sie würden ja sehen …

Sie erreichten ein kleines Plateau. Ursprünglich war dort wohl der Eingang in eine Wohnhöhle gewesen, doch der war verschüttet, dicke Felsbrocken versperrten den Weg. Und wenn man die Struktur des

Felsens genauer in Augenschein nahm, waren feine Risse zu erkennen. Im Laufe der Zeitalter war der Stein nicht nur porös geworden, Prinz Sandrilas glaubte auch, dass irgendwann ein Erdbeben diese Gegend erschüttert haben musste, was zu großen Zerstörungen geführt hatte.

Thamandor der Waffenmeister überprüfte noch einmal seine Einhandarmbrüste.

»Ich sehe, Ihr bereitet Euch bereits auf einen Angriff vor«, sagte Siranodir mit den zwei Schwertern, der dies aus den Augenwinkeln mitbekommen hatte. In einer fließenden Bewegung zog er seine beiden Klingen. »Wahrscheinlich täten wir alle gut daran. Die Affenartigen am Himmel werden immer zahlreicher. Ich nehme an, dass sie sich gegenseitig irgendwie rufen und mit einer großen Übermacht über uns herfallen wollen.«

»An mir werden sie sich die Zähne ausbeißen«, versprach Ygolas.

»Ich fürchte, Ihr seid nicht der Erste, der sich dieser trügerischen Hoffnung hingibt«, erwiderte Lirandil.

Ygolas zog einen Pfeil aus seinem Köcher und legte ihn auf die Sehne seines Bogens; er wollte bereit sein. Mit dem Ausdruck finsterer Entschlossenheit sagte er: »Von diesen barbarischen Bestien gefressen zu werden – allein der Gedanke daran wird dafür sorgen, dass ich bis zum letzten Atemzug kämpfe, und mag es noch so aussichtslos sein.«

In nächsten Moment rief Prinz Sandrilas: »Achtung! Sie greifen an!«

Tatsächlich – die Affenartigen begannen ihre Attacke. Sie stießen in keilförmigen Formationen herab, und Speere hagelten auf die Elbenkrieger nieder, die ziemlich ungeschützt auf dem Plateau standen. Die ersten Todesschreie gellten; ein Elb kippte getroffen vom Plateau und fiel in die Tiefe. Zwei der Geflügelten folgten ihm im Sturzflug und rissen den noch lebenden Krieger davon. Das Schwert und der Bogen waren ihm entfallen. Mit bloßen Händen versuchte er sich zur Wehr zu setzen.

»Das ist Hyrandil, Fürst Bolandors Sohn!«, rief Siranodir, der in diesem Augenblick den Umstand verwünschte, nur die beiden Schwerter zu haben und nicht Pfeil und Bogen.

Thamandor jedoch zielte mit einer seiner Armbrüste auf den davonfliegenden Affenartigen, aber Lirandil fiel ihm in den Arm. »Du würdest auch Hyrandil töten, wenn du den Äffling triffst!«

»Für Hyrandil wäre der Tod eine Gnade!«, erwiderte Thamandor grimmig. »Jedenfalls besser, als bei lebendigem Leib von diesen Bestien zerrissen zu werden!«

»Hast du dir auch schon überlegt, wie du Fürst Bolandor begegnen willst, wenn du seinen Sohn umbringst?«

In diesem Augenblick erhielt Hyrandil einen furchtbaren Schlag von einer der Pranken des Äfflings, und daraufhin hing sein Körper schlaff in dessen Klauen. Ein weiterer Äffling flog heran und fasste nach einem Fuß. Sie stiegen mit dem Elben empor und verschwanden auf dem Plateau, das dem Eingang des Gipfelkopfs vorgelagert war, und zerrten ihn ins Innere des Berges.

Ein Speer sauste dicht an Thamandor vorbei. Um ein Haar hätte er ihn am Hals erwischt, doch die blutbesudelte Metallspitze prallte gegen den Stein hinter ihm.

Thamandor schoss einen Bolzen ab und traf damit gleich zwei Äfflinge im Flug. Der Erste wurde durchbohrt und trudelte in die Tiefe. Der zweite bekam den Bolzen in den Kopf, wo er stecken blieb. Bei beiden Getroffenen entwickelte sich sofort ein magischer Brand, und Flammen umhüllten die Körper, ehe sie auf den Grund der Schlucht schlugen.

Auf die anderen Äfflinge machte das einigen Eindruck. Sie hielten auf einmal größere Distanz. Dutzende von Pfeilen und Armbrustbolzen wurden von den Elben abgeschossen. Manche trafen und sorgten für weitere Verluste unter ihren Feinden.

»Versucht so viele von ihnen zu erledigen wie möglich!«, rief Prinz Sandrilas. »Keine Gnade – wir würden ihnen früher oder später wieder begegnen!«

Erneut sammelten sich die Äfflinge zu einer Formation. Manche von ihnen hatten sich zunächst in die zahlreichen Gebäude der Felsenstadt zurückgezogen und sich mit neuen Speeren und Dreizacken versorgt. Eine Angriffswelle von gut dreißig Affenartigen raste auf die Elben zu, sie schleuderten ihre Speere und drehten wieder ab. Mehrere Elben wurden tödlich getroffen, einige weitere verletzt.

Pfeil um Pfeil legten ihre Bogenschützen an die Sehnen und holten so manchen der geflügelten Bestien vom Himmel. Ihre schrillen Schreie hallten schaurig von den Felswänden wider. Nur wenige der Affenartigen kamen nahe genug an die Elben heran, um mit deren Hieb- und Stichwaffen Bekanntschaft zu machen. Siranodir schirmte mit seinen zwei Schwertern Thamandor ab, sodass dieser immer wieder Gelegenheit bekam, neue Bolzen in seine Armbrüste zu spannen.

Die geflügelten Affen sammelten sich noch einmal. Ihre schrillen Schreie gellten, und ihre barbarische Verständigung schien recht effektiv, denn innerhalb weniger Augenblicke hatten sie erneut eine Formation gebildet, um erneut anzugreifen. Wieder rasten sie heran wie ein Keil.

Ein Teil von ihnen wurde durch die Distanzwaffen der Elben getötet. Die Bolzen aus Thamandors Armbrüsten und ein Schwarm Pfeile hielten reiche Ernte unter ihnen.

Doch diesmal schleuderten die Angreifer nicht frühzeitig ihre Speere und Dreizacke. Stattdessen flogen sie mit geradezu selbstmörderischer Tollkühnheit auf die Elben zu, deren Verteidigungsposition auf dem Treppenaufgang denkbar ungünstig war. Einer von drei Angreifern kam durch und suchte dann den Nahkampf. Ein ohrenbetäubendes Geschrei erhob sich und betäubte beinahe die empfindlichen Ohren der Elben.

Lirandil machte das am wenigsten aus. Während seines langen Lebens hatte er die Anwendung magischer Praktiken erlernt, mit denen er die Intensität der eigenen Sinneswahrnehmung vollkommen kontrollieren konnte. Doch auch das war eine Kunst, die verloren zu gehen drohte, wie Lirandil festgestellt hatte. Die jüngeren und vor allem die seegeborenen Elben beherrschten sie nicht mehr. Zumindest nicht mehr in dem Maß, wie es bei den Alten der Fall gewesen war.

Ein kreischender Äffling hatte sich bis auf Armlänge genähert. Aber Siranodir war auf der Hut, wich zurück, trat wieder vor, und seine beiden Klingen säbelten kreuzweise durch den Körper des Angreifers. Einer dieser Hiebe zog einen Schnitt vom rechten Halsansatz bis unter die linke Achsel und trennte den Kopf und einen Teil des Oberkörpers vom Rest des Körpers. Der Schrei des Äfflings erstarb jäh.

Auch Prinz Sandrilas hatte sich seiner Haut zu wehren. Er ließ

Düsterklinge kreisen, deren blanke Spitze im Licht der Sonne aufblinkte; das Elbenschwert des Einäugigen kostete gleich mehrere Angreifer das Leben. Immer wieder fand Sandrilas' Klinge den Körper eines Äfflings, in dessen Fleisch sie sich grub. Unter den furchtbaren Hieben, die er austeilte, brachen die Knochen, und das Blut der Äfflinge besudelte bald sein Wams mit dunklen Flecken.

Aber eine zusätzliche magische Kraft steckte nicht in der Waffe, die er in das magische Feuer des Steins gehalten hatte. Darauf hatte er eigentlich gehofft, doch im Kampf gegen die Äfflinge zeigte Düsterklinge keine größere Wirkung als die anderen Elbenwaffen.

Nach derben Verlusten zogen sich die Geflügelten schließlich zurück. Manche landeten ziemlich unsanft und schleppten sich blutend davon. Viele von ihnen hatten furchtbare Verwundungen davongetragen, und noch mehr waren nicht mehr am Leben.

Aber auch unter den Elben hatte es schlimme Verluste gegeben. Zehn von ihnen hatten in diesem wütenden Kampf ihr Ende gefunden, ein paar weitere waren verletzt, würden aber mit Hilfe der fortgeschrittenen Heilkunst der Elben sicher überleben.

Und dann gab es da noch Hyrandil, Bolandors Sohn!

Prinz Sandrilas hatte ihn keineswegs aufgegeben. Er war von den Äfflingen ins Innere der Affenkopfzitadelle verschleppt worden. Vielleicht konnte man ihn noch retten.

Prinz Sandrilas besah sich noch einmal die wie blank poliert aussehende Spitze seiner Düsterklinge und murmelte: »Ihre Magie scheint nicht sehr stark zu sein.«

»Erzählt mir nicht, dass Ihr etwas anderes wünschtet«, entgegnete Merandil der Hornbläser.

Sandrilas zuckte mit den Schultern. »Jetzt, da ich eigentlich im Besitz dieser Äfflingsmagie sein müsste … Doch wie es aussieht, ist sie unwirksam.«

Sie setzten ihren Aufstieg fort. Die Stufen wurden immer schmaler und gefährlicher; jahrtausendelange Erosion hatte die Kanten abgeflacht, und ganze Stücke lösten sich aus den Stufen, als Elbenfüße sie berührten.

So imposant die Bergfestung der Äfflinge auch wirken mochte, sie zerfiel allmählich. Ein Gedanke, der Lirandil deprimierte, führte er ihm doch vor Augen, dass auch sein Volk irgendwann nicht mehr sein würde und all ihre Hinterlassenschaften letztendlich verschwinden würden. Irgendwann würde man sich nicht mehr an die Elben erinnern – vielleicht in tausend Jahren, vielleicht auch erst in zehn Jahrtausenden. Aber nichts war von ewigem Bestand.

Wieder erreichte der Trupp ein größeres Plateau. Von dort konnte man die Schlucht gut überblicken. Jedes Geräusch, jedes Wort und jeder Schritt riefen kleine Echos hervor.

Die Elben sammelten sich und verharrten eine Weile, um diese Sinneseindrücke auf sich wirken zu lassen. So mancher von ihnen blickte hinab in die Tiefe, wo neben Dutzenden von erschlagenen Äfflingen auch einige getötete Elben in seltsam verrenkter Haltung lagen. In der Schlucht vor der Affenkopfzitadelle wallte merkwürdigerweise kein Nebel, sodass die Blicke der scharfen Elbenaugen bis an ihren Grund und an den Fuß des Berges reichten, wo die Toten lagen.

»Wir werden sie später mitnehmen«, versprach Sandrilas.

»Wenn sie dann noch nicht von den Halbtieren gefressen wurden«, entgegnete Thamandor düster.

Prinz Sandrilas atmete tief durch. Sein Brustkorb hob und senkte sich dabei, während man seinem Gesicht ansah, wie sehr ihm der Gedanke missfiel an das, was mit den Toten vermutlich geschehen würde. »Mag sein«, brummte er. »Aber wenn wir den Lebenden helfen wollen, dürfen wir uns nicht allzu lang mit den Toten aufhalten. Das ist nun mal so.«

Die Rast auf dem Plateau wurde dazu genutzt, die Verletzten zu versorgen. Vor allem Lirandil der Fährtensucher konnte mit einer Reihe von Heilkräuterextrakten aushelfen, die er stets bei sich führte. Extrakte, die in Verbindung mit magischen Formeln erstaunliche Heilkräfte entfalteten.

Ein Geräusch ließ auf einmal alle aufhorchen. Es erinnerte Lirandil an das tiefe Brummen eines Hornissenschwarms, unterlegt mit dem Prasseln eines Waldbrands.

»Der Magen eines Riesenbären mag auf diese Weise knurren«, vermutete Thamandor und setzte spöttisch hinzu: »Aber dazu kann unser waldgelehrter Fährtensucher mit Sicherheit mehr sagen.«

Lirandils Humor schien er mit dieser Bemerkung ganz und gar nicht getroffen zu haben. »An Eurer Stelle würde ich mich nicht darüber lustig machen, werter Waffenmeister.«

»Verzeiht, ich wollte Euch nicht …«

»Still!«, zischte Lirandil. Er vollführte eine Handbewegung, die seinen unmissverständlichen Befehl, den er mit der Autorität des Alters und der Erfahrung gegeben hatte, noch unterstrich.

Verwundert gehorchten alle – und starrten ihn an. Es war vollkommen still auf dem Plateau. Keiner der Elben verursachte auch nur den geringsten Laut.

Lirandil wandte den Kopf, um besser hören zu können. Die spitzen, wie langgezogene Wassertropfen geformten Ohren stachen aus seinem dünnen langen Haupthaar. Seine Züge wirkten angespannt, während er konzentriert lauschte.

»Da … *schnarcht* jemand«, murmelte er. »Ich vermute, dass es der geflügelte Nachtjäger ist, den wir am Himmel als Schatten kreisen sahen.«

»Dann wäre es vielleicht nicht besonders klug, ihn zu wecken«, lautete Merandils leise gesprochener Kommentar.

Nachdem die Verletzten versorgt waren, machten sich die Elben an die nächste Etappe. Die Äfflinge zeigten sich nicht mehr. Offenbar zogen sie es vor, erst einmal irgendwo ihre Wunden zu lecken.

Jenes Geräusch, dass Lirandil als das Schnarchen des Nachtjägers gedeutet hatte, begleitete die Elben jedoch auch weiterhin. Zeitweilig wurde es stärker, dann wieder klang es wie röchelnder Atem. Auch die Tonhöhe variierte; manchmal sank es herab zu einem Brummen, so tief, dass die Elben spürten, wie unter ihren Füßen der Boden leicht vibrierte. Auf einmal setzte das Geräusch nach einem japsenden Schnapplaut aus.

Prinz Sandrilas wandte sich mit fragendem Blick an Lirandil. »Ich will nicht hoffen, dass dies Böses zu bedeuten hat.«

»Ganz gewiss nicht.«

»Ach?«, fragte Thamandor. »Ihr habt uns doch die Vorstellung eines schnarchenden Riesenvogels gegeben und versucht, uns damit Angst einzujagen.«

»Angst wollte ich sicherlich niemandem machen«, verteidigte sich

Lirandil. »Und ich weiß nichts über die Art dieses Nachtjägers, noch kenne ich irgendeine seiner Gewohnheiten. Aber ich gehe davon aus, dass diese Kreatur denselben Gesetzmäßigkeiten folgt wie jedes andere Tier.«

»So denkt Ihr, das Verhalten dieses Schattengeschöpfs vorhersagen zu können?«, fragte Thamandor misstrauisch, und die Art, wie er es fragte, machte klar, dass er Lirandil diese Fähigkeit nicht zutraute.

»In gewissen Grenzen, ja«, antwortete der Fährtensucher. »Ich nehme an, dass die Kreatur noch immer schläft, doch ihr Schlaf ist etwas ruhiger geworden und auch tiefer, sodass ihr Schnarchen und Schnauben verstummt sind.«

»Ich hoffe nur, dass Ihr recht damit habt«, flüsterte Prinz Sandrilas.

Er sah den Fährtensucher verwundert an, als Lirandil entgegnete: »Wer sagt Euch, dass dieses Wesen unser Feind ist?«

Die noch etwa vierzig Angehörigen des Elbentrupps, der, angeführt von Prinz Sandrilas, den König suchte, gelangte schließlich auf jene Terrasse vor dem Maultor des gewaltigen Affenkopfes, der die Bergkuppe bildete.

Beeindruckt – aber auch jederzeit bereit, sich zu verteidigen – schritten die Elben zwischen den Säulen hindurch, die wie die Hauer eines Äfflings geformt waren. Sie hatten offenbar vor unendlich langer Zeit als Stelen gedient. In den Stein gehauene Schriftzeichen legten Zeugnis davon ab. Zeichen, die vermutlich niemand mehr lesen konnte. Stumme Hinterlassenschaften einer Epoche, in der die Äfflinge eine hohe Kulturstufe eingenommen hatten.

Durch das Maul des steinernen Affenkopfes gelangten sie in einen Tunnel, der mindestens zehn Elbenschiffe lang war. An seinem Ende konnte man einen strahlend blauen Himmel sehen. Nebel schien dort nicht zu herrschen.

Sie schritten durch den tunnelartigen Stollen. Die Wände, die Decke und der Boden bestanden aus glattem Fels, doch an den Steinwänden befanden sich farbige Reliefs, die direkt in den Stein geschlagen waren, und Kolonnen von Schriftzeichen. Lirandil der Fährtensucher war davon geradezu fasziniert. Das wenige Licht, das in den Stollen fiel, reichte für seine scharfen Augen, dennoch trat er dicht an die Wand und berührte mit der Hand die leichten Erhebungen der steinernen Bilder, die vor langer Zeit von großen Künstlern geschaffen worden waren; dass es sich dabei tatsächlich um die Vorfahren der Affenartigen gehandelt hatte, konnte sich der Fährtensucher jedoch nach wie vor kaum vorstellen.

»Es muss hier irgendeinen Zugang zum Inneren des Berges geben«, war Prinz Sandrilas überzeugt. Schließlich hatte er gesehen, wie Hyrandil in diesen Tunnel verschleppt worden war. Er war zusammen mit seinen Entführern verschwunden. Sandrilas zog Düsterklinge, in der Erwartung, dass ihm aus jeder der nachtdunklen Nischen ein angreifender Äffling anspringen könnte.

Aber dem war nicht so. Kein einziges dieser Wesen ließ sich blicken. Stattdessen scheuchten die Elbenkrieger unabsichtlich einen Schwarm Fledermäuse auf, der sich plötzlich mit schrillen, für Elben aber gerade noch hörbaren Schreien von der Decke löste und ins Freie flatterte. Für einen Moment schien überall das Schlagen lederiger Flügel zu sein, nachtschwarze Kreaturen umschwirrten die Elben, ohne jedoch einen einzigen von ihnen zu berühren, dann waren die kleinen Tiere draußen, und der kurze Spuk war vorbei.

Prinz Sandrilas schritt voraus und führte den Trupp an. »Eigenartig, dass hier nirgends ein Eingang zu finden ist«, meinte er. »Keine Höhle, kein Gang, keine Schacht oder Ähnliches …«

»Wir haben diesen Eingang nur noch nicht gefunden«, war Lirandil überzeugt. »Die Äfflinge können sich mit Hyrandil nicht einfach in Luft aufgelöst haben.«

»Es sei denn durch mächtige Magie«, sagte Merandil der Hornbläser. »Ich meine, wir haben den Äfflingen zuvor *überhaupt keine* Magie zugetraut, doch das Feuer aus dem Stein hat uns eines Besseren belehrt. Vielleicht stehen ihnen noch ganze andere Möglichkeiten zur Verfügung.«

»Es könnte aber auch sein«, gab Thamandor der Waffenmeister zu bedenken, »dass sie einfach nur durch diesen Tunnel geflogen sind und sich in den strahlend blauen Himmel auf der anderen Seite erhoben haben.«

Die Suche nach einem Zugang in den Berg blieb erfolglos. Der

Elbentrupp erreichte schließlich den Ausgang des Stollens. Er glich dem Eingang auf der anderen Seite, denn der Berggipfel war wie ein Januskopf mit zwei Affengesichtern geformt, und auch auf der Rückseite des Berges gab es die imposanten Säulen, die den Hauern eines Äfflings nachgebildet waren.

Und doch war es nicht so wie beim Eingang in den Höhlenstollen.

Die Elben traten in den Schein der Sonne. Schon lange hatten die Elben keinen so blauen Himmel mehr gesehen. Ein Blick von schier unglaublicher Weite bot sich ihnen.

Schroffes Bergland lag jenseits des Affenkopfgipfels – aber keiner dieser Berge überragte diese uralte Festung.

Deutlich war zu erkennen, dass dieses Land eine Insel war. Ein breites dunkelblaues Band trennte es vom Festland, dessen einladende Küste einen geradezu paradiesischen Eindruck bot. Ein sattes Grün leuchtete den Elben entgegen. Fruchtbare Hänge waren zu sehen, saftige Wiesen, Wälder und dahinter erhabene Bergmassive, auf deren Gipfeln Schnee lag.

»Wenn ich nicht wüsste, dass dies nicht die Gestade der Erfüllten Hoffnung sein können …«, murmelte Lirandil ergriffen.

Die Götter mussten bei der vorgelagerten Insel all ihren Zorn verbraucht haben, ehe sie anschließend jenes Paradies geschaffen hatten. Ein Regenbogen stand am Himmel. Er spannte sich von der grünen Küste bis hinauf zu den schneebedeckten Gipfeln und wirkte wie ein Zeichen.

»Wir Elben wären ein Volk von Narren, würden wir nicht versuchen, das Land dort drüben für uns zu gewinnen«, sagte Merandil; als Seegeborener beeindruckte den Hornbläser dieser Anblick besonders. »Stellt es euch nur vor! Ein neues Reich der Elben könnte dort entstehen, erhabener als es je in der elbischen Geschichte existierte!«

»Wer weiß, was für Trollgetier dort haust und uns das Leben schwer machen würde«, knurrte Ygolas der Bogenschütze. »Aber die Jüngeren unter uns wissen wahrscheinlich gar nicht mehr, was ein Troll ist. Oder ein Ork.«

»Ganz zu schweigen von den Menschen!«, sagte Lirandil mit einer Mischung aus Schaudern und Verachtung in der Stimme.

»Fabelwesen der Legende«, sagte Merandil. »Geschichten über Menschen und Trolle erschrecken doch inzwischen nicht einmal mehr unsere Kinder.«

»Ich habe sie noch erlebt, diese Barbaren«, warf Ygolas ein. »Und Ihr gewiss auch, Prinz Sandrilas.«

»Ich werde ungern an sie erinnert«, murmelte Sandrilas. Es hatte damit zu tun, wie er einst sein Auge verloren hatte. Er pflegte über diesen einen verlorenen Kampf nicht zu sprechen, und dies wurde allgemein akzeptiert. Selbst der König tat dies. »Zu gegebener Zeit werden wir darüber entscheiden, ob dort drüben unsere Zukunft liegt«, sagte der Prinz. »Aber diese Zeit ist noch nicht gekommen.«

»Wenn es so kommt, so wage ich die Prophezeiung, dass dieses Land nur vorübergehend die Heimat der Elben sein wird«, erklärte Ygolas. »So strahlend euch Jüngeren die Vorstellung eines neuen Elbenreichs auch erscheinen mag, so würde es dort nur in einem Zwischenland liegen – einem Land zwischen uns und unserem eigentlichen Ziel.«

»Vielleicht ist ein Zwischenland, das wirklich existiert, besser als die Gestade der Erfüllten Hoffung, von denen niemand weiß, wo sie zu finden sind«, meinte Prinz Sandrilas.

In diesem Moment streckte Thamandor der Waffenmeister den Arm aus und deutete in Richtung des Meers. »Seht dort!«, rief er. »Ein Schiff!«

Ygolas verzog grimmig das Gesicht. »Hab ich's nicht gesagt? Dieses Land ist längst besiedelt, und diejenigen, die es sich unter den Nagel gerissen haben, werden es uns kaum freiwillig überlassen!«

»Vielleicht handelt es sich bei den Bewohnern um noch nicht degenerierte Verwandte der Affenartigen«, überlegte Siranodir mit den zwei Schwertern. »Im Übrigen kann ich das Schiff, das Ihr zu sehen glaubt, bislang nicht ausmachen, werter Waffenmeister.«

»So habt Ihr Euren Blick nicht auf die richtige Stelle gerichtet«, sagte Thamandor der Waffenmeister. »Konzentriert Eure Sinne, Schwertkämpfer. Ich höre sogar die Rufe der Mannschaft, auch wenn ich die Kommandos nicht zu verstehen vermag. Doch um Euch zu beruhigen, werter Ygolas – es ist ein Elbenschiff!«

»Ja, es trägt das Zeichen unserer eigenen Flotte auf dem Segel!«, erkannte nun auch Merandil. »Es muss sich um eines der Kundschafterschiffe handeln, die Ihr auf König Keandirs Weisung hin ausgesandt habt, Prinz, um den weiteren Küstenverlauf zu erforschen und herauszufinden, ob wir auf einer Insel oder an der Küste eines Kontinents gelandet sind!«

Thamandor verengte die Augen, schirmte sie mit der Hand gegen die gleißende Sonne. Die Furche in der Mitte seiner Stirn wurde dabei noch tiefer. »Das Schiff versucht zum Festland zu gelangen – aber irgendetwas hindert es daran!«

»Was sollte das denn sein?«, spottete Ygolas.

»Der Wind!«, murmelte Thamandor befremdet. »Er scheint immer in die Richtung zu drehen, in die das Schiff zu segeln versucht.«

»Dann muss Magie im Spiel sein!«, lautete Lirandils Schlussfolgerung. Der Fährtensucher deutete mit der Rechten nach oben. »So blau, wie dieser Himmel ist, dürfte dort unten nur ein laues Lüftchen wehen.«

Immer mehr Elben fanden mit ihrem Blick das einsame Elbenschiff, das verzweifelt versuchte, weiter Richtung Südosten vorzudringen, auf jenen Kontinent zu, den Lirandil das »Zwischenland« genannt hatte. Ein Name, der, wie Prinz Sandrilas fand, passend war.

Die Besatzung des Elbenschiffs kämpfte noch eine Zeitlang gegen die Elemente an, ehe sich der Kapitän schließlich entschloss aufzugeben und abzudrehen. Sofort zeigte sich der Wind um einiges freundlicher. Das Elbenschiff näherte sich wieder der Insel und unternahm keinen weiteren Versuch, deren engeren Kreis zu verlassen, innerhalb dessen es durch geheimnisvolle Mächte gefangenen gehalten wurde.

»Das sieht mir tatsächlich nach Magie aus!«, musste auch Lirandil zugestehen. »Eine Magie, die stark genug ist, ein Elbenschiff zum Abdrehen zu zwingen. Offenbar lässt sie uns keine andere Wahl, als ins Nebelmeer zurückzukehren oder hier auf dieser Insel des Schreckens zu bleiben.«

»Sodass wir entweder Opfer der Affenartigen werden oder des Nachtjägers«, brummte Siranodir mit den zwei Schwertern. Er schüttelte entschieden den Kopf. »Das darf nicht sein!«

Das Schiff verschwand schließlich hinter einer Gruppe von schroffen Felsen, die sich in Küstennähe der Insel erhoben.

Prinz Sandrilas linke Hand legte sich mit einer Geste der Entschlossenheit um den Schwertgriff seiner Düsterklinge. »Geben wir uns nicht länger den Träumereien über ein zukünftiges Elbenreich hin, sondern tun wir, was hier zu erledigen ist!«

»Das dürfte nicht ganz einfach werden«, sagte Thamandor der Waffenmeister.

»Wer hat gesagt, ein einfacher Weg wäre der Weg der Elben?«, versetzte Prinz Sandrilas ungewohnt schroff. Er dachte an Hyrandil, Bolandors Sohn, und an König Keandir, Branagorn und die anderen Vermissten. Er machte sich wenig Hoffnung, dass sie noch lebten, aber das sollte ihn nicht daran hindern, dennoch alles zu versuchen. Und wenn er dafür durch steinerne Wände gehen musste, dachte der einäugige Prinz grimmig; es musste einfach irgendwo einen Zugang ins Berginnere geben. Es musste!

Der Ausdruck von wilder, fast barbarischer Entschlossenheit, der auf einmal in des Prinzen Antlitz trat, erschreckte Merandil den Hornbläser zutiefst. Er wechselte einen kurzen Blick mit Lirandil und erkannte, dass nicht nur er diesen Ausdruck bemerkt hatte und er auch nicht der Einzige war, den dieser Ausdruck erschreckte.

Sandrilas trat mit weiten Schritten zurück in den tunnelartigen Stollen. Er war überzeugt, dass irgendwo in den Wänden ein Mechanismus verborgen sein musste, irgendeine technische Vorrichtung, die in der Lage war, große Steinquader zur Seite zu schieben, hinter denen sich Geheimgänge verbargen.

»Folgt mir, Waffenmeister Thamandor!«, rief er. »Wir müssen irgendetwas übersehen haben! Ihr seid doch ein ausgewiesener Experte auf dem Gebiet raffinierter Mechanismen. Vielleicht könnt Ihr entdecken, wie es die Äfflinge schaffen, sich im Berg zu verstecken.«

Thamandors Antwort war ein Schulterzucken, aber er ging zu Sandrilas.

»Versucht Euch in die Lage dieser Äfflinge zu versetzen«, forderte ihn der Prinz auf.

»Das ist mir unmöglich«, behauptete der Waffenmeister. »Ich bin ein denkendes Wesen.«

»Ich brauche nicht Euren Spott, sondern Euren Sachverstand, Waffenmeister«, tadelte Prinz Sandrilas mürrisch.

Thamandor deutete eine Verneigung an. »Es tut mir sehr leid, mein Prinz. Meine Bemerkung war nicht gegen Euch gerichtet.«

Prinz Sandrilas reagierte darauf gar nicht mehr. Die Blicke seiner scharfen Augen tasteten im Halbdunkel des Stollens die steinernen Wände ab.

Er suchte einen verborgenen Mechanismus, eine bisher unentdeckt gebliebene Möglichkeit, ins Innere des Berges einzudringen.

Vielleicht verschleierte Magie diesen Mechanismus oder den Zugang vor ihren Augen, ging es ihm durch den Kopf. Vielleicht war das, was er sah, nicht mehr als ein Trugbild. Also berührte er mit den Fingerspitzen den kalten Stein.

Die allgemeine Anspannung machte sich bei allen Elben des Trupps bemerkbar, bei dem einen stärker, bei dem anderen weniger. Selbst der erfahrene Lirandil war davon befallen, wie Sandrilas zu seiner Überraschung feststellte.

Offenbar waren sie alle solche Belastungen nicht mehr gewohnt. Zu lange waren sie der eintönigen, zeitlosen Langeweile des Nebelmeers ausgesetzt gewesen. Wenn sie sich wirklich an der Küste des Festlandes behaupten wollten, dachte Prinz Sandrilas, würden sie lernen müssen, sich solchen Belastungen und Herausforderungen zu stellen.

Sie alle waren gereizt, und das machte sich bemerkbar in einem gewissen Hang zum Zynismus. Aber ihre momentane Lage war auch ziemlich verfahren. Niemand wusste, was mit dem König geschehen war. Und dass Hyrandil, der Sohn Bolandors, noch am Leben war, konnte wohl nur ein unerschütterlicher Optimist annehmen.

Sandrilas tastete vorsichtig über den kalten Stein und über die Reliefs, die mit großer Kunstfertigkeit darin eingearbeitet waren.

»Das Spurensuchen solltet Ihr lieber mir überlassen«, hörte er hinter sich die leicht spöttische Stimme Lirandils.

Sandrilas verzog das Gesicht. »Nichts lieber als das, werter Lirandil. Wenn Ihr etwas Vielversprechendes gefunden habt, lasst es mich sofort wissen.«

»Jedenfalls stellt dieser Bau selbst vieles von dem in den Schatten, was unser eigenes Volk einst geschaffen hat«, äußerte sich Merandil der Hornbläser. Einschränkend fügte er hinzu: »Oder geschaffen haben *soll.* Was Wahrheit und was Legende ist, wissen nicht einmal diejenigen mehr mit absoluter Gewissheit, die dabei gewesen sind und jene Stätten mit eigenen Augen sahen.«

»So einen Unsinn kann nur ein Seegeborener von sich geben«, erwiderte Lirandil der Fährtensucher heftig. Er ließ die Finger über den glatten Stein gleiten. Er wirkte sehr angestrengt. Er sog die Luft durch die Nase ein, und seine Nasenflügel bebten. »Äfflinge waren hier«, murmelte er. »Ich rieche sie ...«

»Nicht gerade eine umwerfend neue Erkenntnis«, entgegnete Siranodir mit den zwei Schwertern. »Wir haben sie schließlich in dieses Gewölbe einfliegen sehen.«

»Ja, aber der Geruch, den sie hinterließen, ist hier besonders intensiv«, erklärte Lirandil. Es war bekannt, dass der Geruchssinn des Fährtensuchers selbst für elbische Verhältnisse besonders empfindlich war. Seine feingliedrigen Hände strichen weiter über das Gestein und fuhren über die feinen Strukturen der Reliefs. Kleinste natürliche Erhebungen und Unebenheiten der Felswand hatten diese Künstler geschickt in ihre Bilder integriert. Ein Einklang von Natur und Künstlichkeit war erreicht worden, wie er auch dem uralten Ideal der Elben entsprach.

Ein immer wiederkehrendes Motiv der Reliefs war eine Flamme, die aus einem Stein emporschoss – und eine lange Reihe von Äfflingen in gebeugter, demütiger Haltung. Aber es gab auch Darstellungen von affenartigen Königen, die sich vom Lautenspiel ihrer Musikanten verzaubern ließen oder Tributabgaben entgegennahmen.

Lirandil verstärkte plötzlich den Druck seiner Hände an einer bestimmten Stelle. Seine Armmuskeln spannten sich an. Ein ächzender Laut hallte zwischen den Felswänden wider – und eine Tür öffnete sich ein paar Schritt entfernt im Gestein!

Der Blick wurde freigegeben in einen tunnelartigen Gang. Leuchtende Steine waren in die Wände eingelassen und tauchten alles in ein grünlich schimmerndes Licht.

»Welch großartige Baumeister müssen hier am Werk gewesen sein!«, entfuhr es nun selbst dem Skeptiker Ygolas, der sich seinen Bogen über den Rücken hängte. »Es waren keinerlei Bruchspuren und Kanten im Gestein zu sehen. Der Eingang wäre auch aus direkter Nähe und bei Licht nicht zu erkennen gewesen.«

»Magie wirkt an diesem Ort«, war Lirandil überzeugt. »Und zwar eine Art von Magie, die sich offenbar vollkommen von der unseren unterscheidet.«

»Wie könnt Ihr Euch da so sicher sein?«, fragte Thamandor der Waffenmeister. »Natürlich ist Magie ein sehr effektives Instrument, aber meiner Erfahrung nach gibt es viele Dinge, die sich viel einleuchtender durch die Kräfte der Natur erklären lassen.«

Lirandil sah den Waffenmeister einen Augenblick lang an und lächelte dabei nachsichtig. »Wahrscheinlich liegt es daran, dass Ihr Euch so ausgiebig mit Maschinen und Mechanismen aller Art beschäftigt, dass Ihr so denkt, Thamandor. Dadurch ist Euch vielleicht der Sinn für die Magie abhanden gekommen. Oder habt Ihr eine andere Erklärung als Hexerei dafür, dass wir *dies hier* bislang übersehen konnten?« Mit diesen Worten deutete er auf einen Fleck am Boden.

Thamandor runzelte die Stirn, wo die für ihn charakteristische Falte entstand. »Frisches Blut!«, entfuhr es ihm.

»Elbenblut!«, präzisierte Lirandil. »Der Geruch ist eindeutig. Wahrscheinlich stammt es von dem armen Hyrandil.«

»Dann sollten wir sehen, dass wir Bolandors Sohn aus den Klauen der Äfflinge befreien!«, sagte Siranodir mit den zwei Schwertern fordernd und setzte als Erster den Fuß in den Stollengang.

Die anderen folgten ihm.

Lirandil ging als Letzter. Ein verborgener Mechanismus sorgte dafür, dass sich die Steintür hinter ihm schloss.

»Keine Sorge«, sagte er zu den anderen. »Die Affenartigen können diese Tür offenbar öffnen und schließen. Also sind wir dazu auch in der Lage, denn wir sind ihnen an Intelligenz weit überlegen.« Er berührte eine Stelle an der Wand, fuhr dann mit der Hand weiter empor – und siehe da, die Tür öffnete sich wieder!

»Wenigstens wissen wir jetzt, dass uns ein Rückweg bleibt«, lautete Sandrilas' Kommentar.

# 9

# DER FEUERBRINGER

»Verratet mir wenigstens, wohin Ihr uns bringt!«, verlangte König Keandir.

Der Augenlose führte Keandir und Branagorn durch einen Stollen, der sich auf magische Weise immer wieder von Neuem öffnete, sobald der Seher dessen Ende erreicht zu haben schien. Er schritt einfach auf die vor ihm liegende Felswand zu, als ob sie gar nicht existieren würde. Wie von Geisterhand löste sich das Gestein dann jedes Mal in pure Dunkelheit auf, die ein paar Augenblicke später von einem Dutzend Fackeln erhellt wurde. Fackeln, von deren Flammen keinerlei Hitze ausging und deren grellweißes Licht den beiden Elben in den Augen schmerzte, wenn sie direkt hineinschauten.

»Wir sind leider gezwungen, diese unterirdischen Wege zu nehmen, was mich ziemlich viel Kraft kostet und außerdem noch ziemlich langsam geht.« Der Augenlose kicherte wieder vor sich hin, bevor er erneut durch eine massive Felswand schritt, als ob dort nichts gewesen wäre.

Im nächsten Moment war er verschwunden.

Branagorn prallte mit dem Kopf gegen das Gestein und fluchte.

»Dieser Trollteufel!«, entfuhr es ihm. »Ich habe Euch davor gewarnt, diesem einäugigen Scharlatan zu folgen!«

»Da wir im Moment schlechterdings ohne Alternative sind, macht es wenig Sinn, darüber zu streiten«, entgegnete König Keandir. Er wirkte dabei sehr viel gelassener, als es Branagorns Meinung nach angemessen gewesen wäre.

Die beiden Elben befanden sich in einem engen Raum, der an ein Verlies gemahnte. Eine durch die Magie des Augenlosen geschaffene Höhle, ohne irgendeine Verbindung nach außen.

Lebendig begraben!, dachte Branagorn. Genau das sind wir jetzt!

Er berührte das Gestein. Feucht und kalt fühlte es sich an.

»Es überrascht mich, wie ruhig Ihr das alles hinnehmt, mein König«, gestand er.

»Ich bin überzeugt davon, dass wir nicht lange in diesem Gefängnis bleiben werden, Branagorn.«

»Und wie kommt Ihr zu dieser doch recht optimistischen Einschätzung?«, fragte der junge Elbenkrieger.

Ein flüchtiges Lächeln spielte um Keandirs Mundwinkel. »Der Seher scheint mir tatsächlich aus irgendeinem Grund auf mich angewiesen zu sein, um sich aus seiner Gefangenschaft zu befreien.«

»Und daher Eure Zuversicht?«

Ehe Keandir antworten konnte, wurde plötzlich die Felswand vor ihm transparent und verwandelte sich in einen von Fackeln erhellten Stollen. Der Augenlose stand dort. Er hatte sich den beiden Elben zugewandt. »Wo bleibt Ihr?«, fragte seine Geisterstimme, wobei sich der Mund einen Fingerbreit öffnete, dann einen Trichter formte und schließlich einen Laut hervorbrachte, der an ein heftiges Aufstoßen erinnerte. Ein Glucksen folgte, das schließlich wieder in dieses für diese Kreatur so charakteristische Kichern überging. »Offenbar muss ich etwas Rücksicht auf Euch nehmen. Ein zu rascher magischer Transfer übersteigt Eure geistige Kraft. Ich vergaß, mit welch jungen, unvollkommenen Geschöpfen ich es zu tun habe.«

»Sehr freundlich«, spottete König Keandir. »Es wird unser Bündnis sicher vertiefen, wenn Ihr derart abfällig von uns sprecht.«

»So empfindlich, Elbenkönig?« Der Augenlose kicherte erneut. »Ja, ich vergaß. Euer Volk unterliegt der absurden Vorstellung, ein edleres Geschlecht zu sein, und so seid ihr Sklaven eures Stolzes und der Eitelkeit.« Wieder dieses höhnische Kichern. »Bereitet Euch innerlich auf den Kampf vor, der Euch bevorsteht.«

»Erzählt mir von meinem Gegner!«, forderte Keandir.

»Dem Feuerbringer? Ich sagte Euch doch, dass er der Bruder des Furchtbringers ist. Beide geschaffen, um den Geist zu knechten, und dazu verdammt, mich zu bewachen. Es ist mir bis heute ein Rätsel, wie mein Bruder Xaror es schaffen konnte, diese primitiven Kreaturen so weit zu bändigen, dass sie ihm wie treue Diener gehorchten und sich seinem magischen Bann fügten. Und das selbst über seinen Tod hinaus.«

»Das klingt fast, als würdet Ihr die Arglist Eures Bruders bewundern«, meinte Keandir.

»In gewisser Weise trifft das zu, Elbenkönig. Denn er war erfolgreich.« Der Augenlose schürzte die Lippen seines zahnlosen Munds und kommentierte die Worte seiner Geisterstimme mit zustimmendem Glucksen. Speichel tropfte dabei über seine schmalen Lippen und sorgte dafür, dass Keandir ein tiefes Gefühl des Ekels überkam.

Sie setzen ihren Weg fort, und der Augenlose wies seine elbischen Begleiter an, ihm dicht auf den Fersen zu bleiben. »Gerade hattet Ihr Glück. Doch wenn Ihr zurückbleibt und meine Magie den Stollen, in dem Ihr steht, nicht weiterhin aufrechterhält, kann es geschehen, dass Ihr für ewig im Gestein gefangen bleibt.«

»Es liegt in Eurem Interesse, gut auf uns aufzupassen«, sagte Keandir.

Der Augenlose wandte kurz den Kopf und verzog den Mund auf eine Weise, die sich für Keandir jeder Interpretation entzog. Offenbar war das Spektrum an Gefühlen bei dieser unvorstellbar alten Kreatur sehr breit und hatte Facetten, die einem Elben vollkommen fremd waren.

»Wenn wir auf den Feuerbringer treffen«, sagte der Augenlose nach längerer Pause, »vertraut Ihr am besten einfach auf Euren Mut und Euer Schwert. Einen anderen Rat kann ich Euch nicht sagen. Glaubt mir, es wäre auch mir wohler, wäre ich nicht auf Euch angewiesen. Aber leider stehe ich immer noch unter dem magischen Bann meines Bruders und bin daher gewissen Einschränkungen unterworfen.«

Keandir sagte nichts darauf. Er und Branagorn versuchten, so gut es ging, mit dem Augenlosen Schritt zu halten. Beide empfanden es als zunehmend unangenehm, so eng an dieses undurchsichtige Wesen gebunden zu sein. Das hatte zum Teil mit den Ausdünstungen seines Körpers zu tun, die für eine empfindliche Elbennase eine Folter waren. Noch viel schlimmer war die geistige Aura, die ihn umgab. Immer wieder fühlte sich Keandir von den Gedanken des Sehers bedrängt. Wie Fremdkörper tauchten sie plötzlich zwischen Keandirs eigenen Gedanken auf, und es bedurfte schon großer innerer Disziplin, sie wieder zurückzudrängen.

Endlich öffnete sich vor ihnen eine gewaltige kathedralenartige Höhle. Sie war noch wesentlich größer als die Tropfsteinhöhle, in der sich der See des Schicksals befand.

Tropfsteine gab es hier nicht. Stattdessen zeigten die felsigen Höhlenwände sehr deutlich, dass sie künstlich bearbeitet worden waren. Leuchtende Steine in den Wänden verbreiteten ein grünliches Licht, und an den Wänden und der Decke entdeckten die beiden Elben seltsame Linien und Symbole, die aussahen, als wären sie in den Stein gebrannt.

»Wir sind am Ort der Entscheidung«, erklärte der Augenlose. »Ihr mögt es glauben oder nicht, doch die Ouroungour haben diesen Ort vor langer Zeit geschaffen. Er gehört zu einem Höhlenlabyrinth, bei dem es unmöglich ist zu sagen, welcher Teil davon künstlich angelegt wurde und welchen die Natur geschaffen hat. Mehrere dicht beieinanderstehende Bergmassive wurden einst vollkommen ausgehöhlt.«

»Das klingt, als würdet Ihr die Äfflinge bewundern«, stellte Keandir überrascht fest.

»Nicht sie, sondern ihre Vorfahren«, korrigierte der Augenlose. »Und Bewunderung würde ich es auch nicht nennen. Vor ihnen gab es Völker, die noch Größeres vollbracht haben, auch wenn selbst ich mich kaum noch an sie zu erinnern vermag.«

Ein knarrender Laut ertönte, der klang wie das Knurren eines gewaltigen Untiers. Es schien von überall zu kommen, und das vielfache Echo verstärkte es zu ohrenbetäubender Intensität, während es minutenlang anhielt.

Endlich ebbte es ab.

»Was war das?«, fragte Keandir.

»Nichts, was Euch im Moment interessieren müsste«, versicherte der Augenlose.

»Dieses Gefühl habe ich aber ganz und gar nicht«, widersprach Keandir. »Also heraus mit der Sprache! Woher kommt dieses Knurren? Das klingt wie eine ganze Armee von blutgierigen Bestien.«

»Zu den Ouroungour wollen mir diese Laute jedoch nicht recht passen«, mischte sich Branagorn ein, der die Hand am Schwertgriff hatte und sich suchend umsah.

»Oh, der Narr zieht auch einmal eine richtige Schlussfolgerung«, höhnte der Augenlose. »Die Ouroungour haben mit diesen Geräuschen tatsächlich nichts zu tun.«

»Dann ist dies unser neuer Gegner?«, hakte Keandir nach. »Der Feuerbringer?«

»Macht Euch darum keine weiteren Gedanken. Die Laute, die Ihr hörtet, haben mit dem Feuerbringer nichts zu tun. Doch seid gewarnt: Wenn Ihr auf den Feuerbringer trefft, kann ich aus gewissen Gründen nicht aktiv an diesem Kampf teilnehmen. Nun, dies sagte ich Euch schon. Ich kann Euch nur an den Ort führen, wo Ihr Euren Gegner antreffen werdet. Mehr kann ich nicht tun – denn für Euch zu beten, Keandir, hätte wenig Sinn. All die Götter, die ich während meines langen Lebens kennengelernt habe, existieren nicht mehr. Genau wie die Sterblichen, die an sie glaubten. Also wirst du auf dich allein gestellt sein!« Mit dem letzten Satz sprach er den König auf eine für Keandir unangenehm vertrauliche Weise an.

Erneut war das tiefe Knurren zu hören. Der Boden schien zu vibrieren, und der Nachhall ließ einen dissonanten Klangteppich entstehen. Manchmal wurde das Knurren so tief, dass selbst das feine Gehör der Elben es nicht mehr wahrnehmen konnte und es sich nur noch durch einen unangenehmen Druck auf den Magen äußerte.

Der Augenlose vollführte eine ruckartige Bewegung. Er hob seine beiden Stäbe und kreuzte sie übereinander, und der goldene Affe an der Spitze des hellen Stabs erwachte für einen kurzen Moment zum Leben. Er stieß einen schrillen Schrei des Entsetzens aus, der sich deutlich von den anderen Lauten abhob, und bedeckte vor Angst die Augen mit den Pranken.

Diesmal dauerte es eine Weile, bis die Geräuschkulisse wieder eine Verständigung zuließ.

Der Augenlose führte Keandir und Branagorn währenddessen durch die gewaltige unterirdische Halle. Die Leuchtsteine, die überall in die Felswände eingelassen waren, tauchten alles in ein grünliches Licht.

Der goldene Affe an der Spitze des hellen Stabes kreischte erneut und presste sich die Handflächen auf die Ohren.

Der Augenlose sprach ein paar Worte in einer unbekannten Sprache zu dem kleinen Affenartigen. Er benutzte dabei nicht seine Geisterstimme, sondern formte die Worte mit dem zahnlosen Mund. Der Geflügelte reagierte darauf wie eingeschüchtert. Er krümmte sich und legte die Flügel wie einen Mantel um seine Schultern.

In der Mitte des gigantischen Raums befanden sich sechs quaderförmige Blöcke aus einem besonders glatt polierten Stein, der Ähnlichkeit mit Marmor hatte. In deren Mitte stand ein Thron. Das Skelett eines Ouroungour saß darauf, mit einer Krone auf dem Kopf und Zepter und Schwert noch im Tod umklammernd. Ratten huschten zu Dutzenden über den glatten Stein davon.

Der Augenlose, Keandir und Branagorn erreichten den Kreis der etwa hüfthohen Steinquader, die jeweils eine Länge von fünf bis sechs Schritt aufwiesen, als die ohrenbetäubenden Laute endlich verebbten.

König Keandir meldete sich wieder zu Wort. »Ihr seid eben meiner Frage nach dem Ursprung dieser Laute ausgewichen«, erinnerte er. »Wenn sie mit dem Feuerbringer nichts zu tun haben, wer verursacht sie dann?«

Der Augenlose hob die Schultern. »Das ist Ráabor. Wir beide sind jeweils die Letzten unserer Art; das haben wir gemeinsam.«

»Erzählt mir mehr von Ráabor!«, forderte Keandir.

»Er gleicht einem Riesenvogel und ernährt sich mit Vorliebe von den Äfflingen; die scheinen sein Leib- und Magengericht zu sein. Andere Geschöpfe tötet er zwar, aber er hat ihr Fleisch immer verschmäht und allenfalls als Köder benutzt, um ein paar der geflügelten Affen anzulocken. Die sind in dieser Hinsicht nämlich etwas weniger wählerisch.«

»Diese Laute«, mischte sich Branagorn ein, »die hören sich aber nicht nur nach einem einzigen Riesenvogel an. Eher scheint hier irgendwo ein ganzes Nest zu sein.«

»Nest ist das richtige Wort, auch wenn Ráabor glücklicherweise keine Möglichkeit mehr hat, Eier zu legen und sich fortzupflanzen, seit das letzte Weibchen seiner Art vor einem Äon starb«, erklärte der Augenlose. »Das Nest liegt in einer Höhle, die dieser ähnelt und eine

Verbindung nach außen hat. Über ein Labyrinth zahlloser Stollen ist diese Nesthöhle mit den anderen in den Stein gehauenen Räumen der Ouroungour-Stadt verbunden, und so wirkt der gesamte Berg wie ein Klangkörper.«

»Das gigantische Instrument eines Riesenvogels«, sagte Keandir staunend. »Und wo finden wir den Feuerbringer?«

»Er muss hier irgendwo sein«, sagte der Augenlose gleichzeitig mit einer Geisterstimme und dem zahnlosen Mund. Er machte einen sehr konzentrierten Eindruck und murmelte ein paar Silben, die vielleicht eine magische Formel in einer uralten Sprache waren.

Branagorn wandte sich an seinen König und flüsterte: »Ich dachte, die Sinne unseres Retters sind so stark, dass er damit sogar wahrnehmen kann, was sich auf dem Festland abspielt.«

Bevor Keandir darauf antworten konnte, tat dies der Augenlose selbst. »Der Feuerbringer vermag sich teilweise gegen mich abzuschirmen, deshalb habe ich im Moment Schwierigkeiten, ihn aufzuspüren. Aber ich spüre, dass er ganz in der Nähe ist.«

Keandir zog sein Schwert und schaute auf die auf magische Weise wieder zusammengeschweißte Klinge. Trolltöter oder doch Schicksalsbezwinger – es würde sich noch zeigen, welcher Name wirklich zu dem Schwert passte, überlegte er. Dann schaute er sich suchend um und rief: »Wenn du dort irgendwo bist, Feuerbringer, dann zeige dich!«

»Ihr könnt ihn rufen, solange Ihr wollt. Ich fürchte, Ihr seid ihm völlig gleichgültig«, sagte der Augenlose. »Um zu erkennen, ob Ihr eine Gefahr für ihn seid, ist er zu einfältig. Aber wenn er merkt, dass der Bann meines Bruders mich nicht mehr hält, wird er etwas unternehmen.« Und dann fügte er rätselhaft hinzu: »Es kann natürlich auch sein, dass er zunächst seine Lakaien schickt.«

Tapsende Schritte waren zu hören, selbst für die Ohren eines Elben sehr leise.

»Äfflinge!«, entfuhr es Branagorn, der ebenfalls nach seinem Schwert griff. »Es müssen Hunderte sein!«

»Sie scheinen sich aus verschiedenen Richtungen zu nähern!«, murmelte Keandir. Wie ein Rascheln klang der Schritt ihrer nackten Füße auf dem kalten Stein jener Gänge, die sternförmig von dieser

Königshalle ausgingen. Hier und da waren auch die Geräusche ihrer Lederschwingen zu hören. Keandir blickte auf und bemerkte, dass in die Decke röhrenartige Zugänge mündeten, offenbar für Wesen, die sich fliegend fortbewegten.

»Einmal am Tag hören sie den Geisterruf ihres toten Königs«, erklärte ihnen der Augenlose. »Dann kommen sie her, um ihre Speere im magischen Feuer zu härten. Das hat mein Bruder Xaror so eingerichtet. Diesem Zauber können sie sich nicht entziehen.«

»Wir können unmöglich gegen Hunderte dieser geflügelten Bestien kämpfen!«, sagte Keandir.

»Wer sagt denn, dass Ihr das müsst?«, entgegnete der Augenlose.

»Es wundert mich, dass Ihr sie nicht mehr fürchtet«, sagte der Elbenkönig. »Ich dachte, es ginge für Euch darum, eine äonenlange Gefangenschaft zu beenden. Oder ist für Euch das alles nicht mehr als ein Spiel?«

»Sagen wir so: Für mich hängt nicht ganz so viel von dieser Sache ab wie für Euch – denn ich hätte die Möglichkeit, einfach einen weiteren Äon abzuwarten.«

Er deutete mit dem Totenschädel am Ende des dunklen Stabes auf einen der ersten Ouroungour, die die Königshalle erreichten. Der Äffling flatterte aufgeregt mit seinen Lederschwingen und senkte einen der beiden Dreizacke, die er in den Pranken hielt. Sein Maul öffnete sich, sodass die vier mächtigen Hauer hervortraten. Mit seinem schrillen Schrei warnte er offenbar die nachfolgenden Artgenossen.

»Ihre im magischen Feuer gehärteten Waffen könnten mich töten, das ist schon richtig«, fuhr die Geisterstimme des Augenlosen fort. »Aber wir haben trotzdem nichts zu befürchten. Und falls die Dinge nicht so laufen, wie ich es geplant habe, verschwinden wir auf direktem Weg in die Tiefe. Inzwischen müsstet Ihr wissen, dass auch der härteste Stein für mich nicht undurchdringlich ist.«

»Wir hätten uns nie mit dieser Kreatur einlassen dürfen!«, sagte Branagorn anklagend.

»Wir hatten keine Alternative!«, erinnerte ihn Keandir.

Aus mehreren Eingängen strömten Dutzende von Ouroungour in die Königshalle. Ihre schrillen Laute erfüllten bald die Luft und hallten zwischen den Wänden wider. Manche von ihnen blieben zunächst scheu zurück, als sie den Augenlosen und seine beiden Begleiter erblickten. Sie stießen aufgeregt klingende Laute aus und waren offenbar unschlüssig, wie sie auf das Eindringen der Elben und des Augenlosen in die Königshalle reagieren sollten. Wenn ihre barbarischen Schreie auch vollkommen unverständlich blieben, so war ihre Körpersprache doch sehr eindeutig. Zweifellos hätten sie sich am liebsten sofort auf die Eindringlinge gestürzt, aber aus irgendeinem Grund fehlte ihnen der Mut dazu.

War es Furcht?, fragte sich Keandir.

Aber dafür gab es eigentlich keinen Grund. Schließlich waren sie im Kampf gegen die Elben schon recht erfolgreich gewesen, und auch den Augenlosen konnten sie mit ihren im magischen Feuer gehärteten Waffen töten, wenn er sich nicht an einen Ort zurückzog, an den sie ihm nicht folgen konnten – vorzugsweise ins Erdinnere.

Ihre Scheu musste einen anderen Grund haben.

Immer mehr von ihnen sammelten sich in der Halle. Manche näherten sich bis zu dem Kreis, den die mächtigen Steinquader bildeten. Doch weiter wagte sich keiner von ihnen vor.

»Ich habe Euch doch gesagt, dass Ihr nichts zu befürchten habt, mein ängstlicher König!«, spottete der Augenlose. »Sie fürchten den Bereich zwischen den Quadern.«

»Weshalb?«, verlangte Branagorn zu wissen.

»Sie mögen zu halben Tieren degeneriert sein, aber der Respekt vor ihrem letzten König ist immer noch sehr groß. Sein Name ist mir entfallen, aber die Äfflinge verehren ihn wie einen Gott. Und außerdem erscheint ihnen hier der Feuerbringer.«

Keandir warf einen Blick zu dem Skelett auf dem Thron.

»Selbst wenn der Feuerbringer hier erscheinen sollte«, sagte Branagorn an Keandir gerichtet, »und es Euch wider Erwarten gelingt, dieses ominöse Wesen zu besiegen, mein König, so werden wir doch niemals lebend aus dieser Halle herauskommen.« Seine Augen verengten sich zu schmalen Schlitzen, als er sich an den Seher wandte. »Ich muss sagen, dir hätte ich einen besseren Plan zugetraut. Schließlich bildest du dir doch so viel auf dein Alter und deine Weisheit ein!«

Der Augenlose stieß mit dem Schaft des dunklen Stabs auf den Boden. Sieben Mal hintereinander geschah dies. Aus den Augen des zwergwüchsigen Totenschädels an der Spitze des Stabs drang etwas, das zuerst wie schwarzer Staub wirkte, dann aber mehr Ähnlichkeit mit einem wimmelnden Schwarm winziger Insekten hatte. Er glich jenem schwarzen Schwarm, der aus dem zahnlosen Mund des Sehers gekommen und in die Nasenlöcher des Elbenkönigs gedrungen war, woraufhin dessen Augen für einen Moment völlig schwarz gewesen waren. Er zog kurz durch die Luft und drang dann in die geöffnete Mundhöhle des Sehers ein, der ihn schmatzend verschluckte.

Die Erklärung, die seine Geisterstimme lieferte, während sein Mund noch Kaubewegungen vollführte, klang überraschend banal. »Eine kleine magische Stärkung. Ihr könntet so etwas jetzt auch gebrauchen, König Keandir.«

»Ich lehne dankend ab«, knurrte Keandir düster.

»Ich denke, ich kann besser beurteilen, was gut für Euch ist«, sagte die Gedankenstimme des Sehers, und gleichzeitig riss er den Mund weit auf, und der Schwarm der winzigen schwarzen Teilchen schoss daraus wieder hervor und auf den Elbenkönig zu.

Keandir wich mehrere Schritte zurück. Noch einmal wollte er nicht zulassen, dass die unheimliche Magie des Sehers in ihn eindrang. Er murmelte einen Abwehrzauber, aber dieser zeigte keine Wirkung. Als der Schwarm ihn erreichte, sah er aus wie eine Wolke aus purer Finsternis.

Wieder drangen die schwarzen Teilchen durch seine Nasenlöcher in Keandir ein, obwohl er die Luft anhielt, um sie nicht einzuatmen.

Branagorn machte eine rasche Bewegung zur Seite und fühlte sich im nächsten Moment wieder von jener unwiderstehlichen Kraft gepackt, die ihn gefesselt hatte, als der schwarze Schwarm zum ersten Mal in den Körper des Königs eingedrungen war.

»Vergiss meine Macht nicht, König Keandir!«, rief der Seher. »Ich weiß sehr wohl, was ich tue – auch wenn ich nicht jeden Narren in alle Einzelheiten meiner Pläne einweihe. Schließlich hatte ich viele Äonen Zeit, über meine Flucht aus der Gefangenschaft nachzudenken!«

Branagorns Lähmung ließ nach. Der magische Griff, in den der Augenlose ihn genommen hatte, lockerte sich und war schließlich nicht mehr zu spüren. Der Elbenkrieger atmete tief durch und wandte sich Keandir zu. »Was ist mit Euch, mein König?«

»Nichts«, murmelte dieser. »Nichts, was der Erwähnung wert wäre.«

»Aber …«

»Hast du nicht gehört, was dein König sagt?«, fuhr der Augenlose dazwischen. »Wenn du schon mir nicht gehorchen magst, dann folge wenigstens deinem König und übe dich in der Kunst des Schweigens!«

Die Benommenheit, die Keandir kurzzeitig befallen hatte, wich von ihm, und er fühlte tatsächlich neue Kräfte seinen Körper durchströmen. Branagorn aber fiel auf, dass der schwarze Schwarm diesmal seinen Körper nicht wieder verlassen und zu dem Augenlosen zurückgekehrt war.

In diesem Augenblick gelangten ein paar weitere Ouroungour durch eine der Öffnungen in der Hallendecke in die Höhle. Sie flogen über die anderen hinweg und einmal um den Thronbereich herum, hielten aber respektvollen Abstand zu dem Skelett.

Zwei dieser Äfflinge hielten den schlaffen Körper eines Elben in ihren prankenartigen Fängen. Blut tropfte herab.

»Das ist Hyrandil, Fürst Bolandors Sohn!«, entfuhr es Keandir. »Offenbar hat der getreue Sandrilas einen Suchtrupp losgeschickt, um uns zu finden!«

»Ja, und offensichtlich ist diesem Suchtrupp übel mitgespielt worden«, gab Branagorn zurück.

Die Geflügelten landeten mit ihrer Beute und legten sie wie einen nassen Sack in einer Entfernung von gut hundert Schritt auf dem Boden ab. Aufgeregte schrille Rufe folgten daraufhin, die ein ebenso schrilles Echo der anderen Ouroungour erzeugten.

»Wir müssen Hyrandil retten!«, rief Branagorn.

»Auf jeden Fall muss es hier einen Weg an die Oberfläche geben«, meinte Keandir. »Sonst hätten weder die Ouroungour noch Hyrandil hergelangen können.«

»Konzentriert Euch jetzt auf die Aufgabe, die vor Euch liegt, König Keandir, und lasst Euch durch nichts davon ablenken!«, forderte der Augenlose. »Für den armen Kerl, den die Ouroungour so zugerichtet haben, können wir im Moment nichts tun. Seid einfach nur froh darüber, dass er noch lebt!«

»Was haben sie mit ihm vor?«

»Normalerweise pflegen sie ihre Gefangenen zu verspeisen«, antwortete der Seher und kicherte wieder. »Aber sie sind da etwas wählerisch, und in der Vergangenheit haben sie auch nicht jeden schiffbrüchigen Seefahrer gefressen, der hier angelandet ist. Diejenigen, denen sie nicht das rohe Fleisch von den Knochen nagen, landen hier, an diesem Ort.«

Keandir ließ seinen Blick über die gewaltigen Steinquader schweifen, die ihn an Altäre erinnerten. »Und was ist der Grund dafür, dass Hyrandil bisher verschont wurde?«

»Sie brauchen immer wieder Opfer, die sie ihrem toten König und Gott darbringen. Mit meinen besonderen Sinnen habe ich häufig wahrgenommen, was sich in dieser Halle abspielt. Es war für mich eine Art Unterhaltung, die mir die Zeitalter verkürzte. Manche Gefangene werden auf grausame Weise getötet. Die Affenartigen erfreuten sich am Zucken der Leiber und labten sich an der Qual ihrer Opfer. Sie zerrissen die Gefangenen und legten die einzelnen Stücke dann auf die Opferaltäre, die den Thron umgeben, und boten derart das Fleisch ihrer Gefangenen ihrem letzten König als Mahlzeit an. Ein Ritual, dass nicht einer gewissen Ironie entbehrt, denn zu der Zeit, als der letzte König der Ouroungour herrschte, waren diese barbarisch erscheinenden Geschöpfe von einer so hoch entwickelten Ethik geprägt, dass sie dem Genuss von Fleisch vollkommen entsagten, weil sie es nicht ertragen konnten, ein anderes empfindungsfähiges Wesen nur deshalb zu töten, um es anschließend zu verspeisen.«

Keandir staunte. »So muss die Sensibilität der Ouroungour selbst die von uns Elben übertroffen zu haben!«

»Leider«, sagte Branagorn, »ist davon nichts geblieben!«

In diesem Moment wurde der erste Speer geworfen.

Er war auf den Augenlosen gezielt, doch dieser reagierte schneller, als man es ihm zugetraut hätte. Blitzschnell wich er zur Seite. Der Speer traf einen der Steinquader und prallte daran ab.

»Es wird Zeit, dass ich ihnen den nötigen Respekt beibringe!«, rief der Seher, hob beide Zauberstäbe und kreuzte sie über dem Kopf, dabei eine Beschwörungsformel murmelnd, eine Folge von Lauten, die tief aus seiner Kehle kamen und über seine schmalen Lippen drangen.

Der goldene Affe an der Spitze des hellen Stabs erwachte erneut aus seiner Erstarrung und hob eine seiner Pranken, in der sich etwas Leuchtendes manifestierte – eine Kugel aus purem Licht!

Der goldene Affe schleuderte die Kugel auf das Skelett des letzten Königs. Sie traf ihn in Brusthöhe, und innerhalb von Augenblicken ging eine erstaunliche Verwandlung mit dem Skelett vor. Der längst verweste Körper des Affenkönigs bildete sich neu, so als würde die Zeit im rasenden Tempo rückwärtslaufen.

Dort, wo eben noch blankes Gebein gewesen war, entstand plötzlich Fleisch. Es dauerte einige Augenblicke, und der König saß in alter Pracht und Stärke auf seinem Thron. Aus dem Staub, der ihn umgab, entstanden ein prachtvoll bestickter Umhang und ein tunikaartiges Gewand.

Der letzte König der Ouroungour erhob sich. Die Äfflinge starrten ihn an, während er mit Schwert und Zepter in den Händen einen Fuß vor den anderen setzte. Seine Bewegungen wurden fließender. Er öffnete das Maul und stieß Laute in der uralten Sprache der Ouroungour aus. Die Stimmlage war zwar ähnlich schrill wie die der degenerierten Affenartigen, doch es handelte sich eindeutig um eine Sprache.

Der letzte König der Ouroungour schwang sich auf einen der Steinquader. Er stand da und hob sein Schwert in einer machtvoll wirkenden Geste.

Innerhalb von Augenblicken herrschte Totenstille in der Königshalle. Keiner der Äfflinge wagte es noch, irgendeinen Laut von sich zu geben. Sie starrten wie gebannt auf ihren König und Gott.

»Eine Totenbeschwörung ist nicht allzu schwer«, erklärte der Augenlose. »Zumindest dann nicht, wenn man den Toten nicht für längere Zeit erwecken und ihm zu einer dauerhaften Fortsetzung seiner Existenz verhelfen will. Im Wesentlichen basiert alles auf einer Illusion.« Der Augenlose gluckste vor boshafter Freude und fügte dann noch hinzu: »Außerdem wird es den Feuerbringer anlocken.«

In diesem Augenblick schossen grellweiße kalte Flammen aus den Steinquadern empor. Sie bildeten einen Flammenring um den inneren Thronbereich und erfassten den wiedererweckten letzten König der Ouroungour. Doch das schien diesen nicht im Mindesten zu stören. Sein Körper brannte lichterloh – aber er *ver*brannte nicht.

Er blieb auf dem Steinquader stehen und sprach zu den Äfflingen. Es war anzunehmen, dass sie keines seiner Worte verstanden, aber allein der Klang seiner Stimme schien sie zu beruhigen.

Der Augenlose kreuzte die Stäbe übereinander und richtete sie auf den letzten König der Ouroungour. Schwarze Blitze zuckten aus den Stäben und erfassten den Widergänger. Ein heiserer Schrei entfuhr ihm. Vor den Augen der Äfflinge zerfiel sein Körper wieder bis auf die Knochen zu Staub, und die Gebeine klapperten auf den altarähnlichen Steinquader.

Die Äfflinge stoben in alle Richtungen davon. Sie waren völlig von Sinnen. Ihre Schreie erzeugten zusammen mit dem Echo einen Lärm, wie Keandir ihn nie zuvor in seinem Leben gehört zu haben glaubte. Er und Branagorn hatten Schwierigkeiten, durch die gleißende Feuerwand zu sehen, die sie umgab und nur zwischen den Quadern Lücken aufwies, aber der Augenlose war auf diese Art der Wahrnehmung nicht angewiesen.

»Keiner von ihnen ist noch in der Königshalle!«, stellte er wenig später fest. »Die Bestien wissen jetzt, dass ich die Macht habe, ihren König und Gott zu vernichten, sodass wir zumindest für eine Weile vor ihnen Ruhe haben – bis Xarors Zauber ihre schwachen Geister dazu zwingt, sich erneut gegen uns zu wenden.«

Branagorn versuchte, eine der Lücken in der Feuerwand zu durchdringen. Aber die Flammen waren innerhalb der letzten Augenblicke immer höher geworden, und obwohl von diesem magischen Feuer keinerlei Hitze ausging, verhinderte seine Magie, dass Branagorn die angepeilte Lücke einfach passieren konnte. Er versuchte es mehrfach, wich aber jedes Mal wieder zurück und verzog dabei das Gesicht wie unter Schmerzen.

»Schluss mit diesem Flammenzauber!«, rief er aufgebracht. »Ich will sehen, ob ich Hyrandil heilen kann!«

»Er liegt am Boden und ist dem Tode näher als dem Leben«, erklärte der Augenlose. »Die Äfflinge haben ihn in ihrer Panik zurückgelassen. Außerdem brauchen sie kein Opfertier mehr für ihren Königsgott.« Wieder kicherte er. »Ach ja, was du Narr einen Flammenzauber nennst, ist nicht mein Werk.«

»Sondern?«, fragte Branagorn.

»Es ist das Werk desjenigen, den wir erwarten.« Mit dem Totenschädel am Ende des dunklen Zauberstabs deutete er in die Höhe. »Ich schlage vor, wir beide weichen zurück, mein kindlicher Wirrkopf, und überlassen das Schlachtfeld den eigentlichen Kontrahenten: deinem ehrenwerten, aber auch etwas einfältigen König Keandir und dem noch einfältigeren, dafür aber umso grausameren Lakaien meines vielgehassten Bruders Xaror – dem Feuerbringer!«

Die Flammen schlugen mittlerweile bis zur Hallendecke und zeichneten Rußspuren auf sie. Linien, die plötzlich eine unheimliche Lebendigkeit zu erfüllen schien. Sie erinnerten den König der Elben an jene Linien auf der Stirn des Augenlosen, die sich in Bilder von geradezu hypnotischer Eindringlichkeit verwandelt hatten.

Die Linien an der Höhlendecke lösten sich mehr und mehr vom Gestein. Sie tanzten über die glatt polierte Oberfläche der Felsenkuppel, die sich über die Halle des letzten Königs der Ouroungour wölbte. Dann vereinigten sie sich zu einem Knäuel und bildeten etwas, das wie der Schatten einer gewaltigen, nur als dunkler Umriss sichtbaren Kreatur wirkte. Selbst das grelle Licht des magischen Feuers vermochte es nicht, die pure Finsternis zu erhellen, aus der das Wesen bestand, dessen Konturen wie eine bizarre Mischung aus Spinne und Tintenfisch erschien. Ein Vielbeiner, der fortwährend die Form änderte und aus dem immer wieder tentakelartige Fortsätze wuchsen.

»Das ist Euer Gegner, König Keandir!«, rief der Seher – diesmal mit seiner Geisterstimme und seinem Mund, wobei die Worte den zahnlosen Spalt in seinem augenlosen Gesicht mit geringfügiger Zeitverzögerung verließen, sodass der Eindruck eines grotesken Echos erzeugt wurde. »Ich denke, Ihr wisst, was zu tun ist! Falls Ihr versagen solltet, wird es glücklicherweise nur Euer Schaden sein, denn ich werde rechtzeitig ins Erdreich versinken, um mich dem Zorn des Feuerbringers und der Äfflinge zu entziehen, und Euren naiven Begleiter werde ich gern ebenfalls retten.«

»Zu gütig, Augenloser!«, knurrte Keandir grimmig.

Er fasste Trolltöter mit beiden Händen und dachte: Nun beweise, dass du tatsächlich ein Schicksalsbezwinger bist!

Er hatte keine Ahnung, auf welche Weise er den Feuerbringer besiegen konnte. Aber tief in sich spürte er eine bisher ungekannte Stärke, die offenbar aus der finsteren Kraft geboren war, die der Augenlose auf ihn übertragen hatte.

Ein Schauder überkam Keandir. Aber es war nicht der Augenblick für Skrupel irgendwelcher Art. Es war der Augenblick der Entscheidung.

An einem Faden, der ebenfalls aus undurchdringlicher pechschwarzer Finsternis bestand wie die Kreatur selbst, ließ sich das amorphe Geschöpf zu Boden und landete genau in der Mitte des Feuerkreises, der das Kampffeld begrenzte. Aus der Oberseite seines Körpers wuchs ein halbes Dutzend Tentakel und richtete sich gegen Keandir. Im nächsten Moment schossen aus deren Enden grellweiße Feuerstrahlen.

Alles, was Keandir sah, war eine gleißende Feuersbrunst, die seine Netzhäute zu verbrennen drohte. Dann gellte Keandirs heiserer Schrei durch die Halle des letzten Königs der Ouroungour. Schauerlich hallte er in dem riesigen Gewölbe wider.

Branagorn fühlte im selben Moment, wie er den festen Boden unter den Füßen verlor. Er sank einfach durch den Stein. Jeder Halt war plötzlich weg. Hart landete er auf einer geröllartigen Oberfläche. Um ihn herum war es vollkommen dunkel. Nicht einmal die Hand vor Augen vermochte er mehr zu sehen.

Branagorn rappelte sich sofort auf, streckte die Hand aus – aber da war nichts. Ein feuchter Modergeruch stieg ihm in die Nase. Es war stickig. Branagorn machte einen Schritt nach vorn und berührte mit der ausgestreckten Hand feuchtes, bröckelndes Erdreich.

Sein Blick glitt nach oben, fand dort aber nichts als Dunkelheit. Eine Schwärze, die absolut undurchdringlich war. Nicht einen einzigen Lichtstrahl gab es in diesem finsteren Verlies, in das er so unvermittelt geraten war.

»Keandir!«, rief er. »Mein König! Könnt Ihr mich hören?«

Er lauschte. Und die einzige Antwort, die er erhielt, bestand in einem unangenehm klingenden, schabenden Laut, der an das Scharren von Rattenpfoten auf Stein erinnerte …

# 10

# DIE RÜCKKEHR DER KUNDSCHAFTER

»Kean!«, flüsterten schreckensbleich gewordene Lippen. Ruwens Verbundenheit mit ihrem Gemahl war so groß, dass sie spürte, wenn sich der König in großer Gefahr befand. Selbst dann, wenn viele Meilen zwischen ihnen lagen.

Die Königin stand an der Reling der »Tharnawn« und blickte hinaus in den wabernden Nebel. Hornsignale tönten durch das graue Nichts. Sie kündeten von der Rückkehr der Kundschafterschiffe. Eines von ihnen war bereits vor geraumer Zeit zurückgekehrt. Sein Kapitän Ithrondyr hatte sich mit einer Barkasse zur »Tharnawn« bringen lassen, um auf dem Flaggschiff der Elbenflotte Bericht zu erstatten. Die Mitglieder des Kronrates waren dort bereits teilweise eingetroffen, darunter der einflussreiche Fürst Bolandor, einer der ältesten Elben überhaupt.

Er war schon uralt gewesen, als sie die alte Heimat verlassen hatten, und seine Erinnerungen reichten weiter zurück als die jedes anderen Elben. Dennoch litt er weder an Schwermut noch am verderblichen Lebensüberdruss. Sein Gesicht zeigte nicht jene zeitlose Ebenmäßigkeit, die viele Elbengesichter in hohem Alter kennzeichnete. Stattdessen waren die Züge Fürst Bolandors sehr markant und drückten eine Entschlusskraft und einen Durchsetzungswillen aus, der selbst vielen Seegeborenen nicht zu eigen war.

Aber mit Prinz Sandrilas fehlte ein wichtiges Mitglied des Kronrats, der dem König der Elben bei allen wichtigen Entscheidungen beratend zur Seite stand und insbesondere bei Streitigkeiten in Fragen der Königsnachfolge ein gewichtiges Wort mitzureden hatte. Am schwersten aber lastete die Abwesenheit des Königs auf allen, die sich an Bord der »Tharnawn« befanden. Die Ungewissheit über sein Schicksal lag wie Mehltau über den sensiblen Gemütern der Elben. Es gab wohl niemanden in der gesamten Flotte, der davon nicht betroffen war.

Ganz besonders galt dies natürlich für seine Gemahlin.

Nur mit halber Freude lauschte Ruwen daher dem Bericht von Ithrondyr, dem Kapitän des bereits zurückgekehrten Kundschafterschiffes »Jirantor« – was »Wellendieb« bedeutete –, das der Küste Richtung Nordwesten gefolgt war. Kapitän Ithrondyr hatte festgestellt, dass jene Küste zu einer Insel gehörte, die einem großen Festland vorgelagert war – und dass sowohl die Ostseite der Insel als auch die Küste des riesigen Festlands keineswegs einer felsigen Einöde im Nebel glich. Ganz im Gegenteil – in den hellsten Farben hatte er dieses Land beschrieben, dessen er aus der Ferne ansichtig geworden war. »Ein Land, wie geschaffen, um ein neues Reich zu gründen. Buchten, die wie natürliche Häfen wirken. Anhöhen, auf denen Festungen errichtet werden können, und Wiesen, so fruchtbar, dass sie selbst die Geschichten über Athranor in den Schatten stellen!«

Schon die Tatsache, dass er diesen nahen Kontinent mit der Alten Heimat verglich und dabei auch noch den mythischen Namen Athranor verwendete, zeigte, wie groß sein Enthusiasmus war. Ein Enthusiasmus, den es unter den Elben lange Zeit nicht gegeben hatte.

Athranor war ein Sammelbegriff für die Länder der Alten Heimat. Ein Name, der nur dann benutzt wurde, wenn man über jene goldenen Zeiten sprach, in denen die Mächte des Bösen noch nicht die Alte Heimat heimgesucht hatten. Manche bezweifelten, dass es ein solches Zeitalter je gegeben hatte. Aber das ließ sich nicht überprüfen, denn selbst Fürst Bolandor war nicht alt genug, um sich an jene glückliche Epoche zu erinnern.

Das Gegenstück zu Athranor, den verlorenen Traum der Vergangenheit, war Bathranor, wie man die Gestade der Erfüllten Hoffnung auch nannte. Ein Land, das die Weisen und Magiebegabten unter den Elben bei ihrem Aufbruch in schillernden Visionen vor sich gesehen hatten. Visionen, die ihnen Bathranor als so real und erreichbar wie jedes andere Land hatte erscheinen lassen.

Der Einsatz mächtiger Magie hatte schließlich dafür gesorgt, dass diese Visionen vom gesamten Volk der Elben geteilt wurden. Ein Traum aller Elben. Eine Sehnsucht, der sich niemand hatte entziehen können und die stärker gewesen war als alles andere. Manche behaupteten später, sie wäre sogar stärker als die Vernunft gewesen, und man könnte es eigentlich nur bedauern, dass sich das gesamte Elbenvolk von diesem Traum hätte in den Bann schlagen lassen.

Doch das alles war lange her. Und die Mehrheit derer, die mit diesen Visionen einst aufgebrochen waren, hatte in der Zwischenzeit der Lebensüberdruss dahingerafft, während die so genannten Seegeborenen weder Erinnerungen an die alte Heimat noch den Traum von den Gestaden der Erfüllten Hoffnung geteilt hatten.

Ithrondyrs Begeisterung für das, was er gesehen hatte, wirkte ansteckend. Umso bedauerlicher war es, dass er es aufgrund widriger Umstände nicht geschafft hatte, bereits an der Küste dieses nahen Kontinents zu landen. Ein geheimnisvoller, seiner Ansicht nach magischer Wind hatte verhindert, dass er mit seiner Mannschaft bis dorthin hatte vordringen können. Auch unter Aufbietung aller seemännischen Fähigkeiten seiner Leute war es nicht gelungen, diese Kraft zu überwinden.

»Das ist ein Land, wie geschaffen, um ein neues Elbenreich zu gründen«, hatte er gesagt, und seine Worte hallten noch in Ruwen wider. »Aber ob wir es angesichts der Widrigkeiten, die ich geschildert habe, je erreichen werden, ist fraglich.«

Garanthor, der Kapitän des königlichen Flaggschiffs, war in dieser Hinsicht weitaus optimistischer. »Es müsste doch möglich sein, dieses Hindernis mit Hilfe von Magie zu beseitigen«, glaubte er. »Schließlich gibt es kein Volk, das in den Künsten der Zauberei und der Beschwörung der Elementargeister so bewandert ist wie das unsere.«

Die meisten anderen stimmten dem zu. Gerade die Seegeborenen wollten wohl auch glauben, dass da ein ganzer Kontinent nur darauf wartete, von ihnen in Besitz genommen zu werden.

Ruwen teilte diese Zuversicht nicht.

Aber im Augenblick war sie nicht in der Lage, ihren Zweifeln Ausdruck zu verleihen. Tiefe Schwermut hatte ihre Seele ergriffen. Sie wurde von der Sorge um ihren geliebten Mann geplagt. Keandir war noch immer nicht zurück, und auch von Prinz Sandrilas, der ihn mit einem fünfzig Mann starken Trupp suchte, hatte man nichts mehr gehört.

Offenbar waren sie tief ins Landesinnere der Nebelinsel vorgedrungen, sonst hätte man hin und wieder den leisen Klang ihrer Stimmen gehört oder andere Zeichen ihrer Anwesenheit vernommen. Aber nichts dergleichen konnte Ruwen wahrnehmen, so sehr sie auch ihre feinen Sinne öffnete.

Sie hatte kaum geschlafen, seit der König die »Tharnawn« verlassen hatte. Wach hatte sie im Bett gelegen, und immer wieder hatten ihre Hände den Weg zu ihrem Bauch gefunden, in dem neues Leben heranwuchs. Wie das Fanal einer glücklichen Zukunft für das Elbenvolk hatte dies neue Leben in ihr zunächst auf sie gewirkt. Inzwischen waren längst andere Gefühle übermächtig geworden, vor allem Furcht und Verzweiflung. Sie fragte sich, was geschehen würde, wenn Keandir nicht zurückkehrte. Die Elben verloren dann nicht nur ihren König, sondern auch den Träger all ihrer Hoffnungen. Der Kronrat würde über einen Nachfolger entscheiden müssen, noch bevor ein Kind Keandirs das Licht der Welt erblickte.

Sie hörte den Gesprächen der Männer und Ithrondyrs weiteren Schilderungen zu, aber sie erschienen ihr auf eine seltsame Weise unwirklich. Wie Stimmen aus einer anderen Zeit. Das Echo einer anderen Wirklichkeit, die mit dem, was die Königin tatsächlich erlebte, nicht das Geringste zu tun zu haben schien.

Sie ging ein paar Schritte an der Reling entlang. Niemand sprach sie an. Man respektierte ihre Zurückgezogenheit, denn jeder konnte sich ausmalen, wie es in der Elbenkönigin aussah.

»Ihr dürft nicht in düstere Gedanken versinken«, hörte sie hinter sich eine Stimme sagen. Es war Nathranwen, die Heilerin. Sie beobachtete mit Sorge die gemütsmäßige Veränderung, die mit Ruwen vor sich ging. »Ihr habt Grund zur Freude und zur Zuversicht.«

»Wenn mein geliebter Kean sicher und wohlbehalten zu mir zurückkehrt – dann ja«, flüsterte Ruwen. »Dann wäre es mir auch gleichgültig, ob wir auf ewig mit unseren Schiffen die See durchpflügen und uns in richtungslosen Nebelmeeren verirren oder ob es hier die Hoffnung auf ein neues Elbenreich gibt, so wie viele es meinen.«

»Nein, in keinem Fall sollte Euch dies gleichgültig sein, Ruwen. Auch dann nicht, wenn König Keandir nicht zu Euch zurückkehren sollte.«

»Ich bin mir nicht sicher, ob dann noch irgendetwas eine Bedeutung für mich hätte.«

»Und das ungeborene Leben, das Ihr unter dem Herzen tragt?«

Tränen glitzerten in Ruwens Augen. »Ich habe meine Zweifel, ob ich genug Kraft dafür hätte. Nicht, um es zur Welt zu bringen, sondern um …« Sie sprach nicht weiter. Ihr Blick glitt in die Ferne und verlor sich in den wieder dichter werdenden Nebelschwaden. »Ich weiß nicht, ob ich die Kraft hätte, einem Elbenkind zu vermitteln, welchen Sinn seine Existenz hat, wenn doch alles im Lebensüberdruss endet.«

»Mir scheint, Ihr droht selbst dieser üblen Krankheit zu verfallen, die um sich greift wie eine Seuche«, sagte Nathranwen. »Angesichts Eures Zustands verwundert mich dies.«

»Das, was Ihr *meinen Zustand* nennt, ist vielleicht nichts weiter als das kurze Aufflackern einer längst erloschenen Hoffnung.«

»Umso wichtiger ist es, dass wir die Seereise nicht länger fortsetzen und diese blühende Küste erreichen, von der Kapitän Ithrondyr spricht. Nur dann sehe ich eine Zukunft.«

»Da mögt Ihr recht haben«, gestand Ruwen. »Seht Ihr die Frau auf der anderen Seite des Schiffes? Das ist Cherenwen. Sie starrt schon seit Stunden in den Nebel und redet bereits seit Monaten mit keiner Elbenseele. Branagorn, ein Elbenkrieger aus dem Gefolge meines Mannes, liebt sie, aber nicht einmal diese Liebe ist stark genug, sie von dem Lebensüberdruss zu befreien. Er wird von Tag zu Tag stärker in ihr, breitet sich aus wie Fäulnis und zerfrisst ihre Seele. Es wird nicht mehr lange dauern, und sie wird in einem unbeobachteten Moment in einer dieser furchtbaren mondlosen Nächte ins Wasser springen. Die dunklen Fluten werden sich über ihr schließen, und es wird so sein, als hätte sie nie existiert.«

»Branagorn war bei mir und bat mich, ihr Essenzen zu geben, die ihr vielleicht helfen könnten«, verriet die Heilerin.

»Und?«

»Sie hat sich geweigert, sie zu nehmen.«

»Wie so viele andere vor ihr …«

»Das ist ein Bestandteil dieser grausamen Seelenkrankheit, die unser Volk nach und nach dahinrafft, Ruwen.«

»Ich weiß. Und ich weiß auch, dass es so weit bei mir noch nicht ist. Ich bin noch ein paar Schritte von diesem gähnenden Abgrund des Todes entfernt, und für kurze Zeit habe ich mir eingebildet, er würde gar nicht existieren. Aber das war eine Illusion. Wenn ich jetzt Cherenwen sehe, dann sehe ich meine eigene Zukunft, die wahrscheinlich früher oder später die Zukunft aller Elben sein wird.«

Das zweite Kundschafterschiff traf endlich ein, nachdem man schon lange seine Hornsignale durch den Nebel vernommen hatte. Es stand unter dem Kommando von Kapitän Isidorn. Mit für elbische Verhältnisse ungewöhnlich enthusiastischen Freudenrufen wurde sein Schiff, die »Morantor« – was so viel wie »Wellenbezwinger« hieß –, empfangen. Mit den Speeren klopften die Krieger zum Willkommensgruß rhythmisch gegen die Reling und untermalten damit die Hornfanfaren der Bläser, die es auf allen Elbenschiffen gab.

Auch Kapitän Isidorn ließ sich mit einer Barkasse zum Flaggschiff bringen, und selbst diese Fahrt wurde noch mit Hornfanfaren begleitet.

»Wie einen Helden lässt er sich feiern, obwohl dieser seegeborene Jüngling noch gar nichts vollbracht hat«, knurrte Fürst Bolandor. »An welch vergänglichen Ruhm die Jüngeren heutzutage ihre Leidenschaft heften.«

»Ihr müsst zugeben, dass es während unserer Reise nicht viele Gelegenheiten gab, um sich nachhaltigeren Ruhm zu erwerben«, gab Kapitän Garanthor zu bedenken. »Insbesondere seit wir uns in diesem zeitlosen Nebelmeer verloren haben.«

»Das ist bedauerlich«, fand der Fürst.

»Vielleicht ändert sich das, sobald es uns gelingt, diese grüne Küste zu besetzen, Häfen und Städte zu gründen und …«

»… und damit unser eigentliches Ziel aus den Augen zu verlieren«, wetterte Fürst Bolandor. »In dieser vollkommen grundlosen Freude, die unser gesamtes Volk erfasst zu haben scheint, verhalten sich viele von uns wie kurzlebige Narren. Wir sind unterwegs, um die Gestade der Erfüllten Hoffnung zu finden – Bathranor. Aber inzwischen wagen es die Seegeborenen ja nicht einmal mehr, diesen Namen offen auszusprechen, weil sie ihn für ein überkommenes Relikt aus ferner Vergangenheit halten.«

»Ist er das nicht auch in gewisser Weise, Fürst Bolandor?«

Der Fürst bedachte Kapitän Garanthor mit einem Blick, in dem sich Wut und Schmerz die Waage hielten. Wut darüber, dass vielen der Jüngeren der uralte Traum von den Gestaden der Erfüllten Hoffnung offenbar nicht dasselbe bedeutete wie ihm. Und Schmerz darüber, dass die Ignoranz gegenüber den Träumen der Vergangenheit zu obsiegen drohte.

Die Sehnsucht nach einer greifbaren Heimat war einfach zu stark geworden. Und viele Elben brauchten wohl einfach auch nur etwas, das sie von ihrem Hang zum Lebensüberdruss ablenkte.

Wenig später kam Isidorn an Bord.

Noch immer wurde er wie ein Held umjubelt, und Kapitän Ithrondyr ging sogleich auf ihn zu, um zu erfahren, ob es der »Morantor« gelungen war, bis zur Kontinentalküste vorzudringen.

Isidorn verneinte dies. Seine Erzählung glich in fast allen Punkten dem, was auch schon Ithrondyr berichtet hatte; auch die »Morantor« war durch geheimnisvolle Winde daran gehindert worden, bis zur Küste vorzudringen.

»Ihr wisst, dass ich ein guter Seemann bin«, sagte Isidorn. »Es ist gewiss keine Prahlerei, wenn ich behaupte, dass niemand sonst über vergleichbar großes seemännisches Geschick verfügt. Wir haben wirklich alles getan, um die Fluchwinde zu überwinden, die uns an der Weiterfahrt hinderten.«

»Fluchwinde?«, echote Fürst Bolandor mit seiner sonoren, autoritätsgewohnten Stimme. Eine Stimme, die er im Kronrat bisher nur selten erhoben hatte, doch wenn, dann mit großer Wirkung. Diesmal allerdings würde ihm die Mehrheit wohl kaum folgen. Und der König selbst war ein Seegeborener. Bolandor war daher alles andere als zuversichtlich, die Wirkung der begeisterten Berichte der beiden Kapitäne auf den Rest der Elben durch vernünftige Argumente abmildern zu können.

»Ja, diese Winde müssen Teil eines gewaltigen Fluches sein, der diese Insel umgibt«, erklärte Isidorn. »Selbst eine Verwirrung der Elementargeister kann nicht Ursache dafür sein.«

»Ein verfluchter Ort also«, sagte Ithrondyr.

»Hattet Ihr den Eindruck, dass man diese verfluchte Zone vielleicht großräumig umfahren könnte, um auf einem Umweg zur grünen Küste zu gelangen?«, mischte sich Kapitän Garanthor ein.

Isidorn zuckte mit den Schultern. »Es käme auf einen Versuch an. Wir hatten den Befehl, baldmöglichst zurückzukehren, sodass uns nicht die Zeit blieb, dies auszuprobieren.«

Ruwen hatte bislang eher beiläufig dem Gespräch gelauscht, zu sehr waren ihre Gedanken im Netz ihrer traurigen Gefühle verstrickt, als dass sie sich wirklich auf die Schilderungen der Kapitäne hätte konzentrieren können. Die Heilerin Nathranwen hatte sich unterdessen Cherenwen genähert. Die junge Elbin und Geliebte des Branagorn schien ihre Hilfe im Augenblick noch sehr viel dringender zu brauchen als Ruwen.

In diesem Augenblick aber ergriff Fürst Bolandor mit ungewöhnlicher Vehemenz das Wort, was die Elbenkönigin aus ihrer gegenwärtigen Lethargie riss. »Ihr redet von Fluchwinden und wie sie sich durch Magie auf die eine oder andere Weise vielleicht außer Kraft setzen ließen! Ihr redet von einer offenbar vorhandenen magischen Barriere, die Euch daran gehindert hat, das Festland zu erreichen, als wäre dies eine Kleinigkeit und nicht weiter der Rede wert!« Der Fürst ballte die feingliedrigen, langfingrigen Hände zu Fäusten. Seine blasse Gesichtsfarbe veränderte sich, wurde zu einem dunklen Rot, und der Zorn zeichnete harte Linien in seine Miene. »Ist niemandem unter Euch der Gedanke gekommen, es könnte ein Zeichen sein? Ein Zeichen, mit dem uns die Namenlosen Götter davor warnen wollen, der Versuchung zu erliegen und unseren eigentlichen Traum von den Gestaden der Erfüllten Hoffnung aufzugeben zugunsten eines scheinbar viel leichter zu erreichenden Traums von einem neuen Elbenreich?«

Niemand wagte eine Erwiderung. Isidorn schluckte nur schwer und wechselte einen kurzen Blick mit Ithrondyr. Garanthor schaute zur Seite. Er wollte dem uralten Fürsten im Augenblick offenbar nicht widersprechen, obgleich alle ahnten, dass auch der Kapitän des königlichen Flaggschiffs die Ansicht vertrat, dass man den vagen Traum vom Erreichen der Gestade der Erfüllten Hoffnung besser noch an diesem Tag über Bord werfen sollte.

Augenblicke lang hielt dieses Schweigen an, bis plötzlich Ruwen das Wort ergriff. »Fürst Bolandor, wenn überhaupt je ein Elb die Gestade der Erfüllten Hoffnung erreichen sollte, dann werden es allenfalls ein paar wenige schattenhafte Kreaturen sein, die kaum noch etwas mit dem gemein haben, was wir alle bis heute unter einem Elben verstehen. Es werden Wesen sein, die man kaum noch als lebendig bezeichnen kann und die den Lebensüberdruss nur überwinden konnten, weil sie zu seelenlosen Mumien wurden, die keine Bedürfnisse mehr kennen außer dem Erreichen dieses großen Ziels.« Ruwen trat einen Schritt auf Fürst Bolandor zu. »Ich glaube inzwischen, dass dieser Kontinent, von dem die Kundschafter berichten, unsere einzige Hoffnung auf Überleben ist. Woher Ihr all die Zeitalter lang die Kraft genommen habt, den Lebensüberdruss zu unterdrücken, weiß ich nicht. Aber auch Euch müsste bewusst sein, dass so gut wie alle anderen Elben an Bord unserer Schiffe diese Kraft nicht aufbringen werden. Es geht um unsere Existenz. Wir werden entweder dort drüben, in diesem neuen Land, ein neues Reich der Elben errichten – oder schon in Kürze wird unser Volk nicht mehr existieren. Und als Seefahrer, zu dem uns diese unselige Suche nach Bathranor gemacht hat, werden wir nicht einmal Ruinen hinterlassen, vor denen dann irgendwann einmal spätere Geschlechter stehen und sich unser erinnern werden.«

»Ich respektiere Eure Ansicht, Königin Ruwen«, sagte Fürst Bolandor. »Aber ich habe nicht Jahrtausende dem Lebensüberdruss widerstanden, nur um dann das große Ziel einfach aufzugeben.«

»Ich schlage vor, wir warten die Rückkehr des Königs ab und hören, was seine Ansicht ist«, sagte Ruwen.

»Mein Sohn gehört zum Suchtrupp, der König Keandir gefolgt ist«, sagte Fürst Bolandor, während sich seine Stirn umwölkte.

Ruwen zögerte einen Augenblick, ehe sie dann doch jene Frage an den Elbenfürsten richtete, die ihr auf einmal im Kopf umherspukte. »Seid Ihr ihm auch so sehr verbunden, so wie es bei dem König und mir der Fall ist, dass Ihr die Gefahr spürt, in der er sich befindet?«

Ein harter Blick traf die Elbenkönigin aus den dunklen Augen des

Fürsten. »Ja, ich spüre die Gefahr, in der mein Sohn schwebt«, murmelte er. »Und ich fühle auch seine Angst um den König.«

Ruwen schluckte. »Ich habe es gleich gespürt, als Ihr die Planken dieses Schiffes betratet.«

»Macht Euch keine Sorgen, Königin Ruwen …«

»Es besteht kein Anlass, besonders rücksichtsvoll zu mir zu sein und mir die Wahrheit verschweigen zu wollen«, erwiderte Ruwen kühl.

»Das war auch nicht meine Absicht, Königin.«

»So?«

»Vielleicht wollte ich eher rücksichtsvoll mir selbst gegenüber sein und mich nicht mit dem konfrontieren, was wir beide insgeheim doch wissen.«

Ruwen nickte schwach. Ihre Stimme klang belegt, als sie sagte: »Sie sind beide in Gefahr, nicht wahr? Sowohl Euer Sohn als auch mein Gemahl?«

»Ja.«

»Und beide befinden sie sich an ein und demselben Ort.«

»Auch das erscheint mir so. Doch so sind sie zusammen und nicht jeder allein auf sich gestellt. Und sie leben noch und sind nicht Opfer der geflügelten Bestien geworden. Anders wären unsere Empfindungen nicht zu erklären, meint Ihr nicht auch?«

Ruwen lächelte mild. »Ja, da habt Ihr recht, Fürst Bolandor.«

Der Elbenfürst verbeugte sich leicht, wollte sich abwenden, doch dann zögerte er auf einmal. »Ihr verzeiht mir, wenn ich Euch noch auf eine andere Sache anspreche, meine Königin.«

»Von was für einer *Sache* redet Ihr, edler Bolandor?«

Bolandor senkte den Blick und machte den Eindruck, als wäre es ihm höchst unangenehm, es anzusprechen. Schließlich nahm er sich doch ein Herz und erklärte: »Ihr wisst, dass sich Gerüchte verbreiten wie feiner Sand, den der Wind dahinträgt. Man weiß später nicht mehr, woher das einzelne Sandkorn gekommen ist, und doch hat man die gesamte Kleidung voll davon. Ich weiß nicht, ob Ihr als Seegeborene diesen Vergleich versteht, aber …«

»Worauf wollt Ihr hinaus?«

»Es kam mir zu Ohren, dass Ihr Nachwuchs erwartet. Ist das wahr?«

»Woher wisst Ihr das? Soweit ich mich erinnere, hat es dazu noch keine offizielle Verlautbarung des Königs gegeben, wie es eigentlich üblich wäre.«

»Ihr könnt nichts dagegen tun, dass sich solche Nachrichten verbreiten. Es braucht nur eine der Personen, die Euch nahestehen, ein unbedachtes Wort zu äußern.«

Ruwen verstand, und sie nickte langsam. Dann erhob sie die Stimme und sagte laut: »So mögen es denn alle hören, die Anteil am Schicksal der Königin nehmen: Ja, es ist wahr, ich erwarte Nachwuchs, und für die Elben wird die Geburt des königlichen Nachfahren gewiss ein Freudentag werden. Aber im Augenblick bin ich außerstande, glückliche Gefühle über meinen Zustand zu empfinden, auch wenn viele mir das als herzlos und gefühlskalt auslegen werden.«

Doch Ruwens letzte Worte mochten nicht zu verhindern, dass sich auf die Gesichter der Elben an Bord der »Tharnawn« ein versonnener Ausdruck legte.

## 11

## DER KAMPF IM FEUERKREIS

In die Geräusche, die wie Rattenpfoten klangen, die über Stein schabten, mischten sich schrille Piepslaute, und Branagorn fühlte etwas um seine Füße huschen. Spitze Zähne gruben sich ins Leder seiner Stiefel, und er sprang zurück, zog das Schwert und stach zu, blitzschnell und zielsicher. Sein feines Gehör ließ ihn erkennen, wo sich sein in der Dunkelheit unsichtbarer Gegner befand. Ein schrilles Pfeifen durchdrang den finsteren Raum, in dem er sich befand und Dutzende von tapsenden Pfoten hörte.

Ein Licht leuchtete auf. Es war so grell, dass es im ersten Moment in den Augen schmerzte und Branagorn blendete. Als sich seine Augen wenige Herzschläge später an die Helligkeit gewöhnt hatten, sah der junge Elbenkrieger den Augenlosen. Die Quelle des Lichts war ein leuchtender Feuerball, den der goldene Affe an der Spitze des hellen Zauberstabs abwechselnd von der linken in die rechte Pranke warf, so als wäre er ihm zu heiß, um ihn auf die Dauer mit einer Hand zu halten. Der Augenlose öffnete den zahnlosen Mund und stieß glucksende Laute aus, die wohl Ausdruck seiner Freude waren.

Ratten, so groß wie die Frischlinge von Wildschweinen, huschten über den Boden und stoben kreischend davon. Das grelle Licht stach ihnen in den Augen, die an die Dunkelheit gewöhnt waren. Sie wirkten völlig orientierungslos.

Eines der Tiere hatte Branagorn mit seiner Schwertspitze erwischt und durchbohrt. Der Elbenkrieger schleuderte den toten Körper des Nagetiers angewidert von der Klinge.

»Entschuldige, junger Narr, dass ich nicht daran dachte, wie abhängig vom Licht deine Art doch ist«, sagte der Augenlose höhnisch. »Obwohl – wenn man bedenkt, wie du das garstige Tier getötet hast, will es mir scheinen, als hättest du meiner Hilfe gar nicht bedurft.«

»Deiner Hilfe?«

»Immerhin habe ich für Licht gesorgt und mit meinen bescheidenen magischen Mitteln auch dafür, dass diese kleinen Bestien nicht im ganzen Rudel über dich herfallen. Mich hätten sie gewiss verschont, so zäh, wie mein altes Fleisch ist. Aber einen Leckerbissen wie dich bekommen sie hier nicht oft!« Wieder ließ er sein widerliches Kichern hören.

»Wo sind wir hier?«, verlangte Branagorn zu wissen.

»In den Gewölben unter der Königshalle. Sie waren schon nicht mehr in Gebrauch, als hier noch der letzte König regierte. Im Laufe der Zeitalter nahm das gierige Getier diese Räume in Besitz. Fürs Erste sind wir hier in Sicherheit.«

Branagorn deutete mit dem blutbesudelten Schwert hinauf zur Decke des feuchten Höhlengewölbes. »Ich will zurück in die Königshalle!«

»In den Feuerkreis, in dem dein König gerade um sein Leben und meine Freiheit kämpft?« Der Augenlose schüttelte mitleidig den Kopf. »Ich wusste doch, dass ich es mit einem Narren zu tun habe. Einem Narren, dessen Lebenserfahrung kaum länger als einen flüchtigen Augenblick gewährt haben kann, wenn man den Unsinn bedenkt, den er von sich gibt.«

»Ich will König Keandir zur Seite stehen, wie es meine Pflicht ist!«

»Glaub mir, du wärst dort vollkommen fehl am Platz. Hab ein bisschen Vertrauen in die Fähigkeiten deines Königs. Er hat den Schicksalsbezwinger besiegt. Das sollte dir und allen, die ihn vielleicht noch herausfordern wollen, zu denken geben. Verehrt deine Art Götter? Ich glaube, ich habe beim Studium eurer Seelen etwas in dieser Hinsicht bemerkt, doch es war nur ein flüchtiger Eindruck.«

»Ja, wir ehren die Götter.«

»So bete zu ihnen, wenn du glaubst, deinem Herrn und Meister damit helfen zu können. Schaden kann es gewiss nicht. Rufe ihre Namen und biete ihnen irgendein Opfer an. Ob deine Götter allerdings mit blinden Riesenratten zufrieden sein werden, kann ich nicht sagen.« Erneut ein höhnisches Kichern. »Aber es käme auf einen Versuch an. Also nenne mir einen Namen!«

»Wir kennen die Namen unserer Götter nicht«, sagte Branagorn ernst.

»Ach nein?«

»Die Erinnerung an sie ging im Laufe der Zeit verloren.«

»Das ist bedauerlich, junger Krieger. Sehr bedauerlich. Und um ehrlich zu sein, ihr seid das erste Volk, von dem ich Derartiges höre, es sei denn, es verbrachte bereits einige Zeit auf dieser Insel und degenerierte, so wie die Ouroungour. So wird dein König auf göttlichen Beistand wohl verzichten müssen. Aber wenn du unbedingt sehen willst, was geschieht, so schau! Doch beklage dich ja nicht darüber, dass deine Augen schmerzen. Das wird es dir ja wohl wert sein, oder?«

Die Lichtkugel, die der goldene Affe abwechselnd von einer Hand in die andere beförderte, veränderte sich. Sie wuchs zu einer Größe heran, die etwa der eines elbischen Schädels entsprach, und die Intensität des Lichts nahm ab. Strukturen wurden erkennbar. Zunächst nur dunkle zuckende Linien, dann formten sich Bilder.

»Sieh hin und hoffe!«, sagte der Augenlose.

König Keandir umfasste den Schwertgriff mit beiden Händen. Jeder Muskel, jede Sehne seines Körpers war gespannt und seine empfindlichen Elbensinne hoch konzentriert.

Das dunkle, vielarmige und seine Gestalt immer wieder verändernde Wesen, das ihm inmitten des Feuerkreises gegenüberstand, richtete seine tentakelartigen Fortsätze erneut gegen ihn. Der König wusste, was geschehen würde, denn einen Angriff dieser Art hatte er bereits überstanden.

Kaltes magisches Feuer zuckte aus den Tentakeln. Ein Feuer, dessen Wirkung wohl eigentlich hätte sein sollen, dass er zu Asche niederbrannte. Doch dies geschah nicht. Die Feuerstrahlen bündelten sich, wurden von Keandirs Schwert aufgesogen. Sie tanzten noch in Form von Blitzen über die Klinge, und Keandir fühlte ein Prickeln seinen gesamten Körper durchlaufen, das so intensiv wurde, dass es schmerzte.

Nach einem Augenblick, der sich zu einer kleinen Ewigkeit dehnte, schrie er auf, doch sein heiserer Schrei mischte sich mit dem dumpfen Stöhnen der Kreatur, die ihn angegriffen hatte, und ein rasender Schmerz durchfuhr den Elbenkönig und betäubte ihn beinahe.

Einen Herzschlag lang hatte er den Eindruck, nicht mehr zu existieren. Er war nur noch dieser Schmerz. Kein einziger Gedanke, keine Erinnerung, kein noch so kleiner Überrest seiner Seele schien noch vorhanden.

Dann zuckte das Wesen zurück. Sein Stöhnen verwandelte sich in ein immer schriller werdendes Jaulen. Ein Laut, in dem gleichermaßen Schmerz und Fassungslosigkeit zum Ausdruck kamen. Wie lange musste es her sein, dass dem Feuerbringer ein Gegner gegenübergestanden hatte, der dazu in der Lage gewesen war, ihm wirklichen Schmerz zuzufügen?

Keandir erholte sich schneller, als er gedacht hätte. Der Feuerkreis, der die beiden so ungleichen Kämpfer umgab, war deutlich schwächer geworden. Die Flammen züngelten zwar immer noch aus den Steinquadern, reichten aber nicht mehr bis zur Decke, sondern hatten nur noch maximal Mannshöhe.

Der Feuerbringer war zumindest geschwächt, erkannte König Keandir, und die Kreatur schien auf einmal auch Respekt vor ihm zu haben. Das Wesen kroch auf einem halben Dutzend seiner unterschiedlich kräftigen Tentakel ein Stück seitwärts, bis es jenen Steinquader erreichte, auf dem die Gebeine des letzten Ouroungour-Königs lagen. Die Flammen wurden noch schwächer. Ein saugendes Geräusch war zu hören, so als würde der Feuerbringer den Flammen einen Teil jener magischen Kraft entziehen, durch die sie gespeist wurden. Zwischen den Flammen entstanden erstmals Lücken, sodass Keandir wieder sehen konnte, was sich im Rest der Königshalle zutrug.

Die Schmerzenslaute des Feuerbringers verstummten, und er blähte seinen amorphen Körper zu dreifacher Größe aus, fuhr ein Dutzend Tentakel aus und richtete sie auf den König der Elben. Wieder schossen grellweiße Feuerstrahlen aus diesen wie aus purer Finsternis bestehenden Schattenarmen. Doch Keandirs Schwert schien die magischen Strahlen auf geheimnisvolle Weise anzuziehen. Die Bruchstelle, an der die geborstene Klinge wieder vereint worden war, leuchtete plötzlich grell auf. Die Strahlen des Feuerbringers konzentrierten sich auf diese Stelle, und Keandir spürte erneut den Strom unheimlicher Kraft in sich hineinströmen. Eine Kraft, von der ihm durchaus klar war, dass sie ihn gerade an den Rand des Todes gebracht hatte.

Das Kribbeln verwandelte sich wieder in einen furchtbaren Schmerz. Aber diesmal war Keandir darauf vorbereitet und murmelte rechtzeitig einen Abwehrzauber, der allerdings nur sehr geringe Wirkung zeigte. Wichtiger war die geistige Disziplin, die er der chaotischen Macht des Schmerzes entgegensetzte. Keandirs Vater Eandorn hatte darauf bestanden, dass er bereits im Kindesalter mit meditativen Übungen begonnen hatte und bei einem Seelenmeister in die Lehre gegangen war. »Ein zukünftiger König«, so hatte Eandorns Credo gelautet, »muss absoluter Herr seiner Selbst sein, bevor er daran denken kann, Herrschaft zum Wohle aller auszuüben.« Und so hatte Keandir in vielen täglichen und zum Teil stundenlangen Übungen bei dem uralten Seelenmeister Maéndir gelernt, den eigenen Geist gegen Schmerz und andere beeinträchtigende Einflüsse abzuschirmen.

Vielleicht war dies der entscheidende Vorteil, der ihn den Kampf mit dem Furchtbringer überleben lassen würde, überlegte Keandir. Und das, obwohl Meister Maéndir schließlich, wie so viele andere Elben auch, vom Lebensüberdruss dahingerafft worden war, indem er sich eines Tages eine betäubende Dosis seiner Essenzen eingeflösst hatte, die eigentlich der Unterstützung der Übungen dienen sollten, und sich dann des Nachts ins Meer gestürzt hatte. Die Tatsache, dass ausgerechnet ein Seelenmeister wie Maéndir auf diese Weise seiner Existenz ein Ende gesetzt hatte, war für den jungen Keandir außerordentlich schockierend gewesen, hatte ihm aber andrerseits auch vor Augen geführt, dass es offensichtlich niemanden unter den Elben gab, der gegen diese Krankheit gefeit war.

Keandir murmelte eine Formel vor sich hin, die seinen Geist abschirmen sollte, sodass er sich der Übungen entsinnen konnte, die er einst regelmäßig hatte durchführen müssen. Allerdings hatte er diese Ausbildung nach dem Tod von Seelenmeister Maéndir nicht weiter fortgesetzt. Sein Vater hatte nicht darauf bestanden, und Keandir war froh darüber gewesen. Erst später, als er König geworden war, hatte er begriffen, dass die Nachgiebigkeit Eandorns ein Zeichen gewesen war, dass der grassierende Lebensüberdruss auch seinen Vater ergriffen hatte …

Mit einem lauten Stöhnen zog sich der Feuerbringer erneut zurück. Die Flammen auf den quaderförmigen Altären wurden noch kleiner. Aber diesmal brauchte Keandir nicht so lange, um wieder alle seine Sinne zu sammeln. Er setzte sofort nach und hieb mit dem Schwert nach seinem schattenhaften Gegner. Eines der finsteren Tentakel traf er und durchtrennte es. Grelles Licht sprühte anstelle von Blut in einer Art Funkenregen aus dem pechschwarzen Stumpf, und der Feuerbringer brüllte auf. Er hatte offenbar nicht mit Keandirs Reaktion gerechnet.

Keandir nahm die letzte Kraft zusammen und schlug erneut zu. Jedes Mal, wenn er seinen Gegner traf, durchlief ihn ein ähnliches schmerzhaftes Prickeln wie in jenen Momenten, in denen das Wesen ihn mit seinen Feuerstrahlen zu treffen versucht hatte. Aber Keandir bekam seinen Geist immer besser unter Kontrolle. Zeitweise hatte er das Gefühl, er würde beinahe unabhängig von seinem Körper existieren und sich sogar außerhalb seiner fleischlichen Hülle befinden. Ein Gefühl, das ihn ängstigte. Aber auch dieses Gefühl – die aufkeimende Angst – hielt er unter Kontrolle. Stattdessen wurde er eins mit dem Schwert.

Trolltöter hatte es einst geheißen, aber spätestens in diesen Momenten wurde es wahrhaft zum Schicksalsbezwinger, so wie es der Augenlose gesagt hatte. In immer rascherer Folge führte Keandir seine Hiebe und trennte ein Tentakel nach dem anderen vom amorphen Körper seines Gegners. Ein Regen aus grellweiß leuchtenden Funken ergoss sich über den König der Elben. Er war derart geblendet, dass er so gut wie nichts mehr zu sehen vermochte. Doch er verließ sich auf seine anderen Sinne. Kaum einen Hieb führte er, der nicht traf. Die schauerlichen Schreie des Feuerbringers hallten durch die Halle des letzten Königs der Ouroungour.

Immer weitere Tentakel trennte Keandir vom Körper seines Gegners ab. Ähnlich wie ein Lavastrom floss das Licht aus den Stümpfen, und dort, wo es den Boden berührte, zischte es und brannte sich ein.

Der Feuerbringer zog sich immer weiter zurück, und der Flammenkreis um die beiden Kontrahenten verlöschte völlig. Offenbar reichten die magischen Kräfte des Feuerbringers nicht mehr aus, um ihn weiter aufrechtzuerhalten. Außerdem hatte er offenbar erkannt, dass seine Hauptwaffe – die Feuerstrahlen – gegen Keandir nichts auszurichten vermochten, solange dessen Schwert deren magische Energien absorbierte.

Der Feuerbringer schrumpfte auf ein Drittel seiner ursprünglichen Größe zusammen. Die abgetrennten Arme zuckten auf dem Boden herum und bewegten sich. Es sah aus, als ob sie verzweifelt versuchten, zum Hauptkörper zurückzukehren.

Immer wieder hieb Keandir mit seiner Klinge zu, und jedes Mal wurde der prickelnde Schmerz, der dabei seinen Körper durchlief, schwächer.

Der Feuerbringer zog sich bis zum Thron des letzten Königs zurück. Den Kreis der Steinquader wollte er anscheinend nicht verlassen; seine Macht war offenbar innerhalb des Kreises besonders stark.

Im Augenblick hätte er wohl dringend eine Kampfpause benötigt, um sich zu regenerieren. Einem der abgetrennten Tentakel gelang es, zu ihm zurückzukehren, und er vereinigte sich wieder mit dem Hauptkörper. Dabei sprühten Funken, und Blitze tanzten über den schattenhaften Leib des Feuerbringers. Die stöhnenden Laute, die er die ganze Zeit über ausstieß, klangen mitleiderregend, aber Keandir dachte nicht im Traum daran, diesem Geschöpf auch nur die kleinste Erholung zu gönnen. Er wollte diesen Kampf zu Ende bringen. Der Wille, den Feuerbringer zu töten, war von einer Unbedingtheit, die den Elbenkönig selbst erschreckte.

Er ahnte, dass dieser Wunsch nicht nur seiner eigenen Seele entsprang. Da war eine Macht, die Einfluss auf ihn ausübte und ihn in nie gekannter Weise voranpeitschte.

Der Augenlose.

Der Feuerbringer ließ ein besonders dickes Tentakel aus seinem geschrumpften Körper wachsen. Ein grellweißer Lichtstrahl fuhr von dort zu jenem Steinquader, auf dem die Knochen des letzten Königs der Ouroungour lagen, und wie von Geisterhand fügten sie sich wieder zusammen. Fleisch bildete sich, der Staub verwandelte sich wieder in Kleidung, und innerhalb eines Lidschlags stand erneut der bereits vom Augenlosen einmal wiederbelebte letzte Ouroungour-König auf dem Steinquader.

Er breitete seine Lederschwingen aus und nahm sein Schwert vom Boden auf. Dann sprang er vom Quader, glitt mit ausgebreiteten Flügeln auf Keandir zu und hieb mit seinem Schwert auf den Elbenkönig ein. Keandir vermochte gerade noch auszuweichen.

Der Feuerbringer benutzte den Ouroungour wie eine Marionette. Der einfache Stahl der Klinge in den Pranken des letzten Königs schien ihm im Moment wirkungsvoller im Kampf gegen Keandir als seine Feuermagie.

Keandir strauchelte. Ein Hieb des Widergängers verfehlte ihn nur knapp, und die Klinge prallte mit voller Wucht auf den Steinboden. Funken sprühten. Die Augen des letzten Königs waren vollkommen erfüllt von dem grellweißen Licht, das der Feuerbringer ihm gesandt hatte.

Keandir rollte sich herum und wich damit einem weiteren furchtbaren Schlag seines Gegners aus. Dann rappelte er sich wieder auf und hieb zu. Mit zwei, drei sehr genau geführten Schwertstreichen zerteilte er den Körper seines Gegners in mehrere Stücke. Noch während das Blut des Ouroungours spritzte, verwandelte er sich wieder in Staub.

Er sank einfach in sich zusammen – Knochen, Staub, zerfallende Kleidung und das Schwert, das mit einem metallisch scheppernden Laut auf dem kalten Stein auftraf.

Keandir atmete tief durch. Doch der Feuerbringer gönnte ihm keine Zeit zum Verschnaufen. Da er selbst wohl keine Möglichkeit mehr sah, den Elbenkönig wirkungsvoll zu bekämpfen, hatte er einen weiteren Marionettenkrieger unter seine magische Kontrolle genommen.

Keandir schrie auf, als er sah, um wen es sich handelte.

»Hyrandil!«, entfuhr es ihm.

Bolandor, der uralte Elbenfürst, hatte einst geschworen, erst Kinder zu zeugen, wenn die Elbenflotte die Gestade der Erfüllten Hoffnung erreicht hatte. Doch war er dann in den Armen einer jungen Elbin schwach geworden.

Nun bewegte sich sein Sohn mit ruckartigen Schritten auf den

Kreis der Steinquader zu. Er war unbewaffnet; die Ouroungour, die ihn gefangen genommen hatten, hatten ihm das Schwert natürlich abgenommen.

Die Wunden, die Hyrandil davongetragen hatte, waren furchtbar. Ob ihm die hochentwickelte Elbenheilkunst noch würde helfen können, war zweifelhaft. Außerdem war er zu einem Werkzeug des Feuerbringers geworden.

Hyrandils Augen waren weit aufgerissen. Die Angst leuchtete aus ihnen. Keandir spürte deutlich, dass der Sohn von Fürst Bolandor bei Bewusstsein war. Seine Gesichtsmuskulatur zuckte, so als wollte er etwas sagen, doch es gelang ihm nicht, ebenso wenig wie er die Kontrolle über den eigenen Körper wiedererlangen konnte. Ein grellweißes Leuchten trat in seine Augen – ähnlich wie beim letzten König der Ouroungour – und füllte sie vollkommen aus.

Er hob beide Hände.

Das Schwert des letzten Königs erhob sich vom Boden und flog in Hyrandils rechte Hand. Gleichzeitig erhob sich auch einer der Speere, der von einem der Äfflinge geworfen und im Steinquaderkreis zurückgeblieben war. Im letzten Moment duckte sich Keandir, denn der Speer hätte ihn sonst durchbohrt; nur ganz knapp jagte er – getrieben von der magischen Kraft des Feuerbringers – an Keandirs Hals vorbei. Im nächsten Moment umfasste Hyrandils Linke den Schaft der Waffe.

Er schritt mit stierem Blick auf Keandir zu und stellte sich zwischen den Elbenkönig und den arg verstümmelten Feuerbringer, dessen abgetrennte Gliedmaßen jedoch von überall her auf ihn zugekrochen kamen. Es war Keandir klar, dass er auf keinen Fall zulassen durfte, dass sich sein Gegner regenerierte. Wer konnte schon ahnen, was er noch gegen den Elbenkönig ins Feld führen würde? Er hatte zweifellos viel Kraft verloren, und so bestand für Keandir die Möglichkeit, ihn endgültig unschädlich zu machen.

Der König der Elben spürte in sich den Impuls, einfach das Schwert zu heben und Hyrandils Körper zu zerstückeln, so wie er es mit dem Widergänger des Ouroungour-Königs gemacht hatte. Er fühlte Wut und Hass in sich aufsteigen – und spürte doch gleichzeitig, dass dies nicht seine eigenen Empfindungen waren, sondern etwas, das ihm von außen eingegeben wurde. Wie weit ging die Macht des Augenlosen, die er auf Keandir ausübte? Nun, es war nicht gerade der passende Moment, um sich darüber weitreichendere Gedanken zu machen.

Der Drang, einfach das Schwert zu heben und wie ein Berserker zu kämpfen, war da, aber Keandir widerstand ihm.

»Hyrandil!«, rief er.

Bolandors Sohn öffnete leicht den Mund, so als wolle er etwas sagen. Aber kein Wort drang über seine Lippen. Dann schleuderte er den Speer in Keandirs Richtung, der dies erwartet hatte und auswich. Dennoch streifte die Waffe schmerzhaft seine Schulter. Blut trat aus und durchtränkte sein Wams. Hyrandil machte einen Ausfallschritt und ließ sofort einen Angriff mit dem Schwert folgen. Die Klinge des Ouroungour-Königs war breiter und länger und damit sicherlich auch schwerer als die eher schmalen eleganten Elbenklingen, aber das Gewicht der Waffe schien Hyrandil nichts auszumachen. Er war überraschend schnell und führte eine Reihe furchtbarer Hiebe aus, bei denen sich Keandir alle Mühe geben musste, um nicht einem von ihnen zum Opfer zu fallen.

»Hyrandil! Hört Ihr mich!«, keuchte Keandir, aber er musste einsehen, dass es sinnlos war, Bolandors Sohn ansprechen zu wollen.

Ein Schwertstreich traf Keandir am Oberkörper. Daraufhin setzte sich Keandir notgedrungen zur Wehr. Er parierte den nächsten Schlag mit seiner Klinge. Stahl traf auf Stahl.

Keandir gelang es, einen Hieb abzuwehren, indem er die Klinge seines Gegners zur Seite stieß, dann stach er selbst zu. Der Schicksalsbezwinger durchdrang den Operkörper von Bolandors Sohn und trat auf dem Rücken wieder heraus.

Das grellweiße Leuchten verschwand aus den Augen, kurz bevor der Tod eintrat.

»Mein König!«, hauchte er noch, bevor sein Blick gefror.

Keandir legte Hyrandil auf dem Boden ab und zog das Schwert aus dessen erschlafftem Körper. Wieder fühlte er diesen fremden, auf magische Weise eingepflanzten Hass in sich aufsteigen. Und diesmal gab er ihm nach. Er stürmte auf den Feuerbringer zu, der sich bereits mit einigen der abgeschlagenen Gliedmaßen wieder vereinigt hatte.

Eine Folge schnell aufeinanderfolgender Hiebe schnitt durch den geschwächten Körper der Schattenkreatur. Flüssiges Licht trat aus den Wunden und ergoss sich auf den Boden. Das Stöhnen des Feuerbringers wurde immer schwächer. Keandir gab nicht eher Ruhe, bis das grauenhafte Wesen gänzlich verstummt war. In einer Art Raserei ließ er die Klinge des Schicksalsbezwingers immer wieder durch seinen Gegner schneiden, dessen Körpersubstanz weiter schrumpfte. Schließlich waren da nur noch abgehackte Stücke, auf die Keandir weiter einhieb, bis sie sich nicht mehr rührten. Das flüssige Licht, das aus den Stümpfen und Wunden ausgetreten war, verwandelte sich in eine schleimige, zähflüssige Substanz.

»Keandir!«, rief jemand.

Der Elbenkönig vernahm den Ruf wie aus weiter Ferne und achtete zunächst gar nicht darauf.

»Keandir! Es ist vorbei!«

Er hielt inne und senkte das Schwert.

Dann drehte er sich um und sah Branagorn und den Augenlosen, die durch den Steinboden emportauchten und schließlich festen Stand darauf fanden.

Branagorns Blick veränderte sich. Pures Entsetzen spiegelte sich in seinen Zügen.

»Was erschreckt Euch so, Branagorn?«, fragte Keandir.

Branagorn schluckte schwer. »Es sind Eure Augen, mein König.«

»Was ist mit ihnen?«

»Sie sind wieder vollkommen schwarz, so wie ich es schon einmal sah. Es ist nichts Weißes mehr in ihnen.«

# 12

# FREIHEIT UND ZUKUNFT

König Keandir fuhr mit dem Zeigefinger der linken Hand über die Bruchstelle von Schicksalsbezwinger und dachte:

*Du bist der König der Elben – aber wer beherrscht dich? Die Magie einer uralten Schattenkreatur, die dich vielleicht nur benutzt hat?*

In diesem Augenblick bemerkte Keandir die Gruppe Elben, die unter der Führung von Prinz Sandrilas in die Halle des letzten Königs eingedrungen war. Sie näherten sich vorsichtig dem Kreis aus Steinquadern, und die meisten von ihnen hielten ihre Waffen in den Händen – Waffen, von denen noch das Blut zahlreicher Äfflinge troff. Offenbar waren sie auf dem Weg in die Halle in arge Kämpfe verwickelt worden.

»König Keandir!«, rief Sandrilas, den der Anblick seines Herrn genauso erschreckte wie die anderen Krieger in seinem Gefolge.

»Ich bin es, auch wenn sich meine Augen verändert haben sollten«, erklärte der Elbenkönig, der weiterhin scharf und deutlich sehen konnte.

Prinz Sandrilas, Thamandor der Waffenmeister und Lirandil der Fährtensucher erreichten den Kreis der Steinquader. Thamandor hielt eine seiner Einhandarmbrüste schussbereit in der Hand. Die charakteristische tiefe Stirnfalte kennzeichnete sein ansonsten glattes Gesicht, als er den Augenlosen betrachtete. Siranodir mit den zwei Schwertern hielt sich etwas abseits, und auch Ygolas der Bogenschütze und Merandil der Hornbläser schienen eine natürliche Scheu vor dem uralten Wesen zu empfinden.

Sandrilas deutete auf die Überreste des Feuerbringers, die sich inzwischen – offenbar in einem sehr rasch voranschreitenden Zersetzungsprozess – in eine übel riechende, schleimige Masse verwandelt hatten. »Wir wurden Zeuge des Kampfes, den ihr Euch mit diesem Wesen geliefert habt, mein König«, sagte er. »Zumindest das Ende dieses Kampfes bekamen wir mit.«

»Das ist der Feuerbringer – oder besser gesagt das, was von ihm übrig blieb«, erklärte Keandir. »Diese Insel stand unter einem Fluch, der jetzt gebrochen sein dürfte. Wir hätten sie nicht verlassen können, wäre es mir nicht gelungen, diese Kreatur zu besiegen.«

Sandrilas trat vor die Leiche Hyrandils, des Sohns Bolandors. »Er stand Euch offenbar im Kampf zur Seite, mein König«, sagte er.

Keandir schluckte schwer. Offenbar hatten die Elben unter Prinz Sandrilas' Kommando nicht mitbekommen, dass er es gewesen war, der Hyrandil getötet hatte. Er fühlte Erleichterung darüber. Aber irgendwann würde er vor Fürst Bolandor treten und ihm die Wahrheit gestehen müssen. Daran ging kein Weg vorbei …

»Wir haben die Küste des grünen Landes jenseits der Meerenge gesehen«, meldete sich Thamandor zu Wort. »Und wir wurden auch Zeugen, wie magische Winde verhinderten, dass unsere Kundschafterschiffe dieses Zwischenland erreichten.«

»Diese Winde sind Teil des Fluchs«, erklärte der Augenlose, bevor Keandir antworten konnte. »Ich bin sicher, dass sie uns nun nicht mehr behindern werden.«

»Uns?«, echote Prinz Sandrilas ungläubig.

»Ich rettete Eurem König das Leben, wofür er versprach, mich aus meiner Ewigkeiten währenden Gefangenschaft zu befreien.« Er streckte seine Zauberstäbe empor. Der goldene Affe an der Spitze des hellen Stabs begann sich zu bewegen, und aus den Augen des Totenschädels an der Spitze des dunklen Stabs drang eine rußähnliche Wolke; erst auf den zweiten Blick war zu erkennen, dass es sich dabei um einen Schwarm winziger Teilchen handelte.

Der Augenlose Seher riss den Schlund auf, und auch aus seinem Maul entschwebten schwarze Teilchen, die sich mit dem Schwarm aus dem Totenkopf vermischten – und dann schoss dieser Schwarm auf Keandir zu und drang durch seine Nasenlöcher in ihn ein!

Der Augenlose wandte sich Prinz Sandrilas und den anderen Elben zu. »Ihr werdet mich jetzt zu jenem Kontinent bringen, dem ihr den Namen ›Zwischenland‹ gegeben habt, so wie es mit eurem König ausgemacht war!«, bestimmte seine Geisterstimme. »Dort werde ich mit eurer Hilfe ein Reich errichten, wie es die Welt noch nicht gesehen hat!«

Sandrilas drehte sich nach Keandir um. »Dem könnt Ihr unmöglich zugestimmt haben, Herr!«

Keandir antwortete nicht. Stocksteif stand er auf einmal da, und Sandrilas sah, dass seine Augäpfel wieder pechschwarz geworden waren.

»Er steht unter dem Einfluss dieser Kreatur!«, rief Branagorn. »Seid vorsichtig! Dieses Monstrum verfügt über eine sehr wirksame Magie, die ich bereits zu spüren bekam!«

»Seine Magie schreckt mich nicht!«, entgegnete Prinz Sandrilas. »Und welche Ansprüche diese hässliche Mischung aus Zwerg und Mensch auch immer stellen mag – kein Elb wird sich ihr unterwerfen!«

»Einer hat sich mir bereits unterworfen«, erklärte der Augenlose. »Euer König. Und ihr werdet es auch tun. Indem ihr mir dient, werdet ihr Teil haben an meiner Macht – einer Macht, die alles übertrifft, was ihr euch in der Vergangenheit vorzustellen vermochtet!«

»Das werden wir ja sehen!«, meinte Thamandor, trat vor und schoss seine rechte Einhandarmbrust ab. Doch der mit magischem Gift versehene Bolzen prallte an einer unsichtbaren Schutzglocke ab, die um den Augenlosen entstanden war, und traf einen der Elbenkrieger. Er schrie kreischend auf, als der Bolzen seine Brust durchbohrte und der durch das Gift ausgelöste Brand seinen Körper zu zerfressen begann. Augenblicke später war nichts als Asche von ihm übrig.

»Das war Oéndir, der Sohn von Kapitän Garanthor!«, entfuhr es Branagorn, dessen Hand zwar den Griff seines Schwerts in ohnmächtiger Wut umklammerte, der aber nicht wage, die Klinge gegen den Augenlosen zu erheben; niemand wusste besser als er, wie nutzlos gewöhnliche Waffen gegen die Kräfte dieser Kreatur waren.

»Ich kann eure Waffen gegen euch selbst richten«, rief der Seher triumphierend, »und sogar euren König zwingen, jeden Einzelnen von euch zu erschlagen!«

Keandir hob Schicksalsbezwinger und richtete die Klinge gegen die anderen Elben, als würde er nur auf den Befehl des Sehers warten.

»Niemand wird deine Herrschaft anerkennen«, erklärte Prinz Sandrilas und trat auf den Augenlosen zu.

»Sei kein Narr, Einäugiger!«, entgegnete der Seher. »Du kannst nicht ermessen, wie groß meine Macht ist! Dein Schwert vermag nichts gegen mich auszurichten!«

»Das vielleicht nicht!«, rief Branagorn. »Aber er fürchtet die Waffen der Äfflinge, weil sie in den magischen Flammen des Feuerbringers gehärtet wurden!«

Das Schwert des letzten Königs und der Ouroungour-Speer lagen noch inmitten des Steinquaderkreises. Thamandor richtete sogleich den Blick auf diese Waffen, nachdem er Branagorns Worte vernommen hatte, und ebenso Merandil der Hornbläser. Aber keiner von ihnen war schnell genug.

Der Augenlose murmelte eine kurze Zauberformel, woraufhin die am Boden liegenden Waffen durch die Luft wirbelten. Sie landeten zielsicher in den Händen des zum Leben erwachten goldenen Affen an der Spitze des hellen Zauberstabs. Funken sprühten, als sie die unsichtbare Schutzglocke, die den Augenlosen umgab, durchdrangen.

»Ich kenne eure Seelen und bin euren Gedanken immer einen Schritt voraus«, sagte der Augenlose und kicherte.

»Nicht immer!«, rief Prinz Sandrilas, sein Schwert Düsterklinge in der Faust, dessen Spitze er ins magische Feuer gehalten hatte. Mit drei schnellen Schritten war er bei dem Augenlosen, und blitzartig stieß er zu.

Die Klinge durchstieß mit Funkenschlag die unsichtbare Schutzhülle und traf direkt in die Mundhöhle des Augenlosen.

Der brüllte auf, mit seiner Geisterstimme und mit der seines Mundes, während Sandrilas das Schwert zurückzog und zu einem weiteren Hieb ausholte. Der trennte den Schädel der uralten Kreatur vom Rumpf und ließ ihn über den Boden rollen, bis er gegen einen der Quader stieß.

Der Körper des Augenlosen sackte in sich zusammen. Schleim quoll aus dem Halsstumpf. Die Zauberstäbe fielen klackernd auf den Boden, und der goldene Affe an der Spitze des hellen Stabs war augenblicklich erstarrt; seine Pranken hatten Schwert und Speer freigegeben – Waffen, die für ihn ohnehin viel zu groß gewesen waren.

Keandir drehte sich herum, und eine schwarze Wolke drang aus seinen Nasenlöchern, während die Augen wieder ihre gewohnte Färbung annahmen. Die Schwärze löste sich auf, verteilte sich im Raum, so als würden die einzelnen Teilchen dieses Schwarms nach dem Augenlosen suchen, der sie hervorgebracht hatte, und ihn nicht finden.

Keandir blickte verständnislos und verwirrt auf das Schwert in seiner Hand. »Was tue ich da?«, fragte er.

»Ich hoffe, Ihr seid wieder Ihr selbst, mein König«, sagte Prinz Sandrilas. Er hob sein Schwert Düsterklinge und betrachtete es. »Jener Augenblick, in dem ich es in das magische Feuer hielt, wie es die Äfflinge mit ihren Waffen taten, war ein wahrhaft schicksalhafter«, meinte er.

Keandir atmete tief durch, dann steckte er Schicksalsbezwinger in die Scheide seines Gürtels. »Wir sollten diese Insel so schnell wie möglich verlassen«, erklärte er. »Wer kann schon sagen, welche Zaubermächte uns später daran hindern werden, wenn wir es nicht sofort versuchen.«

Branagorn bedachte seinen König mit einem misstrauischen Blick, so als wäre er sich nicht ganz sicher, ob er ihm trauen konnte. Keandir bemerkte dies und sagte: »Ihr habt Euren König auf eine Weise handeln sehen, die Euch gewiss erschreckte.«

»Nein, ich habe nicht ihn handeln sehen, sondern das Böse, dessen Ursprung der Augenlose war. Ich frage mich nur, was von der Finsternis, die in Euch war, noch dort zurückgeblieben ist.«

»Nichts, werter Branagorn. Nichts«, versicherte der Elbenkönig. »Ich bin wieder vollkommen Herr meiner Selbst, und das, was da in mir war, ist ebenso gestorben wie jener, der es gesandt hat.« Dabei deutete er auf den enthaupteten Körper des Augenlosen.

Auch Sandrilas' Miene verriet Misstrauen. Doch er selbst war kurzfristig vom Bösen beherrscht worden, als er Düsterklinge in die magische Flamme des brennenden Steins gehalten hatte, und spürte nichts mehr davon; das Finstere schien sich in ihm vollkommen aufgelöst zu haben, und so glaubte er, dass dies auch bei Keandir der Fall war. Deshalb sagte er: »Gehen wir! Und hoffen wir, dass tatsächlich keine magischen Winde mehr die Weiterfahrt verhindern.«

Die anderen waren bereit zum Aufbruch, und einige der Elben waren auch schon ein paar Schritte auf jenen Korridor zugegangen, durch den der Trupp die Königshalle erreicht hatte. Da wandte sich Thamandor noch einmal dem kopflosen Körper des Augenlosen zu, der sich in eine breiige, faulende Masse zu verwandeln begann. Es schien fast so, als würde sich die Natur dafür rächen, dass man ihr über so lange Zeit ihr Recht verweigert hatte, indem sie ihn nun einem beschleunigten Verfallsprozess aussetzte. Der Geruch war für Thamandor kaum erträglich. Aber es gab etwas, das er auf keinen Fall zurücklassen wollte.

Die beiden Zauberstäbe.

Er nahm sie vom Boden auf. Scheu berührte er den goldenen Affen, der nichts weiter zu sein schien als ein Kunstwerk der Metallgießerei, ein unbeseeltes Objekt aus Gold, mehr nicht.

»Lasst diese Gegenstände besser liegen!«, rief Branagorn. »Das Böse, das in dem Augenlosen wohnte, wird auch in diesen Stäben schlummern!«

»Ich will wissen, was es ist, das diesen Gegenständen eine derartige Kraft verlieh. War es nur die Magie des Augenlosen oder etwas in diesen Stäben selbst?«

»Eines Tages werdet Ihr für Eure Neugier teuer bezahlen«, war Lirandil der Fährtensicher überzeugt.

»Vielleicht werdet Ihr alle eines Tages für Eure mangelnde Neugier bezahlen«, erwiderte Thamandor leicht beleidigt. »Die Erkenntnis an sich ist nicht gut oder böse. Es hängt immer davon ab, wozu man sein Wissen einsetzt.«

Einen Augenblick herrschte Schweigen.

»Was meint Ihr, mein König?«, fragte Prinz Sandrilas, und im nächsten Moment waren die Blicke aller auf Keandir gerichtet.

»Thamandor soll die Stäbe mitnehmen, wenn er will«, lautete die Entscheidung des Elbenherrschers. »Ich bin überzeugt davon, dass sie niemandem mehr schaden werden, denn der Augenlose ist ein für alle Mal vernichtet. Dank Euch, Sandrilas!«

»Zu viel der Ehre, mein König!«

»Nein, sie gebührt Euch«, widersprach Keandir. »Ich hoffe, Ihr wisst den Weg zurück ins Freie.«

Prinz Sandrilas hob die Hand und deutete auf Lirandil. »Wir haben den besten Fährtensucher des Elbenvolks in unseren Reihen. Was sollte uns da passieren? Im Übrigen ist es nicht besonders weit.« Er machte eine Pause und sagte dann: »Aber eigentlich haben wir unser Ziel noch nicht erreicht.«

»Welches Ziel?«, fragte Keandir.

»Unseren König zu finden und zu befreien, das haben wir geschafft. Aber was ist mit all den Kriegern, die sich in Eurer Begleitung befanden?«

Keandirs Gesicht verdüsterte sich. »Sie starben in einem verzweifelten Kampf auf einer Felsenkanzel. Branagorn und ich sind die letzten Überlebenden, und auch wir sahen das Ende bereits vor uns, als ...« Keandirs Miene veränderte sich. Er wirkte auf einmal sehr nachdenklich. Der Blick seiner Augen schien nach innen gerichtet, in die Untiefen der eigenen Seele.

Branagorn beobachtete seinen Herrn und König sehr aufmerksam. Die Erinnerung an die zeitweise vollkommen schwarzen Augen des Königs ließ den jungen Elbenkrieger frösteln. Es ging ihm nicht aus dem Kopf, wie die Finsternis, das pure Böse, in den König gedrungen war und ihn beherrscht hatte. Wie viel von diesem Bösen mochte in Keandir geblieben sein und noch immer seine weiße Seele beflecken?

Als Branagorn geboren wurde, war Keandir bereits König gewesen. Branagorn hatte ihm immer vertraut und in ihm das Symbol der Zukunft gesehen, nicht der Vergangenheit. Eine Hoffnung darauf, dass sich das Schicksal des Elbenvolks zum Guten wendete und der Fluch der ewigen Wanderschaft irgendwann sein Ende fand.

Die Jugend war unter den Elben schon immer eine Minderheit gewesen. Aber Branagorn hatte es stets als sehr ermutigend empfunden, dass ein Seegeborener wie er König war. Das ließ darauf hoffen, dass sich die Elben den neuen Zeiten anpassen konnten.

Branagorn hörte wie aus weiter Ferne, wie König Keandir vom Tod jener Krieger berichtete, die ihn begleitet hatten. War da irgendein verräterischer Ton? Eine Nuance, die vielleicht Aufschluss darüber gab, wie stark das Böse ihn noch beherrschte? Das Misstrauen ließ sich nicht einfach hinwegwischen. Branagorn sah ein, dass es nichts nützte, wenn er versuchte, diese Gedanken einfach aus seinem Geist zu verbannen.

Keandir hingegen war sehr erschrocken, als er erfuhr, was die Ouroungour mit den Gefallenen beider Seiten getan hatten. »Sie essen sowohl die sterblichen Überreste ihrer Feinde als auch ihre eigenen Krieger«, berichtete Prinz Sandrilas. »Es ist kaum zu fassen, dass diese Kreaturen einst die Schöpfer all der hohen Kunstwerke waren, die wir auf dieser Insel gesehen haben.«

Lirandil führte die Gruppe durch die labyrinthischen Gänge, auf denen Sandrilas' Trupp ins Innere des Bergs gelangt war. Einmal trafen sie auf ein paar völlig verängstigte Ouroungour, die sie schnell in die Flucht schlagen konnten. Ihren tollkühnen Mut hatten die Affenartigen verloren. Vielleicht war das auf den Schrecken zurückzuführen, den viele von ihnen in der Halle des letzten Königs erlebt hatten. Oder sie waren auf eine sehr enge Weise mit dem Feuerbringer magisch verbunden gewesen, und dessen Tod hatte ihnen den Mut genommen und sie in Verwirrung gestürzt. Niemand wusste es zu sagen, und nicht einmal der neugierige Thamandor hatte Lust, das genauer zu erforschen.

Keandir drängte zur Eile. Schließlich bestand die berechtigte Hoffnung, dass die Elbenflotte nun ohne Schwierigkeiten bis zur grünen Küste des Zwischenlands segeln konnte. Wer vermochte schon vorhersagen, ob sich das nicht in Kürze wieder ändern würde, wenn sich alte Flüche restituierten. Als Magiekundige wussten die Elben, dass dies bei allen Fluch- und Bannsprüchen durchaus möglich war.

»Ist denn schon entschieden, dass wir tatsächlich die zwischenländische Küste ansteuern und uns dort niederlassen?«, fragte Lirandil seinen König. Er konnte seine Verwunderung darüber kaum verhehlen. Derart wichtige Entscheidungen trafen die Elbenkönige niemals allein. Bei solchen Fragen war eine Zusammenkunft des Kronrats das Mindeste.

Keandir bemerkte den Blick Branagorns, der auf ihm ruhte und jede noch so feine Regung in seinem Gesicht zu registrieren schien. Der König erkannte, dass Branagorn ihm misstraute. Es würde schwer sein, ihn davon zu überzeugen, dass er – Keandir – wieder jener König war, zu dem er aufgeschaut hatte – zumal sich Keandir selbst in dieser Hinsicht nicht vollkommen sicher war.

»Es steht nur fest, dass wir diese Insel so schnell wie möglich verlassen und die Küste des Zwischenlands ansteuern werden«, antwortete er Lirandil. »Was dann geschieht, muss wohldurchdacht und ausführlich beraten werden.«

Er hatte sich längst entschieden, erkannte Branagorn. Es war des Königs Wille, dass die Zukunft der Elben auf dem neuen Kontinent lag. Er wollte das neue Reich an der grünen Küste – aber er war klug genug, diese Entscheidung nicht allein zu fällen. Offenbar, so dachte Branagorn, vertraute König Keandir darauf, dass der Anblick dieses Landes auch die Skeptiker unter den Elben überzeugen würde …

# 13

# RÁABOR

Der Elbentrupp erreichte die Steintür in jenem Stollen, der den Rachen des zweigesichtigen Ouroungour-Kopfes bildete. Keandir sah im Durchlass auf der Ostseite den blauen Himmel, und Sandrilas bemerkte seinen Blick.

»Wollt Ihr das neue Eiland sehen?«, fragte er den König. »Wir sind zwar in Eile, aber so viel Zeit können wir bestimmt erübrigen.«

Keandir wies in Richtung der östlichen Maulöffnung. »Ist es denn möglich, von dort aus die grüne Küste zu sehen?«

»Riecht Ihr das Zwischenland nicht bereits?«, fragte der Elbenprinz. »Hört Ihr nicht die Brandung an seinen Küsten, die sich mit den Stimmen unzähliger Vögel mischt?«

Ein verhaltenes Lächeln flog über Keandirs Gesicht. »Ja, Ihr habt recht, Prinz Sandrilas. Doch wusste ich nicht, dass Eure Sinne so empfindsam sind.«

»Das sind sie auch nicht. Zumindest nicht in jeder Hinsicht. Aber seit ich nur noch ein Auge habe, achte ich ganz besonders darauf, was meine übrigen Sinne mir mitteilen.«

»Das verstehe ich gut.« Keandir schloss die Augen und erinnerte sich der Visionen, die ihm durch den Augenlosen zuteil geworden waren. »Es ist nicht nötig, das ich mich jetzt vom Anblick des Zwischenlands verzaubern lasse«, sagte er, obwohl ihn dies schon gereizt hätte, doch die Zeit drängte. »Ich habe bereits mehr von diesem Land gesehen als jeder von Euch, mögen seine Sinne auch noch so empfindsam sein.«

Tatsächlich waren die Erinnerungen an seine Visionen noch immer so intensiv, als hätte er dieses Land vor Kurzem selbst erlebt. Ja, er hatte das Gefühl, tatsächlich *dort* gewesen zu sein.

Die Erinnerungen an die Bilder der grünen Küste nahmen König Keandir innerlich gefangen. Die Sorge darüber, wie viel von der Finsternis des Augenlosen in seiner Seele zurückgeblieben war, hatte er erfolgreich in den Hintergrund gedrängt, ebenso wie die Tatsache, dass er Fürst Bolandor über die wahren Umstände des Todes Hyrandils aufzuklären hatte.

Und da war noch etwas anderes, das sich in seine Gedanken drängte und auch die Bilder von der grünen Küste schließlich zurücktrieb. Der König dachte an seine Gemahlin und die Zwillinge, die sie unter dem Herzen trug. Er freute sich darauf, ihr diese frohe Botschaft überbringen zu können. Er sah ihr Gesicht vor sich, von Traurigkeit so umflort, dass man sie für eine vom Lebensüberdruss gezeichnete Frau halten konnte. Aber ihre Züge hellten sich auf einmal auf.

*»Kean!«*

*»Ruwen …«*

Für einen Lidschlag bestand eine geistige Verbindung zwischen ihnen. Hin und wieder kam dies vor, und dann glaubten die Elben, dass ein Lebender für kurze Zeit Verbindung zu Eldrana, dem Reich der Jenseitigen Verklärung, aufgenommen hatte. Dort spielten weder Entfernungen noch Zeit eine Rolle. Vor seinem inneren Auge sah Keandir, wie Ruwen sich die Hände auf den Bauch legte, der in dieser Vision bereits deutlich gewölbt war, obwohl das erst in einigen Monaten der Fall sein würde. Zwei Gesichter erschienen. Gesichter von Säuglingen, die aber rasch heranwuchsen. Aus Jungen wurden junge Männer. Namen geisterten durch Keandirs Gedanken.

*Andir.*

*Magolas.*

*Das Schicksal.*

Zwei Brüder, am selben Tag von derselben Frau geboren und von ungewöhnlich hoher Begabung. Würdige Söhne eines Elbenkönigs, dazu auserkoren, einmal jenes Reich zu regieren, das Keandir bereits deutlich vor sich sah. Und nicht nur er konnte es sehen, sondern offenbar auch die Eldran, wie man die vergeistigten Bewohner des Reiches der Jenseitigen Verklärung nannte.

*»Andernfalls hätten sie uns diese Zukunft nicht gezeigt, Ruwen …«*

*»Ich weiß, Kean. Aber noch ist es nicht Gewissheit …«*

Kaum einen Herzschlag lang hatte der Kontakt nach Eldrana bestanden, über den König Keandir mit seiner geliebten Ruwen verbunden gewesen war. Aber dem König war dieser Moment wie eine halbe Ewigkeit erschienen.

Ruwen wusste jetzt, dass ihr geliebter König lebte. Und sie wusste auch, dass sie durch eine Zwillingsschwangerschaft gesegnet war, was schon seit einem Zeitalter bei keiner Elbenfrau mehr der Fall gewesen war.

Ein verhaltenes Lächeln erschien auf Keandirs Züge. Die Zukunft hatte bereits begonnen. Es schien so, als würde sich ein neues Schicksal herausbilden, nachdem er durch seinen Sieg über den Furchtbringer den Weg dafür freigekämpft hatte …

»Lasst uns besser gehen, mein König«, sagte Prinz Sandrilas, als ein dumpfer, brummender Laut den Berg erzittern ließ.

»Gut, wir nehmen den kürzesten Weg, um zu unseren Schiffen zurückzukehren«, murmelte Keandir, der aus seinen Gedanken erwachte …

Die Elben erreichten die Westseite des doppelgesichtigen Affenkopfes und traten auf die Felsenterrasse, die dem Maultor vorgelagert war. Von dort aus blickten sie hinab in die sich vor ihnen erstreckende Schlucht, und nun wurde deutlich, dass diese Schlucht einst der Innenhof dieser gewaltigen Bergfestung gewesen war. Der Himmel gen Westen war weiterhin nebelverhangen, so als würde man gegen eine graue Wand starren. Eine magische Wand.

Hunderte von Äfflingen hatten sich in der Schlucht versammelt und bildeten eine völlig chaotische Menge. Manche flatterten aufgeregt umher, andere standen in kleineren Gruppen beieinander und tauschten schrille Lautfolgen aus. Sie waren offenbar tief verstört. Immer wieder kamen zwischen den Felsspalten und aus den Eingängen der uralten Wohnhöhlen an den Hängen weitere Ouroungour hervor, die offenbar noch nicht wussten, was sich in der Halle des letzten Königs ereignet hatte.

Zum wiederholten Mal wurde das schrille Geschrei der Ouroungour durch ein dumpfes, knurrendes Brummen unterbrochen.

»Ráabor«, murmelte Keandir, »der Riesenvogel.«

»Ihr kennt diese Kreatur?«, wunderte sich Sandrilas.

»Der Augenlose hat uns von ihr erzählt, als sein Schnarchen durch die Labyrinthe der Bergfestung hallte und den Boden zum Erzittern brachte.«

»Wir sind dieser Kreatur begegnet«, erklärte Sandrilas. »Allerdings galt der Appetit dieses Monstrums nur den Äfflingen, von denen einige in jener Nacht im Schnabel dieses geflügelten Riesen ihr Ende fanden.«

»Ein weiterer Beweis ihrer Dummheit, dass sie nicht daran denken, mit ihrem Gekreische diese Kreatur möglicherweise zu wecken«, sagte Ygolas der Bogenschütze.

»Wie auch immer«, mischte sich Lirandil der Fährtensucher ein. »Wir sollten besser einen Rückweg vermeiden, auf dem wir Horden von verwirrten Äfflingen begegnen.«

»Was schlagt Ihr vor?«, frage Keandir.

»Wir steigen auf der Ostseite der Felsenfestung nach unten und umgehen die Schlucht. Das ist zwar ein Umweg, aber allzu viel Zeit dürfte uns das nicht kosten, zumal wir der Gefahr entgehen, uns dauernd mit den Äfflingen herumschlagen zu müssen.«

»Gut«, stimmte Keandir zu. »Ich verlasse mich auf Eure Erfahrung, werter Lirandil!«

Der König der Elben wollte sich gerade abwenden, da tauchte ein dunkler Schatten hinter einem Felskamm auf.

Es war Ráabor, der Letzte seiner uralten Art, für den die Äfflinge nichts weiter als leichte Beute waren oder eben Störenfriede.

Die schrillen Schreie der Ouroungour verstummten sofort. Manche von ihnen stoben flatternd davon. Doch der Riesenvogel hatte sich schon erhoben und kreiste über ihnen wie ein Unheilbote. Krächzlaute entrangen sich seinem halb geöffneten Schnabel. Bei Tag war zu sehen, dass die Kanten dieses Schnabels mit Hunderten von Widerhaken besetzt waren. Dann griff Ráabor die Äfflinge an, schnappte sich immer wieder eine der Kreaturen, zerbiss sie und flog den nächsten Angriff.

»Ich fürchte, wir werden mit diesem Wesen, sobald es mit den Ouroungour fertig ist, auch noch unsere liebe Not kriegen«, sagte Keandir.

»Wir haben es bisher nur Äfflinge töten sehen«, erinnerte sich Sandrilas.

»Nach dem, was mir der Augenlose sagte, verspeist es zwar ausschließlich Ouroungour, aber es tötet auch jeden anderen«, berichtete der Elbenkönig.

»Der Augenlose wird es gewusst haben«, befürchtete Prinz Sandrilas. »Schließlich lebte er auf dieser Insel.«

»Und das länger, als sich irgendjemand von uns auch nur vorzustellen vermag.«

»Ich meine, wir sollten zwei Trolle mit einem Streich erledigen«, sagte Thamandor und benutzte dabei eine elbische Redensart, die sich trotz der Tatsache, dass immer mehr Elben noch nie einem Troll begegnet waren, immer noch großer Beliebtheit erfreute.

»Wie ist Euer Plan?«, fragte Keandir.

»Ich will den Äfflingen etwas geben, das sie beschäftigen wird, bis wir wieder am Strand sind, und gleichzeitig die Gefahr durch diesen Riesen-Ráabor für uns bannen.« Damit übergab er Siranodir mit den zwei Schwertern die beiden Zauberstäbe des Augenlosen. »Achtet mir für einen Moment gut darauf, werter Siranodir!« Dann nahm er eine seiner Einhandarmbrüste vom Gürtel und legte einen Bolzen ein. »Was meint Ihr?«

»Ich hoffe nur, dass das magische Gift Eurer Bolzen bei diesem Monstrum auch wirkt«, sagte der Skeptiker Ygolas. »Sonst haben wir außer dem Zorn der Äfflinge auch noch Ráabor gegen uns.«

»Das hätten wir so auch«, war König Keandir überzeugt. »Ráabor mag keine Eindringlinge. Er ist zwar etwas wählerisch, was seine Mahlzeiten betrifft, doch beim Töten ganz und gar nicht. Also versucht es, Thamandor!«

Der Waffenmeister richtete seine Einhandarmbrust auf das in der Luft kreisende Monstrum, das immer wieder in die Tiefe stieß, um sich Äfflinge zu schnappen. Wieder hatte sich der Riesenvogel ein Opfer geholt. Mit dem Schnabel brach er dem Äffling das Rückgrat. Das Knacken brechender Knochen und ein schriller Schrei drangen an die feinen Ohren der Elben.

Thamandor schoss den Bolzen und traf den rechten Flügel. Das Gift entzündete sich. Flammen schlugen empor und fraßen sich weiter fort. Ráabor stürzte ab und versuchte, das an ihm zehrende, durch das Gift ausgelöste Feuer zu löschen. Doch das war unmöglich.

Im ersten Augenblick wirkten die Äfflinge wie erstarrt. Doch dann erkannten sie ihr Glück. Sie warfen ihre Dreizacke und Speere oder wagten sich näher an das Monstrum heran und stießen ihre Waffen direkt in den gewaltigen Körper. Noch zuckten dessen Riesenklauen vor und schlugen blindwütig zurück. Aber Ráabor wurde bereits schwächer.

»Lasst uns gehen und die Zeit nutzen«, gebot Keandir. Einen letzten Blick sandte er zu dem sterbenden Ráabor, der von immer mehr Äfflingen umringt wurde, die schreckliche Rache nahmen. Eine Rache, die sie für längere Zeit so sehr beschäftigen würde, dass sie die Elben wohl kaum verfolgen würden.

Der Trupp begab sich auf die Ostseite des aus dem Fels gehauenen doppelgesichtigen Affenkopfes, und zum ersten Mal bekam Keandir die grüne Küste jenseits des Meeres, über dem keine einzige Nebelschwade lag, mit eigenen Augen zu sehen. Es war wie ein Déjà-vu; die Küste sah exakt so aus wie in seiner Vision.

Auch an der Ostseite des Affenkopfes gab es einen Abstieg, wenn der auch sehr schmal und teilweise noch schlechter erhalten war als der auf der Westseite. Aber der Abstieg war möglich.

Lirandil führte wie üblich den Trupp an. Und während sie die schmalen, in Äonen abgeschliffenen und brüchig gewordenen Treppenaufgänge hinabstiegen oder auf staubigen Felsplateaus für kurze Zeit rasteten, sahen die Elben immer wieder sehnsuchtsvoll hinüber zu dem grünen Band am Horizont, der Küste des Zwischenlands.

Unsere Küste, dachte Keandir. Auch wenn es noch keine offizielle Entscheidung gab – der König der Elben war sich sicher, dass es so kommen würde. Wer hätte der Verheißung dieses Anblicks schon widerstehen können? Und jeder der Elben, die diesem Trupp angehörten, hatte Frauen, Freunde, Verwandte, an die er die Faszination weitergeben würde. Allein deshalb schon machte sich König Keandir wenig Sorgen darüber, dass eventuell eine Mehrheit seines Volkes nicht bereit sein könnte, ihm zu folgen.

Keandir fühlte ein Maß an Stärke und Entschlossenheit wie noch nie zuvor in seinem Leben. Es schien nichts zu geben, was ihn noch aufzuhalten vermochte.

# 14

# AUFBRUCH INS ZWISCHENLAND

Es war gegen Mittag des folgenden Tages, als Keandir und sein Trupp jene Bucht erreichten, in der die Elbenflotte vor Anker lag. Eine am Ufer zurückgelassene Gruppe von Elbenkriegern begrüßte die Rückkehrer, die sich bereits durch Hornsignale angekündigt hatten. Wie ein Lauffeuer verbreitete sich unter den Elben die Nachricht von der Rückkehr des Königs. Hornsignale erfüllten den Nebel vor der Küste jener Insel, die man in späterer Zeit »Naranduin« nennen sollte.

Mit mehreren Barkassen wurden die Rückkehrer an Bord des königlichen Flaggschiffs gebracht. Königin Ruwen stand an der Reling und winkte ihrem Gemahl zu, dessen Ankunft sie mit ihren feinen Sinnen schon lange zuvor erahnt hatte. Der Kronrat hatte sich inzwischen vollständig auf der »Tharnawn« versammelt, sodass über den weiteren Weg der Elbenflotte entschieden werden konnte.

Keandir war froh, endlich wieder die Planken seines Schiffs unter den Füßen zu haben. Ruwen kam auf ihn zu und fiel ihm um den Hals. »Kean!«, rief sie. Soweit sich Keandir erinnern konnte, war dies das erste Mal, dass sie diesen Kosenamen mit einer derartigen Vehemenz ausrief. Normalerweise reservierte sie ihn auch für Momente größerer Intimität und Innigkeit. Für jene seltenen Augenblicke, wenn ihnen niemand zuhörte, der nicht gerade seine Sinne in besonderer Weise auf sie beide fokussierte – was Elben höflicherweise vermieden.

König Keandir schloss seine Gemahlin zärtlich in die Arme. Als er sich dann, viele Herzschläge später, von ihr lösen wollte, berührte er mit der Hand zufällig ihren Bauch. Er verharrte, schaute in Ruwens große Augen und flüsterte so leise, dass es außer seiner Gemahlin niemand mitbekam: »Andir und Magolas …«

»Die Namen unserer Söhne …«

»Es muss ein Zeichen des Schicksals sein, dass ausgerechnet jetzt das Wunder einer Zwillingsgeburt bevorsteht.«

Sie nickte, dann forderte sie: »Berichte mir von dem, was du erlebt hast, Kean. Ich war so in Sorge um dich, und das, was meine Sinne hier und da aufschnappten, ließ mich schon das Schlimmste befürchten.«

»Mehr als einmal war ich in den vergangenen zwei Tagen dem Tode näher als dem Leben.«

»Das habe ich gefühlt, Kean.«

»Ich weiß.«

»Ich war in jedem dieser Momente innerlich bei dir.«

»Auch das ist mir bewusst, Geliebte.«

»Nur einmal hatte ich dich verloren, Kean. Für kurze Zeit zwar, aber dafür schien es endgültig zu sein.«

»Deine Sinne müssen dich ausnahmsweise getrogen haben, geliebte Ruwen.«

»Ich habe die Namenlosen Götter angefleht wie ein Kind, dass es so sein möge.«

»Und du siehst, dass sie dich erhört haben.«

Sie sah ihn sehr ernst an, während der König ihr eine Strähne aus dem Gesicht strich, die sich aus der kunstvollen Frisur, zu der ihre Haare aufgetürmt waren, herausgestohlen hatte. »Nein, die Namenlosen Götter Eldranas haben mich nicht erhört«, sagte sie mit Bestimmtheit. »Es fällt mir schwer, darüber zu sprechen, und im ersten Moment war es so schrecklich, dass es mich taumeln ließ.«

Er hob eine Augenbraue, und in seine Miene schlich sich ein Ausdruck, den sie nicht zu deuten wusste. »Wovon redest du?«

»Von dem schwarzen Schatten, der über deine weiße Seele fiel, Kean. Von einem Schatten, schwärzer als die dunkelste Nacht, erfüllt von purem Bösen.«

Er schüttelte den Kopf, eine Geste, in der ein gewisser Unwillen lag. »Das muss ein Albtraum gewesen sein, der Euch da heimsuchte, meine Königin.«

»Ja, vielleicht«, erwiderte sie mit einem flüchtigen Lächeln. Ruwen hatte sehr wohl registriert, dass ihr Gemahl in die Höflichkeitsform gewechselt hatte. Ein Zeichen dafür, dass der private Teil ihres Gesprächs vorbei war.

Er wollte nicht darüber reden, erkannte Ruwen. Und vielleicht übertrieb sie ja auch und machte sich unnötig Sorgen. Ihrer beider Blicke fanden sich, und im nächsten Augenblick war Ruwen einfach nur noch froh, dass Keandir gesund zurückgekehrt war.

»Ich werde Euch von allem berichten, was ich erlebt habe«, versicherte ihr der Elbenkönig. »Doch jetzt steht mir die Erledigung einiger Pflichten bevor. Manche sind unangenehm, andere das genaue Gegenteil.«

»Ihr sprecht in Rätseln, Keandir.«

»So seht einfach, was geschieht, geliebte Königin.«

»Wie Ihr meint«, sagte Ruwen, wandte den Kopf – und erschrak.

Denn auf der Barkasse, die gerade die »Tharnawn« erreicht hatte, hatte sich Thamandor der Waffenmeister befunden. Er war bereits an Bord des Flaggschiffs der Elben geklettert und ließ sich soeben von Siranodir die Zauberstäbe des Augenlosen Sehers über die Reling reichen. Ruwen erkannte sie sofort wieder. Genau diese Stäbe hatte sie in ihrem Traum gesehen.

»Warum erbleicht Ihr?«, fragte Keandir seine Gemahlin.

Sie nickte in Richtung der Stäbe. »Was … was sind das für Gegenstände, Kean?«

»Es sind zwei magische Artefakte, die aber wahrscheinlich ihre Zauberkraft verloren haben. Ihr kennt ja Thamandor. Er hofft, diese Kraft wieder wecken und für irgendeine seiner Mechanismen nutzen zu können.«

Ruwen wollte dem König im ersten Moment von dem Traum erzählen, den sie gehabt hatte. Aber dann zögerte sie.

»Was habt Ihr, Ruwen?«, fragte er sie.

Sie starrte auf die Zauberstäbe, dann schüttelte sie den Kopf. »Es … es ist nichts, mein König. Gar nichts.«

Sie schmiegte sich wieder in seine Arme und wollte diesen Augenblick des Glücks nicht durch die Schilderung eines Albtraums zerstören. Außerdem wusste sie nicht, was dieser Traum zu bedeuten hatte.

Sie war sich sicher, genau diese Stäbe gesehen zu haben, mit dem sich die beiden Elben bekämpft hatten, und das verwirrte sie zutiefst …

Es war nicht nötig, die Mitglieder des Kronrates eigens herbeizurufen. Sie waren natürlich alle sofort an Deck erschienen, nachdem sie von der Rückkehr des Königs gehört hatten; das war auch unter Deck einfach nicht zu überhören gewesen. Kaum ein Ereignis hatte in der jüngeren Geschichte des Elbenvolks je einen so großen Jubel ausgelöst.

Keandir trat zunächst Fürst Bolandor entgegen und sagte: »Euer Sohn ist nicht mit uns zurückgekehrt, Fürst.«

Fürst Bolandor wirkte sehr gefasst. Niemand hätte in diesen Momenten sagen können, was hinter seinem maskenhaften Gesichtsausdruck vor sich ging, welche Gedanken ihn bewegten oder wie tief die Trauer um dieses Kind seiner späten Jahre saß, von dem viele glaubten, der Fürst habe es besonders geliebt. »Prinz Sandrilas überbrachte mir bereits die schreckliche Kunde von Hyrandils Schicksal«, sagte er mit leiser, fast tonloser Stimme. Sie war das einzige Merkmal, dass der Tod seines Sohnes irgendeine Regung in Fürst Bolandor ausgelöst hatte.

»Ich hätte ihm gern geholfen«, sagte Keandir, und er stellte auf einmal fest, dass es ihm sehr schwer fiel zu sprechen. Es war, als ob ein dicker Kloß in seinem Hals steckte und ihn daran hindern wollte, die Worte hervorzubringen.

»Mit den Jahrtausenden stumpft die Empfindung ab«, sagte Fürst Bolandor. »Alles erscheint wie die unvollkommene Wiederholung eines Schauspiels, dessen Text man bereits gelesen hat. Ein verhältnismäßig junger Seegeborener, wie Ihr es seid, vermag das vielleicht nur zu erahnen, wenn ein Schub von Lebensüberdruss ihn gerade heimsucht. Aber der Schmerz, den ich empfand, als ich spürte, dass mein geliebter Sohn Hyrandil nach Eldrana einging, ins Reich der Jenseitigen Verklärung, war schrecklicher alles andere, was ich in meinem langen Leben durchlebt und durchlitten habe.« Der Fürst ballte die Hände zu Fäusten. Der Schmerz wollte sich für einen kurzen Augenblick in seinen wie gemeißelt wirkenden Zügen manifestieren, doch dann zeigte es doch wieder nur jenem maskenhaften Ausdruck, mit dem sich der Fürst davor schützte, allen Umstehenden seine Befindlichkeit zu offenbaren.

Gerade unter älteren Elben – vorzugsweise jenen, die den größten Teil ihres Lebens noch in der Alten Heimat verbracht hatten und dementsprechend geprägt worden waren – galt es als extrem unhöflich, anderen die eigenen Empfindungen über Gebühr zuzumuten. Man hielt sich unter Kontrolle, so schwer es auch manchmal fiel, und teilte seinen Schmerz und seine Trauer nicht.

Keandir wusste dies. Er selbst gehörte zu jenen Elbengenerationen, denen die Alten oft mangelnde Selbstdisziplin vorwarfen. »Kann man ein Volk beherrschen, wenn man nicht einmal in der Lage ist, sich selbst zu beherrschen?«, hatte sich Fürst Bolandor ihm gegenüber einmal geäußert. Lange war das bereits her; Keandir war damals noch ein Kind gewesen. Ein Kind, das ausgebildet und auf seine große Aufgabe als Königssohn hatte vorbereitet werden müssen. Der uralte Fürst hatte sich natürlich nicht lange bitten lassen und seinen Teil dazu beigetragen.

»Ich weiß nicht, was Euch Prinz Sandrilas bereits über das Schicksal Eures Sohnes berichtet hat …«, nahm Keandir das Thema noch einmal auf, denn es lag ihm viel daran, diese Angelegenheit hinter sich zu bringen, bevor die Flotte die grüne Küste ansteuerte und die Elben deren fruchtbaren Boden betraten. Nichts von dem bösen Zauber dieser Insel, nichts von den Flüchen Xarors sollte die Elben in das neue Land begleiten.

Doch Fürst Bolandor ergriff das Wort, bevor Keandir weitersprechen konnte, und sagte: »Mein Dank für Euer Mitgefühl, König Keandir. Doch sprecht mich darauf nie wieder an. Ich trage meine Trauer in Stille für mich, eingeschlossen in einer der hintersten Kammern meiner Seele. So lässt sich dieses unfassbare Leid am besten ertragen.«

»Fürst Bolandor, ich muss Euch dazu noch etwas sagen …«

»Erlaubt mir, mich zurückzuziehen.«

»Nein.«

Ein Moment des Schweigens entstand, und auf einmal blickten alle an Deck der »Tharnawn« zu ihnen herüber. Der König hatte sein »Nein« keineswegs besonders laut gesprochen. Er hatte mit leisem, aber sehr bestimmtem Tonfall gesprochen, so wie es seine Art war. Und doch war darin eine Nuance enthalten gewesen, die sämtliche

Elben an Deck hatte aufhorchen lassen. Eine Nuance, die auch jene aufhorchen ließ, die eigentlich gedanklich mit ganz anderen Dingen beschäftigt gewesen waren.

Alle starrten sie ihren König an und den Mann, der einer der ältesten lebenden Elben war, ein Relikt aus einer vergangenen Epoche, wie viele Seegeborene hinter vorgehaltener Hand über ihn urteilten. Doch der als äußerst konservativ und steif geltende Bolandor hatte sich davon nie angegriffen gefühlt. Mit einem Achselzucken hatte er Derartiges stets hingenommen.

»Der Schmerz ist groß genug«, sagte er nun in einem versöhnlich klingenden Tonfall, »und vielleicht ist es besser, nicht mehr davon zu reden.«

Er wollte nicht hören, was vorgefallen war, wurde Keandir klar. Weil er es längst wusste. Bolandor musste gespürt haben, was geschehen war. Vielleicht hatte er die letzten Augenblicke im Leben seines Sohnes sogar innerlich miterlebt. Man erzählte sich wahre Wunderdinge über die geistigen Fähigkeiten sehr alter Elben. Das Alter galt als Phase der Weisheit, nicht als eine Zeit des Verfalls und der Auflösung. Fürst Bolandor lag es fern, mit seinen enormen Fähigkeiten zu prahlen oder sie auch nur besonders herauszustellen. Nur ab und zu ließ er davon etwas aufblitzen.

Keandir öffnete halb den Mund, aber er zögerte, noch einmal das Wort an den Fürsten zu richten. War es tatsächlich besser, die schreckliche, tragische Wahrheit einfach unausgesprochen zu lassen? Vielleicht war es der leichtere Weg, aber Keandir hatte nicht das Gefühl, dass es auch der richtige war.

Seine Hände ballten sich unwillkürlich zu Fäusten. »Ich war es, der Euren Sohn erschlug, Fürst Bolandor!«, sagte er heftig. »Das solltet Ihr wissen. Nicht aus freiem Willen tat ich es, sondern unter dem Einfluss des Augenlosen Sehers, einer Kreatur aus uralter Zeit. Die …«

»Genug!«, dröhnte Fürst Bolandors Stimme dazwischen. »Es ist schlimm genug, dass ich meinen Sohn verlor. Musstet Ihr mir auch noch das Vertrauen in meinen König rauben?«

Er wandte sich um und ging mit eiligen Schritten davon. Sein Abgang glich einer Flucht – einer Flucht vor dem Mörder seines Sohnes und sich selbst …

Keandir ordnete wenig später den Aufbruch der Elbenflotte an. »Wir werden an die grüne Küste des Zwischenlandes segeln, uns dort eine geeignete Bucht suchen, um dort vor Anker zu gehen, und uns beraten!«, entschied er. Im Kronrat gab es dagegen kaum Widerspruch.

Keandirs feine Sinne hatten die Stimmung unter seinem Volk sehr wohl registriert. Die ermutigenden Berichte der Kundschafter-Kapitäne Isidorn und Ithrondyr hatten sich einem Lauffeuer gleich von Schiff zu Schiff verbreitet, sodass es für den Großteil der Elben inzwischen schon außer Frage stand, dass man sich an dieser Küste ansiedeln würde.

Aber es war auch mit Widerstand zu rechnen. Es gab zu Genüge konservativ eingestellte Elben, für die es einem Sakrileg gleichkam, das große Ziel Bathranor aufzugeben. Aber deren Anhängerschaft wurde von Stunde zu Stunde schwächer.

Schiff um Schiff lichtete die Anker. Die Kapitäne Isidorn und Ithrondyr setzten mit Barkassen zu ihren eigenen Schiffen über, wo sie dringend gebraucht wurden. Ihre Schiffe fuhren auch diesmal wieder voraus, da sie die Verhältnisse am besten kannten. Insbesondere Isidorn zweifelte noch daran, dass die magischen Winde ihnen diesmal keine Schwierigkeiten bereiten sollten.

Gleich nach den beiden Kundschafterschiffen folgte mit gewissem Abstand – aber niemals außer Sichtweite – die »Tharnawn«. Die Verständigung innerhalb der Flotte ging wie üblich mit Hilfe eines ausgeklügelten Systems von Hornsignalen vonstatten. Merandil hatte beinahe so viel zu tun wie ein Steuermann. Immer wieder schallten die Hörner der Elben durch die graue Nebelwand, in die ihre Flotte geradewegs hineinfuhr. Man entfernte sich dabei nie allzu weit von der düsteren Küste Naranduins, um wenigstens diesen Orientierungspunkt zu behalten.

Endlich lichteten sich die grauen Schwaden, als die Flotte das Südkap Naranduins umfahren hatte und auf die grüne Küste zusteuerte. Ein Schiff nach dem anderen tauchte aus dem Nebel auf und fuhr in ein Seegebiet, das unter einem strahlend blauen Himmel lag. Die grüne Küste des Zwischenlandes wurde am Horizont sichtbar.

An Bord der »Morantor« wurde man recht nervös. Keandir stand am Bug und beobachtete, was sich auf dem Kundschafterschiff zutrug.

Offenbar wartete Kapitän Isidorns Mannschaft darauf, dass sich die gefürchteten Fluchwinde einstellten, an denen das Schiff schon einmal gescheitert war. Aber das trat nicht ein. Der Wind stand günstig und erlaubte einen Kurs, der die Elbenflotte direkt auf die Küste zuführte, um anschließend an ihr entlang Richtung Süden zu segeln.

Ein faszinierender Anblick bot sich den Schiffsbesatzungen der gewaltigen Flotte. Regenbögen spannten sich vom Meer aus über das vor ihnen liegende Land, das bereits kurz hinter der Küstenlinie stark anstieg. Mit jeder Seemeile, die sie an dieser Küste entlangfuhren, ging es dem König durch den Kopf, würde die Zahl derer steigen, die es nicht abwarten konnten, ihren Fuß auf das Zwischenland zu setzen.

Branagorn stand etwas abseits. Zum wiederholten Mal wandte er sich an Cherenwen, die ihren Platz an der Reling nicht verlassen hatte und die es auch nicht weiter zu stören schien, dass ihr der Wind Gischt ins Gesicht blies. Das Haar klebte ihr feucht am Kopf.

Branagorn berührte sie bei den Schultern, und endlich ließ sie sich von ihm ein Stück in die Schiffsmitte führen, wo sie sich auf eine der Bänke niederließen.

»Cherenwen, Ihr habt noch kein Wort seit meiner Rückkehr gesagt.«

Sie hob den Kopf und sah ihn an. Ihre Augen funkelten auf besondere Weise, und in den dunklen Pupillen vermochte Branagorn sein Spiegelbild zu sehen. Aufmerksam sah sie ihn an. Ihr Gesichtsausdruck erschien Branagorn auf eigenartige Weise entrückt, so als wäre sie bereits nach Eldrana entschwunden.

»Es ist schön, Eure Stimme zu hören, Branagorn«, sagte sie. »Und ich wünschte, ich könnte Euch mit der Überschwänglichkeit begrüßen, die angemessen wäre. Aber wie Ihr wisst, ist mein Herz in letzter Zeit so schwer geworden, als würden schwere Anker daran hängen.«

»Ich würde alles tun, um Euch von diesen Ankern, von denen Ihr sprecht, zu befreien.«

»Oh, Branagorn, Ihr habt so viel versucht, mir meine Schwermut zu erleichtern. Aber ich fürchte, Eure Mühen sind allesamt vergebens.«

»So schnell pflege ich nicht aufzugeben, geliebte Cherenwen.«

Ein Lächeln flog über ihr Gesicht, das in letzter Zeit so blass geworden war. Wie Elfenbein wirkte ihre Haut. Es schmerzte Branagorn, zu sehen, dass diese feingeschnittenen Züge so voll grundloser Traurigkeit waren.

Sie seufzte leise. Ein Seufzer, der Branagorn zutiefst erschaudern ließ – vermittelte er doch einen Eindruck der abgrundtiefen inneren Schwäche und Mutlosigkeit, die Cherenwen erfasst hatte.

»Ihr wisst, dass es kein Heilmittel gegen den Lebensüberdruss gibt, Branagorn. Und selbst Eure Liebe, die mein Herz erwärmt, vermag nur hin und wieder die alte Flamme der Zuversicht zu entzünden. Eine Flamme, die nicht mehr als ein flackerndes Licht im Wind ist, die der leiseste Hauch bereits wieder löschen kann.«

»Und Ihr glaubt nicht, dass sich Euer Befinden vielleicht ändert, wenn Ihr zukünftig nicht mehr an Bord eines Schiffes, sondern an der fruchtbaren Küste des neuen Kontinents lebt? Glaubt Ihr nicht, dass fester Boden unter Euren Füßen auch Eurer verwundeten Seele wieder Festigkeit und Halt geben könnte?«

»Ist das denn schon entschieden?«, fragte Cherenwen.

Branagorn schüttelte den Kopf. »Nein – und es wird gewiss heftigen Widerstand der Traditionalisten geben, die glauben, dass es ein Verrat an uns selbst und dem elbischen Erbe ist, wenn wir dem großen Ziel entsagen.«

Cherenwen seufzte abermals, ihre schmalen Schultern hoben sich, und sie schaute gedankenverloren zu jener Küste hinüber, an der das neue Elbenreich entstehen sollte. »Es tut mir leid, Branagorn, ich empfinde nichts bei dem Gedanken, dass in Zukunft nicht mehr die schwankenden Planken dieser uralten Schiffe unsere Heimat sein werden. In letzter Zeit werden sämtliche Empfindungen schwächer, und diese Beobachtung beängstigt mich.«

Das Schwächerwerden von Empfindungen aller Art war ein deutliches Zeichen für einen sich verschlimmernden Lebensüberdruss, wie er schon so viele Elben letztlich dazu bewogen hatte, ihrer Existenz ein Ende zu setzen. Daher verstörte Branagorn diese Eröffnung zutiefst.

Vielleicht hatte er einfach viel zu lange den Blick vor der Wahrheit verschlossen und nicht sehen wollen, wie tiefgreifend die Veränderungen waren, die mit Cherenwen schon seit geraumer Zeit vor sich gingen. Dass das Abschwächen ihrer Empfindungsfähigkeit auch das Schwächerwerden ihrer Liebe zu ihm mit einschloss, lag für Branagorn auf der Hand. Er fragte jedoch nicht ausdrücklich danach. Der Schmerz war so schon groß genug.

»Es gibt kein Mittel gegen dieses Leiden«, flüsterte Cherenwen. »Und für Euch, mein lieber Branagorn, wäre es sicher besser, Ihr würdet Euch nicht weiterhin mit mir befassen. Vielleicht könnt Ihr Eure eigene Seele vor dieser Krankheit schützen, indem Ihr Euch von mir fernhaltet.«

»Sagt so etwas nicht, Cherenwen«, widersprach Branagorn. »Ich liebe Euch von ganzem Herzen und könnte es niemals verwinden, würdet Ihr Euch von mir abwenden.«

»Oh, Branagorn!«, stieß die Elbin hervor, und Tränen glitzerten in ihren Augen. Mit der Hand berührte sie behutsam sein Gesicht, so als wäre sein Antlitz etwas sehr Zerbrechliches. Mit den Spitzen ihrer schmalen Finger fuhr sie seine Wange entlang und legte die Hand anschließend ganz sanft auf seine Schulter. »Es liegt mir fern, Euch wehzutun. Alles, was ich im Sinn habe, ist, Euren Schmerz zu verringern.«

»Und doch vergrößert Ihr ihn nur«, entgegnete Branagorn, doch er sagte es nicht hart, sondern in sanftem, mitleidigem Tonfall.

Es war nicht die erste Unterhaltung dieser Art, die er mit seiner Geliebten führte. In der Vergangenheit hatte er immer das Gefühl gehabt, sie wieder ein Stück von dem Abgrund wegziehen zu können, der vor ihr gähnte und in den sie sich zu stürzen gedachte. Aber dies fiel ihm zunehmend schwerer. Der Drang, dieses Leben zu verlassen, war bei Cherenwen mit der Zeit immer stärker geworden.

»Ihr wisst so gut wie ich, dass dieses Leiden unheilbar ist, Branagorn«, flüsterte sie, und der Klang ihrer Stimme wurde beinahe von dem Schlagen der Wellen gegen die Wandungen der »Tharnawn« verschluckt. Einem schwachen Wispern glich der Klang ihrer Stimme noch – eine Stimme, die dereinst voller Lebendigkeit, Energie und Lebensfreude gewesen war. »Ihr solltet mich vergessen, Branagorn.«

»Nein, das ist unmöglich«, erwiderte er auf einmal heftig und fasste sie bei den Schultern. Der Blick, mit dem er sie nun anschaute, drückte Entschlossenheit aus. »Sieh mich an!«, forderte er, aber sie wich diesem Blick aus. »Es muss doch ein Mittel gegen diese Krankheit geben.«

»Unsere Heiler und Magier haben sich vergeblich darum bemüht.«

»Wer weiß, ob im Zwischenland nicht Wesen wohnen, die Rat wissen und bewandert sind in Heilkunde und Magie. Vielleicht ein uns unbekanntes, aber dennoch irgendwie verwandtes Volk, das den Lebensüberdruss auch kennt und möglicherweise schon vor langer Zeit ein Mittel dagegen fand.«

Dies jedoch war eine Vorstellung, für die sich Cherenwen ganz und gar nicht begeistern konnte. »Die Elben sollten hoffen, dass dieser Kontinent vollkommen unbewohnt ist.«

*Die Elben!*, echote es in Branagorns Gedanken. Cherenwen sprach von den Elben in einer Weise, als würde sie selbst schon nicht mehr dazugehören, als wären die Entscheidungen, die zu treffen waren, für sie und ihr persönliches Schicksal nicht mehr relevant. Ein noch deutlicheres Zeichen dafür, in welcher Verfassung sich ihre Seele befand, wie weit ihr Leiden bereits fortgeschritten war, war kaum denkbar. Sie fühlte sich offenbar schon nicht mehr als Teil dieser Welt. Die Zukunft war nicht mehr ihre Zukunft und war ihr daher gleichgültig. Branagorn erkannte, dass ihm nicht viel Zeit blieb.

Ein mattes, gezwungen wirkendes Lächeln zeigte sich auf Cherenwens feingeschnittenem Gesicht. »Welches zauberkundigere Volk als uns Elben kann es denn geben, lieber Branagorn? Nein, Hilfe ist von niemandem zu erwarten, und Rettung bringt weder mächtige Zauberei noch unsere Liebe; beides dürfte sich am Ende als zu schwach erweisen, Branagorn.«

»So habt Ihr jegliche Zuversicht verloren?«, flüsterte er verzagend.

»Ja.«

»Dann will ich für Euch an eine Zukunft glauben, bis Ihr dazu wieder in der Lage seid. Tut mir nur einen Gefallen, und macht meinen hoffungsvollen Glauben nicht zunichte durch eine rasche, unüberlegte Handlung.«

Wieder seufzte Cherenwen. »Nicht einmal das kann ich Euch guten Gewissens versprechen, Branagorn. Denn worin immer eine solche *Handlung* auch bestehen würde – sie wäre in keinem Fall *rasch* und *unüberlegt*, sondern hätte sich schon lange angekündigt. Wenn

Ihr Euch den Schmerz ersparen wollt, dann gibt es dafür nur eine Möglichkeit: Ihr müsst Euch von mir fernhalten.«

Branagorn schluckte. »Fernhalten von Euch – dies könnte mir mit viel Mühe und Schmerz gelingen«, erwiderte er leise. »Doch glaube ich nicht, dass es mir möglich wäre, nicht mehr an Euch zu denken und mit Euch zu fühlen, was immer auch geschieht.«

ZWEITES BUCH

# DAS ZWISCHENLAND

*Der Schatten verschlingt das Licht.*

Sprichwort aus Mittel-Elbiana

*An jener Stelle, an der König Keandir zum ersten Mal seinen Fuß auf das Zwischenland setzte, entstand die Stadt Elbenhaven, die zur Hauptstadt von Elbiana wurde.*

Der Chronist von Elbenhaven

*Dieses Land schien eine Verheißung auf die Zukunft zu sein. Ein Land, wie geschaffen, um das neue Reich der Elben zu errichten. König Keandir aber wusste in tiefster Seele, dass die Macht des Bösen sein Begleiter war, seit er Naranduin, die Insel des Augenlosen Sehers, verlassen hatte. Er fühlte die Schwärze in sich, den namenlosen Schatten, der wuchs und sich ausbreitete und an seiner Seele fraß. Das war das Erbe des Sehers. Sein Fluch. Eine düstere Nemesis, von der Keandir zu ahnen begann, dass sie ihn verfolgen würde, bis er in Eldrana, das Reich der Jenseitigen Verklärung, einging. Albträume plagten ihn, und in unzähligen Nächten wachte er mit der Schreckensvorstellung auf, ein Maladran geworden zu ein, wie man jene seines Volkes nannte, die am Ende ihrer Existenz nach Maldrana eingingen, das düstere Reich der Vergessenen Schatten, wo die Schattenelben hausten.*

*»Ach, hätten wir uns nie im zeitlosen Nebelmeer verloren und wären wir nie an Naranduins Küste gelandet«, so klagte er oft, wenn er an den Klippen von Elbenhaven stand und hinaus auf das Meer schaute. »Ach, wären wir*

*doch auf direktem Weg an diese Küste gelangt und nicht auf diesem Umweg durch den Höllenschlund des Augenlosen und seiner finsteren Magie!«*
*Aber er wusste, dass sein Bedauern sinnlos war.*
*Und er wusste auch, dass jenes strahlende Reich, das die Elben im Zwischenland gründeten, den Keim seines Untergangs in sich trug, noch bevor es entstanden war.*
*Wie sehr hätte sich König Keandir in diesen düsteren Stunden gewünscht, dass die Götter der Elben Namen hätten. Namen, die er hätte anrufen können, um jene Götter um Beistand und Hilfe zu bitten.*
*Aber die Götter sind nichts als kalte Geister, bar jeden Mitgefühls. Sie sind ohne Hass und ohne Liebe und ähneln eher abstrakten Prinzipien als irgendetwas Lebendigem. Strahlend weiß sind sie und so rein und schön, dass es selbst ein elbisches Auge nur blenden kann. Trost darf man sich von ihnen nicht erhoffen, ebenso wenig wie Hass, Rachdurst oder Eifersucht. Sie sind gleichgültig wie der Kosmos selbst, und es scheint ihnen sogar gleichgültig zu sein, wenn sich ihre Gläubigen von ihnen abwenden.*
*»Wie kommt's, dass Ihr ein Reich gewonnen und Eure Freude – so scheint's – verloren habt?«, wandte sich Prinz Sandrilas einmal an den König.*
*»Weil ich an die Zukunft denke«, hatte Keandir mit gedankenverlorenem Blick geantwortet. »Eine Zukunft, die uns nicht gehören wird.«*

Das Jüngere Buch Keandir

*Branagorn aber hatte gesehen, wie die Finsternis in seinen Herrn und König gefahren war. Er war dabei gewesen, als das Böse von Keandir Besitz ergriffen hatte, und er wusste, dass es für immer zu einem Teil von Keandirs Seele geworden und sich untrennbar mit seinem tiefsten Selbst verbunden hatte.*

Die Verbotenen Schriften
(früher bekannt als: Das Buch Branagorn)

# I

# DAS NEUE LAND

Die Flotte der Elben segelte Richtung Süden, die Küste entlang, die so unglaublich fruchtbar und einladend wirkte. Zum Großteil bestand sie aus Hochland, weshalb dieser Teil des Zwischenlandes später auch Hoch-Elbiana genannt werden würde. In der Ferne waren schneebedeckte Gipfel zu sehen. Aber davor prägten zumeist grüne Anhöhen und Hochwälder das Bild. Der Regenbogen spannte sich von den Hochmassiven bis weit auf das Meer hinaus.

Keandir stand am Bug des Flaggschiffs und blickte zusammen mit Ruwen hinüber zur Küste – so wie jeder andere Elb auch, der nicht gerade eine Aufgabe am Bord zu erfüllen hatte.

»Wie weit werdet Ihr die Flotte noch gen Süden segeln lassen?«, fragte Ruwen.

»Nicht weit.«

»Ihr wollt, dass sie das Land aus der Nähe sehen, nicht wahr? Das Volk soll dem Zauber erliegen, der von diesem Land ausgeht.«

»Ein paar wenige Seemeilen werden dafür genügen«, war Keandir überzeugt und legte lächelnd den Arm um Ruwens Schultern.

»Es wird dein Reich werden, Kean«, flüsterte sie und wechselte damit in die persönlichere Anredeform. »Niemand wird einen so großen Anteil an seiner Errichtung haben wie du. Und deinen Namen wird man in den Überlieferungen für immer damit verbinden, dass wir den Fuß auf den Boden dieses Kontinents setzten.«

»Es ist nicht mein Reich«, widersprach Keandir. »Es wird in erster Linie das Reich von Magolas und Andir werden, unseren Zwillingssöhnen.« Keandir seufzte. »Aber man soll den Tag nicht vor dem Abend loben – und das Reich nicht vor der Landung.«

»Du zweifelst noch?«, fragte Ruwen leicht überrascht.

Er schüttelte entschieden den Kopf. »Nein, das nicht.«

»Sie werden dir folgen.«

»Die meisten. Nur fragt sich, wie viele es nicht tun werden.«

»Das hängt von der Überzeugungskraft ab, die der Herrscher des zukünftigen Elbenreichs ausstrahlt«, meinte Ruwen. »Und was die Zuversicht betrifft, so hast du davon im Augenblick so reichlich, wie seit langem kein Elb mehr.«

»Ja, da mögt Ihr recht haben, meine Königin.«

Ruwen berührte ihren Bauch. »Und dies ist das Symbol dieser Zuversicht.«

»Auch diese Ansicht teile ich«, sagte er und legte seine Hand auf die ihre. Ruwens Augen leuchteten. Lange hatte man keine Elbenfrau so glücklich gesehen.

Keandir erwiderte ihr Lächeln, wenn auch etwas verhalten.

Und keiner von ihnen bemerkte das schwarze Etwas, das aus den Poren von Keandirs Hand drang – ein Etwas, das aussah wie ein Schwarm dunkler, winzig kleiner Fliegen oder wie aufgewirbelte schwarze Staubkörner, von denen allerdings jedes Einzelne seine Bestimmung und sein Ziel zu kennen schien.

Das Dunkle trat nur kurz hervor und verschwand sogleich in Ruwens Bauch. Für die wimmelnden kleinen schwarzen Teilchen bildeten weder das Gewand noch die Bauchdecke der Elbenkönigin eine Barriere. Nichts konnte sie aufhalten. Ein düsterer magischer Wille lenkte sie – der Wille eines Wesens, das nicht mehr existierte.

Tränen traten in Ruwens Augen. Aber es waren Tränen der Freude, die der Wind bereits trocknete. Keandir drückte seine Gemahlin an sich, und sie schmiegte ihren Kopf an seine Brust, während er ihr zärtlich über das Haar strich.

»Es ist schwer vorstellbar«, hauchte sie, »dass es Gestade geben soll, an denen mehr Hoffnungen in Erfüllung gehen als an dieser Küste.«

»Fürst Bolandor wird diese Ansicht kaum teilen«, sagte Keandir leise.

»Diese Vorstellung passt vielleicht auch nicht zu ihm – zu jemandem, der den größten Teil seines Lebens unter dem Himmel von Athranor verbrachte. Aber für mich trifft es zu. Und ich denke nicht, dass ich die Einzige bin, die so denkt und empfindet.«

Keandir blickte in die Ferne. Dabei drückte er Ruwen fester an sich, und sie schloss die Augen. So konnte sie die Schwärze, die für einen kurzen Moment die Augen des Königs vollkommen ausfüllte, nicht sehen. Die abgrundtiefe Dunkelheit tilgte auch den letzten Rest Weiß in den Augen des Elbenkönigs, ehe sie sich wieder zurückzog.

Kapitän Garanthor machte Keandir auf eine Bucht aufmerksam, die wie ein natürlicher Hafen wirkte. »Dort sollten wir anlanden«, schlug der erfahrene Seemann vor.

Keandir warf einen kurzen Blick zurück in jene Richtung, wo schon vor vielen Stunden die Insel des Augenlosen Sehers hinter dem Horizont verschwunden war.

*Hast du Angst, dass dir dieses Eiland folgt wie ein Fisch?*, ging es ihm durch den Kopf. *Als Begründer des neuen Elbenreichs wirst du diffuse Ängste dieser Art bezähmen müssen …*

Kapitän Garanthor war etwas verwirrt, weil der König zurückschaute und nicht in die Richtung, wo jene Bucht lag, auf die er Keandir aufmerksam gemacht hatte. »Meint Ihr nicht auch, mein König?«, hakte er daher noch einmal nach. »Ich kann den Hafen bereits vor mir sehen, der sich dort errichten ließe.«

»Gut, wir landen dort«, entschied Keandir und rief im nächsten Moment nach dem Hornbläser. »Merandil!«

»Ja, Herr.«

»Der Kapitän meines Flaggschiffs hat einen hervorragenden Landeplatz gefunden. Verkündet meinen Befehl über Eure Hornsignale. Wir werden den Boden des Zwischenlands betreten!«

Merandil verneigte sich, und Keandir hatte ein Gefühl, als würde irgendetwas nicht stimmen.

»Ja, Herr«, antwortete ihm Merandil nach einem ungewöhnlich langen Zögern, von dem der König nicht zu sagen vermochte, was es zu bedeuten hatte.

Aber dafür fiel ihm etwas anderes auf. Er hatte ihn »Herr« genannt. Bisher hatte er dies noch nie getan …

Merandils Hornsignale schallten wenig später über das Meer und wurden von den Hornbläsern der anderen Elbenschiffe weitergegeben. Ein schmetternder Chor von Hornstimmen schallte bald über den Ozean und vermischte sich mit den Geräuschen von Wind und Wellen.

Die Bucht glich einem natürlichen Hafen. An die zunächst flach ansteigende Küste schlossen sich felsige Anhöhen an. Mitunter durchbrachen Ausläufer dieser Felsmassive sogar den schmalen Sandstrand und ragten bis ins Meer hinein. Im Geiste sah Keandir bereits die Festungsanlagen einer zukünftigen Elbenstadt, die sich hervorragend in diese Landschaft einpasste.

Zunächst ankerten die Schiffe in Ufernähe. Ihre Bauweise machte auch das Manövrieren in sehr flachem Küstengewässer möglich. Sie verfügten über große Seitenschwerter, die sich über eine ausgeklügelte Mechanik senken und heben ließen. Sie sorgten für enorme Stabilität bei stürmischer See. Bis zu drei Mannslängen tief ragten die Seitenschwerter ins Wasser und bewirkten, dass die Schiffe auch bei einer Fahrt hart gegen den Wind den Kurs hielten. Wenn sie jedoch hochgeklappt waren, war der Tiefgang der Elbenschiffe so gering, dass man mit ihnen auch flache Lagunen durchqueren, Untiefen überwinden und sie bis kurz vor den Strand segeln konnte.

In diesem Fall blieb man auf Anraten des skeptischen Prinzen Sandrilas jedoch vorsichtig. Man wollte nicht noch einmal ahnungslos in eine Falle tappen, wie es auf der Insel des Augenlosen Sehers geschehen war.

Eine Barkasse mit einem Trupp Elbenkrieger wurde zu Wasser gelassen. Siranodir mit den zwei Schwertern führte diesen Trupp an. Gern wäre auch Keandir als einer der Ersten an Land gegangen, aber auf dringendes Anraten sowohl von Prinz Sandrilas als auch von Ruwens Seite verzichtete er darauf.

Einen halben Tag wartete der König auf die Rückkehr der Kundschafter, deren Aufgabe es war, ein paar Meilen ins Landesinnere zu wandern, um zu erkunden, ob dort irgendeine Gefahr drohte. Aber sie kehrten in geradezu euphorischer Stimmung zurück, und Siranodir mit den zwei Schwertern berichtete seinem König von fruchtbaren Wiesen und bewachsenen Hängen.

»Es gibt viel Getier dort, das sich jagen lässt, aber selbst Lirandil hat keinerlei Spuren höher entwickelter Wesen entdecken können.«

»Und was ist mit den Affenartigen, auf die wir auf der Insel des Augenlosen Sehers trafen?«, fragte Keandir. »Da sie auf der Insel zu finden waren, könnten ihre Verwandten auf dem Festland siedeln.«

»Es gab keine Spuren von ihnen«, erklärte Siranodir. »Und unsere Ohren hätten uns ihre Anwesenheit zumindest im Küstenbereich verraten.«

»Der Augenlose sprach davon, dass dieser Kontinent einst besiedelt war und von seinem Bruder Xaror beherrscht wurde«, erinnerte der König. »Aber offenbar ist das schon sehr, sehr lange her …«

»Diese Kulturen beschränkten sich entweder auf einen anderen Teil des Zwischenlands, oder die Zeit ist über sie hinweggegangen. Man wird vielleicht noch die eine oder andere Ruine von ihnen finden. Aber das Land, das wir betreten haben, war unbewohnt.«

Keandir atmete tief durch. Er war erleichtert. »So werden wir landen«, bestimmte er. »Der Kronrat wird sich am Strand dieser Küste zusammenfinden und darüber beraten, was zu geschehen hat. Aber es soll sich auch jeder andere Elb ein Bild machen können!«

»Ist Eure Entscheidung nicht längst gefallen?«, fragte Prinz Sandrilas. Der Einäugige bedachte seinen König mit prüfendem Blick. Alle, die sich in der Nähe befanden, sahen Keandir auf einmal an.

»Meine *persönliche* Entscheidung ist gefallen. Meine Gemahlin erwartet Zwillinge, und dieses Zeichen außergewöhnlichen Segens werde ich nicht missachten. Aber das bedeutet nicht, dass sich Einzelne unter Euch nicht anders entscheiden können. Ich werde in dieser Frage niemandem einen Befehl erteilen und es jedem freistellen, ob er sich an dem Aufbau von Elbiana beteiligen will oder lieber weiter nach den Gestaden der Erfüllten Hoffnung suchen möchte.«

Sandrilas runzelte die Stirn. »Elbiana?«

»Das wird der Name dieses neuen Reichs sein«, erklärte Keandir mit einer Festigkeit und Entschlossenheit in der Stimme, die man bei einem seegeborenen Elbenkönig nicht unbedingt erwartete. Eine Entschlossenheit, die den einen oder anderen unter den Elben, die Zeuge dieser Unterhaltung waren, tief beeindruckte. König Keandir schien auf einmal so voller Kraft zu sein, dass es gut schien, auf seiner Seite zu stehen. Diese innere Kraft, von der Keandir seit seiner Rückkehr von Naranduin erfüllt war, unterschied ihn von den meisten Seegeborenen und ermahnte sie zugleich daran, wie sie selbst hätten sein können. Er fuhr fort: »Jeder wird für sich selbst eine Entscheidung treffen müssen, und in dieser Bucht werden wir uns dann trennen. Und diese Bucht wird auch die Keimzelle des Neuen sein.« Keandir deutete zu dem ins Wasser ragenden Felsmassiv. »Diese Klippen gleichen einer Steinaxt, die ein Riese im Kampf verlor. Sie sind wie geschaffen, um dort eine uneinnehmbare Festung zu errichten. An dieser Stelle wird Elbenhaven entstehen, die Residenz des Königs von Elbiana. Und von dort aus werden wir nach und nach das gesamte Umland erobern.«

»Ihr scheint nicht daran zu zweifeln, dass Euch genügend Elben folgen, um diesen Plan zu verwirklichen«, stellte Prinz Sandrilas fest, der die Veränderungen, die auf Naranduin mit seinem Herrn und König vor sich gegangen waren, sehr wohl bemerkt hatte. Er erinnerte sich daran, wie das Böse für kurze Zeit von ihm Besitz ergriffen hatte, als er sein Schwert Düsterklinge in die magische Flamme des brennenden Steins gehalten hatte. Da hatte auch er sich verändert, wenn auch nur für Augenblicke. Noch wusste der geborene Skeptiker nicht so recht, was er letztlich von der Wandlung, die mit seinem König vonstatten gegangen war, halten sollte. Er war zwischen Faszination und Befremdung hin und her gerissen.

»Natürlich zweifele ich nicht«, bekannte Keandir. Er schloss die Augen. »Ich sehe alles vor mir. Unsere in Athranor geborenen Vorväter mögen in gleicher Weise von Bathranor, den Gestaden der Erfüllten Hoffnung geträumt haben. Meine Vision aber ist zum Greifen nahe, und ich werde nicht zulassen, dass sie mir unter den Händen zerrinnt wie feiner Sand.« Er öffnete die Augen wieder und zog sein Schwert. Mit dem Zeigefinger der linken Hand strich er über die Bruchstelle, wo die Klinge, die einst den Namen Trolltöter getragen hatte, im Kampf mit dem Furchtbringer geborsten war. »Ich habe das Schicksal selbst bezwungen und es durch ein selbst bestimmtes Geschick ersetzt. Es gibt jetzt nichts mehr, was mich noch aufzuhalten vermag!«

Zahlreiche Barkassen wurden zu Wasser gelassen, und auch viele der Mutterschiffe bewegten sich auf die Küste zu. Mit vereinten Kräften konnten die kleineren bis mittleren Schiffe leicht in die Bucht gezogen werden. Für die größten Schiffe mussten flaschenzugähnliche Konstruktionen auf dem Land errichtet werden, doch darauf verzichtete man zunächst, sodass die Riesen unter den Elbenschiffen vor der Küste ankerten, während ihre Besatzungen mit Barkassen an Land gelangen konnten.

Dies galt natürlich auch für die »Tharnawn«, das Flaggschiff des Königs, und seine Besatzung. Keandir ließ sich zusammen mit einigen seiner Getreuen sowie seiner Frau Ruwen an Land bringen. Er half seiner Gemahlin aus dem Boot, während er bereits im Wasser stand, und als ob sie federleicht wäre, trug er sie auf seinen Armen, bis er trockenen Sand erreichte.

»Du weißt aber schon, dass mich eine Schwangerschaft in diesem Stadium noch nicht körperlich einschränkt«, sagte sie lächelnd. »Selbst bei Zwillingen nicht …«

Keandir erwiderte ihr Lächeln und setzte sie sanft auf den Strand, dessen Sand fast weiß war. »Die letzte Zwillingsgeburt ist so lange her, dass sich selbst diejenigen, die sie erlebt haben, kaum noch daran zu erinnern vermögen«, erwiderte er.

»Das muss noch in der Alten Heimat gewesen sein.«

»Ja, in Athranor …«

»Einst wird dieser Name nichts weiter sein als eine Erinnerung.«

»Und einst wird Ethranor – das Zwischenland – für uns den gleichen zauberhaften Klang haben wie dieses verlorene Land, aus dem unsere Vorväter aufbrachen, um ihrem Traum zu folgen. Einem Traum, den viele von ihnen inzwischen vergessen haben.«

Ruwen musterte ihn. »Warte die Zusammenkunft des Kronrats ab. Dann wird sich zeigen, wer dir wirklich folgen wird, um dein Reich Elbiana zu errichten; dann weißt du, wie viele den alten Traum von den Gestaden der Erfüllten Hoffnung wirklich vergessen haben …«

»Es werden genug sein, Ruwen. Vertrau mir. Ein neues Zeitalter bricht für uns Elben an. Ich sehe es genau vor mir. Schließ die Augen, dann kannst auch du es sehen. Unsere Söhne werden in den riesigen Hallen von Elbenhaven aufwachsen und von den besten Lehrern in allem unterrichtet werden, was die Königssöhne von Elbiana wissen müssen.«

»Du entwickelst eine vollkommen unelbische Hast«, hielt ihm Ruwen vor, lächelte dabei aber verständnisvoll.

»Ich habe eine Vision. Ein Bild von dem, was ich erschaffen will, und ich gebe zu, ich kann es nicht abwarten, bis die Wirklichkeit dem entspricht, was in meinen Gedanken schon vorhanden ist!«

Noch immer lächelte sie ihn an und berührte ihn sanft am Arm. »Diese Tatkraft gefällt mir. Es ist eine Seite an dir, die vielleicht schon immer latent vorhanden war, die sich mir aber bisher nicht so zeigte.«

»Bislang wurde sie unterdrückt, geliebte Ruwen. Denn was hätte dem Volk der Elben diese Tatkraft auf der eintönigen Seereise genutzt?«

Sie lachte, und einige der anderen Elben, die an Land stiegen, wandten den Blick in ihre Richtung, und auf so manchem elfenbeinfarbenen, ernsten Elbengesicht erschien zumindest die Ahnung eines Lächelns. Es war lange her, dass man eine Elbin derart offen hatte lachen hören, und es war keineswegs übertrieben, wenn man behauptete, dass die vorherrschende Stimmungslage an Bord der Elbenschiffe in letzter Zeit zwischen Melancholie und Verzweiflung hin und her gependelt war. Viele der Elben hatten sich im zeitlosen Nebelmeer verloren geglaubt, denn lange schien es so, als gäbe es daraus kein Entkommen mehr und als wäre das Volk der Elben dazu verdammt, für alle Zeiten auf allmählich verrottenden Schiffen durch die trostlosen grauen Schwaden zu dümpeln, in denen sich die Sonne nur mehr erahnen ließ.

Ruwen bemerkte die Aufmerksamkeit der anderen Elben, und ihr elfenbeinfarbenes Gesicht überzog sich auf einmal mit einer sanften Röte, während sie sich verlegen eine verirrte Strähne aus der Stirn strich.

»Der Gedanke an die Zukunft scheint Euch gutzutun«, sagte Keandir.

Ihre Miene wurde wieder ernster. »Das wird sich zeigen«, sagte sie verhalten. »Aber auf Euch scheint das zweifellos zuzutreffen, mein König.« Sie seufzte. »Ihr erinnert mich an die Legenden, die man sich von diesem geschäftigen Menschengeschlecht erzählt, das es in Athranor gegeben haben soll. Kurzlebige Wesen, die die wenigen Jahre, die ihnen vergönnt waren, in nie abbrechender hektischer Aktivität verbringen mussten, um wenigstens ein paar ihrer bescheidenen Werke vollendet zu sehen. Wir Elben haben demgegenüber alle Zeit der Welt, Kean. Vergiss das nicht.«

»Nein, das nicht«, sagte Keandir, und seine Stimme bekam dabei einen harten, metallisch klingenden Unterton, der ihr früher nicht eigen gewesen war. Zumindest war er Ruwen nie aufgefallen. »Aber … es war immer ein Fehler, so zu denken, geliebte Ruwen. Wahrscheinlich hat es Menschen nie gegeben, doch die Legende will uns sagen, dass auch unsere Zeit endlich ist, dass auch wir eines Tages diese Welt verlassen und in den uns zur Verfügung stehenden Jahrhunderten Dinge schaffen müssen, die auch noch nach unserer Zeit Bestand haben. Wer glaubt, sein Dasein auf Erden würde niemals enden, steht irgendwann an der Reling eines Schiffes, gepeinigt vom Lebensüberdruss und einzig erfüllt von der Sehnsucht nach einem kalten Grab.« Er atmete tief durch, und sein Blick glitt über die umliegenden Anhöhen. »Wir hatten eine Ewigkeit Zeit«, fügte er schließlich hinzu, »doch wir haben diese Ewigkeit vertan, als wir uns in der Sargasso-See verloren.«

»Das hat niemand gewollt«, flüsterte Ruwen.

»Das mag sein. Aber es hatte auch niemand die Kraft, es zu verhindern. So etwas soll den Elben nicht noch einmal widerfahren. Zumindest jenen nicht, die sich in Elbiana niederlassen.«

Auf einmal bemerkte Ruwen den Schatten, der für einen kurzen Moment auf Keandirs Gesicht fiel. Ein Schatten, der ihr hätte vor Augen führen können, dass da neben dem neu erwachten Optimismus des Königs und seinem Tatendrang noch etwas war. Etwas Dunkles, das ihm erst seit seinem Aufenthalt auf der Insel des Augenlosen Sehers anhaftete.

Vielleicht weigerte sich Ruwen auch, das, was ihren feinen Sinnen eigentlich unmöglich entgehen konnte, zur Kenntnis zu nehmen. Zu verlockend war es, an die Verheißung zu glauben, welche die Vorstellung eines neuen Elbenreichs beinhaltete und deren Symbol die beiden ungeborenen Zwillinge unter ihrem Herzen waren.

Der Kronrat trat am Strand des neuen Landes zusammen. Neben uralten Würdenträgern wie Fürst Bolandor gehörten ihm auch die

Kapitäne der größeren Schiffe und einige militärische Befehlshaber sowie Magier und Personen an, die sich auf vielfältige Weise um das Wohl des Elbenvolks verdient gemacht hatten. Manche genossen auch schlicht und ergreifend die Gunst des Königs oder galten ihm als gute Ratgeber.

Unverzichtbares Mitglied des Kronrates war auch Brass Elimbor. Er war noch älter als Fürst Bolandor, und sein Erinnerungsvermögen reichte in Zeiten zurück, über die selbst in den schriftlichen Überlieferungen keine Zeile mehr zu finden war. Brass Elimbors Gesicht war knochig und hager. Die Wangen wirken eingefallen, das Kinn war spitz, und zwischen Mund und Nase wuchs ein dünner Oberlippenbart, der kaum sichtbar war, da der Farbton der Haare dem blassen Weiß seiner durchscheinenden Haut entsprach, die von einem Mosaik aus unzähligen Falten überzogen war und ledern wirkte. Auf seiner Stirn trat eine blaue Ader deutlich hervor.

Im Gegensatz zu seinem Gesicht, das ein selbst für elbische Verhältnisse fast unvorstellbares Alter zeigte, wirkten seine Bewegungen überraschend geschmeidig und kraftvoll. Er trug keinerlei Waffen. Sein Gewand bestand nur aus einer grauweißen Kutte, die fast bis zum Boden reichte und deren Kapuze er häufig so tief in sein Gesicht zog, dass sein Antlitz im Schatten verborgen war.

Sein eigentlicher Name war Elimbor; Brass war der Ehrentitel für einen Schamanen, der Kontakt zu allen drei geistigen Sphären hatte: zu Eldrana, dem Reich der Jenseitigen Verklärung, zu Maldrana, dem Reich der Schattenelben, und zur Sphäre der Namenlosen Götter.

Zur Sphäre der Namenlosen Götter – die manche Elben auch als einen besonderen Bereich von Eldrana ansahen – hatte schon lange kein Schamane der Elben mehr Kontakt gehabt. Brass Elimbor war der Letzte, dem dies gelungen war, und schon daher war die Achtung, die man ihm entgegenbrachte, sehr groß.

In den letzten Jahrhunderten hatte sich Brass Elimbor stark zurückgezogen. Er hatte den Kontakt zu seiner Umgebung auf ein Minimum reduziert. Während der Fahrt durchs Nebelmeer hatte er die Nahrungsaufnahme so stark vermindert, dass manche schon befürchteten, der uralte Elb stünde kurz davor, nach Eldrana einzugehen, und die gesamte Heilerzunft hoffte bereits, endlich einmal den natürlichen Tod eines Elben miterleben zu dürfen, wovon man sich einen erheblichen Zuwachs an Wissen versprach.

Doch es gab auch solche, die argwöhnten, dass vielleicht selbst jemand mit der unglaublichen geistigen Disziplin eines Brass vom grassierenden Lebensüberdruss befallen war. Schließlich war es ja möglich, dass diese Krankheit bei einem derart alten Elben in einer veränderten, nicht gleich erkennbaren Form auftrat.

Oft hatte Brass Elimbor für Jahrzehnte kaum ein Wort gesprochen. Er blieb allein mit sich und seinen Gedanken und lebte in einem Meer von Erinnerungen. An Zusammenkünften des Kronrats hatte er schon zuvor nur bei sehr wichtigen Anlässen teilgenommen.

Umso gespannter waren viele gerade auf seinen Auftritt vor diesem Gremium. Dabei war gar nicht gesagt, dass er sich überhaupt äußern würde. Aber allein seine Anwesenheit gab der Versammlung die Aura des Außergewöhnlichen. Dies war seit dem Aufbruch von den Anfurten Athranors der wichtigste Augenblick der elbischen Geschichte – und Brass Elimbor lieferte allein mit seiner Gegenwart das äußere Zeichen dafür.

Die Versammlung des Kronrats war keineswegs eine geheime Zusammenkunft. Hunderte von weiteren Elben hatten sich um den Rat versammelt und verfolgten dessen Beratungen. Allen war bewusst, dass die Entscheidung über die Zukunft des gesamten Elbenvolks fallen würde.

Große Tische waren aufgestellt worden und so gruppiert, dass sie einen Kreis bildeten, um den die Mitglieder des Kronrats saßen. Man hatte hohe Stangen in den Sand gerammt, an denen die Banner des Königs und einiger einflussreicher Elbenfamilien flatterten, deren Vertreter ebenfalls Mitglied im Kronrat waren. Ein Kreis von gusseisernen Fackelhaltern umgab den Tagungsort und bildete für alle Elben, die selbst nicht Mitglieder dieses Gremiums waren, eine Grenze, die sie nur dann überschreiten durften, wenn sie ein Argument von außergewöhnlicher Wichtigkeit vorzutragen hatten. Eine solche Wortmeldung war allerdings erst dann gestattet, wenn die offizielle Beratung beendet war. Tatsächlich war so etwas jedoch seit Jahrhunderten nicht mehr vorgekommen.

Ein hölzerner Altar, über und über mit kunstvollen Reliefs versehen, wurde in die Mitte des Kreises getragen. Die Reliefs zeigten die Namenlosen Götter, die gesichtslos waren und in himmlischen Sphären schwebten. Schemenhafte Gestalten, denen Flügel gewachsen waren, die aber keine Zeichen von Individualität aufwiesen. Darunter sah man die Heerscharen der Eldran: Zu ihnen zählten die ins Reich der Jenseitigen Verklärung eingegangenen toten Helden, aber auch einige, deren Gesichtsausdruck deutlich machte, dass sie der Lebensüberdruss der diesseitigen Welt entrissen hatte.

Allerdings landeten nicht alle Elben, die dieser Krankheit anheimfielen, in Eldrana. Manche wurden zu »Verblassenden Schatten«, fanden sich, zusammen mit jenen Elben, die irgendwann den Versuchungen des Bösen erlegen waren, in Maldrana wieder und wurden zu Schattenelben.

Darüber, wer nach Eldrana und wer nach Maldrana einging, entschieden letztlich die Namenlosen Götter. Aber es gab gelehrte Elben, die inzwischen die Ansicht vertraten, dass das Interesse der Götter am Volk der Elben mit der Zeit dermaßen gering geworden war, dass nur noch der pure Zufall entschied, wer das Reich der Jenseitigen Verklärung erreichte, und die Taten jedes Einzelnen nicht mehr gewürdigt wurden.

Der Altar stammte noch aus Athranor. Eine elbische Künstlerin, die unter dem Namen Gorthráwen die Schwermütige bekannt geworden war, hatte ihn gestaltet und darin ihre Sicht der Götter und des Kosmos verewigt. Das war kurz vor dem Aufbruch aus Athranor gewesen. Ein steinerner Altar wäre zu schwer gewesen für die Seereise, und so hatte Gorthráwen die Schwermütige eigens für dieses Werk noch die Bearbeitungstechniken eines für sie neuen Materials erlernt, und dies bis zu einer an Perfektion grenzenden Meisterschaft.

Da zwischen dem Entschluss, die Gestade der Erfüllten Hoffnung zu suchen, und dem tatsächlichen Aufbruch der Elbenflotte Jahrhunderte vergingen, hatte Gorthráwen Zeit genug gehabt, sich diese Meisterschaft zu erwerben. Ihr selbst war von Anfang an klar gewesen, dass es ihr letztes Kunstwerk sein würde. Zu ihrer Zeit waren Fälle von Lebensüberdruss noch selten gewesen, und sie hatte behauptet, dass Künstler nicht immer in der Zeit zu Hause wären, in der sie tatsächlich lebten, und dass ihre Schwermut sie befallen habe, seit sie sich in Trance versetzt und die Reise der Elben geistig vorwegerlebt hätte.

In den letzten Jahrhunderten ihres Lebens verlor sie nie ein Wort darüber, so sehr man sie auch mit Fragen bedrängte, was sie während ihrer geistigen Reise erfahren hatte. Schließlich war es unter Elben der damaligen Zeit durchaus üblich, Reisen zunächst geistig vorwegzunehmen, was jedoch immer mehr aus der Mode kam. Die Anstrengung und das hohe Maß an Konzentration, das dabei nötig war, schienen die jüngeren Elben zu scheuen. Vielleicht hatten im Laufe der Zeitalter auch die geistigen Fähigkeiten nachgelassen, die dazu nötig waren.

Nur die Tatsache, dass ihr letztes Werk noch unvollendet war, hatte Gorthráwen davon abgehalten, ihrer Schwermut nachzugeben und ihrer Existenz durch die Einnahme einer giftigen Essenz vorzeitig ein Ende zu setzen. Damit hatte sie gewartet, bis die Schiffe der Elbenflotte die Anfurten von Athranor verlassen hatten. Sie blieb mit einigen anderen an Land zurück, die ebenfalls von diesem noch weitgehend unbekannten Leiden heimgesucht worden waren, und blickte den Schiffen nach, bis sie hinter dem Horizont verschwunden waren. Dann entschlief sie, und man ließ sie mit dem Blick aufs Meer sitzen, wie sie es gewollt hatte. Brass Elimbor selbst hatte diesen Platz zuvor mit einem Zauber versehen, der Aasfresser fernhielt und dafür sorgte, dass ihr Leichnam mumifizierte, statt zu verwesen.

Der Altar war aus einem großen, dunklen Block aus dem Holz der Dunkeleiche gehauen – das waren riesige, uralte Bäume, die es im Herzen Athranors gab und von denen gesagt wurde, dass sie zu den ersten Bäumen gehörten, die überhaupt je auf Erden gewachsen waren. Ein Holz, das schon bewiesen hatte, dass es Ewigkeiten zu überdauern vermochte. Genau das richtige Material für einen tragbaren Altar der Elben, denn es war überraschend leicht.

Die vier Krieger, die den Altar gebracht und aufgestellt hatten, verbeugten sich vor ihm als Geste des Respekts vor den Bewohnern der drei geistigen Sphären – den Göttern, den Toten und den Verdammten.

Nachdem bereits fast alle Mitglieder des Kronrates eingetroffen waren, zog König Keandir mit seiner Frau Ruwen ein. Fanfaren erschollen. Eine Gruppe der besten Hornbläser wurde von Lauten- und Trommelspielern begleitet. Sie spielten eine Komposition, die sich »Ziel der Sehnsucht« nannte und seit dem Aufbruch aus der Alten Heimat als ein nicht zu übertreffendes Kunstwerk musikalischer Vollkommenheit galt. Sein Schöpfer, Gesinderis der Gehörlose, war ebenso wie Gorthráwen beim Aufbruch der Elbenflotte an Land geblieben, um zu sterben und sich der Qual seiner Existenz zu entziehen, indem er einging nach Eldrana. Einer Erzählung nach war er als kleiner Junge von den legendären Trollen geraubt worden. Diese ungeschlachten Wesen hatten das Elbenkind entführt, das schon in jungen Jahren durch ein selbst für elbische Verhältnisse besonders empfindliches Gehör aufgefallen war und bereits sehr gefühlvoll Flöte zu spielen vermochte, noch bevor es richtig laufen oder sprechen konnte. Die schrillen Schreie der Trolle zerstörten der Erzählung nach die empfindlichen Ohren des Elbenkinds, bevor es befreit werden konnte. So war Gesinderis der Gehörlose gezwungen gewesen, seine Kompositionen allein mit der Kraft seines Geistes zu erschaffen und zusammenzufügen. Er galt vielen als Beispiel dafür, dass es besser war, sich auf den reinen Gedanken zu verlassen, wenn man etwas Perfektes erschaffen wollte, und nicht auf die trügerischen Sinneseindrücke. Mochten diese Sinne auch noch so verfeinert sein, so konnten sie doch niemals die Klarheit des reinen Gedankens erreichen.

Der Grund dafür, dass Gesinderis die Elben auf ihrer Fahrt nicht begleitet hatte, war angeblich, dass er wollte, dass auch andere Musiker sich künstlerisch frei entfalteten, und das könnten sie nicht, solange er als lebender Meister galt, dessen Werke Sinnbilder perfekter musikalischer Harmonie waren. Im Rückblick sahen es jedoch nahezu alle qualifizierten elbischen Heiler als erwiesen an, dass auch Gesinderis unter dem Lebensüberdruss gelitten hatte.

Seine Absicht, jüngeren Musikern eine Möglichkeit der Entfaltung zu geben, hatte sich im Übrigen nicht verwirklicht. Seit der Uraufführung seiner Komposition »Ziel der Sehnsucht« war unter den Elben so gut wie nichts mehr komponiert worden, da es niemanden gab, der glaubte, dieses Stück übertreffen oder auch nur erreichen zu können. Manche von ihnen glaubten sogar, der wahre Grund für Gesinderis' freiwilligen Eingang nach Eldrana wäre nicht die großherzige Befreiung der elbischen Komponistenzunft von einem übermächtigen Meister gewesen, sondern die Erkenntnis, dass auch er selbst nicht in der Lage gewesen wäre, ein noch größeres Maß an Harmonie und Perfektion zu erschaffen, als es ihm mit »Ziel der Sehnsucht« gelungen war. So wäre Mutlosigkeit der eigentliche Grund für sein Ableben gewesen – und wer konnte angesichts der Mutlosigkeit des größten elbischen Komponisten von den minderbegabten Nachfolgern optimistische Schaffensfreude erwarten, wenn es doch schon dem großen Gesinderis daran offenkundig gemangelt hatte?

Brass Elimbor gestand man das Privileg zu, erst während der ersten Akkorde des Stücks im Kreis der Ratsmitglieder einzutreffen, was die Wirkung seines Auftritts natürlich stark unterstützte. Schon als er aus der Barkasse stieg, die ihn an Land gebracht hatte, wurde dem uralten Oberschamanen eine Aufmerksamkeit zuteil, die jene, die man König Keandir und seiner Frau Ruwen schenkte, weit übertraf. Die meisten Elben – ob nun Mitglieder des Kronrats oder nicht – hatten den Schamanen seit vielen Jahrhunderten nicht mehr gesehen. Für den einen oder anderen jüngeren Seegeborenen wie Branagorn, der ebenfalls Zeuge dieser Szene wurde, war Brass Elimbor ohnehin mehr ein Held der Legenden und ein Name, der in zahlreichen Sagen seine Erwähnung fand, als eine tatsächlich existierende Person.

Die Kapuze der hellgrauen Kutte hatte er wie üblich tief ins Gesicht gezogen. Manche munkelten, dass der Schamane auf seine uralten Tage lichtempfindlich geworden wäre und seine Augen die Helligkeit der Sonne nicht mehr gut vertrugen. Aber das waren Gerüchte. Selbst diejenigen, die sich als seine Vertrauten bezeichneten, wozu vor allem die anderen Schamanen und Novizen zählten, hatten in den letzten tausend Jahren weniger als ein Dutzend Wörter mit ihm gewechselt.

Für Brass Elimbor war eigens ein hölzerner, thronähnlicher Stuhl aufgestellt worden, auf dem er Platz nahm, während Gesinderis' »Ziel der Sehnsucht« zu einer überwältigenden Klangfülle anschwoll. Hier und dort bemerkte man Stirnrunzeln bei älteren Elben, die sich wohl an ein höheres künstlerisches Niveau der Instrumentalisten bei früheren Aufführungen dieses Werkes erinnerten. Aber sie waren höflich genug, darüber zu schweigen. Ihnen war sehr wohl bewusst, dass es schon einem Wunder glich, dass man überhaupt genügend Musiker hatte finden können, die ihre Kunst noch gut genug beherrschten, um an einer derartigen Aufführung teilnehmen zu können. Doch das elbische Gedächtnis funktionierte wohl doch besser, als es viele angenommen hatten, und die schon verschüttet geglaubten Fähigkeiten kehrten zurück.

Ein gutes Zeichen, fand auch König Keandir. Eine erste neue Blüte elbischer Kultur. Welch ein erhebender Moment. Und welch großartiges Gefühl, dies selbst erleben zu dürfen.

Während ihm dies durch den Kopf ging, fasste er Ruwens Hand, und sie erwiderte diesen leichten Druck. Für einen Moment fanden sich ihre Blicke, und das Lächeln, das dabei um Ruwens Lippen spielte, erwärmte das Herz des Königs auf eine Weise, wie er es lange nicht gefühlt hatte.

Die anwesenden Elben verloren sich in der Musik, folgten geistig den verschiedenen, gegeneinander und miteinander laufenden Stimmen, und als die letzten Töne verklungen waren, brauchten die meisten von ihnen erst einige Augenblicke, um wieder ins Hier und Jetzt zurückzufinden. So herrschte nach dem Ende der Komposition erst einmal Schweigen – sowohl unter den Mitgliedern des Kronrats als auch unter den Zuschauern. Sie waren alle von derselben fast andächtigen Stille erfüllt.

Dann folgte der Auftritt des Obersten Schamanen. Brass Elimbor schlug seine Kapuze zurück. Das Faltenmuster seines Gesichts machte dieses Antlitz einzigartig unter den bis ins hohe Alter glatthäutigen Elben. Er stand von seinem thronartigen Stuhl auf, der mit Schnitzereien im Stil des Altars geschmückt war; eine Schülerin der schwermütigen Gorthráwen hatte sie gefertigt.

Brass Elimbor wirkte in sich gekehrt. All die anderen Elben um ihn herum, deren Blicke in diesem Moment fasziniert jede seiner Bewegungen folgten, schien er gar nicht zu bemerken. Der uralte Schamane trat auf den Altar zu. Aus dem weiten Ärmel seiner Kutte zog er einen Beutel. Er öffnete ihn und schüttete den Inhalt auf den Altar.

An Diamanten erinnernde weiße Steine mit glatten Oberflächen rollten wie Spielwürfel über das dunkle Holz. Sie schienen von einem inneren Leuchten erfüllt, das so stark war, dass es nicht von dem Sonnenlicht herrühren konnte, dass sich auf den glatten Oberflächen brach.

Die Elbensteine!, durchfuhr es König Keandir. Sie waren das Sinnbild für die Verbindung der Elben mit den drei geistigen Sphären. Bei wichtigen Ritualen fanden sie Verwendung, so unter anderem bei der Anrufung der Namenlosen Götter, die Brass Elimbor zuletzt durchgeführt hatte, als das Elbenvolk noch gar nicht daran dachte, die Gestade von Athranor jemals zu verlassen.

Keandir beobachtete aufmerksam, was der Schamane tat.

»Hat er das dir gegenüber angekündigt, Kean?«, flüsterte Ruwen.

König Keandir schüttelte leicht den Kopf. »Das letzte Mal, dass er mit mir ein paar Worte sprach, war, als ich dich zu meiner Frau erwählte.«

Und ich bin immerhin der König!, setzte Keandir in Gedanken hinzu.

Der Schamane vollführte eine weit ausholende Geste und deutete dann auf die leuchtenden Elbensteine. Sie schienen auf diese Bewegung zu reagieren. Das Leuchten wurde stärker.

»In der alten Zeit war es üblich, diese Steine bei jeder Zusammenkunft des Kronrats in die Mitte des Kreises zu legen«, begann Brass Elimbor zu sprechen, vielleicht seit vielen Jahrzehnten zum ersten Mal, »damit wir nicht vergessen, woher wir kommen und wohin wir gehen. Damit uns immer bewusst ist, wie wichtig für uns Elben die Verbindung zu den drei geistigen Sphären ist. Der Kontakt zur Sphäre der Namenlosen Götter war in der Alten Zeit ebenso wichtig wie die Verbindung in die Reiche der Jenseitigen Verklärung und der Verblassenden Schatten. Mag sein, dass dies vielen von uns nicht mehr bewusst ist. Und es mag auch sein, dass viele von uns während der Durchquerung des zeitlosen Nebelmeers auch den Bezug zu diesen Wurzeln des Elbentums verloren haben. So mancher mag sich daher fragen, was dieses Faltengesicht, das ich bin, mit seinen leuchtenden Steinchen überhaupt noch zu sagen hat, da es doch schon so lange schwieg.« Brass Elimbor machte eine Pause. Der Blick seiner falkenhaften Augen wirkte auf einmal überhaupt nicht mehr gedankenverloren und in sich gekehrt, sondern überraschend gegenwärtig. »Wir dürfen eine so weitreichende Entscheidung über den zukünftigen Weg unseres Volks nicht treffen, ohne uns an das zu erinnern, was wir waren. Dafür sind diese Steine ein Zeichen. Alles, was wir tun, müssen wir vor den Eldran, den Maladran und den Namenlosen Göttern verantworten. Sie sehen uns. Sie beobachten uns und nehmen an dem Schicksal der Lebenden Anteil, auch wenn heutzutage viele der Meinung sind, sie wären gleichgültig und kalt. Aber das sind sie nicht, wie ich allen hier Anwesenden versichern kann. Sie sind vielmehr die Verbindung zu unserer Vergangenheit und damit zu uns selbst. Eine Verbindung, die wir nicht abreißen lassen dürfen, ganz gleich, wie dieser Rat entscheiden mag.«

Gemessenen Schrittes ging der Schamane zurück zu seinem Platz und setzte sich.

Es fehlte noch, ging es Keandir durch den Kopf, dass er vorschlug, mit Hilfe der Elbensteine eine Beschwörung der Eldran oder gar der Namenlosen Götter durchzuführen, um sicherzugehen, dass sie die Elben auf ihrem künftigen Weg begleiteten. Dieser Gedanke erschreckte ihn nahezu. Hatte er *dafür* gegen den Furchtbringer gekämpft? Dafür, dass am Ende doch wieder undurchschaubare Mächte das Schicksal bestimmten?

Nein, er hatte sich die Möglichkeit *verdient*, das Schicksal selbst zu bestimmen. Er war entschlossen, sich die Früchte seines Sieges nicht nehmen zu lassen. Auch nicht von den Namenlosen Göttern, deren Interesse an den Elben Keandir längst nicht so groß schien, wie es der Einschätzung des Schamanen entsprach.

Sie würden sich von einigem trennen müssen. Von einem Teil der Elben, der vielleicht nicht bereit war, den Weg in das neue Land mitzugehen, und ebenso von den Eldran oder den Namenlosen Göttern, die in Keandirs Sicht nichts weiter als verblassende, tote Chimären der Vergangenheit waren. Es mochte sein, dass die Götter in der Alten Zeit dem Reich der Jenseitigen Verklärung nahe gewesen waren und dass die Sphäre dieser Götter vielleicht in Wahrheit gar keine eigene Sphäre, sondern eigentlich ein Teil Eldranas gewesen war. Keandir aber glaubte inzwischen, dass die Namenlosen Götter mittlerweile ihre Sphäre Maldrana, dem Reich der Verblassenden Schatten, angenähert hatten, mit dem sie vielleicht irgendwann verschmelzen würden, sodass eines Tages auch die Götter zu Verblassenden Schatten wurden, an die man sich bald nicht mehr erinnern würde. Ein Elb wie Brass Elimbor, dessen Vergeistigung bereits weit fortgeschritten war, wollte dies möglicherweise einfach nur nicht wahrhaben.

Keandir fragte sich, was Brass Elimbor wohl beabsichtigte. Im Gegensatz zu fast allen anderen hochrangigen Elben hatte sich der Schamane noch nicht geäußert, ob er für oder gegen die Errichtung des neuen Elbenreichs im Zwischenland war. So wusste der König nicht, wie er argumentieren würde. Keandir verengte die Augen und musterte Brass Elimbor, und der Schamane erwiderte seinen Blick. Unwillkürlich legte sich die Linke des Königs um den Griff seines Schwerts, das er an der Seite trug. Niemand sollte den Träger des Schicksalsbezwingers herauszufordern versuchen – und mochte er noch so uralt sein und selbst die Hilfe der Namenlosen Götter auf seiner Seite haben.

Der Schamane sah den König auf eine Weise an, als könne er bis auf den Grund seiner Seele schauen, und dieser Blick schien zu sagen: Du bist ein Narr, König Keandir!

Ruwen spürte die Veränderung, die mit ihrem Gemahl vor sich ging, und auch sie sah ihn an, mit einem Gefühl leichten Erschreckens. Sie spürte, dass er von einem mächtigen Drang erfüllt war – von einem Drang, der vor seinem Aufenthalt auf der Insel des Augenlosen Sehers nicht in ihm gewesen war. Ein Wille, der stärker zu sein schien als alles andere, was ihn sonst noch bewegen mochte – die Liebe, die sie miteinander verband, eingeschlossen. Ihr schauderte leicht, auch wenn sie zugeben musste, dass sie diese neue Willensstärke und Entschlossenheit auch faszinierte und eine Seite in ihr ansprach, von der sie nicht gewusst hatte, dass sie überhaupt vorhanden war. Sie atmete tief durch.

Die eigentliche Sitzung des Kronrats begann. Erwartungsvolles Murmeln mischte sich mit dem Rauschen des nahen Meeres.

Der Elbenkönig erhob sich …

## 2

# DER KRONRAT TAGT

Keandir hob die Hand, das Stimmengewirr verstummte, und innerhalb weniger Augenblicke wurde es so still, dass man nur den Wind und das Rauschen der Wellen hören konnte, die sich auf dem Strand verliefen.

Dann deutete König Keandir auf Ruwen und sagte mit lauter Stimme: »Eine einmalige Gnade wird meiner königlichen Gemahlin und mir zuteil. Wir werden Eltern von Zwillingen. Jeder weiß, wie selten in unserem Volk Geburten sind, und noch seltener wurden sie während unserer Reise. Doch jetzt sind es gleich zwei Kinder, die unter dem Herzen der Königin heranwachsen. Ich weiß, viele vertreten die Meinung, dass allein die widrigen Umstände unserer langen Seereise dafür verantwortlich sind, dass kaum mehr ein Elb das Licht der Welt erblickte. Ich aber denke, dass es eher die grassierende Hoffnungslosigkeit war, die zum drastischen Rückgang der ohnehin seltenen Geburten führte. Diese Zwillinge sind ein Symbol der Hoffnung auf eine strahlende Zukunft in diesem Land, das ein Zeitalter lang darauf gewartet hat, von uns in Besitz genommen zu werden. Ein Land, das ich Elbiana nennen werde und dessen Hauptstadt genau hier an dieser Stelle gegründet werden und Elbenhaven heißen wird!«

Mit diesen Worten schritt Keandir durch eine Lücke zwischen den Tischen in die Mitte des Kreises, den sie bildeten. Er blieb einige Schritte vor dem Altar der Gorthráwen stehen, drehte sich um, zog sein Schwert und rammte es in den feuchten Sand, sodass es bis zur Bruchstelle in den Boden drang.

Keandir trat zwei Schritte zur Seite, streckte die Hand aus, deutete auf die Waffe und sagte: »Trolltöter hieß diese Waffe einst – und Schicksalsbezwinger heißt sie, seitdem ich damit am See des Schicksals den Furchtbringer besiegte. Es gibt nichts mehr, vor dem wir uns fürchten müssten. Nichts ist mehr vorherbestimmt. Wie unser Schicksal von nun an aussehen wird, liegt einzig und allein an uns selbst. Niemand kann uns die Verantwortung abnehmen, und es gibt keinen vom Schicksal oder den Göttern festgelegten Weg mehr. Welchen Pfad wir beschreiten, bestimmen wir selbst. Das alte Schicksal ist zerschlagen, und das neue beginnt sich gerade zu bilden. Genau jetzt, in diesem Moment.«

Bewegtes Schweigen folgte, nachdem Keandir geendet hatte.

Fürst Bolandor ergriff das Wort. »Die Möglichkeit, dass wir unserem Traum von den Gestaden der Erfüllten Hoffnung treu bleiben, zieht Ihr wohl gar nicht mehr in Betracht, mein König«, sagte er mit erhobener Stimme. »Stellt dieses Land hier nicht eher eine Verführung dar? Ist es nicht einfach nur der leichtere Weg, hierzubleiben und hier ein neues Elbenreich zu gründen? Und ist der leichteste Weg nicht häufig genug auch der schlechtere?« Der Fürst machte eine rhetorische Pause. Er hatte in seinem langen Leben Zeit genug gehabt, die Kunst der Rede zu erlernen, und er beherrschte sie mit einer Vollkommenheit, wie sie nur wenigen Elben zu eigen war.

Auch er erhob sich, schritt durch die Lücke zwischen zwei der vielen Tische und ging an Keandir vorbei auf den Altar zu. Er deutete auf die Elbensteine, die allerdings darauf nicht mit einem stärkeren Leuchten reagierten, wie es bei Brass Elimbor der Fall gewesen war. »Was, so frage ich die anwesenden Mitglieder des Thronrats, würden die Eldran und die Namenlosen Götter zu den Plänen unseres Königs sagen?«

»Was Letztere dazu sagen würden, lässt sich schnell zusammenfassen«, erwiderte Keandir. »Sie würden gar nichts sagen. Sie waren ja bereits in den alten Zeiten, über die die Athranor-Geborenen so gerne sprechen, nicht besonders mitteilsam.«

Ein Anflug von Heiterkeit war hier und dort zu bemerken. Aber der eisige Blick, den Fürst Bolandor daraufhin in die Runde schickte, brachte jedes verhaltene Lächeln und jede klammheimliche Freude aufgrund der ironischen Bemerkung des Königs augenblicklich zum Ersterben.

Einen quälend langen Moment herrschte Schweigen. Keandir warf einen kurzen Seitenblick zu Brass Elimbor. Aber dessen Gesicht blieb vollkommen unbewegt. Wie eine in Stein gemeißelte Statue saß er da. Doch seine Augen wirkten wach und klar, sodass man davon ausgehen konnte, dass er die vorgetragenen Argumente genauestens verfolgte, allerdings ohne bisher auch nur durch ein Zucken in seiner Miene erkennen zu lassen, auf welcher Seite er in diesem Streit stand. Alles, was er getan hatte, war, die Elbensteine in den Mittelpunkt zu bringen und damit eine alte Tradition wieder aufzunehmen. Aber in der eigentlichen Frage, die debattiert wurde, hatte er sich noch nicht geäußert.

Fürst Bolandor war die Enttäuschung darüber, dass er bisher keine Unterstützung durch den Schamanen erhalten hatte, im Gesicht abzulesen. Offenbar war der Fürst davon ausgegangen, dass jemand, der so sehr die Vergangenheit des Elbenvolks repräsentierte wie Brass Elimbor, unmöglich die Idee einer Reichsgründung auf diesem Kontinent unterstützen konnte.

Bolandor fuhr mit großer theatralischer Geste fort: »Es bleibt dabei, dass die Errichtung eines neuen Elbenreichs hier im Zwischenland nichts anderes als die Kapitulation vor dem großen Ziel darstellt, das einst alle Elben vereinte.«

Keandir hatte damit gerechnet, dass der Fürst solche oder ähnliche Einwände vorbringen würde. Seine Gemahlin hatte ihm von dem kurzen Disput berichtet, der auf der »Tharnawn« stattgefunden hatte, als die Kundschafterschiffe zurückgekehrt waren und er auf Naranduin verschollen gewesen war. Außerdem führte Bolandor die Traditionalisten im Kronrat an, diejenigen, die an Bathranor als endgültiges Ziel ihrer Reise festhielten und für die das Zwischenland nichts weiter war als ein schwacher Abklatsch dessen, von dem sie glaubten, das es sie an den Gestaden der Erfüllten Hoffnung erwartete.

»Ob der Weg, den ich beschreiten will, wirklich ein leichter ist, wage ich zu bezweifeln«, widersprach Keandir. »Aber ich weiß, dass die Fortsetzung unserer endlosen Suche nach Bathranor nur unseren Untergang bedeuten kann. Zudem gebe ich zu bedenken …«

Fürst Bolandor war dermaßen außer sich, dass er sich nicht scheute, selbst dem König ins Wort zu fallen. »Ihr behauptet allen Ernstes, dass dieser großartige Traum von den Gestaden der Erfüllten Hoffnung den Untergang bedeutet? Wisst Ihr eigentlich, wie sehr Ihr damit alles mit Füßen tretet, woran Eure Vorväter geglaubt haben, König Keandir? Euer Vater Eandorn opferte dem Erreichen dieses Ziels sein Leben, aber Ihr missachtet sein Andenken, werft es weg, als wäre es etwas Wertloses, dessen man sich lieber heute als morgen entledigt. Es ist nicht zu fassen!«

Ich muss ihm zeigen, wer von uns beiden der König ist!, durchfuhr es Keandir. Aber er durfte andererseits nicht vergessen, dass der Fürst keineswegs der Einzige war, der so dachte.

Der Tonfall des Königs blieb ruhig, während er entgegnete: »Wir haben in der zeitlosen Sargasso-See jeden festen Bezug verloren, und es ist kein Wunder, dass Gleichgültigkeit und Agonie unter uns um sich griffen. Der Lebensüberdruss kostete uns bereits höhere Verluste als alle Kriege in der Vergangenheit. Verluste, die durch die wenigen Geburten nicht ausgeglichen werden können. Und es ist keineswegs so, dass die Jüngeren weniger vom Lebensüberdruss gezeichnet wären als diejenigen, die den größten Teil ihres Lebens noch in Athranor verbrachten und vielleicht einfach nicht loslassen können – ob nun von der Alten Heimat oder dem Traum von Bathranor – und die deshalb zu einer gewissen Melancholie neigen.« Keandir schüttelte den Kopf. »Es mag manchen unter den Älteren schwerfallen, aber wir müssen unsere Suche nach Bathranor aufgeben, wenn wir nicht untergehen wollen. Es ist schon ein Wunder, dass wir aus dem Nebelmeer überhaupt wieder herausgefunden haben, genauso wie es für die Meisterschaft unserer Schiffsbauer und die außerordentlichen handwerklichen Talente unserer Seeleute spricht, dass nicht bereits eine größere Zahl unserer Schiffe im Laufe der Zeit schlicht und ergreifend verrottet ist. Die Planken unserer Schiffe sind modrig und faulen. Es fällt einem erst richtig auf, wenn man die frische Luft dieses neuen Landes atmet. Es heißt, dass wir langlebig sind. Aber die Grenze zwischen langlebig und untot ist fließend, und vielleicht waren diejenigen, die dem Lebensüberdruss bereits zum Opfer fielen, einfach nur feinfühliger und erkannten, dass sie innerlich längst ebenso leblos und kalt waren wie wandelnde Leichen – oder wie die Namenlosen Götter, auf deren Rat Fürst Bolandor so viel Wert legt.«

Ein Raunen ging durch die Schar der Zuschauer. Aber auch die Mitglieder des Kronrats spürten die Entschlossenheit, mit der König Keandir argumentierte. Da war ein Elbenkönig, der sich durch nichts von dem Weg abbringen lassen wollte, den er für sich gewählt hatte. Ein Krieger, der das Schicksal bezwungen hatte und für den es daher keine Autorität und keine Bestimmung mehr gab. Er fuhr fort: »Vielleicht wollten jene, die dem Lebensüberdruss zum Opfer fielen, mit ihrem Sprung in die ewigen dunklen Fluten nur noch ihre Körper töten, nachdem sie wussten, dass ihre Seelen längst gestorben waren.«

Das war der Tropfen, der das Fass zum Überlaufen brachte. »Spottet nicht über das Leiden so vieler Elben!«, erhob Herzog Palandras seine Stimme. Er vertrat das Haus Torandiris – eine der einflussreichsten Elbenfamilien, die ihren Ursprung bis auf Torandiris zurückführte, einen Helden und Entdecker, der zur Zeit des allerersten Elbenkönigs gelebt haben sollte. Dieser Ahnherr des Herzogs war der Held vieler Legenden und hatte angeblich allein ganze Armeen von Trollen besiegt. In Athranor war ein halbes Dutzend Städte nach ihm benannt gewesen, und für ein weiteres Dutzend Orte stellte die Behauptung, dass Torandiris einst dort gelebt habe, einen festen Bestandteil der überlieferten Geschichte dar. Auch Königin Ruwen stammte aus dieser edlen Familie.

»Wie könnte ich spotten über die Leiden derer, die der Lebensüberdruss in seinen Klauen hält?«, antwortete Keandir. »Sie leiden nicht mehr, werter Herzog! Genau das ist ja ihre Tragik. Sie verlieren nach und nach ihre Fähigkeit, zu leiden, zu lieben, Glück zu empfinden oder Trauer. Sie empfinden nichts mehr außer dem entsetzlichen Gefühl sinnloser Leere. Nein, sie leiden nicht, und daher kann ich ihr Leiden mit meinen Worten auch nicht verspotten.«

»Was wisst Ihr schon, mein seegeborener König?«, rief der Herzog, von dem erzählt wurde, dass er nur wenige Jahrzehnte jünger als Lirandil der Fährtensucher war und mit diesem einst in Athranor unbekannte Gebiete erforscht hatte. »Wie könnt Ihr so empfindungslos und grausam daherreden? Wie kann ein Elb solche Reden führen über

Elben, die von einer grausamen Krankheit befallen sind, gegen die noch keiner unserer Heiler ein wirksames Mittel gefunden hat?«

König Keandir schüttelte den Kopf. »Aber begreift Ihr denn nicht, Herzog Palandras? Diejenigen, die wirklich leiden, sind die, die den Erkrankten nahestehen, diejenigen, die ihre Verwandten, Geliebten oder Freunde sind – oder waren. Sie leiden so lange, bis auch ihr Leid zum Lebensüberdruss wird, der uns letztendlich alle dahinrafft, wenn wir dem nicht ein Ende setzen.«

»Ein Ende setzen?«, echote der Herzog. »Was genau heißt das für Euch, mein König?«

Eine Pause entstand.

Keandir zögerte. »Nicht alle Traditionen unseres Volkes sind erhaltenswert«, erklärte er dann mit leiser, sonorer Stimme.

Herzog Palandras richtete den Blick auf Ruwen, die zwar leicht errötete, aber nicht zur Seite sah. »Ist das noch der Mann, den Ihr geheiratet habt, Ruwen? Oder hat die Nachricht, dass Ihr mit Zwillingen gesegnet seid, Euch dermaßen verwirrt, dass Ihr jetzt etwas zu unterstützen bereit seid, dass Eurer Herkunft und Eurem Wesen spottet?«

»Ich stehe auf des Königs Seite und damit auf der meines Gemahls«, sagte Ruwen mit fester Stimme. »Bei allem, was er tut.«

Palandras starrte Ruwen nahezu entgeistert an. Dann schüttelte er fassungslos den Kopf. »Nie hätte ich das für möglich gehalten«, murmelte er. Dass sich die Königin, die zu seiner eigenen Familie gehörte, derart offen gegen ihn stellte, schmerzte ihn sehr. »Wie habe ich mich in Euch getäuscht, Ruwen.«

Fürst Bolandor, der noch immer einige Schritte von Keandir entfernt vor dem Altar stand, blies ins selbe Horn. »Wie könnt Ihr das Andenken Eurer Ahnen derart verraten, König Keandir?«

Keandir drehte sich zu ihm um. Bolandor hatte sich kaum noch im Griff; er hatte die Hände zu Fäusten geballt und das Gesicht zu einer nahezu unelbischen Grimasse verzogen. Wie er sich aufführte, war so völlig wider der elbischen Natur, dass sich Keandir fragte, ob seine Weigerung, weiterhin nach den Gestaden der Erfüllten Hoffnung zu suchen, der einzige Grund war für seinen heftigen Gefühlsausbruch.

Ich habe seinen Sohn getötet, ging es dem Elbenkönig durch den Kopf. Seinen geliebten Sohn …

Und ein weiterer Gedanke kam ihm:

Dieser Elb war vielleicht doch zu seinem Feind geworden! In dem kurzen Gespräch, dass er mit Fürst Bolandor nach dem Tod Hyrandils führte, hatte Bolandor zwar eine fast überelbische innere Größe gezeigt, aber dies hatte er nur geschafft, indem er all seine Gefühle zurückgedrängt und seine wahren Empfindungen verborgen hatte.

Nein, erkannte Keandir, Bolandor bekämpfte ihn nicht nur deshalb so hart, weil er ihn für einen Verräter an der Tradition und dem Vermächtnis der Ahnen hielt, sondern auch, weil der Fürst den Tod seines Sohnes in Wahrheit viel schlechter verwunden hatte, als er sich selbst gegenüber einzugestehen bereit war. Der Verstand mochte Bolandor sagen, dass es die düsteren Kräfte des Augenlosen gewesen waren, die Keandirs Hand zum tödlichen Streich gegen Hyrandil führten – aber sein Herz sagte etwas ganz anderes.

Es war purer Hass, der in diesen Augenblicken aus Fürst Bolandors Miene herauszulesen war.

Er versuchte sich wieder unter Kontrolle zu bringen. Er konnte sich denken, wie die Heftigkeit seiner Reaktion auf die anderen Elben wirken mochte. Die Grimasse ungezügelter Wut verschwand aus seinem Gesicht, machte wieder einem gleichmütigen Ausdruck Platz, hinter dem aber seine wahren Gefühle immer wieder hervorblitzten wie feurige Drachenzungen, und auch seine Worte waren alles andere als gleichgültig, als er dem König vorwarf: »Euer Vater würde sich im Grab umdrehen, wüsste er, dass Ihr Euch abwendet vom großen Ziel der Elben, die Gestade der Erfüllten Hoffung zu erreichen!«

»Mein Vater?«, erwiderte Keandir sehr ernst. »König Eandorn hat nicht einmal das Grab erhalten, von dem Ihr sprecht, Fürst Bolandor. Er liegt auf dem Grund des zeitlosen Nebelmeers wie so viele andere Elben auch. Aber innerlich war bereits lange zuvor kein Leben mehr in ihm.«

»Wollt Ihr damit etwa sagen, schon König Eandorn hätte den Traum von den Gestaden der Erfüllten Hoffnung aufgegeben?«, rief der Fürst erbost und trat einen Schritt vor.

Keandir nickte. »Genau das will ich – auch wenn mein Vater dies nie zugegeben hätte. Aber der Traum von Bathranor war bereits damals in den meisten derer, die alt genug waren, um diese Vision zu teilen, nicht mehr wirklich lebendig, sondern zu stumpfer Gleichgültigkeit geworden.«

»Das ist nicht wahr!«, widersprach Bolandor empört. Sein Ruf glich einem Verzweiflungsschrei, und dass Bolandor derart die Beherrschung verlor, war ungewöhnlich für einen Elben. Und für Fürst Bolandor ganz besonders. Aber seine Reaktion zeigte letztlich nur, wie sehr ihm König Keandirs Worte zusetzten. Mehr als der uralte Elb es wahrhaben wollte. Doch wieder gewann sein Gesicht die gewohnte Maskenhaftigkeit zurück, erneut brachte er seine aufschäumenden Gefühle unter Kontrolle, um sich vor dem Rest des Kronrats keine Blöße zu geben, und er klang ein wenig ruhiger, als er sagte: »Ihr versucht, unseren großen Traum durch einen neuen Traum zu ersetzen!«

»Das mag sein«, gab Keandir zu.

»Durch Euren persönlichen Traum von diesem Reich Elbiana, das nichts mit dem zu tun hat, was wir gesucht haben!«

»Ihr habt etwas Unerreichbares gesucht – der Traum, den ich den Elben zu geben vermag, lässt sich verwirklichen, wenn wir es wollen. Das ist der Unterschied, Fürst Bolandor.« Keandir atmete tief durch. Er zog Schicksalsbezwinger wieder aus der Erde und steckte ihn zurück in die Scheide an seinem Gürtel. Seine Linke legte sich um den Griff, so als brauchte er etwas, an dem er sich festhalten konnte. »Ich werde niemanden daran hindern, an Bord seines Schiffes zu gehen und weiterzusegeln. Wohin auch immer. So wie jeder unter uns eine ganz persönliche Entscheidung zu treffen hat, habe ich eine Entscheidung für mich getroffen. Ich ziehe den erreichbaren Traum einer chimärenhaften Vision unserer Ahnen vor. Und ich ziehe diesen festen Boden und die Anstrengungen, die der Aufbau von Elbiana bedeuten, der Irrfahrt auf Totenschiffen vor, die nach modrigem Tang riechen und deren Holz so abgestorben ist, dass es sogar die Holzwürmer verschmähen.«

Da trat der uralte Elb näher an seinen König heran, auf eine Weise, wie es sonst niemand gewagt hätte, und nur einen Fußbreit blieb er vor Keandir stehen. Beide Elben waren etwa gleich groß. Ihre Blicke begegneten sich wie die Klingen zweier Schwerter. »Was, um alles in der Welt, ist mit Euch auf dieser verfluchten Insel geschehen, König Keandir?«

»Vielleicht habe ich nur begriffen, wie falsch es ist, sich dem Schicksal zu ergeben«, versetzte Keandir. »Dass es richtig ist, sein Schicksal selbst in die Hand zu nehmen. Vielleicht habe ich erkannt, dass man die Furcht besiegen und sich für seine Zukunft entscheiden kann, statt einem Traum zu folgen, den man selbst nie hatte!«

Fürst Bolandor verzog erneut das Gesicht, wie es für einen Elben eher untypisch war. »Ja, vielleicht habt Ihr vieles über Euch selbst erfahren – und Euch offensichtlich noch mehr einreden lassen. Aber da ist noch etwas anderes, mein König. Eine dunkle Kraft, die mich schaudern lässt …«

Doch Keandir ging auf diese Bemerkung nicht ein. Er trat einen Schritt zurück, ohne dass es wirkte, als wolle er Bolandor ausweichen, und sagte: »Folgt Eurem Traum von Bathranor, Fürst Bolandor. Ihr habt ihn mit unseren Vätern geteilt – ich und alle Seegeborenen nicht. Und viele von denen, die ihn einst teilten, haben ihn verloren und werden es sich gut überlegen, ob sie Euch folgen sollten. Aber ich werde Euch nicht hindern, wenn Ihr weiterhin nach Bathranor suchen wollt, sondern Euch sogar die besten Schiffe zur Verfügung stellen.«

Fürst Bolandors Miene wirkte auf einmal sehr nachdenklich. Auch er trat zurück, ein Zeichen dafür, dass er nicht die direkte Konfrontation mit seinem König suchte, und drehte sich einmal herum, wobei sein Blick über die Reihen der anderen Mitglieder des Kronrats glitt. Die meisten sahen zur Seite oder wichen auf andere Weise dem Blick des Fürsten aus. »Der Kronrat schweigt?«, rief er. »Niemand hat etwas dazu zu sagen? Niemand erhebt sich dagegen, dass der große Plan unserer Vorväter einfach verraten wird? So mancher unter Euch ist alt genug, um sich der Vision von Bathranor zu erinnern, die wir alle teilten und die uns über eine kleine Ewigkeit hinweg geradezu in einen rauschhaften Zustand versetzte. Sind nur eure Körper langlebig und eure Seelen so sprunghaft und vergesslich wie die der Menschen, deren Existenz so kurz war, dass sie schon bei der Geburt vom Tode gezeichnet waren?« Fürst Bolandor machte eine Pause und verengte die Augen; sein Blick fixierte Prinz Sandrilas, der ihm als Einziger furchtlos entgegensah. »Wollt ihr so werden wie die Menschen? Mir scheint, ihr bekommt immer größere Ähnlichkeit mit diesem bedauernswerten, groben Geschlecht.«

»Die Menschen sind Legende«, sagte Keandir gelassen. »Sie haben nie existiert, und manche sagen, sie wären nur dem literarischen Einfall eines Chronisten entsprungen, der damit auf allegorische Weise etwas versinnbildlichen wollte.«

»Ihr irrt, König Keandir«, widersprach Bolandor. »Die Menschen hat es wirklich gegeben. Und vielleicht existieren sie immer noch, irgendwo. Ich bin alt genug, mich ihrer zu entsinnen. Ich begegnete ihnen, atmete ihre Todesangst, die all ihre Taten, all ihre jämmerlichen Werke durchdrang, und ich kann nur zu den Namenlosen Göttern beten, dass die Elben diesen Barbaren nicht noch ähnlicher werden.« Er streckte den Arm aus und richtete die Hand auf Prinz Sandrilas. »Warum schweigt Ihr, Prinz Sandrilas? Ihr seid keiner der Seegeborenen, die unser junger König ja allzu bevorzugt in den Kronrat berufen hat. Auch Ihr seid den Menschen begegnet und wisst, wovon ich spreche. Ihr müsstet wissen, was der Traum von den Gestaden der Erfüllten Hoffnung bedeutete und dass wir ihn nicht so einfach aufgeben dürfen.«

»Ich bedauere es, Fürst Bolandor, aber im Gegensatz zu Euch habe ich ein nicht so hervorragendes Gedächtnis«, erwidere Prinz Sandrilas ruhig. »Ja, es ist wahr, auch in mir ist noch die blasse Ahnung einer rauschhaften Vision. Aber wenn ich die Trostlosigkeit der Ewigkeiten bedenke, die zwischen unserem Aufbruch und dem heutigen Tage liegen, fürchte ich, wird das Elbenvolk, setzt es seine Suche fort, vollständig dahingerafft sein vom Lebensüberdruss, bevor es Bathranor jemals findet.« Sandrilas erhob sich. Auf eine Äußerung von ihm hatte auch Keandir lange gewartet, denn er wusste, wie einflussreich gerade die Stimme des Einäugigen im Kronrat war. »Ich bin weit davon entfernt, die Euphorie zu teilen, die unser König empfindet. Und was die Möglichkeiten angeht, hier ein neues Reich zu errichten, wird man abwarten müssen, was die Zukunft bringt. Aber die Fortsetzung der Suche nach Bathranor würde einem langen Siechtum gleichkommen. Mir fällt es nicht schwer, den Traum von den Gestaden der Erfüllten Hoffnung aufzugeben. Der Blick des einen Auges, das mir verblieben ist, ist nach vorn gerichtet, in die Zukunft, nicht zurück in die

Vergangenheit, in der man uns Prophezeiungen machte, die in all der langen Zeit nicht eingetroffen sind. Setzen wir die Reise fort, wird das Elbenvolk untergehen. Es ist eine Frage von Leben und Tod, eine Frage, die über die Existenz unseres ganzen Volkes entscheidet. Und wenn es um unser Fortbestehen geht, bin ich gern bereit, einen verlorenen Traum, der nicht in Erfüllung gehen will, aufzugeben. Selbst wenn es Bathranor geben sollte, wir werden die Gestade der Erfüllten Hoffnung niemals erreichen, da alle Elben vom Lebensüberdruss dahingerafft sein werden, bevor auch nur einer von uns die Küste dieses legendären Landes erblickt. Ich teile die Einschätzung unseres Königs in dieser Frage.«

»So leicht lasst Ihr Euch überzeugen, Sandrilas?«, rief Fürst Bolandor, und seinem Gesicht war die Verachtung deutlich anzusehen.

»Zu sagen, ich wäre überzeugt, wäre eine Übertreibung«, gestand Sandrilas. »Aber ich bin Realist und sehe, dass es so wie bisher nicht weitergehen kann. Es tut mir leid, wenn ich Euch enttäuschen muss, Fürst Bolandor. Aber ich glaube, dass der Weg unseres Königs der richtige ist.«

»Und was ist mit Euch, Lirandil?«, wandte sich der Fürst fast Hilfe suchend an eines der anderen älteren Mitglieder des Kronrats, wo er aufgrund seiner besonderen Fähigkeiten als Bewahrer des Fährtensucherwissens einen Sitz innehatte.

Lirandil sprach nicht sofort. Er ließ sich Zeit mit seiner Antwort, denn seine Worte in dieser Sache mussten wohldurchdacht sein, das wusste er. Er wollte niemanden verletzen, niemanden kränken, sich auf niemandes Seite stellen, sondern zum Wohl aller Elben argumentieren.

Nach einer Weile erhob auch er sich. »Mir war der Traum von den Gestaden der Erfüllten Hoffnung stets heilig«, erklärte der Fährtensucher. »Aber schon so lange dauert unsere Reise, und vielleicht hat die Idee vom Erreichen Bathranors während der Fahrt durch das zeitlose Nebelmeer einfach ihre Bedeutung verloren. Ich gebe Prinz Sandrilas recht: Die Entscheidung, die wir fällen müssen, ist keine Entscheidung zwischen zwei Träumen, dem unserer Vorväter und dem des Königs. Es ist eine Entscheidung für oder gegen das Leben, für oder gegen die Existenz unseres Volkes. Setzen wir die Reise fort, und wird sie abermals eine Ewigkeit dauern, wird der Lebensüberdruss uns alle dahinraffen, und nur noch Totenschiffe mit unseren verwesten Überresten werden einst an den Gestaden der Erfüllten Hoffnung stranden. Davon abgesehen, mein Fürst, hat König Keandir seine Entscheidung längst getroffen, und die Elben, die im Zwischenland bleiben wollen, benötigen das Wissen eines Fährtensuchers dringender als jene, die die Reise mit den Schiffen fortsetzen. Ich werde daher an der Seite meines Königs bleiben.«

Mit sichtlicher Erleichterung hatte Keandir den Worten Lirandils und Prinz Sandrilas' gelauscht. Ihm war bewusst, wie groß der Einfluss gerade dieser beiden Sprecher war auf die Generation jener Elben, die Athranor und den Traum von den Gestaden der Erfüllten Hoffnung noch selbst erlebt hatten. Allein mit den Seegeborenen ein Reich zu gründen, wäre kaum möglich gewesen. Ihre Zahl war zu klein, und man hätte auf einen Großteil des Wissens und der Erfahrung verzichten müssen, die die Älteren mitbrachten.

Nacheinander erhoben sich weitere Würdenträger und versicherten, dass sie entschlossen waren, sich in den Dienst des neuen Reichs Elbiana zu stellen. Der Erste von ihnen war Thamandor. Der Waffenmeister hatte die beiden Zauberstäbe des Augenlosen Sehers bei sich. Er trat vor und legte die Stäbe gekreuzt auf den Altar. »Ich werde all meine Fähigkeiten und meine Erfindungsgabe in den Dienst des Aufbaus von Elbiana stellen. Und eines Tages werde ich auch die Magie des Augenlosen Sehers entschlüsseln und für uns nutzbar machen. Ob die Namenlosen Götter damit einverstanden sind oder nicht, soll mir gleichgültig sein. Denn angesichts der in meinen Augen erwiesenen Gleichgültigkeit der Götter uns gegenüber, steht auch jedem von uns das Recht zu, gleichgültig gegenüber ihnen zu sein.«

Zustimmendes Geraune war zu hören. Fürst Bolandor registrierte durchaus, dass seine Sache auf verlorenem Posten stand. »Sind die Götter uns gegenüber wirklich gleichgültig?«, rief er und deutete auf die Elbensteine. »Warum befragt ihr sie nicht? Fürchtet ihr vielleicht ihre Antwort? Ist es nicht eher so? Und warum fragt ihr nicht eure Vorväter, die ins Reich der Jenseitigen Verklärung eingegangen sind? Mögt ihr euch die Klage der Eldran über euch und euren Verrat an ihnen nicht anhören? Fehlt euch der Mut dazu und hofft ihr insgeheim, dass keiner unserer Schamanen es wagen wird, die Elbensteine zu ergreifen und die Jenseitigen zu beschwören?«

Die Jenseitigen – damit waren alle Bewohner der drei geistigen Ebenen gemeint, sowohl die Namenlosen Götter als auch Eldran und Maladran. Allerdings war es lange her, dass sie den Elben das letzte Mal zu Hilfe gekommen waren.

Nach Bolandors Vorschlag senkte sich tiefes Schweigen über die Versammlung. Alle Blicke waren auf einmal auf den regungslos dasitzenden Brass Elimbor gerichtet. Schließlich war es ihm als Letztem vor mehr als einer Ewigkeit gelungen, Kontakt zu den Namenlosen Göttern herzustellen.

Brass Elimbor schaute auf. »Wäre denn irgendeine der beiden streitenden Parteien überhaupt bereit, den Rat der Jenseitigen anzunehmen?«

Die Antwort war erneutes Schweigen. Brass Elimbor ließ den Blick in die Runde schweifen. All diese Elben, die im Vergleich zu ihm so unglaublich jung waren, einige nur wenige Hundert Jahre alt – würden sie auf die Jenseitigen hören? Nein, niemand von ihnen würde von seinen bereits festgelegten Standpunkt abweichen, egal, was die Götter oder die Eldran sagten, da war sich Brass Elimbor sicher. Und das sagte er ihnen auch: »Ihr habt die Namenlosen Götter und die Eldran doch längst vergessen. Ihr redet von ihnen, redet über sie – aber keiner von euch weiß sie zu ehren, zu würdigen und zu schätzen. Flüchtige Erinnerungen sind sie für euch, Relikte der Vergangenheit. Wenn ihr sie anruft – sofern ihr das überhaupt noch tut –, dann ist dies nichts weiter als ein traditionelles Ritual für euch, um eine gefühlsmäßige Verbundenheit der Beteiligten zu stiften. Doch mehr ist es nicht. Ihr habt keine Bindung mehr an die Götter und eure Vorfahren.« Traurig schüttelte er den Kopf. »Ihr werft den Göttern vor, euch gegenüber gleichgültig geworden zu sein – doch warum sollten sie sich um euch kümmern, da sie in euren Herzen und euren Gedanken zu Schatten geworden sind? Dies ist der Grund, warum sie Maldrana, dem Reich der Verblassenden Schatten, inzwischen näher sind als Eldrana. Ich werde sie nicht anrufen, und ich werde auch die Eldran nicht anrufen. Ihr habt ihnen eure Herzen schon vor langer Zeit verschlossen und würdet sie nicht hören. Und selbst wenn, ihr würdet nicht *auf* sie hören!«

Wieder warf er einen Blick in die Runde, wieder schüttelte er das Haupt. »Eure Entscheidung ist längst gefallen«, sagte er. »Nur wenige von euch schwanken noch. Die Mehrheit wird sich König Keandir anschließen, eine kleine Minderheit wird mit Fürst Bolandor weitersegeln auf der Suche nach den Gestaden von Bathranor. Warum sollte ich mich dieser großen geistigen Anstrengung unterziehen und die Eldran oder gar die Namenlosen Götter beschwören, da eure Entscheidungen schon feststehen? Die einen würden sich bestätigt fühlen, die anderen erneut Vorwürfe gegen die Götter erheben und ihr Urteil anzweifeln. In meinem Alter sei es mir gestattet, dass ich meine Kräfte schone.«

Fürst Bolandor hatte den Schamanen während dessen Rede erschrocken angestarrt. In ihn hatte er seine letzte Hoffnung gesetzt. Er selbst verfügte nicht über die nötigen Fähigkeiten, die Namenlosen Götter zu beschwören. Und selbst hinsichtlich der Eldran oder der Maladran fehlte ihm das spezielle magische Wissen der Schamanen. »Und was ist mit Euch, Brass Elimbor?«, fragte er mit bedrückt klingender Stimme. »Für welche Seite habt Ihr Euch entschieden?«

»Warum interessiert Euch das so brennend, werter Fürst?«, fragte Brass Elimbor. »Würdet Ihr Eure Entscheidung noch einmal überdenken, wenn meine anders ausfiele als die Eure?«

»Das … nein, das nicht«, gab Bolandor zu. »Doch glaube ich nicht, dass Ihr Eure eigene Entscheidung treffen werdet, ohne den Rat der Jenseitigen einzuholen.«

Der uralte Schamane nickte. »Die Wahrheit ist: Ich habe die Jenseitigen bereits gefragt. Ich war in allen drei geistigen Sphären. Auf der Fahrt von der Insel des Augenlosen Sehers hierher blieb dazu genug Zeit.«

»Und? Wie lautete das Urteil der Jenseitigen?«, fragte Herzog Palandras. Sein Platz befand sich unmittelbar neben dem thronartigen Stuhls, auf dem der Schamane saß. Der Herzog drehte sich zu Brass Elimbor um, und als er keine Antwort erhielt, runzelte er die Stirn. Allerdings wagte er nicht nachzufragen. Dazu war sein Respekt vor dem Obersten Schamanen dann doch zu groß.

Schließlich aber antwortete ihm Brass Elimbor doch: »Die Jenseitigen werden uns nicht verlassen. Gleichgültig, was wir tun. Sie folgen denjenigen unseres Volkes, die weiter nach Bathranor suchen, ebenso wie sie bei jenen bleiben, die das Reich Elbiana errichten wollen.«

»Dann stimmt es, dass wir den Jenseitigen gleichgültig sind?«, platzte es aus Fürst Bolandor heraus. »Das kann … das *will* ich nicht glauben.«

»Das solltet Ihr auch nicht«, sagte Brass Elimbor, »denn es wäre der falsche Schluss.«

Noch eine einzige Möglichkeit sah Fürst Bolandor, um die wenigen, die noch wankelmütig waren, auf seine Seite zu ziehen und vielleicht auch ein paar der anderen, die sich bereits für ihren König entschieden hatten, noch einmal zum Nachdenken zu bewegen. So fragte er: »Wenn die Namenlosen Götter und die Eldran sich nicht entscheiden mögen, Brass Elimbor, so sagt uns Eure Entscheidung, die Ihr gefällt habt, nachdem Ihr mit den Jenseitigen Kontakt hattet.«

Brass Elimbor erkannte den schlauen Trick des Fürsten, der hinter dessen Aufforderung stand: Wenn er – Brass Elimbor – sich für eine Weiterreise entschied, nachdem er die Jenseitigen befragt hatte, so mochten viele annehmen, die Götter und die Eldran hätten ihm vielleicht doch eher dazu geraten, die Suche nach Bathranor fortzusetzen, statt an dieser Küste zu bleiben.

»Meine Entscheidung hat nichts mit den Göttern oder den Ahnen zu tun«, antwortete er, um sich von keine der beiden Parteien vereinnahmen zu lassen. »Ich habe für mich entschieden, hierzubleiben, an der Küste dieses Kontinents, und zuzusehen, wie das neue Elbenreich Elbiana entsteht.«

Bolandor war wie vor den Kopf geschlagen. Aus weit aufgerissenen Augen starrte er Brass Elimbor an. »Ihr – Ihr wollt hierbleiben und Euch uns nicht anschließen?«, brachte er hervor. Dann rief er: »Aber das ist … Verrat! Verrat an den Namenlosen Göttern! Verrat an den Eldran!«

Brass Elimbor ließ sich von den harten Worten des Fürsten nicht aus der Fassung bringen oder provozieren. Mit ruhiger Stimme antwortete er: »Würde ich das Volk der Elben denn nicht verraten, würde ich mit Euch segeln, Fürst Bolandor? Die Mehrzahl der Elben wird hierbleiben, das erkenne ich, und Ihr wisst es auch. Nur eine Minderheit wird Euch folgen, mein Fürst, um Euch auf der weiteren

Suche nach Bathranor weiterhin zu unterstützen. Und als Oberster Schamane ist mein Platz beim Volk der Elben – und bei seinem König.« Dann zuckte er mit den schmalen Schultern und fügte hinzu: »Außerdem möchte ich nach all den Ewigkeiten in einer nebeligen See, in der selbst die Zeit ihre Bedeutung verlor, wieder festen Boden unter meinen Füßen spüren, über Sand und Gras gehen und ein Haus bewohnen. Dinge, die viele unter uns nie kennengelernt haben. Vielleicht auch fürchtet meine Seele, dass sie nach Maldrana, ins Land der Vergessenen Schatten, verbannt wird, wenn mein Körper einst sein Grab in einer dunklen See anstatt in einem blühenden Land findet.«

Fürst Bolandor begegnete kühl dem Blick des Schamanen. »Ihr verratet die Ahnen ebenso, wie König Keandir es tut«, warf er Brass Elimbor vor. »Ihr erzählt, Ihr hättet die Namenlosen Götter und die Ahnen beschworen und mit ihnen gesprochen. Diese Beschwörung habt Ihr wohl auf Eurem Schiff unter Deck durchgeführt, und es gibt keine Zeugen dafür. Ich habe allerdings den Verdacht, dass Ihr in Wahrheit Eure Fähigkeit, mit den Jenseitigen in Kontakt zu treten, längst verloren habt und diese Tatsache nur vor uns verbergen wollt!« Seine Stimme wurde laut. »Darum heult Ihr mit den Wölfen! Darum wählt auch Ihr den leichteren Weg! Darum übt Ihr Verrat an allem, an das wir je geglaubt haben und …«

»Fürst Bolandor!«, fiel Keandir ihm mit strenger Stimme ins Wort. »Ihr vergesst Euch! Es steht Euch nicht zu, derart mit einem Brass zu sprechen! Und die Anschuldigungen, die Ihr gegen Brass Elimbor erhebt, sind unerhört! Ich weiß, Ihr habt einen schweren Verlust erlitten, Fürst Bolandor. Aber nur schwerlich entschuldigt dies Euer Verhalten vor dieser hohen Versammlung!«

Keandir sah, wie der Fürst schlagartig kreideweiß wurde im ohnehin schon blassen Gesicht, und er befürchtete, einen üblen Fehler begangen zu haben, indem er auf Bolandors von ihm getöteten Sohn angespielt hatte.

Doch bevor Bolandor darauf reagieren konnte, ergriff Brass Elimbor wieder das Wort. Er sprach ruhig, und dennoch war da ein leises Zittern in seiner Stimme, das bewies, wie sehr ihn Bolandors Anschuldigung erregte. Er war sichtlich darum bemüht, nicht die Fassung zu verlieren, als er sagte: »Ihr wollt den Beweis, mein Fürst?«

Er erhob sich, trat zwischen den Tischen in die Mitte des Kreises auf den Altar zu und nahm die beiden Zauberstäbe des Augenlosen Sehers. Mit einem Schwung, den man dem alten Elben kaum zugetraut hätte, warf er die langen Stäbe nacheinander Thamandor zu, der sie geschickt auffing. Dann streckte er die Hände aus, sodass sie sich wie ein Schirm über die Elbensteine wölbten. Dürre Hände waren es, fast skelettartig. Das Licht der Elbensteine wurde stärker, und ein grellweißer Lichtball entstand unter den Händen des Schamanen. Er wuchs. Brass Elimbor trat zurück, und Keandir und Fürst Bolandor machten ihm Platz. Dann hob der Schamane die Handflächen gegen den Himmel. Der Lichtball dehnte sich weiter aus und glich einer Blase, die bald einen leuchtenden Ballon bildete. Auf der Oberfläche dieser Lichtblase erschienen schattenhafte Strukturen. Bilder, die schlaglichtartig auftauchten und wieder verschwanden. Doch die Augen der Elben sahen dennoch, was dort gezeigt wurde, und ein Chor von Stimmen erhob sich, murmelnd und raunend.

Doch dieser Chor wurde nicht gebildet von den überraschten Zuschauern oder den Mitgliedern des Kronrats; es waren die Stimmen der Eldran, deren Gestalten in der Lichtblase immer wieder kurz zu sehen waren, die hin und her huschten und Nebelschwaden glichen, die urplötzlich entstanden, um sogleich wieder von einem Sturmwind auseinandergerissen zu werden. Die schemenhaften Gestalten der Namenlosen Götter hingegen schwiegen, und die Maladran blieben völlig im Hintergrund.

Das geisterhafte Spektakel dauerte nur wenige Augenblicke. Dann fiel die Blase wieder in sich zusammen, und Brass Elimbor sank zitternd auf die Knie. Der uralte Schamane hatte sich offenbar vollkommen verausgabt. Fürst Bolandor und Keandir wollten ihm aufhelfen, aber Brass Elimbor wehrte ihre Hilfe schroff ab. Er atmete schwer und erhob sich wieder.

»Es tut mir leid, aber ich konnte nicht verstehen, was die Jenseitigen geäußert haben«, erklärte Kapitän Garanthor.

»Jeder verstehe sie so, wie er möchte«, sagte Brass Elimbor, nachdem er sich etwas erholt hatte. »König Keandir hat recht: Unser Schicksal ist nicht mehr vorherbestimmt.« Er wandte sich an Fürst Bolandor. »Ihr wolltet einen Beweis. Jetzt habt Ihr ihn. Legt ihn aus, wie Ihr wollt.«

»Die Entscheidung ist somit gefällt«, sagte Keandir. »Wer mit mir hierbleiben möchte, bei seinem König, und helfen will, Elbiana zu errichten, der bleibe – und Euch, Fürst Bolandor, steht es frei, mit Euren Getreuen weiterhin dem Traum von Bathranor zu folgen.« Er schaute Bolandor einen langen Moment an, bevor er mit ruhiger, sanfter Stimme fortfuhr: »Wenn Ihr uns verlasst, Fürst Bolandor, dann fahrt in Freundschaft und Frieden. Ich will mich Eurer erinnern als des treuen Gefährten, der Ihr immer wart, und Euch meinen Segen geben für die gefahrvolle Reise, die Ihr bereit seid fortzusetzen, um unsere Ahnen und unsere Götter zu ehren.«

Es war eindeutig ein Friedensangebot, das Keandir ihm machte, doch Bolandor nahm die ihm verbal gereichte Hand nicht an, sondern antwortete nur mit einer angedeuteten Verneigung und einem gemurmelten »Wie Ihr wollt, mein König«.

Sein Blick glitt von Keandir zu Brass Elimbor, dessen Augen glanzlos geworden waren. Auch die Haut in seinem Gesicht schien sich verändert zu haben, sie wirkte nicht mehr ledern, sondern pergamentartig, und das Faltenmuster war noch viel engmaschiger geworden. Der körperliche Verfall des uralten Schamanen war unverkennbar, und Fürst Bolandor fragte sich, ob der Preis für den Beweis, den er verlangt hatte, vielleicht zu hoch gewesen war.

Einer der anderen Schamanen kümmerte sich um Brass Elimbor. »Kann ich Euch helfen, Brass?«

»Nein.«

»Nathranwen die Heilerin soll kommen!«

»Das ist nicht nötig. Lasst nur«, wehrte Brass Elimbor ab. Sein Gesicht war totenbleich geworden.

Branagorn stand unter den vielen Zuschauern und lauschte dem Kronrat. Er war kein Mitglied dieses Rats und hatte daher nicht das Recht, dort seine Stimme zu erheben; dafür hätte er bis ganz zum Schluss warten müssen. Dennoch – während er die Reden und Gegenreden verfolgte, fragte sich der junge Elbenkrieger die ganze Zeit über, ob er sich nicht doch zu Wort melden sollte. Schließlich war er dabei gewesen, als die Dunkelheit in seinen König gefahren war. Er hatte gesehen, wie diese Dunkelheit Keandir zu einer Marionette des Bösen gemacht hatte, und Branagorn fragte sich seitdem, wie stark diese Kräfte in der Seele des Königs der Elben wirkten. War es denkbar, einen Neubeginn zu wagen, der unter diesen düsteren Vorzeichen stand?

Gleichzeitig aber registrierte Branagorn auch die besondere Kraft, die Keandir seit den Ereignissen auf Naranduin erfüllte. Eine Kraft, die ihn ein ungeahntes Charisma entfalten ließ, das selbst ältere Elben aus der Generation der Athranor-Geborenen mitriss. Der König hatte eine klare Vision dessen, was kommen würde. In seinem Kopf schien sich das neue, selbst bestimmte Schicksal, von dem er gesprochen hatte, längst geformt zu haben.

Branagorns Blick glitt über die unzähligen Köpfe der Zuhörerschaft in Richtung des Meers. Das königliche Flaggschiff »Tharnawn« war das größte Schiff der Elbenflotte und aus diesem Grund auch noch nicht mit Hilfe eines Seilzugs an den Strand gezogen worden; es ankerte noch in der Bucht. Cherenwen war an Bord geblieben, als eine von wenigen. Lediglich eine absolut unverzichtbare Wachmannschaft von wenigen Seeleuten befand sich derzeit auf dem Schiff, und die meisten von ihnen brannten wohl darauf, endlich das Zwischenland Ethranor betreten zu dürfen. Natürlich gab es auch ein paar vom Lebensüberdruss Gezeichnete, denen es gleichgültig geworden war, was die Zukunft brachte oder in welchem Land das Volk der Elben siedeln würde. Doch selbst ein paar dieser Unglücklichen hatten schließlich doch noch eine der Barkassen bestiegen, um an Land gebracht zu werden, und der frische Geruch dieses Landes, die Verheißung einer erfüllbaren Hoffnung und einer strahlenden Zukunft, die die glorreiche Vergangenheit vielleicht sogar noch in deren Schatten zu stellen vermochte, schien sich sogar auf diese Elben positiv auszuwirken; zumindest ein Teil ihrer Lebensgeister regte sich offenbar wieder an Land.

Für Branagorns geliebte Cherenwen galt dies leider nicht. Sie stand mit leerem Blick an der Reling der »Tharnawn«; er konnte sie zwar nicht sehen, spürte sie aber mit seinen feinen Elbensinnen. Dass der Name des Flaggschiffs »Hoffnung« bedeutete, schien Branagorn wie Hohn, war seine Geliebte doch für ihn zu einem Symbol der Hoffnungslosigkeit geworden.

»Ihr solltet Euch an den Gedanken gewöhnen, dass Ihr Abschied nehmen müsst«, sagte neben ihm eine vertraute Stimme.

Branagorn drehte sich um und blickte in das fein geschnittene Gesicht von Nathranwen, der Heilerin. Sie trug ihr Haar offen über die Schultern. Und der Wind schmiegte ihr das schneeweiße Gewand an die grazile Gestalt.

»Abschied?«, fragte Branagorn, obwohl er sehr genau verstand, was Nathranwen meinte.

»Für jeden von uns kommt in diesen Stunden der Augenblick des Abschieds. Ein Abschied von verlorenen Träumen, werter Branagorn.«

»Man kann nur wirklich Abschied nehmen, wenn man dazu innerlich bereit ist.«

»Und Ihr seid es nicht?«

»Das kommt darauf an, von welchem Traum Ihr sprecht.«

»Im Augenblick geht es darum, sich zwischen dem Traum von Elbiana und dem von Bathranor zu entscheiden.«

»Und? Habt Ihr bereits eine Entscheidung getroffen?«, fragte Branagorn. »Soweit ich weiß, seid Ihr noch in Athranor geboren und habt die Vision von den Gestaden der Erfüllten Hoffnung geteilt.«

»Ja, das ist wahr. Aber diese Vision ist bei mir inzwischen derart verblasst, dass ich anregende Kräuter verwenden muss, um mich überhaupt noch an sie zu erinnern, werter Branagorn.«

»So seid Ihr bereit, diesen Traum aufzugeben?«

»Ihr nicht?«

Branagorn atmete tief durch. »Ihr wisst, dass ich viel zu jung bin, als dass ich die ursprüngliche Vision hätte teilen können …«

»Ja, man hat sich während der langen Seereise nicht der Mühe unterzogen, diese Vision zu erneuern. Das hätte eine erhebliche geistige Anstrengung bedeutet, zu der die Mehrheit der Elben nicht bereit war …«

»Und ich habe dies stets bedauert«, gestand Branagorn mit einem Lächeln auf den Lippen. »Und doch – obwohl ich zu jung bin, um diese von allen Athranor-Elben erlebte Vision teilen zu können, ist sie doch in mir, und das mit einer Intensität, die zeitweilig weitaus lebendiger ist als sogar bei vielen der alten Elben.«

Nathranwen hob die langen, leicht nach oben gebogenen Augenbrauen. »So seid Ihr gewiss eine bemerkenswerte Ausnahme unter den

Seegeborenen. Wisst Ihr denn, warum der Traum von den Gestaden der Erfüllten Hoffnung derart lebendig bei Euch war – und offenbar noch immer ist, wenn ich das Ungesagte zwischen Euren Worten richtig zu deuten vermag?«

Branagorn schüttelte den Kopf. »Ich wünschte, ich hätte eine Erklärung dafür. Aber es war von Anfang an so.«

»Vielleicht, weil Ihr den geistigen Kontakt zu Euren Eltern und Großeltern suchtet?«, fragte Nathranwen, der sehr wohl bewusst war, dass sie mit dieser Frage ein heikles Thema ansprach. Branagorns Eltern hatten sich gemeinsam dem Lebensüberdruss hingegeben und waren irgendwo in der Sargasso-See ins Meer gesprungen, nachdem sie eine Überdosis beruhigender Essenzen eingenommen hatten. Den kleinen Branagorn hatten sie zunächst ebenfalls mit sich nehmen wollen, sich dann aber im letzten Moment anders entschieden. Zwar waren sie in diesem Stadium des Lebensüberdrusses der Meinung gewesen, dass ein Elbenleben nichts als Schmerz und langsames und schier endloses Siechtum bedeutete, eine Aneinanderreihung von wehmütiger Trauer und Enttäuschungen angesichts des großen Ziels, das sich als unerreichbar herausgestellt hatte. Aber sie wollten die Entscheidung über Leben und Tod nicht für ein unmündiges Kind treffen und hatten ihn daher einer Elbin namens Férowen in die Obhut gegeben, die zu den wenigen Elbinnen gehörte, die sich Kinder wünschten.

In seiner Jugend war Branagorn immer sehr kränklich gewesen, weshalb Férowen häufig den Rat und die Hilfe der Heilerin Nathranwen in Anspruch genommen hatte. Mit Erfolg. Denn die Essenzen, mit denen Nathranwen das Kind behandelt hatte, waren sehr wirksam gewesen, und Branagorn war zu einem Krieger mit kräftiger Konstitution herangewachsen, dem niemand mehr ansah, dass er seinen Zieheltern dereinst Anlass zu großer Sorge gegeben hatte.

Seit dieser Zeit war die Heilerin für Branagorn eine wichtige Vertraute. Noch immer gab er viel auf ihr Urteil.

»An Eurer Vermutung könnte durchaus etwas dran sein, werte Nathranwen«, gestand er ein.

»Dennoch hat dies nichts zu tun mit Eurem Zweifel, ob Ihr Euch am Aufbau Elbianas beteiligen oder mit Fürst Bolandor weiter einer verlorenen Hoffnung folgen wollt.« Nathranwen hatte ihre Worte im

Tonfall einer Feststellung gesprochen, nicht wie eine Frage, während sie Branagorn musterte.

»Woher wollt Ihr wissen, was mich bewegt?«

»Ich beobachte Euch.«

Branagorns Lächeln wirkte etwas gezwungen. »Und allein daraus zieht Ihr solche Schlüsse?«

»Ich bin Heilerin und keine Schamanin oder Magierin. Ich kann nicht auf den Grund Eurer Seele oder in Euer Herz schauen, Branagorn, aber ich glaube, dass Eure Zweifel irgendwie mit dem König zusammenhängen. Ich erkenne das an der Art, wie ihr ihn betrachtet.«

»Wie betrachte ich ihn denn?«, fragte Branagorn mit leisem Spott in der Stimme.

Aber Nathranwen war es offenbar sehr ernst. »Mit einer Mischung aus furchtsamer Abscheu und Bewunderung. Aber Ersteres überschattet Letzteres deutlich.«

Branagorns Stirn umwölkte sich. »Ich glaube, es ist richtig, dieses neue Reich hier zu gründen ...«

»Aber etwas lässt Euch zweifeln.«

»Ihr habt schon recht, es hängt mit der Person des Königs zusammen. Ich sah ihn wie wohl sonst niemand. Und das macht mir Angst. Das Böse war in ihm, und ich weiß nicht, ob es noch immer Teil seiner Seele ist. Was, wenn es wieder hervorbricht?«

Branagorns Gesicht veränderte sich. Die Verstörung, die er in jenem Moment empfunden hatte, in der er Keandirs vollkommen schwarze Augen gesehen hatte, spiegelte sich für einen kurzen Moment in seiner Miene wider. Eine Dunkelheit, die das Böse selbst repräsentierte, hatte alles Weiße in den Augen des Königs getilgt.

Nathranwen schwieg zunächst. Sie atmete tief durch und sagte schließlich: »Ich kann Euch nur raten, folgt Eurem Herzen, Branagorn.«

»Ein kryptischer Rat. Eigentlich bin ich konkretere Hinweise von Euch gewöhnt.«

»Die bezogen sich allerdings auf die Gesundung Eures Körpers – und daran ist im Augenblick kein Bedarf, wenn ich das richtig sehe.«

Erneut erschien ein mattes Lächeln auf Branagorns Gesicht.

»Glaubt Ihr, es gibt irgendwo in diesem Zwischenland ein Mittel gegen den Lebensüberdruss?«

»Ihr denkt an Cherenwen.«

»Gewiss tue ich das«, gab der junge Elbenkrieger zu.

»Es mag hier Kräuter gegeben, aus denen man Essenzen gewinnen kann, die den Lebensüberdruss vertreiben oder lindern. Aber für das beste Mittel gegen diese Krankheit halte ich das Zwischenland selbst. Eine große Herausforderung liegt vor uns allen, und jeder, der sie annimmt, wird von Neugier ergriffen, diese unbekannten Täler, Berge und Ebenen zu erforschen. Jede Herausforderung hat ein Ziel, jedes Ziel vermag dem Leben Sinn zu geben.«

»Wir hatten ein Ziel«, erinnerte Branagorn, »und dies waren die Gestade der Erfüllten Hoffnung.«

Nathranwen nickte. »Doch leider haben sich ausgerechnet die Gestade der Erfüllten Hoffnung erwiesen als eine Hoffnung, die sich nicht erfüllen lässt. Dieses Land hier aber liegt vor uns, wir können es betreten, es berühren, es erobern und nach unseren Wünschen formen.«

»Ich merke, Ihr habt Euch bereits entschieden, Nathranwen – was Eure Person betrifft.«

»Ja, das ist richtig«, gab sie zu. »Davon abgesehen erwartet die Königin Zwillinge und benötigt meine Hilfe. Ich könnte sie jetzt unmöglich im Stich lassen. Schließlich ist so eine Zwillingsgeburt ein nahezu einzigartiges Ereignis. Und ich nehme es als ein Zeichen.«

Branagorns Blick glitt zurück zum Meer, dorthin, wo die »Tharnawn« ankerte, auf der Cherenwen zurückgeblieben war. »Besteht die Möglichkeit, dass hier im Zwischenland ein Mittel gefunden wird, das in der Lage ist, den Lebensüberdruss zu heilen?«, wiederholte er seine Frage von vorhin. »Ihr seid Heilerin. Also müsstet Ihr dies beurteilen können.«

»Ehrlich, ich weiß es nicht. Doch was ich gerade sagte, meinte ich ernst: Womöglich ist dieses Land selbst schon ein Mittel gegen den Lebensüberdruss. Die Luft, der Wind, der Geruch von frischem Gras … Ich will Euch keine falschen Hoffnungen machen, Branagorn. Die Möglichkeit, dass es hier ein Kraut gegen den Lebensüberdruss gibt, ist zwar durchaus gegeben, aber Ihr müsst damit rechnen, dass es schwer zu finden ist. Für Cherenwen käme diese Hilfe mit Sicherheit zu spät. Also solltet Ihr Eure Entscheidung nicht auf dieser vagen Aussicht gründen.«

»Ihr sagtet doch, dass ich meinem Herzen folgen soll«, erwiderte Branagorn.

Sie nickte. »Ja, das stimmt.«

»Genau das werde ich tun.«

Nathranwen lächelte verhalten. »Das heißt, Ihr werdet um Cherenwens willen hier in Elbiana bleiben.«

»Ja.«

»Das ist sehr romantisch«, sagte die Heilerin versonnen, doch dann wurde sie sofort wieder ernst und fügte hinzu: »Aber ich glaube nicht, dass es das Richtige für Euch ist. Ich bin mir nicht einmal sicher, ob es Cherenwen helfen wird.«

»Aber es ist meine Entscheidung«, erwiderte Branagorn.

»Ja, das ist es.«

»Und eins ist klar«, sagte Branagorn, »wenn Cherenwen die Reise nach Bathranor fortsetzt, wird sie mit Sicherheit sterben. Nur hier besteht die Möglichkeit, dass sie überlebt, so gering sie auch ist.«

»Und was ist mit Euch, Branagorn?«, fragte Nathranwen besorgt.

»So lebendig der Traum von Bathranor auch in mir ist«, sagte der junge Elbenkrieger, »ich habe Jahrhunderte gelebt, ohne die Gestade der Erfüllten Hoffnung je mit eigenen Augen zu sehen. Ohne Cherenwen jedoch kann ich nicht leben.«

Darauf sagte Nathranwen nichts mehr. Sie nickte nur; ob sie damit andeuten wollte, dass sie die Ansicht des Elbenkriegers teilte, oder einfach nur, dass sie seine Beweggründe verstand, wusste er nicht.

Die überwältigende Mehrheit des Kronrats erklärte, in Elbiana bleiben zu wollen. Einer nach dem anderen trat nach vorn, und es freute Keandir, dass sie den Namen dieses neuen Reiches bereits nach so kurzer Zeit wie einen Begriff benutzen, der ihnen seit langer Zeit geläufig war. Offenbar war es genau das, wonach ihre Seelen verlangten, ging es ihm durch den Kopf.

Fürst Bolandor gehörte zu den wenigen, die auf ihrem Standpunkt beharrten und dazu aufriefen, weiterhin dem Traum von Bathranor zu folgen. Herzog Palandras unterstützte ihn dabei. Im Kronrat fanden sie nicht einmal bei den Älteren viel Unterstützung. Und wie viele Elben sich am nächsten Tag bereit erklären würden, um mit ihnen weiterzusegeln, musste sich erst noch zeigen.

»Von nun an«, verkündete Keandir, »gilt eine neue Zeitrechnung. Wir werden die Jahre von diesem Moment an zählen, nachdem wir im Nebelmeer den Bezug zur Zeit vollkommen verloren hatten. Und ab morgen beginnt der Aufbau Elbenhavens.«

## 3

# BRASS ELIMBOR

Am Strand wurden große Zelte aufgebaut, wie man sie vor langer Zeit in Athranor benutzt hatte, wenn die Krieger der Elben ein Heerlager errichteten. Die Materialien waren mit magischen Tinkturen behandelt worden, um sie die Reise überstehen zu lassen. Trotz allem waren die Stockflecken unübersehbar, und der aus der Seide athranorischer Riesenraupen gewobene Stoff hatte sein strahlendes Weiß längst verloren.

Manche aus dem Gefolge des Königs argumentierten, dass es unwürdig sei, diese Zelte zu benutzen, da ihr Anblick doch den ästhetischen Ansprüchen Hohn spräche, die unter den Elben üblich waren. Aber König Keandir widersprach dieser Ansicht. Er wollte ein Zeichen setzen, dass die Geschichte des Reiches Elbiana hier und jetzt begonnen hatte. »Diese Zelte, so schmutzig und gezeichnet von der Zeit sie auch sein mögen, sind die Keimzelle von Elbenhaven, der ersten Stadt des neuen Reiches.«

Selbst Elben, die dem König als direkte Gefolgsleute sehr nahe standen, schüttelten nur den Kopf darüber, dass es Keandir auch seiner schwangeren Frau zumutete, an Land in einem solchen Zelt zu übernachten. »Die Tharnawn ankert vor der Küste und wäre ein viel sicherer Ort«, meinte unter anderem Siranodir von den zwei Schwertern.

Und auch Herzog Palandras wandte sich noch einmal an Keandir. »Es ist betrüblich genug, dass eine Elbin aus dem ruhmreichen Hause Torandiris den Traum von Bathranor aufgibt. Den Idealen unseres Ahnherrn spricht das Hohn. Dass Ruwen loyal zu Euch steht, entspricht ihrer Art und wäre unter normalen Umständen auch ihre Pflicht. Aber in diesem Fall müsste sie Euch widersprechen und versuchen, Euch von Eurem verhängnisvollen Weg abzubringen.«

»Dass sie es nicht tut, liegt vielleicht daran, dass sie selbst den Glauben an dieses neue Reich teilt«, erwiderte Keandir. »Schließlich ist ihre Zwillingsschwangerschaft ein deutliches Hoffnungszeichen.«

Herzog Palandras nickte düster. »Ich habe noch einmal versucht, mit ihr darüber zu sprechen, doch sie ist so hartnäckig dem Irrglauben verhaftet, mit dem Ihr sie infiziert habt, dass es dem Bemühen gleichkäme, eine Lebensüberdrüssige von der Schönheit der sterblichen Welt zu überzeugen.« Der Herzog machte eine weit ausholende Geste über das gerade errichtete Lager aus fleckigen Zelten. »Aber dass sie gezwungen ist, Ihre Kinder in solch schmutzigen Behausungen auszutragen ...« Er schüttelte den Kopf.

»Schwangerschaften sind so selten geworden, dass sich kaum noch jemand daran zu erinnern scheint und das Wissen darüber langsam in Vergessenheit gerät. Ich habe mich bei Nathranwen der Heilerin erkundigt. Dieser Zustand einer Elbenfrau hat nichts mit einer Krankheit zu tun, die behandelt werden muss. Und schon gar nicht in diesem frühen Stadium, in dem selbst das empfindlichste Elbenohr noch nicht einmal den Herzschlag des Nachwuchses zu hören vermag.«

Herzog Palandras verzog das Gesicht. »Eine Geburt in Schmutz, Schande und Verrat. Daraus gebärt sich nur der Untergang, mein König.«

Mehr sagte er nicht mehr. Er wandte sich ab und ließ seinen König allein ...

Am nächsten Morgen war der Aufbruch für jene anberaumt, die sich Fürst Bolandor anschließen und weiter nach den Gestaden der Erfüllten Hoffnung suchen wollten. Es sammelte sich nur eine kleine Schar um den Fürsten. Sie genügte gerade, um zwölf Schiffe zu bemannen.

König Keandir hielt sein Wort und bot Fürst Bolandor die besten Schiffe der Flotte an, darunter auch das Flaggschiff »Tharnawn«. Doch Letzteres lehnte Bolandor mit einer Schroffheit ab, die Keandir abermals zeigte, wie tief die Verbitterung über den tragischen Tod seines Sohnes bei dem Fürsten sitzen musste.

»Nein, mein König, die ›Tharnawn‹ soll ihren neuen Heimathafen hier in Eurer neuen Stadt bekommen. Ihr Name bedeutet Hoffnung – und wenn der Begriff ›Tharnawn‹ dafür auch ein etwas antiquierter Begriff sein mag, so wird Euch die Gegenwart dieses Schiffes doch ständig daran erinnern, wie Ihr die Hoffnungen des Elbenvolks verraten habt!«

»Es war reine Freundlichkeit, sie Euch anzubieten«, erwiderte Keandir zurückhaltend, denn er spürte, dass die Mauer zwischen ihnen undurchdringlich geworden war. »Denn auch, wenn Ihr es nicht für möglich haltet: Ich wünsche Euch und allen, die Euch begleiten, alles nur erdenkliche Glück auf Eurer ungewissen Fahrt. Und da die ›Tharnawn‹ das größte Schiff der Flotte ist und wir hier an Land jederzeit die Möglichkeit haben, neue Schiffe zu bauen …«

Doch Fürst Bolandor brachte Keandir mit einer Handbewegung zum Schweigen. »Ihr wollt in Wahrheit nur Euer Gewissen beruhigen, mein König. Und dazu werde ich Euch nicht verhelfen.« Er schüttelte den Kopf. Sein Blick war gleichermaßen in sich gekehrt und hasserfüllt, und dann brachte er endlich zur Sprache, was ihn wirklich bewegte. »Erst habt Ihr mir meinen Sohn genommen, Keandir, dann raubtet Ihr mir das Vertrauen in meinen König, indem Ihr Verrat übtet an Euren Ahnen und Eurem Vater. Und heute, da sich nur ein jämmerlicher Haufen von Elben hier am Ufer einfindet, um die Reise nach Bathranor fortzusetzen, wird mir auch noch der Glauben an das Elbentum genommen. Warum das Schicksal mich so verflucht hat, weiß ich nicht. Aber vielleicht liegt es daran, dass es das Schicksal ist, dass Ihr mit Eurem Schwert geformt habt, indem Ihr den Furchtbringer niederkämpftet. Und dieses Schicksal meint es wirklich nicht gut mit mir.«

Der Fürst wandte sich ab. Und Keandir erkannte, dass es nichts mehr zu sagen gab.

Fürst Bolandor wünschte, dass jemand Brass Elimbor holte. Wenn der Oberste Schamane es schon vorzog, in Elbiana zu bleiben, so sollte er denen, die am Traum von Bathranor festhielten, wenigstens seinen Segen mit auf die Reise geben.

Brass Elimbor hatte sich seit dem Ende des gestrigen Thronrates zurückgezogen. Zwei Novizen hatten ihn stützen müssen, so schwach war er gewesen, und so manch einer machte sich Sorgen, ob die Beschwörung der Jenseitigen nicht über Brass Elimbors Kräfte gegangen war. Der Schamane war auf jenes Schiff gebracht worden, auf dem er eine Kabine bewohnte. Doch dort war er nicht anzutreffen.

Es wurde schon darüber spekuliert, ob Brass Elimbor vielleicht bereits nach Eldrana eingegangen war, und das sowohl geistig wie auch körperlich. In Fällen extremer Vergeistigung wäre dies bei einigen Elben der Alten Zeit geschehen, so wurde berichtet, wobei der Wahrheitsgehalt dieser Überlieferung sogar unter Schamanen und Schriftgelehrten stark angezweifelt wurde.

Fürst Bolandor entschloss sich schließlich zum Aufbruch. Lieber hätte er abgewartet, bis Brass Elimbor vielleicht doch noch gefunden wurde, aber er fürchtete auch, der eine oder andere wankelmütige Elb aus seiner Schar könnte sich doch noch dazu entschließen, in Elbiana zu bleiben. Und so segelten die zwölf Schiffe, die Fürst Bolandor nun unter seinem Kommando hatte, auf das zwischenländische Meer hinaus.

Keandir und die Seinen sahen ihnen nach, bis sie zu kleinen, schwarzen Punkten am Horizont wurden und schließlich verschwanden.

Keandir ließ in einem großen Zelt alle elbischen Baumeister und Architekten zusammenrufen, um sofort mit den Planungen für den Bau der neuen Stadt Elbenhaven zu beginnen.

Diese Architekten und Baumeister gehörten allesamt der älteren, noch in Athranor geborenen Generation an und hatten ihr Handwerk während der Seereise nicht ausüben können. Manch einer hatte sich die Zeit vertrieben, indem er Pläne von riesigen Gebäuden entworfen hatte, in der Hoffnung, dass man sie dereinst in Bathranor errichten würde. Ganze Fantasiestädte waren auf diese Weise konzipiert und bis ins Detail durchgeplant worden.

Aus diesem Fundus konnten die Begründer Elbenhavens schöpfen, wenngleich auffiel, dass die Entwürfe bei den meisten Architekten im Verlauf der Überfahrt immer fantastischere Züge angenommen hatten und viele dieser Pläne wohl schlicht nicht zu verwirklichen waren. Städte, die in der Luft schwebten und entweder von Wolken eines magischen Gases oder durch gewaltige Flügel- und Ballon-Konstruktionen getragen wurden, fanden sich ebenso darunter wie Städte, die auf dem Wasser schwammen oder gar auf dem Meeresgrund errichtet werden sollten.

Doch es gab auch genügend Pläne, für deren Umsetzung nicht erst aufwendige neue Techniken entwickelt oder eine andere, bisher unbekannte Art von Magie entdeckt werden musste. Pläne, die man sofort umsetzen konnte. Außerdem begann die so lange in Bereiche der puren Fantasie verbannte Kreativität der elbischen Baumeister geradezu zu sprudeln, und in Keandir wuchs die Zuversicht, dass die neue Hauptstadt Elbianas viel schneller entstehen würde, als er zunächst angenommen hatte.

Brass Shelian, ein junger und zudem der einzige seegeborene Schamane, suchte den König während der Zusammenkunft der Baumeister auf. Da es um Brass Elimbor ging, hatten ihn die Wachen vorgelassen. Brass Shelian galt als der engste Vertraute des Obersten Schamanen, was in erster Linie darin seinen Ausdruck fand, dass der Jüngere die Kabine des Älteren in Ordnung hielt. Geredet hatten sie seit langer Zeit kaum ein Wort miteinander.

»Mein König!«, begann er. »Brass Elimbor schickt mich. Ich soll Euch sagen, dass Ihr unbedingt zu ihm kommen müsst.«

»Wo ist er?«, entfuhr es Keandir. »Er wurde überall gesucht, denn Fürst Bolandor hätte für die Überfahrt gern seinen Segen gehabt.«

»In der letzten Nacht musste ich ihn zusammen mit zwei Novizen auf einen Berg bringen, ein paar Meilen von hier entfernt. Er wollte an einen Ort gebracht werden, von dem aus er einen guten Fernblick über das neue Land Elbiana hat. Wir waren bis vor Kurzem bei ihm. Doch jetzt wünscht er Euch zu sehen.«

Keandir runzelte die Stirn. »Brass Elimbor wäre besser hier gewesen, um Fürst Bolandor mit seinem Segen Hoffnung zu spenden.«

»Mit Verlaub, mein König, aber ich denke, Brass Elimbor weiß selbst am besten, wo sein Platz ist. Im Augenblick ist Euer Platz aber ganz gewiss an seiner Seite!«

Mit einem Trupp von Begleitern brach Keandir auf und folgte Brass Shelian in die nahen Berge. Mehrere Stunden waren sie unterwegs, und als die Sonne bereits milchig wurde, hielt Brass Shelian an und erklärte, nur Keandir dürfe ihm weiter folgen, alle anderen müssten zurückbleiben und sollten rasten.

Ygolas der Bogenschütze war wenig begeistert von dieser Forderung. »Wir haben bereits schlechte Erfahrungen damit gemacht, unseren König mit einer zu schwachen Bewachung ziehen zu lassen.«

»Es ist Brass Elimbors Wille«, entgegnete Brass Shelian. »Und den sollten wir respektieren.«

Keandir lächelte mild. »Eure Sorge um meine Sicherheit in Ehren, werter Ygolas, aber Ihr solltet es damit nicht übertreiben, sonst muss ich noch denken, Ihr wolltet mich in Ketten legen.« Keandir tätschelte den Griff seines Schwertes an seiner Seite. »So leicht bin ich nicht zu bezwingen. Ihr solltet daran denken, dass ich keinem Schicksal mehr folge, sondern es selbst forme.«

»Dennoch bin ich in Sorge«, wandte Ygolas ein. »Die Zuversicht der Elben, die auf diesem Kontinent blieben, würde mit Eurem Tod schlagartig in nackte Panik umschlagen. So viel Schreckliches haben wir auf der Insel des Augenlosen Sehers erlebt, dass ich meine Sorge für durchaus berechtigt betrachte.«

»Brass Elimbor ist nicht mit dem Augenlosen Seher oder den niederen Kreaturen zu vergleichen, die wir auf dieser verfluchten Insel antrafen«, entgegnete Keandir. »Also habt etwas mehr Vertrauen in die Stärke Eures Königs, Ygolas.«

Mit diesen Worten verließen Brass Shelian und Keandir die Gruppe der übrigen Elben. Die Krieger schlugen ein Lager auf und warteten auf die Rückkehr ihres Königs.

Keandir und Brass Shelian mussten ein paar steile Berghänge und schmale, gefährliche Pfade hinter sich bringen, und Keandir fragte sich, wie Brass Elimbor diesen Weg in seinem geschwächten Zustand hatte bestehen können. Zeitweilig hatten ihn gewiss die Novizen getragen, aber es gab sehr unwegsame Stellen, an denen dies nicht möglich war.

Schließlich erreichten sie den Schamanen. Er saß auf einer Felsenkanzel, den Blick ins Landesinnere gerichtet. Schneebedeckte Berggipfel waren zu sehen, aber auch grüne Wiesen und Hochwald, der von fruchtbaren Tälern unterbrochen wurde. Ein gewaltiges Panorama eröffnete sich dem Betrachter, viel beeindruckender noch, als es der Blick von der Affenkopf-Festung aus gewesen war.

Das Antlitz des Schamanen war so weiß wie Kalk. Aber seine Züge waren von innerer Ruhe und Gelassenheit geprägt. Er schien Keandir gar nicht zu bemerken. Brass Shelian sprach ihn mit sanfter Stimme an und erklärte, dass der König der Elben nun da sei. Doch noch immer reagierte Brass Elimbor nicht.

Brass Shelian wandte sich an Keandir und schlug vor: »Richtet selbst Eure Stimme an den erhabenen Brass. Vielleicht bemerkt er Euch dann.«

Keandir nickte. Dabei bemühte er sich, das tief empfundene Entsetzen nicht nach außen dringen zu lassen. Der Elbenkönig hatte nämlich sofort erkannt, dass Brass Elimbor sich an diesem Platz niedergelassen hatte, um auf den Tod zu warten. Die Szenerie erinnerte an die Erzählungen über den Tod von Gorthráwen der Schwermütigen, die an der Küste Athranors zurückgeblieben war. Brass Elimbor war damals dabei gewesen, als sie an der Küste Platz genommen hatte, den Blick aufs Meer gerichtet, und er wusste sicherlich mehr über das Ende der elbischen Künstlerin als jeder andere. Schließlich hatte er seinerzeit ihren ewigen Ruheplatz mit Hilfe magischer Mittel so beeinflusst, dass ihr Körper von Verwesung und Aasfressern verschont blieb.

Die Beschwörung am vorangegangenen Tag war offenbar tatsächlich über seine Kräfte gegangen.

»Ihr wolltet mich sprechen, Brass Elimbor«, sprach er den Schamanen an. »Jetzt bin ich hier, und Ihr könnt mir alles sagen, was Ihr mir mitzuteilen habt.«

Ein Ruck ging durch den erschlafften Körper des ehrenwerten Brass. Er wandte den Kopf, musterte Keandir und schien einige Augenblicke darüber nachdenken zu müssen, wen er vor sich hatte, so entrückt war er bereits.

»Keandir!«, murmelte er. Er atmete schwer und richtete seine nächsten Worte an den jungen Schamanen. »Ich möchte mit dem König unter vier Augen sprechen.«

»Ihr seid Euch sicher, dass Ihr nichts braucht?«, fragte Brass Shelian.

»Ja.«

»Wann soll ich zurückkehren?«

»Ihr sollt gar nicht mehr zurückkehren. Ich habe alles, was ich brauche. Lebt wohl und bewahrt alles, was Euch gelehrt wurde.«

Brass Shelian kostete es offensichtlich Mühe, die Fassung zu bewahren, doch wortlos gehorchte er dem Obersten Schamanen der Elben.

Keandir kniete vor Brass Elimbor nieder und nahm dessen Hand. Sie war eiskalt. »Die Beschwörung der Jenseitigen hat Euch zu viel Kraft gekostet«, murmelte der Elbenkönig. »Ihr hättet sie verweigern sollen. Jeder hätte dafür Verständnis gehabt.«

»Jeder hätte den Respekt vor mir verloren, mein junger unwissender König. Unter dem Menschengeschlecht der Alten Zeit gab es hinfällige Greise; unter den Elben hat es so etwas nie gegeben, doch hätte ich mich verweigert oder versagt, wäre ich in den Augen der Anwesenden genau dazu geworden – zu einem kraftlos gewordenen Greis, der nur noch ein Schatten seiner Selbst ist.«

»Die Namenlosen Götter zu beschwören ist eine Anstrengung, die auch die Jüngeren nicht mehr schaffen. Es wäre keine Schande gewesen.«

»Eigentlich war ich sogar schon zu schwach, die Eldran zu rufen ...« Er sprach mit leiser Stimme. Er hob die dürre Hand, seine Finger verkrallten sich in Keandirs Gewand, und er zog den König näher an sich heran. »Ich will Euch die Wahrheit sagen, bevor ich selbst nach Eldrana entschwinde.«

»Welche Wahrheit?«

»Ich habe den Kronrat belogen. In Wahrheit hatte ich während der Fahrt von der Insel des Augenlosen zur Küste des Zwischenlands keinen Kontakt zu den drei Sphären der Jenseitigen. Ja, ich habe gelogen, aber die Zukunft des Elbenvolkes ist mir wichtiger als mein makelloser Nachruhm. Darum müsst Ihr die Wahrheit kennen, auch wenn sie so schmerzhaft sein mag wie der unerfüllte Traum von Bathranor ...« Brass Elimbor stockte. Die letzten Kräfte schienen aus seinem Körper zu weichen, und Keandir befürchtete schon, dass der Schamane ein Eldran wurde, noch bevor er auszusprechen vermochte, was ihm offenbar so schwer auf der Seele lag. Er schloss die Augen. Sein Atem war flach und entsetzlich schwach. Die Stimme glich einem leisen Wispern, als er fortfuhr: »Einst war ich in der Lage, die Namenlosen

Götter zu rufen. Aber zu ihnen habe ich den Kontakt schon lange verloren. Die Beschwörungen schlugen fehl. Meine Kräfte schwanden. Ich hatte schon vor der Fahrt durch die Sargasso-See nicht einmal mehr Kontakt zu den Eldran. Meine Kräfte reichten nicht aus, und ich spürte, dass ich einen sehr hohen Preis bezahlen müsste, würde ich versuchen, sie zu beschwören.«

»Es scheint, als hättet ihr diesen Preis jetzt bezahlt«, sagte Keandir bewegt.

»Die Zukunft des Elbenvolks war es mir wert. Aber tut mir einen Gefallen und behaltet dies für Euch. Dass die Jenseitigen der drei Sphären ihnen gegenüber gleichgültig geworden sind, damit könnten sich die Elben vielleicht abfinden. Aber dass Ihr ehrenwerter Brass ihnen vorgespielt hat, er habe Kontakt mit ihnen gehabt, wäre schlimm.«

»Ich werde schweigen.«

»Ihr wisst nun, dass Ihr allein steht, Keandir. Ihr formt Euer Schicksal selbst; den Beistand der Jenseitigen solltet Ihr dabei nicht erhoffen.«

»Das ist mir bewusst.«

»Lasst mich Euch noch meinen Segen geben, König Keandir …«

»Ja …«

Zitternd hob der Schamane die Hand. Doch sie sank sofort wieder zurück, und der Blick Brass Elimbors wurde starr, noch ehe er Keandir segnen konnte.

## 4

## ELBENHAVEN

Der Aufbau von Elbenhaven ging für elbische Verhältnisse zügig voran. Optimismus begann die meisten der daran beteiligten Elben zu erfüllen, und zaudernde Zurückhaltung verwandelte sich in eine Tatkraft, wie sie unter Elben seit langer Zeit nicht mehr zu spüren gewesen war. Die grüblerische Schwermut, die selbst unter den nicht vom Lebensüberdruss Gezeichneten weit verbreitet war, fiel von ihnen nach und nach ab. Zu sehr erfüllte sie die Aufgabe, die sie sich gestellt hatten, zu sehr drängte es sie, endlich Ergebnisse ihrer Anstrengungen zu sehen.

Manch konservative Stimme befürchtete schon, dass das Elbengeschlecht drauf und dran wäre, die Agonie, die lange Zeit unter ihnen geherrscht hatte, gegen die Hast kurzlebigerer Geschöpfe eingetauscht zu haben, und sie erhoben warnend ihre Stimmen und Zeigefinger. Doch diese Warnungen stießen kaum auf fruchtbaren Boden.

Die meisten derer, deren Köpfe auf einmal voller Pläne für den Aufbau Elbenhavens waren, hatten zum ersten Mal seit langer Zeit wieder das Gefühl, wirklich zu leben. Sie fühlten eine Intensität von Empfindungen, die bisher nicht einmal die in Athranor Geborenen erlebt hatten. Sie atmeten tiefer, sie schwitzten vor Anstrengung, und sie sanken vor Erschöpfung auf ihre Lager, wenn sie abends ihr Tagwerk vollbracht hatten. Alles Dinge, die als unelbisch galten, sie aber daran erinnerten, dass sie lebendig waren und ihre Existenz mehr war als eine Vorbereitung auf die jenseitige Verklärung.

Brass Shelian schlug vor, sich der alten magischen Techniken zu erinnern, mit deren Hilfe man in der Alten Zeit Bauwerke oder Waffen durch geistige Anstrengung direkt in die fassbare Realität habe übertragen können.

»Kopfschmerzen statt Schweißgeruch – das waren noch Zeiten!«, spottete Prinz Sandrilas einmal darüber.

Doch König Keandir war skeptisch, dass die geistigen Fähigkeiten der Elben dazu im Moment ausreichten. Und mit Brass Elimbor hatten sie den einzigen Schamanen verloren, der diese Techniken vielleicht noch selbst angewandt hatte und sie einer neuen Generationen hätte beibringen können.

Waffenmeister Thamandor, der diese besondere Art der Magie bereits während der Fahrt durch das Nebelmeer wiederholt, aber im Großen und Ganzen erfolglos angewandt hatte, um seine mechanischen Waffen und Werkzeuge magisch zu optimieren, schlug vor, auf diesem Gebiet weitere Experimente anzustellen. Möglicherweise könnten dabei auch die beiden Zauberstäbe des Augenlosen Sehers hilfreich sein, deren Wirkungsweise er allerdings bislang noch nicht hatte herausfinden können.

»Wenn Euch nach Experimenten ist, so wird Euch davon niemand abhalten«, erklärte König Keandir. »Allerdings werde ich sie nur unter der Bedingung dulden, dass Ihr mir keine Arbeitskräfte abzieht. Wir Elben sind nicht sehr zahlreich, gemessen an den Plänen, die wir haben. Da brauchen wir zum Aufbau Elbenhavens jede Hand und jeden Geist. Sonst werden wir in einer halben Ewigkeit noch in stockfleckigen Zelten leben und uns vielleicht auf die modrigen Planken unserer Schiffe zurücksehnen.«

»Das wird nicht geschehen«, entgegnete Thamandor zuversichtlich. »Mein König, das wird *niemals* geschehen, denn dazu ist Elbiana zu sehr Sinnbild unserer Sehnsucht geworden!«

»Denkt an den Traum von Bathranor, an dem wir so lange festgehalten haben, und Ihr seht, was aus solchen Sinnbildern werden kann«, erwiderte Keandir. »Die Gestade der Erfüllten Hoffnung wurden zu einer gestaltlosen Chimäre.«

»Mit Elbenhaven kann das nicht geschehen!«, war Thamandor überzeugt. »Es ist jetzt schon greifbar. So greifbar, wie die Mechanismen und Maschinen, die ich entwickle.« Und mit diesen Worten umfasste er die nach vorn gerichteten Griffe seiner Einhandarmbrüste.

»Es ist immer die Zeit, die den entscheidenden Faktor darstellt. Und es war immer unser Fehler, dass wir glaubten, diesen Faktor nicht beachten zu müssen, da wir so langlebig sind«, entgegnete Keandir. »Aber das war ein Irrtum. Die Zeit macht irgendwann aus jedem greifbaren Traum eine Chimäre, von der niemand mehr wirklich weiß, welche Gestalt sie eigentlich besitzt und ob es überhaupt noch erstrebenswert ist, ihr zu folgen.«

Keandir war in seinen jungen Jahren von Seelenmeister Maéndir nicht nur in geistiger Disziplin unterrichtet worden, dieser uralte Lehrer hatte ihn auch mit dem Inhalt der wichtigsten überlieferten elbischen Schriften vertraut gemacht. Dass es sich dabei nur um einen kleinen Bruchteil des überlieferten Elbenwissens handelte, war dem jungen König natürlich durchaus bewusst gewesen. Aber es reichte aus, um selbst eine Orientierung für die Zukunft zu finden und dem Volk der Elben als König die Richtung weisen zu können.

Immer wieder war in diesen Überlieferungen von Anführern die Rede, die erst als große Retter gefeiert worden waren, später aber von ihren Anhängern verflucht wurden.

»Ihr geht mit einer Ungeduld zu Werke, als stünde Euch nur ein Menschenleben zur Verfügung, um Elbiana aufzubauen«, sagte Prinz Sandrilas einmal zu seinem König.

»Die Vegetation gibt Hinweise darauf, dass wir in diesem Land mit einem Wechsel der Jahreszeiten zu rechnen haben«, erwiderte Keandir.

»Das ist richtig, doch bis zum Einbruch des Winters werden wir die Stadt niemals errichten können«, war Sandrilas überzeugt. »So sehr wir uns auch anstrengen mögen, es ist einfach nicht zu schaffen.«

»Nein, das ist wahr«, stimmte Keandir zu. »Und gewiss werden meine Kinder noch in einem Zeltlager zur Welt kommen. Das ist nicht weiter schlimm – aber wenn bis dahin nicht wenigstens zu erahnen ist, wie Elbenhaven einst aussehen wird, dann wird unter dem grauen, kalten Winterhimmel die Schwermut wieder überhandnehmen.«

Sandrilas verzog das Gesicht. »Viel Vertrauen habt Ihr nicht in das Durchhaltevermögen Eures Volkes.«

»Wurde er denn je wirklich geprüft, werter Sandrilas?«
»Nicht so, wie es jetzt der Fall ist, das mag sein.«

Tag um Tag gingen die Arbeiten voran. Tage sammelten sich zu Wochen und Monaten. Und zum ersten Mal seit sehr langer Zeit wurden Wochen und Monate bei den Elben überhaupt wieder gezählt. Als sich die Flotte im Nebelmeer verloren hatte, war jeglicher Bezug zur Zeit unwichtig geworden, und man hatte daher ihre Messung auch nahezu vollkommen aufgegeben. Die kleineren Einheiten waren dabei als Erste bedeutungslos geworden. Was war ein Herzschlag, wenn eine Ewigkeit verging? Kam es da auf Stunden, Tage oder Wochen an?

Doch jetzt beobachtete man wieder den Lauf der Zeit. Alte Sonnen-, Sand- und Wasseruhren wurden wieder in Betrieb genommen, um das Verrinnen der Zeit genauer verfolgen zu können.

Neben dem Fortschritt beim Bau der Hauptstadt legte Keandir auch großes Gewicht auf die Erforschung des umliegenden Landes. Falls dort bisher verborgen gebliebene Feinde lauerten, so wollte er dies frühzeitig wissen. Außerdem hatte er in seiner Vorstellung die Entwicklung Elbianas bereits weit vorweggenommen. Er dachte daran, dass die Elben sich ausbreiteten und weitere Städte, Burgen und Häfen errichteten, sodass schließlich ein Reich entstand, das diese Bezeichnung auch verdiente.

Von Natur aus waren Elben eigentlich nicht für das Leben in drangvoller Enge geschaffen, und manch ein Heiler vermutete in der Missachtung dieser Tatsache auch die Ursache dafür, dass die Krankheit des Lebensüberdrusses während der großen Seereise um so vieles häufiger aufgetreten war als in all den Epochen davor. So war es ohnehin nur eine Frage der Zeit, wann neue Kolonien gegründet werden würden.

Keandir wollte jedoch, dass die Verbindung untereinander gehalten wurde und es nicht etwa zu einer Verstreuung der Elben kam. Die künftige Expansion, an die außer dem König im Moment noch kaum einer jener Elben dachte, da sie genug damit zu tun hatten, Elbenhaven zu errichten, musste gut vorbereitet werden. Expeditionen zur See und zu Lande waren dafür unerlässlich.

Zunächst schickte König Keandir Kundschaftertrupps in die Umgebung von Elbenhaven aus. Der junge Elbenkrieger Branagorn meldete sich freiwillig, um an diesen Erkundungen teilzunehmen. Während der Lebensüberdruss bei den anderen Betroffenen selbst in schweren Fällen durch dieses neue, so völlig andere Leben zumindest gedämpft wurde, zeigte sich bei seiner geliebten Cherenwen keinerlei Verbesserung ihres Zustands. Alle Bemühungen der Heilerin Nathranwen schienen vergebens. Allenfalls zeitweise war eine Linderung der Symptome und eine leichte Aufhellung der Stimmung zu verzeichnen. Aber zu einem durchschlagenden Erfolg führte dies nicht.

Und so hoffte Branagorn in den Weiten des Landes, das er erkunden sollte, vielleicht bisher unbekannte Pflanzen oder Heilkräuter zu finden. Nathranwen unterwies ihn darin, solche Pflanzen zu erkennen, von denen es in den alten Schriften teilweise sehr detaillierte Abbildungen, verbunden mit genauesten Beschreibungen, gab. »Allerdings bedenkt, dass dies alles Kräuter und Heilmittel aus Athranor waren«, sagte die Heilerin zu dem jungen Krieger. »Es ist nicht gesagt, dass dieselben Pflanzenarten auch hier in Elbiana wachsen. Und darüber hinaus fehlt uns bei vielen dieser Gewächse inzwischen die Erfahrung bei der Dosierung und das genaue Wissen um die Wirkung.«

Während der elbischen Seereise hatten die Heiler Unmengen an Essenzen und Konzentraten mitgeführt, um für alle Eventualitäten gewappnet zu sein. Doch dieser Vorrat war inzwischen zu großen Teilen aufgebraucht. So hatten schon bei der Durchquerung des Nebelmeeres viele Heilmittel gar nicht mehr zur Verfügung gestanden und andere lediglich in so geringen Mengen, dass man sie nur in sehr schweren Fällen, bei denen man aber dennoch die Möglichkeit einer Heilung sah, verwendete.

»Ich sagte ja schon, dass Ihr Euch nicht zu große Hoffungen machen dürft«, setzte Nathranwen noch hinzu, die sehr wohl registrierte, wie sehr Branagorn darunter litt, dass es offenbar nichts gab, was er tun konnte, um seiner Liebsten zu helfen.

»Wenn ich ehrlich bin, dann ist es nicht nur die Hoffnung für Cherenwen, die mich hinaus in dieses Land treibt«, gestand er, »sondern auch die Aussicht, meinen Kummer zumindest für eine gewisse Zeit zurücklassen zu können.«

»Das ist nur allzu verständlich«, erwiderte Nathranwen mit nachsichtigem Lächeln, doch in ihren Zügen war Besorgnis zu lesen.

So erforschte Branagorn und ein Trupp von fünfzig Elbenkriegern nach und nach das Hochland, das sich an die Küste anschloss. Hoch-Elbiana würde dieses Gebiet schon bald genannt werden.

Die Erforschung dieses Landes ging recht langsam vonstatten, da den Elben nur die eigenen Füße als Transportmittel blieben und das Gebiet recht unwegsam war. Erst als sie nach und nach die Hügel- und Grasländer von Mittel-Elbiana erreichten, stießen sie auf Herden wilder Pferde.

In der Alten Zeit hatten die Elben Pferde gezüchtet und sie wie kein anders Volk zu zähmen gewusst. Aber auf die Seereise hatte man sie nicht mitnehmen können. Obwohl die Pferde aus den elbischen Züchtungen viel älter wurden als jene in freier Natur oder gar die grobschlächtigen Exemplare, auf denen die legendären Menschen angeblich zu reiten pflegten, war ihre Lebensspanne noch immer so verschwindend kurz, dass sie schon in der ersten Phase der Seereise eingegangen wären. Und an eine Züchtung und vor allem Ausbildung von Pferden während einer Seereise, deren Ende unabsehbar war, war überhaupt nicht zu denken gewesen. Nicht einmal die feinfühligsten elbischen Pferdeausbilder hatten sich dieses zugetraut. So hatte man auf die Mitnahme von Pferden notgedrungen verzichtet, die Bestände an hochwertigen Zuchttieren wieder ausgewildert und darauf vertraut, dass es in der neuen Heimat entweder landeseigene Pferderassen gab, die sich durch Zucht zu brauchbaren Reittieren machen ließen, oder die Erfindungsgabe der Elben sie über kurz oder lang andere mechanische oder magische Transportmittel entwickeln ließen.

Branagorn und seinen Begleitern gelang es nach einigen Mühen, ein paar der wilden Pferde einzufangen. Sie gehörten einer widerstandsfähigen Rasse an, die sich darüber hinaus durch eine gewisse Eigenwilligkeit auszeichnete. Noch schwieriger, als sie zu fangen, gestaltete es sich allerdings, die Tiere durch das zerklüftete Hoch-Elbiana nach Elbenhaven zu bringen.

Ein Heilkraut gegen den Lebensüberdruss fand Branagorn auf dieser Reise nicht, aber er war entschlossen, nicht aufzugeben. Die Pferde konnten der Beginn einer eigenen Zucht von Reittieren sein, sodass sich der Aktionskreis der Elben schon sehr bald stark ausdehnen würde. Und das wiederum verbesserte Branagorns Ansicht nach die Möglichkeit, eines Tages doch ein Kraut zu finden oder auf eine Magie zu stoßen, die hilfreich sein konnte.

Während Branagorn monatelang Richtung Westen unterwegs war, sandte Keandir auch Schiffsexpeditionen aus, um die Küste zu erforschen und nach geeigneten Plätzen abzusuchen, an denen man Häfen errichten konnte.

Kapitän Isidorn drang mit der »Morantor« Richtung Süden vor. Jenseits der Küste Hoch-Elbianas schloss sich eine Kette fruchtbarer Inseln an, die sich zur Besiedlung und zur Errichtung von Stützpunkten gut eigneten. Sie wurden von nun an zusammenfassend West-Elbiana genannt.

All diese Inseln wurden von Kapitän Isidorns Mannen angefahren und zumindest oberflächlich erforscht. Auf keiner von ihnen waren Spuren einer Besiedlung zu finden.

Keandir hatte den Seefahrern und Kriegern, die er aussandte, aufgetragen, nach solchen Spuren Ausschau zu halten. Wenn die Worte des Augenlosen Sehers der Wahrheit entsprachen – und daran gab es für König Keandir nicht den Hauch eines Zweifels –, dann war das Zwischenland vor undenkbar langer Zeit von seinem Bruder Xaror beherrscht worden. Auch wenn es Keandir einerseits unwahrscheinlich erschien, dass von diesem Reich und den Geschöpfen, die in ihm lebten, noch irgendwelche Überreste geblieben waren, so beunruhigte ihn doch der Gedanke, dass das Schicksal Xarors bisher ungeklärt war. Ein Wesen, dessen Fähigkeiten und Bosheit dem Augenlosen auch nur annähernd ähnlich waren, wäre gewiss ein ernst zu nehmender und unangenehmer Gegner gewesen.

Doch Prinz Sandrilas und Siranodir mit den zwei Schwertern schafften es, ihren König in dieser Hinsicht zu beruhigen. Jemand, der das Schicksal selbst bezwungen und nun die Macht hätte, es selbst zu formen, bräuchte sich nicht vor dem Bruder des Augenlosen zu fürchten, so überzeugten sie ihn, gleichgültig wie viel Macht der noch immer besäße.

Die größte und nordöstlichste Insel West-Elbianas nannte Kapitän Isidorn nach einem Helden der legendären Vorzeit Athranors, die der Alten Zeit vorangegangen war. Sie hieß nun Elralon, und an der Südwestseite richtete Isidorn ein Lager mit Vorräten ein, um von dort aus weiter gen Süden vordringen zu können. An jener Stelle sollte später eine Stadt entstehen, die mit der Insel den Namen teilte.

Kapitän Isidorn kehrte zunächst nach Elbenhaven zurück, um seinem König sein Vorhaben zu unterbreiten. Schon wenige Tage darauf – und ausgerüstet mit neuen Vorräten – brach Isidorn mit seiner »Morantor« erneut auf.

Diesmal führte ihn sein Vorstoß die gesamte Küste Hoch-Elbianas und dem sich anschließenden Mittel-Elbiana entlang, und er ankerte schließlich an der Mündung eines großen Flusses, der »Tir« genannt wurde, was nichts anders war als ein alter, in Athranor noch gebräuchlicher und später nahezu in Vergessenheit geratener Begriff für »Wasserstraße«.

Mit mehreren Barkassen drang Isidorn flussaufwärts vor und stieß auch dort auf fruchtbares Land. Der Fluss war zwar eigentlich auch für größere Schiffe wie die »Morantor« gut schiffbar, aber da Isidorn nicht wusste, was seine Männer und ihn in dem fremden Land erwartete, wollte er auf Nummer sicher gehen. Die »Morantor« wartete also im Mündungsgebiet des Flusses und konnte notfalls zu einer Rettungsmission aufbrechen, falls die flussaufwärts fahrenden Elben durch feindselige Bewohner oder die Unbilden der Natur in Schwierigkeiten gerieten. Außerdem ließen sich die Barkassen beim Auftreten von Stromschnellen schneller aus dem Wasser ziehen und über Land transportieren, um die Reise oberhalb des jeweiligen Katarakts fortzusetzen.

Von feindseligen Geschöpfen war – abgesehen von ein paar Raubtieren – nichts zu sehen. Es gab Wölfe und Bären und in den flachen, Nieder-Elbiana genannten Grasländern südöstlich des Tir auch ein paar vereinzelte Großkatzen. Aber die ließen sich schon mit Magie der einfacheren Art, die jeder Elb von Kindesbeinen an beherrschte, leicht verscheuchen.

Wochenlang drang Isidorn mit seinen Männern flussaufwärts vor ohne irgendeine der befürchteten Schwierigkeiten. Dieser Fluss versprach die starke Lebensader eines großen Reiches zu werden. Schließlich teilte sich der Tir in einen nördlichen und einen südlichen Flusslauf. Von dort kehrten die Barkassen zur »Morantor« zurück.

Die »Morantor« setzte ihre Fahrt in Richtung Süden fort und folgte der Küste Nieder-Elbianas bis zu einer weiteren Flussmündung, bei dem es sich um einen gewaltigen, breiten Strom handelte, dem Isidorn den Namen »Nur« gab; der größte Strom Athranors hatte der Legende nach so geheißen. Das Land südlich des Nur erhielt den Namen Nuranien.

Diesmal ließ Kapitän Isidorn keine Barkassen aussetzen, sondern die »Morantor« selbst flussaufwärts rudern. Teilweise war der Nur so breit, dass es möglich war, die Segel zu setzen und sogar gegen den Wind zu kreuzen.

Immer weiter ging die Fahrt zunächst nach Westen. Der Nur war die Grenze zwischen zwei deutlich verschiedenen Landschaften, die sich offenbar auch in der Bodenbeschaffenheit unterschieden. Im Norden die fruchtbaren, grasbewachsenen Ebenen Nieder-Elbianas, im Süden das karge, felsige Hochland Nuraniens. Mit der Zeit zog sich der Nur immer weiter nordwärts, und an seinem südlichen Ufer wurde das nuranische Hochland durch einen dichten, bis in das flache Uferwasser wuchernden Urwald abgelöst. Ein Chor unheimlicher Stimmen drang aus dem Dunkel dieses Waldes, dumpfe, grollende Laute, aber auch schrille Schreie. Manchmal bewegte sich etwas im Unterholz, und Äste und Zweige knackten, oder man hörte leises Rascheln und Schaben.

»Fühlt Ihr es auch?«, fragte Isidorn, während er aufmerksam in diesen finsteren, von unheimlichem Leben erfüllten Wald starrte. »Dies ist ein Ort, an dem Magie wirksam ist. Und zwar auf eine so mächtige Weise, wie ich es zuvor nie erlebt habe.«

»Ohne Zweifel«, stimmte Maltanuir zu, der seegeborene Steuermann, der am Ruder der »Morantor« stand. »Nicht einmal an der Küste der Insel des Augenlosen Sehers oder als wir gegen den magischen Sturm ankämpften, der uns von der zwischenländischen Küste fernhielt, haben meine Sinne etwas Vergleichbares empfunden.« Die Elben verfügten über einen feinen Sinn für Magie, der zwar unterschiedlich stark ausgeprägt, aber bei jedem von ihnen vorhanden war. »Vielleicht sollten wir besser umkehren«, fügte der Steuermann hinzu.

Doch Isidorn war anderer Ansicht. »Wenn jenseits der Grenzen unseres neuen Reichs Gefahren lauern, sollten wir sie zumindest kennen«, entschied er.

An einer günstigen Stelle ging die »Morantor« vor Anker, und Isidorn begab sich mit ein paar seiner Männer an Land, um einen besseren Eindruck von diesem geheimnisvollen Waldreich zu bekommen. Mit ihren Schwertern bahnten sich die Elben den Weg durchs Unterholz. Myriaden von Insekten schwirrten durch die Luft und wurden durch die Schwertstreiche, mit denen sich die Eindringlinge den Weg frei machten, noch zusätzlich aufgescheucht. Leichte Magie hielt diese Quälgeister einigermaßen auf Distanz. Aber Isidorn und seine Gefährten merkten schnell, dass diese Zauberformeln, die jedem Elben geläufig waren, in diesem Dschungel längst nicht so wirksam waren wie sonst.

»Entweder haben wir uns während der Seereise zu wenig darin geübt«, meinte Isidorn, denn im Nebelmeer waren sie nicht von Insekten belästigt worden, »oder diese Viecher haben sich gegen Magie immunisiert, weil sie in diesen Wäldern seit Urzeiten wirkt.«

Sie lauschten – und auf einmal hörten sie in der Ferne dunkel raunende Stimmen. Gleichzeitig spürten sie, dass der Einfluss der Magie immer größer wurde, je weiter sie vordrangen.

Raschelnde Bewegungen zwischen den Bäumen ließen sie aufschrecken. Die Baumkronen ragten ungewöhnlich hoch empor, und ihre Kronen bildeten ein geschlossenes Dach, das kaum Licht durchließ. Riesige Faultiere, die man auf den ersten Blick für moosbewachsene Holzverwachsungen halten konnte, hingen mit ihren Krallenpranken an den Baumstämmen und bewegten sich derart langsam, dass es selbst den Elben kaum auffiel.

Geflügelte Affen sprangen in den Ästen umher. Sie glichen den Ouroungour von der Insel des Augenlosen Sehers, allerdings waren sie deutlich kleiner, und ihre Flügel waren verkümmert; sie dienten nur noch zum Gleitflug von Baum zu Baum oder um sich mit heftigem Flügelschlag aus großer Höhe zu Boden sinken zu lassen. Vor allem aber waren diese Wald-Ouroungour vollkommen friedlich. Neugierig, aber scheu näherten sie sich den Elben. Als Isidorn eine unbedachte Bewegung machte, wichen sie sofort kreischend zurück, nur um wenig später erneut näher zu kommen. Sie trugen keine Kleidung oder Schmuck, geschweige denn Waffen.

Ein ganzes Stück begleiteten die Wald-Ouroungour die Elben, hielten aber respektvollen Abstand. Dann gelangten Isidorn und seine Männer an einen Ort, der vollkommen frei vom sonst so dichten Unterholz war. Dennoch bildeten die Baumkronen auch über diesem Platz ein dichtes Blätterdach, sodass es ziemlich dunkel war. Doch obwohl kaum ein Lichtstrahl die Erde berührte, wuchsen hier Blumen mit blauen Blüten, die in der Dunkelheit leuchteten wie kleine Laternen.

Die Affen mieden diesen Ort. Sie wurden von einer seltsamen Scheu befallen und wichen zurück. Die verspielte Unbekümmertheit, die sie zuvor an den Tag gelegt hatten, war auf einmal weg, und sie starrten die Blumen an auf eine Weise, die ihre Angst deutlich erkennen ließ. Auch stießen einige von ihnen Schreie aus, so als ob sie sich dunkel an schreckliche Ereignisse erinnerten. Ein Instinkt schien sie auf Distanz zu diesen eigenartigen Gewächsen zu halten.

Und auch Isidorn warnte seine Männer. »Abgesehen von den Bäumen gibt es hier keine anderen Pflanzen – und die Waldbewohner meiden diesen Ort!«, stellte der Kapitän fest. »Entweder liegt das an einer üblen Magie oder an einem Gift, das diese Blumen absondern. Also kommen wir diesen Gewächsen besser nicht zu nahe. Außerdem sind wir nicht botanischer Studien wegen hier.«

Schon wenig später sollte sich Isidorns Verdacht bestätigen. Ein rattenähnliches Tier von der Größe eines Schweins wurde von einem der Wald-Ouroungour durch das angrenzende Unterholz gejagt und geriet auf diese Weise in die Blumenkolonie. Plötzlich war ein zischender Laut zu hören. Mehrere der Blütenkelche hatten sich dem Tier zugewandt und stießen weißliche Wolken hervor. Das Tier winselte, stoppte mitten im Lauf, brach nieder, wurde weiß und zersetzte sich. Der Geruch von Fäulnis lag in der Luft.

»Offenbar ist dies eine Pracht, die man aus der Ferne genießen sollte«, stellte Isidorn fest.

Die Expedition erreichte schließlich den Quellsee des Nur, der am Fuße eines schroffen Gebirgszugs lag. Nordbergen sollte dieses Land, das mit diesem Gebirgszug begann, von nun an genannt werden. Das

Waldreich hatte hier ebenso seine Nordwestgrenze wie die später zu Elbiana gehörenden Ebenen.

Inzwischen waren Monate vergangen, und der Jahreszeitenwechsel machte sich bemerkbar. Anfangs führte Isidorn die Tatsache, dass die Nächte immer kälter wurden, darauf zurück, dass sie auf ihrer Fahrt den Nur hinauf so weit nach Norden vorgedrungen waren. Aber auf der Reise zurück zur Flussmündung wurde den Elben die Veränderung des Wetters bewusst.

Auf der Fahrt flussabwärts hatten sie die Strömung auf ihrer Seite. Sie brauchten weder Segel zu setzen, noch zu rudern. Der Fluss selbst trug sie zur Mündung.

Obwohl viele lieber schon nach Elbenhaven zurückgekehrt wären, entschied Isidorn, die Küste Richtung Süden noch ein Stück weiter zu erforschen, denn die nächste Expedition würde vielleicht erst wieder im Frühjahr möglich sein, schließlich wusste man noch nicht, was die Winter des Zwischenlands an Stürmen und anderen Unbilden brachten. Noch dreimal ging Isidorn mit einer kleinen Schar von Männern an Land. Aber nirgends waren Anzeichen dafür zu finden, dass jemand hier siedelte oder gelebt hatte.

Dann erreichten sie eine tief eingeschnittene Bucht. Die Küste, die danach in südlicher Richtung folgte, war flach, trocken und sandig – und unterschied sich damit deutlich von dem eher felsigen Hochland Nuraniens. Die Küste südlich der Bucht nannte Isidorn Elbara, nach einer Elbenprinzessin aus den athranorischen Legenden. Diesen Legenden nach hatte Prinzessin Elbara einen Troll namens Gororok geheiratet, wovon ihr die elbische Verwandtschaft natürlich dringend abgeraten hatte. Daraufhin hatte sie versucht, ihren Trollgemahl zu einem Prinzen mit elbischen Umgangsformen zu erziehen, was natürlich niemals gelingen konnte und den Rahmen zu einer Unzahl lustiger Anekdoten lieferte.

Als die »Morantor« schließlich nach Elbenhaven zurückkehrte, waren die Anhöhen Hoch-Elbianas bereits mit Schnee bedeckt, und ein kalter Nordwind blies …

Isidorn und seine Mannschaft wurden begeistert empfangen. Noch war Elbenhaven eine Zeltstadt, aber die ersten Gebäude nahmen bereits Gestalt an. Auch waren die Ausmaße der künftigen Festungsanlagen schon zu erahnen, und Isidorn war tief bewegt, als er dies sah. Die Fortschritte, die während seiner Abwesenheit gemacht worden waren, beeindruckten ihn sehr.

Natürlich musste er sofort König Keandir Bericht erstatten, der sich mit einem Kreis von Vertrauten in seinem inzwischen winterfest gemachten Hauptzelt beratschlagte. Darunter war auch Branagorn, der auf seinen Reisen zu Lande einen Großteil Hoch-Elbianas erforscht und dabei aber leider keine Pflanze entdeckt hatte, aus der man ein Mittel gegen den Lebensüberdruss hätte machen können.

»Dafür haben sich Branagorn und seine Begleiter als immens geschickte Pferdefänger erwiesen«, sagte Keandir dem Kapitän der »Morantor« und schlug Branagorn auf die Schulter. Keandirs Respekt vor dem jungen Elben war mittlerweile gewaltig gestiegen, und er war längst mehr als nur ein Elbenkrieger des königlichen Gefolges. Da jeder wusste, dass er ein Mittel gegen den Lebensüberdruss suchte, und niemand annahm, dass diese Suche in absehbarer Zeit von Erfolg gekrönt sein würde, nannte man ihn inzwischen auch Branagorn den Suchenden, obwohl viele der älteren Elben der Meinung waren, dass Branagorn viel zu jung für das Tragen eines Beinamens wäre. Branagorn seinerseits hatte nichts dagegen.

Die zunehmende Wertschätzung seines Königs gefiel ihm und ließ ihn manchmal sogar sein Misstrauen vergessen, das er Keandir gegenüber noch immer empfand. Doch seine Erinnerungen an die Geschehnisse auf der Insel des Augenlosen Sehers verblassten bereits und verloren ihre Eindringlichkeit. Vielleicht hatte sich das Böse, das in den König gedrungen und seine Augen mit Schwärze gefüllt hatte, ja tatsächlich verflüchtigt. Konnte es nicht sein, dass diese unheimliche abgrundtiefe Finsternis, dieses Gewimmel aus dunklen Funken, Keandirs Seele und seinen Körper wieder vollständig verlassen hatten? Schließlich waren auf der Insel magische Kräfte von einer Art im Spiel gewesen, die selbst den Elben bis dahin unbekannt gewesen war. Eine Stimme in Branagorns Hinterkopf warnte ihn zwar davor, sich selbst etwas einreden zu wollen, aber Branagorn war immer weniger geneigt, auf diese Stimme zu hören.

Auch Lirandil der Fährtensucher, Prinz Sandrilas und der Waffenmeister Thamandor lauschten gespannt dem Bericht Isidorns. »An der Küste sind überall geeignete Buchten, um Häfen zu errichten«, erklärte der Kapitän der »Morantor«. »Und das Land, in das wir vordrangen, macht einen guten Eindruck. Nirgends scheint es Feinde zu geben, vor denen wir uns fürchten müssten.«

»Das höre ich gern«, sagte Keandir.

Dann aber berichtete Isidorn von dem geheimnisvollen Waldgebiet. »Es war voller Magie, und ich bin überzeugt davon, dass sich dort uralte Geschöpfe verborgen halten.«

»Geschöpfe aus der Zeit, da der Augenlose und sein Bruder über das Zwischenland herrschten?«, fragte Keandir.

»Das ließ sich nicht erforschen«, antwortete Isidorn und erzählte dann von den seltsamen Blumen, auf die er gestoßen war.

An dieser Stelle mischte sich Lirandil ein. »Diese Art von Blumen ist aus entlegenen Gegenden Athranors bekannt«, erklärte er. »Man nennt diese Blumenart ›Die Sinnlose‹.«

»Die Sinnlose?« Kapitän Isidorn hob die Augenbrauen. »Ein seltsamer Name für eine Blume.«

»Der Legende nach soll die Heilerin Máthrawina ihr diesen Namen gegeben haben, nachdem sie bei einer ihrer Waldwanderungen, die sie zur inneren Versenkung oft über Monate hinweg durchführte, als Erste auf eine Kolonie dieser Blumen stieß. Eine Blüte unter einem so dichten Laubdach, dass kaum Licht den Boden erreicht, erschien Máthrawina sinnlos, da sich Pflanzen normalerweise unter diesen Bedingungen nicht entfalten können. Daher der Name.«

»Da sich diese Pflanze aber trotzdem zu entfalten vermag, muss also Magie im Spiel sein«, schloss Branagorn.

Lirandil nickte. »Die Sinnlose ist eine der mächtigsten Heilpflanzen, und es lassen sich aus ihren Blütenblättern und ihrem Stängel sehr starke Drogen gewinnen. Als in Athranor die ersten Fälle von Lebensüberdruss auftraten, gab es unter den Heilern die weit verbreitete Ansicht, dass ein Extrakt aus den Blütenblättern der Sinnlosen die Beschwerden zumindest lindern könnte.«

»Habt Ihr in Eurem ungeheuer langen Leben jemals erfahren, ob dieses Extrakt tatsächlich wirkt oder nicht?«, hakte Branagorn sofort nach.

»Nein.« Lirandil schüttelte den Kopf. »Ihr müsst wissen, dass diese Pflanze bereits zu meiner Jugendzeit in Athranor so gut wie ausgestorben war. In den Jahrtausenden zuvor wurde diese Pflanze wahrscheinlich überall aus dem Boden gerupft, um magische Heilmittel aus ihr herzustellen, ohne dass man dabei an die Zukunft dachte.«

»Ein für Elben eigentlich untypisches Verhalten«, kommentierte Thamandor. »Gerade die Athranor-Geborenen behaupten doch oft, dass es all die unelbischen Laster und Verirrungen der heutigen Zeit früher nicht gegeben hätte.«

»Über die Zeitalter hinweg trifft die Erinnerung manchmal eine sehr spezielle Auswahl«, sagte Lirandil dazu.

»Aber was ist mit den ätzenden Wolken, die diese Blumen ausstoßen?«, erkundigte sich Branagorn. »So wie ich Isidorn verstanden habe, gerät jedes Lebewesen, das sich der Sinnlosen nähert, in Gefahr, ein Opfer ihrer Dämpfe zu werden.«

»Es gibt gewiss einen Zauber, um sich davor zu schützen«, meinte Lirandil. »Aber erwartet nicht von mir, dass ich ihn wüsste.«

»In den Büchern der Alten Heiler könnte etwas darüber stehen«, sagte Thamandor. »Aus ihnen habe ich unter anderem ja auch das Wissen über die Gifte für die Bolzen meiner Armbrüste.«

Branagorn wandte sich an den König. »Es muss noch einmal eine Expedition den Nur hinauf bis an die Ufer des Waldreichs fahren«, forderte er. »Wenn auch nur die vage Hoffnung besteht, ein Mittel gegen den Lebensüberdruss zu finden, dann sollte dies jeden Einsatz wert sein.«

»Ich habe im Prinzip nichts dagegen«, antwortete Keandir, »auch wenn die Zahl der Betroffenen in den letzten Monaten stark zurückgegangen ist.«

»Dennoch gibt es einige, für die dieses Land allein keine Heilung bringt«, erinnerte Branagorn.

»So wie bei Eurer geliebten Cherenwen«, sagte der König. »Ich weiß sehr wohl, wie Ihr empfindet, werter Branagorn.« Keandir musterte den Elbenkrieger. »Doch bedenkt bitte, dass der Winter kurz bevorsteht, und keiner von uns weiß, wie hart dieser Winter wird. Die See ist jetzt schon aufgewühlt, und wir warten noch immer vergebens auf die Rückkehr von Kapitän Ithrondyr und seiner ›Jirantor‹.«

Vor Monaten schon war Ithrondyr aufgebrochen, um die Küste in nördlicher Richtung zu erforschen. Aber bislang hatte man noch nichts von ihm gehört.

»Heißt das, Ihr lehnt eine Expedition ab?«, fragte Branagorn.

»Das heißt, ich lehne sie *zu diesem Zeitpunkt* ab«, erklärte der König, »denn ich will kein Schiff und keine Mannschaft in Gefahr bringen.«

»Das Frühjahr kommt schneller, als ihr denkt«, sagte Isidorn zu dem jungen Elben, der die Ansicht des Königs in dieser Frage zu teilen schien. »Dann bin ich gern bereit, die Strapazen dieser Reise noch einmal auf mich zu nehmen, und wäre stolz darauf, wenn Ihr mich begleiten würdet.«

Branagorn atmete tief durch, und seine Hände ballten sich zu Fäusten. Die Ungeduld war dem Mann, den man inzwischen den Suchenden nannte, deutlich anzusehen. »Ich hoffe, dass es bis dahin nicht zu spät ist«, murmelte er düster und verließ das Zelt. Ein Schwall eisiger Kälte drang herein, als Branagorn ins Freie trat.

»Der Kummer beherrscht ihn«, sagte Keandir. »Und doch muss die Vernunft der Ursprung aller Entscheidungen sein.«

Prinz Sandrilas musterte den König einige Augenblicke. Es herrschte auf einmal Schweigen im Zelt des Königs, bis der

Prinz leise, aber bestimmt sagte: »Jemandem, dessen Gemahlin Zwillinge erwartet, fällt es wohl leichter, sich von der Vernunft leiten zu lassen, als jemandem, dessen Gefährtin von Tag zu Tag einem Todesschatten aus dem finsteren Maldrana ähnlicher wird.«

Kein anderer sonst, seit Fürst Bolandor mit seinen Getreuen Elbiana verlassen hatte, hätte es wohl gewagt, derart offene Worte gegenüber dem König vorzubringen.

# 5

# DIE ZWILLINGE

Ruwens Bauch hatte sich in den letzten Monaten sichtlich gewölbt, und ihre Schwangerschaft schritt deutlich voran. Neun Monate waren die Mindestzeit, die ein Elbenkind im Mutterleib verbrachte, ansonsten aber waren Schwangerschaften bei den Elben keiner zeitlichen Eingrenzung unterworfen.

Es hatte während der Seereise Elbenfrauen gegeben, die zunächst zwar schwanger geworden waren und sich sogar auf ihr Kind gefreut hatten, anschließend aber plötzlich die Verantwortung scheuten oder meinten, dass dies kein günstiger Moment wäre, um Nachwuchs in die Welt zu setzen. Die Furcht vor der Schwangerschaft hatte bei diesen Frauen dafür gesorgt, dass die Entwicklung ihres Kindes zum Erliegen kam. Manche von ihnen trugen noch immer uralte Föten unter ihrem Herzen, die niemals zur Reife gekommen waren – ungeborene Elbenkinder, die in einem zumeist frühen Stadium ihrer Entwicklung aufgehört hatten zu wachsen.

Doch inzwischen hatte sich die Stimmung unter den Elben in vielerlei Hinsicht geändert. Sie alle waren lebenszugewandter und deutlich optimistischer geworden. Selbst bei vielen, die vom Lebensüberdruss bereits gezeichnet gewesen waren, hatte sich das Gemüt aufgehellt, und das Beispiel der Königin hatte viele Elbinnen dazu veranlasst, ebenfalls schwanger zu werden oder ihre bereits uralten Leibesfrüchte endlich wieder wachsen zu lassen.

»Es ist wie in einem Traum«, sagte Ruwen einmal zu Keandir, als sie allein in ihrem Zelt waren. Sie legte dabei die Hände auf den sich immer deutlicher hervorwölbenden Bauch. »Ein Traum, von dem ich niemals geglaubt habe, dass er mehr sein könnte als eben nur ein Traum, Kean.«

Keandir lächelte. »Ich weiß, was du meinst, Ruwen. Es ist die Kraft der Imagination, die alles Neue hervorbringt. Wenn ich die Baustellen von Elbenhaven sehe, dann sehe ich bereits das, was daraus werden wird.«

»Ähnlich ergeht es mir mit Andir und Magolas«, entgegnete Ruwen. »Sie sind bereits da, obwohl sie noch nicht geboren wurden. Ich spreche mit ihnen. Ich spüre ihre Bewegungen, und ich höre ihren Herzschlag, nachdem die Heilerin mich darin unterwiesen hat, darauf zu achten und dieses feine Pochen von all den anderen Wahrnehmungen meines Körpers zu unterscheiden.«

Ein milder Zug trat auf Keandirs Gesicht. In diesen Momenten fühlte er eine starke Verbundenheit mit Ruwen, von der er glaubte, dass sie durch nichts erschüttert werden könnte. Das waren die Augenblicke, in denen ihn keinerlei Selbstzweifel plagten und er zutiefst davon überzeugt war, den richtigen Weg zu gehen – allen düsteren Ahnungen zum Trotz.

»Wie sehr hat sich unser aller Leben verändert«, murmelte er, und es war ihm anzumerken, wie ergriffen er war. »Und das in einer Spanne von wenigen Monaten. Einer Zeitspanne, die uns früher wie ein Augenaufschlag in einem Ozean der Langeweile und des Gleichmaßes vorgekommen wäre.«

Ihre Blicke trafen sich. Keandir strich seiner Gemahlin zärtlich über das Haar und die Wangen. Sein Blick verlor sich in ihren dunklen Augen, die vor Glück zu leuchten schienen. Aber der König war aufmerksam genug, um zu bemerken, dass da auch noch etwas anderes war in diesen Augen. Eine Nuance, die mit dem Glück, das sie zu empfinden schien, nicht übereinstimmte. Wie ein kleiner dunkler Fleck auf einem blütenweißen Gewandt. Ein Makel. Ein Schönheitsfehler. Etwas, dass das elbische Empfinden für Gleichmaß und Harmonie auf jeden Fall unterschwellig störte.

Ruwen wiederum begriff sofort, dass ihr Gemahl diese Regung in ihren Zügen bemerkt hatte und sie ihm eine Erklärung dafür geben musste. »Wir kennen uns zu gut, als dass der eine dem anderen etwas verbergen könnte«, stellte sie fest. »Also werde ich es gar nicht erst versuchen. Es wäre sinnlos.«

Keandir nickte und sah sie prüfend an. »Ja, das ist wahr.«

Ruwen schluckte. Eine leichte Röte überzog ihr Gesicht. »Ich wollte dir eigentlich nicht deinen Traum von Elbiana trüben, denn ich weiß, dass du all deine Kraft dafür aufwenden musst, um ihn in die Tat umzusetzen. Und doch gibt es da etwas, was ich dir nicht länger verschweigen kann.«

Keandirs Augen verengten sich, eine Falte erschien auf seiner Stirn. »Wovon sprichst du? Was immer es auch sein mag, du kannst mir vertrauen.«

Ein melancholisches Lächeln spielte um ihre Lippen. In ihren fein geschnittenen Zügen spiegelten sich Furcht und Zuversicht, Glück und Traurigkeit wider. »Das brauchst du mir nicht zu versichern, Kean – das weiß ich nur zu gut.«

Er fasste sie sanft bei den Schultern. »Worum geht es also?«

»Um einen Traum, den ich hatte, während du auf der Insel des Augenlosen Sehers warst.«

»Ein Traum?« Keandir lachte erleichtert. »Wenn es weiter nichts ist.«

»Du selbst hast gerade über die Macht der Imagination gesprochen. Und was sind Träume anderes als Vorstellungskraft – von einer Intensität, wie wir sie im Wachzustand kaum je erleben.«

Das Gesicht des Königs veränderte sich, er zog die Augenbrauen zusammen und machte einen nachdenklichen Eindruck, während er leise sagte: »Ja, das ist wahr.«

»Es ging in diesem Traum um Andir und Magolas. Sie kämpften miteinander. Zwei erwachsene Männer – und jeder von ihnen hielt einen dieser entsetzlichen Zauberstäbe in der Hand, die Waffenmeister Thamandor von der Insel mitbrachte.« Sie atmete tief durch, ihr Blick war nach innen gekehrt. Allein die Erinnerung an den Traum erfüllte sie mit so viel Angst, dass ein leichtes Zittern ihren grazilen Körper durchlief. Sie schüttelte stumm den Kopf, so als gäbe es noch viel darüber zu sagen, was jedoch unaussprechlich war. Schrecken, die nicht in Worte gefasst werden konnten.

Keandir nahm seine Gemahlin in die Arme und drückte sie an sich.

Aber das vermochte sie keineswegs zu beruhigen. Sie schmiegte sich zwar an ihn, aber ihr war genau bewusst, dass dieser Schrecken von außen nicht abgemildert werden konnte, weil er aus ihrem innersten Selbst kam.

»Kean!«, flüsterte sie.

»Es war nur ein Traum«, versuchte Keandir sie zu beruhigen. »Es mag sein, dass die Schamanen den Träumen eine große Bedeutung beimessen – aber manchmal ist ein Traum eben einfach nur ein Traum und nichts weiter.«

»Wenn du das sagst, dann klingt das so tröstlich, Kean. Aber dieser Traum war von einer Intensität, die ich nie zuvor erlebt habe. Es war ein Bild des Grauens – und ich konnte nichts tun, um zu verhindern, dass die beiden ihren Kampf fortführten. Und das mit einer Härte und Unerbittlichkeit, die mich bis ins tiefste Mark erschaudern ließ.«

»Dennoch war es nur ein Traum, den du nicht überinterpretieren solltest.«

»Es war mehr als ein Traum, Kean«, sagte Ruwen voller Überzeugung. »Damals wusste ich nicht, dass ich Zwillinge bekommen würde, und trotzdem träumte ich von zwei Elben, die sich völlig ähnlich sahen. Und ich sah die Stäbe des Augenlosen Sehers in diesem Traum, sah jedes Detail, obwohl ich sie erst viel später zu Gesicht bekam.«

Diese Argumente Ruwens klangen überzeugend, und Keandir dachte einen Moment darüber nach. Dann sagte er: »Selbst wenn es eine prophetische Vision war, Ruwen – indem ich den Furchtbringer besiegte, besiegte ich auch das Schicksal. Unsere Zukunft hat sich geändert und liegt jetzt in unseren eigenen Händen. Was du gesehen hast, war eine Zukunft, die nicht mehr eintritt, seit ich das Schicksal des Elbenvolks mit seinem Schwert durchschlug.«

König Keandir dachte aber auch an die Finsternis, die der Augenlose seinen Körper, sein Herz und seine Seele hatte durchdringen lassen, sodass sie ihn für einige schreckliche Augenblicke völlig beherrscht hatte. Doch er redete sich ein, das Quäntchen Finsternis, das in seiner Seele zweifellos zurückgeblieben war, unter Kontrolle zu haben.

Dies zu tun forderte viel Kraft, das war dem König durchaus bewusst. Aber manchmal fragte er sich auch, ob dieses dunkle Etwas in ihm nicht auch Kraft spendete. Kraft, die es ihm zum Beispiel ermöglicht hatte, den Bau von Elbenhaven mit einer Tatkraft anzugehen, die viele als ganz und gar unelbisch empfunden hatten.

»Wir dürfen nicht in unsere alten Angewohnheiten zurückfallen«, sagte er schließlich sehr ernst zu Ruwen. »Damit meine ich, dass wir uns nicht weiterhin von schicksalhaften Mächten treiben lassen dürfen, dass wir unsere Existenz nicht weiterhin bestimmen lassen dürfen von Visionen und Prophezeiungen. Und ich meine die Neigung der Elben, die Zeit ungenutzt verstreichen zu lassen, immer zu denken, dass der Augenblick nichts anderes wäre als eine Träne im Ozean der Äonen, auf die es nicht ankäme, weil es doch Milliarden davon gibt. Aber das ist nicht die Wahrheit, Ruwen ...«

»Was ist dann die Wahrheit, die du erkannt haben willst, Kean?«, fragte sie.

»Die Wahrheit ist, dass nichts existiert außer diesem Augenblick. Dass nichts geschieht, außer es geschieht jetzt. Dass es kein vorherbestimmtes Schicksal gibt, keine Visionen und Vorhersagen, die Realität werden können. Und dass die Ewigkeit, so wie wir sie wahrzunehmen gelernt haben, nichts anderes als eine Illusion ist. Und eine Ausrede.«

»Eine Ausrede?«, fragte sie.

»Eine Ausrede, um die Hände in den Schoß legen zu können. Eine Ausrede, um die Zeit verstreichen zu lassen und den Dingen einfach ihren Lauf zu geben, weil man der Illusion nachhängt, man habe eine Ewigkeit, um alles rückgängig zu machen, was sich in die falsche Richtung entwickelt. Aber das ist eine Täuschung. Das, was jetzt geschieht, bestimmt die Zukunft, und es wird sich nicht so schnell ein weiteres Mal die Gelegenheit ergeben, dass wir uns von den Verstrickungen unseres vergangenen Schicksals befreien können.«

»Was wir Elben dir verdanken«, sagte Ruwen. »Dir und deinem Mut, mit dem du den Furchtbringer bekämpft hast.« Ihr Blick war forschend. »Alles, was du mir bisher über die Dinge berichtet hast, die damals auf der Insel geschehen sind, waren jedoch kaum mehr als vage Andeutungen, und ich bin begierig, mehr über die Ereignisse dort zu erfahren.«

Keandirs Haltung straffte sich, und er hob fragend die Augenbrauen. »Meiner Erinnerung nach habe ich Euch sehr ausführlich berichtet – und nicht nur Euch!«

Ihr fiel auf, dass er wieder höflich-distanziert zu ihr sprach und die intimere Anrede nicht mehr benutzte. »Ja, was das äußere Geschehen betrifft, mögt Ihr recht haben.« Auch sie verfiel wieder in die distanziertere Anrede. »Und manchmal war ich geistig bei Euch und habe den Schmerz und die Furcht mit Euch geteilt. Und doch habe ich das Gefühl, dass da noch etwas ist. Etwas, dass Ihr bisher vor mir verborgen haltet, mein König.«

Auch Keandir registrierte, dass sie ihn *mein König* genannt hatte und in die Höflichkeitsform gewechselt war. Es zeigte an, dass es da etwas Trennendes zwischen ihnen gab. Etwas, das Keandir bisher mit Schweigen auszublenden versucht und das mit dem dunklen Fleck in seiner Seele zu tun hatte. Aber wie konnte er mit Ruwen über etwas sprechen, das er sich nicht selbst eingestand? Und wie konnte er in einem Augenblick, da er all seine Kraft für die Errichtung des Reichs Elbiana brauchte, sich der Ahnung stellen, dass da in seinem Inneren etwas wuchs, das zerstörerisch und finster war und vielleicht sogar den Keim des Verderbens in sich trug?

»Ihr irrt Euch, geliebte Ruwen.«

Sie sah ihn an, dann küsste sie ihn sanft auf die Wange. »Das würde ich so gern glauben, mein König«, flüsterte sie. »Kean …«

Die Tage des Winters gingen dahin. Eisige Stürme fegten über Hoch-Elbiana und seine felsigen Küsten, und die Fälle von Schwermut und Lebensüberdruss nahmen wieder zu. Immer wieder kam es vor, dass sich Verzweifelte an den nahen Klippen ins Meer stürzten. Die Heilerin Nathranwen vertrat die Ansicht, dass dies vor allem mit der Kürze der Tage und weniger mit der Kälte zu tun hatte. Denn schließlich hatten Elben eine sehr weitgehende Kontrolle über ihren Köper, die es ihnen gestattete, die Lebensvorgänge ihrer Physis so zu verändern, dass sie immun gegen Kälte waren und kaum noch Nahrung brauchten.

Doch Keandir warnte davor, von dieser Fähigkeit Gebrauch zu machen. »Bekämpft die Kälte nicht, indem ihr selbst kalt werdet und euch daran gewöhnt, so bedürfnislos wie Tote zu sein. Das haben wir während unserer langen Reise getan, und ihr seht, wohin es uns gebracht hat. Wenn ihr friert, dann entzündet Feuer. Und wenn ihr hungrig seid, dann geht auf die Jagd. Sonst werdet ihr schneller zu Jeradran, als ihr es für möglich haltet.«

Jeradran – ein uralter, in den Legenden nicht selten abfällig gebrauchter Begriff für die Jenseitigen, der sowohl Eldran als auch Maladran umfasste. Ein Wort, das Keandir in den aktiven Sprachschatz der Elben zurückführte, um seinem Volk bewusst zu machen, wie sie niemals werden durften, wenn der Traum von Elbiana nicht bereits im Keim verkümmern sollte.

Die Monate gingen dahin. Schnee und Eis bedeckten die nahen Klippen, aber Keandir sorgte dafür, dass die Bautätigkeiten an der neuen Stadt nicht ins Stocken gerieten. »Wenn das geschieht«, sagte er einmal zu Prinz Sandrilas, der den Vorschlag gemacht hatte, die Arbeiten bis zum Frühjahr ruhen zu lassen, »dann wissen wir nicht, ob wir je wieder die Kraft haben werden, die schwere Arbeit wieder aufzunehmen.«

Prinz Sandrilas hatte leicht genickt, nachdem er seinen König eine ganze Weile gemustert hatte, und gesagt: »Ja, da mögt Ihr vielleicht recht haben.«

»Es ist nicht wichtig, ob unsere Vorhaben während des Winters nennenswert vorankommen«, erklärte der König. »Es ist nur wichtig, dass wir nicht aufhören, uns damit zu beschäftigen, Sandrilas!«

Der Einäugige nickte erneut. »Ich glaube, ich verstehe, was Ihr meint. Aber diese Art zu denken ist mir dennoch fremd, mein König – wenn Ihr mir diese Bemerkung erlaubt.«

Die ersten Monate nach der Wintersonnenwende waren die schlimmsten. Der Lebensüberdruss grassierte wieder, und höchstens die Hälfte der Elben war in der Lage, sich überhaupt an den anfallenden Arbeiten zu beteiligen. Die anderen versanken in Melancholie und Trübsinn oder wurden durch eine Vielzahl von Zweifeln geplagt, die wie eine lähmende Droge wirkten. Keandir hatte geahnt, dass dieser Rückschlag kommen würde. Aber er hatte nicht geglaubt, dass er mit solcher Heftigkeit derart große Schneisen in die Reihen der aufrechten und einsatzfähigen Elben schlagen würde.

Das Schlimmste aber war, dass der König auch in sich selbst durchaus den Keim der Verzweiflung aufgehen bemerkte. Er musste mit aller Kraft dagegen ankämpfen. Der Gedanke, dass dann alles verloren war, noch ehe es richtig begonnen hatte, hielt ihn aufrecht. Das durfte auf keinen Fall geschehen, und Keandir war bereit, nahezu jeden Preis zu bezahlen, um das zu verhindern.

Er besprach sich mit den besten Heilern unter den Elben, und sehr häufig suchte er Brass Shelian auf, der die Nachfolge von Brass Elimbor als Oberster Schamane angetreten hatte. Es hatte viele überrascht, dass ausgerechnet ein so vergleichsweise junger und darüber hinaus der einzige seegeborene Schamane dieses hohe Amt angetreten hatte, was ganz wesentlich auf den Einfluss des Königs zurückzuführen war. Ein seegeborener Oberschamane war dem neuen Reich Elbiana angemessen. Ein Mann, der wie der König auf den schwankenden Planken eines Schiffes geboren war, der die Vision von Bathranor nie wirklich hatte teilen können und der die einmalige Möglichkeit, die sich dem Elbenvolkes durch die Landung im Zwischenland bot, wirklich zu schätzen wusste. Ein Mann auch, dem Keandir es zutraute, dass er die Elben mit der Tatsache versöhnen konnte, dass sich nicht nur ihre Götter, sondern auch ihre Toten von ihnen abgewandt hatten und sich für die Zukunft Elbianas nicht zu interessieren schienen.

»Gibt es nicht irgendeinen Zauber, der uns helfen könnte?«, fragte Keandir den erhabenen Brass nicht zum ersten Mal.

»Glaubt mir, ich denke von morgens bis abends über nichts anderes als über diese Frage nach«, erklärte ihm der Schamane. »Aber ich fürchte, es gibt keine einfache Lösung, keinen Weg, der auf geradem Weg zum Ziel führt.«

»Ihr wollt damit sagen, dass Eure Zaubermacht nicht ausreicht, nicht wahr?«

»Ihr habt gesehen, wie weit die Zaubermacht von Brass Elimbor noch reichte«, gab der Schamane zu bedenken. »Viele der Alten behaupten, es läge an der Unfähigkeit der Jüngeren, dass die Magie nicht mehr so funktioniert, wie dies angeblich in der Alten Zeit von Athranor noch der Fall war. Ich sage ausdrücklich ›angeblich‹, denn manche dieser Erzählungen scheinen mir doch etwas arg an Wunschbildern anstatt an der Wirklichkeit orientiert zu sein.«

»Ein Fehler, den wir wohl alle begehen, wenn wir nur weit genug in die Vergangenheit sehen«, meinte Keandir.

»Mag sein. Aber der Punkt, auf den ich hinaus will, ist ein anderer, mein König. Es wäre doch denkbar, dass sich nicht unsere Fähigkeiten im Umgang mit der Magie verändert haben, sondern die Natur der Magie selbst. Das ist ein Aspekt, über den ich mir ehrlich gesagt schon lange Gedanken mache.«

»Ohne dabei zu einer wirklich abschließenden Beurteilung gelangt zu sein, wie ich annehme«, sagte Keandir.

»Ganz in der Tradition erkenntnissüchtiger elbischer Schamanen«, gab Brass Shelian zu. Er atmete tief durch, und sein Blick schweifte in die Ferne. »Ich frage mich oft, was Brass Elimbor zu diesen Dingen gesagt hätte …«

Ein anderes Mal unterhielt sich Keandir mit der Heilerin Nathranwen über die grassierende Melancholie.

»Es wird sich ändern, sobald die Tage wieder länger und heller werden«, versicherte sie dem König, der ihr manchmal den Eindruck machte, als würde auch er bereits an der Erreichbarkeit des großen Ziels zweifeln und dies nur mit aller Macht zu verbergen versuchen.

»Ich danke Euch für Eure Worte der Hoffnung«, entgegnete Keandir.

»Grund zur Hoffnung habt Ihr in der Tat, denn die Zwillinge, die unter dem Herzen Eurer Gemahlin heranwachsen, gedeihen prächtig. Und das, obwohl selbst sie in den letzten finsteren Monaten nicht frei von inneren Zweifeln war, wie Ihr sicher auch gemerkt habt.«

Das hatte Keandir durchaus. Ruwen war schweigsamer geworden, und ihr anfänglicher Optimismus war wieder der Schwermut gewichen, die Keandir zwar noch keine Sorge bereitete, in der manche aus der Heilerzunft jedoch eine Vorform des Lebensüberdrusses zu erkennen vermeinten.

»Da Schwangerschaften während der Seereise immer seltener wurden, kann ich als Seegeborner kaum behaupten, sehr viel darüber aus eigener Anschauung zu wissen«, sagte Keandir. »Aber ich habe viel darüber gelesen. Unter anderem heißt es in den Schriften der Alten Heiler, dass Melancholie das Wachstum des Kindes hemmt.«

»Bei Eurer Gemahlin ist dies nicht der Fall, wie ich Euch versichern kann, mein König«, antwortete Nathranwen. »Es scheint die beiden Jungen regelrecht zu drängen, endlich auf die Welt zu kommen. Möglicherweise liegt das daran, dass es Zwillinge sind, die sich einen Mutterleib teilen und sich instinktiv aneinander orientieren. Wenn der eine etwas wächst, will der andere nicht ins Hintertreffen geraten.«

»Ihr sprecht über sie, als wären sie bereits …«

»… erwachte Seelen? Lebende Wesen? Das sind sie, König Keandir. Ich habe ihre Lebenskraft gespürt. Sie ist ungewöhnlich stark. Und auch wenn sie noch hilflos und unmündig sein mögen – es ist alles angelegt, um sie zu würdigen Königssöhnen werden zu lassen.«

»Das freut mich zu hören.«

»Da war allerdings etwas …« Nathranwen stockte. Ihr Blick wirkte in sich gekehrt, und ihre glatte Stirn umwölkte sich leicht. Sie strich sich das seidige dunkle Haar zurück, sodass eines ihrer zierlichen spitzen Ohren sichtbar wurde.

»Was war da, Nathranwen?«

»Etwas, das ich nicht zu erklären vermag«, antwortete die Heilerin mit leiser Stimme. »Ein Schatten. Etwas Dunkles, das ich noch nie zuvor bei Ungeborenen wahrgenommen habe.« Sie zuckte mit den Schultern. »Es hat sicher nichts zu bedeuten, denn ich habe es nur für einen kurzen Moment gespürt. Möglicherweise war es auch nur eine geistige Reflexion von Ruwens Schwermut.«

»Ja, das wird es gewesen sein«, stimmte Keandir zu.

Im dritten Monat nach der Wintersonnenwende – dem neunten nach der Ankunft der Elben im Zwischenland – kam Ruwen schließlich nieder und gebar zwei Elbensöhne. Der erste von ihnen erhielt den Namen Andir, der zweite wurde Magolas genannt.

Beide glichen sich wie ein Ei dem anderen – bis auf ein sternförmiges Feuermal, dass sich auf Magolas' kahlem Kopf befand.

»Niemand wird diesen kleinen Makel bemerken, sobald Magolas erst einmal Haare gewachsen sind«, sagte Ruwen; ihr war aufgefallen, dass der Blick ihres Gemahls für wenige Augenblicke auf dieser Stelle ruhte und sich eine Falte auf der Stirn des Königs gebildet hatte.

Düstere Ahnungen beschlichen Keandir. Hatte dieses Feuermahl etwas mit jener Finsternis zu tun, die in ihm schlummerte und die offenbar auch in seine Söhne gefahren war, wenn er Nathranwens Andeutungen in dieser Hinsicht richtig interpretierte? Aber war das möglich? Er hatte diese Kinder gezeugt, lange bevor er den Augenlosen Seher getroffen hatte und mit seiner bösartigen Finsternis in Kontakt geraten war.

Das elbische Ideal war Reinheit. Makellosigkeit. Vergeistigung. Aber möglicherweise waren diese alten Ideale ohnehin untauglich, um das Volk in die neue Zeit zu führen. Vielleicht, so kam es Keandir in den Sinn, war das, wovor er sich fürchtete, in Wahrheit ein Anlass zum Optimismus, da der Aufbau von Elbiana nicht Reinheit und Vergeistigung verlangte, sondern Tatkraft und die Bereitschaft, Makel in Kauf zu nehmen.

Ja, so musste es sein. Die Finsternis in seiner Seele hatte möglicherweise gar nichts mit dem Augenlosen Seher und dessen magischen Manipulationen zu tun, sondern einzig und allein mit Keandir selbst. Vielleicht war tatsächlich er selbst die Quelle dieser Dunkelheit. Dann war es auch begreiflich, warum sie auf seine Erben übergegangen war. Und vielleicht täte er gut daran, sie als Teil seines Selbst zu akzeptieren, anstatt sie als etwas Fremdes zu empfinden …

Eine warnende Stimme regte sich in ihm und wollte einfach nicht verstummen, so sehr er sich auch bemühte. Du redest dir etwas ein!, sagte ihm diese Stimme mit einer so kristallenen Klarheit, dass es schwer war, dagegen zu argumentieren. Das Böse ist in dir, Keandir – und du glaubst, dass du es als eine Kraftquelle benutzen kannst? Der Preis dafür wird hoch sein, so hoch, dass du es dir im Moment nicht einmal vorzustellen vermagst …

Nathranwen hatte die beiden Jungen ihrer Mutter an die Brust gelegt, deren anfängliche Schwermut verhaltener Freude gewichen war. »Andir und Magolas sind die ersten Elbiana-Geborenen unseres Volks«, sagte Keandir. »Und dass einer von ihnen einen kleinen Makel trägt, ist vielleicht ein Zeichen.«

»Ein Zeichen?«, fragte Ruwen erstaunt und leicht erschrocken.

»Ein Zeichen dafür, dass wir Elben unser Streben nach Perfektion aufgeben sollten, wenn wir hier, in Elbiana, bestehen wollen«, erklärte Keandir.

»Ich bin mir nicht sicher, ob alle das begreifen werden.«

»Nach und nach schon«, war Keandir überzeugt.

Später schlief Ruwen, um sich von den Anstrengungen der Geburt zu erholen. Keandir saß an der Wiege, in der seine beiden Söhne lagen. Aufmerksam schienen sie ihren Vater zu betrachten.

Und einen Moment lang waren die Augen des kleinen Magolas vollkommen von Schwärze erfüllt, sodass nichts Weißes mehr sichtbar war!

Ein Ruck durchfuhr den Elbenkönig. Er starrte seinen Sohn völlig entgeistert an und hatte das Gefühl, als ob sich eine eiskalte Hand um sein Vaterherz schloss.

Das Ganze dauerte kaum einen Lidschlag lang, und schon im nächsten Moment war da nichts weiter zu sehen als ein neugeborener Säugling, der seinen Vater mit großen Augen anschaute. Die Finsternis in Magolas' Augen war verschwunden, und Keandir war sich nicht einmal mehr sicher, ob er sie sich vielleicht nur eingebildet hatte und er somit ein Opfer seiner eigenen unterschwelligen Ängste geworden war.

Keandir streckte die Hand aus. Magolas' Hand griff nach dem Zeigefinger des Königs. Die kleinen Finger schlossen sich mit einer für den König überraschenden Kraft.

»Ich wünschte manchmal, ich könnte einen Blick in die Zukunft werfen«, sagte Keandir später, als er sich mit Nathranwen unterhielt. Sie befanden sich auf dem Vorplatz des königlichen Hauptzeltes, der inzwischen mit Holzbohlen befestigt worden war, sodass man nicht bis zu den Knöcheln in den weichen Sand am Strand von Elbenhaven einsank.

»Dieser Wunsch ist ganz natürlich«, fand die Heilerin. »Alle Eltern wollen wissen, was aus ihren Kindern wird und was die Zukunft bringt.«

»Da mögt Ihr wohl recht haben.«

»Aber Ihr werdet mit der Ungewissheit leben müssen, König Keandir. Schließlich habt Ihr das alte Schicksal zerschlagen, und solange sich kein Netz neuer Verstrickungen herausgebildet hat, ist die Zukunft frei und ungewiss.«

»So habe ich es gewollt«, sagte der König. »Aber wie es scheint, erfüllt sich kein Wunsch, ohne dass dafür ein Preis zu zahlen ist.«

Nathranwen lächelte mild. »Die Namenlosen Götter müssen Kaufleute gewesen sein und haben die Welt offenbar durch Schacherei erschaffen.«

Auch Keandir lächelte verhalten. »Lasst das nicht einen der älteren Schamanen hören!«

»Noch nie wurde jemand aus der Zunft der Heiler wegen Frevels ausgeschlossen. Und im Übrigen habt Ihr ja dafür gesorgt, dass ein vergleichsweise freigeistiger Seegeborener an ihrer Spitze steht.«

Keandir zuckte mit den Schultern. »Je mehr sich offenbart, dass die Namenlosen Götter an den Geschicken der Elben und an denen der sterblichen Welt nicht mehr interessiert sind, desto mehr wird man darauf bestehen, dass sie doch noch existieren und unser Schicksal begleiten. Aber ehrlich gesagt, ich glaube, dass wir ohne die Götter besser dran sind.«

»Nimmt uns das nicht jeden Trost und jede Hoffnung auf eine Existenzmöglichkeit jenseits der materiellen Welt?«, fragte sich Nathranwen laut.

»Nein«, antwortete der König, obwohl die Heilerin diese Frage eher an sich selbst gerichtet hatte. »Es konzentriert unsere Aufmerksamkeit auf das Hier und Jetzt – und das Erreichen unserer Ziele.«

Nathranwen schwieg eine Weile. Schließlich sagte sie: »Das soll mir recht sein – vorausgesetzt, es macht uns langfristig gesehen nicht zu kurzlebigen Sterblichen …«

# 6

# DIE REISE ZU DEN SINNLOSEN

Von Tag zu Tag wurde es nun wärmer und heller. Der Schnee schmolz und zog sich auf die höchsten Gipfel von Hoch-Elbiana zurück. Wind und Kälte zeigten mit den letzten Frühjahrstürmen noch einmal ihre Macht, doch die Stimmung der Elben begann sich wieder aufzuhellen. Es kam, wie die Heilerin Nathranwen prophezeit hatte: Mit dem Licht kehrte der Optimismus zurück. Die Geburt der königlichen Zwillinge tat ein Übriges dazu. Ruwens Beispiel schien zu bewirken, dass viele Elbinnen auf einmal schwanger wurden. So musste man sich schließlich mehr und mehr an das Geschrei von Säuglingen in den Zelten von Elbenhaven gewöhnen.

Eines Tages meldeten die auf ein paar felsigen Anhöhen postierten elbischen Späher das Nahen eines Schiffes aus Norden. Wenig später stand fest, dass es sich um die den ganzen Winter über vermisste »Jirantor« von Kapitän Ithrondyr handelte.

Als sie anlegte und der Kapitän und seine Mannschaft an Land gingen, wurden die Arbeiten an den Mauern Elbenhavens unterbrochen. Es bildete sich eine große Versammlung am Strand, um die Rückkehrer zu begrüßen, und auch König Keandir ließ es sich nicht nehmen, Kapitän Ithrondyr persönlich willkommen zu heißen.

»Wir folgten der Küste erst in Richtung Norden, und dann, nachdem wir die Meerenge zwischen der Insel des Augenlosen Sehers und dem Kontinent passiert hatten, ging es in nordwestliche Richtung weiter«, berichtete Kapitän Ithrondyr. »Wir folgten einer Küste, die von mehreren tiefen Fjorden unterbrochen wurde. Das Land war gut, fruchtbar und unbewohnt – überall, wo wir es betraten, schien es nur darauf zu warten, dass sich Elben dort ansiedeln.«

»So steht der Gründung von Kolonien auch dort anscheinend nichts im Weg«, stellte Keandir zufrieden fest.

Ithrondyr nickte. »Ja, wenn wir einmal etwas zahlreicher geworden sind.« Das Geschrei eines Säuglings vermischte sich in diesem Moment mit dem Meeresrauschen, und Ithrondyr musste schmunzeln. »Wie ich höre, ist das nur noch eine Frage der Zeit.«

»Ganz gewiss«, bestätigte Keandir und musste lächeln. Dann kam er zurück zum Thema. »Wie ging Eure Reise weiter? Warum seid Ihr erst jetzt zurückgekehrt?«

»Wie gesagt, wir erforschten diese Küste, deren Gewässer voller Fischschwärme waren, und nannten sie Nord-Elbiana. Die Tage wurden zwar kühler und kürzer, aber es erschien uns nicht unmöglich, entlang dieser Küstenlinie auch bei widrigerer Witterung zurückzusegeln, sodass wir uns weiter und weiter vorwagten. Schließlich erreichten wir ein schroffes Bergland.«

»Es könnte sich um die Küste von Nordbergen gehandelt haben«, glaubte Keandir, »jenes Land, dass Kapitän Isidorn über den Oberlauf des Nur von Süden her erreichte.«

»Das ist nicht ausgeschlossen«, sagte Ithrondyr. »Ich nehme an, dass ich mit Isidorn meine Erlebnisse austauschen werde und wir danach Klarheit haben. Aber jenseits dieses Berglandes trafen wir auf eine weiße Küste. Ein Land, das vollkommen von Eis bedeckt ist und in dem es Bewohner gibt, die selbst aus Eis zu bestehen scheinen. Magische Geschöpfe, aus der Kälte geboren und ohne Gesicht – keine Augen, keine Nase, keine Ohren, keinen Mund haben diese Kreaturen, sondern nur unförmige, klumpige Schädel, die auf ihren breiten Schultern ruhen. Offenbar brauchen sie nicht zu atmen, nicht zu sehen und nicht zu hören. Sie verhielten sich uns gegenüber mit einer Mischung aus Feindseligkeit und Scheu. Wir segelten ihre eisige Küste entlang, bis die Taue gefroren und zerbrachen wie morsches Geäst. Aus der Ferne sahen wir eine Kristallfestung aus purem Eis. Die Magie war an jenem Ort so stark präsent, dass es manchen derjenigen unter uns, die in dieser Hinsicht über besonders empfindliche Sinne verfügen, regelrechte Schmerzen bereitete.«

Keandir runzelte die Stirn. »Was sind das für Wesen, die das Eisland beherrschen? Stellen sie eine zukünftige Gefahr für uns dar?«, fragte er besorgt.

Ithrondyr schüttelte entschieden den Kopf. »Nein. Mit den Eisleuten Kontakt aufzunehmen, erwies sich zwar als unmöglich, aber unseren Beobachtungen nach benötigen sie die Kälte ihrer Heimat, um existieren zu können. Niemals sahen wir auch nur ein einziges Feuer, an dem sie sich wärmten – denn sie verabscheuen die Wärme; sie ist vielleicht sogar tödlich für sie. Es ist also nicht zu erwarten, dass sie das Eisland jemals verlassen.«

»Das beruhigt mich«, gestand Keandir. »Aber berichtet weiter!«

»Wir gerieten auf dem Rückweg in einen Sturm, der so heftig war, dass der Mast brach und wir alle möglichen Schäden an der ›Jirantor‹ zu beklagen hatten. Mehrere Elben gingen über Bord, und wir haben nie wieder etwas von ihnen gehört. So ließen wir uns von einer nördlichen Strömung in eine Bucht südöstlich des Eislands treiben und gingen an Land. Dort gab es zumindest Holz, mit dem wir die ›Jirantor‹ reparieren konnten. Aber als wir sie wieder flott hatten, war der Winter mit einer derartigen Macht über das Eisland und die angrenzenden Gebiete eingebrochen, dass wir gezwungen waren, dort zu überwintern. Der Meereszugang der Bucht fror zu, und so hatten wir keine Möglichkeit zurückzusegeln.«

»Umso mehr freut es uns, dass Euch nun die Rückkehr geglückt ist, tapferer Ithrondyr«, sagte König Keandir, und man hörte seiner Stimme an, wie ehrlich und aufrichtig er dies meinte.

»Die Winter dort oben im Nordosten sind gewiss länger und sehr viel härter als an dieser vergleichsweise lieblichen Küste«, erklärte der Kapitän. »Es scheint, als hättet Ihr wahrhaftig den richtigen Ort für Eure Hauptstadt gewählt, mein König.«

Natürlich war besonders Branagorn der Suchende erpicht darauf, mehr von Kapitän Ithrondyr hinsichtlich seiner Erlebnisse entlang der Nordostroute zu erfahren. Er selbst bereitete bereits eine Expedition in das von Kapitän Isidorn entdeckte Waldreich vor, in der Hoffnung, dass man aus einem Extrakt jener Blumen, die man die »Sinnlosen« nannte, ein Mittel gegen den Lebensüberdruss würde herstellen können. Insbesondere interessierte sich Branagorn für Ithrondyrs Erlebnisse im Eisland und die Magie, die dessen Bewohnern offenbar eigen war.

»Wir hatten keinen Magier oder Schamanen an Bord, der etwas Genaueres darüber hätte sagen können«, gestand Ithrondyr bedauernd ein. »Und der einzige Heiler, der an unserer Seereise teilnahm, hat zwar sehr umfangreiche Aufzeichnungen angefertigt, aber sie gingen leider mit ihm selbst über Bord, als wir in den Sturm gerieten.«

»Das ist wirklich schade«, meinte Branagorn.

»Aber da Ihr ja ein Mittel gegen den Lebensüberdruss sucht, lasst mich Euch Folgendes sagen, werter Branagorn: Kein Volk scheint mir weniger fähig, ein derartiges Mittel zu erfinden oder eine Magie dagegen zu entwickeln, als diese Eiskreaturen. Sie sind weder einer Sprache mächtig, noch war es möglich, auf geistiger Ebene Kontakt mit ihnen aufzunehmen. Und davon abgesehen, waren ihre Leiber so kalt wie der Tod selbst. Es würde mich wundern, wenn diese Geschöpfe überhaupt verstünden, was es mit dem Lebensüberdruss auf sich hat, denn in ihnen ist kein Leben, wie wir es verstehen, sodass sie bestimmt weder Melancholie noch Schwermut und erst recht nicht die Krankheit des Lebensüberdrusses kennen. Ja, diese Kreaturen erscheinen irgendwie tot, obwohl sie doch lebendig sind. Wer weiß, vielleicht sind sie für ein anderes Volk das, was für uns die verblassenden Schatten aus Maldrana sind …«

König Keandir erlaubte Branagorn dem Suchenden etwa einen Monat später, mit zwei Schiffen gen Süden zu segeln. Zuvor musste die »Jirantor« einer gründlichen Überholung unterzogen werden, und auch die »Morantor« von Kapitän Isidorn hatte während des Winters erheblich gelitten.

Beide Schiffe würden gemeinsam die Küsten von Mittel- und Nieder-Elbiana bis zur Mündung des Nur entlangfahren. Während die »Morantor« von dort aus mit Branagorn an Bord noch einmal stromaufwärts fahren sollte, lautete der neue Auftrag für Kapitän Ithrondyr, weiter entlang der Küsten von Nuranien und Elbara in Richtung Süden vorzudringen.

Außer Branagorn wollten auch Lirandil der Fährtensucher, die Heilerin Nathranwen und Thamandor der Waffenmeister an der Expedition ins Waldreich teilnehmen. Aus einem Extrakt der Sinnlosen und ähnlicher Gewächse, so vermutete und hoffte Thamandor, ließen sich noch weitaus wirksamere Waffengifte herstellen, als er sie bereits bei den Bolzen seiner Einhandarmbrüste einzusetzen pflegte. »Wir wissen schließlich nicht, welchen Gefahren wir uns dereinst stellen müssen«, rechtfertigte er seine Teilnahme an der Fahrt gegenüber König Keandir. »Die Erzählung von Kapitän Ithrondyr könnte ein Hinweis darauf sein, dass es im zwischenländischen Kontinent unbekannte Wesen gibt, die uns durchaus nicht alle wohlgesonnen sein müssen.«

»Ja, da mögt Ihr recht haben«, gestand Keandir ein. »Und diese Eiswesen könnten vielleicht noch die Herrschaft Xarors erlebt haben oder etwas über seinen Verbleib wissen.«

Keandir hoffte natürlich, dass der Bruder des Augenlosen Sehers nicht mehr existierte und die Zeit selbst ihn vergessen hatte. Aber er ahnte, dass dies ein frommer Wunsch war, der mit der Wirklichkeit nichts zu tun haben musste. Der Augenlose hatte sich schließlich auch als äußert zäh erwiesen und hatte Äonen überlebt.

Die beiden Schiffe brachen auf, und als Keandir am Ufer stand und den Schiffen hinterherschaute, trat Ruwen neben ihn und lehnte sich an ihn. »Bedauerst du, hier gebunden zu sein und nicht mitsegeln zu können, um diese fernen Länder erforschen zu können?«, fragte sie.

Keandir lächelte mild. »Nicht im Geringsten«, erklärte er. »Erstens weiß ich, wie sehr ich hier gebraucht werde, und zweitens wird die Zeit von allein kommen, da ich gezwungen sein werde, wieder zu reisen. Doch im Moment genieße ich es, Elbenhaven wachsen zu sehen.«

»Elbenhaven ist nicht das Einzige, das wächst«, sagte Ruwen.

»Ich weiß. Unsere Söhne werden die Ersten von vielen Elbiana-Geborenen sein, und sie werden schnell erwachsen, Ruwen. Und das ist auch absolut notwendig.«

»Noch sind sie klein und hilflos.«

»Keine zwanzig Winter wird es dauern, bis sie Krieger sind.«

»So schnell?«

»Nathranwen sagte es. Dieses Land scheint das Wachstum von Elbenkindern erheblich zu beschleunigen.«

Ruwen seufzte. »Ändern können wir daran ohnehin nichts«, sagte sie. »Elbenkinder bestimmen selbst, wie schnell sie erwachsen werden. In den Schriften der Alten Heiler aber wird berichtet, dass es angeblich in Athranor – in der Alten Zeit und an einem abgelegenen Ort – eine Kolonie von ewigen Elbenkindern gegeben hat, die sich weigerten, erwachsen zu werden.«

»Was wurde aus ihnen?«, frage Keandir, der von dieser Kolonie der Kinder nie etwas gehört hatte.

»Das ist nicht bekannt. Eines Tages waren alle Elbenkinder spurlos verschwunden. Vielleicht fanden sie einen Weg, ohne den Umweg über eine mühsame Reifung auf direktem Weg in das Reich der Jenseitigen Verklärung einzugehen.«

Eine kurze Weile lang schwiegen beide, dann ergriff der Elbenkönig wieder das Wort. »Eine neue Zeit schneller Veränderungen hat begonnen«, sagte Keandir. »Und unsere Söhne scheinen mir ein Sinnbild dafür zu sein.«

»Und das ängstigt mich, Kean«, sagte seine Gemahlin. »Dich etwa nicht?«

»Doch, das tut es manchmal schon«, gestand er ein. »Aber ich darf es nicht zeigen, denn meine Bedenken würden bei meinen Untertanen Angst und tiefe Besorgnis hervorrufen.«

Sie lächelte verhalten. »Und Ihr möchtet, dass ich dieselbe aufrechte Haltung an den Tag lege, mein König«, sagte sie und sprach ihn wieder in der Höflichkeitsform an. »Wollt Ihr mir das damit sagen? Ihr braucht nicht zu antworten, mein König, ich weiß, dass es so ist. Aber es ist schwerer, als ich geglaubt habe.«

Arm in Arm sahen sie den Schiffen nach, bis sie am Horizont in der glitzernden Sonne verschwanden.

Branagorn stand am Heck der »Morantor« und blickte noch lange zurück in Richtung Elbenhaven. Seine geliebte Cherenwen hatte seit Wochen ihr Zelt nicht verlassen und kein Wort gesprochen. Sie aß schon seit der Wintersonnenwende nichts mehr, und ihre Körpertemperatur war so tief gesunken, dass Branagorn manchmal den Eindruck hatte, eine Tote zu berühren, wenn er ihre Hand hielt. In den letzten Wochen war er sich nicht einmal sicher gewesen, ob sie seine Anwesenheit überhaupt noch bemerkte. Von der Stimmungsaufhellung durch das heraufziehende Frühjahr, von der die meisten anderen erkrankten Elben sichtlich profitierten, konnte bei Cherenwen nicht die Rede sein.

Die Heiler hatten alle nur erdenklichern Arzneien, über die die elbische Heilkunst derzeit verfügte, ausprobiert. Aber in ihrem Fall schien nichts davon anzuschlagen. Branagorn ahnte, dass er nicht mehr viel Zeit hatte, um seiner Geliebten noch helfen zu können.

Waffenmeister Thamandor trat neben den jungen Elbenkrieger. »Richtet Euren Blick nach vorn, werter Branagorn. Ich bin überzeugt davon, dass die Sinnlose für Eure geliebte Cherenwen die Rettung bringen wird.«

»Das hoffe ich«, murmelte Branagorn.

Lirandil der Fährtensucher und Nathranwen die Heilerin standen am Bug der »Morantor« und blickten nach vorn. Lirandil würde dafür sorgen, dass sich die Elben in dem geheimnisvollen Waldreich besser würden orientieren können, während es Nathranwens Aufgabe war, die Kolonie der Sinnlosen mit einem Zauber davon abzuhalten, die Elben anzugreifen.

»Ich hatte nicht gedacht, so bald wieder auf den Planken eines nach Seetang riechenden Schiffes zu stehen«, gestand die Heilerin.

»Um ehrlich zu sein, auch ich bin nicht gerade glücklich darüber, hatte ich doch gehofft, für das nächste Jahrtausend kein Schiff mehr betreten zu müssen«, gestand Lirandil. »Aber wie wir alle stehe ich im Dienst des Königs …«

»… und des neuen Elbenreichs.«

»So ist es.«

Die Schiffe passierten die sturmumtoste Meerenge zwischen den Inseln von West-Elbiana und dem zwischenländischen Kontinent. Die Reise entlang der Küste bis zur Nur-Mündung ging ohne Probleme vonstatten. Der Wind stand günstig und wehte mit einer Gleichmäßigkeit, dass man meinen konnte, es hätte jemand die Elementargeister zur Unterstützung beschworen, wie es der Legende nach in der alten Zeit Athranors üblich gewesen war.

An der Mündung des Nur trennten sich die Wege beider Schiffe, so wie es geplant war. Während die »Jirantor« unter Kapitän Ithrondyr weiter die nuranische Küste entlangsegelte, fuhr die »Morantor«

den Nur flussaufwärts. In dieser Jahreszeit, im Frühjahr, führte der Fluss Hochwasser. Die Schmelzwässer aus Nordbergen speisten ihn und ließen ihn zu einer Breite anschwellen, die noch gewaltiger war, als Kapitän Isidorn und seine Mannschaft es auf ihrer letzten Fahrt auf dem großen Strom erlebt hatten. An vielen Stellen ähnelte der Fluss in seiner Breite einem sehr lang gezogenen See. Zudem war die Fließgeschwindigkeit sehr langsam. Der Wind kam günstig aus Nordwest, und so konnte über lange Zeitspannen mit Seitenwind gesegelt werden.

Branagorn wurde ungeduldig; trotz der günstigen Reisebedingungen, schien ihm die »Morantor« einfach nicht schnell genug nach Norden voranzukommen, wo am Ostufer des großen Nur die üppige Vegetation des geheimnisvollen Waldreichs begann.

»Versprecht Euch nicht zu viel«, warnte Kapitän Isidorn. »Wir haben keine sehr ausgedehnten Vorstöße in das Gebiet unternommen.«

»Es reicht mir, wenn Ihr die Blumenkolonie der Sinnlosen wiederfindet, Isidorn«, sagte Branagorn.

»Genau diese Kolonie wiederzufinden wird unmöglich sein«, erklärte Isidorn. »Der Wald ist zu dicht und unwegsam, werter Branagorn. Aber sehr wahrscheinlich gibt es mehrere Kolonien dieser Pflanze.«

»Wir werden sehen«, sagte Branagorn. »Lirandil ist bei uns, und es gibt, soweit man sich erzählt, keinen Ort, den er nicht zu finden vermag.«

Nach einer Fahrt von gut einer Woche erreichte die »Morantor« schließlich jenes Gebiet, wo am Ostufer das Waldreich begann. Die Stelle, an der das Schiff beim letzen Mal geankert hatte, konnte natürlich nur ungefähr wiedergefunden werden, zumal sich der Fluss durch das Hochwasser stark verändert hatte. Die Uferbereiche des Urwaldes standen nun teilweise unter Wasser und ähnelten Mangrovenwäldern. Ein fauliger, modriger Geruch stieg aus dem dunklen Wasser, das zwischen den knorrigen Bäumen in zahllosen Ausbuchtungen und lagunenartigen Becken stand, die dem Fluss als Überlaufreservoire im Frühjahr dienten. Kapitän Isidorn hielt die »Morantor« fern von diesem Geäst, das wie erstarrtes schlangenartiges Getier wirkte.

Eine Gruppe von zwanzig Elbenkriegern drang in zwei Barkassen in die überschwemmten Ufergebiete vor, wo sie schließlich eine geeignete Stelle zum Anlegen fanden. Sie zogen die Boote an Land und brachen auf. Branagorn führte den Trupp an. An seiner Seite befanden sich neben Thamandor dem Waffenmeister auch Lirandil und Nathranwen. Die Heilerin hatte für diese Expedition die eng anliegenden Hosen und das Lederwams eines Kriegers angelegt, denn mit den fließenden Gewändern, die die grazile Elbin sonst zu tragen pflegte, hätte sie sich in den dornenreichen Sträuchern und dem dichten Unterholz verfangen.

Kapitän Isidorn nahm ebenfalls an dem Marsch durch den Dschungel teil, auch wenn ihm als Seemann der Urwald nicht geheuer war. Von allen Seiten drangen die Laute von Tieren auf sie ein, die sich aber nur ganz, ganz selten blicken ließen.

Isidorn und Lirandil gingen voran.

»Ihr müsst schon Nachsicht mit mir haben, werter Lirandil«, sagte der Kapitän. »Wärt Ihr bei unserer ersten Fahrt den Nur aufwärts dabei gewesen, wäre es für Euch sicherlich kein Problem, uns ohne Umweg ans Ziel zu führen. Aber für mich sieht der Wald überall gleich aus. Die Kunst des Fährtenlesens werde ich wohl nicht mehr erlernen, werter Lirandil.«

Der Fährtensucher lachte. »Sagt jetzt nicht, dass Ihr als Seegeborener dazu zu alt seid, werter Kapitän Isidorn!«

»Das Alter eines Elben ist eine höchst individuelle Angelegenheit, wie Ihr wisst, werter Lirandil.«

Der uralte Fährtensucher, der die Wälder von Athranor wie seinen Jagdbeutel gekannt hatte, nickte. »Das mag sein, werter Kapitän. Ich jedoch könnte mir durchaus vorstellen, eines Tages noch das Handwerk eines Kapitäns zu erlernen, wenn es das Schicksal von mir verlangen sollte.«

Isidorn wusste zunächst nicht, ob er von Lirandils Worten beeindruckt sein oder sich beleidigt fühlen sollte. Er entschied sich schließlich für Ersteres, denn sicherlich hatte der Fährtensucher nicht vorgehabt, ihn zu kränken.

Lirandil hatte einst in Athranor eine der letzten Kolonien der Sinnlosen gefunden. Plötzlich glaubte er Anzeichen dafür zu erkennen, dass diese Blume ganz in der Nähe war. Er zog seine Schlüsse aus winzigen Veränderungen im Verhalten der Fauna und schien auch etwas zu wittern. Er sog die Luft tief ein – eine Luft, die so schwer und von Duftstoffen gesättigt war, dass ein anderer Elb kaum eine einzige Nuance darin herausgerochen hätte.

»Ja, sie sind in der Nähe«, murmelte er. Er lauschte und beobachtete die Wald-Ouroungour, die sich von Baum zu Baum schwangen oder sich in riskanten Segelflugmanövern zu Boden gleiten ließen. Geradezu halsbrecherisch wirkten viele ihrer Bewegungen, die eine Mischung aus Fliegen und Springen darstellten.

Schließlich – und viel schneller, als Isidorn erwartet hatte – fand der Trupp eine Kolonie der Sinnlosen. Natürlich war es nicht dieselbe Kolonie, auf die Isidorn bei seiner ersten Expedition gestoßen war. Zudem war dieses Blumenfeld mitten im Wald ungleich größer.

»Das ist sie also – jene Pflanze, die vielleicht die Rettung für die Lebensüberdrüssigen bedeuten könnte!«, stieß Branagorn bewegt hervor, als er die blau leuchtenden Blüten im Halbdunkel des Waldes sah. Die Wald-Ouroungour, die den Trupp bisher in sicherem Abstand begleitet hatten, waren auf einmal verschwunden – und dafür hatten sie zweifellos gute Gründe.

Isidorn hatte Branagorn während des Weges in allen Einzelheiten geschildert, was mit dem rattenartigen Tier geschehen war, das in die Kolonie geraten war.

»Keinen Schritt weiter!«, sagte Nathranwen. »Was jetzt zu tun ist, gehört zur Kunst einer Heilerin. Zumindest war das in der Alten Zeit von Athranor so, und ich hoffe, dass ich die überlieferte Schrift, die ich gelesen habe, noch richtig im Kopf habe und interpretiere – denn sonst«, fügte sie leiser hinzu, »wird dies mein Ende sein.« Sie wandte sich an Branagorn. »Wenn es mir nicht gelingen sollte, die empfindliche Seele dieser Blumen zu besänftigen, wird auch keiner von euch es schaffen, werter Branagorn. Ich beschwöre Euch, es in diesem Fall nicht selbst zu versuchen. Versprecht Ihr mir das?«

»Ich bin voller Hoffnung, geschätzte Nathranwen«, erwiderte Branagorn und wich damit der Frage aus. »Und ich habe volles Vertrauen in Eure Fähigkeiten.«

»Euer Versprechen wäre mir lieber – der Gedanke, dass Ihr Euch sinnlos ins Unglück stürzen könntet, belastet mich.«

»Das werde ich nicht«, versprach Branagorn.

»So weicht zurück. Und folgt mir nicht – gleichgültig, was geschieht!«

Dann trat Nathranwen vor, hob die Hände und stimmte einen Singsang an, der aus einer Folge scheinbar sinnloser Silben bestand. Vielleicht hatten diese Silben in einem Dialekt der alten Zeit von Athranor einmal eine Bedeutung gehabt, vielleicht stammten sie auch aus einer noch älteren Sprache der athranorischen Vorzeit, möglicherweise sogar aus jener mythischen Epoche des Anfangs, als der Legende nach jedes Wort magische Bedeutung gehabt hatte; der Überlieferung nach waren alle magischen Formeln Relikte dieser ersten Sprache.

Furchtlos trat Nathranwen durch die eng beieinanderstehenden Gruppen von leuchtenden Blumen. Wie blaue Lichter wirkten sie im Halbdunkel des Waldes. Sie drehten ihre Kelche in Richtung der Heilerin. Hier und da war ein Laut zu hören, der einer Mischung aus Seufzen und Stöhnen glich.

Nathranwens Singsang wurde höher und emphatischer. Dann sank der Tonfall plötzlich, und Nathranwen flüsterte nur noch; zischende Laute kamen zwischen ihren Lippen hervor, doch sie hielt einen pulsierenden Rhythmus bei, der an das Klopfen eines Herzens erinnerte. Allmählich richteten sich alle Blumenkelche in ihre Richtung.

Isidorn wandte den Blick zur Seite. Er wollte nicht miterleben, wie Nathranwen ein Opfer der säureartigen Dämpfe wurde, welche die Blütenkelche ausstoßen konnten.

Die Heilerin kniete nieder und knickte eine Blume nach der anderen ab. Jedes Mal war dabei ein steinerweichendes Stöhnen zu vernehmen, so als würde der jeweiligen Pflanze ein großer Schmerz zugefügt. Aber keine der Blumen wehrte sich gegen Nathranwen. Die magischen Formeln, die sie zischend wisperte, hielten die Pflanzen offenbar wirksam davon ab. Nathranwen wandte das richtige Ritual an. Einen Blumenstängel nach dem anderen knickte sie ab, und schließlich hatte sie einen Strauß im Arm. Das Stöhnen und Wehklagen war inzwischen zu einem schaurigen Chor angeschwollen. Selbst viele der nicht betroffenen Blumen wanden sich, so als wollten sie sich vor einem Zugriff schützen oder sich einer unsichtbaren Hand entwinden.

Für Branagorn und die anderen Elben, die zusammen mit der Heilerin diesen seltsamen Ort betreten hatten, war diese Geräuschkulisse kaum erträglich. Unwillkürlich entstanden in ihrer Vorstellung Bilder, die wie Illustrationen zu den schaurigen Lauten waren. Bilder von erschlagenen Elbenkindern, gequälten Körpern und Marterungen der barbarischsten Art …

»Diese Pflanzen haben offenbar eine Seele«, stieß Branagorn gleichermaßen abgestoßen wie entsetzt hervor. Einige der Elben hielten sich die Ohren zu, in der Hoffnung, dem furchtbaren Einfluss dieser schrecklichen Klagelaute zu entgehen. Aber das war sinnlos. Es waren nicht die Ohren, mit denen sie das Jammern der Blumen vernahmen; es wurde direkt in den Geist eines jeden der anwesenden Elben übertragen.

»Nein, sie haben keine Seele«, erwiderte Lirandil mit fester Stimme. »Dies ist nichts weiter als ein raffinierter Schutzmechanismus, der sich über die Ewigkeiten entwickelt hat. Ihr dürft nicht zulassen, dass die Pflanzen euren Geist beeinflussen. Alles, was ihr zu sehen oder zu hören glaubt, kommt in Wahrheit aus der Tiefe eurer eigenen Seelen.«

Quälend lange Augenblicke waren die Elben der Flut aus grauenvollen, Mitleid erregenden Gedankenbildern ausgesetzt. Dann erhob sich Nathranwen. Sie hatte entschieden, genug Blumen gesammelt zu haben. Vielleicht hatte sie auch einfach nicht länger die Kraft, sich der geistigen Angriffe dieser außergewöhnlichen Pflanzen zu erwehren. Ihr Gesicht wirkte eingefallen, und unter ihren Augen hatten sich dunkle Ringe gebildet, so als hätte sie nächtelang nicht geschlafen und ein Jahrzehnt schlimmster körperlicher und seelischer Strapazen hinter sich.

Branagorn erschrak über diese Wirkung der Blumen; Nathranwen schien einen Teil ihrer Lebenskraft verloren zu haben. Wer immer auch mit dem Gedanken spielte, sich der offenbar kaum vorstellbaren Kräfte zu bedienen, die in diesen Blüten lag, musste bereit sein, einen hohen Preis dafür zu bezahlen. Und Nathranwen hatte genau dies getan, ging es Branagorn durch den Kopf.

Sie kehrte zu den anderen zurück und murmelte dabei noch immer leise zischend die uralten Formeln, während der Chor der Blumenstimmen einen immer wütenderen Unterton annahm und schließlich den Klang eines Hornissenschwarms bekam. Dann hatte es die Heilerin endlich geschafft, die Blumenkolonie zu verlassen.

»Es war klug, nicht noch mehr Blumen zu sammeln«, erklärte Lirandil, nachdem Nathranwen mit ihrem wispernden Singsang aufhörte und schwer aufatmete.

Sie drehte sich um und schaute hin zu den Blumen, deren Kelche ihr nachzublicken schienen. »Schnell!«, rief sie. »So schnell wie möglich weg von hier! Einige Momente wirkt meine Magie noch, aber wer weiß, wie lange das sein wird!«

Die Elben setzten sich sofort in Bewegung, zumal Branagorn und Isidorn diesen Befehl der Heilerin nachdrücklich unterstützten. Sie entfernten sich von der Blumenkolonie, über der wenige Augenblicke später eine ätzende Wolke aus weißem Gas hing, ausgestoßen aus mehreren tausend blau leuchtenden Blütenkelchen. Wie gebannt blieb Branagorn stehen und sah, wie ein grauer Vogel, der wohl glaubte, die Blumenkolonie einfach überfliegen zu können, von dieser Wolke mitten im Flug erfasst wurde und im nächsten Moment bereits völlig zersetzt auf dem Boden aufschlug.

Nathranwen blickte auf die Blumen in ihrem Arm. »Das ist viel mehr, als ich je zu erhoffen wagte.«

In diesem Augenblick ließen Geräusche aus dem dichten Unterholz sie alle aufhorchen. Laute waren zu hören, welche die Athranor-Geborenen des Trupps an das Schnauben von Pferden erinnerte, und an das Stampfen von Hufen.

Thamandor griff nach seinen Einhandarmbrüsten, Lirandil nahm den Bogen von der Schulter und legte einen Pfeil auf die Sehne, während Branagorns Hand den Griff seines Schwertes umfasste. Von überall her schien der Hufschlag zu kommen.

»Das sind keine Pferde!«, flüsterte Lirandil. »Auch wenn sich der Hufschlag ähnlich anhören mag. Aber es gibt da ein paar feine Unterschiede.«

Da tauchten die Schatten von Kreaturen im Halbdunkel des Waldes auf, mindestens anderthalb Mannslängen hoch. Auf den ersten Blick wirkten sie wie die Schatten von Reitern, dann aber erkannten die Elben, dass die Oberkörper dieser »Reiter« fest verwachsen waren mit ihren »Reittieren«; tatsächlich stellte beides nur eine Hälfte eines Zwitterwesens dar, dessen untere einem Pferd,die obere einem Elben glich.

»Zentauren!«, stieß Lirandil hervor.

# 7

# ZENTAUREN UND TRORKS

Die Zentauren bedachten die Elben mit Blicken, in denen sich Neugier und Misstrauen die Waage hielten. Sie waren gut gerüstet, schützten den hoch aufragenden Torso mit einem Harnisch und trugen Helme mit bunten Federbüschen. In den Händen ihrer durchweg kräftigen Arme hielten sie Bögen und Pfeile oder Speere.

»Ich hätte nie gedacht, dass sie tatsächlich existieren!«, brachte Thamandor hervor. In den Legenden der Vorzeit war von Zentauren die Rede – aber der Überlieferung nach hatten sie Athranor bereits verlassen, lange bevor die Alte Zeit begann.

Plötzlich sirrten ein Dutzend Pfeile durch die Luft. Sie bohrten sich wenige Handbreit vor Branagorns und Lirandils Füßen in den Waldboden.

»Das war eine Warnung!«, erkannte Lirandil.

Branagorn zog sein Schwert und blickte sich um. Der Wald schien von diesen Kreaturen zu wimmeln. »Das sind Hunderte!«, glaubte er.

»Jedenfalls stehen wir einer beachtlichen Übermacht gegenüber«, stellte Kapitän Isidorn fest.

»Was bedeutet, dass wir es besser nicht auf einen Kampf ankommen lassen sollten, wenn er sich vermeiden lässt«, meinte Branagorn.

Thamandor hob seine Armbrüste leicht an. »Wenn wir alle mit solchen Waffen ausgerüstet wären, wäre auch so eine Übermacht kein Problem.«

Lirandil wandte sich an Branagorn. »Macht ihnen ein Zeichen unserer guten Absichten und des Friedens.«

Branagorn nickte. Er steckte sein Schwert zurück und trat vor. Er bewegte sich dabei sehr langsam und vorsichtig. Dann hob er beide Hände, sodass die leeren Handflächen den Zentauren zugewandt waren.

Einer der Zentauren kam ihm entgegen. Er trug als Einziger keinen Helm, wodurch man seine spitzen Ohren sah. Für manche Chronisten der Alten Zeit, die selbst keinem Zentauren mehr begegnet waren und diese Wesen nur aus Legenden und von Zeichnungen kannten, galten diese Ohren als Beweis, dass die Zentauren nur ein Produkt der Fantasie der Elben waren. Schließlich wären die spitzen Ohren ein deutliches Anzeichen für eine Verwandtschaft beider Völker gewesen. Doch es war einfach nicht vorstellbar, dass es zwischen den Elben und diesen Wesen, deren Physis derart starke animalische Züge trug, irgendeine Verwandtschaft gab. Diese Wesen waren halbe Tiere, wenn auch vielleicht nur körperlich. Wie konnten sie da mit den hohen Lichtwesen, die sich Elben nannten und die Spitze der Schöpfung darstellten, verwandt sein?

Der offensichtliche Anführer der Zentauren senkte den Speer. Auf seinem Pferderücken war ein reichhaltiges Waffenarsenal festgeschnallt – neben Pfeil und Bogen auch ein paar weitere Speere und eine monströse Streitaxt mit einer Doppelklinge.

Der Zentaur musterte Branagorn von oben bis unten und brachte ein paar Worte in einer Sprache hervor, die für elbische Ohren absolut barbarisch klang. Branagorn verstand kein Wort.

»Weiß jemand von euch, ob in den alten Schriften irgendetwas über die Sprache der Zentauren berichtet wird?«, fragte er.

»Selbst wenn – das würde uns nicht weiterhelfen«, antwortete Lirandil. »Wenn dieses ungeschlachte Volk schon in der Vorzeit Athranor verließ, dann wird sich ihr Idiom seither radikal verändert haben.«

Der Zentaur wurde ärgerlich und schleuderte seinen Speer. Branagorn dachte im ersten Moment, dieser Angriff gelte ihm, und er sprang zurück und zog sein Schwert. Doch der Speer blieb zitternd vor den Füßen der Heilerin Nathranwen stecken.

»Ganz ruhig bleiben!«, riet Lirandil.

»Wenn diese Kreuzung aus Pferd und Barbar noch eine falsche

Bewegung macht, bekommt sie meine Waffen zu spüren!«, kündigte Thamandor grimmig an.

»Aber es wäre zweifellos das letzte Mal, dass jemand Gelegenheit bekäme, die Funktionsweise Eurer mechanischen Wunderdinge zu bestaunen, Thamandor«, wandte Lirandil ein. »Glaubt mir, wir einigen uns besser mit ihnen.«

Der Zentaur preschte vor und direkt auf Nathranwen zu, an der ihn irgendetwas zu stören schien. Sein Pferdekörper stieg auf die Hinterhand. Als die Vorderhufe wieder den Boden berührten, beugte sich der geharnischte Barbarentorso tief herab, und mit der linken Hand zog der Zentaur seinen Speer aus dem Boden. Dann richtete er die Spitze auf die Blumen, die Nathranwen im Arm hielt und deren Leuchten inzwischen merklich nachgelassen hatte.

»Ich denke, er hält uns für einen Dieb!«, glaubte Lirandil.

»Dann sollten wir ihm vielleicht zurückgeben, was er als sein Eigentum ansieht«, schlug Nathranwen mit ruhiger Stimme vor.

»Die Sinnlosen?«, rief Branagorn. »Niemals. Wir haben vielleicht ein Mittel gegen den Lebensüberdruss gefunden und werden es nicht so einfach hergeben!«

Der Zentaur stieß ein paar knurrende Laute aus, die in seiner barbarischen Sprache gewiss einen Sinn ergaben.

»Wir werden sterben, wenn wir nicht nachgeben«, war Lirandil überzeugt. »Vielleicht finden wir ja doch noch eine Möglichkeit, uns den Zentauren verständlich zu machen und eine Übereinkunft zu treffen.«

Branagorn atmete tief durch. Bei dem Gedanken an seine geliebte Cherenwen schmerzte ihm das Herz. Sie waren dem Ziel so nah gewesen …

Erinnere dich der Worte von Nathranwen!, meldete sich eine besonnene Stimme von kühlerem Temperament in seinem Hinterkopf. Erinnere dich, dass es keineswegs sicher ist, ob sich aus dem Extrakt dieser Blüten tatsächlich ein Mittel gegen den tückischen Lebensüberdruss gewinnen lässt …

Branagorn starrte den Zentaur an, und dieser musterte ihn auf eine Weise, die dem Elben nicht gefiel. Eine barbarische Entschlossenheit stand in seinen Zügen. Sie hatten keine andere Wahl, erkannte Branagorn und nickte der Heilerin zu. »Gebt Ihm die Blumen, Nathranwen.«

Diese zögerte zunächst. Dann überreichte sie dem Zentauren, was sie unter Gefahr für ihr eigenes Leben gesammelt hatte. Der Zentaur nickte und reckte das Bündel aus blauen Blumen triumphierend in die Höhe. Ein grollender Laut kam dabei über seine wulstigen Lippen, die ein sehr kräftiges und makelloses Gebiss freigaben.

Branagorn war überzeugt, dass man sie nun gehen lassen würde. Doch da täuschte er sich. Der Kreis der Zentauren schloss sich enger. Sie hatten nach wie vor die Spitzen ihrer Speere und Pfeile auf die Elben gerichtet, die in ihr Waldreich eingedrungen waren.

Es folgten dumpfe Befehle in einer Sprache, die für elbische Ohren einer Folter glichen und von der niemand auch nur ein Wort verstand. Aber über die Bedeutung des Gesagten konnte es angesichts der Situation keinerlei Missverständnisse geben.

Der ganze Trupp wurde eingekreist und abgeführt. Zwar machte niemand unter den Zentauren irgendeinen Versuch, die Elbenkrieger zu entwaffnen, aber andererseits bestand auch kein Zweifel daran, dass sie nicht frei waren.

Stundenlang gingen sie mit den Zentauren, deren Pferdekörper sich trotz ihrer Größe und scheinbaren Ungeschlachtheit mit einem bemerkenswerten Geschick durch das wuchernde Unterholz zu bewegen vermochten. Zwischendurch stießen sie immer wieder auf Kolonien der Sinnlosen. Dann hielten die Zentauren jedes Mal an, und einige von ihnen überprüften mit scharfen Blicken die Blumenkolonien.

»Es scheint mir so, als würden sie die Sinnlose kultivieren«, stellte Nathranwen erstaunt fest.

»Aber warum tun ihnen die Giftblüten nichts?«, fragte Isidorn. »Ich sehe keinen von ihnen eine Zauberformel murmeln.«

Nathranwen zuckte mit den schmalen Schultern. »Irgendeine Art von Magie muss es sein, die sie schützt, denn ich glaube kaum, dass diese Blumen einen Unterschied zwischen Zentauren und anderen Geschöpfen machen.«

Die Elben wurden schließlich zu einem Ort gebracht, an dem auf eine Länge von fünfhundert Mal fünfhundert Schritt jegliches Unterholz entfernt worden war. Lediglich die Stämme der dicken Urwaldriesen standen noch da, sodass das dichte Blätterdach des Waldes erhalten blieb. Um diese dicken Stämme herumgebaut standen aus Zweigen und Blättern errichtete Hütten. Da ein ausgewachsener Zentaur im Durchschnitt die Höhe von anderthalb Mannslängen aufwies, waren diese Hütten entsprechend groß.

»Es sieht nicht so aus, als würden die uns hier so schnell wieder weglassen«, raunte Thamandor dem jungen Elbenkrieger Branagorn zu. »Vielleicht erschrecken sie sich, wenn ich meine Einhandarmbrüste zum Einsatz bringe und dem ein oder anderen von uns gelingt die Flucht.«

»Nein, das versucht besser nicht«, erwiderte Branagorn. »Wenn die Zentauren die Kolonien der Sinnlosen als ihr Eigentum betrachten, müssten wir uns irgendwie mit ihnen einig werden. Und wenn sich unser Reich ausdehnt, werden sie irgendwann unsere direkten Nachbarn sein.«

Thamandor verzog das Gesicht. »Ihr redet schon, als wärt Ihr beim König selbst in die Lehre gegangen.«

»In einem hat der König ganz gewiss recht«, erwiderte Branagorn. »Wenn wir unser Reich errichten wollen, werden wir schnell handeln, aber in langen Zeiträumen planen müssen.«

Unter den Zentauren setzte ein langes Palaver ein, an dem sich mindestens fünfzig von ihnen mit ausführlichen Wortbeiträgen beteiligten. Die von der Heilerin gepflückten Sinnlosen hatte man in die Mitte des Dorfes in einen Kreis aus Steinen gelegt, in den auch jeder Zentaur trat, der etwas zur Diskussion beizutragen hatte. Branagorn und seine Begleiter konnten zwar nicht ein einziges Wort verstehen, aber es war unschwer zu begreifen, dass es darum ging, was mit dem als Dieben gefangen genommenen Elbentrupp zu geschehen hatte.

»Noch sind wir bewaffnet, und das sollten wir ausnutzen und nicht warten, bis sie uns vielleicht einen nach dem anderen überwältigt und gefesselt haben«, sagte Thamandor zu Branagorn. Er verstand ohnehin nicht, weshalb der König die Leitung dieser Expedition einem so vergleichsweise jungen Elben übertragen hatte. Wahrscheinlich hatte er ihm Gelegenheit geben wollen, sich zu bewähren, überlegte Thamandor. Er selbst hatte dies nicht nötig, und ebenso wenig Lirandil, über den bereits Legenden erzählt wurden. Zudem war bekannt, dass sich der Fährtensucher lieber im Hintergrund hielt, statt irgendwelche Führungsaufgaben zu übernehmen. Schon dazu, dass er einen Sitz im Kronrat annahm, hatte man ihn lange überreden müssen.

»Wir werden Ruhe bewahren, Thamandor«, befahl Branagorn unmissverständlich. »Die Wirkung Eurer Waffen mag immens sein, aber nicht groß genug, um uns aus dieser Lage herauszubringen, glaubt mir.« Einen bissigen Nachsatz konnte sich Branagorn nicht verkneifen, als er sagte: »Vielleicht sähe das anders aus, wenn es Euch inzwischen gelungen wäre, etwas mehr über die Wirkungsweise der Zauberstäbe des Augenlosen Sehers herauszufinden!«

Das saß. Branagorn konnte selbst nicht sagen, warum er diese Spitze gegen Thamandor abgeschossen hatte. Vielleicht fühlte er sich von dem älteren Elben einfach nur gegängelt. Vielleicht war der Grund aber auch, dass er in dieser Situation unter enormem Druck stand, zumal es nicht nur um das Überleben der anwesenden Elben ging, sondern auch um seine geliebte Cherenwen.

Jedenfalls bildete sich auf Thamandors glatter Stirn jene tiefe Furche, für die er bekannt war. Branagorn hatte seinen Finger genau auf jene Wunde gelegt, die bei dem Waffenmeister momentan am empfindlichsten war, denn es wurmte ihn sehr, dass er hinsichtlich der beiden Zauberstäbe bisher nicht den geringsten Fortschritt zu vermelden hatte. Als Symbole des Sieges Keandirs über das Schicksal selbst lagen sie in einem Zelt noch immer auf dem hölzernen Altar, der einst von Gorthráwen der Schwermütigen geschaffen worden war. Aufgebahrt wie Tote, dachte Thamandor manchmal. Und tot waren diese Gegenstände im Moment tatsächlich. Die Magie, mit der sie einst erfüllt gewesen waren, musste sie verlassen haben, denn was immer Thamandor bisher versucht hatte, es war ohne Erfolg geblieben.

»Eines Tages werde ich das Geheimnis dieser Stäbe ergründen«, zischte er dem jungen Elbenkrieger zu, »so wahr ich hier stehe, Branagorn!«

Die finstere Verbissenheit, mit der Thamandor diese Worte hervorbrachte, erschreckte Branagorn. Sie erinnerte ihn auf fatale Weise an jene Entschlossenheit, mit der König Keandir an den Aufbau des Reiches ging. Selbst die Art, wie sich Thamandors Gesichtszüge verzogen, gemahnte Branagorn an seinen König. War es möglich, dass sich die Finsternis, die der in den Augen Keandirs gesehen hatte, von einem Elben zum anderen übertrug wie eine ansteckende Krankheit?

»Ihr würdet alles dafür tun, das Geheimnis der Zauberstäbe zu ergründen, nicht wahr?«, fragte Branagorn.

»Ich würde kaum mehr einsetzen als Ihr, wenn es darum geht, ein Mittel gegen den Lebensüberdruss zu finden, Branagorn.«

»Ja, mag sein …«, murmelte der junge Elb.

»Nun«, flüsterte Branagorn, »vielleicht können diese magischen Blumen, die man die Sinnlosen nennt, uns beiden dabei helfen, das zu erreichen, was uns so viel wert ist.«

Die Nacht brach herein, doch das Palaver der Zentauren war noch nicht beendet. Feuer wurden entzündet, doch die Zentauren achteten darauf, dass die Feuerstellen entsprechend geschützt waren, sodass nicht die Gefahr eines Waldbrands bestand. Die Beratungen wurden fortgesetzt, und die Zentauren zeigten nicht die geringsten Anzeichen von Müdigkeit.

Da erscholl plötzlich ein Horn, ähnlich denen, welche die Elben zur Verständigung über längere Distanzen oder schlicht als Warnsignale benutzten, nur dass die Töne des Zentaurenhorns sehr viel tiefer waren. Augenblicklich wurde die Beratung unterbrochen, und die Zentauren griffen zu den Waffen.

»Scheint so, als würde das Dorf angegriffen!«, stieß Thamandor hervor und hatte die Hände bereits an den Einhandarmbrüsten.

Und Kapitän Isidorn meinte: »Vielleicht wendet sich ja nun das Blatt! Der Feind unserer Feinde ist …«

»… nicht unbedingt unser Freund«, schnitt ihm Nathranwen das Wort ab. »Warten wir ab, was geschieht, bevor wir uns für eine Seite entscheiden oder überhaupt in den Kampf eingreifen!«

Lautes Brüllen erfüllte auf einmal den Wald ringsum. Im Schein der Lagerfeuer brachen ungeschlachte Gestalten aus dem Unterholz. An ihren tierhaften Köpfen hingen zottelige Haare herab, und gewaltige Hauer ragten aus den Mäulern hervor. Ihre Größe überragte die eines durchschnittlichen Elbenkriegers um ein Drittel. Gewaltige Pranken hielten große Keulen und Steinäxte.

Aber das Besondere an ihnen war, dass sie keine Augen hatten. Die Stirn zog sich glatt bis zu den Wangenknochen hinunter, so wie das bei dem Augenlosen Seher der Fall gewesen war.

Branagorn erschrak bis ins Mark, als er dies sah. Diese Wesen mussten – wie der Augenlose Seher – über andere Sinne verfügen, die ihnen die Orientierung erlaubten. Sinne von einer Feinheit, wie man sie bei einer so primitiven Art eigentlich nicht vermutete. Vielleicht waren diese barbarischen Angreifer degenerierte Nachfahren jenes Volkes, dem der Augenlose und sein Bruder Xaror angehört hatten, überlegte Branagorn, doch er konnte nicht erkennen, ob sie ebenfalls sechs Finger an einer Hand hatten.

»Ihr Götter, wo sind wir hier nur hineingeraten?«, entfuhr es Thamandor.

»Trorks!«, stieß Lirandil hervor, woraufhin ihn die anderen verständnislos anschauten. Zur Erklärung fügte der Fährtensucher hinzu: »Sie sehen aus wie eine Mischung aus Trollen und Orks, wie es sie in der Alten Zeit von Athranor gegeben hat. Ich selbst habe diese Kreaturen noch erlebt!«

»Trorks – ein barbarisches Wort für barbarische Kreaturen!«, stellte Thamandor fest. »Mir soll es recht sein!« Mit diesen Worten packte er seine Einhandarmbrüste, doch zunächst einmal wartete auch er ab, was geschah.

Niemand achtete noch auf die Elben. Der ungestüme Angriff jener Kreaturen, die Lirandil »Trorks« nannte, forderte viele Opfer. Blindwütig schlugen die Trorks mit ihren Steinwaffen um sich und stießen tiefe, grollende Laute aus, manche davon so tief, dass nur noch das Zittern des Bodens zu spüren war.

Auf die Zentauren hatten diese Laute jedoch eine verhängnisvolle Wirkung. Sie hielten sich die Ohren zu, wanden sich vor Pein, stießen Schreie aus, die an das schmerzvolle Wiehern eines gestürzten Pferdes erinnerten.

Innerhalb von Augenblicken war die Mehrheit der Zentauren wie von Sinnen. Manche von ihnen suchten ihr Heil in der Flucht, andere wälzten sich hilflos am Boden. Nur eine Minderheit war überhaupt noch in der Lage, sich einigermaßen zur Wehr zu setzen, wurde aber durch die entschlossen angreifenden Trorks zurückgetrieben. Deren

Gebrüll schwoll weiter an. Mochte es für die Elben schon qualvoll sein, so war der Gehörsinn der Zentauren hinsichtlich dieser Laute offenbar noch weitaus empfindlicher.

Einer der Trorks stürmte auf die Gruppe der Elben zu. Thamandor schoss seine linke Einhandarmbrust ab. Der Bolzen durchschlug den Körper des Trorks, und das magische Gift, das dadurch freigesetzt wurde, begann den Leib des Wesens zu zerfressen. Die Laute, die der Trork dabei ausstieß, wurden höher und schriller. Innerhalb weniger Augenblicke war von ihm nicht mehr als graue Asche geblieben.

Ebenso erging es dem Trork, der hinter ihm herangestürmt war und dessen Leib von demselben Bolzen durchschlagen wurde, ehe das Geschoss schließlich in einen Baum fuhr. Auch dessen Stamm zerfraß die aggressive Magie des Bolzengifts, sodass der Baum knickte wie ein Strohhalm im Wind. Er schlug krachend eine Schneise in die Reihen der Angreifer, und ihre tiefen Kriegsschreie, die eine so verheerende Wirkung auf die Zentauren hatte, verwandelten sich in Todeskreischen.

Lirandil streckte mit seinem Bogen einen der Trorks nieder, während Branagorn sein Schwert kreisen ließ. Die Angreifer bemerkten, dass die Elben die für sie gefährlicheren Gegner waren, denn bei ihnen verfehlten ihre tiefen Laute nahezu völlig die Wirkung. Auch wenn so mancher Elb halb angewidert und halb vor Schmerz das Gesicht verzog, so war doch keiner des zwanzigköpfigen Trupps, der unter Branagorns Kommando stand, kampfunfähig.

Die Elbenkrieger stellten sich den ungeschlachten Kolossen zum Kampf, und ein Trork nach dem anderen sank sterbend zu Boden. Branagorn erkannte während des Kampfes, dass die Trorks tatsächlich einen zusätzlichen Daumen an jeder Hand hatten – sie waren Abkömmlinge vom Volk der Sechs Finger, degenerierte Nachfahren von Xaror und dem Augenlosen Seher!

Nachdem Thamandor seine beiden Einhandarmbrüste abgeschossen hatte, zog er das gewaltige Schwert aus besonders leichtem Stahl, das er bisher in der Scheide auf seinem Rücken getragen hatte. Der Waffenmeister hatte dieser Klinge den Namen »Leichter Tod« gegeben und ließ die Waffe immer wieder mit einer Geschwindigkeit durch die Luft zischen, dass selbst ein geschultes Elbenauge kaum in der Lage war, dem Weg der Klinge zu folgen. Ein bläuliches Schimmern umflorte dabei den »Leichten Tod«, und einen Trork nach dem anderen streckte Thamandor nieder.

Die barbarischen Wesen ergriffen schließlich die Flucht. So schnell, wie sie gekommen waren, verschwanden sie auch wieder im Wald.

Unter den Elben hatte es nur ein paar Verwundete gegeben. Nathranwen die Heilerin kümmerte sich sogleich um sie.

Branagorn stellte unterdessen mit Entsetzen fest, was mit den blauen Blumen geschehen war, die im Steinkreis in der Dorfmitte gelegen hatten. Durch die Wirren des Kampfes waren sie zerstreut worden, manche auch in eines der Feuer geraten.

Der Anführer der Zentauren musterte Branagorn, dann stieß er einen Schwall barbarisch klingender Worte aus. Augenblicklich verstummten all die klagenden Zentaurenstimmen, und zwei von ihnen setzten sich in Bewegung und preschten in den Wald. Unterdessen redete der Zentaurenhäuptling in einem ruhigen Tonfall auf Branagorn ein.

»Leider verstehe ich nicht ein einziges deiner Worte«, sagte der Elb. »Aber wir sind nicht hier, um euch zu bestehlen, sondern weil wir in großer Not sind und uns von den Sinnlosen Heilung für unsere Kranken erhoffen oder doch zumindest Linderung.«

Der Zentaurenhäuptling sah Branagorn an. Er hörte ihm aufmerksam zu, sein Blick hing an den Lippen des Elben, obwohl auch er gewiss kein einziges Wort verstand.

Die Verletzten erholten sich schnell, und obwohl so mancher unter den Elben diesen Ort des Grauens am liebsten sofort verlassen hätte, blieben sie, denn Branagorn wollte nicht vor dem Morgengrauen aufbrechen, sofern die Zentauren nichts gegen ihr Bleiben hatten. Die Zwitterwesen betrachteten die Elben offenbar nicht länger als Gefangene. Vielmehr musste ihnen bewusst sein, dass sie es allein der Kampfkraft der Elben zu verdanken hatten, dass die Trorks sie nicht alle niedergemetzelt hatten.

Im Morgengrauen schließlich kehrten die beiden Zentaurenkrieger, die der Häuptling ausgeschickt hatte, zurück. Sie brachten bündelweise Sinnlose mit, die sie Nathranwen überreichten. Es waren mehr, als die Heilerin je selbst hätte sammeln können, und einige der anderen Elben mussten ihr einen Teil der Blumen abnehmen.

»Nehmen wir das als ein Zeichen der Dankbarkeit«, sagte Lirandil.

Branagorn nickte. »Ja, es sieht so aus, als könnte ich unserem König berichten, dass unser Reich den ersten Verbündeten gewonnen hat.«

»Wer weiß, wann wir diesen Verbündeten einmal brauchen werden«, ergänzte Thamandor. »Möglich, dass diesen Nachtkreaturen, die unser werter Lirandil als Trorks zu bezeichnen beliebte, eines Tages der Sinn danach steht, nach Nordwesten zu ziehen.«

Branagorn ging zu dem Zentauren-Häuptling und hielt ihm die Hand hin. Doch der Zentaur wich erschrocken zurück. Offenbar hatte diese Geste für ihn eine ganz andere Bedeutung.

»Es wird seine Zeit dauern, bis wir uns verstehen«, sagte Branagorn. »Aber glücklicherweise ist unser Volk langlebig, sodass wir sicherlich noch mitkriegen werden, wie Elben und Zentauren in Frieden ihre nachbarschaftlichen Beziehungen pflegen …«

Die Elben verließen das Lager der Zentauren. Einige der Zwitterwesen begleiteten den Trupp sogar bis zur Anlegestelle der Barkassen, doch hielten sie respektvollen Abstand von den Elben.

Als sich Branagorn und seine Begleiter wieder auf der im Fluss ankernden »Morantor« befanden, wurde umgehend die Rückreise angetreten, denn Branagorn wollte nicht, dass seine geliebte Cherenwen auch nur einen Tag länger als unbedingt nötig auf ein Heilmittel gegen den Lebensüberdruss warten musste. Nathranwen versuchte ihm zwar deutlich zu machen, dass es sehr wahrscheinlich lange dauern würde, bis aus den Blumen ein Extrakt und aus dem Extrakt ein Heilmittel gewonnen werden konnte, falls das denn überhaupt möglich war, aber Branagorn hörte ihr gar nicht richtig zu. Er *wollte* es nicht hören, wie Nathranwen erkannte.

Die »Morantor« segelte flussabwärts und erreichte die Mündung des Nur. Dort sollte sie eigentlich auf die »Jirantor« von Kapitän Ithrondyr warten. Aber die Tage vergingen, ohne dass das zweite Kundschafterschiff von seiner Fahrt nach Süden zurückkehrte. Branagorn wurde ungeduldig. Schließlich ordnete er die Rückkehr nach Elbenhaven an.

»Sollten wir der ›Jirantor‹ nicht entgegensegeln?«, schlug Kapitän

Isidorn vor. »Sie wird sich entlang der Küstenlinie bewegen, sodass wir sie nicht verfehlen können.«

»Und falls sie gar nicht auf dem Weg nach Norden ist?«, fragte Branagorn.

»Ihr meint, falls sie das Opfer irgendeines üblen Schicksals wurde«, erriet Isidorn. »Dann sollten wir das aufklären.«

Aber Branagorn schüttelte den Kopf. »Es ist wichtiger, dass die Sinnlosen nach Elbenhaven gebracht werden, sodass die vereinte Heilerzunft aus den Blumen ein Mittel gegen den Lebensüberdruss herstellen kann.«

Drei Tage und drei Nächte wartete Branagorn noch. Dann ließ er die »Morantor« nach Norden aufbrechen. Der Wind stand günstig. Die »Morantor« kam rasch voran, und bald schon passierte sie die Meerenge zwischen West-Elbiana und dem Kontinent, die man inzwischen auch die »Straße von Elralon« nannte. Dann segelte sie weiter nach Norden, bis endlich die bunten Zelte von Elbenhaven am Ufer auftauchten. Banner wehten inzwischen an hohen Masten im Wind, und die ersten Schutzmauern nahmen Gestalt an.

Wie üblich, wenn ein Kundschafter-Schiff die Anfurten erreichte, bildete sich am Ufer eine große Menge. Die Elben waren neugierig auf das, was die Rückkehrer zu berichten hatten. Auch König Keandir eilte zum Strand.

Branagorn ging als Erster an Land. Er konnte es nicht erwarten, Cherenwen die Nachricht zu überbringen, dass Hoffnung auf Heilung von ihrem Leiden bestand.

»Mein König! Die Blume, die man die Sinnlose nennt, wurde von uns gefunden!«, platzte es aus dem jungen Elbenkrieger heraus, sobald er Keandir gegenübertrat. »Es gibt so vieles, was ich Euch noch berichten will, aber gestattet mir, dass ich zuerst meine geliebte Cherenwen aufsuche.«

Das Gesicht des Königs wurde sehr ernst. Er legte Branagorn eine Hand auf die Schulter. »Mein treuer Branagorn – Ihr bringt uns gute Kunde, doch fürchte ich, dass ich nur schlechte Neuigkeiten für Euch habe.«

Der junge Elbenkrieger erschrak, und ein Zittern durchlief seinen Körper. »Was … was wollt Ihr damit sagen, mein König?«

»Ich denke, Ihr wisst es, werter Branagorn«, sagte Keandir mit traurigem Blick.

Branagorn schluckte und schloss für einen Moment die Augen. Konnte es sein, dass er zu spät gekommen war? War es möglich, dass er zwar die Grundlage für ein Heilmittel gegen den Lebensüberdruss gefunden hatte, seiner geliebten Cherenwen aber dennoch nicht mehr zu helfen war? Branagorn hatte das Gefühl, als würde man ihm den Boden unter den Füßen wegziehen und ihn in ein tiefes Loch stürzen. Sein Hals war auf einmal staubtrocken. Seine Hände krampften sich zu Fäusten zusammen.

»Cherenwen!«, schrie er auf, und in seiner Stimme schwang all der Seelenschmerz mit, der ihn in diesem Moment schier zu überwältigen drohte.

»Sie war die Einzige, die sich in diesem Monat von den Klippen stürzte, um nach Eldrana einzugehen«, sagte König Keandir, so ruhig er konnte. »Seid Euch meines tief empfundenen Mitgefühls versichert, Branagorn.«

»Wo … wo ist sie?«, fragte der junge Elb tonlos.

»In ihrem Zelt. Sie wurde aufgebahrt und einbalsamiert, damit Ihr noch von ihr Abschied nehmen könnt.«

Branagorn konnte nichts mehr halten. Er lief zu Cherenwens Zelt, so als wollte er einfach nicht glauben, was geschehen war.

# 8

# ANDIR UND MAGOLAS

Zwei Monate später traf auch die »Jirantor« unter Ithrondyr wieder in Elbenhaven ein. Der wagemutige Kapitän berichtete vor dem König und seinen Getreuen, dass er der gesamten Küste des Zwischenlandes nach Süden gefolgt war, und zwar bis zu einer Insel, die von ihren Bewohnern »Tagora« genannt wurde.

»Die Leute, die dort wohnen, nennen sich Tagoräer, und sie ähneln dem Menschengeschlecht aus den Legenden«, erzählte Ithrondyr. »Sie sind extrem kurzlebig und deswegen auch immer sehr geschäftig und eilig. Aber das verwundert nicht. Sie haben, wenn es hoch kommt, achtzig oder neunzig Winter, um ihre Werke zu vollbringen – wenn sie Glück haben. Viele von ihnen werden aber nicht älter als dreißig oder gar nur zwanzig Sommer, und viele sterben sogar in den ersten zwei Sommern nach ihrer Geburt durch irgendeine Krankheit.«

»Ein bedauernswertes Volk«, meinte Keandir.

»Es sind Menschen, davon bin ich überzeugt«, sagte Ithrondyr. »Jeder, der die Angaben in den alten Schriften mit dem vergleicht, was wir herausgefunden haben, wird zu demselben Schluss kommen.«

Keandir hob die Augenbrauen. »Ich hatte bisher immer meine Zweifel an den Geschichten über die Menschen. Aber ich wäre andererseits niemals so töricht, an Eurem Wort oder Eurer Auffassungsgabe zu zweifeln, werter Kapitän Ithrondyr. Lasst Brass Shelian all Eure Angaben mit den Schriften noch einmal vergleichen, vielleicht erlangen wir dann Gewissheit.«

»Das werde ich ganz gewiss tun«, versprach Ithrondyr, dessen Augen vor Begeisterung leuchteten. Keandir konnte diese Begeisterung noch nicht so ganz nachvollziehen. Was mochte es sein, was den Kapitän hinsichtlich der Tagoräer so faszinierte?

»Mir ist sehr wohl bewusst, welche Geschichten aus der Alten Zeit über die Menschen in Umlauf sind«, sagte Ithrondyr. »Ehrlich gesagt, ich selbst habe bis zu meiner Reise nach Tagora nicht wirklich geglaubt, dass es überhaupt jemals Menschen gegeben hat – obwohl Prinz Sandrilas ja offenbar einst sein Auge im Kampf gegen diese Rasse verlor. Doch Ihr wisst es selbst, mein König: Bei den Athranor-Geborenen vermischen sich manchmal Erinnerung und Legende, sodass sie häufig selbst nicht wissen, was von dem, woran sie sich zu entsinnen glauben, wirklich geschehen ist und was nicht.«

Da hatte Ithrondyr leider recht, wie Keandir wusste. Desto älter ein Elb wurde, desto mehr verblasste die Erinnerung an seine frühen Tage, mischte sich mit Geschichten und mit Mythen, und er konnte schließlich kaum mehr unterscheiden zwischen Wahrheit und Legende. Mit Demenz hatte dies nichts zu tun; es waren die Jahrtausende, deren Nebel die Erinnerungen immer mehr verhüllten, und so war nie sicher, ob derart alte Elben wie Prinz Sandrilas oder Fürst Bolandor nicht von einer falschen Erinnerung betrogen wurden, wenn sie beispielsweise von den legendären Menschen sprachen.

»Ich muss meine Meinung hinsichtlich der Menschen jedoch notgedrungen revidieren«, fuhr Ithrondyr fort, »doch frage ich mich auch, ob die Überlieferungen der Alten Zeit nicht recht tendenziös mit ihnen umspringen.«

»Ihr scheint sehr beeindruckt von den Bewohnern dieser Insel zu sein«, stellte König Keandir fest.

»Es könnte sich lohnen, mit den Tagoräern in Handelsverbindungen zu treten«, meinte Ithrondyr. »Ihre Kultur ist erstaunlich hoch entwickelt. Trotz ihrer schnellen Sterblichkeit besitzen sie große Bibliotheken, in denen sie ihr Wissen sammeln. Und auch die Fähigkeiten ihrer Seeleute scheinen mir beachtlich und mit den unseren durchaus vergleichbar. Zum Schutz ihrer Städte haben sie gewaltige Mauern errichtet, hinter denen sich gigantische Kampfmaschinen befinden; mit denen können sie riesige Steinbrocken auf den Feind schleudern. Und Armbrüste, so groß wie Pferdewagen, sind in der Lage, ein herannahendes Schiff mit einem armdicken Bolzen auf eine Distanz von fast dreihundert mittleren Schiffslängen zu durchschlagen.«

Die letzten Bemerkungen des Kapitäns ließen den König aufhorchen. »Also haben die Tagoräer ihre kostbar-knappe Lebenszeit in die Entwicklung derart wirksamer Kampfmaschinen investiert, anstatt alles zu genießen, was das Leben in dieser kurzen Spanne zu bieten vermag. Dafür muss es aber einen Grund geben, werter Ithrondyr.«

Kapitän Ithrondyr lächelte. »Ihr macht Euch Sorgen über einen mächtigen Feind, der möglicherweise irgendwo dort unten darauf wartet, seinen Einfluss Richtung Norden auszubreiten, nehme ich an. Ein Feind, der uns irgendwann gefährlich werden könnte.«

»Ist dieser Gedanke denn so abwegig – angesichts dessen, was Ihr mir berichtet habt?«, fragte Keandir.

»Mein König, ich habe den Tagoräern dieselbe Frage gestellt. Und die Antwort war, dass diese Kampfmaschinen gegen ihre eigenen Leute gerichtet waren, so erstaunlich dies für elbische Ohren auch klingen mag.«

»Man wollte Euch doch nicht weismachen, auf Tagora herrsche ein ständiger Bürgerkrieg?«, fragte Keandir erstaunt.

Ithrondyr zuckte mit den Schultern. »Unser Aufenthalt in der Stadt Toban im Norden Tagoras dauerte nicht lang genug, um das letztlich beurteilen zu können. Aber man sagte uns, dass die Städte Tagoras lange in erbitterte Kriege mit wechselnden Koalitionen verwickelt gewesen wären und sich erst vor Kurzem zu einem geeinten Reich zusammengeschlossen hätten.« Ithrondyr seufzte. Sein Blick zeigte, wie sehr ihn die Erinnerung an diese Insel noch immer gefangen nahm. »Ihr hättet diese Pracht sehen sollen. Ihr solltet selbst dorthin reisen, um Euch ein Bild zu machen.«

»Das werde ich gewiss«, versprach Keandir. »Aber bis dahin wird es noch eine Weile dauern. Zuerst muss der Aufbau des Reichs weiter vorangetrieben werden.«

So sprach Keandir, in Wirklichkeit aber war er gegenüber den Tagoräern misstrauisch. Nicht nur die Legenden und alten Schriften wussten von den Menschen zu berichten und stellten sie nicht im besten Licht da, auch Prinz Sandrilas hatte dereinst mit ihnen zu tun, und auch wenn der Einäugige kaum etwas von seinen Begegnungen mit den Menschen erzählte, er schien nicht besonders von ihnen eingenommen gewesen zu sein.

Ithrondyr nickte zu den letzten Worten seines Königs. Es mochte gut sein, dass sich kein Tagoräer mehr an die Seefahrer aus dem fernen Elbiana erinnerte, wenn das nächste Mal ein Elb seinen Fuß auf diese Insel setzte, weil dann inzwischen wahrscheinlich schon mehrere Menschengenerationen vergangen waren. »Eines will ich nicht unerwähnt lassen, mein König«, ergriff er noch einmal das Wort. »Im Tagoräer-Hafen von Danabar – dem letzten Punkt unserer Reise – wusste man von den Schiffen Fürst Bolandors zu berichten. Sie haben auf der Insel Tagora angelegt, dort Vorräte an Bord genommen und sind dann weitergesegelt.«

»Weiß man, in welche Richtung?«, fragte Keandir, wobei sich seine Gesichtszüge verhärteten.

»Sie sollen in ein Gewässer, das die Tagoräer als das Pereanische Meer bezeichnen, in Richtung Westen gesegelt sein. Aber wie zuverlässig diese Angaben sind, wage ich nicht zu beurteilen.«

Keandir dachte: Mögen die Namenlosen Götter mit Fürst Bolandor und den Seinen sein, wenn sie schon nicht mit uns sind!

Noch vor dem nächsten Winter war es der Heilerin Nathranwen zusammen mit einigen talentierten Kollegen aus der elbischen Heilerzunft gelungen, aus den Blütenblättern der Sinnlosen einen Extrakt zu gewinnen, der sich wiederum weiterverarbeiten ließ zu einem Mittel, das die Symptome des Lebensüberdrusses so stark abdämpfte, dass sie kaum noch bemerkbar waren. Ein Mittel, das auch jenen neue Hoffnung bot, die bis dahin als aussichtslose Fälle gegolten hatten. Es konnte zwar den Lebensüberdruss nicht gänzlich heilen, aber jemand, der das Mittel aus dem Extrakt der Sinnlosen und ein paar weitere Zutaten regelmäßig und in richtiger Dosierung zu sich nahm, würde zumindest nicht an dieser Krankheit zugrunde gehen. Vorausgesetzt, der Betreffende kam nicht eines Tages auf die irrige Idee, das Mittel abzusetzen, was zu einer umso heftigeren Rückkehr der Symptome führte, während eine Überdosierung den Verstand kosten konnte.

Weit weniger erfolgreich hingegen war Thamandor bei der Verwendung des Extrakts der Sinnlosen. Entgegen der alten Schriften der Heiler ließ sich nicht mal ein brauchbarer Zusatz für die Gifte gewinnen, die der Waffenmeister ohnehin verwendete. Und was die Zauberstäbe des Augenlosen Sehers betraf, so fand er einfach keinen Zugang zu jener Magie, die diesen Artefakten zweifellos noch immer innewohnte. Zumindest wurde ihm das Vorhandensein von Magie durch mehrere Schamanen unabhängig voneinander bestätigt, deren Sinne in dieser Hinsicht besonders geschult waren.

Der Oberste Schamane Brass Shelian wollte den Waffenmeister darauf vorbereiten, dass seine Bemühungen möglicherweise von vornherein zum Scheitern verurteilt waren, indem er zu Thamandor sagte: »Es kann durchaus sein, dass die hier verwendete Magie so fremdartig ist, dass Ihr keinen Zugang zu ihr finden werdet.«

»Ich bin nicht als jemand bekannt, der schnell aufgibt«, entgegnete Thamandor. »Bei so mancher Erfindung, die ich gemacht habe, musste ich auch lange Irrwege gehen, bevor ich schließlich doch zum Ziel gelangte.«

»Man sollte allerdings auch wissen, wann man sich auf einem Weg befindet, den weiterzubeschreiten nicht mehr sinnvoll ist«, gab der erhabene Brass zu bedenken. Er hatte seine Worte sehr vorsichtig gewählt, da er das bisweilen recht aufbrausende Temperament des seegeborenen Waffenmeisters nur zu gut kannte.

»Ich kann mich nicht erinnern, je an einen solchen Punkt geraten zu sein, und ich wüsste nicht, weshalb das ausgerechnet jetzt der Fall sein sollte.«

»Oh, ich kann mich aber durchaus an eine Situation erinnern, in der uns Eure Hartnäckigkeit beim Verfolgen Eurer Ziele fast ein Schiff gekostet hätte …«

»Pah!«, machte Thamandor. »Wenn Ihr darauf anspielt, dass meine Armbrustbolzen ein Loch in die Schiffswand rissen, dann solltet Ihr die Schuld für die beinahe eingetretene Katastrophe nicht bei mir suchen – sondern bei denjenigen, die bei der Ausbesserung zu lange zögerten und nicht schnell genug reagierten!«

Brass Shelian hob die Augenbrauen. »Eine interessante Interpretation der Geschehnisse«, sagte er und musste sich dabei große Mühe geben, den ironischen Unterton nicht zu deutlich hervortreten zu lassen.

Sommer und Winter wechselten sich ab, und der Bau von Elbenhaven ging sichtbar voran. Bald schon standen die ersten Wehrmauern und Gebäude. Hafenanlagen wurden errichtet, mit Kaimauern und Anlegestellen.

Die Zelte verschwanden nach und nach, und König Keandir zog mit seiner Gemahlin und den beiden Zwillingen in den Palast ein.

Oft stand er hinter den Zinnen von Elbenhaven und blickte auf die Stadt, die die Keimzelle Elbianas sein sollte. Ein Hafen, so wie es ihn nicht einmal in der Alten Zeit gegeben hatte, wie ihm viele Athranor-Geborene bestätigten. Möglicherweise war deren Erinnerung dadurch getrübt, dass sie so lange Zeit überhaupt keinen Hafen mehr gesehen hatten, und vielleicht war dies der Grund, warum ihnen Elbenhaven größer und prächtiger erschien als selbst die legendären Elbenstädte Athranors – aber Keandir war es gleich. Die Elben hatten das Gefühl, mit den Mauern von Elbenhaven etwas wirklich Großartiges geschaffen zu haben – und das gab ihnen den Mut für weitere Herausforderungen.

Die Gebäude und Mauern der neuen Stadt waren prächtig in die felsige Landschaft in Ufernähe eingepasst, sodass man sie aus einiger Entfernung für *gewachsen* und nicht für *erbaut* halten konnte. »Man hat sich zweifellos der besseren Eigenschaften elbischer Architektur erinnert«, musste selbst der uralte Fährtensucher Lirandil anerkennen, der immer große Zweifel gehabt hatte, ob die Elben der Herausforderung noch in *ästhetischer* Hinsicht gewachsen waren. Schließlich war es sehr lange her, dass die Athranor-geborenen Baumeister ihr Handwerk hatten ausüben können – und die Seegeborenen waren diesbezüglich ja vollkommen ohne Praxis.

»Meinen Glückwunsch und meine Anerkennung, mein König!«, wandte sich Lirandil einmal an Keandir, als dieser nachdenklich an den Zinnen stand und hinaus auf das tosende Meer blickte. »Ich hatte schon befürchtetet, dass aus Elbenhaven lediglich eine elbische Form irgendeiner Barbarensiedlung wird, die möglicherweise ihren Zweck erfüllt, indem sie uns zu wärmen und zu schützen vermag, aber eine Beleidigung für jedes Auge darstellt, dass sie betrachtet.«

»Und das ist Eurem strengen Urteil nach nicht der Fall?«, fragte Keandir schmunzelnd.

»Nein, ganz und gar nicht. Dies ist eine Stadt, auf die wir stolz sein können.«

»Es wird nicht die letzte sein, werter Lirandil. Die Orte, wo wir weitere Häfen an der elbianitischen Küste errichten werden, wurden von unseren Kapitänen bereits ins Auge gefasst. Spätestens im nächsten Frühjahr werden die ersten Siedler dorthin aufbrechen.«

»Es liegt wohl in der Natur der Elben, dass sie nicht in zu großer Zahl an einem Ort leben wollen«, glaubte der Fährtensucher.

»Vielleicht eine Nachwirkung der langen Seereise«, meinte Keandir.

Aber in diesem Punkt war Lirandil anderer Ansicht. »Ich glaube nicht, dass darin der Grund liegt. Schon in Athranor neigten die Elben dazu, sehr verstreut zu leben.«

»Der Ausbreitung unseres Reichs wird das nur entgegenkommen«, war Keandir überzeugt.

Kinderlachen drang an seine Ohren, und er wandte sich vom Meer ab. Er sah Ruwen mit den Zwillingen, die bereits ihre ersten unsicheren Schritte über das Pflaster des inneren Burghofs von Elbenhaven machten.

»Andir und Magolas!«, sagte der König, und ein verklärtes Lächeln erschien auf seinem Gesucht. »Sie sind die Zukunft …«

»Sie entwickeln sich erstaunlich schnell«, meinte Lirandil. »In der Alten Zeit war es üblich, dass Elbenkinder im Durchschnitt hundert Winter brauchten, um erwachsen zu werden. Aber deine beiden Sprösslinge können es offenbar gar nicht abwarten, groß zu werden.«

»Keiner von ihnen will hinter dem anderen zurückstehen«, glaubte Keandir. »Sie haben bereits damit begonnen, einzelne Worte zu sprechen.«

»Viele Elbenkinder sind in den letzten Sommern geboren worden«, sagte Lirandil. »Mehr als in all den letzten Zeitaltern zusammen.«

Keandir nickte. »Eines Tages werden die Zwischenland-Geborenen die Mehrheit sein. Sie können sich mit vollem Recht als Elbianiter bezeichnen – als die Bewohner Elbianas, deren Heimat dieses Land ist.«

Damit wandte sich Keandir ab und ging zu Ruwen und den Zwillingen.

Von dem Feuermal, das Magolas' Kopf zeichnete, war nichts zu sehen. Ruwen achtete sehr darauf, dass dieser Makel vom Haar des Jungen bedeckt war, und ließ es aus diesem Grund lang wachsen, obwohl es in seinem Alter eigentlich üblich war, es kurz zu scheren. Als Keandir sie einmal darauf ansprach, hatte sie gesagt: »Es ist nun mal Teil unserer Art, dass wir nach Vollkommenheit streben, Kean. Das ist unser Schicksal.«

»Welches Schicksal auch immer für uns gegolten haben mag, es existiert nicht mehr«, hatte Keandir erwidert. »Es bindet uns nicht mehr, weil ich seine Fesseln zerschlug. Und vielleicht müssen alle in Zukunft Makel der einen oder anderen Art akzeptieren. Sowohl an uns selbst als auch an jedem anderen. Und vor allem an unseren Kindern. Dies ist kein zeitloses Nebelmeer, in dem uns nichts weiter zustoßen kann als der Lebensüberdruss, von dem es keine Heilung gab. Dies ist Elbiana – ein wildes Land, das uns mehr prägen wird, als wir es bisher auch nur erahnen.«

»Ich kann nicht aus meiner Haut, Kean. Ich bin nun einmal eine Elbin, und das Trachten nach Harmonie und Gleichmaß wurde mir in die Wiege gelegt. Aber Magolas …«

»Magolas entspricht nicht der Harmonie? Willst du das damit sagen?«

»Es ist, wie es ist, Kean. Vielleicht hat sich bereits sehr viel schneller ein neues Netz des Schicksals herausgebildet, als Ihr dachtet.«

Keandir hatte diese Unterredung mit seiner Gemahlin noch gut in Erinnerung, als er in die Knie ging und die Arme ausstreckte. Die beiden Jungen stolperten mit noch unsicheren Schritten auf ihn zu. Ihre Augen leuchteten freudig erregt. Kurz bevor sie ihren Vater erreichten, gab Magolas seinem Bruder einen Schubs, sodass dieser auf das Pflaster fiel. Magolas warf sich in die Arme seines Vaters, während Andir wütend schrie. Schon im nächsten Moment war Ruwen bei ihm, nahm ihn vom Boden auf und tröstete ihn.

Im darauffolgenden Sommer wurde nördlich von Elbenhaven eine zweite Elbenstadt gegründet – Westgard. Und noch im Herbst brachen mehrere Schiffe auf, um an der Meerenge zwischen West-Elbiana und dem Kontinent die Orte Elralon und Hochgond zu gründen.

Sommer für Sommer breitete sich das Reich der Elben ein Stück weiter aus. Auf dem Seeweg drangen die Elben nach Norden und nach Süden entlang der Küste vor, während die Fortschritte in der Pferdezucht es möglich machten, auch über Land Vorstöße zu unternehmen.

Andir und Magolas wuchsen in diesen Jahren zu aufgeweckten Jungen heran, die sich zwar äußerlich – abgesehen von Magolas' Feuermal – vollkommen glichen, aber ansonsten sehr verschieden waren. Andir war der Ruhigere von beiden. Er war oft in sich gekehrt und konnte stundenlang damit verbringen, das Meer zu beobachten oder in den uralten Schriften des Elbenvolks zu stöbern, die in einer großen Bibliothekshalle in Elbenhaven untergebracht waren. In seinem vierten Sommer erlernte er das Lesen fast wie von selbst, und sein Wissensdurst fiel auch den schriftgelehrten Schamanen auf, die in der Bibliothek Dienst taten: Eines Tages überraschte er diese, indem er sie in einer Geheimsprache anredete, die sich ein Elb namens Padarondir der Wie-ein-Wasserfall-Sprechende während der Seereise zum Zeitvertreib ausgedacht und darüber ein Wörterbuch verfasst hatte. Schon bald packte Andir sogar der Ehrgeiz, auch die Geheimsprache der Alten Heiler zu erlernen; vor vielen Epochen waren einige unter ihnen der Ansicht gewesen, dass in falsche Hände geratenes Heilerwissen nur Schaden anrichten könnte, und daher hatten sie sich dieser Sprache bedient.

Sein Bruder Magolas hingegen tat alles, um möglichst rasch die Kampftechniken eines Kriegers zu erlernen. Gespannt hörte der Junge zu, wenn die Kapitäne Isidorn, Ithrondyr oder Garanthor, von ihren Entdeckungsfahrten zurückgekehrt, berichteten, was sie gesehen und erlebt hatten. Gleiches galt für die Mitglieder der Expeditionen ins Inland, die zunächst ganz Hoch- und West-Elbiana erforschten, bevor sie in Mittel-Elbiana bis zum östlichen Arm des Flusses Tir vordrangen.

Doch so unterschiedlich die Interessen der beiden Elbenjungen zunächst auch sein mochten, so blieben sie doch stark aufeinander bezogen. Wenn der eine etwas bekam, wollte der andere das Gleiche oder etwas noch Besseres. Und wenn einer von ihnen etwas erlernt hatte, so ließ der andere nicht locker, bis er dieselbe Fähigkeit und dasselbe

Wissen auch erworben hatte. So verbrachte Magolas unzählige Stunden mit Andir in der Bibliothek und erlernte die Schriftsprache nur wenig später als sein Bruder – wenn auch mit mehr Mühe –, während Andir sich mit Magolas stundenlang im Kampf mit Holzschwertern maß. Die Geschichten der Kapitäne versäumte keiner von ihnen.

Nachdem Andir das Wörterbuch des Padarondir entdeckt hatte, schlug er Magolas vor, doch ebenfalls eine Geheimsprache zu entwickeln, sodass sie sich untereinander verständigen könnten, ohne dass die Eltern oder andere Elbenkinder sie verstünden. Magolas war von der Idee begeistert.

Als Ruwen zum ersten Mal mitbekam, dass sich ihre Söhne untereinander in einer eigenen Sprache berieten, war sie glücklich, denn sie hielt es für einen Beweis, dass es trotz aller Rivalität offenbar auch viele Gemeinsamkeiten zwischen den beiden gab und dass das Verbindende das Trennende aufhob.

Immer wieder musste Ruwen nämlich an den Traum denken, in dem sie zwei erwachsene, sich völlig ähnlich sehende Elben in einem erbitterten Kampf gesehen hatte. Sie war sich sicher gewesen, dass diese beiden Elben ihre beiden Zwillinge waren. Dass dieser Traum nur ein Spiegelbild ihrer damaligen Ängste gewesen sein könnte, ließ sie nicht gelten, denn sie hatte in diesem Traum die Zauberstäbe des Augenlosen Sehers genau erkannt.

Aber womöglich hatte Keandir recht: Das vorbestimmte Schicksal, dass ihr der Traum gezeigt hatte, existierte nicht mehr, seit Keandir den Furchtbringer besiegt hatte. Die Einigkeit der beiden Zwillinge schien ihr ein Beweis dafür …

Als die Jungen den achten Sommer erlebten, sollte sich Ruwens Hoffnung jäh zerschlagen. Brass Shelian und ein Schamanen-Novize griffen die beiden Jungen in der »Halle des Gedenkens« auf, die König Keandir in Elbenhaven eingerichtet hatte. Sie bestand aus einem großen Kuppelbau, in denen der Geschichte Elbianas gedacht werden sollte. So waren dort unter anderem der hölzerne Altar von Gorthráwen der Schwermütigen und die beiden Zauberstäbe des Augenlosen Sehers zu finden. Thamandor hatte inzwischen die Hoffnung weitgehend aufgegeben, die den Stäben innewohnende Magie irgendwann noch einmal wecken zu können. Zuletzt hatte der Waffenmeister sogar versucht, mithilfe einer Überdosis des Extrakts der Sinnlosen genügend geistige Kraft dafür zu gewinnen, und war bei diesem Experiment beinahe wahnsinnig geworden; nach Ansicht der Heiler konnte er froh sein, nicht ins Reich der verblassenden Schatten eingegangen zu sein.

Dies war dem Waffenmeister eine Warnung gewesen, und er hatte sich anderen Projekten zugewandt. Insbesondere die Erzählungen Kapitän Ithrondyrs von den riesigen Katapulten, welche die Tagoräer zur Verteidigung ihrer Städte gebaut hatten, interessierten ihn, und er verbrachte inzwischen den Großteil seiner Zeit damit, Konstruktionspläne für ähnliche Kriegsmaschinen zu erstellen, die die Städte und Burgen der Elben schützen sollten.

So waren die Zauberstäbe innerhalb weniger Jahre zu reinen Devotionalien der jüngeren elbischen – genauer gesagt: der elbianitischen – Geschichte geworden.

Was die beiden Jungen in die »Halle des Gedenkens« getrieben hatte, vermochte niemand zu sagen, und die Betroffenen selbst schwiegen dazu. Tatsache war, dass Brass Shelian sie in einem wütenden Kampf miteinander erlebt hatte – unmittelbar vor dem Altar der Gorthráwen, auf dem die Zauberstäbe noch immer gekreuzt aufgebahrt waren. Beide Jungen waren in einer so großen Heftigkeit aufeinander losgegangen, dass Brass Shelian um ihr Leben gefürchtet hatte. Keiner von ihnen wollte später den Grund ihres Streits preisgeben. Auch nicht, nachdem Brass Shelian sie zu ihrer Mutter gebracht und Ruwen sie eindringlich danach gefragt hatte. Stattdessen gifteten sie sich gegenseitig in ihrer für alle anderen unverständlichen Geheimsprache an und wären um ein Haar erneut aufeinander losgegangen.

Ruwen erschrak zutiefst über dieses Vorkommnis, schien sich doch darin der Traum zu bewahrheiten, den sie während Keandirs Aufenthalt auf der Insel Naranduin gehabt hatte.

Auch Keandir versuchte in langen Gesprächen herauszufinden, was in der »Halle des Gedenkens« vorgefallen und der Anlass des Streits gewesen war. Doch die beiden Elbenjungen verloren darüber nicht ein einziges Wort.

Aber für einen kurzen Moment, als Keandir besonders eindringlich auf Magolas einredete, um ihn dazu zu bewegen, doch endlich mit der Wahrheit herauszurücken, füllten sich die Augen des Elbenjungen vollkommen mit Schwärze.

Für Keandir war dies wie ein Stich ins Herz.

Also auch du, mein Sohn Magolas!, durchfuhr es ihn.

Ruwen gegenüber schwieg Keandir über das, was er bemerkt hatte …

In seinem zehnten Jahr wollte Magolas unbedingt das Segeln und Reiten erlernen. Ersteres geschah mit einer Barkasse, die mit Mast und Segel ausgestattet wurde, sodass man mit ihr im Sommer die Küstengewässer befahren konnte. Kapitän Garanthor nahm sich beider Jungen an und brachte ihnen die Prinzipien des Segelns bei, denn natürlich wollte auch Andir diese Fähigkeit erlernen, als er merkte, dass sich sein Bruder für die Seefahrt zu interessieren begann.

Oft waren sie im Sommer den ganzen Tag auf dem Wasser und segelten die Küste entlang. In südliche Richtung fuhren sie bis zur Meerenge zwischen West-Elbiana und dem Kontinent, im Norden bis zur inzwischen erheblich gewachsenen Siedlung Westgard.

Dann verfiel Magolas auf die Idee, bis hinauf zu Naranduin, der Insel des Augenlosen Sehers, zu segeln, die von den elbischen Seeleuten noch immer gemieden wurde.

»Ist das nicht gefährlich?«, fragte Andir.

»Unser Vater war auch dort, und alles, was uns irgendwie gefährlich werden könnte, hat er mit seinem Schwert Schicksalsbezwinger erschlagen«, erwiderte Magolas.

»Nicht die Ouroungour; sie sollen dort immer noch hausen. Und außerdem soll die gesamte Insel ein Ort finsterer Magie sein.«

»Ich dachte, du interessierst dich so für die Magie der alten Schriften, Andir.«

»Das ist wahr.«

»Doch die Magie Naranduins soll um Äonen älter sein als alles, was unser Volk kennt.«

Sie stritten sich, ohne dass ein Außenstehender den Grund dafür mitbekam, denn sie benutzten ihre eigene geheime Sprache, von der sie sich gegenseitig geschworen hatten, niemand anderen darin einzuweihen, und zwar unter keinen Umständen. Schließlich einigten sie sich, den guten Wind zu nutzen und nur bis Westgard zu segeln. Dafür waren sie mehrere Tage unterwegs – eine Zeitspanne, die bei Elbeneltern noch keineswegs Anlass zur Sorge war, wenn ihre Kinder so lange von zu Hause wegblieben; für einen seegeborenen Elben waren ein paar Tage nichts weiter als ein Dutzend Atemzüge, für das Zeitempfinden vieler Athranor-Geborener glichen sie einem Herzschlag. Für ein paar Tage konnten Elbenkinder zudem ihr Wachstum einstellen und ihre Körperfunktionen einschränken, sodass sie in dieser Zeit ohne Nahrung auskamen. Also bestand auch in dieser Hinsicht kein Grund zur Sorge.

So fuhren Andir und Magolas mit ihrer Barkasse die Küste entlang bis Westgard, und dort machte Magolas erneut einen Vorschlag: Sie sollten wenigstens weitersegeln, bis sie die Küste Naranduins erspähen könnten. »Einmal möchte ich jenen Ort sehen, an dem unser Vater das alte Schicksal zerschlug und die neue Welt geschaffen wurde.«

Nach einer längeren Diskussion gab Andir schließlich nach, machte aber zur Bedingung, dass man zunächst Brass Zerobastir, den Schamanen von Westgard, nach den Wetteraussichten befragte, und als Brass Zerobastir voraussagte, dass sich das Wetter und die Windrichtung in den nächsten Tagen nicht ändern würden, brachen sie auf. Andir verlangte jedoch, dass sie einen Abstand von der Küste dieses Eilands hielten, der gerade noch klare Sicht für Elbenaugen erlaubte. »Und wir werden nicht in das Nebelmeer vordringen«, fügte er noch hinzu.

»Bist du denn gar nicht neugierig, wie es dort ist?«, fragte Magolas.

»Ich bin jedenfalls nicht neugierig darauf, mich dort zu verlieren und die Zeit zu vergessen«, erklärte Andir.

Magolas zuckte daraufhin mit den Schultern. »Ein paar Jahrhunderte im zeitlosen Nebelmeer und danach zurückkehren und Einzug in ein bereits prächtig erblühtes Elbenreich Elbiana halten, das wär's doch. Sobald wir groß sind, wird uns unser Vater sicherlich mit allerlei Pflichten am Aufbau des Reiches beteiligen wollen, doch dieser Anstrengung könnten wir auf diese Weise entkommen.«

»Es könnte sein, dass wir nie wieder aus dem Nebelmeer herausfinden, Magolas.«

Magolas seufzte. »Du bist so verflucht ängstlich! Kaum zu glauben, dass wir von denselben Eltern abstammen.«

»Nein, ich bin nur vorsichtig. Das ist etwas anderes.«

Sie segelten also auf Naranduin zu, bis sie in der Ferne dessen Küste auftauchen sahen und schließlich das Bergmassiv mit dem Affenkopf. Im Nordwesten war eine graue Nebelwand zu sehen.

Andirs Sinne waren längst geschärft genug, um die Nähe magischer Kräfte deutlich zu spüren. Das Unbehagen in ihm wuchs, je näher sie Naranduin kamen.

Bei Magolas jedoch war von diesem Unbehagen nichts zu spüren. Er saß an der Ruderpinne und wirkte zufrieden. Der Wind fuhr ihm durch das dunkle Haar, und sein Gesichtssausdruck wirkte entschlossen.

»Lass uns umkehren«, sagte Andir. »Die Magie, die hier herrscht, können wir nicht in die Schranken weisen!«

»Nicht einmal ein Vielleser alter Schriften wie du?«, höhnte Magolas.

»Wir wissen nicht, ob der alte Zauber, der die Insel damals umgab, vielleicht wieder aktiv ist und wir Naranduin nie wieder verlassen können, wenn wir ihr uns zu weit nähern.«

»Unser Vater hat den Bann gebrochen«, sagte Magolas. »Was soll uns geschehen? Und die Ouroungour scheinen nicht hinaus aufs offene Meer zu fliegen, sonst wären sie längst schon in Westgard gesichtet worden, was nicht der Fall ist. Du weißt, dass ich mich danach erkundigt habe.«

»Was wissen wir schon, Magolas!«, sagte Andir besorgt.

Sein Bruder lachte. »Nach dieser Fahrt werden wir jedenfalls mehr wissen!«

»Nein, wir kehren um!«, beharrte Andir.

Erneut lachte Magolas, und für einen Moment sah Andir, wie sich die Finsternis in den Augen seines Bruders ausbreitete und sie vollkommen ausfüllte. Dann beugte sich Magolas und zog das Segel etwas strammer, sodass er härter am Wind fahren konnte.

Andir stürzte sich auf ihn, riss ihn von der Ruderpinne weg. Die Barkasse drehte in den Wind, das Segel hing schlaff herab, und das Boot verlor innerhalb eines Augenblicks die Fahrt und dümpelte nur noch in den Wellen. Die beiden Elben kämpften, rangen miteinander, und die Barkasse schaukelte dabei so stark, dass ein Schwall Wasser über die Bordwand schwappte.

Dann ergriff Andir eines der eingezogenen Ruder, die bei Flaute benutzt wurden, schlug zu und traf Magolas am Kopf. Elbenblut rann aus einer Platzwunde, die sich schon zwei, drei Herzschläge danach wieder zu schließen begann. Aber der Schlag war zu heftig gewesen. Wie ein gefällter Baum fiel Magolas der Länge nach ins Boot und blieb bewusstlos liegen.

Andir wendete das Boot, während sein Bruder bewusstlos dalag. Zunächst sickerte noch Blut aus der Wunde an seinem Kopf und wurde vom Holz der Barkasse aufgesogen, sodass dort für immer ein dunkler Fleck bleiben würde, aber nachdem Andir nach der Wende das Segel wieder festgezurrt und die Barkasse mit seitlichem Wind auf Kurs gebracht hatte, bemerkte er, dass der Blutfluss verebbt war und sich die Kopfwunde bereits wieder schloss. Es dauerte nicht mehr lange, und es war nichts mehr von ihr zu sehen, so als hätte es sie nie gegeben. Lediglich der Blutfleck im Holz zeugte davon, dass sie existiert hatte.

Die Selbstheilungskräfte der Elben waren sprichwörtlich und übertrafen wahrscheinlich diejenigen fast aller anderen Geschöpfe. Und im Laufe der Jahrtausende hatten die elbischen Heiler ein reichhaltiges Wissen darüber angesammelt, wie diese körpereigenen Heilungskräfte durch den Einsatz von Magie oder wirksame Essenzen noch gefördert werden konnten. Aber das, was Andir bei seinem Bruder sah, übertraf alles, wovon er je gehört hatte, selbst die Geschichten über wundersame Heilungen, die sich die Athranor-Geborenen erzählten.

Andir schauderte es vor seinem Bruder, und er fragte sich, ob diese besondere Heilkraft vielleicht in irgendeiner Form mit der Finsternis zusammenhing, die er in den Augen von Magolas gesehen hatte. Eine dunkle Magie schien in ihm beheimatet, und sie war vielleicht dafür verantwortlich, dass Wunden, die er sich zuzog, so rasch heilten. Doch da war noch ein anderer Gedanke, der Andir zu schaffen machte.

Sie waren Zwillinge und glichen sich in beinahe jeder Hinsicht. War es da nicht naheliegend anzunehmen, dass die Finsternis, die offenbar von seinem Bruder Besitz ergriffen hatte, auch tief in Andirs Seele verborgen war? Andir versuchte sein Inneres zu erforschen und fand nichts dergleichen. Aber das musste nichts heißen. Möglicherweise wusste sich die Finsternis in ihm gut zu verbergen und wartete nur auf den richtigen Augenblick, um sich entfalten zu können.

Andir hatte in den alten, noch in Athranor mit Elbenseide gebundenen Folianten, die die Bibliothek von Elbenhaven füllten, vom Unterschied zwischen schwarzer und weißer Magie gelesen – und davon, wie zerstörerisch Erstere letztlich auf denjenigen wirkte, der sie anwandte und von ihr besessen wurde. Aber wie so häufig hatte es zu diesem Thema schon in Athranor unter den elbischen Gelehrten sehr unterschiedliche Meinungen gegeben, sodass sich in den Schriften zu jeder Theorie auch die gegenteilige Position mit guten Argumenten untermauert finden ließ.

Als Magolas erwachte, sagte er kein Wort. Er blickte in Richtung der Insel Naranduin, so als wäre dies ein Ort unerfüllter Sehnsucht und nicht eine Stätte namenlosen Schreckens, und schwieg.

Sie gingen bei den Anfurten von Westgard kurz an Land. Dort war man sehr mit dem Aufbau des Hafens beschäftigt, und der Anteil von Elbenkindern unter den dort siedelnden Elben war sehr hoch. Sie waren schon beim ersten Besuch der Zwillinge am Strand zusammengelaufen und hatten die beiden aufgrund ihrer Ähnlichkeit bestaunt. Das taten sie auch diesmal, aber zum ersten Mal wurde Andir bewusst, dass da eine unsichtbare Grenze zwischen ihm und seinem Zwillingsbruder auf der einen Seite und all diesen anderen Kindern bestand, die in den letzten Jahren das Licht der Welt erblickt hatten.

Vielleicht war es nicht nur die gemeinsam erfundene Sprache und ihre verblüffende Ähnlichkeit, was sie beide von allen anderen absonderte. Dass sie königlichen Geblütes waren, spielte dabei keine große Rolle, denn Elbenkönige hatten sich immer als Teil ihres Volkes verstanden und weder hinsichtlich der eigenen Person noch bezüglich ihrer Familien eine besondere Distanz zur Bevölkerung aufkommen lassen.

Nein, es könnte auch ein gemeinsamer Fluch sein, der Magolas und ihn von allen anderen innerlich trennte, erkannte Andir. Ein Fluch, der mit den düsteren Mächten zu tun haben musste, denen ihr Vater auf Naranduin begegnet war …

Irgendwann, wenn er stark genug war, diesen Kräften zu widerstehen, würde er vielleicht auf dieser verfluchten Insel nach den Ursprüngen dieses Fluchs suchen, sagte sich Andir. Vielleicht hatte Magolas etwas Ähnliches in sich gespürt und deshalb den unstillbaren Drang gehabt, den Boden Naranduins zu betreten.

Auch auf der gesamten Fahrt die Küste zwischen Westgard und Elbenhaven entlang sprachen die Brüder kein Wort mehr miteinander, weder am Tag noch in der Nacht. Andir hatte die ganze Zeit über die Ruderpinne in der Hand. Für einen Elben war es keine Schwierigkeit, das Schlafbedürfnis für ein paar Tage oder sogar Wochen zu unterdrücken, auch wenn es insbesondere bei sehr jungen Elben meistens noch so war, dass sich der Schlaf-Wach-Rhythmus am Wechsel von Tag und Nacht orientierte; bei sehr alten Elben war er häufig völlig losgelöst davon.

Magolas beteiligte sich nicht an den an Bord anfallenden Aufgaben. Er half beim Wenden nicht, das Segel festzuzurren, und er schöpfte auch kein Wasser, wenn eine Welle Gischt über die Bugwand spritzte. Er saß einfach nur da und starrte vor sich hin. Andir sprach ihn in ihrer gemeinsamen Sprache endlich an, etwa einen halben Tag, bevor sie Elbenhaven erreichten.

Magolas blickte nur auf und antwortete: »Du redest eigenartiges Kauderwelsch, Andir. Elbensprache kann das nicht sein.«

Andir verstand. Sein Bruder wollte nicht mit ihm reden. Vielleicht war vor der Küste Naranduins etwas zwischen ihnen zerbrochen, was sie bis dahin bei aller Unterschiedlichkeit miteinander verbunden hatte.

Nachdem sie Elbenhaven erreicht hatten, legten sie mit der Barkasse im Hafen an und gingen anschließend in verschiedene Richtungen davon.

Ruwen fragte Andir danach, wo sie denn so lange gewesen seien.

»Sind ein paar Tage Abwesenheit schon neuerdings Grund, sich Sorgen zu machen?«, fragte Andir zurück. »Den Geschichten nach, die man sich erzählt und die ich las, fanden es Elbeneltern in Athranor durchaus nicht ungewöhnlich, wenn sich ein Kind mal für einen ganzen Sommer in den Wald zurückzog, um einem Setzling beim Wachsen zuzusehen.«

»Ja, aber das sind eben nun mal Geschichten, Andir, und wir wissen nicht, welche Übertreibungen sie enthalten«, entgegnete Ruwen, die irgendwie spürte, dass die Bootsfahrt der beiden Brüder nicht so verlaufen war wie die vielen anderen davor. Aber so sehr sie sich auch bemühte, Andir weigerte sich, mit ihr darüber zu sprechen. Und auch, als sie später Magolas auf ihre Seereise nach Norden ansprach, wollte dieser darüber kein Wort verlieren.

Ruwen sprach mit König Keandir darüber, doch dieser versuchte sie zu beruhigen. »Die beiden teilen eine Welt, zu der niemand sonst Zugang hat«, sagte er. »Das zeigt sich nicht nur in der gemeinsamen Sprache, mit der sie uns von ihren Unterhaltungen bisweilen ausschließen. Da ist noch sehr viel mehr – trotz ihrer Rivalität und der harten Auseinandersetzungen, die es manchmal zwischen ihnen gibt.«

»Du meinst also, wir bräuchten uns keine Sorgen zu machen?«

»Ich denke nicht.«

»Nun, ich habe eher den Eindruck, dass dieses Schweigen der beiden kein Zeichen für den Bestand ihrer Gemeinsamkeit ist, sondern eher dafür, dass diese – aus welchem Grund auch immer – während dieser Bootsfahrt zerbrach.«

»Wäre nicht auch das der normale Gang der Dinge, Ruwen? Jeder von ihnen muss zu einer eigenen Persönlichkeit heranwachsen. Irgendwann muss es zu einer Trennung kommen.«

Ruwen lächelte ihren Mann an. »Die unerschütterliche Zuversicht, die aus deinen Worten spricht, macht mir Mut. Wahrscheinlich mache ich mir ganz umsonst Sorgen.«

»Gewiss«, sagte Keandir, nahm sie in den Arm und strich ihr zärtlich über das Haar.

Seine Sorglosigkeit hinsichtlich seiner Söhne war jedoch nur vorgetäuscht. In Wahrheit machte er sich Sorgen, seit er zum ersten Mal die Finsternis in Magolas Augen gesehen hatte. Spätestens aber seit dem unerbittlichen Kampf der beiden Brüder in der Halle des Gedenkens vor zwei Jahren war ihm klar, dass sich der Fluch der Finsternis, den er von Naranduin mitgenommen hatte, auf geheimnisvolle Weise auch auf seinen Sohn Magolas übertragen haben musste. Dieselben dunklen Kräfte, die in den Tiefen seiner eigenen Seele wuchsen, waren zweifellos auch in den Jungen gedrungen, auch wenn er sich nicht erklären konnte, wie das geschehen war. Er fühlte sich Magolas auch näher, denn sie teilten ein Schicksal. Aber gleichzeitig war Magolas für Keandir auch wie ein Spiegelbild seiner selbst, das ihm die Abgründe der eigenen inneren Dunkelheit umso bewusster machte. Lange Zeit hatte Keandir es geschafft, den Gedanken an jene Finsternis, die in ihm und in seinem Sohn war, zu verdrängen. Der Aufbau von Elbenhaven und später der von Westgard waren vordringlich gewesen. Aber nun konnte er nicht länger vor sich selbst leugnen, dass irgendetwas in ihm war – etwas, das ihn beunruhigte. Und es war nicht nur in ihm. Zu qualvoll war das Schaudern geworden, das er immer öfter empfand, wenn er seinen Söhnen begegnete.

Vor Magolas schauderte ihn, weil er in ihm die Schatten seiner eigenen Seele sah. Aber vor Andir schauderte ihm ebenfalls, wenn auch aus genau dem entgegengesetzten Grund. Denn so sehr er sich auch bemühte, er fand beim Älteren seiner Zwillinge keinen vergleichbaren Makel. Weder hatte er je gesehen, wie Finsternis Andirs Augen ausfüllte, noch spürte er bei ihm eine Aura dunkler Magie. Und so führte Andir seinem Vater allein durch seine Existenz Tag für Tag vor, dass es vielleicht doch so etwas wie eine reine Seele geben konnte und die Abstriche, die der König am elbischen Ideal der Perfektion zu machen bereit war, vielleicht voreilig waren.

Hatte er sich nur nicht genug bemüht, die Schatten in seinem Inneren zu tilgen? War er nur zu schwach gewesen, um ihnen auf der Insel Naranduin zu widerstehen und ihnen den Eingang in seine Seele zu versperren?

Auch wenn er annahm, dass diese Dunkelheit schon immer Teil seiner selbst und jedes anderen Elben gewesen war und nur die besondere Magie des Augenlosen sie zum Vorschein gebracht hatte, dann beantwortete das nicht die Frage, wieso Andir im Gegensatz zu seinem Bruder vollkommen frei davon zu sein schien.

Ruwen hatte in den folgenden Nächten wieder jenen Traum von den beiden Elben, die sich mit den Zauberstäben des Augenlosen Sehers gegenseitig bekämpften. Sie berichtete Keandir davon, und das verstärkte die Sorgen des Königs noch.

Die beiden Jungen gingen sich aus dem Weg, seit sie aus dem Norden zurückgekehrt waren. Andir ließ sich von Branagorn dabei helfen, sich im Reiten zu vervollkommnen, und Magolas verbrachte ganze Tage in der Halle des Gedenkens; oft sah man ihn wie gebannt die Zauberstäbe des Augenlosen Sehers anstarren. Als Keandir ihn dabei antraf und ihn darauf ansprach, entgegnete Magolas nur mit ein paar lakonischen Phrasen, doch den Grund für das Interesse, das er den Zauberstäben entgegenbrachte, nannte er nicht. Dennoch – die Faszination, die sie auf ihn ausübten, war unverkennbar.

Wochen vergingen, dann suchte Andir seinen Vater in dessen Turmzimmer auf, von wo aus der König weit über das Meer und über das zerklüftete Gebiet von Hoch-Elbiana blicken konnte. »Ich muss mit Euch sprechen, Vater«, sagte der Junge.

Keandir sah ihn an, hob die Augenbrauen und entgegnete: »Du weißt, dass ich immer ein offenes Ohr für dich habe, Andir.«

»Es geht um meinen Bruder Magolas.«

»Geht es auch um das, was während eurer Fahrt nach Norden geschah?«

»Ja«, bestätigte Andir und nickte, »und es fällt mir schwer, darüber zu sprechen, denn in gewisser Weise verrate ich damit meinen Bruder. Wir haben uns nämlich geschworen, über gewisse Dinge nie mit anderen zu reden. Aber das Band zwischen uns ist zerrissen, und ich kann nun nicht mehr schweigen.«

»Du kannst mir alles sagen, Andir.«

Und so berichtete Andir erstmals von den Geschehnissen während der Bootsfahrt – davon, wie sie beinahe nach Naranduin gelangt waren, und dass Andir die vollkommen schwarzen Augen seines Bruders gesehen hatte.

Keandir versetzten die Worte seines Sohnes einen Stich. Alles Verschweigen und Verdrängen half nun nichts mehr. Auch wenn Andir noch sehr jung war, Keandir musste ihm die Wahrheit sagen. Der König hatte das Gefühl, dass sein Sohn sie ohnehin bereits instinktiv erahnte.

»Damals, als ihr in der Halle des Gedenkens miteinander gekämpft habt …«, begann Keandir mit belegter Stimme zu sprechen, sprach den Satz aber nicht zu Ende.

»… da habe ich dasselbe in Magolas' Augen gesehen«, vollendete Andir für ihn. »Er sagte mir damals, er könne die Magie in den Zauberstäben wecken, wenn ich ihm dabei helfen würde.«

»Und das hast du verweigert?«

»Ja. Darum ging es bei dem Streit.«

»Magolas war damals ein Kind und ist es immer noch«, sagte Keandir. »Genau wie du. Und selbst würdet ihr beide über eine außergewöhnlich große magische Begabung verfügen, ihr wärt mit Sicherheit zu schwach gewesen, Magolas' Plan in die Tat umzusetzen.« Der König sagte dies zwar an Andir gerichtet, aber er ahnte, dass er in Wirklichkeit sich selbst damit etwas einreden wollte.

»Es ist nicht zum Versuch gekommen«, sagte Andir. »Daher weiß ich nicht, ob es tatsächlich möglich gewesen wäre. Nur eines ist gewiss: In Magolas ist sehr viel von einer dunklen Kraft.«

Der König sah seinen Sohn offen an. »Diese Kraft ist auch in mir«, bekannte er. »Und es ist durchaus möglich, dass diese dunklen Schatten in Wahrheit nichts Fremdes sind, was von außen unsere reinen Seelen befleckte. Ich glaube viel eher, dass diese Dunkelheit in Wahrheit in der Seele jedes Elben schlummert und nur wachgerufen werden muss.«

Andir wich einen Schritt vor seinem Vater zurück. Er schluckte schwer und sagte schließlich: »Ich bin mir sicher, dass diese Theorie auf mich nicht zutrifft!«

»Wirklich? Hast du dich in den wenigen Sommern, die du schon lebst, bereits so genau erforschen können, dass du dies mit Sicherheit zu sagen vermagst? Ich hätte das in deinem Alter nicht gekonnt.«

»In mir ist nichts von jener Dunkelheit, die ich in Magolas' Augen sah!«, wehrte Andir heftig ab.

»Ich wünsche dir von Herzen, dass es so ist, mein Sohn. Aber vielleicht wirst du diesen dunklen Kern eines Tages doch entdecken, und dann wirst du dich ihm stellen und die Schatten in dir beherrschen müssen.«

»Ist es wahr, dass der Schlüssel zu all diesen Dingen auf Naranduin zu finden ist?«, fragte Andir nach kurzem Schweigen. »Müssen Magolas und ich vielleicht tatsächlich eines Tages zu dieser Insel segeln, um die Schatten in uns zu besiegen?«

»Nein«, sagte Keandir mit Bestimmtheit. »Dort würdet ihr nichts finden als ein paar primitive Ouroungour und die Überreste eines Schicksals und eine Magie, für die in der neuen Zeit kein Platz mehr ist.«

Andir dachte nach. Er blickte aus einem der Fenster hinaus auf das

Meer. »So seid Ihr sicher, dass Magolas nicht dem Bösen verfallen ist, Vater?«

»Ich bin mir so sicher, wie ich mir bei mir selbst sicher sein kann«, erwiderte er.

Noch am selben Tag ordnete Keandir an, dass die beiden Zauberstäbe des Augenlosen Sehers aus der Halle des Gedenkens entfernt und in ein tiefes Verlies unter dem Burgfried von Elbenhaven gebracht wurden, dass ursprünglich als geheime Schatzkammer geplant worden war. Dort ließ er die Stäbe einschließen.

Als Magolas dies bemerkte, suchte er sofort seinen Vater auf. »Was ist der Grund dafür, dass Ihr die Symbole unseren neuen Reiches einschließt, sodass niemand sie sehen kann?«, rief er aufgebracht.

Keandir suchte nach einer geeigneten Antwort, die den Zorn des Jungen vielleicht zu dämpfen vermochte. »Vielleicht ist es die Anziehungskraft, die diese Gegenstände auf dich ausüben, mein Sohn. Vielleicht auch die Sorge, dass die Zauberstäbe nicht nur das Symbol unseres neuen Reiches sein könnten, sondern genauso das Zeichen deines Fluchs, der seit den Geschehnissen auf Naranduin auf uns lastet.«

Magolas sah seinen Vater an. Für ein Kind war dieser Blick von ungewöhnlicher Entschlossenheit und Festigkeit. »Andir hat dir alles verraten, nicht wahr?« Es war keine Frage, die da über Magolas' Lippen kam, sondern eine Feststellung. Seine Züge veränderten sich. Ein paar gerade Linien, die zu seinem jungen, glatten Gesicht gar nicht passen wollten, furchten sein Gesicht. Seine Miene verriet eine Mischung aus Wut und Enttäuschung. »Ich verstehe«, murmelte er. »Ihr habt Angst davor, dass da etwas in mir ist, das sich mit der Magie der Zauberstäbe verbinden könnte, Vater. Eine Finsternis, die meine Augen manchmal für kurze Momente vollkommen dunkel werden lässt. Ich habe es selbst in den Spiegeln unserer Wandelhalle gesehen. Und ich habe das Entsetzen in den Augen meines Bruders gesehen, als er es zum ersten Mal bemerkte.« Magolas' Gesichtsfarbe wurde dunkelrot. Er schluckte. Es war ihm anzusehen, dass er auf das Äußerste angespannt war.

Keandir machte einen Schritt auf seinen Sohn zu. »Magolas, ich bin nur ein Vater, der voller Sorge um sein Kind ist und nicht möchte, dass es zum Spielball dunkler Kräfte wird, die es nicht zu beherrschen vermag.«

Magolas aber schüttelte den Kopf und hob in einer Geste der Abwehr die Hand. »Nein, Vater, Ihr sorgt Euch nicht nur um mich. Ich habe auch das Entsetzen in Euren Augen gesehen!«

»Magolas …«

»Ihr solltet mich nicht verurteilen und mich nicht als jemanden sehen, in dem die Macht des Bösen schlummert! Denn die gleiche Finsternis habe ich in Euren Augen bemerkt, mein Vater! Nur einen Herzschlag lang, und ich nehme an, dass es niemand mitbekam, der nicht darauf geachtet hat – aber ich sah sie!«

König Keandir wollte seinen Sohn in die Arme nehmen, um ihn zu trösten, aber Magolas wich ihm aus und rannte mit Tränen in den Augen zur Tür hinaus.

# 9

# VIELE WINTER

Fünf Sommer und fünf Winter wechselten Andir und Magolas kein Wort miteinander. Und danach redeten sie nur das Nötigste. Sie gingen sich aus dem Weg, und alle Versuche, sie wieder miteinander zu versöhnen, scheiterten. Für Magolas war es ein unverzeihlicher Verrat, dass Andir seinem Vater von den Ereignissen in den Gewässern vor Naranduin erzählt hatte.

Die beiden Jungen wuchsen zu Männern heran. Ihre jeweiligen Interessen vertieften sich. Andir, der sich immer schon für alte Schriften interessiert hatte, erwarb sich ein Wissen, das ihm selbst unter den Schamanen, Magiern und Schriftgelehrten hohe Anerkennung zuteil werden ließ. Brass Shelian bot ihm an, ihn als Novizen aufzunehmen und zum Schamanen auszubilden. Gleichzeitig machte ihm die schon seit dem Aufbruch aus Athranor völlig zerstrittene und daniederliegende Magiergilde der Elben ein ähnliches Angebot; man war sogar bereit, für ihn einen Passus der Satzung, nach der das Mindestalter eines Gildenmitglieds bei dreihundert Jahren lag, außer Kraft zu setzen.

Andir entschied sich aus verschiedenen Gründen, der Gilde der Magier beizutreten und nicht dem viel besser organisierten Orden der Schamanen. Beide Gruppen widmeten sich zwar der Magie und dem Studium der alten Schriften, aber bei den Schamanen lag der Schwerpunkt ihres Wirkens traditionell auf der Verbindung zu den Jenseitigen, während sich Magier eher der praktischen, diesseitigen Anwendung der Magie widmeten.

»Eure Entscheidung ist bedauerlich«, äußerte Brass Shelian dem Königssohn gegenüber, denn er hatte große Hoffnungen mit Andir verbunden. »Ihr wisst, dass sich das Schamanentum in einer schweren Krise befindet. Die Tatsache, dass sich die Jenseitigen offenbar nicht mehr für unser Schicksal interessieren, hat sicher dazu beigetragen. Inzwischen vertritt man sogar schon die These, dass sich in Wahrheit weder die Namenlosen Götter noch die Eldran von uns abgewandt hätten, sondern der Abbruch der geistigen Verbindung nur der Schwäche von uns Schamanen zuzuschreiben wäre; wir würden einfach nicht mehr die nötigen Kräfte entwickeln können, um den Kontakt zu den Jenseitigen Sphären zu halten.«

»Vielleicht ist an dieser Theorie sogar etwas dran«, meinte Andir. »Die Schwäche des Schamanentums ist nicht zu leugnen, doch bin ich sicherlich nicht der Letzte, der sich wünschen würde, dass sie die Verbindung zu den Jenseitigen Sphären wieder herstellen könnten.«

»Dann werdet Ihr uns helfen?«, fragte Brass Shelian voller Hoffnung.

Aber Andir schüttelte den Kopf. »Ehrlich gesagt, ich widme meine Fähigkeiten lieber dem Aufbau Elbianas als dem Studium der Jenseitigen Sphären. So wichtig die Vergangenheit sein mag, die Zukunft ist wichtiger.«

»Ich hatte gehofft, die Rolle des Schamanentums würde im Volk der Elben wieder an Gewicht gewinnen, wenn uns ein Mitglied der Königsfamilie als Novize beitritt«, bekannte Brass Shelian. »Zudem fehlt uns die spirituelle Leitfigur, seit Brass Elimbor nicht mehr unter uns weilt.«

»Habt Ihr versucht, wenigstens zu *seinem* Geist Verbindung zu halten?«, erkundigte sich Andir.

»Das haben wir.«

»Mit welchem Ergebnis?«

»Leider ohne Erfolg. Er wird sich den anderen Eldran im Reich der Jenseitigen Verklärung angeschlossen haben. Die Magie und die Macht des Geistes haben es schwer auf dem zwischenländischen Kontinent. Eine Aura, die die Magie unterdrückt, ist hier offenbar so allgegenwärtig wie die Luft zum Atmen, und sie scheint alles zu durchdringen.«

Vielleicht erhoffte sich Brass Shelian von dem jungen Königssohn trotz seiner Jugend eine Lösung oder zumindest einen Lösungsansatz für dieses Problem, denn Andir verfügte über ein deutlich spürbares magisches Talent. Jeder Elb, der nicht völlig abgestumpft war, registrierte diese helle Kraft, die er ausstrahlte. Eine Kraft, die gewiss noch geformt, beherrscht und konzentriert werden musste, aber an ihrem Vorhandensein gab es für niemanden einen Zweifel. Allerdings stand Andirs latente Kraft in einem diametralen Gegensatz zu Brass Shelians Beobachtung vom Schwinden der Magie.

Andir schwieg zwar zu Brass Shelians Feststellung, doch war er inzwischen zu der Erkenntnis gelangt, dass sich die magische Aura des Zwischenlands einfach nur von jener unterschied, die in Athranor oder während der Seereise vorgeherrscht hatte; die Schamanen hatten vielleicht einfach nur größere Schwierigkeiten, sich auf diese neue Magie einzustellen. Dass ihm dies selbst um so vieles besser gelang, war für Andir hingegen keineswegs nur Grund zur Freude. Es erschreckte ihn sogar, denn die Verwandtschaft der magischen Aura des Zwischenlands mit jener, die er erspürt hatte, als er zusammen mit Magolas beinahe die Küste Naranduins angefahren hatte, war unverkennbar.

Oft verbrachte Andir tagelang in stiller Meditation, um seinen Geist daraufhin zu prüfen, ob etwas von der verderblichen Magie, mit der es sein Vater auf jener Insel des Schreckens zu tun bekommen hatte, vielleicht in ihm war, irgendwie eingedrungen von außen, um sich in ihm zu manifestieren. Doch er fand nichts dergleichen, so sehr er sich auch in dieser Hinsicht zu erforschen versuchte.

Seine Mutter Ruwen bemerkte die zunehmende Zurückgezogenheit Andirs, die ihr völlig unangemessen für einen Elben seines Alters erschien – gleichgültig, wie rasch dessen Reifungsprozess auch vorangeschritten sein mochte. »In der Alten Zeit von Athranor hätte vielleicht niemand daran Anstoß genommen, wenn sich der Sohn des Elbenkönigs der geistigen Selbsterforschung widmet«, sagte sie eines Tages zu ihm und lächelte mild. »Zumindest, wenn man den Erzählungen der Alten Glauben schenken darf … Aber hier, im Zwischenland, ist vieles anders.«

»Und Ihr meint, es stünde mir gut an, mich mehr am Aufbau des Reiches zu beteiligen«, sagte Andir.

»Diesen Schluss hast *du* gezogen, mein Sohn.«

»Eure Worte legten ihn nahe, Mutter. Sagt mir ehrlich: War es mein Vater, der Euch zu mir schickte?«

»Nein, das brauchte er gar nicht. Ich las den Wunsch dazu in seinen Augen.«

»Ich hoffe, Ihr habt auch ansonsten genau in seine Augen geschaut«, entgegnete Andir – doch schon im nächsten Moment bedauerte er diese unbedachte Äußerung. Weder das, was zwischen ihm und Magolas während ihrer Seereise vorgefallen war, noch die erschreckende Schwärze, die Andir in den Augen König Keandirs gesehen hatte, waren jemals zwischen Andir und seiner Mutter zur Sprache gekommen. Es war, als wären beide Themen für ihn ein Tabu. Den genauen Grund dafür hätte Andir nicht zu sagen vermocht. Vielleicht weil er nicht wusste, wie weit der König seine Gemahlin in diese Dinge einbezogen hatte. Andir bezweifelte nämlich, dass er das getan hatte.

In diesem Punkt hatte er durchaus recht – und doch irrte er in seiner Annahme, dass Königin Ruwen völlig ahnungslos war.

»Ich weiß, dass du die Dunkelheit in den Augen deines Vaters gesehen hast«, sagte seine Mutter zu seiner maßlosen Überraschung, »und dass du nun befürchtest, dass in dir etwas Ähnliches zum Vorschein kommen könnte.«

Andir starrte sie fassungslos an. »Ich … wundere mich, dass er mit Euch darüber gesprochen hat, Mutter«, bekannte er.

»Das hat er nicht. Niemals. Aber es wurde mir irgendwann von allein klar, dass er sich, nachdem er von Naranduin zurückkehrte, verändert hatte. Und vor Kurzem habe ich zum ersten Mal die Schwärze in seinen Augen gesehen. Es war nur ein winziger Moment, und jemand, der ihn nicht so gut kennt wie ich, hätte es vielleicht gar nicht bemerkt. Aber ich erkannte die düstere Kraft in ihm.«

»Und Ihr habt ihn nicht darauf angesprochen?«, wunderte sich Andir. Er schüttelte verständnislos den Kopf. Er hatte immer geglaubt, dass zwischen ihm und seiner Mutter ein ganz besonderes Verständnis herrschen würde. Aber in diesem Augenblick hatte er das Gefühl, dass diese Verbindung unterbrochen war – zum ersten Mal in seinem Leben.

»Warum sollte ich?«, fragte sie. »Ja, es stimmt, dass er sich nach den

Geschehnissen auf Naranduin veränderte. Aber diese Veränderungen erwiesen sich durchaus nicht als schlecht. Ganz im Gegenteil, ich glaube, diese Kraft, die da in ihm erwachte, ermöglichte es erst, dass er das neue Reich der Elben errichten konnte. Und solange er diese Kraft zum Guten einsetzt und unter Kontrolle hat, sehe ich keinen Grund, mir Sorgen zu machen. Zumindest nicht um ihn.«

»Worum dann?«

Ruwen sah Andir mit sehr ernstem Blick an. »Um meine Söhne. Noch bevor ihr zur Welt kamt, plagte mich ein Traum, in dem ihr – bewaffnet mit den Zauberstäben des Augenlosen Sehers – gegeneinander kämpftet!«

»Ein Traum mit fast prophetischem Charakter«, murmelte Andir düster.

»Genau das war meine Befürchtung, Andir. Magolas und du – ihr entwickelt euch in verschiedene Richtungen, und es scheint nichts mehr zu geben, das euch aneinanderbindet.«

Andir nickte traurig. »Das Band zwischen uns ist zerrissen. Die Erinnerung an unsere Gemeinsamkeit verblasst.«

»Vergiss nicht, dass ihr beide die Söhne des Königs seid und dass man in der Zukunft viel von euch erwarten wird. Und zwar in einer Zukunft, die wahrscheinlich gar nicht mehr so furchtbar lange auf sich warten lassen wird.«

»In Magolas wirkt die gleiche dunkle Kraft wie in meinem Vater«, eröffnete Andir seiner Mutter.

Es traf Ruwen schwer, dies über ihren Sohn Magolas zu hören. Sie griff sich ans Herz, ließ sich stöhnend auf einen Schemel nieder und starrte Andir an, bevor sie ihn mit leiser, brüchiger Stimme fragte: »Du sahst die Schwärze auch in seinen Augen?«

Andir bejahte ihre Frage mit einem Kopfnicken. »Und wenn ich es dem König vielleicht noch zutraue, diese Mächte zu kontrollieren, so bin ich bei Magolas längst davon überzeugt, dass er ihr Spielball geworden ist.«

Wieder versetzten seine Worte ihr einen Stich, dann aber sagte sie: »Du urteilst zu hart über deinen Bruder.«

»Vielleicht sind es die dunklen Schatten in ihren Seelen, die die Jenseitigen veranlassten, sich von uns abzuwenden.«

Ruwen wusste darauf nichts zu erwidern. Sie war erschüttert. Vielleicht hatte Andir recht damit …

Magolas hatte sich in diesen Jahren sowohl in der Seemannskunst als auch in der des Reitens und des Kampfes mit den unterschiedlichsten Waffen vervollkommnet. Darüber hinaus zeigte er großes Interesse an der Werkstadt des Waffenmeisters Thamandor, der stets versuchte, unter Berücksichtigung der Naturgesetze und unter Anwendung von Magie neue Waffen zu entwickeln oder bereits vorhandene zu verbessern.

»Es ist nur eine Frage der Zeit, bis Feinde auftauchen, die unser Reich bedrohen werden, und da wir Elben trotz unserer gegenwärtigen Zeugungsfreudigkeit dazu neigen, große Ländereien nur mit wenigen Bewohnern zu besiedeln, werden wir uns nie auf die zahlenmäßige Überlegenheit unserer Heere stützen können«, war Thamandor der Waffenmeister überzeugt. »Ich selbst bin im Waldreich Zentauren und Trorks begegnet. Bei Ersteren ist es nicht wirklich sicher, ob sie für alle Zeiten unsere Verbündeten bleiben werden, und bei Letzteren ist sogar fest damit zu rechnen, dass sie irgendwann versuchen werden, die Mauern einer Elbenburg zum Einsturz zu bringen.«

Magolas teilte Thamandors Ansichten. Von seinem Vater ließ er sich eingehend in die Staatsführung einweisen. Dabei erschrak König Keandir manchmal darüber, wie ähnlich Magolas ihm in jeder Hinsicht geworden war. Eine Ähnlichkeit, die sie gleichzeitig innerlich miteinander verband und trennte. Einerseits verstand Keandir seinen Sohn wie kein anderer, denn in ihrer Seele wirkte dieselbe Art von finsterer Kraft. Darüber hinaus entging es Keandir nicht, wie talentiert sich Magolas bei allem erwies, was einen Elben dazu befähigte, ein Reich zu führen.

Andererseits blieb das Misstrauen. Es war dasselbe Misstrauen, das er sich selbst gegenüber empfand …

Sommer und Winter wechselten einander ab, die Jahre vergingen, und inzwischen war eine erste Generation von Elbenkindern erwachsen geworden, die in Elbiana geboren waren. Neue Häfen wurden entlang der Küste gegründet, und Lirandil der Fährtensucher rüstete ein Schiff aus, um die elbianitische Küste entlang bis zur Nur-Mündung und von dort aus flussaufwärts bis an die Ufer des Waldreichs zu segeln, um dort den Kontakt mit den Zentauren zu erneuern.

Fünf Jahre blieb Lirandil bei den Zentauren, während die Besatzung des Schiffes auf der gegenüberliegenden Seite des Nur eine Siedlung gründete, die Siras genannt wurde, was »Die-am-Fluss-Liegende« bedeutete. Dort sollte ein dauernder Beobachtungsposten eingerichtet werden, der sich später zu einem florierenden Flusshafen entwickelte.

Als Lirandil schließlich nach Elbenhaven zurückkehrte, hatte er die Sprache der Zentauren erlernt und vieles von ihnen erfahren. So befanden sie sich offenbar in einem dauernden Kriegszustand mit den Trorks, die in einem Landstrich beheimatet waren, der jenseits des Waldreichs lag und dessen zentaurischer Name übersetzt »Wilderland« bedeutete.

»Wir sollten ihnen mit Kriegsgerät und Magie in ihrem Kampf gegen die Trorks zur Seite stehen«, fand Lirandil. »Denn wenn sie diese augenlosen Ungeheuer bekämpfen, dann brauchen wir es später vielleicht nicht.«

»Ihr sprecht wahr, Lirandil«, fand König Keandir, und auch Magolas, der dieser Unterredung wie inzwischen fast allen Staatsgeschäften des Elbenkönigs beiwohnte, teilte diese Ansicht.

»Wir können von Glück sagen, dass uns ein so breiter Fluss von diesem Waldreich trennt«, fuhr der Fährtensucher fort. »Die meisten der uralten Geschöpfe, die diese Wälder bevölkern, werden wohl auch in einer Ewigkeit noch nicht diesen großen Wasserlauf zu überqueren vermögen, der an manchen Stellen eher einem langgezogenen Meer gleicht und zu manchen Jahreszeiten bis auf das Doppelte anschwillt.«

»Konntet Ihr neue Erkenntnisse gewinnen hinsichtlich der Vermutung, dass die Trorks degenerierte Nachfahren aus dem Volk der Sechs Finger sind?«, erkundigte sich Magolas. Dieser Aspekt von Lirandils Bericht interessierte ihn besonders. Schon lange fragte er sich, wie es sein konnte, dass das Reich eines so mächtigen Herrschers, wie Xaror es zweifellos gewesen war, untergehen konnte, ohne irgendwelche Spuren zu hinterlassen. Hatte sich die Zeit selbst tatsächlich als so viel mächtiger erwiesen als Xaror, dass nichts von ihm und seiner Zeit im Zwischenland geblieben war?

Dieser Gedanke ließ Magolas schon seit längerem nicht mehr los. Doch die Trorks gaben ihm vielleicht die Möglichkeit, diese Frage irgendwann beantworten zu können.

»Ich bin in Begleitung der Zentauren bis zur Grenze dieses mysteriösen Wilderlands vorgedrungen«, antwortete der silberhaarige Fährtensucher. »Dort wachsen Pflanzen, wie ich sie nie zuvor gesehen habe. Arten, von denen bereits in der Alten Zeit Athranors behauptet wurde, dass sie längst ausgestorben seien, gedeihen dort, als wären die letzten Äonen einfach so an diesem Land vorübergegangen. Im Waldreich selbst haben schon viele absonderliche Geschöpfe ihr Zuhause, aber das ist nichts gegen die Kreaturen, die ich in den Grenzgebieten Wilderlands sah: Mammuts von gigantischer Größe werden dort gejagt von flügellosen Riesenvögeln, und die kämpfen um ihre Beute gegen schiffsgroße Echsen. Um dort zu überleben, bedarf es wahrscheinlich der Wildheit, die den Trorks eigen ist. Kein Zentaur war bereit, mich ins Innere des Wilderlands oder gar darüber hinaus zu begleiten. Ich selbst unternahm einen Vorstoß von mehreren Tagen, bis mich der Stich eines blauen Skorpions beinahe lähmte. Glücklicherweise hatte ich genug vom Extrakt der Sinnlosen bei mir, um meine Selbstheilungskräfte so zu stärken, dass ich mich bis zum nächsten Zentaurenlager retten konnte, wo man mich gesundpflegte.«

Magolas hörte den Bericht des alten Fährtenlesers mit wachsendem Interesse. Vielleicht, so dachte er, würde er selbst einmal ins Wilderland vorstoßen und es erforschen …

Die nächsten Jahre wurden bestimmt vom weiteren Aufbau des Reichs und der Gründung zusätzlicher Städte, Burgen und Häfen. Die elbische Bevölkerung wuchs stark an, und Andir entdeckte in den alten Schriften eine in Vergessenheit geratene Methode, mit der in vergangenen Epochen Magier und Baumeister Gebäude von geradezu sagenhafter Schönheit geschaffen hatten: Durch ein Ritual geistiger Verschmelzung wurden die Vorstellungen der Baumeister direkt in die Realität umgesetzt. Mauern, Zinnen, Türme – all das entstand innerhalb von Tagen; sie materialisierten während des Rituals, waren erst durchsichtig und schemenhaft und gewannen – in besonders anspruchsvollen Fällen im Verlauf auch von Wochen – zunehmend an Substanz.

Viele Elben atmeten auf, weil sie glaubten, dass nun die anstrengenden Bauarbeiten der Vergangenheit angehörten. Doch die Erschaffung von Bauwerken mit Hilfe dieses Rituals, das nach einem Magier der Alten Zeit »Reboldirs Zauber« genannt wurde, erforderte ein enormes Maß an geistiger Konzentration, von dem sich viele Elben zunächst keine Vorstellung machten.

Dennoch wurde die Neugründung von Städten auf diese Weise stark erleichtert, und es war nun auch sehr kleinen Gruppen von wenigen hundert – oder gar nur wenigen Dutzend – Elben möglich, eine Burg zu errichten. Der elbischen Neigung, in kleinen Gruppen zu siedeln und große Massenansammlungen zu meiden, kam dies sehr entgegen – dem Anliegen des Königs, das Elbenreich zu sichern und zu festigen, allerdings auch.

Und so bat Keandir seinen Sohn Andir, sich im Interesse der Sicherheit Elbianas dafür einzusetzen, dass so viele Burgen und Häfen wie möglich in ganz Elbiana errichtet würden. »Und dies muss so schnell wie möglich geschehen, denn wir wissen nicht, welche äußeren Feinde uns dereinst noch bedrohen werden.«

»Vielleicht ist es der Feind in Euch selbst, der Elbiana einst bedrohen wird, Vater«, befürchtete Andir.

»Ich kann dich nur darum bitten, mir zu helfen, Andir«, sagte sein Vater. »Aber vielleicht darf ich dich daran erinnern, dass die Welt nicht nur aus alten Schriften und magischen Formeln besteht.« Sein Blick traf seinen Sohn mit väterlicher Strenge. »Ich brauche euch beide – Magolas und dich, um dieses Reich aufzubauen und seine Zukunft zu sichern.«

»Ihr werdet noch viele Ewigkeiten König der Elben bleiben und die Zügel fest in Euren Händen halten«, erwiderte Andir. »Und da sich mein Bruder Magolas in mancher Hinsicht als viel gelehriger erwiesen hat, als ich es war, braucht Ihr Euch um die Zukunft Elbianas keine Sorgen zu machen, auch dann nicht, wenn ich mich weiterhin meinen Studien widme und mich zurückziehe, wann ich das für richtig halte.«

»Nein, da irrst du, mein Sohn!«, widersprach der König.

»So?«, fragte der Elbensohn zurück, der mittlerweile bevorzugt weiße Gewänder zu tragen pflegte. »Erklärt es mir, Vater!«

Keandir trat näher an seinen Sohn heran. Sie standen bei den Zinnen am Rand des äußeren Burghofs von Elbenhaven, von wo aus man einen guten Rundblick über die Hafenanlagen hatte. Dutzende von Schiffen lagen sicher vertäut, und in einer nahen Werft wurde an neuen gearbeitet. Jüngst hatte man Wälder entdeckt, deren Bäume ein ähnliches Holz lieferten wie jenes, aus dem man in Athranor Schiffe hergestellt hatte. Diese Wälder lagen in Mittel-Elbiana am Oberlauf des Flusses Nur. Ein Flusshafen namens Nithrandor war dort gegründet worden. Von dort aus wurde das Holz bis zum ebenfalls neu gegründeten Hafen Tiragond an der elbianitischen Küste gebracht, wo größere Schiffe darauf warteten, die Ware nach Elbenhaven oder weiter in den Norden zu transportieren.

König Keandir sah seinen Sohn ernst an und legte ihm eine Hand auf die Schulter. »Noch gibt die Finsternis, die in deinem Bruder und mir ist, uns Kraft. Aber sollte sich diese Kraft einmal zerstörerisch gegen uns selbst wenden, dann braucht Elbiana jemanden, der es führen kann. Deshalb kannst du dich nicht einfach zurückziehen und dich allein deiner geistigen und spirituellen Erbauung widmen. Elbiana ist auch dein Reich.«

Andir dachte genau über seine Antwort nach, dann erklärte er sich dazu bereit, sich zumindest für eine gewisse Zeit am Aufbau des Elbenreichs zu beteiligen.

Er unterwies Gruppen von Magiern und Baumeistern in der Anwendung von »Reboldirs Zauber« und reiste selbst durch das Land, um bei der Anwendung zu helfen. Die ersten Gebäude, die auf diese Weise entstanden, wirkten noch unvollkommen, wie Bauten, die nicht vollendet waren. Und manche dieser durch die Macht der Fantasie entstandenen Bauwerke brachen in dem Moment in sich zusammen, da sie vollkommen materialisiert waren. Immer wieder versuchte Andir sowohl Magiern als auch den Baumeistern beizubringen, dass »Reboldirs Zauber« volle Konzentration und alle nur zur Verfügung stehende geistige Energie abverlangte, damit das Ergebnis kein Desaster war.

Die Ruinen fantastischer Luftschlösser, die in sich zusammengebrochen waren wie Kartenhäuser, waren noch Zeitalter später überall in Elbiana zu finden. Aber die Elben lernten. Sie lernten unter

Andirs Anleitung, ihre Gedanken im Ritual von Reboldirs Zauber so zu konzentrieren, dass schließlich Bauwerke materialisierten, die den Bedingungen der realen Welt standzuhalten vermochten. Bauwerke, die die Eleganz und die Schönheit von Traumgebilden mit der Stabilität und Solidität in herkömmlicher Bauweise errichteter Mauern zu verbinden wussten.

Baranee und Baranor entstanden an der Küste von Mittel-Elbiana, Nordhaven, Elbanor und Siranee in Nord-Elbiana und Minasar am Nordufer des Nur, der zusammen mit der westlichsten Gipfelkette von Nordbergen so etwas wie eine natürliche Grenzlinie Elbianas bildete.

Das Ansehen Andirs stieg während dieser Jahre unter der elbischen Bevölkerung auf eine Weise, die es seinem Bruder Magolas schwer machte, dies zu ertragen. Den »Magierprinzen« nannte man seinen Bruder, aber auch den »Erbauer Elbianas«, was in gewisser Weise auch der Wahrheit entsprach.

Noch immer gingen sich die Brüder aus dem Weg. Sie redeten nur miteinander, wenn es sich bei Beratungen des Kronrats, dem beide Prinzen selbstverständlich angehörten, nicht vermeiden ließ. Und selbst dann sprachen sie zumeist nicht zueinander, sondern brachten ihre oft widerstreitenden Argumente in unpersönlicher oder indirekter Form vor. Selbst einen offenen Blick scheuten sie.

König Keandir machte sich angesichts dieses offenbar selbst durch die Zeit nicht zu heilenden Zerwürfnisses Sorgen. Vor allem dachte er daran, wer das Reich regieren sollte, wenn ihm etwas zustoßen sollte. Er neigte dazu, für diesen Fall Magolas als Königsnachfolger vorzusehen, da er diesem – trotz Andirs inzwischen unbestrittener Verdienste beim Aufbau des Reichs – eher jene Entschlusskraft zutraute, die ein König haben musste. Also verfasste König Keandir ein entsprechendes Testament, das er Prinz Sandrilas zur Aufbewahrung übergab, seinem engsten und ältesten Vertrauten.

»Sollte mir etwas zustoßen und die Umstände so sein, wie ich sie mir zurzeit denke, dann soll Prinz Magolas mein Nachfolger sein«, erklärte er dem Einäugigen. »Sollten aber wichtige Ereignisse eintreten, die ich nicht vorhersehen konnte und die eindeutig gegen meine Wahl sprechen, so habt Ihr das Recht, eine abweichende Entscheidung zu treffen und dieses Testament zu vernichten.«

»Ihr legt viel Verantwortung in meine Hände, mein König«, sagte Sandrilas.

»Ihr bringt die nötige Erfahrung mit, um ein sicheres Urteil fällen zu können«, war der König überzeugt. »Ihr habt noch die Gestade von Athranor gesehen, die gesamte Seereise in ihrer ganzen Trostlosigkeit mitgemacht und Euren unschätzbaren Beitrag beim Aufbau Elbianas geleistet. Wer wäre besser geeigneter als Ihr, um in schwerer Not den rechten Weg zu wählen?«

Der Einäugige verneigte sich vor seinem Herrscher. »Ich werde alles tun, um mich dieser Ehre als würdig zu erweisen«, sagte er. »Und so manche Respektlosigkeit, die ich mir Euch gegenüber in der Vergangenheit herausgenommen habe ...«

»... hat dafür gesorgt, dass ich mit beiden Füßen auf der Erde geblieben bin, statt mich von meinen nach und nach Realität gewordenen Träumen berauschen zu lassen«, vollendete der König mit mildem, freundschaftlichem Lächeln.

Jahre vergingen.

Lirandil weilte wieder einmal unter den Zentauren, während sich Branagorn bereits vor ein paar Jahren mit einer Gruppe berittener Elbenkrieger an der Küste von Elbara hatte absetzen lassen, um die Gebiete dort zu erforschen. Der Tod Cherenwens hatte Branagorn den Suchenden stark verändert und ihn sehr viel ernster und in sich gekehrter werden lassen. Manchen erschien er bisweilen sogar düster und abweisend. Lange Zeit hatte er um seine Geliebte getrauert, und obgleich es viele junge Elbinnen gab, die gern seine Gefährtin geworden wären, konnte er für keine von ihnen dieselben Gefühle empfinden, die ihn mit Cherenwen verbunden hatten. Er fragte die Schamanen, ob sie in der Lage wären, Cherenwens Geist im Reich der Jenseitigen Verklärung zu finden. Aber seit Brass Elimbors Tod waren die Schamanen sehr vorsichtig geworden. Man hatte keines der großen Beschwörungsrituale, mit denen die Jenseitigen in der alten Zeit gerufen worden waren, noch einmal angewandt. Hatten die Namenlosen Götter ihr Desinteresse am Volk der Elben nicht deutlich gezeigt? Hatten nicht auch die Eldran mit ihrem Verhalten gezeigt, dass sie sich von den diesseitigen Elben abgewandt hatten? Welchen

Sinn hatte es da, die Jenseitigen aus ihren Sphären zu rufen? Welch eine andere Reaktion war denkbar außer der, dass sich die Jenseitigen verärgert zeigten, wenn man ihren Frieden störte? Und die Maladran wollte ohnehin niemand für längere Zeit mit der Sphäre der Lebenden in Verbindung bringen, da ihnen die Aura des Verderbten anhaftete.

Manche Schamanen vertraten sogar die These, dass man in der Vergangenheit die Jenseitigen zu oft aus nichtigem Anlass gerufen und sie damit verärgert habe. Eine Ansicht, der sich immer mehr Mitglieder des Schamanenordens anschlossen. Kritiker wiederum behaupteten, die Schamanen wollten damit nur ihre Unfähigkeit und derzeitige magische und spirituelle Kraftlosigkeit verbergen.

»Seht Ihr denn keine Möglichkeit, mir zu helfen?«, fragte Branagorn verzweifelt, nachdem er Brass Shelian sein Herz ausgeschüttet hatte.

Der Schamane schüttelte den Kopf. »Ihr müsst Euch damit abfinden, dass Eure geliebte Cherenwen nicht mehr da ist. Je eher Ihr Euch dieser Tatsache stellt und sie zu akzeptieren lernt, desto besser für Euch.« Brass Shelian legte Branagorn dem Suchenden die Hand auf die Schulter und sah ihn sehr ernst an. »Verzeiht mir diese sehr direkten Worte, aber vielleicht muss jemand so mit Euch reden.«

»Was meint Ihr damit?«, frage Branagorn, und seine Miene spiegelte seine Verwunderung wider.

»Davon, dass Eure geliebte Cherenwen schon lange nicht wirklich mehr unter den Lebenden weilte. Ihr Körper hat nur schließlich das nachgeholt, was mit ihrem Geist und ihrer Seele längst geschehen war.«

Tief in sich spürte Branagorn, dass der erhabene Brass recht hatte. Er hatte eine tote Hülle geliebt, deren Inneres ihn schon vor langer Zeit verlassen hatte. Aber diese Erkenntnis gelangte nicht bis an die Oberfläche seines Bewusstseins. Er weigerte sich, diese Wahrheit anzunehmen. Der Schmerz war einfach zu groß.

Branagorn schüttelte entschieden den Kopf. »Nein, das, was Ihr gesagt habt, kann ich nicht akzeptieren.«

»Ihr müsst es – oder Ihr werdet Euer Leben vergeuden, indem Ihr einer Chimäre hinterher jagt. Ähnlich wie Fürst Bolandor und seine Getreuen noch immer dem Traum von Bathranor folgen und die Gestade der Erfüllten Hoffnung wohl nie finden werden, so werdet Ihr niemals Eure Cherenwen wiederfinden.«

»Man nennt mich den Suchenden. Und warum soll es mir nicht gelingen, einen Weg zu finden, um meine geliebte Cherenwen in Eldrana zu finden?«

»Der Schmerz in Eurem Herzen macht Euch blind für das Offensichtliche, werter Branagorn«, sagte Brass Shelian. »Ich kann Euch nur beschwören: Folgt meinem Rat. Ich bin nicht der Einzige, der sich Sorgen um Euch macht.«

»So?« Branagorn blickte auf und musterte den Obersten Schamanen der Elben verwundert.

»Ich spreche vom König selbst«, erläuterte Brass Shelian.

Branagorn verzog das Gesicht zu einem freudlosen Lächeln, in dem sich Spott und Bitterkeit die Waage hielten. »Der König mag sich um sich selbst sorgen«, murmelte er düster.

Mehrere Jahre lang versuchte Branagorn, die Rituale der Schamanen zu erlernen, ohne selbst ein Schamane zu werden, denn damit hätte er sich der Disziplin des Ordens unterwerfen müssen, was er vollkommen ablehnte. Branagorn wollte eine Verbindung in die Reiche der Jenseitigen schaffen, um seine geliebte Cherenwen zu finden, nicht um sich vom Diesseits zu lösen. Ein Gedanke von ihr hätte ihm schon genügt, um sein Herz zu erleichtern. Doch seine Bemühungen blieben ohne Erfolg.

Branagorn betäubte sich mit dem Extrakt der Sinnlosen, von dem bekannt war, dass man damit auch Gefühle der Trauer zu bekämpfen vermochte. Zumindest ermöglichte der Extrakt einem Elben, eine Weile lang gar nichts zu empfinden, und so konnte Branagorn endlich wieder schlafen.

Dass dies auf die Dauer keine Lösung war, wurde Branagorn recht schnell klar. Schließlich fand er eine andere Methode, um das, was in ihm brodelte, zu betäuben, und die inneren Stimmen, die er zu hören begonnen hatte – aber von denen keine die seiner Cherenwen war –, zum Schweigen zu bringen: Er stürzte sich in die Vorbereitungen langer Reisen und widmete sich der Erforschung entlegener Regionen. Damit lenkte er sich selbst von seiner Trauer ab. Elbara lag am äußersten Rand jenes Bereichs, der den Elben inzwischen vom Zwischenland bekannt war, doch Branagorn wollte möglichst weit weg von Elbenhaven, erinnerte ihn doch dort alles an seine verlorene Liebe.

Ein Schiff aus Tagora legte einige Jahre später in Elbenhaven an, und der Kapitän der Menschen wurde von König Keandir in der großen Festhalle von Elbenhaven empfangen. Ruwen war an der Seite ihres Gemahls, und auch seine beiden Söhne, Prinz Sandrilas sowie die versammelten Kapitäne der Elbenflotte waren anwesend. Allerdings fehlten auch einige der Getreuen des Königs: So waren Lirandil und Branagorn noch immer nicht von ihren Reisen zurückgekehrt, und Thamandor der Waffenmeister überwachte die Aufstellung der von ihm entworfenen Katapulte in Siras und Minasar, den beiden zu Grenzfestungen ausgebauten Orten am elbianitischen Ufer des Nur; schließlich konnte niemand mit Sicherheit sagen, ob die Trorks nicht doch eines Tages die Zentauren niederkämpften und dann vielleicht auch in der Lage waren, den breiten Fluss zu überqueren. Noch eine wichtige Person fehlte: Kapitän Isidorn war an der Küste Nordbergens unterwegs.

Der Kapitän des tagoräischen Schiffes hieß Manadarius, und er erzählte, dass sich die Einigkeit seines Landes unter den letzten drei Königen gefestigt und man schon vor Jahrzehnten an der Küste der auf dem zwischenländischen Kontinent gelegenen Landstriche Perea und Soria Kolonien gegründet habe.

»So denkt Euer König daran, seinen Einfluss noch weiter auszudehnen?«, fragte König Keandir. Kapitän Ithrondyr, der das Land der Tagoräer als Erster bereist hatte, übersetzte seine Worte in das in Keandirs Ohren für eine Menschensprache erstaunlich kultiviert klingende Idiom der Tagoräer.

Kapitän Manadarius schüttelte den Kopf. »Nein, der Einfluss von König Boras IV. erweitert sich dadurch nicht, denn unsere Kolonien sind unabhängig und verwalten sich selbst. Wir sind ein sehr individualistisches und freiheitsliebendes Volk und schon froh, endlich, nach vielen Jahrhunderten des Streits, eine Einigung unter den Städten unserer Insel erreicht zu haben.«

»Boras IV. regiert zurzeit bei Euch?«, mischte sich Kapitän Ithrondyr nun ein, vergaß dabei aber nicht, auch seine eigenen, in Tagoräisch gesprochenen Worte zu übersetzen.

Manadarius nickte. »So ist es.«

»Ich begegnete auf meiner Fahrt nach Tagora einst einem König, der sich Boras I. nennen ließ und in einem Palast in Danabar residierte.«

»Das war der Urgroßvater unseres jetzigen Herrschers«, erklärte Manadarius. »So müsst Ihr jener Kapitän Ithrondyr sein, über den noch heute viele Geschichten bei uns im Umlauf sind.«

»Der bin ich«, bestätigte Ithrondyr.

»Lange ist es her ...« Kapitän Manadarius seufzte. »Manche beginnen schon daran zu zweifeln, dass die Geschichten über Eure Ankunft mehr sind als bloße Legenden. Legenden, die angeblich Boras III. über seinen Großvater und Euch in Umlauf gebracht hat, damit er die immer noch mächtigen Stadtregierungen auf Tagora zu einem Ausbau der Flotte überreden konnte.«

»Nein, es ist alles wahr«, erklärte Kapitän Ithrondyr. »Ich habe Euer Land wirklich betreten und damals viel Neues erfahren. So glaube ich nun auch, dass es in unserer Alten Heimat tatsächlich Menschen gegeben hat, wie die Alten es immer behauptet haben – auch wenn mir diese Geschichten in meiner Jugend nie glaubhaft erschienen.«

»In den Legenden, die über Euer Volk seit Eurem Besuch bei uns im Umlauf sind, heißt es, dass Ihr Elben dem Alter kaum unterworfen seid. Gerade das ist es aber, weshalb nach Ansicht vieler diese Geschichten einfach zu fantastisch sind, um wahr sein zu können. Ihr jedoch, Kapitän Ithrondyr, seid Beweis genug für die Richtigkeit dieser Legenden, zeigt Ihr doch so gut wie keine Spuren des Alters oder gar der Hinfälligkeit. Wie ist das möglich?«

Ithrondyr blieb eine Antwort auf diese Frage schuldig. »Ich habe mich mit König Boras I. gut verstanden. Er war trotz seiner kurzen Lebensspanne ein weiser und vorausschauender Staatsmann.«

»Als solcher ist er in die Geschichte Tagoras eingegangen«, erklärte Kapitän Manadarius.

Wenig später berichtete er von einer Kolonie, die von den Tagoräern auf dem Südkontinent gegründet worden sei und den Namen Hiros habe. »Wir nennen dieses Land ›Rhagardan‹ oder auch ›die Sandlande‹. Nur an der Küste gibt es Pflanzenbewuchs, im Inneren ist dieser Kontinent eine einzige Gluthölle, in der nur Barbaren leben. Wir nennen sie ›die Rhagar‹ – ein primitives und sehr brutales Menschenvolk, das die Sonne und den Mond anbetet. Als ich im letzten Jahr mit meinem Schiff unsere Kolonie Hiros anlief, fanden wir die Stadt niedergebrannt vor. Nahezu alle Einwohner waren erschlagen worden, nur wenigen war die Flucht gelungen.«

»Ist es sicher, dass diese Barbaren, von denen Ihr sprecht, dafür verantwortlich sind?«, fragte Keandir interessiert.

»Daran gibt es keinen Zweifel.«

»Ich nehme an, Hiros war mit ähnlich guten Katapulten geschützt, wie ich sie in Euren Städten Toban und Danabar gesehen habe?«, vergewisserte sich Kapitän Ithrondyr, der die Stirn in tiefe Falten gelegt hatte.

Manadarius nickte entschieden. »Oh ja, am mangelnden Schutz hat es nicht gelegen, dass man uns vom Südkontinent vertreiben konnte, von wo aus wir Salz zu importieren pflegten. Die Rhagar waren einfach zu zahlreich, wie wir sehen konnten, als wir ein Stück die Küste entlangsegelten, wo ihre wilden Horden kampierten. Wir nehmen an, dass Sie die Stadtmauern überkletterten und so ins Innere gelangten. Dort müssen sie wie in irrer Raserei alles erschlagen haben, was sich regte. Später stießen wir auf einige wenige Flüchtlinge aus Hiros, die es geschafft hatten, sich mit Booten und Schiffen auf das Meer zu retten, und deren Berichte bestätigten unsere Annahmen.«

»Aber spracht ihr nicht von den Rhagar als einem *Menschen*volk?«, vergewisserte sich Keandir.

»Das ist richtig«, bestätigte der Tagoräer.

»Diese Unbarmherzigkeit selbst gegenüber verwandten Wesen verwundert und erschreckt mich gleichermaßen«, gestand der Elbenkönig, der sich an die blutigen Geschichten erinnerte, die man sich in Athranor über die Menschen erzählt hatte.

Es war das erste Mal, dass die Elben von Elbiana von dem grausamen Menschengeschlecht der Rhagar hörten.

Aber es sollte nicht das letzte Mal sein …

## 10

# FREUNDE, VERBÜNDETE UND FEINDE

Die tagoräischen Seefahrer kehrten nach ein paar Monaten in ihre Heimat zurück. König Keandir hatte ihnen versprochen, im Verlauf der nächsten Jahre eine Expedition nach Tagora zu schicken.

Doch die nächsten Winter waren hart, und es kam zu Schäden an manchen Burganlagen in den nördlichen Siedlungen. Nordhaven fiel einer Sturmflut zum Opfer, die sich auch durch Anrufung der Elementargeister nicht nennenswert besänftigen ließ; der nördlichste Hafen Elbianas ging in den Fluten unter, und zweihundert Elben kamen dabei ums Leben.

Dieser Verlust versetzte das ganze Reich in einen Zustand des lähmenden Entsetzens. Nachdem die Elben eine Ewigkeiten dauernde Seereise überstanden hatten, hatte niemand damit gerechnet, dass ihnen das Meer noch einmal zur tödlichen Gefahr werden könnte. Dazu kam, dass man inzwischen an den Tod nicht mehr gewöhnt war. Während es in den ersten Jahren Elbianas immer noch mehr oder minder regelmäßig Opfer des Lebensüberdrusses gegeben hatte, wählten inzwischen nur noch einzelne Elben diesen Weg in die Sphäre der Jenseitigen.

Immer größere, ausladendere und gewagtere Bauten entstanden. Manche dieser mitunter nur von einer Handvoll Elben bewohnten Schlösser standen an Orten, die man vor einer Besiedlung besser hätte befestigen müssen oder an denen nicht überprüft worden war, ob der Untergrund auch die nötige Stabilität aufwies. Zudem hatte Andir zwar zahlreiche Elben in der Anwendung von Reboldirs Zauber unterwiesen, doch nicht alle wandten dieses Wissen richtig an. Andere verfügten nicht über die nötige geistige Kraft, und wieder andere versuchten solche Bauten zu erschaffen ohne die geistige Unterstützung von genügend weiteren Elben, oder sie waren zu ungeduldig in der Materialisationsphase.

»Ungeduld«, so sagte Nathranwen einmal während einer Zusammenkunft der Heilerzunft, »scheint die Krankheit unserer neuen Zeit zu sein. Offenbar hat sie den Lebensüberdruss abgelöst. Was ein Jahrtausend währen soll, muss in einem Jahrhundert errichtet werden, doch allzu oft nehmen wir uns dafür nicht einmal mehr ein Jahrzehnt oder einen Winter.«

So vergingen zwei Menschenalter, ehe Ithrondyr noch einmal in König Keandirs Auftrag gen Süden nach Tagora segelte. Inzwischen war das Reich erneuert worden und hatte sich weiter ausgedehnt. Prinz Sandrilas warnte König Keandir, weil er der Ansicht war, dass die Möglichkeiten Elbianas bereits ausgereizt waren. Aber inzwischen siedelten auch Elben in Nordbergen, während im Süden weitere Häfen an den Küsten von Nuranien und Elbara entstanden waren.

König Keandir sah ein, dass der einäugige Prinz recht hatte: Die Kräfte Elbianas waren an ihre Grenzen gelangt. Die Randgebiete vom Königshof in Elbenhaven aus regieren zu wollen war kaum noch möglich, und so entschloss sich Keandir, Herzöge einzusetzen, die dort in seinem Namen herrschen sollten. Faktisch würden die Elben von Nuranien, Elbara und Nordbergen nahezu unabhängig sein, aber nominell unterstanden sie durch die Einsetzung der Herzöge noch immer dem Reich Elbiana.

»Ich schlage vor, dass wir den Nur als äußerste Grenze des Reiches festlegen«, sagte Prinz Sandrilas bei einer Tagung des Kronrats. »Wir Elben tendieren nur allzu leicht dazu, uns in kleinste Gruppen aufzusplittern. Und auch wenn die Geburtenrate in den letzten Jahrzehnten unverändert hoch geblieben ist – hoch in den Maßstäben unseres Volkes –, werden es nur wenige Elben sein, die in den äußeren Provinzen vergleichsweise riesige Gebiete verwalten werden.«

»Sollen wir den Elben denn verbieten, den Ort selbst zu wählen, an dem sie leben wollen?«, fragte König Keandir.

»Vielleicht ist das für eine Übergangszeit notwendig«, antwortete Sandrilas.

Aber Keandir war in diesem Punkt anderer Ansicht. »Nein, das wäre der Anfang vom Ende des Elbenreichs. Die Gefahr der Überdehnung sehe ich auch, aber solange kein mächtiger Feind an den Grenzen auftaucht, ist dieses Problem eher zu meistern als eine Unzufriedenheit im Inneren.«

Wirklich mächtige Feinde waren in der Tat bisher nicht in Sicht. Die Trorks schlugen sich zwar unablässig mit den Zentauren, aber noch keiner von ihnen hatte es geschafft, den Nur zu überschreiten. Den Berichten des Fährtensuchers Lirandil nach sprach vieles dafür, dass sie wasserscheu waren, was der Sicherheit der Grenze sehr zugute kam.

Während sich die Trorks nicht über den Nur trauten, hatte sich über den Flusshafen Siras ein schwunghafter Handel mit den Zentauren entwickelt. Sie ernteten die Sinnlose, und diese wurde gegen Waffen aus Elbenstahl getauscht, mit denen sich die Zentauren besser gegen die immer wieder in das Waldreich einfallenden Trorks verteidigen konnten.

Die Eiskreaturen, auf die Kapitän Isidorn bei seiner ersten Fahrt an die Küste des Eislands gestoßen war, schienen ihre kalte Heimat tatsächlich nicht verlassen zu wollen, sodass man auch sie nicht als Gefahr für das Reich ansehen konnte.

Während seiner Wanderschaft durch Elbara war Branagorn der Suchende westlich der elbareanischen Hochebenen auf ein Land gestoßen, dem er den Namen Zylopien gab, was »Land der Vielarmigen« bedeutete. Die Bewohner waren sechsarmige Riesen von der dreifachen Größe eines durchschnittlichen Elben. Branagorn drang bis zu ihrer Stadt vor, musste aber feststellen, dass diese Riesen ihn und seine Getreuen überhaupt nicht beachteten und auch nicht an einer Aufnahme von Handelsbeziehungen oder irgendeinem anderen Austausch interessiert waren. Sie lebten für sich, huldigten ihren Göttern und ernährten sich von Pflanzen, da die Heiligkeit allen Lebens das oberste Prinzip ihrer Religion war – was nicht hieß, dass sie nicht auch Waffen zu ihrer Verteidigung besaßen. Doch hatten sie, wie Branagorn bemerkte, diese wohl schon lange weder benutzt noch gepflegt, denn viele ihrer Äxte und Schwerter waren stark angerostet.

Ab und zu kamen Zentauren aus dem nördlich von Zylopien gelegenen Waldreich ins Land der sechsarmigen Riesen, aber es gab kaum

Kontakt zwischen beiden Gruppen. Die zylopischen Riesen tolerierten es offenbar, dass Gruppen von Zentauren ihr Land durchquerten, um in den südwestlichen Gebieten des Zwischenlands auf Wanderschaft zu gehen. Über Sinn und Zweck dieser Wanderschaften konnte Branagorn bei seiner Rückkehr nichts erzählen. Aber immerhin stand fest, dass man in den Zylopiern einen weiteren äußerst friedlichen und mehr mit sich selbst beschäftigten Nachbarn hatte, mit dem sich in den nächsten tausend Jahren wahrscheinlich gut auskommen ließ.

Ähnliches galt für die Tagoräer im Süden, die schon allein aufgrund der großen Entfernung keine Gefahr für das Elbenreich darstellten und darüber hinaus eher an Handel und Austausch als an kriegerischer Expansion interessiert waren.

König Keandir setzte Kapitän Isidorn als Herzog in Nordbergen ein. Lirandil dem Fährtensucher bot er das Herzogtum Nuranien an, da dieses direkt an das Waldreich der Zentauren grenzte und Lirandil bekanntermaßen am besten mit ihnen zurechtkam (und diese Verbündeten waren für das Elbenreich ja aufgrund des Handels mit der Sinnlosen von besonderer Bedeutung). Doch Lirandil, der sich über die Maßen für das Reich verdient gemacht hatte, lehnte die Erhebung zum Herzog ab. »Ich habe die Verantwortung eines Anführers nie gesucht, mein König«, bekannte er, als er von einer seiner weiten Reisen wieder einmal nach Elbenhaven zurückgekehrt war.

Inzwischen hatte er eine Reihe junger, größtenteils Elbiana-geborener Elben, die ihn auf seinen Streifzügen ins Waldreich und darüber hinaus begleiteten, in der Kunst des Fährtenlesens unterwiesen; so bestand nicht mehr die Gefahr, dass dieses uralte elbische Wissen verloren ging, falls Lirandil etwas zustieß. Umso freier fühlte sich der Fährtensucher daher auch, immer weitergehende Vorstöße und Wanderungen zu unternehmen. So hatte er das Waldreich inzwischen von seinen Grenzen an den Gipfelketten Nordbergens bis zur Grenze des zylopischen Hochlands erforscht.

»Ich möchte mir die Freiheit eines Fährtensuchers erhalten«, brachte es Lirandil schließlich auf den Punkt, nachdem er schon eine Reihe von Argumenten gegen das großzügige Angebot des Königs vorgetragen hatte.

»Ihr lehnt diese Ehre also tatsächlich ab?«, fragte Keandir, und Enttäuschung schwang in seiner Stimme mit.

»Es ist gewiss eine Ehre, aber ich bin keineswegs derjenige, der dafür am geeignetsten wäre. Es gibt sicherlich andere unter Euren Getreuen, die ein solches Amt besser auszufüllen vermögen als ich. Ich denke da zum Beispiel an Branagorn, dem eine solche Aufgabe helfen könnte, den Kummer über seine verlorene Liebe zu vergessen.«

»Branagorn wird bereits Herzog von Elbara«, erklärte König Keandir. »Und für Nuranien wüsste ich niemanden, der dafür besser geeignet wäre als Ihr.«

»Wie gesagt, mein Entschluss steht fest – und ich hoffe, dass es mir mein König nicht übel nimmt, wenn ich ihm den Dienst als Herzog verweigere. Ich tue das nur, weil ich Euch an anderer Stelle viel besser zu dienen vermag.«

Keandir seufzte. »Wahrscheinlich ist es sinnlos, Euch überreden zu wollen, nicht wahr?«

»Die Entwicklung in Nuranien und Elbara konnte ich über viele Jahre hinweg beobachten. Dass es irgendwann nötig sein würde, dort einen Herzog einzusetzen, kündigte sich für mich schon langfristig an – und dass dann mein Name ins Spiel käme, konnte ich mir ebenfalls denken. So hatte ich Zeit genug, um darüber nachzudenken und alle Vor- und Nachteile gründlich abzuwägen.«

Keandir dachte nach und legte sein Kinn auf die rechte Faust, den Ellenbogen aufs Knie gestützt. So saß er einen Moment sinnierend auf seinem Thron, bevor er Lirandil fragte: »Was haltet Ihr von Merandil dem Hornbläser?«

Lirandil hob die Augenbrauen. »Ihr würdet damit einen verdienten Gefolgsmann für seine Treue belohnen – in dieser Hinsicht wäre gegen diese Entscheidung nichts einzuwenden. Aber weshalb lasst Ihr nicht einen Eurer Söhne sich als Herzog von Nuranien bewähren?«

»Nein.« Der König schüttelte entschieden den Kopf. »Andir und Magolas brauche ich beide am Hof in Elbenhaven. Und Gleiches gilt für Prinz Sandrilas, der hier ebenfalls unverzichtbar ist, da er sich um die Organisation des Elbenheers kümmert.«

»Wie Ihr meint, mein König«, erwiderte Lirandil der Fährtensucher und deutete eine Verbeugung an.

König Keandir nahm sich noch eine Bedenkzeit von ein paar Wochen und ernannte dann Merandil den Hornbläser zum Herzog von Nuranien.

Ithrondyr kehrte nach mehreren Jahren von seiner Fahrt in den Süden zurück und berichtete dem Kronrat von den Neuigkeiten, die er aus jener Gegend erfahren hatte. Inzwischen regierte Boras IX. die Insel Tagora, und Ithrondyr hatte mit seiner »Jirantor« auch die tagoräischen Kolonien in Perea und Soria besucht.

»Ich sah blühende Städte, mein König. Und in dem nördlich an diese Kolonien angrenzenden Gebiet leben offenbar große Gruppen von Zentauren, die mit ihren Brüdern im Waldreich eine stete Verbindung halten«, sagte Ithrondyr, der diesem Gebiet den Namen »Südwestlande« gegeben hatte. Aber diesmal nahm die Erzählung dessen, was er in den blühenden Städten der Tagoräer gesehen hatte, nur einen verhältnismäßig kleinen Teil seines Berichts ein. Stattdessen erzählte der Kapitän der »Jirantor«, wie er in jenem Gewässer, das die Tagoräer das »Pereanische Meer« nannten, weiter in Richtung Süden und Osten vorgedrungen und schließlich sogar an der Küste des berüchtigten Rhagardan gelandet war.

»In den Sandlanden trafen wir auf Horden von Rhagar – und auf Ruinen von Küstenstützpunkten, die die Tagoräer aufgeben mussten, weil sie der Wildheit und der Grausamkeit dieses Volkes nichts entgegenzusetzen vermochten.«

»So seid Ihr ein erhebliches Risiko eingegangen«, stellte Keandir fest. Bewunderung schwang in seinen Worten mit – und auch ein bisschen Neid, denn ihm kam einmal mehr der Gedanke, dass ihm seine Pflichten als König seit der Gründung des Reichs keine Gelegenheiten gegeben hatten, dessen Grenzen zu überschreiten. Wohl war er einige Male innerhalb Elbianas umhergezogen, um sich vom Fortschritt beim Aufbau des Reichs zu überzeugen. Aber diese Zeiten machten zusammengenommen noch nicht einmal ein ganzes Jahr aus. Ansonsten war er mehr oder minder an den Hof von Elbenhaven gebunden gewesen. Lange Zeit hatte er dies nicht als Fesselung empfunden, aber inzwischen ertappte er sich des Öfteren dabei, von Seereisen zu unbekannten Küsten zu träumen. Der Wunsch regte sich, die wundersamen Dinge, von denen ihm seine Kapitäne und Kundschafter berichteten, mit eigenen Augen und nicht nur in der Vorstellung betrachten zu können.

»Gewiss bin ich ein Risiko eingegangen«, gestand Ithrondyr ein, »aber gehört nicht auch Mut zu den elbischen Tugenden?«

Keandir lächelte milde. »In den Erzählungen der Alten gewiss, doch hatte ich in letzter Zeit den Eindruck, dass gerade diese Tugend stark in Vergessenheit geriet.«

»So wurde es vielleicht Zeit, dass ein Seegeborener zeigt, dass Mut auch heute noch eine Tugend der Elben ist«, erwiderte Ithrondyr.

»Berichtet mir von Eurer Begegnung mit den Rhagar«, forderte der König voller Ungeduld – einer eigentlich völlig unelbischen Unart, die jedoch immer häufiger vom ihm Besitz ergriff.

»Zunächst möchte ich noch bemerken, dass wir auf zahlreiche Boote und Schiffe der Rhagar trafen, als wir das Pereanische Meer Richtung Westen besegelten. Primitive Seevehikel waren das – nicht vergleichbar mit den Schiffen der Tagoräer. Manche wirkten so, als habe man versucht, die Seemanns- und Schiffsbaukunst der Tagoräer nachzuahmen. Allerdings mit einem kümmerlichen Ergebnis. Bisweilen benutzten sie sogar nur primitive Flöße aus zusammengeschnürten Baumstämmen oder rohrartigen Stauden. Die Küste der Sandlande ist nämlich durchaus fruchtbar – allerdings erscheint es mir fraglich, ob in dem grünen Streifen Rhagardans bei unserem nächsten Besuch noch ein einziger Baum stehen wird, wenn erst all diese Barbaren über diese Landschaft hergefallen sind wie die Heuschrecken.«

»Wohin zieht es diese Auswanderer?«, fragte Keandir stirnrunzelnd.

»An die südlichen Ufer des Zwischenlands. Es ist vermutlich ihre eigene ungehemmte Vermehrung, die sie aus den Sandlanden vertreibt, denn die schmalen Streifen fruchtbaren Landes, die es dort gibt, reichen nur für eine kleine Bevölkerung.«

»Müssen wir uns Sorgen um unsere eigene Sicherheit machen?«, fragte Prinz Sandrilas.

»Vielleicht nicht heute, morgen oder in hundert Jahren. Aber nach einem halben Jahrtausend wird diese gierige Rasse den ganzen Kontinent an sich gerissen haben und an den Ufern des Nur stehen, über den Euer Sohn Andir gerade in Minasar eine Brücke spannt.«

Schon seit Monaten weilte Prinz Andir in der nieder-elbianitischen Stadt Minasar, um mit Hilfe von Reboldirs Zauber und der geistigen Unterstützung von fast zweihundert elbischen Schamanen, Magiern und Baumeistern eine Brücke materialisieren zu lassen, die Elbiana und Nuranien miteinander verbinden sollte. Flussabwärts in Richtung des Nur-Deltas gab es keine Möglichkeit mehr, eine Brücke zu errichten. Selbst die geballte geistige Kraft der Elben wäre nicht dazu in der Lage gewesen, eine Brücke zu materialisieren, die der enormen Strömung und dem Hunderte von Meilen ins Landesinnere spürbaren Tidenhub hätte standhalten können. Davon abgesehen war der Fluss auf dem Stück zwischen Minasar und der Flussmündung einfach viel zu breit. Niemand bedauerte dies mehr als Merandil, der neue Herzog Nuraniens. Er residierte inzwischen in der an der Nur-Mündung gelegenen Burg Nurandor und hätte sich eine größere Nähe dieser in Zukunft wichtigsten Verbindung über den Nur gewünscht. Doch selbst ein Elbenherzog musste sich den Gegebenheiten beugen.

Kapitän Ithrondyr fuhr fort. »Die Tagoräer sind auf dem rhagardanischen Festland von den Rhagar vernichtend geschlagen worden. Andererseits ließen sich die Rhagar von uns sehr leicht einschüchtern, als wir ihnen begegneten.« Und dann begann Ithrondyr davon zu berichten, wie er mit der »Jirantor« einen breiten Fluss hinaufgefahren war, der sich mitten durch die Wüste der Sandlande schlängelte. Ein schmaler fruchtbarer Streifen umsäumte dieses Gewässer, dessen Quelle irgendwo in den fernen Gebirgen liegen musste, die sich in der Wüste manchmal in Form von Luftspiegelungen zeigten.

Schon bald tauchten an den Ufern Horden von Rhagar auf. Sie starrten Kapitän Ithrondyr und seine Mannschaft zunächst nur an, ließen sie aber nicht aus den Augen. »Einfache magische Illusionen beeindruckten sie so stark, dass sie sich am Ufer vor uns in den Staub warfen und uns huldigten, wie sie es wahrscheinlich mit ihren Göttern zu tun pflegen«, erzählte Ithrondyr. »Wir fuhren den namenlosen Fluss der Sandlande stromaufwärts bis zu einer Stadt; die Rhagar nannten sie Shonda. Dort regiert der sogenannte Bronzefürst. Seine Macht gründet sich wohl darauf, dass er das Geheimnis der Metallverarbeitung kennt, die unter den Rhagar nicht allgemein bekannt zu sein scheint.«

»Und wie seid Ihr in der Stadt des Bronzefürsten empfangen worden?«, fragte Keandir.

»Wie Götter. Man überhäufte uns mit Geschenken und Opfergaben. Und wir zeigten uns erkenntlich, indem wir einige kleinere Illusionen erzeugten. Nichts Großes. Alles Dinge, mit denen sich Elbenkinder die Zeit vertreiben. Doch sie sind so einfältig und lassen sich so leicht beeinflussen, dass es schon fast keine Freude macht. Darüber hinaus führte unser Bordheiler Jorabolas ein paar Heilungen durch. Die Heilkunst der Rhagar ist auf einem so erschreckend niedrigen Stand, dass es mich nicht wundert, dass ihr Leben einer kurzen Qual gleicht und sie wahrscheinlich froh sind, wenn sie ein früher Tod von den Eiterschwären und allerlei anderem Ausschlag und Entzündungen erlöst.«

»Eure Erzählung klingt so, als bestünde fürs Erste keine Gefahr für uns«, meinte Keandir.

»Das ist für den Moment richtig«, erwiderte Ithrondyr. »Aber erstens kann sich die Gesinnung dieser Wilden im Handumdrehen ändern, und zweitens haben mir die Tagoräer berichtet, dass die Rhagar auch ihren Kolonisten an der Rhagardan-Küste zunächst mit großem Respekt und unterwürfiger Bewunderung begegneten.«

»Ist das vielleicht eine besondere List dieser Barbaren?«, fragte Keandir.

»Möglich«, gab Ithrondyr zurück. »Aber ich persönlich glaube eher, dass sie sehr gelehrig sind und alles Fremde, das ihnen irgendwie nützlich sein kann, begierig in sich aufnehmen. Zumindest war es anscheinend bei den Tagoräern von Hiros und anderen Küstenorten so; die Tagoräer glauben, dass diese Barbaren das Geheimnis der Metallverarbeitung von ihnen im wahrsten Sinn des Wortes abgekupfert haben. Offenbar gab es in den tagoräischen Rhagardan-Kolonien nämlich zahlreiche Rhagar-Hilfskräfte, die sich für geringen Lohn anwerben ließen.«

»Es wird wohl nötig sein, die Entwicklungen rund um das Pereanische Meer zu beobachten«, entschied König Keandir. »In Zukunft möchte ich, dass ihr zwei Mal im Jahr in die Gewässer jenseits von Tagora segelt und mir ebenso oft Bericht erstattet.«

# 11

# DIE GÖTTER DER RHAGAR

Für viele Jahre fuhr Kapitän Ithrondyr mit seiner »Jirantor« Jahr um Jahr einmal im Frühjahr und einmal im Herbst zu den Gestaden des Pereanischen Meeres.

Die Kunde, die von dort aus ebenso oft nach Elbenhaven gelangte, wurde immer bedrohlicher. Die Rhagar hatten danach bereits die südwestlichen Teile des Zwischenlandes besiedelt, und die tagoräischen Kolonisten in Soria hatten sich nur mit Mühe gegen die Invasoren verteidigen können. Dasselbe galt für die Stadt Cadlan, die erst vor einem Menschenalter von tagoräischen Seefahrern gegründet worden war. Kein Tagoräer wagte sich noch außerhalb der Stadtmauern, die von einer riesigen Armee bewaffneter Rhagar belagert wurde.

Deren Katapulte wirkten zwar noch wie Parodien auf die Kampfmaschinen der Verteidiger, aber es brauchte sicher nicht mehr allzu lange, bis die Rhagar auch in dieser Hinsicht dazugelernt hatten.

Die Schiffe, welche die Rhagar bauten, waren in seemännischer Hinsicht bereits innerhalb weniger Jahrzehnte sehr viel besser geworden. Primitive Flöße waren bald überhaupt nicht mehr zu sehen, dafür galeerenartige, bauchige Schiffe, die viele Hundert Barbaren transportieren konnten.

Nachrichten über die Rhagar drangen aber auch über Lirandils Verbindungen zu den Zentauren bis zu den Elben vor. Einzelne Rhagar-Horden waren danach bereits in den nördlich von Perea und Soria gelegenen Südwestlanden gesehen worden, wo sie ganze Zentauren-Clans abgeschlachtet hatten. Angeblich brieten sie ihr Fleisch und aßen es. Viele Zentauren waren seitdem auf der Flucht gen Norden, um zu ihren Brüdern im Waldreich zu gelangen.

Branagorn der Suchende, der als Herzog von Elbara in Candor, der bis dahin südlichsten aller Elbenburgen, residierte, schickte immer wieder Kundschafter in die an Elbara angrenzenden Gebiete. Dort stießen sie auf die ersten wagemutigen Gruppen der Rhagar, doch deren Scheu war groß, und sie zogen sich in die große Ebene zurück, die südlich von Elbara zwischen einem »Hocherde« genannten Gebirge und dem Zwischenländischen Meer lag. Die Elben nannten diesen Landstrich Aratan, was »Mondsichel« bedeutete und auf die Form der Meereseinbuchtung anspielte, an der dieses Land lag.

Äonenlang war Aratan ein Durchgangsgebiet für die Wanderungen der Zentauren zwischen den Südwestlanden und dem Waldreich gewesen. Nun warteten dort an den natürlichen Wegen, die durch dieses Gebiet führten, Rhagar-Horden und fingen die Zentauren ab. Aus dem Hinterhalt lauerten die Menschenabkömmlinge auf die Zentauren und streckten unzählige von ihnen mit Pfeil und Bogen nieder. Für die Rhagar waren Zentauren nur wilde Tiere. Ein Wild, das man jagen, dessen Fleisch man verzehren und aus dessen Haut man Leder gerben konnte. Wahre Schreckensgeschichten berichteten jene Zentauren, die sich bis nach Elbara retten konnten.

Herzog Branagorn sorgte dafür, dass all diese Geschehnisse aufgeschrieben wurden und die Berichte mithilfe von Boten über Nuranien und die Brücke von Minasar nach Elbiana gelangten, wo sie schließlich am Hof von Elbenhaven König Keandir vorgetragen wurden. Der beriet sich mit seinen Getreuen.

»Noch begegnen die Rhagar uns mit Ehrfurcht – aber das wird nicht ewig so bleiben, mein König«, äußerte sich Prinz Sandrilas. »Wir sollten beizeiten die Befestigungsanlagen im Süden Elbaras verstärken.«

»Wo befindet sich gegenwärtig mein Sohn Andir?«, fragte Keandir.

»Ich glaube, er lässt bei Tirasar eine Brücke über den Tir-Strom materialisieren, nachdem sich die Brücke über den Nur als so stabil und nützlich erwiesen hat.«

»Wenn er wieder hier am Hof ist, werde ich mit ihm die Möglichkeiten erörtern, die wir haben.«

»Ich wüsste eine Möglichkeit, uns fürs Erste zu schützen«, sagte Prinz Sandrilas.

Keandir sah den einäugigen Prinzen verwundert an. »Nun, so haltet mit Eurem Rat nicht hinterm Berge, Prinz Sandrilas.«

»Rüstet eine Truppe von Reitern aus und schickt sie nach Aratan, um die Rhagar so einzuschüchtern, dass sie sich für die nächsten tausend Jahre nicht mehr der Grenze von Elbara nähern.«

»Ihr wisst, wie wenige wir sind, Prinz Sandrilas. Abgesehen davon ist die von den Tagoräern gegründete Stadt Cadlan von den Rhagar erobert worden. Sie hausen jetzt in den Ruinen und versuchen die Kultur der Cadlanier zu imitieren. Selbst das überhebliche Zurschaustellen des eigenen Reichtums, für den der regierende Tyrann von Cadlan Zeit seines Lebens bekannt war, wird von dem wilden, haarigen Krieger, den sie zum Herrscher erhoben haben, nachgeeifert.«

»Als unser Schiff Cadlan anlief, erwartete uns dort ein unbeschreiblicher Jubel«, erklärte Ithrondyr. »Und Gesten der Unterwerfung. Wir brauchten nicht einmal mehr zu magischen Tricks zu greifen, um die Rhagar zu beeindrucken. Unser Ruf war uns offensichtlich vorausgeeilt, und ich nehme an, dass die Erzählungen über unsere Macht sich im Laufe der Zeit mit allerlei fantastischen Elementen angereichert hatten, die uns in einem noch göttergleicheren Licht erschienen ließen.«

Im nächsten Frühjahr brach Kapitän Ithrondyr abermals zu einer Fahrt nach Süden auf – und wenige Wochen danach segelte Keandir mit der »Tharnawn« in Richtung der elbareanischen Küste. Dabei ließ er sich unter anderem von seinem Sohn Andir begleiten, während Magolas die Anordnung erhielt, im heimatlichen Elbenhaven zu verweilen. »Einer meiner Söhne muss hierbleiben, um notfalls die Herrschaft übernehmen zu können, falls mir etwas zustößt«, hatte Keandir entschieden. »Und für diese Fahrt brauche ich nun einmal den größten Magier, den die Elben je hervorgebracht haben – und als solcher gilt Andir inzwischen.«

»Ihr wollt die Rhagar von Aratan beeindrucken, Vater?«

»Ja.«

»Aber auch ich habe mich in der Magie vervollkommnet!«, erklärte Magolas. Wenn sich die Brüder auch nach wie vor möglichst aus dem Weg gingen, so war das alte Bestreben, jeweils die charakteristischen

Fähigkeiten des anderen ebenfalls und möglichst in derselben Qualität zu erwerben, offenbar noch immer vorhanden. Für König Keandir bedeutete diese Erkenntnis einen Trost, denn sie besagte letztlich, dass doch nicht *jede* Verbindung zwischen den beiden Elbenprinzen abgebrochen war.

»Es wird andere Fahrten geben, auf denen du mich begleiten kannst, Magolas. Aber nicht diese.« Die Entscheidung des Königs stand fest.

Einige Wochen später erreichte die »Tharnawn« den Hafen von Candor, über den sich die prächtige Residenzburg Herzog Branagorns erhob. Dieser empfing Keandir und Andir, die von Waffenmeister Thamandor, Siranodir mit den zwei Schwertern und Ygolas dem Bogenschützen begleitet wurden, im Audienzsaal der herzöglichen Burg. Als sie eintraten, erhob er sich von seinem Thron, um deutlich zu machen, dass er nach wie vor die Herrschaft des Elbenkönigs anerkannte, so wie es auch die gekreuzten Banner Elbaras und Elbianas an der Wand hinter seinem Thron deutlich machten. Ein Chor von fünf Hornbläsern begrüßte den König und seine Begleiter mit einem Fanfarenstoß.

»Ich hoffe, es geht Euch gut, werter Branagorn«, sagte Keandir. »Über Euer Wirken als Herzog von Elbara dringt jedenfalls nur Lobenswertes an den Hof von Elbenhaven.«

»Ich möchte nicht klagen«, erwiderte Branagorn. »Auch wenn ich nicht weiß, ob ich den Tod meiner geliebten Cherenwen jemals werde verwinden können, so hat mir doch die Verantwortung, die Ihr mir als Herzog übertragen habt, dabei geholfen, meinen Kummer zu verdrängen und nicht ständig von den Schatten meiner Seele verfolgt zu werden.« Branagorn begegnete dem Blick des Königs dabei auf eine Weise, die diesem nicht gefiel. *Ich hoffe, dass es mit Euch ebenso ist, mein König!*, schien er sagen zu wollen, aber selbstverständlich war der Herzog von Elbara zu höflich, Derartiges offen auszusprechen.

Keandir dachte darüber nach, dass er – trotz aller ehrlich gemeinten Wertschätzung, die er für Branagorn empfand – froh darüber war, dass der Mann, der als Einziger alle Erlebnisse auf Naranduin mit dem König geteilt hatte, nicht mehr am Hof von Elbenhaven weilte. Keandir hatte vergessen, wie sehr Branagorn ihn allein durch seine Anwesenheit an die Dunkelheit erinnerte, die in ihm wuchs.

Besonders herzlich fiel die Begrüßung zwischen Andir und dem Herzog aus. In Branagorn hatte Andir immer einen Geistesverwandten gesehen. Jemanden, der sich nicht mit Halbheiten zufriedengab und das elbische Ideal der Perfektion auch beim Aufbau Elbianas nicht aufgegeben hatte. Von ihm hatte Andir das Reiten gelernt und die Kunst, den Geist eines Pferdes zu beeinflussen, sodass es einem willig gehorchte und fast mit dem eigenen Körper verschmolz.

In Candor hielt sich auch Lirandil der Fährtensucher auf. Er war gerade von einem Streifzug zurückgekehrt, der ihn ebenso durch die Berge Zylopiens geführt hatte wie durch das sich südlich daran anschließende Gebirgsland namens Hocherde. Dort war er auf Angehörige eines Gnomenvolks gestoßen, das offenbar seit sehr langer Zeit in völliger Abgeschiedenheit lebte. Lirandil hatte den Rückweg über die Küstenebene von Aratan genommen, wo er ein Gemetzel der Rhagar an einem der letzen nach Norden flüchtenden Zentauren-Clan allein durch sein Auftauchen verhindern konnte.

»Der Respekt, den diese Menschenbarbaren gegenüber uns Elben empfinden, ist aus der Furcht geboren«, glaubte Lirandil erkannt zu haben. »Ich prophezeie Euch, mein König, sobald sie diese Furcht verloren haben, wird sich die Ehrfurcht in Hass verwandeln. Ich kann Euch nicht sagen, wann das geschehen wird, aber früher oder später wird es so weit sein. Die Geschichten, die über unsere Fähigkeiten unter ihnen im Umlauf sind, werden immer fantastischer. Sie halten uns für unangreifbar und unverwundbar und glauben, dass bereits ein Gedanke eines Elben reicht, um einen der ihren zu töten. Aber der Widerspruch zur Realität ist so groß, dass er auch diesen einfältigen Barbaren irgendwann auffallen wird, und dann wird ihre Gesinnung umschlagen, und sie werden uns für völlig wehr- und schutzlos halten.«

»Anscheinend habt Ihr sie sehr intensiv erforscht«, staunte Keandir.

Lirandil nickte. »Das ist wahr. An der Küste von Aratan gibt es einen Ort, den die Rhagar Cadd nennen. Dort habe ich eine Weile unter ihnen gelebt und ihre Sprache erlernt. Sie nennen uns die Lichtgötter. Was ich auch tat, es schien nur zu noch größerer Verehrung zu führen. Beispielsweise verzichtete ich für die Dauer meines Aufenthalts auf die Aufnahme von Nahrung, da mir die Art der Zubereitung ihrer

Speisen zuwider war. Für die Rhagar kam es einem Wunder gleich, dass ich nicht verhungerte, denn sie selbst brauchen nahezu jeden Tag Nahrung. Derartige Beispiele lassen sich viele aufzählen.«

»Ich bin hier, um die Rhagar ein für alle Mal zu beeindrucken, sodass sie die Ebene von Aratan fluchtartig verlassen und nie wieder betreten werden!«, kündigte Keandir an.

»Mit Verlaub, mein König – dazu es zu spät«, erwiderte Lirandil.

Eine senkrechte Furche erschien auf der Stirn des Königs. »Zu spät?«

»Einschüchtern könnt Ihr die Rhagar natürlich, aber Ihr werdet sie kaum noch aus Aratan vertreiben können. Das Land ist sehr fruchtbar, und es siedeln einfach schon zu viele Barbaren in diesem Gebiet, als dass dies möglich wäre.«

»So soll es mir recht sein, dass sie Aratan behalten, aber die Grenzen von Elbara müssen sie respektieren – und das werde ich ihnen beibringen.«

»Ich werde Euch gern dabei helfen, mein König«, gab Lirandil zu verstehen. »Aber ich will Euch nicht zu sehr in Optimismus wiegen. Eine derartige Maßnahme mag für gewisse Zeit wirksam sein – aber auf die Dauer ist das keine Lösung.«

»Auf die Dauer müsste eine Mauer errichtet werden, die die Grenze Elbaras schützt und den Rhagar das Vordringen nach Norden abschneidet«, war Branagorns Meinung.

»Das müsste eine Mauer von wahrhaft gigantischen Ausmaßen sein«, schloss Waffenmeister Thamandor, der sich sogleich eher für die praktischen Aspekte interessierte. »Sie müsste von der Küste des Zwischenländischen Meeres bis zum zylopischen Gebirge verlaufen und mit zahlreichen Katapulten gesichert werden. Allerdings müsste man sich etwas überlegen, um die Bedienungsmannschaften der Katapulte zu reduzieren, weil ich ansonsten kaum glaube, dass ausreichend Krieger zur Verfügung stehen, um einen derart langen Schutzwall dauerhaft zu bemannen.«

»Ließe sich mit den Zylopiern über einen solchen Wall Einigkeit erzielen?«, fragte Keandir an Branagorn gewandt. »Schließlich würde er nur dann Sinn machen, wenn er tatsächlich mit dem zylopischen Gebirge abschließt und dort kein Schlupfloch bliebe.«

»Dass die Riesen Zylopiens dagegen etwas einzuwenden hätten, kann ich mir nicht vorstellen«, sagte Herzog Branagorn. »Wir leben in einer Form der Nachbarschaft mit ihnen, die man freundliche Gleichgültigkeit nennen könnte.«

Keandir wandte sich daraufhin an seinen Sohn Andir. »Ist es möglich, eine derartige Mauer mit Hilfe von Reboldirs Zauber zu erschaffen?«

»Prinzipiell ja«, erklärte der Magierprinz. »Allerdings brauche ich dafür die Unterstützung sämtlicher elbischer Schamanen und Magier. Aber selbst dann bleibt es fraglich, ob die vereinigte geistige Kraft dazu ausreichen wird …«

»Ich möchte, dass du es versuchst, mein Sohn. Damit sichern wir die Zukunft des Elbenreichs.«

»Ich werde Eurem Wunsch entsprechen, Vater«, versprach Andir.

»Und morgen begeben wir uns zu diesem Ort, von dem Fährtensucher Lirandil gesprochen hat und den die Barbaren Cadd nennen.«

Schon am nächsten Tag stach die »Tharnawn« wieder in See. Kapitän Garanthor ließ das Flaggschiff der Elben Richtung Südwesten die Küste Elbaras entlangsegeln, bis sie die flache Küstenebene erreichten, die Aratan genannt wurde.

Während Herzog Branagorn in seiner Residenz auf Burg Candor blieb, begleitete Lirandil der Fährtensucher seinen König – in erster Linie deshalb, damit jemand Keandirs Worte in die Sprache der Rhagar übersetzen konnte.

»Ich hoffe, Euer Sinn für Fährten verlässt Euch nicht hier draußen auf See«, sagte Keandir zu dem uralten Fährtensucher.

Dieser bemerkte den leisen Spott im Tonfall des Königs durchaus. »Wir segeln nahe der Küste, und da ist der Geruch des Landes immer noch sehr stark«, erklärte er. »Außerdem können wir Cadd nicht verfehlen. Es müssen einzelne Rhagar bereits bis Candor oder Albaree in Elbara vorgedrungen sein und im Geheimen die Kunst elbischer Baumeister bewundert haben. Jedenfalls versuchen die Rhagar diese zu kopieren, in erbärmlicher Weise, denn ihren Bauten geht die Leichtigkeit und die Eleganz völlig ab, die für unsere Bauweise so kennzeichnend ist. Mögen sie sich auch hoch in den Himmel heben, sie wirken doch nur wie groteske Parodien auf die Türme von Candor oder Albaree.«

»Das verwundert nicht«, mischte sich Andir ein. »Schließlich steht den Rhagar nicht unsere Magie zur Verfügung – geschweige denn, dass sie in der Lage wären, Reboldirs Zauber anzuwenden.«

»Ja, von dieser Warte aus gesehen habt Ihr recht, Prinz Andir«, sagte Lirandil. »Mag uns ihre Grobheit und Brutalität auch abstoßen – im Grunde genommen sind es arme Geschöpfe, die zu einem frühen Tod verurteilt sind und gerade alt genug werden, um ihren eigenen Nachwuchs aufzuziehen, bevor sie sterben. Ihr Leben ist erfüllt von harter Arbeit. Sie sind gezwungen, trotz der Kürze ihrer Existenz ihre Gebäude Stein für Stein zu errichten, wie es bei uns nur noch jene Generation kennt, die den Aufbau von Elbenhaven miterlebte.«

»Ja, die Götter und die Natur haben diese Geschöpfe in erschreckender Weise benachteiligt«, musste auch Keandir zugeben. »Aber könnte es nicht sein, dass genau diese Tatsache die Quelle ihrer Kraft ist? Wo ein Ungleichgewicht ist, da wächst auch ein Wille, es auszugleichen, und nach allem, was ich bisher über die Rhagar erfahren habe, ist genau das letztlich ihr Ziel.«

»Übertreiben wir nicht, wenn wir diesen kurzlebigen Geschöpfen das Verfolgen langfristiger Ziele unterstellen?«, mischte sich Thamandor ein.

Als an der Küste schließlich die groben Bauwerke der Rhagar auftauchten, erschienen sie Keandir in der Tat wie eine Verhöhnung elbischer Baukunst. Die Vorbilder waren klar erkennbar, aber die Ausführung war erschreckend unbeholfen. Einige eingestürzte Ruinen hatte Keandir bereits entlang der Küste ausgemacht. Es handelte sich wohl um fehlgeschlagene Bauversuche, die unter ihrem eigenen Gewicht zusammengebrochen waren.

Lirandil hatte berichtet, dass in Cadd derzeit ein Rhagar-Häuptling herrschte, der den barbarisch klingenden und dem elbischen Sinn für Wohlklang völlig zuwiderlaufenden Namen Krrn trug. Er führte nach dem Vorbild Branagorns von Elbara und Merandils von Nuranien den Titel eines Herzogs von Aratan.

»So haben die Rhagar den elbischen Namen des Gebietes übernommen«, wunderte sich Keandir.

»Das haben sie«, bestätigte Lirandil. »Wie sie auch in ihren Eigennamen die helle Klangfülle des Elbischen seit Neuestem zu imitieren versuchen.«

»Die Eltern von Herzog Krrn haben sich dieser Mode offenbar verweigert«, gab Keandir zurück.

Schon bevor das Elbenschiff vor den Anfurten von Cadd den Anker warf, sammelte sich eine große Zahl von Rhagar am Ufer. Männer, Frauen, Kinder, deren Kleidung aus grob gewebten Stoffen bestand, meistens in den Farbtönen dunkelgrau, braungrau oder grauweiß, und vor Dreck starrte.

Keandir und einige seiner Getreuen ließen sich mit einer Barkasse an Land setzen. Erstens hatte die »Tharnawn« zu viel Tiefgang, um in den Anfurten richtig anlanden zu können, und zweitens wollte Keandir auch kein unnötiges Risiko eingehen. Von richtigen Hafenanlagen konnte man in Cadd nicht sprechen. Die einfachen Schiffe und Boote, mit denen die Rhagar offenbar zum Fischfang hinausfuhren, mochten für die Küstengewässer oder die ruhigere See des Pereanischen Meers geeignet sein. Aber um sich in die Weiten des Zwischenländischen Ozeans zu wagen, waren sie nicht geeignet. Keandir kamen sie wie Nussschalen vor.

Gefolgt von Andir, Lirandil und Thamandor stieg der Elbenkönig an Land. Siranodir mit den zwei Schwertern folgte ihnen hinterdrein.

Viele der Rhagar sanken auf die Knie, begannen Gebete in ihrer barbarischen Sprache auszustoßen. Manche stimmten Gesänge an, und Lirandil gab König Keandir den diskreten Hinweis, dass es sich um Lobgesänge zu Ehren der Elbengötter handelte.

Eine Gasse bildete sich zwischen den Rhagar, und ein paar kräftige, fellbehängte Krieger mit Speeren und Streitäxten sorgten mit barschen Befehlen dafür, dass sich diese Gasse noch etwas vergrößerte. Eine hölzerne, mit primitiven Schnitzereien versehene Sänfte wurde von acht Kriegern durch diese Gasse getragen. Dahinter folgten Bannerträger und eine Schar von Bogenschützen. In der Sänfte saß ein Mann mit kahl rasiertem Kopf. Er trug ein tunikaartiges Gewand und darüber einen Mantel aus dem Fell eines aratanischen Berglöwen, dessen Zähne dem Mann an einer Kette um den Hals hingen.

»Das ist Herzog Krrn«, raunte Lirandil seinem König zu.

Und Siranodir mit den zwei Schwertern bemerkte ironisch: »Ich sehe schon, von welch erlesener Feinheit die Gebräuche am hiesigen Hof sind. Beeindruckend.«

Herzog Krrn stieg aus seiner Sänfte und verbeugte sich tief. Dann sagte er ein paar Worte in seiner Sprache, die Lirandil übersetzte: »Der Herzog von Aratan grüßt die Götter und fühlt sich durch ihren Besuch geehrt!«

»Ich bin König Keandir, König aller Elben«, stellte sich Keandir vor, während Lirandil beinahe zeitgleich übersetzte.

»So seid Ihr wahrhaftig der König der Lichtgötter!«, stieß Herzog Krrn bewegt aus. Er sank auf die Knie. »Ich bin Euer Diener!«

»Ich nehme an, du kennst das Gebiet etwa zwei Tagesritte nördlich eurer Stadt Cadd, wo die ersten Anhöhen Elbaras beginnen.«

»Natürlich kenne ich dieses Land. Ich selbst war schon dort, die Städte der Lichtgötter zu bewundern.«

»Das wirst weder du noch irgendein anderer Rhagar in Zukunft noch einmal tun«, befahl Keandir. »Das Land nördlich der Anhöhen ist für euch tabu. Ihr werdet diese Grenzen unter keinen Umständen überschreiten, und ich mache dich und deine Nachfolger persönlich dafür verantwortlich, dass dieses Gebot von den Rhagar eingehalten wird.«

Herzog Krrn erbleichte. »Wir werden es allen Rhagar von Aratan sagen«, erklärte er. »Ich werde Boten im ganzen Umland herumschicken, die diese Kunde verbreiten sollen.«

»Dann lass auch verbreiten, dass von nun an der Verzehr von Zentaurenfleisch verboten ist«, fügte Keandir hinzu.

»Was?« Die Mitteilung, nicht mehr jene Gebiete betreten zu dürfen, die nach dem Glauben der Rhagar das Land der Götter waren, schien den Herzog von Aratan weit weniger zu treffen als die Aussicht, nie wieder das Fleisch eines Zentaurenbratens zu essen. »Ihr Götter, eure Gebote erscheinen mir sehr hart. Wollt ihr damit unseren Glauben prüfen?«

»Das kannst du so sehen, Herzog Krrn.« Es fiel Keandir nicht leicht, den fellbehängten Barbaren mit diesem Titel anzusprechen – was Lirandil selbstverständlich wort- und bedeutungsgetreu zu übersetzen verstand. Aber er musste diesen Herrscher in gewisser Weise anerkennen und ihn vor seinem Volk legitimieren, wenn dieser seine Boten im Land umherschicken und die neuen Gebote der Lichtgötter verbreiten sollte. »Die Zentauren sind die besonderen Freunde eurer Götter, also tötet sie nicht, quält sie nicht und verspeist sie nicht. Denn sonst wird etwas Furchtbares geschehen. Davon wird mein Sohn Andir euch einen Vorgeschmack liefern!«

Daraufhin breitete Andir die Arme aus. Er murmelte eine Formel, um einen Elementargeister-Zauber zu bewirken. Wie aus dem Nichts bildeten sich hohe Wolkengebirge, und Blitze zuckten aus diesen düsteren Flecken am Himmel hernieder. Krrn wirkte wie erstarrt, während unter der Menge eine Panik auszubrechen drohte. Der Himmel wurde noch dunkler, die Folge der Blitze immer rascher, und schließlich bildeten sich aus den Blitzlinien die Umrisse von Reitern. Die Rhagar stoben auseinander, während die ersten Regentropfen vom Himmel fielen.

Keandir zog sein Schwert Schicksalsbezwinger und trat auf Herzog Krrn zu. »Merke dir, wer dies zu dir gesagt hat! Es war Keandir, König der Elben und Träger dieses Schwertes, das von allen Waffen dieser Welt darin verschieden ist, dass es im Kampf gegen den Furchtbringer zerbrochen wurde!«

Keandir strich mit dem Zeigefinger der linken Hand über die Bruchstelle. Herzog Krrn starrte mit großen, hervortretenden Augen auf die Klinge.

»Wir werden die Gebote der Götter achten«, versprach der Herrscher der Rhagar von Aratan, während sein Volk vor Angst auseinanderlief und in den unvollkommenen, zumeist aus Lehm oder Sandstein erbauten Häusern Schutz suchte. »Ganz bestimmt!«

Das Unwetter verzog sich so schnell, wie es entstanden war. Noch bevor die Elben ihre Barkasse bestiegen, um zurück zum Flaggschiff »Tharnawn« zu gelangen, lösten sich die Wolken auf wundersame Weise auf, sodass jedem Rhagar in Cadd klar war, dass auch dies nicht mit rechten Dingen zugehen konnte. Sie maßen den Kräften der Natur ohnehin magische Bedeutung bei, auch da, wo elbischer Ansicht nach überhaupt keine Magie im Spiel war; umso stärker hatte sie der Zauber Andirs beeindruckt.

»Wir werden sehen, ob sie tatsächlich nicht mehr nach Norden vorstoßen und die Zentauren abschlachten, als wären sie Vieh«, sagte Lirandil zweifelnd.

»Eine Weile wird dieser Schrecken, den wir ihnen eingejagt haben, vorhalten und für den nötigen Respekt sorgen. Und sollte dieser Respekt eines Tages nicht mehr vorhanden sein«, erklärte König Keandir mit dem feierlichen Unterton eines Versprechens, »wird bis dahin eine Mauer von der Küste des Zwischenländischen Meeres bis zu den Bergen Zylopiens verlaufen und uns schützen.«

»Ich werde dafür tun, was ich kann«, versprach Andir. »Aber es ist eine große Herausforderung, die der äußersten Fähigkeiten der Magiergilde und des Schamanenordens bedarf.«

# 12

# DAS GEWÖLBE

Magolas stieg hinab in die dunklen Gewölbe unterhalb des Inneren Burghofs von Elbenhaven. Einen langen Korridor ging er entlang, bis er schließlich die schwere Tür aus dem Holz des in den Tälern von Hoch-Elbiana wachsenden Dunkelbaums erreichte, die jenes Gewölbe verschloss, in dem ursprünglich die königliche Schatzkammer hatte untergebracht werden sollen; für diesen Zweck jedoch waren auf der Burg von Elbenhaven längst andere Gewölbe angelegt worden. Dieses Gewölbe diente nun einem anderen Zweck: der Aufbewahrung der beiden Zauberstäbe des Augenlosen Sehers, die König Keandir vor seinem Sohn hatte wegschließen lassen.

Die düstere Faszination, die diese Artefakte auf Magolas ausübten, hatte in den vielen Jahren nicht nachgelassen. Immer wieder hatte er seinen Vater danach gefragt und gebeten, die Stäbe sehen zu dürfen, doch es schließlich aufgegeben, da Keandir nicht bereit gewesen war, in dieser Sache nachzugeben.

Während König Keandir mit der »Tharnawn« unterwegs war und zunächst an den Hof Herzog Branagorns reiste und später die Rhagar-Stadt Cadd besuchte, wurde die Anziehungskraft, die jene Stäbe auf Magolas ausübten, einfach übermächtig. Es war ein Drang, der stets da gewesen war und dem Magolas immer schwerer hatte widerstehen können. Er sah die Stäbe in seinen Träumen, glaubte ihre magische Präsenz zu spüren. Dann war ihm so, als würde ein dunkler Strom der Kraft seinen Körper durchfahren und seinen Geist auf eine Weise erfrischen, die mit nichts anderem vergleichbar war.

Zum ersten Mal betrat Magolas nun dieses dunkle Gewölbe. In der Hand hielt er eine Fackel. Die Tür der Kammer, in der die Stäbe aufbewahrt wurden, war nicht geöffnet worden, seit Keandir sie einst hatte herbringen lassen. Das Schloss hatte Grünspan angesetzt und ließ sich wahrscheinlich gar nicht mehr öffnen. Außerdem war die Tür mit einem Warnzauber versehen. Magolas hörte eine Stimme, die scheinbar aus seinem Inneren kam, in Wahrheit aber von diesem Zauber erzeugt wurde. »*Halte dich fern von diesem Ort!*«, raunte diese Stimme. »*Halte dich fern …*«

Magolas' rechte Hand berührte das Schloss. Er starrte gegen das dunkle Holz der Tür und schloss die Augen. Mit der Linken hielt er die Fackel, deren Licht flackernde Schatten an die kalten Steinwände warf. Er konnte die beiden Stäbe vor seinem inneren Auge sehen. Jedes Detail ihrer Oberfläche, jede der Schnitzereien, die zumeist fratzenhafte Geistergesichter darstellten.

*Hell und dunkel.*

*Licht und Finsternis.*

*Ein geflügelter Affe aus Gold und ein geschrumpfter Totenkopf.*

*Scheinbare Gegensätze, in Wahrheit nur verschiedene Aspekte ein und desselben …*

Ein Geräusch riss Magolas aus seinen Gedanken. Das Bild vor seinem inneren Auge war plötzlich nicht mehr da. Er drehte sich um, blickte den Gang entlang und hörte Schritte. Wenig später bog eine Gestalt um die Biegung des Ganges. Sie trug eine Fackel, deren flackernder Schein das Gesicht Prinz Sandrilas' beleuchtete.

»Ihr?«, fragte Magolas.

»Euer Vater hat mich vorgewarnt, dass Ihr versuchen könntet, an die Zauberstäbe des Augenlosen Sehers zu gelangen.«

»Ich hätte die Tür nicht geöffnet. Sie ist verschlossen, und hätte ich das Schloss dennoch aufbekommen, hätte mein Vater dies bemerkt.«

»Das sagt Ihr jetzt, da ich Euch hier angetroffen habe, Magolas«, erwiderte Sandrilas und machte einen weiteren Schritt auf den Königssohn zu.

»Es ist die Wahrheit!«, behauptete Magolas, eine Spur zu heftig, um glaubhaft zu sein – vielleicht, weil er sich selbst einzureden versuchte, dass er dem Drang hätte widerstehen können.

Sandrilas reagierte nicht auf den Ausfall des jungen Elbenprinzen. Stattdessen sagte der Einäugige: »Ihr würdet mit diesen Zauberstäben auch kaum etwas anfangen können. Thamandor der Waffenmeister brachte nicht einmal nach einer Überdosis vom Extrakt der Sinnlosen die nötige mentale Kraft auf, um Zugang zur Magie dieser unseligen Artefakte zu erhalten. Stattdessen hat ihn dieses Experiment beinahe den Verstand gekostet und hätte ihn wahrscheinlich sogar umbringen können.«

»Mein magisches Talent ist größer als das von Waffenmeister Thamandor«, sagte Magolas im Brustton der Überzeugung. »Vielleicht denkt Ihr, dass ich mich überschätze, aber meine Kraft ist nur mit der meines Bruders Andir vergleichbar. Ich habe diesen Umstand nie nach außen gekehrt, noch habe ich Aufnahme in die Gilde der Magier oder in den Orden der Schamanen begehrt. Aber ich habe mich in all den Jahren ebenfalls in der Magie vervollkommnet.«

Magolas atmete tief durch. Sein Blick wurde finster. »Ich verstehe meinen Vater nicht«, murmelte er. »Warum lässt er mich die Kraft dieser Stäbe nicht nutzen? Man könnte so viel Gutes für unser Volk damit bewirken.«

»Ihr solltet seine Entscheidung respektieren«, sagte Sandrilas. »Der Magie des Augenlosen Sehers haftet etwas zutiefst Böses an, Magolas. Ich weiß es, denn ich trat diesem Ungeheuer einst gegenüber. Euer Vater sorgt sich um Euch – und um sein Volk. Geht jetzt, mein Prinz.«

»Eins noch, Prinz Sandrilas!«

»Was?«

»Werdet Ihr meinem Vater davon berichten, dass Ihr mich hier angetroffen habt?«

Prinz Sandrilas bedachte Magolas mit einem langen, nachdenklichen Blick. »Ihr habt nichts getan, was Euer Vater verboten hätte«, stellte er fest. »Es gibt also auch nichts, was ich ihm berichten müsste.«

Daraufhin nickte ihm Magolas wortlos zu. Vielleicht war es eine Geste der Dankbarkeit, vielleicht des Respekts oder auch nur eine Verabschiedung, denn danach verließ er das Gewölbe, wie Sandrilas ihn geheißen hatte.

Der einäugige Elb blieb allein zurück. Nein, der junge Prinz hatte nicht gegen das Verbot seines Vaters verstoßen. Dennoch – Sandrilas war sich fast sicher, dass er es getan hätte, wäre er nicht hinzugekommen. Er kannte den Drang des Bösen, wusste, dass es einen Elben, selbst einen so alten und erfahrenen wie ihn, innerhalb eines Augenblicks ganz und gar in seinen Bann schlagen konnte.

An seiner Hüfte in der Scheide steckte sein Schwert Düsterklinge, mit dem er den Augenlosen Seher enthauptet hatte. Dieses Schwert gemahnte ihn daran, dass auch er nicht gefeit war gegen den Drang des Bösen …

Als Keandir nach Elbenhaven zurückkehrte, eilte Ruwen zu den Anlegestellen am Hafen, um ihren Gemahl zu empfangen. Um schneller vom inneren Burghof zum Hafen zu gelangen, schwang sie sich auf den ungesattelten Rücken ihres Schimmels Wolkenstrahl, der aus jener Zucht stammte, die Branagorn begonnen hatte. Ein elbischer Reiter brauchte mit etwas Übung weder Sattel noch Zügel, um sein Pferd zu lenken; unter Elben galten diese Dinge eher als Hilfsmittel für Reiter, die nicht genügend Zeit gefunden hatten, ihr Pferd an sich zu gewöhnen. Eine geringe geistige Anstrengung reichte aus, um selbst ein Tier, das nicht aus Elbenzucht stammte, ohne Zaumzeug reiten zu können. Über die nötige magische Kraft verfügten selbst die magisch Unbegabtesten unter ihnen, und eine generationenlange Zucht hatte bewirkt, dass die Elbenpferde besonders sensibel auf die gedachten Befehle ihrer Reiter reagierten.

In vollem Galopp und ohne auf ihr Gefolge zu warten, preschte die Königin mit wehendem Haar erst durch das Tor des inneren Burghofs, das man für sie geöffnet hatte, und dann durch das am Tage offen stehende Tor des äußeren Burghofs. Eine weitere Mauer schloss sich sowohl um die Burg als auch um den Hafen und die Stadt.

Ruwen hielt auf die Schiffsanlegestellen zu und ließ das edle Tier erst kurz vor der Kaimauer abbremsen. Keandir war bereits von Bord gegangen und trat ihr entgegen, während sie sich vom Rücken des Pferdes schwang. »Kean!«, flüsterte sie, und dann umarmten sie sich. »Ich bin so froh, dass du wohlbehalten zurückgekehrt bist.«

»Wie konntest du daran Zweifel hegen!«

»Jede Reise birgt Gefahren.«

»Und ich bin in den letzten hundert Jahren kaum einmal über die

Mauern von Elbenhaven hinaus gekommen.« Sein Gesicht wurde ernst. »Doch das wird sich ändern. Die Lage in der aratanischen Ebene ist potenziell gefährlich, und ich werde dort sicherlich alle paar Jahrzehnte nach dem Rechten schauen müssen.«

»Kann dies nicht Herzog Branagorn für dich tun? Wozu hast du ihm schließlich dieses Amt gegeben? Und davon abgesehen ist die Grenze Elbianas doch streng genommen der Nur – was bedeutet, dass die Elben von Nuranien und Elbara auf eigene Gefahr dorthin gezogen sind.«

Keandir lächelte mild. »So einfach ist das nicht«, behauptete er. »Was an den Grenzen von Elbara geschieht, betrifft früher oder später auch Elbiana. Und davon abgesehen will ich das Reich *aller* Elben erhalten. Und dazu gehören die Elben von Elbiana und Nordbergen ebenso wie jene von Nuranien und Elbara, auch wenn ich nicht dauernd dort sein kann.«

Ein Ruck ging durch Ruwen. Sie löste sich von ihrem Gemahl, und ihr Blick glitt über die Reihen der mit der »Tharnawn« zurückgekehrten Seefahrer. »Wo ist mein Sohn Andir?«, fragte sie besorgt. »Ist er nicht mit Euch zurückgekehrt?«

»Auf unserem Rückweg legten wir noch einmal in Candor an, wo er von Bord ging. Er wird die Magier und Schamanen aller elbischen Länder um sich sammeln, um mit Hilfe von Reboldirs Zauber eine Mauer zu errichten, die uns vor den Rhagar schützen wird.«

»Meintet Ihr nicht, es würde ausreichen, sie zu beeindrucken, mein König?«, fragte sie.

»Ja – das wird es auch. Vielleicht für ein Jahrtausend, wenn ich dafür sorge, dass die Ehrfurcht dieser Barbaren regelmäßig erneuert wird. Aber sie werden sich weiterentwickeln, und da sie uns ohnehin schon zu kopieren versuchen, werden sie zwangsläufig auf die Idee verfallen, ihren Göttern ebenbürtig werden zu wollen.«

Prinz Sandrilas und Prinz Magolas waren ebenfalls am Hafen erschienen. König Keandir begrüßte sie. Aber ihm fiel auf, dass Magolas seinem Blick auswich.

In den folgenden Nächten suchten Keandir Träume heim, in denen er sah, wie Magolas in das Gewölbe mit den Zauberstäben ging.

Diese Träume beunruhigten ihn so, dass er schließlich selbst den Weg zu dem Gewölbe antrat, in das er die Zauberstäbe vor so vielen Jahren hatte einschließen lassen.

Ein eigentümliches Unbehagen befiel ihn, als er vor der Tür stand und seine Hand das rostig gewordene Schloss berührte. »*Halte dich fern von diesem Ort!*«, raunte die Stimme des Zaubers, mit dem das Schloss belegt war und der offensichtlich seine Wirksamkeit nicht eingebüßt hatte. Natürlich war es Keandir bewusst, dass jemand mit dem magischen Talent von Magolas inzwischen längst in der Lage gewesen wäre, diesen Zauber zu brechen. Aber wenn er dies tat, sollte er es nicht ohne schlechtes Gewissen tun können und vor allem nicht unbemerkt.

Keandir sah die beiden Stäbe vor sich. Er glaubte, die Magie, die von ihnen ausging, spüren zu können, und fühlte sich plötzlich an seine Begegnung mit dem Augenlosen Seher erinnert. »*Ich bin in deinen Gedanken, König Keandir – genau wie meine Magie!*«, sagte der Augenlose, der Keandir in seiner tagtraumartigen Vision erschien.

Er verspürte den Wunsch, die Stäbe an sich zu nehmen und ihre Kraft durch sich hindurchfließen zu lassen. Dieser Drang wurde innerhalb weniger Augenblicke so überwältigend, dass er den Schlüssel hervorholte, mit dem die Tür verschlossen war. Ihm war gar nicht bewusst gewesen, dass er ihn mitgebracht hatte. Doch das Schloss war so verrostet, dass es unmöglich war, den Schlüssel einzuführen.

Die Gedanken rasten ihm durch den Kopf. Was war der eigentliche Grund dafür, dass er die Stäbe verschlossen hielt? Allein die Sorge, dass sich Magolas einem düsteren, unerklärlichen Interesse für sie hingab? Oder war es vielmehr das tief verborgene, aber immer unterschwellig in ihm rumorende Wissen, dass er die gleiche Faszination empfand? Vielleicht wollte er nicht nur Magolas schützen, sondern ebenso sich selbst …

Schritte ließen ihn herumfahren. Es war Prinz Sandrilas, der mit einer Fackel in der Hand auf ihn zukam. Keandir steckte den Schlüssel wieder in den Beutel an seinem Gürtel.

»Warum nehmt Ihr nicht Euer Schwert und zerschlagt das Schloss! Es ist so rostig, dass es sofort zerbrechen wird, ohne dass Euer Schwert Schicksalsbezwinger einen einzigen Kratzer abbekommt.«

Keandir schluckte. Die Blicke der beiden Elben begegneten sich. »Es ist gut, dass die Zauberstäbe verschlossen sind«, sagte der König. »Ich bin dagegen, dass wir uns ihrer düsteren Kraft bedienen. Im Nachhinein wird mir klar, dass es ein Fehler war, sie überhaupt mitzunehmen.«

»Es war Thamandors Wunsch«, erinnerte ihn Sandrilas. »Aber ich bin mir sicher, dass Ihr die Mitnahme der Stäbe seinerzeit gar nicht zugelassen hättet, wenn es Eurem Wunsch wirklich widersprochen hätte. Gebt es zu, mein König, Ihr empfindet das gleiche Schaudern bei dem Gedanken an diese Gegenstände wie Euer Sohn Magolas.«

»Und wenn schon …«

Prinz Sandrilas berührte den Griff des Schwerts, das an seiner Seite in der Scheide steckte. »Ich habe am eigenen Leib erfahren, dass das Böse schlagartig von einem Besitz ergreifen kann, mein König. Als ich Düsterklinge in das Feuer des brennenden Steins hielt, in dem die Ouroungour ihre Waffen erneuerten, überkam mich ein unbändiger Hass und ein Drang, dem ich fast erlegen wäre – ich hätte diese Waffe beinahe gegen Eure treuen Untertanen Merandil, Lirandil und Thamandor gerichtet, denen ich mich eng verbunden fühle. Andererseits erschlug ich mit dieser Waffe den Augenlosen Seher – etwas, das mir nur möglich war durch den Zauber des brennenden Steins. Offenbar kann man eine Magie, die vom Bösen geschaffen wurde, auch gegen das Böse und damit zum Guten verwenden. Warum sollten wir die Zauberstäbe also nicht im Dienste des Elbenreichs einsetzen? Wir werden in Zukunft sehr mächtige Waffen brauchen, mein König. Viel mächtigere, als selbst unser arrivierter Waffenmeister Thamandor sie herzustellen weiß.«

»Da bin ich mit Euch einer Meinung, werter Prinz Sandrilas«, stimmte der Elbenkönig zu. »Aber ich hoffe, dass wir die Magie dieser Stäbe niemals werden gebrauchen müssen.«

Sandrilas nickte nur – und auf einmal erinnerte er sich wieder daran, was Lirandil der Fährtensucher damals auf der Insel des Augenlosen Sehers zu ihm gesagt hatte: *»Ich weiß nicht, ob diese finstere Magie noch in Euch ist – aber sollte sie je Macht über Euch erlangen, so werde ich mich Euch entgegenstellen. Das solltet Ihr wissen.«*

Es war seltsam, dass ihm diese Worte gerade in diesem Moment, da er mit seinem König über die Stäbe des Augenlosen sprach, wieder in den Sinn kamen. Er schaute Keandir an – und sah, dass sich dessen Augen verengten. Er fixierte Sandrilas einen Moment lang mit seinem Blick, und Sandrilas befürchtete schon, seine Gedanken laut ausgesprochen zu haben, aber dann sagte der Elbenkönig: »Magolas war während meiner Abwesenheit hier unten. Ich kann es spüren. Spuren seines Geruchs und seiner Aura sind hier …«

»Ja, das ist wahr«, gestand Sandrilas. »Aber er hat die Grenze, die Ihr gesetzt habt, nicht überschritten und ist nicht in die Kammer eingedrungen.«

»Weil Ihr ihn überrascht habt?«

»Nein. Weil er den Wunsch seines Vaters respektiert.«

Keandir seufzte. »Vielleicht schicke ich ihn eine Weile in königlicher Mission im Land umher, damit die Versuchung durch die Stäbe nicht zu stark wird …«

Es dauerte fast ein Menschenalter, bis Andir es mit Hilfe der elbischen Magier und Schamanen geschafft hatte, die große Mauer entstehen zu lassen, die sich wie geplant an der Grenze zwischen dem elbareanischen Hochland und der Ebene von Aratan entlangzog – von der Küste des Zwischenländischen Meeres bis zu den Bergen der Zylopier. Andir bestand darauf, dass zumindest die Fundamente dieser mit Magie erschaffenen Wehrmauer aus solidem Gestein bestanden. Zu diesem Zweck nahm Herzog Branagorn von Elbara mit den Riesen aus Zylopien Verbindung auf. Allein deren Vertrauen zu erwerben dauerte Jahre. Anschließend brauchte es noch einmal eine längere Zeit, bis Branagorn sie dazu bewegt hatte, den Bau der Mauer mit Gesteinsblöcken aus ihren Steinbrüchen zu unterstützen. Man wurde sich schließlich einig, als Branagorn den Zylopiern klarmachen konnte, dass sie nicht mehr ein Leben in Abgeschiedenheit würden führen können, wenn erst Horden von Rhagar in ihr Land eindrangen. Da die zylopischen Riesen aber nicht nur den Verzehr von Fleisch, sondern auch jegliche Regierung prinzipiell ablehnten und als unzumutbaren Eingriff in die persönliche Selbstbestimmung jedes Einzelnen ansahen, dauerte es fast ein Jahrzehnt, ehe sie zu einer Entscheidung gelangten.

Schließlich aber erklärten sich die Riesen Zylopiens bereit, Gesteinsblöcke für die Fundamente der Aratanischen Mauer aus ihren Steinbrüchen zu liefern und auch deren Transport zu übernehmen. Unterstützt wurden sie dabei von zahlreichen Zentauren, die aus den Südwestlanden vertrieben worden waren und nun in großer Angst vor den Rhagar im südlichen Waldreich lebten. Mochten sich die Rhagar inzwischen auch an das von Keandir verkündete Tabu halten und kein Zentaurenfleisch über ihren Feuern braten, so hieß dies noch lange nicht, dass sie diesen Mischwesen gegenüber auf einmal freundlich gesonnen gewesen wären. Das Gegenteil war der Fall, und so ließen sich viele Zentauren gern für den Bau der Mauer anwerben.

Erst als deren Fundamente auf konventionelle Weise errichtet worden waren, wagte es Andir mithilfe der vereinten Magiergilde und des Schamanenordens, die eigentliche Mauer aus der Kraft des Geistes entstehen zu lassen. Und auch dieser Vorgang dauerte viele Jahre. Jahre, in denen fast alle Magier und Schamanen des Landes im Süden Elbaras gebunden waren, um sich gegenseitig dabei abzulösen, die geistige Anstrengung aufrechtzuerhalten, die das Bauwerk allmählich materialisieren ließ.

Über Jahre hinweg glich diese Mauer einer durchscheinenden Fata Morgana. Einem transparenten Trugbild, das sich mitten durch die Landschaft zog und noch keine Substanz hatte. Jeder hätte es noch durchschreiten können, aber allein diese Markierung der Grenze bewirkte schon, dass kein Rhagar mehr einen Vorstoß nach Norden wagte.

Gespannt verfolgten die Barbaren aus der Ferne, wie die Mauer an Substanz gewann und sich die Ankündigung der Lichtgötter erfüllte, was für die Rhagar einen zusätzlichen Grund darstellte, ihren Göttern zu gehorchen.

Zweimal kehrte König Keandir während dieser Zeit nach Aratan zurück, um die kurzlebigen Rhagar zu beeindrucken und sich ihre Ehrfurcht zu erhalten. Dies war auch deshalb nötig, weil sich die politischen Verhältnisse unter ihnen schnell änderten. Herzog Krrn fiel nach einigen Jahren dem Attentat eines Rivalen zum Opfer, der sich selbst an seine Stelle setzte und die Hauptstadt des Rhagar-Herzogtums von Aratan in den Süden verlegte und ihr den Namen »Aratania« verlieh. Eine Entscheidung, für die Keandir großes Verständnis hatte, denn Cadd war zu einem weit ins Land hineinwuchernden Moloch geworden, über dem Schwärme von Insekten schwirrten und in dessen engen Gassen der Gestank unerträglich war. Eine Stadt, die in den Exkrementen ihrer Bewohner förmlich erstickte.

Den Entschluss, die Hauptstadt zu verlegen, traf der neue Herzog während einer Epidemie, die in den Gassen von Cadd grassierte. Aber das half ihm persönlich nicht mehr. Schon wenige Monate nach der Verlegung der Hauptstadt starb er an der Krankheit, und nicht einmal sein Name wurde von den Chronisten überliefert.

Sein Nachfolger beließ es allerdings bei der südlichen Hauptstadt Aratania. Auch er regierte nur wenige Jahre, eher er von seinem eigenen Sohn ermordet und beerbt wurde. Dessen Name lautete Gwrrn, und er wurde alsbald Gwrrn der Strenge oder auch Gwrrn der Schreckliche genannt. Hunderttausende von Rhagar ließ er hinrichten, weil sie angeblich gegen die Gebote der Elbengötter verstoßen hatten und vom Glauben abgefallen waren. In Wahrheit wollte Gwrrn der Schreckliche wohl eher jeden ausschalten, von dem er befürchten musste, dass er ihm eines Tages die Macht streitig zu machen versuchte. Um seine Gräueltaten vor der Nachwelt zu verbergen, versuchte er die sich in Aratan immer größerer Beliebtheit erfreuende Schrift zu verbieten, die sich einige Rhagar von elbischen Reisenden abgeschaut hatten. Man hatte im Wesentlichen die Schriftzeichen der Elben übernommen und für die Besonderheiten der Rhagar-Sprache verändert. Gwrrn erklärte, dass die elbischen Lichtgötter allen Sterblichen die Benutzung ihrer Schrift untersagt hätten, und jeder, der sie dennoch benutzte, mit dem Tode bestraft würde.

Dies führte jedoch zu einem Aufstand des im Laufe der Zeit neu entstandenen Händlerstandes in Aratania und Cadd. Mochte der Handel der Rhagar auch auf einem noch so primitiven Niveau vonstatten gehen – man hatte sich an die Vorteile niedergeschriebener Verträge und Rechnungen einfach zu sehr gewöhnt, als dass man darauf je wieder verzichten wollte.

Und so errang ein Herzog die Macht, der früher selbst Händler gewesen war und nun endlich für eine Phase der Stabilität südlich der Aratanischen Mauer sorgte, die man auch als »Andirs Schutzwall«

oder »Elbischen Schutzwall« bezeichnete. Der Name dieses neuen Herzogs von Aratan lautete Igitimir und belegte deutlich, wie die Rhagar den hellen Wohlklang des Elbischen zu imitieren versuchten. Kein aratanischer Herzog vor ihm oder nach ihm sollte so lange regieren wie er – fast einundfünfzig Jahre. Für die Elben bedeutete seine Herrschaft einen dringend benötigten Augenblick der Ruhe an der südlichen Grenze ihres Einflussbereichs.

# 13

# DER EISENFÜRST

Fast vier Menschenalter lang brachte Kapitän Ithrondyr zweimal im Jahr neue Nachrichten über den langsamen Vormarsch der Rhagar, die nach und nach beinahe den gesamten Süden des zwischenländischen Kontinents einnahmen. Dann kehrte Ithrondyrs Schiff in einem Herbst nicht zurück.

Auch im darauf folgenden Frühling wartete man in Elbenhaven vergeblich auf seine Rückkehr. Allmählich begann sich König Keandir Sorgen zu machen, und er beriet sich im Kronrat mit seinen Getreuen darüber, ob man nicht eine Suchexpedition ausrüsten sollte, um das ungewisse Schicksal des verschollenen Elbenkapitäns aufzuklären.

Ruwen spürte sehr deutlich, wie sehr ihren Gemahl die Tatsache beunruhigte, dass sein wagemutigster Kapitän nun schon so lange überfällig war – auch wenn es andere Elben gab, die meinten, es sei viel zu früh, um den Begriff »verschollen« zu benutzen.

»Es wird ihm etwas zugestoßen sein«, sagte Keandir, als er mit Ruwen allein im königlichen Gemach war. »Außerdem muss ich wissen, was rund um das Pereanische Meer vor sich geht.«

Ruwen seufzte und schmiegte sich an die Brust ihres Mannes. »Dieses Meer ist so weit entfernt, Kean. Was soll es uns kümmern, ob dort ein paar Sterbliche in Streit geraten sind und die Reiche, die sie gerade erst errichtet haben, in ihrer Wut gleich wieder niederreißen?«

»Du sprichst auch schon von den Rhagar als ›Sterblichen‹«, bemerkte der König.

Sie sah ihn erstaunt an. »Sind sie das nicht, mein Gemahl?«

»Das schon«, sagte Keandir. »Aber wer so von ihnen spricht, vergisst vielleicht, dass auch wir Elben sterblich sind.«

Ruwen seufzte laut. »Ach Kean, das ist wohl kaum miteinander vergleichbar. Unsere Lebenserwartung ist so groß, dass kaum je ein Elb sie wirklich ausschöpfen konnte. Selbst bei Brass Elimbor streiten die Gelehrten, ob er ein natürliches Ende gefunden hat oder in Wahrheit an der Erschöpfung starb durch seinen letzten Versuch, die Jenseitigen zu beschwören. Wie willst du unsere Lebensspanne mit dem kurzen Erwachen der Menschen vergleichen, Kean? Wenn man einen direkten Vergleich zieht, dann sind sie sterblich und wir …« Sie zögerte.

»Götter?«, vollendete Keandir mit einem Lächeln. »Das ist es doch, was dir auf der Zunge lag.«

Sie zuckte mit den Schultern. »Und wenn schon. Sehen sie uns denn nicht so?«

»Ja, aber wir selbst sollten diese Sichtweise nicht übernehmen.«

»Weshalb nicht, geliebter Kean?«

»Weil es uns unserer Initiative beraubt und weil es uns in einer Sicherheit wiegt, die nicht der Wirklichkeit entspricht. Deshalb.«

»Andirs Schutzwall bewahrt uns vor allen Gefahren. Wer sollte uns angreifen?«

»Die Wachmannschaften des Schutzwalls bestehen zum Teil aus angeworbenen Zentauren, die fast so kurzlebig sind wie die Rhagar. Niemand kann sagen, ob auch die nächste Generation noch in unsere Dienste treten mag, ob sie sich der Gräuel erinnert, die die Rhagar an ihren Vätern und Großvätern verübten.«

Ruwen sah Keandir in die Augen. Ihrer beider Blicke verschmolzen miteinander, ohne dass einer von ihnen etwas sagte.

»Du kannst nicht anders, als dir Sorgen um die Zukunft zu machen, nicht wahr, Keandir?«, flüsterte Ruwen schließlich.

»Deshalb bin ich König«, erwiderte er. »Und die Quelle meiner Sorgen liegt dort unten im Süden, in den Ländern am Pereanischen Meer. Ich kann es förmlich spüren, dass sich dort etwas zusammenbraut – etwas, das uns alle betreffen wird. Die Ruhe, die wir im Moment genießen, ist nur die Ruhe vor dem Sturm – und das Verschwinden von Kapitän Ithrondyr ist dafür nur eines von vielen Indizien.«

»Und wenn ich Euch nun vorschlage, Eurem wagemutigen Kapitän

Ithrondyr, der Euch all die Jahre so treu und regelmäßig mit Nachrichten aus dem südlichen Meer versorgte, einfach noch etwas mehr Zeit zu geben?« Sie war wieder in die distanziertere Anrede gewechselt, denn nun sprach sie nicht mehr mit ihrem Geliebten, sondern mit dem König aller Elben. »Vielleicht erlebt er irgendwo dort unten in diesen fernen Rhagar-Ländern einfach nur ein interessantes Abenteuer oder erlitt Schiffbruch und ist nun gezwungen, sein Schiff wieder instand zu setzen, so wie es Kapitän Isidorn geschah, als er zum ersten Mal zu den Gestaden des Eislandes reiste.«

Keandir strich seiner Gemahlin zärtlich über das Haar und schmunzelte, als er ihre Absicht erkannte. »Ihr wollt nicht, dass ich selbst in den Süden segle, nicht wahr?«

»Der Gedanke gefällt mir ganz und gar nicht, das gebe ich zu«, erwiderte sie. »Dazu habe ich Euch viel zu gern an meiner Seite.«

Da Keandir dieses Gefühl teilte, entschied er sich gegen seine Vernunft dazu, tatsächlich noch eine Weile zu warten. Was war schon ein Jahr im Leben eines Elben oder zwei …

Als aber Ithrondyr auch im vierten Jahr nicht zurückkehrte, ließ der König der Elben die »Tharnawn« herrüsten, um in den Süden aufzubrechen. Diesmal wollte er, dass sein Sohn Magolas ihn begleitete, während Andir zu Hause in Elbenhaven bleiben sollte.

»Ich bitte Euch, seid ehrlich zu mir und nennt mir den tatsächlichen Grund, warum ich Euch begleiten soll«, forderte Magolas. Beide befanden sich im Thronsaal der Burg, waren aber unter sich.

»Der Grund ist ganz einfach«, erklärte Keandir. »Ich schätze deine Begleitung. Du warst sehr gelehrig, und in vielen Dingen kann ich dich heute um Rat fragen, während es früher umgekehrt war.«

Magolas verzog das Gesicht. »Ihr wollt allen Ernstes behaupten, einen Ratgeber zu brauchen?« Er lachte heiser und schüttelte so heftig den Kopf, dass ihm das pechschwarze Haar in die Augen fiel. »Nein, Ihr wisst so gut wie ich, dass der wahre Grund ein ganz anderer ist.«

»So?«, fragte Keandir und hob die Brauen.

»Ihr misstraut mir, Vater. Ihr denkt, dass ich während Eurer Abwesenheit als Erstes in das Verlies mit den Zauberstäben des Augenlosen Sehers gehen werde, um mich daran zu versuchen, ihre Magie zu wecken!«

»Ist das etwa nicht so?«, fragte der König in ruhigem Tonfall. »Willst du etwa behaupten, die dunkle Anziehungskraft, die diese Stäbe auf dich ausüben, hätte nachgelassen?«

Magolas schluckte. Seine Stimme klang belegt, als er antwortete: »Bei Andir kennt Ihr dieses Misstrauen nicht, Vater!«

»Ich habe bei ihm auch noch nie ein gesteigertes Interesse an diesen Stäben entdecken können.«

»Dann liegt das vielleicht daran, dass Ihr Euren älteren Zwillingssohn gar nicht so gut kennt, wie Ihr glaubt«, entgegnete der Elbenprinz. »In Wahrheit träumt er wahrscheinlich genauso von diesen Stäben wie ich und weiß es nur besser zu verbergen.«

»Genug jetzt!«, unterbrach Keandir seinen Sohn.

Doch Magolas gab nicht nach. »Habt Ihr ihn mal danach gefragt? Nein? So holt dies nach. Ich gehe jede Wette ein, dass ich recht behalten werde! Aber wahrscheinlich wollt Ihr es gar nicht so genau wissen und verschließt deshalb Augen und Ohren vor der Wahrheit. Doch ich teilte denselben Mutterleib mit ihm, und wenn wir uns auch später entzweiten, so ist doch immer noch eine enge geistige Verbindung zwischen uns vorhanden. Ich spüre, was in ihm vorgeht, wenn ich ihm begegne – auch wenn wir jedes Wort zwischen uns vermeiden.«

»Meine Entscheidung steht fest«, sagte der König unwillig. »Ich brauche jemanden an meiner Seite, der deine Fähigkeiten hat. Jemanden, der segeln und kämpfen kann – und niemanden, der mir den Inhalt irgendwelcher uralten Schriften zu rezitieren vermag.«

»Und keinen Magier, der für Euch die Barbaren beeindruckt?«, hakte Magolas nach.

»So viel verstehen auch du und ich von Magie«, erwiderte der Elbenkönig. »Und im Übrigen glaube ich, dass du vom Talent her Andir kaum nachstehst – auch wenn du dich weder um Aufnahme in den Schamanenorden noch um Beitritt zur Magiergilde bemüht hast.«

Nach zwei Monaten Vorbereitungszeit brach die »Tharnawn« auf. Als Keandir sich von Ruwen verabschiedete, hatte er das Gefühl, dass sie eine besondere Innigkeit in ihre letzte Umarmung legte und es ihr vollkommen widerstrebte, ihn schließlich loslassen zu müssen.

»Ich habe schlecht geträumt«, sagte sie. »Von Kämpfen, Zerstörung und Tod. Ich sah keine Gesichter, aber am Morgen fühlte ich mich fast taub von den Todesschreien und dem Wehklagen der Zurückgebliebenen.« Sie seufzte. »Träume von dieser Intensität sind niemals ohne Bedeutung, dass weißt du so gut wie ich, Kean …«

»Mach dir keine Sorgen, Ruwen. Ich habe das Schicksal selbst bezwungen – wer sollte mir etwas anhaben?« Seine eigene Besorgnis versuchte Keandir nicht nach außen dringen zu lassen, aber vor Ruwen konnte er sie nicht verbergen. Zu lange kannten sie einander.

Ihr Lächeln wirkte matt. »Ich habe Angst um dich und unseren Sohn Magolas. Vielleicht bin ich eine Närrin und nur einfach zu sehr daran gewöhnt, dass ihr die sicheren Mauern dieser Burg nicht verlasst. Vielleicht sollte ich tatsächlich etwas mehr Vertrauen zu dem König haben, der mächtig genug war, ein neues Schicksal zu schaffen.«

»Allerdings, das solltet Ihr, Königin der Elben und meines Herzens.«

Noch lange stand Ruwen am Hafen und blickte der »Tharnawn« nach. Andir stand hinter ihr. König Keandir hob noch einmal die Hand zum Gruß, während Magolas neben ihm am Heck der »Tharnawn« stand.

Prinz Sandrilas war bei der Verabschiedung nicht zugegen. Er war als Befehlshaber des Elbenheers in den Nordosten Elbianas unterwegs. Auf die Elbensiedlung Turandir, die an den Ufern des Quellsees lag, dem der Nur entsprang, und somit bereits zum Herzogtum Nordbergen gehörte, hatten die Trorks wiederholt Überfälle verübt. Die Zentauren des angrenzenden Waldreichs konnten offenbar der Lage allein nicht mehr Herr werden, doch Sandrilas wollte sich selbst ein Bild von der Situation machen, bevor Maßnahmen ergriffen wurden.

Siranodir mit den zwei Schwertern und Thamandor der Waffenmeister aber befanden sich an Bord der »Tharnawn« und machten die Reise nach Süden mit. Letzterer hatte den Stein des magischen Feuers, den er auf Naranduin mitgenommen hatte, zu einem feinen Pulver zerstoßen und wollte dieses als magischen Brennstoff für eine Flammenlanze verwenden. Ihm schwebte eine Waffe vor, die den Feind auf einer Distanz von fünf Schiffslängen verbrennen konnte, und die ersten Versuche waren auch ganz vielversprechend gewesen. Aber dann hatte er seine Experimente erst einmal aufgeben müssen, nachdem er versehentlich den Dachstuhl des Hauses entzündet hatte, in dem sich sein Quartier befand. Um ein Haar wäre es in Elbenhaven zu einem verheerenden Brand gekommen, hätte es Andir nicht geschafft, genügend Elementargeister zu rufen; die hatten für einen wolkenbruchartigen Regen gesorgt, sodass der brennende Dachstuhl gelöscht wurde, ehe die Flammen auf andere Gebäude übergriffen.

Seitdem durfte Thamandor seine Experimente nur noch außerhalb der Mauern von Elbenhaven durchführen, und den Waffenmeister ärgerte dies gewaltig. Die Allgemeinheit war nicht bereit, ein paar kleinere Risiken in Kauf zu nehmen, die aber nun mal mit jeder Erfindertätigkeit und jedem Fortschritt einhergingen. Dabei profitierten doch letztlich alle Elben von Elbiana davon, wenn Thamandor Waffen schuf, mit denen eine verhältnismäßig kleine Anzahl von Elbenkriegern die recht langen Grenzen des Reiches zu bewachen vermochten.

Jedenfalls war dem Waffenmeister bei all dem Ärger der letzten Zeit eine Ablenkung gerade recht.

Der Weg der »Tharnawn« führte durch die Meerenge von Elralon. Doch anschließend folgte Kapitän Garanthor nicht mehr der Küste; die fortgeschrittene Navigationskunst der Elben und die Fähigkeit, gegen den Wind zu kreuzen, erlaubte auch Seereisen, bei denen man lange Zeit kein Land sah, an dem man sich hätte orientieren können. Für ein Zeitalter hatten die Elben solche Reisen gescheut und waren darauf bedacht gewesen, nie den Blick zur Küste zu verlieren. Das war wohl eine Folge der Erfahrungen, die man während der von Athranor aus begonnenen Seereise gemacht hatte, als man sich im zeitlosen Nebelmeer verirrt und dort jegliche Orientierung verloren hatte.

Aber die Zeit, da man sich vor den Weiten des Meeres fürchtete – ohne dass auch nur ein einziger Elb bereit gewesen wäre, dies offen zuzugeben – war vorbei. Auch Ithrondyr war Jahr für Jahr zweimal auf direktem Weg über das Zwischenländische Meer Richtung Süden gesegelt; hatte man auf dieser Route die Inseln von West-Elbiana hinter sich gelassen, war das nächste Land, das das Auge erblickte, die tagoräische Küste.

Die Winde waren günstig, und so ereichte die »Tharnawn« nach ein paar Wochen die Meerenge zwischen Tagora und Perea. Auf seinen Fahrten hatte Kapitän Ithrondyr umfangreiches Kartenmaterial erstellen lassen, sodass sich Keandirs Schiff keineswegs in unbekannten Gewässern bewegte. Aus den Erzählungen Ithrondyrs wusste der König, dass sein Kapitän auf jeder seiner Fahrten in Danabar, der Hauptstadt Tagoras, angelegt hatte. Als sich die weißen Kuppelbauten und hohen Sandsteinmauern an der tagoräischen Ostküste erhoben, stand Keandir an der Reling des Schiffes und staunte über die Kunstfertigkeit der kurzlebigen Menschen.

»Nicht alle Menschen sind gleich«, sagte der sprachkundige Gelrond, der Kapitän Ithrondyr auf mehreren Reisen begleitet und sowohl die verschiedenen Dialekte der Rhagar als auch das Idiom der Tagoräer erlernt hatte. »Daher könnt ihr die Tagoräer nicht mit den Rhagar vergleichen. Die Tagoräer haben nicht diese Einfalt und erst recht nicht die Brutalität der Rhagar, die einen Elben immer wieder bis ins Mark erschüttert.«

Im Hafen von Danabar bildete sich eine große Menschenmenge, als das Elbenschiff anlegte. Legaten des Königs bahnten sich ihren Weg und luden Keandir und seine Getreuen in den Palast von Setabus III. ein, dem gegenwärtigen König von Tagora und Perea. So zumindest betitelten ihn die Legaten, was nichts anderes bedeuten konnte, als dass auch die Tagoräer-Kolonie in Perea Teil eines Königreichs war.

Im großen Thronsaal des Palasts wurden Keandir und die Seinen von König Setabus III. empfangen. Er war ein hochgewachsener, hellhaariger Mann mit sonnengebräuntem Gesicht. Er war fünfzig Jahre alt und hatte damit den größeren Teil seines kurzen Menschenlebens bereits hinter sich.

»Wir sind auf der Suche nach Kapitän Ithrondyr, den wir seit einigen Jahren vermissen«, erklärte Keandir. »Er war wie gewohnt in den Süden unterwegs, um die Lage in den Ländern ums Pereanische Meer zu erkunden, aber wir haben seit langer Zeit nichts mehr von ihm gehört.«

Die Stirn des tagoräischen Königs legte sich in Falten, und sein Blick wurde ernst und nachdenklich. »Auch wir hatten uns über eine lange Zeit hinweg an die regelmäßigen Besuche Eures Kapitäns Ithrondyr in unserer Stadt gewöhnt. Der Tag seiner Ankunft war in Danabar ein Feiertag, und es wurde stets ein großes Fest gegeben. Das war schon unter meinem Vater und meinem Großvater so, und es gehörte zu unserem Leben wie der jährliche Herbstregen oder die Stürme an der

Südmeerküste im Frühling. Ithrondyr brach mit seinem Schiff gen Osten auf, und seitdem haben wir ihn nicht mehr gesehen.«

»Befahren eure Schiffe denn nicht auch die östlichen Gewässer?«, frage Keandir.

»Schon seit vielen Jahren nicht mehr«, antwortete Setabus. »Wir haben eine Kolonie auf der Insel Tebana, die mein Großvater gründete und mit der wir seitdem Handel treiben. Aber die Gewässer östlich von Tebana meiden wir.«

»Wegen der Rhagar?«

Setabus nickte. »Ja. Sie sind wie eine Pestilenz der Meere. In ihren unvollkommenen Schiffen verlassen sie die Sandlande und ziehen nach Norden.«

»So nehme ich an, dass der Bronzefürst von Shonda inzwischen zu einem sehr mächtigen Herrscher geworden ist«, sagte der Elbenkönig.

Setabus runzelte die Stirn. Er sah einen seiner Berater – einen weißhaarigen, faltigen und sehr dürren Mann – verständnislos an und wechselte dann ein paar Worte mit ihm, die Gelrond der Sprachkundige nicht zu übersetzen vermochte. Schließlich richtete König Setabus III. seinen Blick wieder auf Keandir und fragte: »Der Bronzefürst? Shonda? Dieses Reich ging schon zur Zeit meines Vaters unter. Aber noch weiter im Osten soll jetzt ein Rhagar-Herrscher sein Unwesen treiben, der als der ›Eisenfürst‹ bekannt ist. Seine Waffen sind aus härterem Metall, seine Krieger gelten als unbesiegbar, und seine Kriegsschiffe machen das Meer östlich von Tebana zu einem so unsicheren Gebiet, dass kein Händler es noch wagt, es zu durchsegeln. Ich kann Euch nur davon abraten, diese Gewässer aufzusuchen.«

»Die Pflicht zwingt mich dazu«, entgegnete Keandir.

»Euer Kapitän wird dort irgendwo sein Ende gefunden haben. Sie sind streitlustig, diese Rhagar – und ehe man sich versieht, schlagen sie einem den Schädel ein.«

»Aber uns verehren sie als ihre Götter«, sagte Keandir. »Sie werden sich hüten, uns anzugreifen.«

»Darauf würde ich mich nicht verlassen«, riet König Setabus. »Sie halten keine Verträge ein, sind wankelmütig und ändern oft überraschend ihre Entschlüsse. Ich wüsste nicht, weshalb dies nicht auch für ihre religiösen Bekenntnisse gelten sollte.« Setabus beugte sich ein

Stück vor und fuhr in gedämpftem Tonfall fort: »Und sie sind grausam. Ich selbst kämpfte gegen sie im Norden von Perea. Unsere Kolonisten dort, die noch zu Zeiten meines Großvaters so großen Wert auf ihre Unabhängigkeit legten, haben sich vor einem Jahrzehnt freiwillig meiner Herrschaft unterworfen.«

»Ah, daher Euer neuer Titel: König von Tagora und Perea«, sagte Keandir.

»Alle Tagoräer müssen in Zeiten wie diesen zusammenhalten. Die Rhagar bedrohen uns überall.«

Keandir und seine Getreuen blieben einige Wochen in Danabar. Zusammen mit seinem Sohn Magolas schlenderte der Elbenkönig über den Markt und sah dem bunten Treiben zu. Keandir bemerkte dabei die begehrlichen Blicke, die Magolas den jungen Menschenfrauen zuwarf und wie er ihr Lachen erwiderte.

»Du solltest an eine derartige Verbindung nicht einmal denken, Magolas«, sagte der Elbenkönig zu seinem Sohn.

»Es sind Tagoräerinnen und keine Rhagar-Frauen«, verteidigte sich Magolas. »Aber selbst wenn es so wäre – sind Schönheit und Anmut nicht immer bewundernswert, unabhängig von der Herkunft? Ist der Zauber nicht immer der Gleiche?«

»Das mag sein«, gab Keandir zu. »Ich wollte dir mit meinem Rat nur unnötigen Schmerz ersparen.«

»Schmerz?«, echote Magolas. »Sie sind so voller Leben! Ihre funkelnden Augen, die selbstbewusste Anmut ihrer Bewegungen …«

Magolas fühlte sich offenbar angezogen von dem Temperament der Tagoräerinnen, das im Vergleich zur vornehmen Kultiviertheit der Elbinnen geradezu ungezügelt erschien.

»Das Lachen und die Anmut dieser Tagoräerinnen vergehen innerhalb einer Zeitspanne, die für dich nur ein längerer Augenblick ist«, erklärte Keandir seinem Sohn. »Es lohnt nicht der Mühe, sich bei einer von ihnen auch nur den Namen zu merken, so schnell verlassen sie die sterbliche Welt.«

Magolas seufzte. »Da habt Ihr schon recht, Vater. Aber andererseits entwickeln sich Gefühle manchmal von allein, ohne dass man dagegen etwas tun kann.«

»In diesem Fall wäre das Objekt des Gefühls bereits lange von den Würmern gefressen und verwest, ehe du dir über sein Vorhandensein wirklich klar geworden bist.«

Doch auch Keandir genoss zunächst das bunte Treiben in Danabar sowie die zuvorkommende Gastfreundschaft des tagoräischen Königs. Und er machte interessante Beobachtungen. Es faszinierte ihn beispielsweise, wie viel Glück ein Tagoräer innerhalb seiner doch sehr begrenzten Lebensspanne empfinden konnte. Eine Spanne, die so kurz war, dass mancher Elb, hätte er nur noch ein Menschenalter lang zu leben, sie wahrscheinlich vor Todesangst mit nichts Sinnvollem oder Glück Verheißendem mehr hätte ausfüllen können. Die Menschen aber genossen ihr Leben trotz seiner Kürze und Beschränktheit. Und diese Beschränktheit bestand nicht nur im zeitlichen Sinne. Es handelte sich vor allem auch um eine Beschränktheit der Sinne. Sie hörten schlecht, sahen nicht besonders gut, und ein Geruchssinn war so gut wie nicht vorhanden.

Drei Mal fragte Kapitän Garanthor seinen König, wann man denn nun endlich weitersegeln würde, aber ganz gegen seine sonstige Art zeigte sich Keandir diesmal als jemand, der wahrlich in der Elbentradition stand und die Zeit so reichlich verschwendete, wie sie vorhanden war. Eine Reihe berauschender Feste fanden am Hof des tagoräischen Königs statt, und Keandir fand Gefallen daran.

Doch dann bemerkte er, dass sein Sohn Magolas immer wieder die Gesellschaft einer dunkelhaarigen Tagoräerin suchte, die offenbar Teil des Hofstaats war. Gelrond der Sprachkundige hatte nicht so recht herausbekommen können, ob sie dem unteren Adel angehörte und als Hofdame diente oder ob sie weitläufig mit dem Adelshaus des Königs von Tagoras und Perea verwandt war. Keandir wusste von ihr nur, dass Magolas viel Zeit mit ihr verbrachte. Mehr als dem Elbenkönig recht war. Und so ordnete Keandir den Aufbruch an.

Die »Tharnawn« segelte weiter und besuchte Sor, die bedrängte Hauptstadt der Tagoräer-Kolonie in Soria. Auch dort war Ithrondyr an Land gegangen, daran konnten sich die Menschen noch gut erinnern. Danach sei er weiter gen Osten gesegelt.

Gerüchte über die ungeheure Machtfülle des so genannten Eisenfürsten machten in Sor die Runde, und Keandir erfuhr, dass dies nicht der Name eines einzelnen Rhagar war, sondern der Titel einer inzwischen bereits über mehrere Generationen gehenden Dynastie. Genaueres wusste man nicht – nur, dass dieser Rhagar-Herrscher keineswegs eine feste Residenz besaß, sondern rastlos umherreiste, um auf diese Weise seinen Machtbereich zu sichern.

Schließlich segelte Keandirs Schiff weiter und gelangte in die gefürchteten Gewässer östlich von Tebana.

Schon nach einigen Seemeilen meldete der Ausguck das Auftauchen von Rhagar-Schiffen, auch wenn er sie zunächst nicht als solche erkannte. Sie waren schlank und wendig und hatten ein schwenkbares Segel, mit dem sich gegen den Wind kreuzen ließ. Es waren Schiffe, die schnell waren und die sich auch rasch näherten.

Ein Verband aus drei dieser Schiffe ging auf Abfangkurs zur »Tharnawn«. Gut hundert Mann befanden sich auf jeweils einem der Langschiffe. Sie nahmen an der Reling Aufstellung, spannten ihre Bögen und warteten darauf, dass das Elbenschiff auf Schussweite herankam.

»Seht Euch das an, Vater!«, rief Magolas. »An der Seite dieser Schiffe befindet sich jeweils eine hochgeklappte Enterbrücke. Das sind Piraten!«

»Ja, offensichtlich sind sie hier, um tagoräischen Handelsschiffen aufzulauern«, meinte Thamandor, die Einhandarmbrüste in den Händen. »Diese Menschen sind so barbarisch und wild, dass sie sich gegenseitig überfallen und ausplündern.«

»Ihr könnt Eure Waffen getrost stecken lassen. Sie werden uns nichts tun«, war Keandir überzeugt. »Schließlich sind wir für sie Götter.«

»Vielleicht oben im Norden an der Aratanischen Mauer«, widersprach Magolas. »Aber hier liegen die Dinge anders, da bin ich sicher.«

»Auch Ithrondyr hat immer wieder davon berichtet, dass sie ihn wie einen Gott behandelten«, gab Keandir zu bedenken.

»Und wo ist Ithrondyr jetzt?«, gab Magolas zurück. »Vielleicht haben die Sterblichen ihren Respekt vor den Göttern verloren – warum auch immer. Meiner Ansicht nach sollten wir auf diese Möglichkeit vorbereitet sein.«

Thamandor nickte, hütete sich aber davor, sich in den Disput zwischen Vater und Sohn einzumischen.

Keandir blickte zu den sich nähernden Rhagar-Schiffen hinüber. Die Krieger an Bord schrien und brüllten, so als hätten sie den Kampf bereits gewonnen. Rhagar mit Fackeln gingen die Reihen der Bogenschützen auf den Schiffen der Menschen entlang und entzündeten deren Pfeile. Konnte es wirklich sein, dass die Tage vorbei waren, da die Elben unter den Rhagar einen so hohen Respekt genossen?

Im nächsten Moment schoss eine Salve der Brandpfeile zur »Tharnawn« herüber und beantwortete Keandirs Frage. Eine weitere Salve folgte. Die Elben gingen in Deckung. Dennoch wurden zwei der Seeleute von den Pfeilen getroffen, die anderen blieben im Holz stecken, einer im Segel, aber die Flammen konnten sich in dem Stoff nicht ausbreiten, denn der war mit einer besonderen Tinktur imprägniert, und auch das uralte Holz aus Athranor, aus dem die »Tharnawn« bestand, ließ sich so schnell nicht in Brand stecken. Die Flammen wurden von den Elben gelöscht, bevor sie größeren Schaden anrichten konnten.

»Sollen sie sehen, dass auch wir gute Bogenschützen haben!«, rief Keandir und befahl den elbischen Schützen zurückzuschießen.

Ein Hagel elbischer Pfeile ging auf die Rhagar-Schiffe nieder. Aufgrund ihres scharfen Sehvermögens konnten die Elben wesentlich besser zielen. Todesschreie gellten. Thamandor mit seinen Einhandarmbrüsten schoss dem Rhagar-Schiff, das sich am weitesten vorgewagt hatte, einen Bolzen in den Bug. Das Holz des Schiffes entzündete sich. Das magische Gift, mit dem die Bolzen versehen waren, tat seine Wirkung und fraß sich durch den Bug. Innerhalb von Augenblicken war ein Loch entstanden, durch das genug Wasser eindrang, um das Langschiff zum Kentern zu bringen.

Ein zweiter Bolzen traf ein weiteres Rhagar-Schiff in der Mitte. Die Wirkung war noch viel verheerender. Schreie gellten, als das Schiff auseinanderbrach, und alsbald trieben die meisten Mitglieder der Rhagar-Besatzung im Wasser.

Thamandor wollte seine Armbrüste mit magischen Bolzen nachladen, griff sich an die quer über seine Brust verlaufenden Gürtel, in deren Schlaufen die Bolzen steckten. Aber Keandir hob die Hand.

»Lasst gut sein, Waffenmeister Thamandor. Die Besatzung des dritten Schiffs mag die Schiffbrüchigen retten. Ich bin gegen unnötige Grausamkeit.«

Thamandor schien ein wenig enttäuscht, dass er seine Waffen nicht noch einmal einsetzen konnte. »Ich bitte Euch, denkt noch einmal über meinen Vorschlag nach, diese Einhandarmbrüste in einer Manufaktur produzieren zu lassen, sodass wir hundert oder zweihundert Krieger damit ausrüsten können.«

Magolas stimmte dem zu. »Wenn die Rhagar hier bereits keinen Respekt mehr vor uns haben, könnten wir auch an der Aratanischen Mauer bald Probleme bekommen. Und dann sollten unsere Soldaten dort mit solchen Waffen ausgerüstet sein.«

Keandir nickte leicht. Vielleicht hatte Thamandor recht. »Auch bessere Waffen werden uns auf die Dauer nicht schützen können«, sagte er jedoch. »Dazu sind die Rhagar einfach zu viele, und ihr eigenes kurzes Leben ist ihnen zu gleichgültig.«

In diesem Augenblick rief Kapitän Garanthor: »Seht nur! Das dritte Rhagar-Schiff wendet nicht in den Wind, um die Schiffbrüchigen aufzunehmen! Stattdessen verfolgt es uns weiter!«

Die barbarischen Kampfschreie der Rhagar erschollen wieder über das Meer, und erneut jagte ein Schwarm Brandpfeile auf die »Tharnawn« zu. Offenbar wollten sich die Piraten die Gelegenheit, ein Elbenschiff zu kapern, auf dem sie irrigerweise reiche Beute vermuteten, nicht entgehen lassen.

Keandir verzog grimmig das Gesicht, und er sagte zu Thamandor: »So tut, was getan werden muss!«

Der Waffenmeister zielte mit einer seiner Einhandarmbrüste und drückte ab. Der ausgeklügelte Mechanismus ließ den Bolzen durch die Luft jagen, der einen Lidschlag später in das Holz des Piratenschiffes schlug und dort einen magischen Brand auslöste. Die Kampfschreie der Barbaren verwandelten sich in Schreckensrufe, und schließlich bekam das lecke Schiff Schlagseite und kenterte.

»Überlassen wir die Barbaren ihrem Schicksal!«, knurrte Siranodir mit den zwei Schwertern. »Sie haben es nicht anders gewollt!«

»Nein«, widersprach König Keandir. »Wir werden sie retten und an Bord nehmen. Vielleicht können wir von ihnen auch erfahren, was mit

Ithrondyr und seinem Schiff geschah, denn ich bin mir sicher, dass es diese Route gesegelt ist.«

Kapitän Garanthor gab dem Steuermann der »Tharnawn« den Befehl zu wenden, um die Schiffbrüchigen aufzunehmen.

Unter den Elben gab es insgesamt fünf Krieger, die durch Pfeile getroffen worden waren. Allerdings war nur einer dieser Treffer tödlich; der Bordheiler vermochte vier der Verletzten zu retten, nur für den zweiten Steuermann der »Tharnawn« kam jede Hilfe zu spät.

»Wir dürfen nicht zu viele von den Schiffbrüchigen aufnehmen!«, warnte Magolas.

»Sie werden nicht wagen, etwas gegen uns zu unternehmen«, widersprach Keandir. »Je mehr von ihnen wir später an Land absetzen, je mehr werden den anderen Rhagar von der Großherzigkeit der Götter berichten.«

»Ich hoffe nur, dass man uns diese Großherzigkeit nicht als Schwäche auslegt«, entgegnete Magolas. »Denn in diesem Fall wird uns die Verbreitung der Kunde schaden.«

Dennoch – die Elben nahmen so viele Schiffbrüchige wie möglich auf. Sie saßen dicht gedrängt am Bug, bewacht von Elben mit gespanntem Bogen. Alle im Wasser treibenden Rhagar konnten die Elben nicht aufnehmen, und die Schreie derer, die sie zurücklassen mussten, hallten ihnen noch lange in den Ohren – den Elben aufgrund ihres besseren Gehörsinns viel länger als den Menschen.

Mit Hilfe von Gelrond dem Sprachkundigen befragte Keandir die Geretteten.

»Wie kommt ihr Barbaren dazu, eure Götter anzugreifen?«, fragte er zunächst, denn er wollte wissen, wie es zu dieser Veränderung in der Einstellung der Rhagar gekommen war.

»Ihr seid keine Götter«, antwortete einer der Barbaren. »Der Sonnengott ist der wahre Herr der Welt, und sein Sohn ist der Eisenfürst aus Cosanien. Ihr seid nichts als eine uralte Rasse, die von der Zeit bald vergessen sein wird.«

Keandir erschrak über den Hass und die Verachtung in den Worten des Rhagar.

»Dient ihr dem Eisenfürsten?«, fragte Keandir weiter

»Ja, das tun wir. Er beherrscht das Meer und kennt das Geheimnis harten Metalls, gegen das die Schwerter der Tagoräer wie Halme aus welkem Schilf sind. Seine Armeen sind nicht aufzuhalten. Vor allem befreite er die Fronarbeiter aus dem Sklavendienst von deinesgleichen!« Der Rhagar spuckte verächtlich aus.

»Meinesgleichen?«, fragte Keandir. »Ihr seid also Elben begegnet!«

Keandir fragte nach Ithrondyr und seinem Schiff »Jirantor«. Möglicherweise hatten die Piraten es gekapert oder dies zumindest versucht. Doch das war nicht der Fall. Sie befuhren diese Gewässer erst seit einem Jahr im Auftrag des Eisenfürsten, der offenbar den Traum hegte, dass sich ihm langfristig alle Rhagar und später auch alle Tagoräer unterwarfen. Den ganzen nördlichen Kontinent – womit offenbar das Zwischenland gemeint war – wollte er für den Sonnengott erobern.

Keandir fragte nach Begegnungen mit Elben und was es mit der Befreiung aus den Frondiensten auf sich habe. Ein anderer Rhagar antwortete ihm und berichtete von einem Elbenschiff, das vor vier Jahren an der Waldküste westlich von Cadlan gelandet sei. Die in der Gegend lebenden Rhagar hätten sich dem Kapitän des Schiffs bereitwillig unterworfen und seien ihm zu Diensten gewesen, als er von ihnen verlangt hatte, beim Aufbau eines Hafens zu helfen.

»Das muss Ithrondyr gewesen sein!«, entfuhr es Magolas, der die Worte des Rhagar und Gelronds Übersetzung mit anhörte. »Welcher Maladran mag in ihn gefahren sein, dass er auf den Gedanken kam, an einer Küste der Rhagar einen Hafen gründen zu wollen?«

»Ich kenne Kapitän Ithrondyr seit frühester Jugend«, erwiderte Keandir. »Er hatte gewiss die besten Absichten.«

»Vielleicht seht Ihr ihn zu verklärt, mein Vater. Es könnte sein, dass er gar nicht mehr in Eurem Interesse handelt, sondern sein eigenes Königreich errichten wollte.«

Keandirs Stirn umwölkte sich. Magolas' Worte waren schlüssig, aber er wollte an diese Möglichkeit erst glauben, wenn sich ihre Wahrheit als unumstößlich erwies.

»Berichte mir mehr darüber!«, verlangte Keandir von dem Rhagar. Der Geist des Barbaren war schwach, und so ließ er sich schon durch geringfügigen Einsatz von Magie zum Reden ermuntern. Davon abgesehen gab es wohl auch keinen Grund für ihn zu schweigen.

»Edanor heißt der Ort!«, behauptete er.

»Das ist in der Tat ein elbischer Name«, fügte Gelrond der Sprachkundige hinzu. Der Begriff Edanor bedeutete einfach nur »Neue Siedlung«.

»Was wurde aus den Elben von Edanor?«, fragte Keandir den Rhagar. »Du hast von einer Befreiung aus dem Frondienst gesprochen!«

»Der Eisenfürst kam mit seinem Heer von der Landseite, nachdem er schon das gesamte Land, das von uns ›Karanor‹ genannt wird, erobert hatte. Mutig griff er die Elben an und tötete viele von ihnen. Sie waren schwer zu töten, da ihre Wunden schneller heilen als die der Menschen. Aber sie waren sterbliche Wesen, das wurde allen offenbar. Und jene Rhagar, die sich dem Kapitän unterworfen hatten, erkannten nun, dass sie falschen Götten gefolgt waren. Der Sonnengott – der Vater des Eisenfürsten – ist stärker, und so konnte er den Seinen den Sieg schenken.«

»Was ist mit dem Kapitän geschehen?«

»Ich weiß es nicht«, bekannte der Rhagar. Und alsbald bekam der Elbenkönig unterschiedliche Versionen darüber zu hören, welches Schicksal Kapitän Ithrondyr erlitten hätte. Einige meinten, er wäre getötet worden, andere, ihm wäre mit seinem Schiff die Flucht geglückt, und eine dritte Gruppe erzählte, dass er mit wenigen Getreuen seit Jahren in den Ruinen von Edanor ausharre, belagert von den Truppen des Eisenfürsten und ohne Möglichkeit zur Flucht, da sein Schiff zerstört wäre.

»Wir werden sehen, welche dieser Geschichten der Wahrheit entspricht«, murmelte König Keandir düster.

Die Schiffbrüchigen wurden an der bewaldeten Küste jenes Landes abgesetzt, dass die Rhagar Karanor nannten, was in ihrem Dialekt einfach nur »großer Wald« bedeutete. Die »Tharnawn« folgte weiter der Küste bis zum Eingang eines Fjords. Dort entdeckten die Elben die Ruine eines halbfertigen Hafens und einer ebenso halbfertigen Burg.

Der Stil der Gebäude ließ durchweg den feinen Geschmack und die Eleganz der Elben erkennen, allerdings waren die Arbeiten nicht mit jener Sorgfalt und der Liebe zum Detail durchgeführt worden, wie ein elbischer Baumeister sie an den Tag legte. Offensichtlich war mit

Händen und primitiven Werkzeugen gearbeitet worden, und weder das fortgeschrittene technische Wissen der Elben noch ein magisches Ritual wie Reboldirs Zauber hatten zur Entstehung der Gemäuer beigetragen. Zur Anwendung von Letzterem hätte der kleinen Schar von Seefahrern an Bord der »Jirantor« auch die nötige spirituelle Kraft gefehlt, denn allein mit elbischer Hausmagie und ohne einen einzigen wirklich ausgebildeten Magier oder Schamanen war es nicht möglich, eine Stadtmauer materialisieren zu lassen.

Im Hafen lag das Wrack eines Elbenschiffs. Bogenschützen nahmen an den Kaimauern Aufstellung, als die »Tharnawn« auftauchte, und ein Elbenhorn erklang.

Die »Tharnawn« legte an. Siranodir mit den zwei Schwertern war der Erste, der von Bord ging. Sogleich begann er, das Schiff zu vertäuen. Dann gingen auch König Keandir und Magolas an Land.

Aus Richtung der Burgruine kam ihnen Ithrondyr entgegen, in seiner Begleitung ein paar weitere Elbenkrieger.

In diesem Moment sauste ein zwei Schritt durchmessender Gesteinsbrocken durch die Luft und krachte in eins der Hafengebäude, dessen Dach nie fertig gestellt worden war. Die Giebelmauer wurde getroffen und stürzte ein. Ein weiterer Gesteinsbrocken schlug dicht neben Ithrondyr und seinen Begleitern in den Boden und riss ein Loch auf.

Hörner bliesen Alarm, doch Ithrondyr wirkte relativ gelassen. Er schritt auf Keandir und Magolas zu und verneigte sich. »Seid gegrüßt, mein König!«

»Wer greift Euch an?«

»Es sind die Truppen des Eisenfürsten. Ein Tagoräer muss ihnen gezeigt haben, wie man Katapulte baut, so gut sind diese Kriegsmaschinen. Sobald sich zwischen den Ruinen etwas regt, schleudern sie Felsbrocken, brennendes Pech, Bienenstöcke oder Jauche zu uns herüber. Sie selbst verbergen sich im Wald. Dass sie auf dem freien Feld vor der Stadtmauer ein leichtes Ziel für unsere Bogenschützen abgeben, wissen sie und haben es deshalb aufgegeben, uns direkt anzugreifen.«

Keandir sah Ithrondyr ernst an. »Wir erwarteten Euch in Elbenhaven, Kapitän.«

»Ich weiß. Aber ich hielt es für einen guten Plan, hier einen dauerhaften Stützpunkt zu errichten. Die Rhagar waren sofort bereit, uns zu helfen.«

»Inzwischen sehen sie diese Hilfe als Frondienst an und feiern den Eisenfürsten als ihren Befreier«, entgegnete Keandir. »Ich weiß nicht, ob Ihr Euch vorstellen könnt, was das für Folgen haben kann.«

Ithrondyr wirkte niedergeschlagen. »Doch, dass weiß ich sehr wohl – und ich bin mir meiner Schuld und meines furchtbaren Fehlers bewusst.«

»Das hoffe ich«, sagte Keandir grimmig, während ein weiterer Felsbrocken in ein entfernter liegendes Gebäude einschlug. »Berichtet weiter!«

»Die Rhagar sehen uns nicht mehr als Götter an. Sie wissen nun, dass wir sterblich sind. Um uns zu provozieren, machen sie Jagd auf die wenigen Zentauren, die nicht gen Norden geflohen, sondern in die Wälder von Karanor abgewandert sind. Aufgespießt und gebraten haben sie ihre Leiber mit ihren Katapulten zu uns herübergeschleudert, um uns zu demonstrieren, dass die Gesetze der Lichtgötter keine Gültigkeit mehr haben.«

»So hatten sich diese Gebote tatsächlich bis in den Süden durchgesetzt?«

»Als wir hier ankamen, galten Zentauren sogar als heilige Begleiter der Götter.« Er atmete tief durch. »Wir haben schon nicht mehr an Rettung geglaubt. Unser Schiff wurde beim ersten Angriff derart beschädigt, dass es nicht mehr seetüchtig ist, und wir konnten es nicht reparieren, weil wir ständig weiteren Attacken ausgesetzt waren.«

»Ruft Eure Leute zusammen!«, wies König Keandir den Kapitän an. »Und kommt an Bord!«

# 14

# DIE SCHLACHT AN DER ARATANISCHEN MAUER

Die »Tharnawn« wurde in Elbenhaven mit Begeisterung empfangen, und König Keandir war froh, seine geliebte Ruwen wieder in die Arme schließen zu können.

Aber die Nachrichten, die der König aus dem Süden mitbrachte, waren beunruhigend und lösten am Hof von Elbenhaven lähmendes Entsetzen aus. Zum ersten Mal war die Gefahr, die dem Elbenreich drohte, wirklich greifbar. Ein ganzes Zeitalter lang hatte man sich dem Aufbau widmen können, und nachdem auch die »Andirs Schutzwall« genannte Aratanische Mauer das Reich nach Süden hin schützte, hatte man sich vollkommen sicher gefühlt. Selbst unter den Zentauren war die Angst vor den Rhagar geringer geworden und damit auch die Neigung, sich als Wachmannschaften an der Mauer oder zur Bedienung der Katapulte anwerben zu lassen, denn die Zentauren des Waldreichs sahen ihren Hauptfeind mittlerweile in den Trorks.

Daran änderte auch nichts, dass die kleinen Gruppen von Zentauren, die sich bisher in den Wäldern Karanors oder in manchen unwegsamen Bergregionen der Südwestlande verborgen hatten, feststellen mussten, dass die Rhagar das Verbot hinsichtlich des Verzehrs von Zentaurenfleisch nicht mehr beachteten. Sie versuchten doch noch das Waldreich zu erreichen, soweit ihnen dies möglich war, und erzählten wahre Gräuelgeschichten über die Mord- und Folterlust der Rhagar.

Thamandor bekam vom König den Auftrag, eine Manufaktur für Einhandarmbrüste zu errichten sowie zur Produktion der magischen

Gifte, mit denen der Waffenmeister die Bolzen versah. Aus Sicherheitsgründen musste diese Manufaktur jedoch außerhalb der Mauern Elbenhavens errichtet werden, und leider war mit einer großen Zahl dieser Waffen nicht allzu bald zu rechnen. Ihre Herstellung war aufwändig, und zunächst mussten elbische Handwerksmeister entsprechend ausgebildet werden, bis sie alle Feinheiten von Thamandors beiden Einzelstücken nachbauen konnten. Und auch das Zubereiten der magischen Gifttinktur war langwierig.

Das größte Problem aber stellte die Herstellung der Bolzen dar, die einen Hohlraum für das magische Gift enthielten sowie einen ausgeklügelten Mechanismus, damit es beim Aufprall freigesetzt wurde. Es ließ sich auch nicht einfach auf Pfeilspitzen auftragen, wie einige in diesen Dingen etwas unbedarfte Mitglieder des Kronrats vorschlugen, woraufhin Thamandor ihnen auseinandersetzte, wie groß das Risiko dabei sei, dass der Schütze selbst mit der magischen Tinktur in Berührung komme. »Mir gestattet man wegen eines winzigen Restrisikos nicht, meine Manufaktur innerhalb der Stadtgrenzen von Elbenhaven zu errichten, aber gleichzeitig sind dieselben Mitglieder des Kronrats bereit, unsere tapferen Bogenschützen einer tatsächlich vorhandenen Gefahr auszusetzen«, ereiferte sich der Waffenmeister.

Schließlich gelang es ihm, den Kronrat von seiner Sicht der Dinge zu überzeugen.

»Wie viele Waffen wird die Manufaktur in welcher Zeit fertigstellen können?«, fragte ihn der König.

Thamandor rechnete mit drei bis vier Waffen im Jahr. »Vorausgesetzt, die Manufaktur selbst ist bereits fertig und die beteiligten Handwerksmeister entsprechend ausgebildet.«

Keandir seufzte. »Große Heere lassen sich damit nicht auf die Schnelle ausrüsten, aber gewiss wird die Einführung dieser Waffen langfristig unseren Mangel an Kriegern etwas ausgleichen können.«

Im Laufe der Zeit drangen immer beunruhigendere Nachrichten aus den Ländern der Rhagar zu den Elben. Scheinbar unaufhaltsam breitete sich das Reich des Eisenfürsten aus. Nur fünf Jahre, nachdem Ithrondyr und die Überlebenden der »Jirantor« gerettet worden waren, standen seine Heere bereits vor den Toren von Aratania und zwangen den amtierenden Herzog, sich dem Eisenfürsten zu unterwerfen. Elbische Kundschafter kehrten nicht zurück, doch es ging das Gerücht um, dass auf einem Fest in Aratania zu Ehren des Eisenfürsten hundert Zentauren bei lebendigem Leib gebraten worden wären.

Ithrondyr wusste Näheres über den gegenwärtig amtierenden Eisenfürsten: Er stammte aus einem Land namens Cosanien, östlich der Sandlande gelegen. Während es seinen Vorgängern noch gereicht hatte, die Nachfolge des Bronzefürsten anzutreten und die südöstlichen Küsten des Zwischenlandes zu erobern, hatte sich der gegenwärtige Eisenfürst ein viel höheres Ziel gesetzt: den Sturz der Götter selbst.

Sein Name war Comrrm; im Gegensatz zu den Herzögen von Aratan und anderen inzwischen zu Vasallen herabgesunkenen Rhagar-Herrschern legte er keinen Wert darauf, den barbarischen Klang seines Namens dem akustischen Harmonieempfinden elbischer Ohren anzupassen.

Durch Legaten ließ Eisenfürst Comrrm Hohn- und Spottbotschaften an die Adresse der Elben überbringen. Er selbst hatte die Kunst des Schreibens nie erlernt, aber in dem lange unter elbischem Einfluss stehenden Land Aratan gab es inzwischen genug Rhagar, die darin geübt waren und die man als Schreiber einstellen konnte.

Auf der elbischen Seite der Aratanischen Mauer erwartete man den Angriff. Dass er komme würde, daran zweifelte inzwischen niemand mehr. Es war nur eine Frage der Zeit – und ob dieser Schutzwall in der Lage war, der Wucht der Rhagar-Katapulte zu widerstehen. Es wurden zusätzliche Zentauren für den Wachdienst angeworben, und Prinz Sandrilas sorgte als Befehlshaber des Elbenheers dafür, dass der Großteil der Krieger im Süden Elbaras konzentriert wurde.

Vielen Kriegern missfiel dies. Sie wären lieber in ihren Städten und Burgen geblieben und sahen nicht ein, dass sie bereits an der Aratanischen Mauer bereitstehen sollten, noch bevor überhaupt ein Krieg ausgebrochen war. Diese Art der Vorbeugung widersprach einfach zu sehr der elbischen Gewohnheit, abzuwarten und den Dingen ihren Lauf zu lassen.

Zwei Jahre vergingen in scheinbarer Ruhe. Aber Kundschafter, von den Elben nach Aratan entsandt, berichteten davon, dass man schon aus einer Entfernung von vielen Meilen den Schlag Tausender Hämmer hören könnte, wenn man sich Aratania näherte. Eisenfürst

Comrrm ließ dort Hunderte von Katapulten bauen – mit größerer und von höherer Durchschlagskraft als alles, was die Tagoräer jemals in dieser Hinsicht entwickelt hatten. Gesteinsbrocken wurden aus den Steinbrüchen des Vorgebirges von Hocherde geschlagen und in langen Karawanen nach Aratania gebracht – Steine, die als Geschosse die Aratanische Mauer durchschlagen sollten.

Zu Beginn des Frühlings brach ein gewaltiger Heereszug, wie ihn weder Menschen noch Elben jemals zuvor gesehen hatten, nach Norden auf. Vier Monate brauchte der Transport der riesigen Katapulte; halbzahme Riesenechsen, die aus den Wäldern von Karanor und dem Bergland zwischen Soria und den Südwestlanden stammten, zogen die größten der Kriegsmaschinen, und allein zur Versorgung dieser Echsen mussten ganze Viehherden den Heereszug begleiten.

Diese Lawine aus Menschen, Tieren und Maschinen erreichte schließlich Cadd. Aus dem Süden kommend traf dort auch eine Rhagar-Flotte ein, deren Schiffe an der Küste der Südwestlande eigens für diesen Feldzug gebaut worden waren. Auf einem der Schiffe befand sich Comrrm persönlich, dem die Reise über Land einfach zu beschwerlich gewesen war. Aber der Eisenfürst wusste, dass seine Anwesenheit bei der bevorstehenden Schlacht von entscheidender Bedeutung sein würde. Nur er verfügte über das Charisma, diesen riesigen Heerhaufen zu lenken. Und nur wenn er bei ihnen war, vertrauten die Rhagar-Krieger ihrer eigenen Stärke und glaubten daran, dass sie in der Lage waren, die Elben zu besiegen.

Während sich das Heer der Feinde im Süden formierte und die Truppen des Eisenfürsten Cadd erreichten, bereitete sich König Keandir in Elbenhaven darauf vor, mit allen verfügbaren Kriegern und Schiffen nach Elbara aufzubrechen. Die Schlacht war nun unvermeidlich.

Keandir bestimmte, dass Magolas in Elbenhaven zurückbleiben sollte, um die Nachfolge des Königs anzutreten, falls er in der Schlacht fiele. Andir hingegen war schon Wochen zuvor auf dem Landweg zur Aratanischen Mauer gereist und hatte die Magier und Schamanen der Elben um sich versammelt. Die Stabilität dieser aus Magie geborenen Mauer musste überprüft werden, und außerdem hatte der Kronrat beschlossen, die weiße Elbenmagie als Waffe zur Abwehr des Feindes einzusetzen. Andir hatte dazu seine Vorstellungen dargelegt, denen der Kronrat zugestimmt hatte.

Magolas war nicht glücklich über den Beschluss seines Vaters, dass er in Elbenhaven zu bleiben hatte. Aber auch die Entscheidung des Kronrates, nur die weiße Elbenmagie anzuwenden, wie Andir und die Magiergilde sie praktizierten, missfiel ihm. Im Kronrat hatte ihm einzig Thamandor darin zugestimmt, dass es nun endlich an der Zeit wäre, die Magie der Zauberstäbe des Augenlosen zu wecken.

Am Tag vor dem Aufbruch suchte Magolas seinen Vater in dessen Turmzimmer auf.

»Ihr solltet Eure Entscheidungen noch einmal überdenken, Vater«, sagte er und sah, wie sich Keandirs Stirn umwölkte.

»Der Kronrat hat getagt – und er war sich im Wesentlichen einig«, erwiderte der Elbenkönig. »Die Magie in den Stäben des Augenlosen soll nicht geweckt werden. So groß die Not auch sein mag, wir sollten nicht vergessen, dass wir Elben sind, und Elben sollten nicht auf die Kraft von etwas abgrundtief Bösem vertrauen, solange ihre eigene Magie mächtig genug ist.«

»Wer will das im Voraus sagen, Vater?«

»Und wer will im Voraus sagen, ob es dir oder mir überhaupt möglich wäre, die Kraft der beiden Stäbe zu wecken? Thamandor hat es versucht und ist daran gescheitert.«

»Thamandor ist unter den Magiern wie ein Blinder unter Sehenden. Sein magisches Talent ist nur schwach ausgeprägt. Darum auch vertraut er eher auf mechanische denn auf magische Waffen und erfindet all diese Maschinen, als wäre er ein Tagoräer!«

»Wie gesagt, die Entscheidung ist getroffen, auch wenn sie dir nicht gefallen mag, mein Sohn.«

»Aber …«

Keandir trat auf Magolas zu und legte ihm die Hand auf die Schulter. »Sollte mir etwas zustoßen, dann bist du König der Elben. Und dann wirst du entscheiden können, was zu tun ist.«

»Es stünde mir frei, die Magie der Zauberstäbe zu nutzen?«

Die beiden Elben sahen sich eine Weile lang an. Vielleicht suchte jeder von ihnen die Finsternis in den Augen des anderen.

Keandir zuckte schließlich mit den Schultern. »Die Toten sollten den Lebenden niemals Vorschriften machen, mein Sohn. Und wenn ich irgendwann nach Eldrana eingehe, werde ich mich an diesen Vorsatz halten, dessen kannst du sicher sein.«

In der Nacht vor dem Aufbruch schlief Ruwen sehr unruhig und erwachte wieder aus düsteren Träumen.

Keandir bemerkte dies, denn er lag wach neben ihr.

»Du kannst auch nicht schlafen, Kean?«

»Mein Kopf ist voller Gedanken.«

»Kean, du müsstest nicht in die Schlacht ziehen. Das könntest du Prinz Sandrilas überlassen. Er ist schließlich der Befehlshaber des Elbenheers.«

Keandir lächelte. »Aber ich bin der König. Und wie könnte ich von meinen Kriegern erwarten, dass sie in die Schlacht ziehen, wenn ich nicht bereit wäre, an ihrer Spitze zu reiten?«

Ruwen stand auf. Im fahlen Mondlicht, das durch das Fenster des königlichen Schlafgemachs fiel, schritt ihre grazile Gestalt zu einer Truhe. Sie öffnete sie und kehrte dann zu Keandir zurück, um ihm einen kleinen Lederbeutel zu geben, den man an einer Kordel um den Hals tragen konnte.

»Was ist das?«, fragte Keandir.

»Die Elbensteine«, sagte sie, und ihre Stimme war dabei kaum lauter als ein Windhauch.

»Das Symbol des Elbentums«, flüsterte Keandir. Die Steine waren in der Halle des Gedenkens aufbewahrt worden, seit man sie zuletzt bei der Tagung des Kronrats am Strand von Elbenhaven präsentiert hatte, als Brass Elimbor die Jenseitigen beschwor.

»Wenn der König in die Schlacht reitet, soll er sie über seinem Herzen tragen«, sagte Ruwen. »Ich habe mit Brass Shelian gesprochen, bevor er in den Süden aufbrach, um Andir zu unterstützen. Von ihm stammt der Vorschlag. Eigentlich hat er mir aufgetragen, dir die Steine im Schlaf auf die Brust zu legen – und zwar auf keinen Fall vor Morgengrauen.« Sie lächelte. »Aber der Morgen graut bald, und du findest wahrscheinlich ohnehin keinen Schlaf mehr.« Sie legte ihm die Kordel um den Hals. Die Steine lagen auf seiner Brust und fühlten sich warm an.

»Sie sind das Symbol unserer Verbindung zu den Jenseitigen«, sagte Keandir ergriffen. »Ich kann das nicht tun. Wenn sie verloren gehen …«

»Brass Elimbor ist Brass Shelian im Traum erschienen und hat es gutgeheißen«, erwiderte Ruwen. »Davon abgesehen wird es unseren Kriegern Zuversicht geben, wenn sie wissen, dass ihr König die Elbensteine bei sich trägt. Und dich werden sie schützen, geliebter Kean. Dich und alle, die bei dir sind …«

Als der Morgen graute, fand Keandir doch noch wenige Stunden Schlaf, und auch ihm erschien Brass Elimbor als verklärte Lichtgestalt eines Eldran im Traum. Er sprach zum König, und schon aus dem sanften Klang seiner Stimme schöpfte Keandir neuen Mut.

»Haben die Jenseitigen nicht ihr Interesse von uns abgewandt?«, fragte der Elbenkönig im Traum.

»Nicht alle«, antwortete Brass Elimbor. »Ich jedenfalls werde unsichtbar an deiner Seite sein, wenn ihr in die Schlacht zieht, um das Reich der Elben zu verteidigen.«

Als er am Morgen erwachte, leuchteten die Elbensteine durch den Lederbeutel hindurch. Ein Leuchten, das nicht nachließ und in dem sich die unerschütterliche Zuversicht Brass Elimbors zu manifestieren schien.

Am nächsten Morgen brach Keandir an Bord der »Tharnawn« in den Süden auf. Eine große Flotte folgte dem Flaggschiff. Die meisten dieser Schiffe waren erst nach der Ankunft im Zwischenland gebaut worden, aber auch einige Veteranen der großen Seereise durch das zeitlose Nebelmeer befanden sich in der Flotte, so zum Beispiel die »Morantor« von Kapitän Isidorn. Der Herzog von Nordbergen war mit seinem Schiff bereits vor einer Woche in Elbenhaven eingetroffen, um sich an der Verteidigung des Elbenreichs zu beteiligen.

Kapitän Ithrondyr, der in der unvollendeten Stadt Edanor ein eigenes Herzogtum hatte errichten wollen, hatte das Kommando über eines der neuen Elbenschiffe. Er nannte es »Edanor«, denn dieser Name sollte ihn immer an den verlorenen Traum einer Elbenkolonie am Pereanischen Meer erinnern. Einen Traum, der im Sturmwind der Rhagar-Angriffe und unter dem Beschuss ihrer Katapulte zerbrochen war.

Die Flotte segelte bis Candor. Dort gab es Pferde und Wagen genug. Die Schiffe sollten mit einer Mindestbesatzung im geschützten Hafen verbleiben. Schließlich wollte man auch vorbereitet sein für den Fall, dass man die Schlacht verlor, und dann brauchte man die Flotte dringend, um die Überlebenden zu evakuieren.

Der Kriegszug des elbareanischen Elbenheers unter Herzog Branagorn wartete bereits, und Keandir und die Seinen reihten sich unter ihnen ein. Branagorn begrüßte den König mit merklicher Zurückhaltung. Immer noch hatte er nicht vergessen, wie das Böse Keandir erfüllt und von ihm Besitz ergriffen hatte. Aber dann sah er den Beutel mit den Elbensteinen auf der Brust Keandirs. Sie leuchteten noch immer durch das Leder, aus dem der Beutel bestand, und dies auf eine so charakteristische Weise, dass jeder Elb sofort erkennen konnte, dass es sich um eben jene Steine handelte.

Sechs waren es an der Zahl, und jeder von ihnen hatte einen eigenen Namen: Athrandil, Pathrandil, Cathrandil, Ithrandil, Nithrandil und Rithrandil.

König Keandir legte die Hand um den Beutel, als er das schneeweiße Elbenpferd, das man ihm gegeben hatte, vor den versammelten Zug preschen ließ. Das Leuchten der Steine drang sogar durch seine Hand.

»Ich trage die Elbensteine!«, rief er. »Und in ihrem Zeichen werden wir das Reich der Elben verteidigen und beschützen!«

Die Elben schlugen mit den Schwertern gegen ihre Schilde.

Unter ihnen befand sich auch eine Einheit von einem Dutzend Kriegern, die mit jeweils zwei Einhandarmbrüsten bewaffnet waren. Diese Einheit stand unter Thamandors Kommando; er selbst hatte die besten Schützen unter den jungen Elbenkriegern an diesen Waffen ausgebildet.

Herzog Branagorn lenkte sein Pferd auf Keandir zu und sagte: »Prinz Sandrilas wartet mit dem Hauptteil unserer Truppen an der Aratanischen Mauer – etwa zwanzig Meilen von der Küste entfernt. Dorthin schiebt sich der Moloch des Rhagar-Heers.«

»Und Andir?«, fragte der König.

»Er befindet sich auch dort und hat die Magier der Elben um sich versammelt, denn sie wollen große Felsbrocken über dem Heer der

Rhagar materialisieren lassen, wenn der Feind anrückt. Sobald sie stofflich geworden sind, fallen sie auf die Feinde herab und zermalmen sie. Aber es bedarf einer großen geistigen Anstrengung – denn wenn der Materialisationsprozess zu lange dauert, dann bleibt diese Waffe ohne Wirkung. Und wenn die Magier zu früh beginnen, weicht das Rhagar-Heer einfach aus und greift an einer anderen Stelle an.«

»Ich hoffe, dass wir uns richtig entschieden haben und die Anwendung weißer Elbenmagie ausreicht, um den Feind zu besiegen.«

»Ihr denkt an die Stäbe des Augenlosen Sehers«, erkannte Herzog Branagorn von Elbara sofort.

»Magolas beschwor mich immer wieder, sie benutzen.«

»Euer Misstrauen gegenüber der Magie, die wir auf Naranduin fanden, ist berechtigt, und ich teile sie aus tiefster Seele, mein König. Ich bin überzeugt davon, dass Ihr Euch richtig entschieden habt.«

Keandir lächelte matt. *Werdet Ihr das auch noch sagen, wenn das Elbenheer geschlagen ist und unser Reich in Trümmern liegt?*, lautete seine stumme Erwiderung.

Fast eine Woche lang war das Elbenheer aus den Kriegern, die mit König Keandir aus Hoch-Elbiana gekommen waren, und den Elben von Elbara unterwegs, bis es die Aratanische Mauer erreichte. Unterwegs vereinigte es sich mit einem Unterstützungsheer der Zentauren und den Truppen von Merandil dem Hornbläser, der ihnen als Herzog von Nuranien voranritt und es sich dennoch nicht nehmen ließ, das Horn selbst zu blasen. Während dieser Zeit wurden sie immer wieder von Boten, die Prinz Sandrilas schickte, über die neuesten Entwicklungen unterrichtet.

Als Keandir, Branagorn und Merandil mit ihren Truppen an der Mauer eintrafen, war die Schlacht bereits ausgebrochen. Ein gewaltiger, bis zum Horizont reichender Kriegszug aus Menschen, Kampfmaschinen und Getier aller Art schob sich über die Ebene auf die Aratanische Mauer zu. Comrrm der Eisenfürst stand auf einem gewaltigen Kampfwagen, der wie die besonders großen Katapulte von einer karanorischen Riesenechse gezogen wurde. Er trug eine prächtige Rüstung aus dem harten Metall, das ihm seine Herrschaft über die Rhagar sicherte, und konnte von der Höhe des Wagens aus das gesamte Schlachtfeld überblicken. Seine Rhagar-Krieger jubelten ihm zu. Die Tatsache, dass er sie persönlich anführte, spornte ihren Siegeswillen ungemein an. Wenn Comrrm, der Sohn des Sonnengotts, sie anführte, musste das Kriegsglück auf ihrer Seite sein.

Pfeilhagel flogen hin und her. Todesschreie gellten über das Schlachtfeld. Thamandor postierte seine Einheit von Armbrustschützen auf den Wehrgängen der Aratanischen Mauer, und ihre mit magischem Gift versehenen Projektile sandten Tod und Verderben unter die Angreifer. Manche von ihnen trafen Riesenechsen, die sich daraufhin im Todeskampf über den Boden wälzten und viele Rhagar mit ihren tonnenschweren Leibern zerquetschten. Riesige Katapulte wurden von magischen Bränden ergriffen und brachen in sich zusammen.

Die aber, die nicht zerstört wurden, weil sie sich außerhalb der Schussweite der Armbrüste befanden, schleuderten gewaltige Gesteinsbrocken, die riesige Löcher in das Mauerwerk rissen. Außerdem wurden Brandsätze geschleudert, deren Feuer sich schwer löschen ließ; die hierfür verwendeten Substanzen waren sicherlich nicht mit den magischen Giften Thamandors des Waffenmeisters vergleichbar, aber sie deuteten an, wozu auch die primitive Wissenschaft der Rhagar eines Tages in der Lage sein würde.

Auf einer nahen Anhöhe hatte Andir die Magier der Elben versammelt und darüber hinaus die meisten Schamanen und wer auch immer unter den Elben ein besonderes magisches Talent in sich zu verspüren meinte. Sie standen mit erhobenen Händen in einem Kreis. In der Mitte brannte ein Feuer, aus dem ein seltsamer bläulicher Rauch aufstieg. Dicke Schwaden bildeten sich aus dem Rauch, die ein leichter Wind in Richtung der Rhagar trieb. Und aus diesen Rauchschwaden bildeten sich Felsbrocken, manche zwei Schritt durchmessend, andere acht oder zwanzig Schritt groß. Wie bei einem drohenden Unwetter verdunkelten sie den Himmel über den Rhagar, sodass selbst einige der schwerfälligen Riesenechsen, die die Kampfwagen und Katapulte zogen, unruhig wurden. Knurrend und zischend hoben die Monstren die Köpfe, und so mancher Rhagar-Krieger bereute es in diesem Augenblick, gegen die Lichtgötter in den Krieg gezogen zu sein. Langsam materialisierten die Steine, und den Angreifern dämmerte, dass in Kürze ein Hagel von Felsbrocken auf sie herniederregnen würde.

Doch dann blickten sie zu ihrem charismatischen Anführer, dem Eisenfürsten, und ihr Kampfesmut kehrte zurück. Comrrm stand in voller Rüstung auf seinem Kampfwagen und feuerte die Krieger an. In seiner Rechten schwang er eine monströse Streitaxt, mit der er das Heer zu dirigieren schien.

Die Katapulte der Rhagar schleuderten so gewaltige Brocken gegen die Aratanische Mauer, dass darin schon mehrere Löcher klafften. Der Eisenfürst befahl mit lauten Rufen dem Treiber der Riesenechse, die seinen Kampfwagen zog, vorzustürmen. Das drachenähnliche Ungetüm setzte sich daraufhin in Bewegung und zog den Kampfwagen des Eisenfürsten hinter sich her. An dessen Schießscharten standen zwei Dutzend Bogenschützen und schossen ihre Pfeile auf Elben und Zentauren ab. Der Tod hielt unter diesen reiche Ernte, während der Eisenfürst unerschrocken dastand und darauf vertraute, dass seine Rüstung ihn schützte. Mehrere Pfeile prallten an den Eisenplatten ab. Der Bolzen einer Einhandarmbrust verfehlte ihn knapp und tötete stattdessen einen seiner Wächter, der vom magischen Gift zerfressen wurde.

»Das Schicksal ist auf meiner Seite!«, rief Comrrm. »Ich, der Sohn des Sonnengotts, bin unverwundbar – aber nicht die bleichen Möchtegern-Götter!«

Zusammen mit dem Kampfwagen des Eisenfürsten strebten Tausende von Kavalleristen und ein ungezähltes Heer von Fußsoldaten auf die in der Mauer entstandenen Lücken zu.

Keandir zog sein Schwert und berührte mit der anderen Hand die Elbensteine an seiner Brust.

»Mögen sie uns Glück bringen!«, murmelte er.

Herzog Branagorn zog ebenfalls sein Schwert.

Und dann strömten auch schon die ersten Kämpfer des Rhagar-Heers durch die Mauerlücken. Der Kampf Mann gegen Mann entbrannte. Schreie gellten. Schreie von Menschen, Elben, Zentauren, Pferden und Riesenechsen.

Keandir wurde sofort angegriffen. Ein Reiter stürmte auf ihn zu, schwang die Streitaxt über dem Kopf und holte zu einem schrecklichen Schlag aus. Keandir duckte sich unter dem Axthieb hinweg und hieb dem Angreifer mit seinem Schwert Schicksalsbezwinger den Kopf ab.

Weitere Angreifer drangen auf den König ein. Herzog Branagorn focht dicht neben ihm.

Doch dann trafen Pfeile ihre beiden Pferde. Sowohl das Reittier König Keandirs als auch Branagorns Ross stürzten zu Boden. Keandir rollte sich ab und war bereits im nächsten Moment wieder auf den Beinen, als ein Rhagar-Krieger zu Fuß auf ihn losstürmte. Mit einer Reihe harter Schwertstreiche drängte Keandir seinen Gegner zurück, ehe er ihn schließlich unterhalb des Rippenbogens waagerecht in der Mitte zerteilte.

Jegliche Schlachtordnung ging verloren. Kaum ein Krieger der direkt am Kampfgeschehen beteiligten Einheiten saß bald noch auf dem Rücken seines Pferds. Waffen klirrten in unversöhnlichem Hass aufeinander. Elben- und Menschenblut spritzte aus den Leibern und versickerte in der zertrampelten Erde.

Die ersten Gesteinsbrocken, die Andir und seine Magier durch Reboldirs Zauber hatten entstehen lassen, stürzten auf die Rhagar-Truppen herab. Menschen wurden darunter zerquetscht, Kriegsgerät zertrümmert, Riesenechsen versuchten auszubrechen und zertrampelten dabei einige Rhagar. Panik entstand unter den Kriegern, und dann brach auch bei den zahllosen, über die aratanische Ebene nachrückenden Angreifern die Ordnung zusammen.

Dort, wo die Mauer durchlässig geworden war, entbrannte ein furchtbares Gemetzel. Thamandor konnte schon längst nicht mehr seine Einhandarmbrüste einsetzen. Es war einfach keine Zeit, sie nachzuladen. Er stand mitten im Kampfgetümmel und ließ das monströse Schwert kreisen, das er auf dem Rücken gegürtet zu tragen pflegte. Der »Leichte Tod«, wie er es nannte, schnellte durch die Luft, und die Klinge war nur noch als bläuliches Schimmern zu erkennen. Köpfe rollten, Arme und Beine wurden abgetrennt, und immer wieder grub sich der »Leichte Tod« in warme Gedärme. Von der Einheit der Armbrustschützen unter Thamandors Kommando waren die meisten durch Katapult- und Pfeilbeschuss ums Leben gekommen. Das Mauerstück, auf dessen Wehrgang sie postiert gewesen waren, existierte nicht mehr, und Thamandor hatte sich nur durch einen beherzten Sprung gerade noch retten können.

Auch Siranodir mit den zwei Schwertern kämpfte wie ein Berserker. Immer wieder ließ er seine Klingen wie Sensenblätter durch die Reihen der Rhagar gleiten. In seiner Nähe befand sich Prinz Sandrilas, der seine Düsterklinge wirbeln ließ. Für ihn oder König Keandir war es in dieser Situation unmöglich, noch irgendeine Kommandofunktion auszuüben.

Der Kampfwagen des Eisenfürsten war durch einen Brandpfeil in Flammen geraten. Die Besatzung konnte sich nur durch beherzte Sprünge retten, da die durch viele Speer- und Pfeilwunden halb wahnsinnige Riesenechse wie von Sinnen voranstürmte, auf der Flucht vor dem Feuer, das sie in Wahrheit hinter sich herzog.

Ein Armbrustschütze, den bereits drei Rhagar-Pfeile getroffen hatten, legte mit letzter Kraft einen Bolzen ein und schoss ihn ab. Er traf die Echse. Das magische Gift fraß sich in ihrem Körper fort, verbrannte die Zügel und das Geschirr, in dem das Tier steckte. Schließlich erreichte der magische Brand den Kampfwagen, und das Feuer nahm einen grünlichen Ton an und schlug hoch empor. Eisenfürst Comrrm, der sich noch auf dem Kampfwagen befand, war gezwungen, ebenfalls abzuspringen, wollte er nicht in den auflodernden Flammen vergehen.

Er landete auf den Leibern toter Pferde und rappelte sich sofort auf. Ein Zentaur galoppierte auf ihn zu, und Comrrm wich dessen Axthieb aus, um anschließend gleich zu parieren. Comrrms eigener Schlag fuhr dem Zentauren in den Leib und tötete ihn.

Der Barbar wirbelte herum – und entdeckte den König der Elben.

Der Eisenfürst erkannte ihn sofort an dem Schwert, dessen Klinge eine deutlich sichtbare Narbe trug, wo sie geborsten gewesen war. Diese Klinge hatte Keandir oft gezogen und in effektheischender Geste in die Höhe gehalten, wenn er im Abstand eines halben Menschenalters die Herzöge von Aratan daran erinnert hatte, dass sie den Elben als ihren Göttern Gehorsam schuldeten. So war die Legende vom geborstenen Schwert des Elbenkönigs überall in den Rhagar-Ländern bekannt geworden. Zahlreiche sich widersprechende und von Generation zu Generation ausgeschmückte Geschichten rankten sich um dieses Schwert, sodass es jedes Rhagar-Kind als Zeichen des Königs der Lichtgötter kannte.

Comrrm brüllte vor Wut auf und stürzte sich in Keandirs Richtung, räumte mit wilden Axthieben einen Elbenkrieger und einen Zentauren aus dem Weg und schlug einem Reiter das Pferd unter dem Körper weg. Er bahnte sich einen blutigen Weg zu jenem Elben, der sein direkter Gegner war.

Comrrm war nicht unsterblich. Aber ihm war bewusst, dass er unsterblich werden würde, wenn er den König der Lichtgötter erschlug. Ein Jahrtausend des Nachruhms war ihm sicher – und die Gefolgschaft seines Rhagar-Heers auf Lebenszeit. Wer konnte schon etwas gegen einen Mann sagen, der nicht nur behauptete, Sohn der Sonne zu sein, sondern der auch den König der Götter niedergestreckt hatte.

Keandir erwehrte sich tapfer der Angreifer, die ihn eingekreist hatten. Die Elbenkrieger in seiner Nähe waren abgedrängt oder getötet worden.

Merandil der Hornbläser war vor seinen Augen gefallen, ohne dass Keandir hatte eingreifen können. Fünf Rhagar hatten auf ihn eingedroschen und seinen Körper mit ihren Schwertern und Äxten dermaßen zerhackt, dass man ihn kaum noch wiedererkannte. Mehrere Rhagar-Krieger zankten sich um die Trophäen – Merandils Horn und sein Elbenschwert.

Sandrilas versuchte schon seit geraumer Zeit, an die Seite seines Königs zu gelangen, um ihm beizustehen, aber so sehr sein Schwert Düsterklinge auch Tod und Verderben unter die Rhagar sandte, es waren ihrer einfach zu viele, die er hätte überwinden müssen. Immer wieder musste er sich neuer Attacken erwehren.

Inzwischen hatte der Eisenfürst Keandir erreicht. Brüllend stürzte er sich auf ihn, die Axt hoch über dem Kopf schwingend.

»Überlasst ihn mir!«, rief er seinen eigenen Leuten zu. Und dann stand er vor Keandir und drosch mit seiner monströsen Streitaxt auf den Elbenkönig ein.

Keandir parierte die wuchtigen Hiebe mit Schicksalsbezwinger, wurde aber durch ihre barbarische Kraft zurückgedrängt. Dann traf seine Klinge den Eisenfürsten, aber von dem Metall, aus dem Comrrms Rüstung gefertigt war, prallte selbst der Elbenstahl des geborstenen Schwerts ab.

Ein Schlagabtausch folgte, bei dem Keandir immer weiter zurückweichen musste.

»Stirb, du angeblich Unsterblicher!«, rief Comrrm voller Grimm in seiner barbarischen Sprache, von der Keandir nicht ein einziges Wort verstand.

Erneut musste der Elbenkönig vor den wütenden Axthieben zurückweichen. Sein Fuß verfing sich in der Bogensehne eines hingestreckten Rhagar-Kriegers, und er stürzte, fiel auf den Rücken. Comrrm war über ihm. Seine Axt sauste durch die Luft, und der Hieb prellte Keandir das Schwert aus der Hand. Schicksalsbezwinger wirbelte davon und landete irgendwo im Getümmel.

Keandir rollte sich zur Seite – das Axtblatt verfehlte ihn nur um Haaresbreite – und riss die Waffe eines Gefallenen an sich. Es handelte sich um eine Rhagar-Axt, mit der er den nächsten Hieb Comrrms blockte. Er hielt sie in beiden Händen, sprang auf – und die beiden Äxte kreuzten sich zwischen den beiden Kontrahenten.

Immer wieder parierte Comrrm die Hiebe des Elbenkönigs, und dann …

… dann traf sein Axtblatt Keandir, grub sich tief in den Leib des Elben.

Mit einem zufriedenen Schnaufen riss Comrrm die blutige Axt aus dem Fleisch des Elbenkönigs, der wie erstarrt dastand.

Einem gefällten Baum gleich kippte Keandir um. Seine Wunde blutete stark. Comrrm trat auf ihn zu, beugte sich nieder und riss mit der Linken den Beutel mit den leuchtenden Elbensteinen vom Hals des Königs. Ein triumphierender Schrei donnerte aus seiner Kehle, während er seine Trophäe in der erhobenen Faust emporreckte.

Im nächsten Moment durchschlug ihn ein mit magischem Gift versehener Armbrustbolzen – genau dort, wo ein bewegliches und darum weniger widerstandsfähiges Teil seiner Rüstung den Hals schützte. Thamandor – inzwischen am Boden liegend und schwer verwundet – hatte es endlich geschafft, eine seiner Waffen nachzuladen und sie abzuschießen. Comrrms Triumphgeheul erstickte in einem schaurigen Gurgeln, während das magische Gift seinen Körper fraß und ihn verbrannte.

Der Beutel mit den Elbensteinen entfiel seiner Hand. Ein anderer Rhagar-Krieger bückte sich danach und nahm ihn an sich. Schon einen Lidschlag später hatte ihn das Schlachtgetümmel verschluckt, und er war nicht mehr zu entdecken.

Prinz Sandrilas schaffte es endlich, zu seinem König vorzudringen. Mit wuchtigen Hieben seines Schwerts bahnte er sich den Weg.

Ein Geräusch, das an Donnergrollen erinnerte, tönte über das Schlachtfeld. Es rührte von einem Schwall Gesteinsbrocken, die Andir und die Magier mit Hilfe von Reboldirs Zauber erschaffen hatten und die vom Himmel hagelten.

»Mein König!«, rief Sandrilas.

Auch Siranodir und Branagorn eilten herbei. Beide waren zwischenzeitlich durch gegnerische Angriffe weit abgedrängt und vom König getrennt worden.

Der König lag in seinem Blut. Sandrilas fiel neben ihm auf die Knie. »Ein Heiler!«, rief er. »Wir brauchen einen Heiler – oder es ist zu spät!«

Als Keandir erwachte, kreisten Krähen in der Luft, und der Geruch des Todes hing über jener Stätte, an der die Schlacht getobt hatte. Eine grausige Ruhe herrschte über dem Land beidseits der Aratanischen Mauer. Belerond, einer der Heiler, die das Elbenheer stets begleiteten, war bei dem König, der auf Branagorns Mantel gebettet lag.

Der Herzog von Elbara selbst stand am Kopfende des Lagers, Sandrilas kniete neben dem König, und gerade näherte sich auch der verwundete Thamandor. Er wurde von Siranodir gestützt und humpelte, war aber ansonsten wieder in Ordnung, nachdem ein Heiler ihn versorgt hatte.

»Die Rhagar …«, flüsterte Keandir.

»Der Tod des Eisenfürsten und der Steinhagel aus der Luft haben sie zurückgetrieben«, berichtete Sandrilas.

»Dann haben wir gesiegt?«, fragte Keandir.

»Wenn man das so nennen mag«, erwiderte der Prinz. »Beide Heere haben einen so schrecklichen Blutzoll entrichtet, dass weder die Rhagar noch wir in der Lage sein werden, in nächster Zeit gegen irgendwen in den Krieg zu ziehen.«

Der König griff an seine Brust. Vergeblich tastete seine Hand nach den Elbensteinen. Während man Schicksalsbezwinger gefunden und neben den König auf das Lager gebettet hatte, waren und blieben die Elbensteine verschwunden.

Eine Gestalt auf einem weißen Pferd ohne Zügel und ohne Sattelzeug ritt heran. Der Reiter kam von der nahen Anhöhe, auf der die Magier »Reboldirs Zauber« praktiziert hatten. Der todesschwache König, dessen Blut den Verband durchtränkte, den man ihm angelegt hatte, wandte den Kopf und flüsterte: »Andir …«

Der Königssohn stoppte das Pferd, glitt von seinem Rücken und eilte zu dem schwer Verwundeten.

»Vater!«, rief er, und das Erschrecken in seinem Gesicht war nicht zu übersehen. Er fiel auf die Knie, ergriff die Hand des Königs; sie war kalt wie die einer Leiche.

»Bringt mich nach Elbenhaven«, flüsterte der König. Und als er die Augen schloss, sah er Ruwens Gesicht vor sich und hörte ihr Lachen.

»Hier sollte ein Elbenkönig nicht sterben müssen«, murmelte er noch, bevor er das Bewusstsein verlor …

# Epilog

*Für ein Zeitalter waren weder das Menschengeschlecht der Rhagar noch die Elben des Zwischenlandes in der Lage, den Krieg wieder aufzunehmen, so schrecklich waren die Verluste, die beide Seiten erlitten hatten, auch hielt sie gegenseitige Furcht auf Abstand.*
*Unter den Rhagar, deren Herrscher in der Schlacht gefallen war, herrschte Anarchie, denn es gab niemanden, der sie mit demselben Charisma hätte einen können, wie der Eisenfürst Comrrm es vermocht hatte.*
*König Keandir aber wurde todkrank nach Elbenhaven zurückgebracht, sodass sein Wunsch, nicht an der Aratanischen Mauer zu sterben, in Erfüllung ging.*
*Die Kunst der besten Heiler, die man in Elbiana finden konnte, war nötig, damit der König überlebte. Über ein Jahr wachte seine Gemahlin Ruwen jede Nacht und jeden Tag an seinem Lager, ehe sich die Heilkunst der Elben als dem Tod überlegen erwies.*
*Die Elbensteine aber, die dem König Glück in der Schlacht hatten bringen sollen, blieben die Kriegsbeute eines unbekannten Barbaren.*

Der Chronist von Elbenhaven

*Der Raub der Elbensteine durch einen namenlosen Rhagar aber war ein noch schlimmeres Omen für die Zukunft Elbianas, als es selbst der Tod des Königs hätte sein können!*

Die Verbotenen Schriften
(früher bekannt als: Das Buch Branagorn)

*Die Kunst der Heiler und die Liebe Ruwens ließen König Keandir gesunden, und er gewann zumindest körperlich die alte Stärke zurück. Aber es quälten ihn alsbald tiefe Zweifel, was die Zukunft seines Reiches betraf. Oft betrachtete er nachdenklich die Klinge seines Schwertes Schicksalsbezwinger, berührte die ehemalige Bruchstelle und fragte sich, ob es tatsächlich noch immer zutraf, dass er allein sein Schicksal schuf.*

Das Jüngere Buch Keandir